プロット・アゲンスト・アメリカ

フィリップ・ロス
柴田元幸 訳

集英社文庫

プロット・アゲンスト・アメリカ

目次

主な登場人物

フィリップ・ロス……………切手収集に夢中な少年。7歳
ハーマン・ロス……………フィリップの父。保険外交員
ベス・ロス……………フィリップの母
サンディ・ロス……………フィリップの兄。12歳
アルヴィン・ロス……………フィリップの年上のいとこ
エヴリン叔母さん……………母の妹
モンティ伯父さん……………父の兄。野菜の卸売で一財産を築く
セルドン・ウィッシュナウ……………ロス家の階下に住むフィリップの同級生
ライオネル・ベンゲルズドーフ……ユダヤ教の教職者
ウォルター・ウィンチェル……ニュースキャスター
チャールズ・A・リンドバーグ……アメリカが世界に誇る英雄的飛行士

プロット・アゲンスト・アメリカ

S・F・Rに

1

一九四〇年六月―一九四〇年十月
リンドバーグに一票か、戦争に一票か

恐怖が、絶えまない恐怖が、ここに綴る記憶を覆っている。むろん恐れのない子供時代などありえないが、もしもリンドバーグが大統領にならなかったら、あるいは自分がユダヤ人の子孫でなかったら、私はあそこまで怯えた子供だっただろうか。

一九四〇年六月、最初の衝撃が訪れた。アメリカが世界に誇る英雄飛行士チャールズ・A・リンドバーグが、フィラデルフィア共和党大会において大統領候補に指名されたのだ。当時私の父親は三十九歳で、中学も終えていない保険外交員として、週に五十ドルを少し下回る、いちおう基本的な生活費には足りるがそれ以上はほとんど残らない額を稼いでいた。この時点で三十六歳だった私の母親は、若いころ教員養成大学に進みたかったものの家に余裕がなくて果たせず、高校を出ると会社秘書となって自宅から通勤し、結婚してからは毎週金曜に父から渡される給料で、もろもろの家事をてきぱきこなす有能さで上手にやりくりし、

大恐慌のどん底の時期にも私たち子供に貧乏な思いをさせなかった。兄のサンディは画才にかけては神童と言っていい十二歳の七年生で、私は一年飛び級した三年生、アメリカ中の数百万人の子供と同じく全米一の切手収集家ローズヴェルト大統領に刺激されて収集家の卵となった七歳の子供だった。

私たち一家は、赤煉瓦の玄関ポーチがある木造家屋の並ぶ、道路沿いに木々を植えた通りにある二世帯半アパート（三階が単身者・若夫婦向けになっている）の二階に住んでいた。玄関ポーチの上にはそれぞれ三角屋根があって、前にはごく小さな庭があり、低く刈った生垣に囲まれていた。ここウィークエイック地区は、もともと第一次大戦直後、ニューアーク南西の端の、農地だった低開発地域につくられた町で、半ダースばかりある通りはどれも米西戦争の英雄たる海軍司令官たちの名を物々しく冠し、地元の映画館はＦＤＲ（フランクリン・ローズヴェルト第三十二代米大統領）の遠縁で第二十六代大統領でもあった人物（シオドア・ローズヴェルト）にちなんで「ザ・ローズヴェルト」と名づけられていた。わが家のあったサミット・アベニューは町外れの丘の上に位置し、周りの沼地や入江と較べて三十メートル以上高い場所はほとんどないこの港町にあって一番の高度を有していた。潮の満干で姿も変わる塩性の沼地は町を北と東から囲み、空港の真東にある深い入江はベイヨン半島の石油タンクを迂回し曲線を描いてニューヨーク湾と合流し、自由の女神を横目に見ながら大西洋に注いでいた。私たち兄弟の寝室の裏窓から西を見ると、時には内陸のウォッチャング地区の木々の梢が作る暗い線まで見通せた。低い山並みを、大きな地所や、裕福で人口も少ない郊外が縁どっていた。それが私たちの知る世界の果ての果て、距離にしてわが家から十キロちょっとの場所だった。南に向かって隣の四つ角まで歩くと、ヒルサイドの労働者街が始まり、その人口の大半は非ユダヤ人だった。ヒルサイドからは郡もユニオン郡に変わり、もうまったく別のニュージャージーだった。

一九四〇年、私たちは幸せな家族だった。私の両親は社交的で人づき合いもよく、父の会社の同僚や、母とともに開校まもないチャンセラー・アベニュー小学校（兄と私はここに通っていた）のPTA創設に尽くした女性たちから選(よ)りすぐった友人たちと親しく交際していた。全員がユダヤ人だった。近所の男たちは、自営業に携わるか――地元の菓子屋、食料雑貨店、宝石店、婦人服店、家具店、ガソリンスタンド、デリカテッセン、ニューアーク＝アーヴィントン線の線路沿いに並ぶ町工場、配管業、電気工事店、塗装業、ボイラー修理業――あるいは私の父のように毎日街へ出て家々を回り歩合制で品物を売り歩くセールスマンだった。ユダヤ人の医者や弁護士、繁華街に大きな店を持っている金持ちの商人は、チャンセラー・アベニューの丘の東側斜面から入った脇道に建つ一軒家に住んでいて、そちらは草深く木も多いウィークエイック・パークにも近かった。広さ三百エーカーに及ぶこの公園は、ボート池、ゴルフコース、繋駕(けいが)競走（二輪車を引かせて行なう競馬）用トラックがあって、それがウィークエイック地区を27号線沿いの製造工場や船荷発着所から隔て、その東のペンシルヴェニア鉄道の高架線路から隔て、さらに東の急速に発展しつつある空港から、そのまた東、アメリカの果てたる、世界中からの積荷が降ろされるニューアーク湾の倉庫やドックから隔てていた。地区の西側、私たちの住んでいる、公園のない方は、時おり端の方に学校の先生や薬剤師が住んでもいたが、それ以外うちのすぐ近所に知的労働者はほとんどいなかったし、まして会社や工場の経営者の家は一軒もなかった。男たちは週に五十、六十、七十時間、時にはそれ以上働き、女たちは機械の助けもほとんど借りず一日じゅう、洗濯、アイロン、靴下の繕い、襟の裏返し、ボタンの縫いつけ、毛糸製品の虫除け、家具磨き、掃き掃除に水洗い掃除、窓拭き、流しや浴槽やトイレやコンロの掃除、絨毯の掃除機かけ、病人の看病、食料の買出し、料理、親戚の食事の世話、たんすや引出しの整理、ペンキ屋や家具修理屋の仕事の監督、宗教儀式の手配、請求書の処理、家計簿の管理等々をこなし、と同時に子供たちの健康、衣服、清潔、勉強、栄養、素行、誕生日、しつけ、士気にも気を配っていた。近所の商店街には、一家で営む店で夫と並んで働く女性も若干いて、放課後や土曜日になると年長の子供たちにも手伝わせ、注文品の配達や品物の補充や店のあと片付けなどをやらせていた。

　私から見て、宗教などより仕事こそが近所の人たちに一体感をもたらし、彼らを規定していた。近所の誰一人、長いあごひげを生やしたり古めかしい旧世界風の服を着たりはしていなかったし、誰一人家の外でも、子供の私が友だちと一緒に自由に行き来していたあちこちの家の中でも、頭布をかぶる人はいなかった。大人たちはもはや外面的な、見てすぐわかる形では戒律に従わず、見えない形でも本気で従っているかどうか怪しいものだったし、仕立屋、コーシャーの肉屋（ユダヤ教の戒律に従って処理した肉を売る）など年配の小売店主を別とすれば——これに、病気や老齢ゆえ成人した子供の許に身を寄せている祖父母を加えても——英語に訛りがある人間も近所にはほとんどいなかった。一九四〇年にはもう、このニュージャージー一の大都市南西の片隅に住むユダヤ人は、親も子供もアメリカ英語で口を利きあい、ハドソン川の向こうに広がるニューヨーク五区に住む同胞ユダヤ人たちの有名な訛りより、アルトゥーナやビンガムトンといったアングロサクソン中心の町で話される言葉にはるかに近い喋り方をしていた。ヘブライ文字が肉屋のウィンドウに貼られ、地元の小さなユダヤ教会戸口の上の窓にも刻まれていたが、ほかのどこかで（墓地は別として）祈禱書に書かれた文字を目にすることはまずなく、見るのはもっぱら、ほぼすべての人間が高尚低俗すべての目的に四六時中使っているおなじみの現地語二十六文字だった。四つ角の菓子屋の前に出ている新聞スタンドでも、競馬新聞を買う客の方が、イディッシュ語の日刊紙『フォルヴェルツ』を買う客の十倍多かった。

イスラエルはまだ存在していなかったし、ヨーロッパのユダヤ人六百万が存在しなくなるのもまだ先であり、はるか遠いパレスチナがこことどう関係あるのか（崩壊したオスマン帝国の最後の諸地域が一九一八年に連合国側の勝利によって解体されて以来、パレスチナはイギリスの委任統治領になっていた）私には謎だった。長いあごひげを本当に生やした、何か月かに一度の晩にやって来る、いつもかならず帽子をかぶっている老人が、パレスチナでのユダヤ人祖国建設に向けてたどたどしい英語で寄付を求めるたびに、決して無知な子供ではなかった私は、いったいこの赤の他人がうちのアパートの踊り場で何をしているのか首をひねってしまった。両親はそのたび、寄付金箱に入れるようコインを二枚ばかり私かサンディに渡した。私はいつも、これは気の毒なお年寄りの気持ちを傷つけぬよう渡している施し物なのだと思った。この人は何年経(た)っても、私たちにはすでに三世代にわたって祖国があったのだということを呑(の)み込めずにいるみたいだった。私は毎朝学校で私たちの祖国の旗に忠誠を誓った。学校の集まりでもクラスメートと一緒にわが国の素晴らしさを歌った。国の祝日にもちゃんと従い、七月四日独立記念日の花火、感謝祭の七面鳥、戦没者追悼記念日恒例のダブルヘッダーに対する自らの親近感を疑問に思ったりもしなかった。私たちの祖国はアメリカだった。

やがて共和党がリンドバーグを指名し、すべてが変わった。

十年近くのあいだ、リンドバーグはこの近所で、ほかのすべての地域でと同様に英雄だった。彼がちっぽけな単葉機〈スピリット・オブ・セントルイス〉でロングアイランドからパリまでを三十三時間半で単独無着陸飛行した日は、一九二七年の春、兄を身籠もったことを私の母が知った日でもあった。おかげで、その剛胆さによってアメリカを魅了し世界を魅了し、その達成によって飛行術が夢のごとく進歩した未来を予言したこの若き飛行士は、家庭内逸話という、子供が初めて学ぶまとまった神話体系においても特別な位置を占めることになった。妊娠の神秘と、リンドバーグの英雄ぶりとがひとつとなって、ほとんど神々しさに近い栄誉が私の母親にもたらされた。自分の第一子が肉体を享(う)けるとともに、世界中に善き報(しら)せが広がったのだ。サンディはのち、この瞬間を記録に残すべく、二つの目ざましい出来事の同時性を表現したドローイングを描くことになる。九歳のときに完成された、図らずもソ連ポスター芸術との親近性を感じさせるこの絵において、母は家から何マイルも離れ、ブロード・ストリートとマーケット・ストリートの角で歓喜する群衆のただなかにいる。二十三歳、黒髪で、力強い悦(よろこ)びを笑顔にみなぎらせた痩身(そうしん)の母は、人波から一人くっきり浮き上がって、街で一番賑(にぎ)やかな大通り二本の交差する四つ角に花柄のエプロン姿で立ち、片手の指を大きく広げてエプロンに当て——腰はいまだ少女のように細い——もう一方の手で群衆のうちただ一人、空を飛ぶ〈スピリット・オブ・セントルイス〉を指している。サンフォード・ロスを受胎するという、リンドバーグのそれに劣らぬ人間的偉業を成し遂げたことを母が悟ったまさにその瞬間、飛行機はニューアークの繁華街上空を通過していくのである。

一九三二年三月、サンディが四歳で私フィリップがまだ生まれていなかったとき、一年八か月前の誕生時に国中を歓喜させたチャールズとアン・モローのリンドバーグ夫妻の初めての子供が、都会の喧噪(けんそう)を離れたニュージャージー州ホープウェルの新居から誘拐される。およそ十週間後、赤ん坊の腐敗しかけた遺体が数マイル離れた森のなかで偶然発見される。殺されたのか、事故死だったのか、いずれにせよ赤ん坊はベビーベッドからさらわれて、乳母と母親が家の別の場所でふだんどおり夕べの営みに携わっている最中、闇のなか夜具に包まれたまま二階の育児室の窓から運び出され、間に合わせの梯子(はしご)を伝って地面まで降ろされたのだった。一九三五年二月、ニュージャージー州フレミントンで、誘拐殺人をめぐる裁判が開かれ、ブロンクスでドイツ系の妻と暮らしていたドイツ系の三十五歳の前科者ブルーノ・ハウプトマンに有罪判決が下されたときにはもう、世界初の単独大西洋横断飛行士の剛胆さに大きな悲哀が染みわたり、彼をリンカーンにも比すべき受難の巨人に変容させていた。

裁判のあと、リンドバーグ夫妻はアメリカを去る。一時的に国を離れることで、新たに生まれた幼児を危害から護り、いま何より必要なプライバシーをある程度得ようと、一家はイングランドの小さな村に移った。そしてリンドバーグはここから、一介の民間人としてナチスの支配するドイツにたびたび出かけるようになり、これを通し、大半のユダヤ系アメリカ人にとっての悪漢に変貌することになる。五度にわたる、ドイツの軍事力の強大さを熟知するに至った訪問のなかで、空軍元帥ゲーリングに仰々しく歓待され、総統の名において厳かに勲章を授けられたリンドバーグは、ヒトラーに対する称賛の念を大っぴらに表明し、ドイツを世界で「もっとも興味深い国家」と呼び、その指導者を「偉大な人物」と讃えた。こうした関心、敬意すべてが、ヒトラーが一九三五年に定めた人種法によってドイツ在住のユダヤ人が人権、社会的権利、財産権を奪われ、市民権を剥奪され、アーリア人との人種間結婚を禁じられたあとに言明されたのだ。

一九三八年、私が学校に上がったころには、リンドバーグの名はわが家において、大恐慌時代のデトロイトを拠点に『社会正義』なる右翼週刊紙を発行し、その激しい反ユダヤ思想によって全米の相当数の人々の感情を煽ったコグリン神父の毎週日曜のラジオ番組と同様の憤りを引き起こすようになっていた。その一九三八年、ヨーロッパのユダヤ人にとって過去十八世紀でもっとも暗い、もっとも不吉であった年の十一月、現代史における最悪のユダヤ人虐殺〈水晶の夜〉が起きた。ドイツ中でナチスの煽動によってユダヤ教会が焼かれ、ユダヤ人の住居や店舗が破壊され、底なしに恐ろしい未来が予言されたこの夜、ユダヤ人が千人単位で自宅から無理矢理連れ去られ、強制収容所に送られた。国家がその国で生まれた者たちに対して働いた、この未曾有（みぞう）の残虐行為に鑑みて、鉤十字（スワスティカ）四つ入り十字章金章の返上を考えてはどうかと提言されたリンドバーグは、総統代理たる空軍元帥ゲーリングから授与されたドイツ鷲（しゅう）功労十字章を公式に返上することはナチス指導部に対する「不必要な侮辱」となる、と言ってこれを拒んだ。

リンドバーグは私が初めて憎むことを学んだ生きた著名アメリカ人だった。初めて愛することを教わった生きた著名アメリカ人はローズヴェルト大統領だった。だから一九四〇年、リンドバーグが共和党からローズヴェルトの対抗馬に指名されたことは、私がアメリカ人の子供として当然のものと思っていた安心感、世界と平和につき合っているアメリカという国のアメリカの都市に住みアメリカの学校に通うアメリカの両親に生まれたアメリカ人の子供として自明視していた自分の身は安全なんだという大きな安心感を、いままでにない形で脅かすことになったのである。

唯一これに匹敵する脅威があったとすれば、それは一年と一か月ばかり前に生じていた。メトロポリタン生命保険ニューアーク支店の外交員として、大恐慌のどん底の年月にも一貫して高額の売上げを維持した実績を認められた父が、わが家の十キロ西の町ユニオンにある支店の副支店長として外交員たちを監督する地位への昇進を打診されたときのことである。

私の知る限り、ユニオンという町の唯一の取り柄は、雨の日にも上映しているドライブイン・シアターがあることだけだった。もしこの誘いに応じたら、一家でユニオンに移り住むことを求められる。副支店長になった父の収入はじき週七十五ドルまで上がり、その後数年で百ドルに達するだろう。一九三九年、私たちの階層の人間からすれば夢のような額である。大恐慌で相場も下がって、ユニオンなら一軒家が三、四千ドルで買えるから、父はニューアークの長屋において文なしの身で大人になっていくなかで育んできた夢をついに実現できるだろう。すなわち、アメリカの地における住宅所有者となること。「所有の誇り」とは父お気に入りの、父のような育ちの人間にとってはパンと同じくらいリアルな理念を体現する言葉だった。出世競争とか富の見せびらかしなどとはいっさい無関係な、男らしい稼ぎ手としての立場に直結したフレーズだった。

唯一の難点は、ユニオンはヒルサイドと同じくユダヤ人不在の労働者街であって、父は三十五人ばかりの支店でまず間違いなくただ一人のユダヤ人だろうし、母は通りでただ一人のユダヤ人女性、サンディと私は学校でただ二人のユダヤ人生徒となるにちがいないことだった。

この昇進に応じたら、何よりもまず、わずかでも経済的な安定を得たいという大恐慌家族の願望が満たされることになる。打診のあった直後の土曜日、私たちは昼食後に一家四人でユニオンを偵察しに行った。だが、いったんそこに着いて、車でゆっくり住宅地を回り、並んでいる二階建て住宅を覗いてみると――家々はまったく同じではないにせよそれぞれ網戸つきの玄関ポーチがあって、きちんと刈られた芝生の庭、若干の植え込み、一台用のガレージにつながる石炭殻を敷いた車寄せがあって、ごく質素な家屋とはいえそれでも私たちの二寝室アパートよりは広いし、アメリカを支える小さな庶民の町を舞台にした映画で見る白い小さな家々によく似ていた――これでうちも一軒家持ちだという私たちの無邪気な盛り上がりは、キリスト教徒がどこまで寛容かという問題をめぐる不安にあっさり取って代わられることになった。いつもなら元気一杯の母親も、父の「どう思う、ベス？」という問いに、子供にもお芝居だとわかる快活さを装って応えるばかりだった。その理由はまだ幼かった私にも見当がついた。母は思っているのだ、「私たちの家は『ユダヤ人の住んでる家』になる。またエリザベスのくり返しになるんだ」と。

　ニュージャージー州エリザベスの町は、父親の経営する食料品店の二階で私の母が育ったころはニューアークの四分の一くらいの大きさの工業港で、住民はアイルランド系労働階級が中心、彼らが支持する政治家と、町じゅうに点在する教会を軸に展開する緊密な地域活動に支配されていた。子供のころ露骨に差別されたという愚痴を母の口から聞いたことはなかったが、結婚してニューアークの新しいユダヤ人街に移り住んで初めて母は自信というものを発見し、それに押されてまずはＰＴＡの「学年長（グレード・マザー）」になり、次にＰＴＡ副会長となって幼稚園母の会創設に携わり、ついにはＰＴＡ会長に選ばれて、トレントンで開かれた小児麻（ま）痺（ひ）をめぐるカンファレンスに出席したのち、一月三十日――ローズヴェルト大統領の誕生日だ――に毎年〈小児麻痺救済募金ダンスパーティ〉を開くことを提案し、この案はニューアークの大半の学校で採用された。一九三九年の春、進歩的な理念を掲げて着々と実績を上げているリーダーとして任期二年目を迎えていた母は、目下、チャンセラー小学校の教室に「視覚教育」を導入しようとしている若い社会科教師をいち早く支持していた。そんな母は、サミット・アベニュー在住の妻にして母となったおかげで成し遂げたすべてを奪われてしまったら、と考えずにいられなかった。春たけなわ、いかにも魅力的に見えるユニオンの町の家のどれかを幸い私たちが買えたとしたら、母の地位は、アイルランド系カトリック教徒中心のエリザベスで食料品店を経営するユダヤ系移民の娘として暮らしていたころに逆戻りしてしまう。そしてもっと悪いことに、サンディと私にまで、町のよそ者として窮屈な思いをしていた自分の子供時代を生き直すよう強いることになるのだ。

母の暗い気分にもめげず、父は精一杯私たちの士気を保とうと努め、何もかも清潔で手入れも行き届いてるじゃないか、こういう家に住めばサンディとフィリップも狭い寝室とクローゼットを共同で使わなくてもよくなるぞと謳い上げ、家賃ではなくローンを払うことの利を説いた。この初歩経済学の講義は、交差点の一角を占めている酒場の前の赤信号で停止を迫られるとともに唐突に終わった。葉の生い茂る緑蔭樹の下に緑色のピクニックテーブルが並び、晴れた週末の午後、組み紐で飾った白い上着姿のウェイターたちが壜やピッチャーや料理を満載した皿を掲げてきぱき動き回り、あらゆる年齢の男たちがそれぞれのテーブルに集って煙草やパイプや葉巻を喫い、背の高いグラスや陶製のマグからぐいぐい飲んでいた。音楽もあって、ずんぐりした、半ズボンにハイソックス、長い羽根を飾った帽子をかぶった小柄な男がアコーディオンを弾いていた。

「クソったれが！　ファシストのごろつきどもが！」と父は言った。やがて信号が変わって、みんな黙ったまま父がふたたび車を発進させ、週に五十ドル以上稼ぐチャンスがいまにも訪れんとしている当のオフィスビルに向かった。

その夜、寝床に入ると、なぜ父がカッとなって子供たちの前で汚い言葉を使ったのかを兄が説明してくれた。町のど真ん中の野外で人々がくつろぎ、楽しんでいると見えるあの場所はビアガーデンと言い、ビアガーデンというのは〈ドイツ系アメリカ人協会〉と関係があり、〈ドイツ系アメリカ人協会〉はヒトラーと関係があるというのだ。ヒトラーがすべてのユダヤ人迫害の根源であることは私だって言われるまでもなかった。

ユダヤ人迫害という酒。その日ビアガーデンであの人たちがあんなにも陽気に飲んでいたものを、私はそう思い描くようになった。いたるところにいるナチスたちと同じく、あたかも万能の治療薬を飲むように、ユダヤ人迫害を何パイントも何パイントも彼らは飲んでいる。

ニューヨークの本社に行くために、父は午前の半日休みを取らねばならなかった。高い建物のてっぺんの塔に、自分の勤務する会社が「決して消えることのない光」と誇らしげに呼ぶサーチライトを冠したビルに父は出向いて、あんなに願っていた昇進を断る意向を外交部長に伝えた。

「あたしのせいね」と母は、マディソン・アベニュー一番地の十八階で起きたことを父が夕食の席で語りはじめたとたんに言った。

「誰のせいでもないさ」と父は言った。「あちらにどう言うつもりかは、出かける前に説明しただろう。そして本社に行って、そのとおりに言った。それだけのことさ。みんな、ユニオン行きはなしだ。ここにとどまるんだ」

「あちらはどう出たの」と母が訊(き)いた。

「最後まで聞いてくれたよ」

「それから？」と母は訊いた。

「立ち上がって、握手した」

「何も言わなかった？」

「『それじゃ(グッド・ラック)、ロス』と言った」

「怒ったのね」

「ハッチャーは昔気質(むかしかたぎ)の紳士さ。堂々一八〇センチを超える非ユダヤ人(ゴイ)だ。映画俳優みたいだよ。六十歳で、健康そのもの。こういう連中が物事を動かしてるんだよ、ベス。奴(やつ)らは俺みたいな人間のことを怒って時間を無駄にしたりしないさ」

「で、これからどうなるの？」と母は訊いた。その言い方は、ハッチャーとの面会の余波はよいものではありえず、ひょっとすると悲惨なことになりかねないという可能性を匂わせていた。その理由は私にもわかる気がした。頑張れば何だってできる、それが私たち兄弟が両親から叩(たた)き込まれた大原則だった。夕食の席で、幼い息子たちに向かって父はくり返し言ったものだ。「もし誰かが『お前、これやれるか？　できるか？』って訊いてきたら、『できますとも』と答えるんだ。できないってことがバレたころには、もうできるようになっていて、仕事はこっちのものさ。ひょっとしてそれが、生涯最大のチャンスだったってことになるんだ」。だがニューヨークで父は、全然そんなふうにふるまわなかったのだ。

「ボスは何ですって？」と母は訊いた。ボス、というのは父の勤務するニューアーク支店の支店長サム・ピーターフロインドを私たち四人が話題にするときの呼び名だった。大学や知的専門教育の場でユダヤ人の受け入れ人数が暗黙のうちに最小限に抑えられ、大企業でのユダヤ人の昇進が露骨に制限されても誰も抗議せず、さまざまな社会団体や地元組織へのユダヤ人入会が厳しく制限されていた当時、ピーターフロインドはメトロポリタン生命保険でいち早く管理職にまで出世した数少ないユダヤ人の一人だった。「ボスが推薦してくれたわけでしょう。あの人はどう思ってるかしら？」

「俺が戻ってきたら、ボスが何て言ったかわかるか？　ユニオンの支店のこと、何て言ったかわかるか？　酒呑みばっかりなんだってさ。酒呑みで有名なんだそうだ。俺の決断を左右したくなかったから黙ってたんだって。俺が望むんだったら邪魔する気はなかったそうだ。午前中に二時間仕事して、あとは酒場やもっとひどいところにしけ込む外交員で有名なんだそうだ。そこへこの俺が、新しいユダヤ人、新しいユダ公ボスがやって来て、非ユダヤ人連中はみんな喜んでボスに尽くすって寸法だったわけさ。俺はそこへ行って奴らを飲み屋の床から起こしてやるはずだったわけさ。俺がそこへ行って妻や子供への義務を思い出させるはずだったのさ。やれやれ、そうしてやったらさぞ奴らに愛されたことだろうよ。陰で何て呼ばれたか、想像はつくだろう。そう、俺はここに残った方がいいのさ。俺たちみんなその方がいいのさ」

「でも断ったせいで、クビになったりしない？」

「ハニー、俺はやれることはやったんだ。これで話は終わりだよ」

だが母は、ボスが言ったことをめぐる父の報告を信じなかった。母が自分を責めるのをやめさせよう、ドイツ系アメリカ人協会の楽園たる非ユダヤ人の町に子供たちを移らせるのを拒むことによって父の生涯最大のチャンスをつぶしてしまった自分を責めるのをやめさせようと、父はボスの言葉をでっち上げたのだ——母はそう思ったのである。

一九三九年四月、リンドバーグ一家は帰国し、アメリカでの家庭生活を再開した。そのわずか五か月後の九月、すでにオーストリアを併合しチェコスロヴァキアを侵略していたヒトラーはポーランドに侵攻して同国を征服し、フランスとイギリスはこれを受けてドイツに宣戦布告した。そのころにはもうリンドバーグも陸軍航空隊大佐として軍に編入され、政府を代表して国中を回り、アメリカの飛行術発展と空軍の拡張および現代化を進める運動に携わっていた。デンマーク、ノルウェー、オランダ、ベルギーをヒトラーがまたたく間に占領し、フランスに対してもほぼ勝利を収めたころには、今世紀二度目のヨーロッパ大戦争はいまや本格化していた。この戦争にアメリカが引き入れられたり英仏に手を貸したりするのを妨げることを己の新たな使命として、陸軍航空隊大佐は己を孤立主義者たちの英雄に——そして

ＦＤＲの敵に——仕立て上げた。彼とローズヴェルトのあいだには以前から強い敵意が生じていたが、いまやリンドバーグは大っぴらに、公の集会で、あるいはラジオの全国放送で、さらには大衆雑誌の誌上で、大統領は国民に平和を約束しておきながらわが国が戦闘に参入することをひそかに煽動し計画を進めていると断言するようになった。リンドバーグこそ「ホワイトハウスの戦争屋」三選を阻止する魔力の持ち主だと囃す共和党員も出てきた。

イギリスの敗北を防ごうと、ローズヴェルトが武器禁輸令撤回と国の中立に関する制限緩和を求めて議会に圧力を強めるのに比例して、リンドバーグの発言もますます露骨になっていき、ついにはあの有名なラジオ演説へと至る。アイオワ州デモインの会場を埋めつくす、喝采を送る支持者たちの前で、リンドバーグは、「この国を戦争へと押しやってきた三つの最重要集団」のひとつとして、人口全体の三パーセント以下から成る、彼が「ユダヤ人たち」「ユダヤ民族」と呼ぶところのグループを名指しで非難したのである。「誠意と見識を備えている人間であれば」とリンドバーグは述べた。「今日この国で彼らがくり広げている好戦論に目を向けるなら、そうした政策が私たちにとって、そして彼らにとってもいかなる危険を孕んでいるかが見てとれるはずです」。それから、ほとんど天晴れとも言うべき率直さでこう言い足す——

ユダヤ人でも一部の先見の明ある人々はこの事実を認識しており、介入反対の立場を採っています。ですが大多数にはいまだそれが見えていません。（……）ユダヤ人が己の利に適うと信じるものを護ろうとするのを咎めることはできません。しかし、私たちもまた自分たちの利益を護らねばなりません。他民族のありのままの情念と偏見がわが国を破滅に導くのを許すわけには行きません。

こうした糾弾が、アイオワの聴衆から是認の雄叫びを引き出したわけだが、翌日その同じ糾弾が、リベラル派ジャーナリスト、ローズヴェルトの報道担当官、ユダヤ系の機関や組織等々によって手厳しく批判されることになった。共和党内部からも、ニューヨーク郡地方検事デューイやウォール街の何でも屋的弁護士ウェンデル・ウィルキー――いずれも大統領選指名候補として名が挙がっている人物である――から非難の声が上がった。内務長官ハロルド・イッキスをはじめとする民主党の閣僚からの攻撃があまりに激しかったために、リンドバーグはFDRを最高司令官とする体制に仕えることを潔しとせず、陸軍大佐の地位を辞した。だが、介入反対のキャンペーンの先頭に立つ、基盤としても最大の組織たる〈アメリカ優先委員会〉は依然彼を支持し、リンドバーグはいまなお中立論布教者として誰より高い人気を誇っていた。〈アメリカ優先委員会〉のメンバーにとって、「わが国に対するユダヤ人の最大の脅威は、彼らがこの国の映画産業、新聞、ラジオ、政府を大部分占有し、影響力を行使していることです」というリンドバーグの主張は、（たとえそれに反する事実を示されても）議論の余地なきものだった。リンドバーグが誇らしげに語る「ヨーロッパの血の遺産」という思いや、「外国の民族による血の薄まり」と「劣等な血の浸透」（いずれも当時の日記に現われるフレーズである）に対する反感は、一個人の確信の表明であるにとどまらず、〈アメリカ優先委員会〉の庶民層のかなりの部分、さらには国全体に広がる狂信的な選挙民にも共有され、ユダヤ人差別を心底憎む私の父親のようなユダヤ人には――あるいは、根強いキリスト教徒不信を抱く私の母親にも――とうてい想像しえぬ勢いでアメリカ中に広がっていたのである。

一九四〇年共和党大会。六月二十七日木曜のその晩、兄と私が寝床に就いたとき居間ではラジオが鳴っていて、父、母、私たちの年上のいとこアルヴィンが集いフィラデルフィアからの実況中継を聴いていた。六回の投票をもってしても、共和党はまだ候補者を選出できずにいた。リンドバーグの名はいまだ一人の代理人も口にしておらず、新型戦闘機の設計に関し顧問役を務めていた中西部の工場で技術者の会合が開かれていたため本人も不在だったし、いずれ現われると予想する者も一人としていなかった。サンディと私が寝床に入った時点で、大会はいまだデューイ、ウィルキー、そして強力な上院議員二人――ミシガン選出のヴァンデンバーグとオハイオ選出のタフト――の四名のあいだで割れていて、まさかじきに、党の重鎮たち（一九三二年ＦＤＲの圧勝によって大統領の座を追われたフーヴァー、そしてその四年後にＦＤＲが史上最大の一方的勝利を収めてさらに屈辱的な敗北を被ったカンザス州知事アルフ・ランドン）によって裏工作が開始されるとは誰一人予期していなかったのである。

その夏最初の蒸し暑い晩で、どの部屋も窓が開いていたから、サンディも私も、わが家の居間のラジオから、そして下の階で鳴っているラジオから、そして——何しろ隣の建物とのあいだのすきまは車一台やっと通れる程度なので——両側と向かいの家のラジオから聞こえてくる報道をたどらずにいるのは不可能だった。これは窓付けのエアコンが熱帯夜における近所の騒音を打ち負かすずっと前の話なのだ。界隈（かいわい）一帯、キア・アベニューからチャンセラー・アベニューまでをラジオ放送が覆いつくし、その三十数軒の二世帯半住宅にもチャンセラーの角の小さな新しいアパートにも、共和党員は一人として住んでいなかった。このへんではみんな、ＦＤＲが大統領候補となっている限り、ユダヤ人は迷わず民主党に投票したのである。

だが私たちはしょせん二人の子供であり、そんななかでもいつしか眠ってしまった。あれでもし、二十回目の投票でもなお膠着（こうちゃく）状態が続くなか、午前三時十八分、突如大会会場にリンドバーグが入ってこなかったら、たぶんそのまま朝まで寝ていただろう。すらっと背の高いハンサムなヒーロー、しなやかな身のこなしの、スポーツ選手風、まだ四十にもならぬ男は、わずか数分前に自前の飛行機で着陸したフィラデルフィア空港から飛行服のまま会場に駆けつけた。その姿が目にされたとたん、疲れはてた大会参加者たちのなかを救済の興奮が波のごとく貫いていき、人々はにわかに活気づいて立ち上がり、「リンディ！　リンディ！　リンディ！」と延々三十分にわたって議長にも遮られることなく叫びつづけた。この自然発生的に始まった似非（えせ）宗教劇が首尾よく演じられた陰には、ノースダコタ選出上院議員ジェラルド・Ｐ・ナイの策動があった。この右翼孤立論者が、ミネソタ州リトルフォールズ在住チャールズ・A・リンドバーグをすかさず指名するや、下院のなかでももっとも反動的な議員二人たるモンタナ選出のソーケルソンとサウスダコタ選出のマントがその指名支持に回り、六月二十八日金曜午前四時きっかりに、共和党は口頭表決によって、偏見に固まった、ラジオを利用し全国の聴衆に向かってユダヤ人を糾弾した人物、ユダヤ人を「他民族」と呼び「莫大な影響力を行使し（……）わが国を破滅に導こうとしている」と断じた人物を大統領候補者に選んだのである――実のところ私たちは、キリスト教徒の同国人に数の上でもとうてい及ばぬ少数民族であり、宗教上の偏見が大きな妨げとなって公的権力を得ることも概して叶わずにいる、アメリカ民主主義への忠誠においてアドルフ・ヒトラーの信奉者の忠節ぶりにひけをとらぬ者たちであったにもかかわらず。

「まさか！」の一言に私と兄は目を覚ました。「まさか！」の一言が、男の大声で界隈すべての家から響きわたった。ありえない。まさか。合衆国大統領だなんて。

数秒と経たぬうち、兄と私は家族とともにふたたびラジオの前に陣取り、誰も私たちにさっさと寝床に戻れと言わなかった。暑い夜だったが、上品な私の母は薄物の寝巻の上にローブを羽織って――母もやはり眠っていたところを騒音に起こされたのだ――父と並んでソファに腰かけ、吐き気をこらえるかのように指先を揃えて口に当てていた。一方私のいとこアルヴィンは、もはやじっと座っていられず、縦五メートル半、横三メートル半の室内を、打倒すべき大敵を捜して街をさまよう復讐者の勢いで歩き回りはじめた。

その夜の怒りは、ごうごうと燃える掛け値なしの炉、人を鋼鉄のごとく捉えて捩る竈だった。そして怒りはいっこうに収まらなかった――リンドバーグが無言のままフィラデルフィアの演壇に立ち、国の救世主としていま一度自分に喝采が送られるのを聞いていたあいだも、さらに、彼が党の指名を受け入れ、アメリカをヨーロッパの戦争に巻き込まないという任務を受け入れる演説を行なったさなかも。私たちはみな恐怖の念とともに、ユダヤ人に対する悪意に満ちた中傷を彼が党員たちにくり返すのを待ち、結局そのときはそうした発言はなかったものの、だからといって、午前五時近くに界隈に住む全家族を街頭へ押し出すことになった雰囲気が変わりはしなかった。これまではいつもきちんと昼間の服を着ている姿しか見たことのなかった人たちが、みな家族丸ごと、パジャマや寝巻の上にバスローブを羽織って、地震で家から飛び出してきたみたいにスリッパしか履いていない足で夜明けの街をうろうろしていた。だが子供にとって何よりショックだったのは、その怒りだった。いままでは呑気なお節介焼きだったり、無口で働き者の一家の大黒柱として一日じゅう排水管の詰まりを取り除いたりボイラーを修理したりリンゴを一ポンドいくらで売ったりしたあと夕方には新聞を読んでラジオを聴いて居間の椅子に座ったまま寝入ってしまう、ごく普通の、たまたまユダヤ人である人たちが、いまやすさまじい剣幕で街を歩き回り、礼儀作法も忘れて悪態をついていたのだ。一世代前が遂げた幸いなる移住によって、自分たちの家族はもうかつての悲惨な苦闘から解放されたと思っていたのに、いままさに誰もが、その苦闘に一気に投げ戻されてしまっていた。

もし私が、指名受諾演説でリンドバーグがユダヤ人に触れなかったことに思いをめぐらせたなら、頼もしい前兆だ、激しい抗議を受けて軍の地位も放棄する破目になったせいで少しは大人しくなったしるしではないか、と考えたと思う。あるいは、デモインでの演説以来考えが変わったのか、私たちのことをもう忘れてしまったのか、それとも実は私たちが根っからアメリカに忠誠であることをはじめからひそかに知っていたのか。アイルランド系の人間にとってアイルランドはいまだ大切であり、ポーランド系にとってポーランド、イタリア系にとってイタリアはいまだ大切だが、私たちは違う。かつて住んでいた旧世界の国々で、私たちは歓迎されていなかったのであり、いつかそこへ帰ろうなんて気はさらさらなかったし、それらの国々に対し、忠誠心などというものは感傷的なたぐいのものであろうとなかろうといっさい持ちあわせていないのだ……いまこの瞬間の意味を、子供の私がはっきり言語化できたとしたら、たぶんそのような言葉になっていただろう。だが街頭に出ていた男たちはそう考えなかった。リンドバーグがユダヤ人のことを口にしないのは、彼らから見れば罠（わな）以外の何ものでもなかった。それは私たちを黙らせ、かつ、私たちに不意討ちを喰（く）わせるための、偽りの企（たくら）みの皮切りにほかならないのだ。「アメリカにヒトラー！」と隣人たちは叫んだ。「アメリカにファシズム！　アメリカに突撃隊員！」。一晩じゅう眠らずに過ごしたいま、これら怒りと狼狽（ろうばい）の極みにあった大人たちがいまだ考えていないことは何ひとつなかったし、私たちの聞こえるところで彼らがいまだ口にしていないことは何ひとつなかった。だがそんな彼らも、やがて三々五々、いまだラジオが大きく鳴っている家に戻っていった。男たちはひげを剃(そ)って服を着てあわただしくコーヒーを一杯飲んで仕事に出かけるために、女たちは子供に服を着せて朝食を食べさせ学校の支度をさせるために。

対抗馬がタフト格の上院議員でもなく、デューイのごとく攻撃的な検事でもなく、ウィルキーのように人当たりのいいハンサムな大物弁護士でもなく、かのリンドバーグになったと聞かされた際に豪快な反応を示したことで、ローズヴェルトは私たちみんなをいい気分にしてくれた。午前四時に起こされてその報せを聞かされると、ホワイトハウスの寝床から彼はこう予言したという。「この件の片がつくころには、きっとあの青年、政治に足をつっ込んだことはむろん、飛行機の操縦を覚えたことも後悔するだろうよ」。そう言い終えたローズヴェルトは、ただちにまた深い眠りに戻っていった——少なくとも翌日私たちに大きな慰めをもたらした話によればそういうことになっていた。昨夜みんなで街頭に出て、この露骨な侮辱が私たちの安全に及ぼす脅威のことで頭が一杯になっていたものだから、誰もが奇妙にもFDRの存在を忘れ、弾圧に対し彼が頼もしい砦(とりで)となってくれることを忘れていたのだ。リンドバーグ指名にあまりに驚いたものだから、先祖返りの無防備感が——一九四〇年現在のニュージャージーよりもむしろ三十七年前のキシナウとその地での大量虐殺(ポグロム)に結びついた不安感が——引き起こされて、その結果みな、ローズヴェルトが最高裁判事にフィリックス・フランクファーターを任命したことも、財務長官にヘンリー・モーゲンソーを選んだことも、彼の側近アドバイザーに金融家バーナード・バルークがいることも、ローズヴェルト夫人のこともイッキスのことも農務長官ウォレスのことも——三人とも大統領同様ユダヤ人の味方として知られる人たちだ——忘れてしまっていたのである。私たちにはローズヴェルトがいて、合衆国憲法があって、権利章典（人権保障規定）があって、新聞が、出版の自由がある。共和党系の『ニューアーク・イブニングニューズ』でさえ、社説においてデモインでの演説に読者の注意をいま一度喚起し、リンドバーグ指名の見識に対してあからさまに疑義を呈した。新しい左翼系のニューヨーク・タブロイド紙『PM』（一部五セントの、「『PM』は他人をこづき回す者たちに反対する」というスローガンを掲げるこの新聞を、父は毎日『ニューアーク・ニューズ』と一緒に持って帰ってくるようになっていた）は長い社説においてはむろん、三十二ページにわたる紙面のほぼ全ページのニュース記事やコラムにおいて共和党を徹底攻撃し、スポーツ欄にまでトム・ミーニーとジョー・カミスキーによる反リンドバーグ・コラムがあった。リンドバーグのナチス勲章の写真を第一面にでかでかと載せ、併せて発行している、よその新聞では闇に葬られる写真（リンチを行なう暴徒、鎖につながれた囚人たち、棍棒を振り回すスト破りたち、アメリカの刑務所の非人間的状態など）を載せると謳う〈日刊写真誌〉セクションでも、ナチスの支配する一九三八年のドイツ各都市を巡回する共和党大統領候補の写真を何ページにもわたって掲載し、そのクライマックスとして、悪名高い勲章を首にかけたリンドバーグが、ヒトラーに次ぐナンバー2のナチス指導者ヘルマン・ゲーリングと握手している姿のフルページ写真を載せたのである。

日曜の夜、ラジオのコメディ番組が一通り終わって九時にウォルター・ウィンチェルが登場するのを私たちは待った。やっとウィンチェルが出てきて、私たちが期待していたとおりの科白(せりふ)を私たちが望んでいたとおりの吐き捨てるような言い方で言ったとき、路地の向こうから喝采が聞こえた。何だかまるで、この有名なニュースキャスターが、ハドソン川の向こうのラジオ局スタジオにこもっているのではなく私たちと一緒にここにいて、怒り心頭に発し、ネクタイも緩めカラーのボタンも外しグレーの中折れ帽を傾け、わが家のすぐ隣の家の食卓を覆うオイルクロスの上に置いたマイクからリンドバーグを罵りまくっているかのようだった。

一九四〇年六月最後の夜だった。蒸し暑い一日のあと、汗をかかずに気持ちよく屋内にいられるくらい涼しくなっていたが、九時十五分にウィンチェルが引っ込むと、私の両親は興奮醒(さ)めやらず、子供二人を連れて一家でさわやかな晩を満喫しようと表に出た。すぐそこの四つ角まで行って帰ってくるつもりで、それが済んだら兄も私もさっさと寝かされるはずだったが、結局床に就いたのは午前零時近くで、そのころにはもう、私たち子供にも両親の高揚がすっかり伝染して、眠るなど論外になっていた。恐れを知らぬウィンチェルの闘争心に押されて、近所の人たちもみな同様に外へ出てきていたから、最初は一家四人のささやかな散歩だったのが、いつしかすべての人が加わった即席町内パーティとなっていった。男はガレージからビーチチェアを引っぱり出して路地の端に据え、女は家からレモネードの水差しを持ってきて、幼い子供は玄関先から玄関先へと闇雲に駆け回り、年長の子らは自分たちだけで集まって高らかに笑いながら喋りまくった。これもすべて、アルバート・アインシュタインに次いで有名なアメリカのユダヤ人が、リンドバーグに宣戦布告してくれたおかげだった。

何といっても、ウィンチェルといえば、いまやすっかりトレードマークとなった、省略記号の三点ドットをコラムに導入して、事実の裏付けもろくにないホットニュースを並べてみせた――そしてなぜかそれらに信憑性（しんぴょうせい）を与えた――人物である。信じ易い大衆の顔面に、思わせぶりのゴシップの散弾を撃ち込むというアイデアを事実上創案した張本人なのだ。何人もの人間をウィンチェルは失墜させ、著名人の名声を危うくし、無名の人間を世に知らしめた。ショービジネスのキャリアが彼によっていくつも築き上げられ、いくつも葬り去られた。国じゅう何百もの新聞に配信されているなんて彼のコラムだけだったし、日曜の夜に彼が十五分出演する時間帯は全米人気ナンバー1のニュース番組となっていた。機関銃のごとき喋り方、スクープ一つひとつに暴露記事のセンセーショナルな雰囲気を付与するその攻撃的なシニカルさ。怖いもの知らずのアウトサイダーにして、狡猾（こうかつ）なインサイダーたる彼を私たちは崇拝した。FBI長官J・エドガー・フーヴァー（FBIの前身BOIも含め一九二四年から半世紀近く長官を務めた）と親しく、ギャングの大物フランク・コステロとも近所づき合いなら、ローズヴェルトの側近グループからも秘密を打ちあけられる間柄、時にはホワイトハウスに招かれて酒の席で大統領を愉（たの）しませもする。内情に通じたファイター、ハードボイルドな通人（つうじん）、敵からは恐れられ、かつ私たちの味方。マンハッタン生まれ、ニューヨークのボードビル・ダンサーだったウォルター・

ウィンシェル（またの名をワインシェル）は、教養ゼロの新興日刊紙の安っぽい熱さを身をもって体現することによって、若手売れっ子ブロードウェイ・コラムニストに変身を遂げたが、ヒトラーが擡頭してからというもの、新聞界で誰一人まだそんな先見の明も怒りの念もなかった時期からいち早く、ファシストとユダヤ人迫害者を不倶戴天の敵と見なしていた。〈ドイツ系アメリカ人協会〉にはすでに「ラチス」（鼠〈ラット〉とナチスとの合成語）のレッテルを貼りつけ、その指導者フリッツ・クーンにも、外国の秘密諜報員だとの非難をラジオと新聞の両方で浴びせていた。そしていま、FDRのジョークがあり『ニューアーク・ニューズ』の社説があり『PM』による徹底糾弾があったのだから、あとはもう彼ウォルター・ウィンチェルが、日曜晩の三千万のリスナーに向かってリンドバーグの「ナチス擁護哲学」の悪を暴き立て、リンドバーグの大統領候補指名をアメリカ民主主義への最大の脅威と呼んでくれれば完璧だった。そうしてくれさえすれば、サミット・アベニューのささやかな一画に住むユダヤ人家族たちも、病院から逃げ出した患者のように寝巻姿で夜の街をうろつき回ったりせず、ふたたび安らかな気持ちとなって、自由な、脅威から護られた市民として活力と元気を享受するアメリカ人に戻れたのである。

私の兄は「何でも描ける」子供として近所一帯で知られていた。自転車、木、犬、椅子、リル・アブナーなど漫画のキャラクター、何でもござれだったが、このところ本人の興味は人物の顔に向かっていた。放課後、大きなリングノートを抱えシャープペンシルを手に、どこに陣取っても子供たちが周りに群がるなか、兄はそのへんにいる人たちをスケッチしはじめる。見物人たちはいつも、「あいつを描いてよ、あの子を描いてよ、僕を描いてよ」と口々に叫び、本人もその要請を――耳許の金切り声を止めるためという感もあったが――聞き入れた。その間ずっと手は動きつづけ、サンディは顔を上げ、下ろし、上げ、下ろす。やがて、見よ、紙の上に誰それが生きているのだ。コツは何なんだい、と誰もが訊いた。いったいどうやるんだい、まるでなぞってるみたいじゃないか、魔法でも使ってるみたいじゃないか。いくらしつこく問われても、サンディの答えはいつも、肩をすくめる、にっこり笑う、それだけだった。コツがあるとすればそれは、兄が物静かで生真面目で偉ぶらない子供であることだった。どこへ行っても頼まれたとおり本物そっくりの絵を描いて人目を惹くのに、その事実は、兄の持つ力の核にある、個人を超えた何かにまったく影響を及ぼしていないように思えた。生まれつきの謙虚さ、それが兄の強みだった。やがて兄はあえてその強みを捨てるようになるが、このころはまだその謙虚さはいささかも損なわれていなかった。

家ではもう、『コリヤーズ』の挿絵や『ルック』の写真を模写するのをやめて、美術の教則本で人体について勉強していた。その教則本は、学童を対象とする植樹の日(アーバー・デイ)ポスター・コンテストの賞品だった。コンテストがたまたま、公園公共財産局が市全体規模で行なう植樹事業と重なったこともあって、しかるべく表彰式が開かれ、兄は緑蔭樹課課長バンウォート氏なる人物と握手もした。入賞したポスターのデザインは、私の切手コレクションのなかの、植樹の日六十周年記念の赤い二セント切手をモデルにしていた。左右の細い縦の白い縁どりのなかにそれぞれほっそりした木が描かれ、枝が弧を描いててっぺんで交わりひとつのあずまや（アーバー）を形成しているその切手は、私にはことのほか美しく見えた。切手を自分で手に入れて、虫眼鏡（むしめがね）でそのいろんな特徴をじっくり吟味できるようになると、arborという語の持つ「あずまや」という意味が、聞き慣れた休日の名の陰に隠れていることにも私は気がついた（小さな虫眼鏡は、二五〇〇種の切手を収められるアルバム、切手用ピンセット、目打ゲージ、糊（のり）付きヒンジ、透かし検出器と呼ばれる黒いゴム皿とともに両親から贈られた七歳の誕生日プレゼントだった。両親はこれに十セント上乗せして、『切手収集ハンドブック』なる九十数ページの小さな本も買ってくれた。その「切手収集をはじめるには」という章の次のような文章を、私はすっかり魅了されて読んだ。「古いビジネスファイルや個人の手紙の束には、もはや発行されていない価値ある切手がまじっていることがよくあります。あなたの友だちで、古い家に住んでいて屋根裏にそういう資料をためている人がいたら、消印つきの切手や封筒をゆずってもらうようにしましょう」。わが家に屋根裏はなかったし、私の友人たちが住んでいる長屋やアパートにもなかったが、ユニオン・ストリートに並ぶ一軒家には屋根のすぐ下に屋根裏があった――昨年のあの最悪の土曜日、街を車で回りながら、私の座った後部座席からも、それぞれの家の両端に、屋根裏部屋の小さな窓が見えたのだ。あの日の午後、みんなで家に帰ってきたとき、私の頭は、それら屋根裏部屋に隠された、切手の貼られた古い封筒や、新聞の帯封（おびふう）に押された浮き出し模様印のことで一杯だった。ユダヤ人であるがゆえに、私はそれらを絶対「ゆずって」もらえないのだ）。

植樹の日記念切手は、有名人の肖像や重要な場所の絵ではなく、人間の営みが描いてあったせいで、私にはいっそう魅力的に思えた。しかもその営みを行なっているのは子供たちなのだ。切手中央、十歳か十一歳と見える男の子と女の子が、若木を植えている。男の子は鋤(すき)で土を掘り、女の子は片手で木の幹を支え穴にしっかり収まるよう押さえている。サンディのポスターでは男の子と女の子の位置が変えられ、木をはさんで対称の位置に二人が立ち、男の子は左利きではなく右利きとして描かれ、半ズボンではなく長ズボンを穿(は)き、片方の足を鋤の上に掛けて鋤を土に押し込んでいた。ポスターにはさらに三人目の子供がいて、この子は私ぐらいの歳で、こっちは半ズボンを穿いている。若木の斜めうしろにその子は立ち、如雨露(じょうろ)を持って待ち構えていた。サンディに言われてモデルとなった私が、一番上等の通学用半ズボンとハイソックスという格好で如雨露を持った姿勢そのままである。この子をつけ加えるというのは母の発案だった。これによって、植樹の日切手とサンディの絵との違いがきわ立ち、「写した」という非難も当たらなくなるし、さらには、一九四〇年代にはポスター芸術においてであれほかのどこでであれ決して普通ではなかったひとつの社会的テーマをポスターに盛り込むことができた。実際、これを入れたせいでこのポスターが、「趣味」の問題という名目で審査員たちに拒絶されても不思議はなかったのである。

つまり、木を植えている三人目の子供は黒人だったのだ。この子を入れるよう母が提案するきっかけとなったのは、子供たちに友好の美徳を吹き込みたいという思いもむろんあったが、加えて、私が持っていたもう一枚の切手の存在だった。「教育者シリーズ」の一枚たる新しい十セント切手である。私は五枚一組のこのシリーズを、毎週五セントだった小遣いの三月分をそっくり充てて、郵便局に行って二十一セントで購入したのだった。どの切手にも、中央に据えられた肖像の下にランプの絵が入っていて、合衆国郵便局によればこれは「知のランプ」であったが、私にはそれがアラジンのランプに思えた。『アラビアン・ナイト』に出てくる、魔法のランプと指輪を持った、頼んだものを何でも与えてくれる魔神二人のいる男の子のことが頭にあったのだ。もし私に魔神がいたら、頼んだにちがいないのは、アメリカで発行されたあらゆる切手のなかで何より垂涎の的となっている何枚かの切手である。まず、誰もが知る、一九一八年発行、切手中央に描かれた陸軍複葉機が逆さになっている、市価三四〇〇ドルとされる二十四セントのエアメール切手。そして、一九〇一年汎アメリカ博覧会記念の、これまた中央部が誤って逆さまに刷られた、一枚千ドル以上とされる有名な三枚組切手。

その教育者シリーズの、緑の一セント切手で知のランプを胸に持っているのはホレス・マンだった。赤い二セント切手はマーク・ホプキンズ、紫の三セントはチャールズ・W・エリオット、青い五セントはフランシス・E・ウィラード、茶の十セントはブッカー・T・ワシントン。ワシントンはアメリカの切手に初めて登場した黒人である。その切手をアルバムに収め、これで五枚揃ったんだよと母に見せながら、「いつかはユダヤ人も切手になると思う?」と訊いたことを私は覚えている。すると母は「たぶんね……ええ、いつかは。そうなってほしいわよね」と答えた。実のところ、それが実現するにはあと二十六年、アインシュタインの登場を待たねばならなかった。

サンディは毎週二十五セントの小遣いを貯め、雪かきや落ち葉掃きやわが家の車の洗車で集めた小銭も足して、画材を売っているクリントン・アベニューの文具店へ自転車を走らせ、何か月かかけて、まず木炭鉛筆を買い、次に鉛筆を尖らせるための紙やすりブロックを、次に木炭紙を、次に木炭がかすれないよう細かい霧を吹きつけて固着させる金属製の小さなチューブ型器械を買った。大きなクリップも持っていたし、メゾナイト板、黄色いタイコンデロガ鉛筆、消しゴム、スケッチブック、画用紙も揃え、これらを食料品用のダンボール箱に入れて私と共用の寝室のクローゼットの床に置き、これにだけは母にも掃除する際に触れぬよう言い渡していた。兄の精力的な几帳面さ（これは母譲り）と、息を呑むほどの粘り強さ（これは父譲り）。それによって、いずれ立派なことをやってのけるはずと誰もが口を揃える兄に対する私の畏怖の念はますます強まった。何しろ兄と同じ年齢のたいていの男の子は、ほかの人間と同じテーブルで食事を共にできるかどうかだって怪しく見えたのだ。当時私はいわゆるよい子であり、家でも学校でも言うことをきちんと聞き、強情さはまだおおむね眠っていた。この時点での私はまだ、己が抱えた憤怒の力を知るにはおよそ幼すぎた。そしてとりわけ兄といるときは、反抗心など顔を出すはずもなかった。

十二歳の誕生日に、大きな平べったい黒の画帳をサンディは買ってもらった。それは硬いダンボールで出来ていて、糸で縫った継ぎ目にそって折れるようになっており、てっぺんの端に長いリボンが二本付いていて、これを蝶結びに縛って中身を固定する。縦およそ六十センチ、横四十五センチで、寝室のたんすの引出しには入らないし、私と共同で使っている混みあったクローゼットの壁に立てかけておくにも大きすぎる。というわけでサンディはこれをベッドの下に、リング綴じのスケッチブックと一緒に置いておくことを許され、自分で最良の出来と思う絵をここにしまっていた。まず一九三六年の、構図に工夫を凝らした傑作、パリへ向かって上空を飛ぶ〈スピリット・オブ・セントルイス〉を指さす母を描いた野心作。鉛筆・木炭による、かの英雄飛行士の大きなポートレートも何枚か、この画帳に入っていた。それらは目下制作中の、〈アメリカの偉人たち〉シリーズの一部を成していた。偉人たちは主としてまだ存命の、私たちの両親が崇めているたぐいの著名人だった。大統領と大統領夫人、ニューヨーク市長フィオレロ・ラガーディア、合同炭鉱労働者組合長ジョン・L・ルイス、一九三八年ノーベル賞受賞作家パール・バック（そのベストセラーのカバーにあった写真をサンディは模写した）。家族を描いたドローイングも何枚かあって、その少なくとも半分は、祖父母のうち唯一生き残っている父方の祖母の絵だった。モンティ伯父に連れられてやって来る日曜、祖母は時おりサンディのモデル役を務めたのである。尊老という一語に引きずられるまま、祖母の顔に見つかる皺を一本残らず、関節炎を病む指の節一つひとつをサンディが描き込むあいだ、生涯ずっと両手両足をついて床を磨き九人家族のために石炭ストーブで料理を作ってきたのと同じ律儀さをもって、小柄でがっしりしたお祖母ちゃんは台所に座って「ポーズ」をとった。

　ウィンチェルの放送からほんの数日後、二人きりで家にいたとき、サンディはベッドの下から画帳を出して、ダイニングルームに持ってきた。「ボス」を迎えるときと、特別のお祝いのときにしか使わないテーブルの上にサンディは画帳を広げ、リンドバーグの一連のポートレートを、それぞれを保護しているトレーシングペーパーからそっと引き剝がし、卓上に並べた。一枚目のリンドバーグは革の飛行帽をかぶり、留めていないストラップを両耳の上から垂らしていた。二枚目では、額に押し上げた大きな重たいゴーグルに帽子の一部が隠れていた。三枚目では何もかぶっておらず、遠い水平線をじっと揺るがず見つめるまなざし以外彼が飛行士であることを伝えるものは何もなかった。サンディの描いたこの人物の偉大さを推し測るのは容易だった。雄々しいヒーロー。勇敢な冒険家。すさまじい力強さと清廉さとが、頼もしい物柔らかさと結びついた自然児。およそ恐ろしい悪漢でも、人類にとっての脅威でもない。

「この人が大統領になるんだ」とサンディは私に言った。「リンドバーグが勝つってアルヴィンが言ってる」

その言葉にあまりに戸惑い、怯えた私は、兄が冗談を言っているふりをして笑い声を上げた。

「アルヴィンはカナダに行ってカナダの軍隊に入るんだ」とサンディは言った。「イギリスに味方してヒトラーと戦うんだ」

「だってローズヴェルトは誰にも負けやしないよ」

「リンドバーグには負けるんだよ。アメリカはファシストの国になるんだ」

三枚のポートレートの呪縛に気圧されたかのように、私たちは並んで立ちつくした。七歳であるということがこれほど深刻な欠陥に思えるのは初めてだった。

「この絵のこと、誰にも言うなよ」とサンディは言った。

「でもママとパパにはもう見られてるよ」と私は言った。「全部見られてるよ。みんなが見たよ」

「ママとパパには、破いて捨てたって言った」

私の兄ほど嘘をつくことから遠い人間はいなかった。口数が少ないのは秘密やごまかしのためではなく、悪しきふるまいとは無縁であって隠すべきことなど何もないからだった。だがいま、絵の外で起きた出来事ゆえに、これらドローイングの意味は変容し、絵を本来のありようとは別のものにしている。そしてサンディも、絵を破って捨てたと両親に告げることで、自分自身を、本来の自分ではないものにしてしまっていた。

「見つかったらどうするの」と私は言った。

「どうやって見つかる?」とサンディは言った。

「わからない」

「そうだろ」と兄は言った。「お前にはわからない。だから黙ってろ、そうすりゃ誰も気づきやしないから」

いくつもの理由ゆえに、私は言われたとおりにした。ひとつには、私が所有しているアメリカの郵便切手のうち三番目に古いものは――これを破って捨てるわけには行かない――

九二七年発行のリンドバーグ大西洋横断飛行記念切手だったから。それは青い、横が縦の二倍くらいある航空便用の十セント切手で、〈スピリット・オブ・セントルイス〉が海を越えて東へ飛んでいく図柄であり、サンディ自身の受胎を祝福する例のドローイングの飛行機もこれがモデルになっていた。切手左側の白い縁に接して北アメリカの海岸線が延び、「ニューヨーク」という文字が大西洋につき出して、右側の縁にはアイルランド、イギリス、フランスの海岸線が接し「パリ」という文字が両都市間の航路を記す点線の弧の端に位置している。上部には、白抜きの太字で合衆国郵便切手と書かれたすぐ下、リンドバーグ―エアメールといくぶん小さな、だがちゃんと目の見える七歳の子供なら間違いなく読める大きさの字で書いてあった。この切手はスコット社の『標準切手カタログ』でもすでに二十セントの値がついていた。そして私は一瞬にして悟った。もしアルヴィンの言うとおりで、最悪の事態が起きるとしたら、その値はますます上がるだろう。ぐんぐん急速に上がって、私のコレクションのなかでもとびきり値打ちある一枚になるだろう。

長い夏休みの日々、私たちは歩道で「宣戦布告」なる新しいゲームをして遊んだ。安物のゴムボールと、チョークが一本あればできる遊びである。チョークで直径一メートル半～二メートルくらいの円を描き、それをプレーする人数分、パイのように分割して、それぞれの部分に、その年ニュースを賑わせていたいろんな外国の名前を書き込む。次に、めいめいが「自分の」国を選んで、円の縁に、いざというときすぐ逃げられるよう片足を円の中に入れもう一方は外に出して立つ。指名された子供がボールを片手で持って高く掲げ、ゆっくりと、不気味な口調で唱える。「宣戦――布告――する――」緊張の一瞬があり、それから子供はボールを地面に叩きつけると同時に叫ぶ――「ドイツに！」あるいは「日本に！」「オランダに！」「イタリアに！」「ベルギーに！」「イギリスに！」「中国に！」時には「アメリカに！」。奇襲攻撃を受けた国の子以外はいっせいに逃げ出す。攻撃された子は跳ねたボールを大急ぎで摑（つか）んで「止まれ！」と叫ぶ。今度は彼と敵対する同盟に属する者がみなその場に静止せねばならず、攻撃された国が逆襲を開始する。ボールを力一杯投げつけて侵略国を一国ずつ抹殺すべく、まずは一番手近な子にぶつけ、襲撃を成功させるたびに前進していくのだ。

　私たちは朝から晩までこのゲームに没頭した。雨が降って、国々の名が洗い流されてしまうまで、通りがかる人たちも踏んでいくか跨（また）ぐかするしかなかった。当時この近所には落書きのたぐいはほとんどなく、私たちのこうした単純な街頭ゲームの、象形文字のごとき残滓（ざんし）があるだけだった。他愛ないものだが、何しろ母親たちは、開いた窓ごしに私たちがこれをやっているのを何時間も聞かされるものだから、頭に来てしまう母親もいた。「あんたたち、何かほかのことできないの？　ほかのゲームはないの？」。ほかのことなどできはしなかった。宣戦布告。私たちは頭のなかにもそれしかなかったのだ。

　一九四〇年七月十八日、シカゴで開かれた民主党大会は、第一回投票において、三選をめざすFDRを圧倒的多数で選出した。私たちはラジオで彼の指名受諾演説を聴いた。自信に満ちた、一音一音はっきり発音するその上流階級風の話し方は、これまで八年近くにわたって、私たちのようなごく平凡な何百万もの家族に、苦境のさなかにも希望を与えてくれていた。その話しぶりにごく自然に備わった品位は、私たちには無縁のものでありながら、私たちの不安を鎮めてくれるのみならず、私たち庶民に歴史的意義を付与してくれてもいた。居間でラジオを聴く私たちに、彼が「私と同じ国民の皆さん（マイ・フェロー・シティズンズ）」と呼びかけるとき、その語りを通して、私たちの生活が彼の生活と、さらにはアメリカ全国民の生活としっかりひとつにつながったのである。アメリカがリンドバーグを選ぶなんて——誰であれこの、すでに二期目に入っている、世の混沌（こんとん）を治める力が声からだけでも伝わってくる大統領以外を選ぶなんて——考えられないことだった。少なくとも、私のような、彼以外の大統領の声を知らぬ幼いアメリカ人にとっては。

およそ一か月半後、労働の日（レイバー・デイ）（九月の第一月曜）の前の土曜日、リンドバーグはデトロイトのレイバー・デイ・パレードに姿を現わさず国中を驚かせた。予定ではここで自動車パレードを行ない、孤立主義アメリカの労働階級の牙城（かつコグリン神父とヘンリー・フォード率いるユダヤ人排斥の砦）を通っていくことから選挙運動を始めるはずだったのだ。ところがリンドバーグは、何の予告もなしに、十三年前のあの華々しい大西洋横断飛行の出発地点となったロングアイランド離着陸場に現われた。前の晩のうちに〈スピリット・オブ・セントルイス〉が防水シートをかぶせられてトラックで運び込まれ、遠くの格納庫に入れられていたが、翌朝リンドバーグが愛機を離着陸場まで移動させたころにはもう、アメリカ中すべての通信社、ニューヨークの全ラジオ局・新聞社からレポーターが派遣され、今回は東へ大西洋を越えヨーロッパをめざすのではなく、西へアメリカ大陸を横断しカリフォルニアへ向かう飛行に向けて機が離陸するのを待ち構えていた。むろん一九四〇年の今日にあって、貨物、旅客、郵便を運ぶ大陸横断空輸が開始されてすでに十年以上が経っていたから、この飛行はあくまで、かつての単独飛行が引き起こした反響にあやかったものであり、新たに生まれたいくつもの航空会社で年俸百万ドルの顧問役を務めるリンドバーグのポーズ以上のものではなかった。けれども、その飛行を行なったのは、この日に選挙運動を開始せんとする裕福な商業飛行推進者ではなかった。ベルリンでナチスに勲章を与えられたリンドバーグでもなければ、過度の影響力を有するユダヤ人たちがアメリカを戦争へ引き込もうとしていると全国放送で非難したリンドバーグでも、さらには、一九三二年に幼い息子をブルーノ・ハウプトマンに誘拐され殺されたことに寡黙に耐える父親ですらなかった。それはあくまで、いままでどの飛行士も企てていないことを企てた無名の郵便パイロット、その後何年もすさまじい名声にさらされてきたにもかかわらず依然初々しさを失わず堕落も知らずにいる人気者孤高の鷲（ローン・イーグル）だった。一九四〇年の夏を締めくくるその週末の休日、リンドバーグの飛行時間は、〈スピリット・オブ・セントルイス〉より進歩した航空機に乗って十年前に樹立した大陸横断ノンストップ飛行記録にはとうてい及ばなかった。にもかかわらず、彼がロサンゼルス空港に到着すると、主として航空機製造労働者から成る群衆は——LA市内やその近郊にいくつも大きな会社が生まれ何万もの従業員が雇用されていた――これまでのどの地で生じた歓迎にも劣らぬ熱狂ぶりで彼を迎えたのだった。

民主党はこれを、側近連中が仕掛けたスタンドプレーと批判したが、実のところこの決断は、ほんの数時間前にリンドバーグ一人によってなされたものであり、政治的には素人たる彼の初めての選挙運動を指導すべく共和党から任命されたプロたちの仕業ではなかった。彼らもまた、ほかのみなと同じく、リンドバーグがデトロイトに現われるものと思い込んでいたのである。

飾りのない、要点に絞った演説を、リンドバーグは甲高い、平板な、中西部風の、断じてローズヴェルト的でないアメリカの声で行なった。ロングブーツに乗馬ズボン、ネクタイとシャツの上に軽いジャンパーを羽織ったその姿は、大西洋を横断したときの格好そのままであり、革の帽子も脱がず飛行用ゴーグルも額に押し上げたままだった。ベッドの下に隠した木炭ドローイングにサンディが描いた姿とまったく同じである。

「私が大統領選に立候補したのは」とリンドバーグは、彼の名を叫ぶ声がようやく止むと、熱狂する群衆に向かって言った。「アメリカがふたたび世界大戦に加わるのを防いでアメリカの民主主義を護るためです。皆さんの選択は単純です。それはチャールズ・A・リンドバーグ対フランクリン・デラノ・ローズヴェルトではありません。それはリンドバーグ対戦争です」

これで全部である。オーガスタスの略たるAも勘定に入れて、四十一語。

ＬＡ空港でのシャワーと軽食と一時間の昼寝ののち、大統領候補はふたたび〈スピリット・オブ・セントルイス〉に乗り込み、サンフランシスコに飛んでいった。日が暮れるころにはサクラメントにいた。その日、カリフォルニアのどこに着陸しても、あたかもこの国が株式市場暴落も知らず大恐慌の悲惨も（さらにはＦＤＲの功績も）知らぬかのような有様だった。アメリカの突入をリンドバーグが阻止せんとしているまさにその戦争すら、誰の頭にものぼったことがないかのように思えた。あのあまりにも有名な飛行機に乗ったリンディが空から舞い降りると、一九二七年が一気に戻ってきた。ふたたびリンディが、きっぱり率直な口ぶりのリンディが、偉そうに見せたり喋ったりする必要のないリンディが——なぜなら、本当に偉いのだから——恐れを知らぬ、若々しい、かつ厳めしく成熟したリンディが戻ってきたのだ。逞しい個人主義者、ひたすら己自身に頼ることによって不可能を可能にする伝説のアメリカ人、男のなかの男。

その後の一か月半を費やして、リンドバーグは四十八州それぞれで一日ずつ過ごし、十月後半、レイバー・デイの連休始めに出発したロングアイランドの滑走路に戻ってきた。それまで昼間は毎日、都市、町、村を回り、近くに飛行場がなければハイウェイに降り立ち、この上なく辺鄙な地域に住む農夫たちやその家族と話すときは牧草地を使って離着陸した。飛行場での発言は地元局、地方局によって放送され、週に何度か、一泊していく州都から全国にメッセージが送られた。それはつねに簡潔な内容だった。すなわち、ヨーロッパでの戦争を防ぐにはもう手遅れである。だがアメリカがその戦争に加わるのを防ぐのはまだ手遅れではない。ＦＤＲは国を誤った方向へ導こうとしている。アメリカは口先だけで平和を約束する大統領によって戦争に巻き込まれようとしている。選択は単純だ。リンドバーグに一票か、戦争に一票か。

飛行機がまだ物珍しかった時期、若きパイロットであったリンドバーグは、経験豊富な年上の相棒と二人で中西部一帯を回り、パラシュートでスカイダイビングをしたりパラシュートなしで飛行機の翼の上を歩いたりといった芸を披露していた。〈スピリット・オブ・セントルイス〉に乗っての今回の地方巡りを、民主党はすかさずこれらのスタントにたとえて揶揄した。ローズヴェルトはといえば、記者会見でリンドバーグの型破りの選挙運動について意見を求められても、もはやあざけりの皮肉を発しすらせず自分の話を続け、差し迫ったドイツ軍のイギリス侵攻をめぐるチャーチルの懸念を論じたり、アメリカ初の平時徴兵の資金供出を下院に求める意向を発表したり、あるいはヒトラーに向かって、イギリスの戦争遂行にわが国の商船が送っている支援に対するいかなる干渉も合衆国は許容しないと告げたりした。当初から、大統領の選挙運動がホワイトハウスにとどまることを前提にしているのは明らかだった。イッキス内務長官の言うリンドバーグの「お祭りの悪ふざけ」とは対照的に、ローズヴェルトは持てる権威をすべて駆使して国際状況の危機に立ち向かう意向だった。必要とあらば、二十四時間ぶっとおしで働くことも辞さぬ気だった。

州から州を巡るツアーの最中、リンドバーグは二度悪天候ゆえに行方不明となり、どちらの場合も数時間のあいだ無線連絡がとだえたが、結局本人の声が己の無事を全国に伝えてきた。ところが十月に入り、またしてもロンドンがドイツ軍の夜間空襲を受け今回はセントポール寺院が爆撃されたと知らされてアメリカ中が愕然(がくぜん)としたその日、夕食時にニュース速報が入って、〈スピリット・オブ・セントルイス〉がアルゲニー山脈上で爆発し炎上して墜落するのが目撃されたと報じた。そして六時間後ようやく、ふたたび速報が第一報を訂正し、空中での爆発ではなくエンジン故障のため機はペンシルヴェニア西部の山脈の危険地帯に緊急着陸を強いられたと伝えた。だがその修正が報じられる前、わが家の電話はひっきりなしに鳴っていた。友人や親戚が、炎上事故を――おそらくは致死的な事故を――報じた最初のニュースをめぐって私たちの両親と憶測を語りあおうと電話してきたのだ。リンドバーグの死という可能性を前にして、私の両親はサンディと私の前で安堵(あんど)の念を示すようなふるまいは見せなかったが、かといって彼の無事を願うような科白も口にしなかった。そして夜十一時ごろに新しい報せが入って、炎上して墜落したどころか、孤高の鷲は何ら損なわれていない飛行機から無事降り立ち交換部品が来るのを待っているだけであり、それが届いたらまた離陸して選挙運動を続けるのだと知らされたときも、わが両親は歓喜する人たちの輪に加わりはしなかったのである。

リンドバーグがニューアーク空港に着陸したその十月の朝、彼を歓迎せんと待っていた一行に、ブネイ・モーシェのラビ・ライオネル・ベンゲルズドーフの姿が交じっていた。ブネイ・モーシェはポーランド系ユダヤ人によって作られたニューアーク市最初の保守派ユダヤ教寺院であり、誰もが手押し車を使っていたような昔のゲットーの中心からほんの数ブロックのところにあった。界隈はいまも市で一番貧しい地域だったが、ただしもはやブネイ・モーシェの会衆の住む地域ではなく、最近南部から移住してきた貧しい黒人たちの住む町になっていた。何年も前から、ブネイ・モーシェは富裕層を取り込む競争に負けつづけていた。一九四〇年にはもう、裕福な人々はみな、保守派を離れて改革派のブネイ・ジェシュルンやオヘブ・シャローム――どちらもハイ・ストリートの古い邸宅が居並ぶなかに堂々建っている――に鞍替えするか、または、もうひとつの由緒ある保守派寺院ブネイ・エイブラハムに加わるかしてしまっていた。ブネイ・エイブラハムはもともと、かつてバプテスト教会だった建物に居を借りていたが、いまではその何マイルか西、クリントン・ヒルのユダヤ系の医者や弁護士の住む地域に隣接したところにあった。新しいブネイ・エイブラハムは市のユダヤ教寺院のなかでもとりわけ見事な外観を誇り、「ギリシャ様式」と称する荘厳なデザインの円形建築は、大祭日に千人の礼拝者を収容できる大きさだった。前の年に引退したラビ・ジュリアス・シルバーフェルドを引き継いだ、ヒトラーのゲシュタポによってベルリンを追われてきた亡命者ジョアキム・プリンツは、広い社会的視野を持った力強い人物として早くも脚光を浴びていた。裕福な会衆に向けてプリンツは、ナチスの犯罪が生んだ残虐な事態をその目で見てきた体験を色濃く反映したユダヤ史観を打ち出していた。

ラビ・ベンゲルズドーフは毎週WNJR局から、自ら「ラジオ会衆」と呼ぶ大衆に向けて説教を送り出していた。またラビは、人心鼓舞を旨とするたぐいの詩集を何冊か出していて、それらは成人式（バルミツバー）を迎えた男の子や新婚夫婦へのプレゼントの定番となっていた。一八七九年にサウスキャロライナで生まれ、父親は移民の織物商だった。ユダヤ系の聴衆に語りかけるたび、壇上からであれ電波を通してであれ、その貴族的な南部訛りは、朗々たる抑揚と相まって――さらには自身の長い名前の抑揚も加わって――威厳ある奥深さを聞き手に感じさせた。たとえば、ブネイ・エイブラハムのラビ・シルバーフェルドや、ブネイ・ジェシュルンのラビ・フォスターとの友好関係に関して、彼はあるときラジオ聴取者たちにこう語った。「それは宿命だったのです。古代世界でソクラテス、プラトン、アリストテレスが一体となっていたごとくに、私たちもいま宗教界において一体となっているのです」。あるいはまた、なぜこれほど名声のあるラビが斜陽の寺院の長に甘んじているのかを聴取者に説明する、無私の精神を説く説教を彼はこう切り出した。「文字どおり何千もの方々がお訊（たず）ねになった問いに私がどうお答えしてきたか、関心を持たれる方々もいらっしゃることでしょう。なぜ貴殿は、各地で説教を行なって得られる商業的利益を放棄なさるのか？　なぜブネイ・モーシェ寺院を唯一の演壇としてニューアークにとどまるのか、そこを去ってほかの会衆を抱える機会が毎日六件は訪れるだろうに？」」。アメリカの大学はもとより、ヨーロッパ一流の学術機関でも学んだ彼は、十の言語を操り、古代哲学、神学、美術史、古代史、近代史に通じているという評判だった。信条の問題に関しては決して妥協せず、説教でも講演でも決してメモを見ない反面、目下もっとも関心を抱いている話題についてはインデックスカードの束をつねに携帯し毎日そこに新たな考察や着想を書き加える。また乗馬も非常に達者で、ふと馬を止めてはサドルを机代わりに思いつきを書きとめることで知られていた。毎朝早くウィークエイック・パークの乗馬道で馬を走らせ、そのかたわらには、一九三六年に癌で亡くなるまで、ニューアーク一裕福な宝飾品製造業者の跡継ぎであった妻の姿があった。公園のすぐ向かい、エリザベス・アベニューに建つ、一九〇七年に結婚して以来二人で住んでいた、妻の生まれ育った大邸宅には、世界でも有数の個人コレクションと言われるユダヤ教文物が並んでいた。

一九四〇年の現在、ライオネル・ベンゲルズドーフは、アメリカのいかなるラビよりも長くひとつの寺院に在籍していた。新聞も彼をニュージャージーのユダヤ人社会の宗教指導者と呼び、数々の講演などを報道する際は決まって、「演説の才」と十か国語を話す能力に言及した。一九一五年、ニューアーク誕生二五〇周年記念式典ではレイモンド市長と並んで座り、祈禱の言葉を唱えた。毎年の戦没者追悼記念日や独立記念日のパレードでもやはり祈禱を行ない、七月五日の『スター＝レッジャー』紙には**ラビ、独立宣言を称揚**という見出しが現われるのが恒例となっていた。説教や講演では「アメリカ理想の発展」をユダヤ人が掲げるべき最優先事項と説き、「アメリカ人のアメリカ化」こそ「ボルシェヴィズム、急進主義、無政府主義」に抗して我々の民主主義を護る最良の手段だと訴えて、故シオドア・ローズヴェルトが大統領として国民に発した最後のメッセージをくり返し引用した。「いまここで、二つに分かれた忠誠などというものはありえません。自らをアメリカ人と称し、かつほかの何者かでもあると称する者は、誰であれアメリカ人ではありません。我々にはひとつの旗を抱く余地しかありません。そしてそれはアメリカの旗です」。アメリカ人のアメリカ化というテーマを、ラビ・ベンゲルズドーフはニューアークすべての教会と公立学校で語り、州一帯ほぼすべての友愛会、市民グループ、歴史や文化の研究会において語った。それらのスピーチを報じるニューアークの新聞の記事には、このテーマでの――そしてこれ以外のさまざまなテーマでの――講演を求められた会議や大会の開かれる国中の都市名が日程とともに列挙されていた。演題は多岐にわたり、犯罪と刑務所改革運動(「刑務所改革運動にはこの上なく高尚な倫理観と宗教的理想がみなぎっています」)、世界大戦の原因(「この戦争は、欧州諸民族の世俗的野心と、軍事力、権力、富を手にせんとする企てとの結果にほかなりません」)、託児所の重要性(「託児所は人間という花の生命の園であり、子供はそこで悦びと愉しみの空気に包まれて育ってゆくのです」)、産業時代の悪(「賃金労働者の値打ちはその生産物の物質的価値によって算出されるべきでないと私たちは考えます」)、さらには参政権運動にも及んだ。女性にも選挙権を拡張しようという提案にラビは強硬に反対し、「男たちが天下国家をきちんと治められないのなら、治められるよう手助けすればよいではありませんか。悪を二倍にして悪が是正できたためしはありません」と訴えた。私の伯父モンティはすべてのラビを嫌っていたが、特にベンゲルズドーフのことは、ブネイ・モーシェ慈善学校の生徒だった子供のころから激しく憎んでいて、よくこう言っていた。「あの偉そうな野郎、いいか、すべてを知ってるんだ――すべて以外何も知らないけどな」

ラビ・ベンゲルズドーフが空港に現われて、『ニューアーク・ニューズ』第一面に載った写真に添えられたキャプションによれば列の先頭に立ち、〈スピリット・オブ・セントルイス〉の操縦席から出てきたリンドバーグと真っ先に握手したことは、私の両親をはじめとする市内のユダヤ人の大多数にとって驚天動地の出来事だったし、リンドバーグのつかのまのニューアーク訪問を報じる記事に載った、ラビの発言とされた言葉も同様だった。「私がここへ来たのは」とラビ・ベンゲルズドーフは『ニューアーク・ニューズ』の記者に語っていた。「アメリカのユダヤ人がアメリカ合衆国に対して抱いている混じり気なしの忠誠心に関する疑念を払拭するためです。リンドバーグ大佐の立候補を私は支持します。私の民族の政治的目標が彼の目標と一致しているからです。アメリカは私たちの愛する祖国です。アメリカは私たちの唯一の祖国です。私たちの宗教はこの偉大なる国以外のいかなる土地とも結びついていません。そして私たちは、これまで同様いまも、この国の民たることを心から誇りに思い、この国に全面的な献身と忠誠を誓います。チャールズ・リンドバーグが私の大統領になることを私は望みます。私がユダヤ人であるにもかかわらず、ではなく、まさに私がユダヤ人であるがゆえ――アメリカのユダヤ人であるがゆえに」

三日後ベンゲルズドーフは、リンドバーグの飛行ツアーを締めくくるマディソンスクエア・ガーデンでの大集会にも参加した。いまや選挙まであと二週間を残すばかり、伝統的に民主党の強い南部一帯でリンドバーグ支持が広がりつつあったし、また保守色の強い中西部諸州でも接戦が予想されたものの、全国的な世論調査によれば、国民の投票数において大統領は十分なリードを保ち、選挙人数においてははるかに優勢だった。報道によると、共和党の指導者層は、リンドバーグが選挙戦術をすべて自分一人で決めてしまうことに業を煮やし、はてしない地方巡りの地味な単調さを破ってフィラデルフィアの指名大会での熱狂を再現しようと、マディソンスクエア・ガーデンでの大集会を企画して、十月の第二月曜の晩に全国放送を設定したという話だった。

その夜リンドバーグに先立って壇に上がった十五人の弁士は、「あらゆる階層の著名アメリカ人」と紹介された。そのなかの一人である農業指導者は、第一次世界大戦と大恐慌ゆえにいまだ危機のただなかにあるアメリカ農業が戦争によって被るであろう害を語った。労働指導者は戦争になれば生活は政府機関によって厳しく統制されアメリカの労働者にとって致命的な事態になると述べ、製造業者は戦時の過剰拡張と重税がアメリカ産業界にもたらすにちがいない壊滅的な長期波及について話した。プロテスタントの牧師は現代の戦争が実際に戦闘を行なう若者たちに及ぼす非人間的影響を論じ、カトリックの司祭は私たちのような平和を愛する国民の精神生活は避けがたく劣化し戦争が生む憎悪ゆえに品位と優しさが損なわれてしまうであろうと憂えた。そして最後にラビが、ニュージャージー在住のライオネル・ベンゲルズドーフが壇上に現われ、リンドバーグ支持者で満員の会場からとりわけ温かい喝采が送られると、おもむろに、リンドバーグのナチスとのかかわりはおよそ共謀関係などではないという話を滔々（とうとう）と語り出したのである。

「そうともさ」とアルヴィンは言った。「買収されたのさ。しっかり丸め込まれた。あのでかいユダヤ鼻に金の輪を付けたんだ、これでどこへでも引っぱっていけるのさ」

「そいつはわからんぞ」と私の父は言ったが、といって父もやはり、ベンゲルズドーフのふるまいに冷静でいられたわけではなかった。「まあまずは話を聞いてやれ。それが公平ってもんだ」とアルヴィンに向けて言ったものの、それは主として、サンディと私の手前、この愕然とさせられる展開が大人にとって持つ恐ろしさを子供から少しでも隠すためだった。その前の晩のこと、私は眠っている最中にベッドから床に落ちた。囲い付きのベビーベッドから本物のベッドに昇格して以来初めての出来事に、これが再発しないよう両親はマットレスの脇にダイニングルームの椅子を二脚据えることを余儀なくされた。これまでずっとそんなことはなかったのに、いまこうして落ちたのはニューアーク空港にリンドバーグが登場したせいだとあっさり決めつけられたものだから、私としても、リンドバーグについて悪い夢を見た覚えなんかない、目が覚めたらサンディのベッドと自分のベッドのあいだに転がっていただけだと抗議はした。とはいえ、実のところ私は、眠りに落ちる前にかならず、兄の画帳にしまわれたリンドバーグのドローイングのことを思い描かずにいられなくなっていた。ドローイングをベッドの下から地下室の物入れに移してもらえないかと、サンディに頼もうと何度も思ったのだが、絵のことは誰にも言わないと誓ったのだし、それに私自身も自分のリンドバーグ切手を手放す気にはなれなかったから、どうしても切り出せなかった。かくしてドローイングたちは私に取り憑き、いまほど兄からの励ましが必要だったことはないのに、その兄を、私の手の届かぬところに追いやってしまっていた。

寒い晩だった。暖房が入っていて窓は閉まっていたが、聞こえはしなくても、界隈一帯でラジオが鳴っていて、普通ならリンドバーグの集会を聴こうなどと思わない家でも、ベンゲルズドーフの登場が予定されているためにダイヤルを合わせていることは間違いなかった。ラビ自身の会衆のあいだでは、重鎮数人がすでに彼の辞任を求めはじめていて、即刻解任せよと理事会に求める声も上がっていたが、大多数は依然彼を支持し、ラビはあくまで言論の自由をめぐる民主的権利を行使しているだけなのだと信じようとしていた。ラビが公にリンドバーグを是認したことに動転しながらも、彼ほどの人物の良心を沈黙させる権利は自分たちにない、そう信じようと努めていた。

その夜ラビ・ベンゲルズドーフは、アメリカ全土に向かって、一九三〇年代にリンドバーグが個人的に何度もドイツまで行った「真の動機」なるものを披露した。「彼を批判する者たちが撒き散らすデマとは裏腹に」とラビは私たちに訴えた。「リンドバーグは一度として、ヒトラーの支持者、共鳴者としてドイツを訪れたのではありません。何回も出かけたのはすべて、合衆国政府の秘密アドバイザーとしてだったのです。心得違いの、悪意ある者たちがいまだ言い張るごとくアメリカを裏切ったどころか、リンドバーグ大佐はドイツで得た知識をわが国の軍部に伝達し、アメリカの飛行術の大義を推進しアメリカの防空力を拡張するために力の限りを尽くし、それによって、ほとんど独力で、アメリカの軍備体制強化に貢献したのです」

「何だって！」と私の父が叫んだ。「誰だって知ってるじゃ――」

「シーッ」とアルヴィンが囁いた。「シーッ――偉大なる演説家に喋らせなよ」

「たしかに、一九三六年、ヨーロッパで戦闘が始まるずっと前に、ナチスはリンドバーグ大佐に勲章を授与し、そしてたしかに」とベンゲルズドーフは続けた。「たしかに大佐はその勲章を受けとりました。しかし、その間ずっと、皆さん、その間ずっと、彼はドイツ人たちの賛意をひそかに利用し、わが国の民主主義をよりよく護り、保つことに、力を通してわが国の中立を保つことに寄与してきたのです」

「信じられん――」と私の父が言いかけた。

「信じなよ」とアルヴィンが禍々しく呟いた。

「これはアメリカの戦争ではありません」とベンゲルズドーフは言い放ち、マディソンスクエア・ガーデンの観衆は丸一分間の喝采をもって応えた。「これは」とラビは人々に言った。「ヨーロッパの戦争です」。ふたたび長い喝采。「千年にわたる、シャルルマーニュの時代まで遡る、無数のヨーロッパ戦争の連なりのひとつなのです。この半世紀足らずのあいだに、ヨーロッパはこれでもう二度、壊滅的な戦争を行なっていることになります。彼らが起こした先の大戦に対し、アメリカが払った悲劇的代償を忘れられる人がいるでしょうか？　四万のアメリカ人が戦死しました。十九万二千のアメリカ人が負傷しました。七万六千のアメリカ人が病死しました。三十五万のアメリカ人が戦場へ行ったことが原因で体に障害を抱えています。今回その代償は、いったいどれほど天文学的なものとなるでしょう？　わが国の死者は、教えてくださいローズヴェルト大統領、ほんの二倍で済むでしょうか、それとも三倍、あるいは四倍でしょうか？　教えてください大統領殿、罪のないアメリカの青年たちの大量虐殺のあとに、いったいどのようなアメリカが残るのでしょう？　むろん私にとって、ナチスによるドイツ在住ユダヤ人たちの迫害と虐待は、すべてのユダヤ人にとってと同様に大きな苦悩の種です。かつてハイデルベルクとボンで、ドイツの名門大学の教授陣の下で神学を学んだ年月、私は多くの立派な人物の知遇を得ました。それら学識豊かな人たちが、単にユダヤの血を引くドイツ人だという理由で、長くその座にあった教職を追われ、いまや国を牛耳るに至ったナチスのごろつきどもから無慈悲に迫害されています。彼らが受けている扱いには、私としても力の限りを尽くして反対しますし、それは大佐も同じです。しかし、彼らドイツのユダヤ人を虐待する者たち相手の戦争にわが国が加わったところで、ドイツにおいて彼らの身に起きた残酷な仕打ちがどう和らげられるというのでしょう？　そうしたところで、むしろ、ドイツにいるユダヤ人すべての苦境が、測り知れぬほど悪化するだけでは——おそらくは悲劇的に悪化するだけでは——ないでしょうか。そうです、私はユダヤ人です。ユダヤ人として私は、彼らが味わっている苦しみを、同族の痛みとして感じています。しかし皆さん、私はアメリカの国民です」——ふたたび喝采——「アメリカに生まれアメリカに育った者です。ゆえに私は皆さんにお訊ねします、もしいまアメリカが参戦し、わが国のプロテスタントの家族の息子たちやわが国のカトリックの家族の息子たちとともに、わが国のユダヤ教の家族の息子たちが何千何万と、血に染まったヨーロッパの戦場に赴き、戦い、命を落とすとしたら、私の痛みはどれだけ和らげられるでしょうか？　私自身の会衆に悔やみの言葉を述べねばならぬとしたら、私の痛みはどれだけ減じるでしょう――」

その瞬間、ベンゲルズドーフの南部訛りをにわかに耐えがたく感じて部屋を出ていったのは、ふだんは一家で誰より感情を表わさない、むしろ私たちが感情的になるとそれをなだめる側に立つ私の母親だった。あとはもう、ベンゲルズドーフが演説を終え、ガーデンを埋める観衆から大喝采を浴びて壇上から降りるまで、誰も動かず、何も言わなかった。私にはそんな度胸はなかったし、兄はこういう場合よくやっていたとおり、みんなの姿を――いまは呆然（ぼうぜん）とラジオを聴いている姿を――スケッチするのに忙しかった。アルヴィンの沈黙は、殺意に満ちた憎悪の沈黙だった。そして私の父は、おそらく生まれて初めて、あらゆる障害や失望に抗（あらが）って発揮してきた不屈の情熱を剝ぎとられ、あまりの動揺に口も開（ひら）けずにいた。すさまじい喧噪。口にしがたいほどの歓喜。リンドバーグがとうとうガーデンの舞台に上がったのだ。なかば狂気に陥ったかのように父がソファから跳び上がって乱暴にラジオのスイッチを切ると同時に、母が居間に戻ってきて、「誰か何か飲む？　アルヴィン」と目に涙を浮かべて言った。「お茶でもいかが？」

母の仕事は、できる限り穏やかに、確実に私たちの世界をひとつに保つことである。それこそが母の生活を満ち足りたものにするのであり、母はいまもそれを為そうとしているだけだ。だが、いまこのとき、ありふれた母親的意欲は母を、私たちの誰一人見たことがないほど馬鹿げた姿にしてしまっていた。

「いったいどうなってるんだ！」と父がわめき出した。「あいついったいなんであんなこと、、、やったんだ？　あの馬鹿な演説！　あんな馬鹿な、嘘八百の演説で、ユダヤ人の一人でもあのユダヤ人迫害者に投票しに行くと思ってるのか？　まるっきり狂っちまったのか？　いったい何やってるつもりなんだ？」

「リンドバーグを無害にしてるのさ」とアルヴィンが言った。「リンドバーグを非ユダヤ人にとって無害にしてるのさ」

「何を無害にしてるって？」と父が言った。かくも大きな混乱の時に、アルヴィンが皮肉なナンセンスと思しき科白を口にしたことに父は苛立っている。「何をしてるって？」

「あいつを壇に上がらせたのは、ユダヤ人に向かって喋らせるためじゃないよ。そのためにあいつを買収したんじゃない。わからないの？」とアルヴィンは、背後にある真実を見抜いた勢いに興奮して言った。「あいつはあそこで、ゴイムに向かって話してたんだよ。国中のゴイムに、一人のユダヤ人ラビとして、選挙当日にリンディに投票してよろしい、そうお墨付きを与えていたんだよ。わからないかいハーマン叔父さん、あいつらがお偉いベンゲルズドーフに何をやらせたか？　あいつはたったいま、ローズヴェルトの敗北を保証したんだよ！」

その夜の午前二時ごろ、ぐっすり眠っている最中に私はふたたびベッドから転げ落ちた。だが今回は、床に落ちる直前に何の夢を見ていたかをあとで思い出すことができた。それはたしかに悪夢だった。私の切手アルバムをめぐる悪夢だ。私のコレクションに何かが起きていた。二セットの切手の図柄が、いつどのようにか、おぞましく変わってしまっていたのだ。夢のなかで私は、友だちのアールの家に持っていこうとアルバムをたんすの引出しから出し、いままで何十回としてきたように、それを抱えて彼の家に向かって歩いていた。アール・アクスマンは十歳で五年生だった。母親と二人で、チャンセラーとサミットの角付近、小学校の斜向かいの大きな空地に三年前に建った黄色い煉瓦造りの四階建アパートに住んでいた。それ以前はニューヨークに住んでいて、父親はグレン・グレー&ザ・カサ・ロマ楽団の一員だった。サイ・アクスマン、グレン・グレーのアルトの隣でプレーするテナー奏者である。アクスマン氏はアールの母親とすでに離婚していた。アールの母は芝居がかった感じの金髪美人で、アールが生まれる前に少しのあいだ楽団の専属歌手だったこともあったが、私の両親によれば、元はニューアーク出の黒髪のユダヤ娘で、名はルイーズ・スイッグ。それがサウスサイドに行ってYMHA（ヘブライ青年会）の音楽ショーに出るようになり、地元では少しばかり名を上げたということだった。私が知っている男の子たちのなかで親が離婚しているのはアール一人だったし、母親が濃い化粧をして肩の露出したブラウスを着て大きなペチコートを下に着けてふっくら襞付きのスカートを穿いているのもアールだけだった。グレン・グレーの楽団専属だったとき、「これじゃなきゃあれ」（ベニー・グッドマンがヒットさせたスタンダード）のレコードを母親は吹き込んでいて、アールはよくそれをかけてくれた。アールのお母さんみたいな母親はほかに見たことがなかった。アールはお母さんを「マ」とも「マム」とも呼ばなかった。何とも刺激的なことに、自分の母親をルイーズと呼んでいたのだ。彼女の寝室にはペチコートがぎっしり詰まったクローゼットがあって、二人きりでアパートにいるとアールはそれを私に見せてくれた。あるときなど、触ってもいいと言って、そうすべきかどうか私が決めかねていると、「どこ触ってもいいんだぜ」と囁いた。そうして引出しをひとつ開け、母親のブラジャーを見せてくれて、それも触っていいと言ったが私は断った。まだ幼かった私は、遠くから崇めるだけで十分だったのだ。アールは両親から、切手を買うようにと毎週一ドルもらっていたし、カサ・ロマ楽団がツアーに出ている最中はアクスマン氏がエアメール切手にあちこちの都市の消印が押された封筒を送ってよこした。「オアフ島、ホノルル」なる消印のものまであった。近くにいないのをいいことに、アールは父親をとことん華麗な人物に仕立て上げた。私のような保険外交員の息子からすれば、有名なスイングバンドのサキソホン奏者が父親というだけで十分すごいのに(それに母親は髪を脱色した歌手なのだし)、俺の父さんはホノルルで某「個人宅」に招かれて一八五一年ハワイ発行の消印付き「宣教師」二セント切手を見せてもらったんだぜ、とアールは主張した。ハワイが準州として合衆国に併合されるより四十七年前に作られた、中央にただ2という数字が記されただけの、十万ドルの値がついた、想像を絶する宝物を父親が目にしたというのだ。

アールは近所で最高の切手コレクションを所有していた。実際的なことも、秘儀的なことも、子供のころ切手に関して私が知ったことはすべてアールから教わった。切手の歴史、新品収集と使用済み収集、紙、印刷、色、糊、加刷、グリル、特刷といった技術的な事柄、有名な偽造やデザインの誤り。何しろものすごく知識をひけらかす子供で、私に切手道を仕込むにあたっても、まずは「切手収集（フィラテリー）」なる言葉を造ったフランス人収集家ムッシュー・エルパンについて講じ、この語は二つのギリシャ語の単語に由来するのであって、二つ目は「アテレイア」すなわち「税からの自由」の意味だと説いたが、私にはいまひとつ理解できなかった。そして、台所での切手講釈がひとしきり済んで、偉ぶった態度も一休みとなると、アールはくすくす笑って「さ、悪いことしようぜ」と言い、かくして私は彼の母親の下着を拝むことになるのだった。

夢のなかで、私は自分の切手アルバムを胸に携えアールの家に向かっていた。と、誰かが私の名前を叫んで私を追いかけはじめた。私は路地裏に逃れて、そこに並んだガレージのひとつに入って隠れ、ヒンジから剝がれた切手がないかを確かめた。さっき追跡者から逃げている最中、歩道で転んで、まさにいつもみんなで「宣戦布告」をして遊ぶ場所でアルバムを落としてしまったのだ。そして一九三二年発行、ワシントン生誕二百年記念切手の、半セントの焦げ茶色から十セントの黄色までの十二枚セットを貼ったページを開けてみて、私は愕然とした。ワシントンがもはや切手に写っていなかったのだ。それぞれの上部の、いままでは私も白抜きローマンという名を覚えた字体で一行か二行に書かれた「合衆国郵便切手」という文字は変わっていない。切手の色も変わっておらず、二セントは赤、五セントは青、八セントはオリーブグリーン等々だし、どの切手も標準サイズで、肖像を収める枠も元のセット同様それぞれ別デザインになっていたが、十二枚の切手おのおのにワシントンの違った肖像がある代わりに、いまや肖像はどれも同じで、それはワシントンではなくヒトラーだった。

そして、それぞれの肖像の下に描かれたリボンにももはや「ワシントン」の名はなかった。半セント切手と六セント切手のようにリボンが下向きであれ、四、五、七、十セントのように上向きであれ、一セント、一セント半、二、三、八、九セントのようにまっすぐで両端が持ち上がっていても、リボンに書き込まれた名前は「ヒトラー」だった。

次に、アルバムの反対側ページに目を向け、一九三四年発行の国立公園切手十枚セットに何が——何かが——起きたか見ようとしたところで私はベッドから落ちて床で目を覚ましたのだった。今回は悲鳴を上げていた。カリフォルニアのヨセミティ、アリゾナのグランドキャニオン、コロラドのメサベルデ、オレゴンのクレーターレーク、メインのアケーディア、ワシントンのマウント・レーニア、ワイオミングのイエローストーン、ユタのザイオン、モンタナのグレーシャー、テネシーのグレートスモーキー山脈、その一枚一枚の表面に——崖、森、川、山頂、間歇泉、峡谷、花崗岩の海岸線、深く青い水と高い滝、アメリカでもっとも青い、もっとも緑の、もっとも白い、自然のままの保留地で永遠に保存されるべきものすべての上に——黒い鉤十字が印刷されていたのである。

2

一九四〇年十一月—一九四一年六月
大口叩きのユダヤ人

一九四一年六月、リンドバーグの大統領就任式からちょうど半年後、私たち一家は、歴史的名所や有名な政府の建物を見物しようと、車で五百キロの道を行きワシントンDCに出かけた。私の母はそれまでほぼ二年にわたって、来るべき旅行の費用を貯めようと家計から毎週一ドルを捻出し、ハワード貯蓄銀行の「クリスマス・クラブ」口座に預けていたのである。そもそも旅行の計画を立てたころはFDRが在任二期目で、上院下院とも民主党が過半数を占めていたが、いまや共和党が政権に就き、油断ならぬ敵と目される人物がホワイトハウスに入ったことから、代わりに北部へ出かけてはどうかという話しあいがつかのま家族内で持たれた。ナイアガラの滝を見て、レインコートを着て遊覧船に乗ってセントローレンス川に浮かぶサウザンドアイランズのあいだを抜け、車で国境を越えカナダに入って、オタワまで足をのばす。わが家の友人や隣人のなかには、リンドバーグ政権が露骨にユダヤ人差別を始めたらアメリカを捨ててカナダに移住すると早くも言い出した人たちがいたから、いまカナダに行っておけば、迫害からの避難所候補の下見にもなる。すでに二月、私のいとこのアルヴィンは、本人が宣言したとおり、軍隊に入りイギリス側の一員としてヒトラーと戦おうとカナダに渡っていた。

カナダに発つまで、アルヴィンは七年近く私の両親の世話になっていた。アルヴィンの父親は私の父の一番上の兄で、アルヴィンが六つのときに亡くなっていた。一方母親は私の母のまたいとこで、私の父と母を引きあわせたのもこの女性だったが、アルヴィンが十三のときに亡くなったので、アルヴィンはわが家に越してきて、ウィークエイック高校に通った四年間、ずっと私たちと一緒に暮らした。頭の回転は速いものの、賭け事には手を出すし盗みも働くといった困り者だったが、私の父は何があっても彼を見捨てぬ気でいた。一九四〇年の時点では二十一歳、ライト・ストリートの、青果市場から曲がってすぐのところにある靴磨き店二階のアパートに住んでいて、もうほぼ二年前から、ラクリン兄弟経営の会社と並んで街最大のユダヤ系建設業者スタインハイム&サンズに勤めていた。雇ってくれたのは、会社の創業者で私の父の得意先でもある初代スタインハイムだった。

老スタインハイムは、訛りのきつい、英語も読めない移民だったが、私の父が言うには「鋼（はがね）で出来ている」人物で、私たちの地元のシナゴーグでの大祭日の礼拝にはいまも顔を出していた。そして何年か前の贖いの日（ヨーム・キップール）（ユダヤ教暦七月の祭日）の礼拝に訪れた老スタインハイムが、シナゴーグの外で私の父とアルヴィンが一緒にいるのを見かけると、アルヴィンを私の兄と勘違いして、「この子、何してるんだ？　うちに来させろ、仕事をやるから」と言ったのである。勧めてみると、息子のエイブ・スタインハイムにアルヴィンは気に入られた。移民の父親が始めたささやかな工務店を、一大企業に変容させた立役者エイブは――もっともそこへ至るまでには一族内の大闘争があり、兄弟二人が追い出されることになったのだが――がっしり頑丈な体つきで人を人とも思わぬ態度のアルヴィンを、郵便室に追いやったり社内の使い走りに使ったりする代わりに、自分のお抱え運転手に起用した。かくしてアルヴィンはエイブの下で働き、遣いに出かけ、伝言を伝え、下請け業者を監督するエイブをあちこちの建設現場に連れて回った（それら下請け業者をエイブは「ふんだくり（チゼラーズ）」と呼んでいたが、アルヴィンに言わせればふんだくるのはエイブの方で、下請け業者に限らずあらゆる相手の弱味にエイブはつけ込んでいた）。夏のあいだの毎土曜日、アルヴィンはエイブを乗せて、エイブの所有する繋駕競走用の馬が半ダースばかりいるフリーホールドまで行った。「グズ犬（ハンバーガー）」と呼ぶその馬たちを、エイブは古い繋駕場のレースに出場させていた。「今日フリーホールドでハンバーガーが一頭走るんだ」。彼らはキャデラックを飛ばし、エイブの馬が例によって負けるのを見に行く。金は一銭も儲（もう）からないが、エイブの狙いはそこにはなかった。土曜日にはまた、エイブは輓曳馬（ロード・ホース）協会の一員として、ウィークエイック・パークの美しい速歩競走場（トロッティング・トラック）のレースにも馬を出したり、ずっと昔は華やかだったマウント・ホリーの競馬場を復活させる構想を新聞記者に語ったりした。そのようにしてエイブ・スタインハイムはニュージャージー競馬コミッショナーとなり、歩道に自由に車を乗り上げサイレンを鳴らしてどこにでも駐車できる権限を示す盾形ステッカーも与えられた。またそのようにしてモンマス郡の役人たちとも親しくなり、沿岸部の馬主サークルにも少しずつ入り込んでいった。ウォール・タウンシップやスプリング・レークの非ユダヤ人たちが、自分たちの高級クラブの昼食にエイブを連れていくと、本人がアルヴィンに言うには、「みんな俺のこと見てヒソヒソヒソヒソやり出すんだ、一瞬も待てずにヒソヒソ、『見ろよ、あれ』って、だけど俺のおごる酒は喜んで飲むしディナーの大盤振舞いも平気で受けるわけで、まあ結局は割が合うのさ」。シャーク川の入江には沖釣り用のボートを停泊させていて、そういう連中を海へ連れ出し、さんざん酒を飲ませて、人を雇って魚を釣らせて彼らにふるまう。その結果、ロング・ブランチからポイント・プレザントに至るまで、どこに新しいホテルが建っても、それはかならず、スタインハイム一族がただ同然で手に入れた――父親同様エイブも物は割引でしか買わないという才覚の持ち主だった――敷地にあるのだった。

三日に一度、アルヴィンはエイブを乗せて、会社から四つ角四つ分の道を走って、ブロード・ストリート七四四番地に行く。ここのロビーの葉巻売り場の陰にある床屋でエイブは軽く髪を刈らせ、葉巻売り場でコンドームと一ドル五十セントの葉巻を買っていく。このブロード・ストリート七四四番地は州でもっとも高いオフィスビル二棟のうちの一棟であり、上二十階はナショナル・ニューアーク・アンド・エセックス銀行が占め、残りの階には市でも指折りの弁護士や資本家が入っていたから、ニュージャージーの金融を動かす頂点の人々が床屋には大勢やって来る。が、アルヴィンの仕事のひとつは、行く直前に床屋に電話して、エイブがこれから行くから用意しておけ、いま椅子に誰が座っていようとそいつを追い出せと伝えることだった。アルヴィンが職にありついた日の夕食の席で、父は私たちに、エイブ・スタインハイムってのはニューアークで最高に活きのいい、わくわくすることを次々やってのけるやり手の建設業者なんだと語った。「しかも天才だ」と父は言った。「天才じゃなきゃあそこまで行けやしない。実に頭がいい。それにハンサムだ。金髪で。がっしりしてるが太っちゃいない。いつもいい服を着てる。ラクダの毛のコート。白黒ツートンカラーの靴。綺麗なシャツ。一分の隙もないんだ。おまけに奥さんも美人だし。垢抜けた、気品ある女性で、名家フライリックの出だ、ニューヨークのフライリックだよ、夫とは別にこっちもたっぷり財産がある。エイブはとにかく抜け目がない。度胸だってある。ニューアークじゅう、誰でもいいから訊いてみるといい、最高に危ない事業があったら、かならずスタインハイム社が請け負うんだ。誰一人手を出そうとしないビル建設も、あの人ならやる。一緒に働けばアルヴィンもいろいろ学ぶだろうよ。あの人の仕事ぶりを見れば、自分のものを手に入れるために四六時中働くってのがどういうことかわかるはずさ。アルヴィンの人生にとって大きな転機になると思うね」

アルヴィンがちゃんとやっているかどうか父が観察し、ホットドッグだけで生きているのではないことを母が確かめるのが主たる目的だったが、まともな食事を食べにアルヴィンは週に二、三度わが家にやって来た。そして何と、かつて毎晩夕食の席で正直と責任と勤勉についてこんこんと説教されていたのが嘘のように——放課後アルバイトしていたエッソのガソリンスタンドでレジに手を入れていた現場を見つかったときなど、オーナーのシムコウィッツを父がどうにか説き伏せ告訴を取り下げさせ金も自腹を切って弁償したからよかったものの、これはもうラーウェイの少年院行きかと思えたものだ——いまやアルヴィンは私の父を相手に、激烈な政治談議を戦わせるようになった。最大のテーマは、資本主義体制。父に促されて新聞を読んだりニュースについて話すようになったりしてからというもの、資本主義をアルヴィンは批判し、父は擁護した。更生した甥を相手に、父は辛抱強く、全米製造業者協会の一員のようにではなくローズヴェルトのニューディール政策の信奉者として理を説いた。そしてこうアルヴィンに警告した。「ミスタ・スタインハイムの前でカール・マルクスの名前なんか出すなよ。あの人は迷ったりしないからな。その場で叩き出されるぞ。あの人から学ぶんだ。そのためにあそこで働いてるんじゃないか。あの人から学んで、恭しくふるまえ。ひょっとしたら一生に一度のチャンスかもしれんのだぞ」

だがアルヴィンはスタインハイムのことが耐えられず、終始あしざまに罵っていた。インチキだ、弱い者いじめだ、しみったれだ、年じゅうわめき立てる、どなり散らす、詐欺師だ、世界中に友だち一人だっていやしない、誰だってあいつのそばにいるのが耐えられないんだ、そしてこの俺は——とアルヴィンは言った——そんな奴のお抱え運転手をやらされてるんだ。あいつは息子たちにも残酷で、孫の顔さえろくに見ようとしない。亭主を怒らせるようなことは何も言わないし何もやらない痩せっぽちの女房のことも、年じゅう言いたい放題侮辱してる。一家みんながエイブの建てたビルに住まなくちゃいけない。イーストオレンジ、アプサラ大学近くの、大きなオークやカエデの木が並ぶ街路に建てた高級アパートメントに住まされて、明け方から夕暮れまでニューアークで父親にこき使われて、さんざんどなりつけられわめき散らされて、夜になってもイーストオレンジに電話がかかってきてやっぱりどなりつけられわめき散らされる。すべては金、でも物を買うためじゃない、つねに「嵐を乗りきれる」ようにだ。要はエイブが自分の地位を保って、自分の持株を確実なものにして、買いたい不動産を割引で買えるようにするため。株式暴落のあとも、そうやって不動産を安値で買って大儲けしたのさ。金、金、金。混沌のただなか、取引のただなかに身を置いて、目一杯金を稼ぐ。

「誰かが五百万ドル持っていて、四十五歳で引退すると言い出したとする。銀行に五百万あれば、無限にあるようなもんだ。なのにエイブときたら何て言うと思う?」とアルヴィンは、十二歳になる兄と私とに訊いている。夕食はすでに終わり、アルヴィンは私たち兄弟の寝室にいる。三人とも靴を脱いでベッドの上に寝転がっている。サンディは自分のベッドの上、アルヴィンは私のベッドの上、そして私はアルヴィンのかたわら、彼の逞しい腕と逞しい胸のあいだのすきまに。最高に幸せな瞬間。人間の強欲、狂熱、何ものにも縛られぬ活力、とてつもない傲慢をめぐる物語。そしてその物語を語るわがいとこ自身、私の父にさんざん叩き直されたいまでもやはり何ものにも縛られぬ魅力的な人物、気概としてはいまだ荒くれのなかの荒くれ、二十一歳にしてすでに一日二度黒いひげを剃らないことには筋金入りの犯罪者に見えてしまう豪傑だ。ずっと昔、太古の森で暮らし、一日じゅう葉を齧って暮らしていた大型類人猿が、住みなれた木々を離れ、ニューアークへやって来て、都心で働く。これはその肉食性の子孫たちの物語なのだ。

「ミスタ・スタインハイムは何て言うの？」とサンディが訊く。

「こう言うんだよ。『あいつは五百万ドル持ってる。それで全部だ。まだ若い男盛り、いつかは五千万、六千万、ひょっとしたら一億ドルだって行けるかもしれん。なのに奴ときたら言うんだ、〝この金みんな持っていくよ。俺はあんたとは違うんだ、エイブ。心臓発作起こすまで頑張るのは御免だよ。もうお開きにして、この先ずっとゴルフして過ごせるくらい稼いだんだから〟』。で、エイブは何と評するか？『ありゃあどうしようもないクズだ』。毎週金曜、下請け業者たちが、材木、ガラス、煉瓦の代金をもらいに会社に来るたびエイブは言うんだ。『いいか、金はない、俺としてもこれで精一杯なんだ』。で、約束の半分か、三分の一——それで通りそうだったら四分の一——しか払わない。みんな生きてくために金が要るってのに、これが親父から教わったエイブのやり口なんだ。とにかくたくさん請け負ってるから、それでも通ってしまう。誰もやっつけようとしない」

「やっつけようって気がある人はいないの？」とサンディが訊く。

「いるさ」とアルヴィンは言う。「俺だよ」

「結婚記念日パーティの話をしてよ」と私が言う。

「結婚記念日パーティな」とアルヴィンは鸚鵡返しに言う。「そう、あいつは五十曲歌ったんだ。ピアニストを雇って」とアルヴィンは、ピアノの前に立ったエイブの物語を私がせがむたびにいつもまったく同じ口調で語る。「誰も一言も口をはさめないし、何がどうなってるのか誰もわからない。客たちはみんな一晩じゅう奴に出された食い物を食って、奴はタキシード姿でピアノの脇に立って次々歌を歌ってる。みんな帰るときもまだピアノにくっついて、相変わらず歌ってる。流行歌という流行歌を片っ端から歌って、客が帰りの挨拶をしても聞きやしない」

「アルヴィンにも、どなりつけたりわめき散らしたりするの？」と私が訊く。

「俺に？　みんなにさ。どこへ行っても、どなりつけてわめき散らしてるんだ。日曜の朝にタバチニックへ車で連れてくだろ。みんなサーモンベーグルを買おうと並んでるわけだよ。で、中に入ると、エイブはわめき出す。六百人並んでるってのに、『エイブが来たぞ！』ってわめくと、一番前に通してもらえるのさ。タバチニックの親父も裏手から飛び出して、みんなを押しのけて挨拶に来て、エイブときたら五千ドル分ベーグル買って、家に帰ると体重四十キロのミセス・スタインハイムがそこにいるけど亭主の顔を見たとたんさっさと奥へ引っ込む。で、息子三人に電話するとみんな五秒きっかりで飛んできて、四人で四百人分の食事にかぶりつくのさ。とにかくあいつが唯一金を遣うのは食い物だ。食い物と、葉巻。タバチニック、カーツマン、どこへ行っても誰がいようと何人いようと、入っていって店丸ごと買い占める。日曜の朝ごと、何もかも一切れ残さず平らげる――チョウザメ、ニシン、セーブル（ショートブレッドに似た菓子）、ベーグル、ピクルス。それから俺はあいつを不動産屋に連れてって、あいつは物件が何軒空いてるかをチェックして、何軒埋まっていて何軒は修理中かチェックする。週七日、絶対休まない。休暇なんてお呼びじゃない。また明日なんてない、それがあいつのモットーだ。誰かが一分仕事を休むだけで、居ても立ってもいられなくなるんだ。次の日はもっと取引があってもっと金が入るってわからないことには、心配で夜も眠れない。何から何までほんとにうんざりするぜ。俺にとってあいつは、ただひとつの意味しかない。資本主義を打倒せよっていう歩く広告塔さ」

こうしたアルヴィンの愚痴を、私の父は子供のたわごとと片付け、職場で口にするんじゃないぞと諭した。特に、アルヴィンをラトガーズ大学に行かせるとエイブが言い出してからは——お前、そんなに頭いいのに何でそんなに何も知らないんだ、と言ったと思ったら、私の父がおよそ望みすらしなかったことが起きたのだ。エイブがラトガーズの学長に電話をかけて、学長に向かってわめき出したのである。「この小僧をお前んとこに入れろ、どこの高校を出てるかなんてどうでもいい、こいつはみなしごで、ひょっとすると天才だ、全額そっち持ちの奨学金を出せ、そうしたら大学にビルをひとつ建ててやる、世界で一番立派なビルをだ——だけどこの子が全部ただでラトガーズに行かないんだったら、便所ひとつ建ちやしないからな！」。アルヴィンにはこう説いた。「俺は前々から、運転する以外はただの阿呆っていうお抱え運転手が嫌いなんだ。お前みたいな見どころがある小僧がいいんだ。お前はラトガーズに行く。夏休みには帰ってきて俺の運転手をやる。で、成績優秀で卒業したら、そこでまたゆっくり相談しようじゃないか」

エイブの目論見どおりに行けば、アルヴィンは一九四一年九月にニューブランズウィックで学生生活を開始し、四年後に実業家の卵となって帰ってくるはずだった。ところがアルヴィンは四一年の二月にカナダへ行ってしまった。私の父は激怒した。その前の何週間か、ずっと二人で言い争って、とうとうアルヴィンが、私たちには何も言わずに、ニューアークのペン・ステーションからモントリオール直行の急行列車に乗ったのである。「僕には叔父さんの道徳観がわからないよ、ハーマン叔父さん。泥棒はよせって僕に言うのに、僕が泥棒のために働くのは構わないんだね」。「スタインハイムは泥棒じゃない。スタインハイムは建設業者だ。あの人がやってることは建設業者がみんなやってることだ」と私の父は言った。「みんなああやるしかないんだ、建設ってのは容赦ない業界だからな。でもとにかく、あの人が造った建物が崩れるか？　あの人は法律を破るか、アルヴィン？　え、どうなんだ？」。「いいや、事あるごとに労働者から搾取するだけさ。叔父さんの道徳観がそういうのにも味方するとは知らなかったね」。「俺の道徳観なんてどうだっていい。この街じゅうみんな、俺の道徳観ならわかってるさ。問題は俺じゃない。お前の将来だ。大学に行くってことだ。四年間ただで大学教育が受けられるってことだ」。「ただなのは、あいつが世界中の人間を恫喝しまくっていて、ラトガーズの学長も恫喝してるからさ」。「ラトガーズの学長の心配なぞ本人にさせておけ！　お前いったいどうしたんだ？　お前本気で、お前を学歴ある人間にしてやろう、自分の建設会社でまっとうな地位に就かせてやろうって言ってくれる人を、世界最大の悪人だって言うのか？」。「いやいや、世界最大の悪人はヒトラーさ。実際、僕としてはあのひとでなしと戦う方が、スタインハイムみたいなユダヤ人相手に時間を無駄にするよりずっといいね。あんなクソ野郎はほんとに僕たちユダヤ人の恥さらし――」「おい、子供みたいな言い方はよせ。汚い言葉も聞きたくないぞ。あの人は誰の恥さらしでもないさ。アイルランド系の建設業者の下で働いたらもっとましだと思うか？　やってみるがいい、シャンリーの下で働いてみろ、どんなに素敵な人かわかるだろうよ。じゃなけりゃイタリア系だ、イタリア系の方がいいと思うか？　スタインハイムが撃ちまくるのはしょせん言葉だ。イタリア人は鉄砲だぞ」。「じゃあロンギー・ズウィルマン（「ニュージャージーのアル・カポネ」と異名をとったユダヤ系のギャング）は鉄砲を撃たないっての？」。「俺に向かってロンギーの講釈はよせ。あいつのことなら俺は何だって知ってるんだ。同じ通りで育ったんだから。だいたいそんな話がラトガーズと何の関係がある？」。「僕と関係あるんだよ、ハーマン叔父さん。僕がスタインハイムに生涯恩を受けてしまうってことと。あいつ、自分の息子を三人駄目にしただけでもう十分じゃないのかい？　三人があいつと一緒にユダヤ教の祭日も感謝祭も新年も祝わされるってだけで、もう十分じゃないのかい？　僕まで仲間に入って、どなりつけられなきゃならないの？　みんな同じ会社で働いて、同じ建物に住んで、ただひとつのことを待ってる。あいつが死んで、すべてを山分けする日が来るのを待ってるのさ。賭けてもいいよハーマン叔父さん、あいつら親父が死んだって三日もすりゃケロッとしてるよ」。「違うぞ。全然違う。あの人たちは金だけで動いてるんじゃない」。「叔父さんこそ違うよ！　あいつは金の力で息子たちを押さえつけてるんだ！　狂暴もいいところの親父なのに、金を失うのが怖くて息子たちは我慢してるんだ！」。「我慢してるのは家族だからさ。家族ってのはいろんなことを生き抜くんだ。家族とは平和であり戦争なんだ。世界はいまちょっとした戦争をやっている。俺もそれは理解してる。それは受け入れる。でもだからって、一度はあきらめた大学にせっかく行けることになったのに、みすみすチャンスを捨ててヒトラーと戦いに行ったりする理由にはならんぞ」。「じゃあ」とアルヴィンは、とうとう雇い主のみならず自分の親代わりにも見切りをつけたように言った。「叔父さんも結局は孤立主義賛成なんだね。ベンゲルズドーフと同類だよ。ベンゲルズドーフ、スタインハイム、あいつらいいペアだよね」。「何のペアだ？」と、父もとうとう忍耐が限界に達してぶっきらぼうに訊いた。「いんちきユダヤ人のさ」。「ふん、今度はユダヤ人も非難するのか？」。「ああいうユダヤ人をだよ。ユダヤ人にとって恥たるユダヤ人——ああ、非難するとも！」

言い争いは四晩続けて行なわれ、五日目の金曜、アルヴィンは夕食の席に現われなかった。父の目論見としては、甥を毎晩夕食に来させて、いずれは説き伏せ、正気に立ち返らせるつもりだった。以前だって、青二才のろくでなしだった彼を、父は独力で、一家の良心とも言うべき存在に仕立て上げたのだから。

翌朝私たちは、ビリー・スタインハイムから経緯を知らされた。息子たちのなかではアルヴィンと一番親しく、彼の身をそれなりに心配してくれたビリーは、土曜の朝一番にわが家に電話してきて、昨夜一週間分の給料袋を受けとったアルヴィンが、キャデラックのキーをエイブの顔に投げつけて出ていったと私たちに伝えたのだ。私の父はすぐさま、本人から一部始終を聞いてチャンスをどこまでフイにしたかを探ろうと家の車でライト・ストリートのアパートに飛んでいったが、アルヴィンの大家でもある靴磨き店のあるじが言うには、アルヴィンはもうすでに家賃を清算して荷物をまとめ、世界最大の悪人と戦いに出ていったとのことだった。アルヴィンのすさまじい憤怒を思えば、それ以下の相手では不十分だっただろう。

十一月の選挙は接戦ですらなかった。リンドバーグは一般投票の五十七パーセントを獲得し、選挙人投票でも四十八州中四十六州という圧倒的勝利を収めた。負けたのはＦＤＲの地元ニューヨーク州と、わずか二千票差だったメリーランド州のみ。メリーランドでは連邦政府職員の大多数がローズヴェルトに投票したし、昔からの南部民主党員の半数近くも忠誠を保ったが、メイスン＝ディクスン線（アメリカ南部と北部の境界線として知られる）の下ではそうした忠誠が保たれた州は一州もなかった。選挙の翌朝も愕然たる思いは続き、特に予想屋たちはそうだったが、昼になるともう、何もかもわかったような顔を誰もがしていて、ラジオのコメンテーターも新聞のコラムニストも、ローズヴェルトの敗北があらかじめ定められていたかのような口ぶりだった。要するにこれは、大統領二期制という、ジョージ・ワシントンが導入し、いままでどの大統領も反対しなかった伝統を国民が破りたがらなかったということである、と彼らは講釈した。大恐慌も過去となり、老いも若きも自信を取り戻しつつあるなか、リンドバーグの若さはプラスに働いたし、その気品あるスポーツマンぶりも、ポリオ既往者のＦＤＲを苛む深刻な肉体的障害とはあまりに好対照を成していた。また、飛行術の驚異と、飛行術が約束する新しい生活の魅惑もある。すでに長距離飛行の記録保持者、航空の第一人者たるリンドバーグなら、いまだ見ぬ空の未来へ国民を導いてくれるとともに、その厳かにして古風な物腰でもって、現代の科学技術の達成が過去の価値観を損なうとは限らないことを証してくれる。結局二十世紀のアメリカ国民は、十年ごとに新しい危機が訪れるのに疲れて、正常性（ノーマルシー）を何より望んだのだ、と専門家たちは結論づけた。チャールズ・A・リンドバーグが体現しているのは、まさにその正常性を英雄的次元まで高めたものにほかならない。誠実そうな顔立ちの、慎みあるこの人物は、淡々とした声で、地球全体に向けて、責任を負う勇気を、歴史を形作る強靱（きょうじん）さを、そしてもちろん個人的悲劇を超越する力を、雄弁に語ってみせた。戦争はない、とリンドバーグが約束するなら、戦争はない。国民の大多数にとってはそういう簡単な話だったのだ。

私たちにとって選挙よりもっとおぞましかったのは、就任式の数週間後、新大統領がアイスランドを訪れ、アドルフ・ヒトラーとじかに会見したことだった。二日間にわたる「友好的」会談の末に、ドイツと合衆国間の平和的関係を保証する「協定」が締結された。全米十あまりの都市で〈アイスランド協定〉に反対するデモが行なわれ、下院・上院では共和党圧勝にも生き残った民主党議員が激しい糾弾を行ない、リンドバーグがファシストの独裁者にして殺人者を対等の存在と扱ったことを非難した。また、すでにナチスに征服された民主的君主国デンマークに対し歴史的に忠節を尽くしてきた島の王国を会合の場として受け入れたことも批判の対象となった。デンマークにとってその征服は国家的悲劇であり、国民と王にとっては明らかに悲惨な事態であるのに、リンドバーグのレイキャヴィーク訪問は、それを暗に容認したものと映ったのである。

アイスランドからワシントンに帰ってきた際の——大きな海軍偵察機十機の飛行編隊に護衛されて、双発ロッキード防空戦闘機が大統領自らの操縦で帰還した——国民に向けての大統領挨拶はわずか五つの文から成っていた。「この偉大なる国が、欧州における戦争に参加しないことはいまや保証されました」。歴史に残るメッセージはこの一文とともに始まり、以後こう展開し、結ばれた。「我々はこの地球のいかなる場の交戦にも加わりません。と同時に我々は、今後も引きつづき国を挙げて武力充実に努め、最新の軍事テクノロジーを活用した軍隊においてわが国の若者たちを訓練します。わが国を無敵とする鍵は、ロケット技術を含む飛行技術の発展です。この発展によってわが国の国境は難攻不落となり、国として完璧な中立を維持できるのです」

十日後、大統領はホノルルにおいて、大日本帝国首相近衛文麿公爵および外相松岡洋右と〈ハワイ協定〉を締結した。近衛と松岡はすでに、裕仁天皇の使者として、一九四〇年九月、ベルリンにおいてドイツ・イタリアと三国同盟を結んでおり、これによって日本は伊独二国の主導になる「ヨーロッパ新体制」を支持し、伊独は日本の打ちたてた「大東亜共栄圏」を支持することとなった。三国はさらに、いずれかの国が、欧州戦争にも日中戦争にも関与していない国に攻撃された場合に軍事的援助を与えあうことを取り決めた。アイスランド協定と同じく、ハワイ協定もまた、合衆国を事実上、枢軸国陣営の一員にしていた。何しろアメリカが認める日本の主権の範囲を東アジアにまで拡張し、オランダ領東インド、フランス領インドシナの併合をはじめ日本がアジア大陸に領土を拡張することに合衆国は反対しないと保証したのだ。そして日本も北米大陸におけるアメリカの主権を承認し、フィリピン諸島のアメリカ主導コモンウェルスの政治的独立——実現は一九四六年の予定——を尊重し、米領ハワイ、グアム、ミッドウェーを太平洋における合衆国の恒久的領土として認めた。

二つの協定が締結された結果、アメリカ人たちは国中で、戦争はなしだ、もう二度と若者が戦って死んだりしない！　と声高に唱えていた。リンドバーグならヒトラーと渡りあえる、と人々は言った。リンドバーグであるからこそ、ヒトラーも敬意を払うのだ、と。ムッソリーニと裕仁も、リンドバーグであるからこそ敬意を払う。リンドバーグに反対する連中はユダヤ人だけだ、と人々は言った。そしてアメリカ国内ではたしかにそのとおりだった。ユダヤ人たちにできるのは心配することだけだった。年長の人たちが街角に集っては、自分たちがどんな仕打ちを受けるか、誰なら護ってくれそうか、どうやってわが身を護れるかをえんえん話しあった。私のような幼い子供は、アイスランドで何度も共にした食事の最中リンドバーグが私たちのことをヒトラーにどう言ったか、ヒトラーが私たちのことをリンドバーグにどう言ったかをめぐって年上の男の子たちが話しあっているのを耳にし、怯え、戸惑い、時には泣きながら学校から帰ってきた。前々から計画していたワシントン旅行を私の両親が決行することにしたのも、ひとつには、ＦＤＲがもはや在職していない以外何も変わっていないのだとサンディと私に納得させる——両親自身が信じているかどうかはともかく——のが目的だった。アメリカはファシストの国ではないし、アルヴィンはあんな予言をしたけれどこれからもそうはならない。大統領は交代したし下院も変わったが、憲法に定められた決まりは誰もが守らねばならないのだ。彼らは共和党員であり、孤立主義擁護者であり、たしかに中にはユダヤ人迫害者もいる。でもそれを言うなら、FDRの民主党だって南部にはそういうのがいたのだし、それにいくら迫害者といってもナチスとは大違いだ。さらに、日曜夜の放送で、新大統領と「奴のお友だちジョー・ゲッベルス」をウィンチェルがクソミソにこき下ろし、内務省が検討中の強制収容所建設候補地を列挙するのを聞けば——候補地の大半はリンドバーグ「挙国一致」政権の副大統領で孤立主義の民主党員バートン・K・ウィーラーの地元モンタナにあった——ウィンチェル、ドロシー・トンプソン、クエンティン・レノルズ、ウィリアム・L・シャイラー、そしてもちろん『PM』のスタッフといった私の父お気に入りのレポーターたちが新政権をしっかり監視してくれていると確信できた。いまではもう私ですら、父が夜に持ち帰ってくる『PM』を読む順番を待つようになっていた。それも単に漫画『バーナビー』を読んで写真ページをぱらぱらめくるためではなく、アメリカ人としての私たちの地位は急速に変わりつつあるように見えるものの、私たちはまだ自由の国に住んでいるのだという文書上の証拠を両手に持ちたいからだった。

一九四一年一月二十日にリンドバーグの就任宣誓が済むと、FDRは家族を連れてニューヨーク州ハイドパークにある地所に引っ込み、以来姿も見せなければ消息も聞こえてこなかった。このハイドパークの屋敷に住む少年だったときに切手集めに興味を抱くようになったのだから――母親から、彼女が子供だったころのアルバムを与えられたのがきっかけだったという――彼がいままた空いた時間をそっくり費やして、ホワイトハウス在任の八年間に蓄積した何百枚もの切手を整理している姿を私は思い浮かべた。コレクターなら誰もが知るとおり、あれほど多くの新切手の発行を郵政長官に命じた大統領は初めてだったし、郵政省とあれほど親密に接した大統領もほかにいない。私にしても、アルバムを手に入れてほぼ最初に目標としたのは、ＦＤＲがデザインしたり自ら提案したとわかっている切手をすべて集めることだった。まず手始めに、一九三六年発行、婦人参政権成立十六周年を記念したスーザン・Ｂ・アントニーの三セント切手と、一九三七年発行、アメリカで初めてイギリス人の子供がロアノークで生まれてから三五〇周年を記念するヴァージニア・デア（その子供の名前）の五セント切手。一九三四年発行の、元来ＦＤＲがデザインした母の日の三セント切手――左上に「アメリカの母たちを偲び讃えて」と記され、右から中央にかけてウイスラーによる画家自身の母親の有名な肖像が入っている――は私の収集のスタートを後押ししようと母が四枚綴りを買ってくれた。母はまた、ローズヴェルトが大統領になって一年目に承認した記念切手七枚の購入にも手を貸してくれた。これらの切手が欲しかったのは、そのうちの五枚に、「一九三三」と私の生まれた年が大きく書かれていたからである。

一家でワシントンに出かける前、私は両親に、切手アルバムを旅行に持っていく許可を求めた。旅先でなくしでもしたら私が底なしに悲しむからと、母は最初首を縦に振らなかったが、私が執拗に、少なくとも大統領シリーズ——一九三八年発行のジョージ・ワシントンからカルヴィン・クーリッジまで金額も順々に増えていくセットのうち私が所有する十六枚——はぜひ持っていく必要があると主張すると、結局しぶしぶ許してくれた。一九二二年のアーリントン国立墓地切手や、一九二三年のリンカーン記念館切手、連邦議会議事堂切手は高すぎてとうてい手が出なかったが、それでも私は、コレクションを持っていくべきもうひとつの理由として、アルバム内の、これら三名所の切手を貼るべきページにその白黒写真がくっきり載っているという事実を挙げた。だが本当は、あんな悪夢を見たあとだったから、誰もいないアパートにアルバムを置いていくのが私は怖かったのである。リンドバーグの十セント航空便切手もまだアルバムから取り除いていなかったし、サンディも両親に嘘をついてリンドバーグのドローイングをすべてベッドの下に隠したままだった。そのどちらかのせいで——あるいはそうやって、子二人が結託して裏切りを犯しているせいで——私のいないあいだに禍々しい変容が起きてしまうのが私は怖かった。無防備なわがワシントンたちはヒトラーに変わり、わが国立公園には鉤十字が刻み込まれてしまうのではないか。

ワシントンに入ってすぐ、私たちは交通渋滞のなかで曲がり角を間違えてしまい、母が道路地図を頼りに父をホテルに誘導しようとあがいていると、目の前に、いままで私が見たこともないほど大きな白い物体が現われた。通りの奥に広がる斜面の上に、合衆国連邦議会議事堂が建っていたのだ。広々とした階段がさっそうと柱廊に向かって延び、てっぺんには凝った造りの三層ドーム。私たちは期せずして、アメリカ史の中心に迷い出たのである。そして、はっきりそう言葉にしていたかはともかく、こうしてこの上なく気高い姿に表われたアメリカの歴史こそが私たちをリンドバーグから護ってくれるのだ、そうみんな当てにしていたのだと思う。

「ほらあれ！　すごいでしょう？」と母が、後部席に座ったサンディと私の方を向いて言った。もちろんすごい。だがサンディは愛国心を呼び覚まされて呆然自失となったのか何も言わず、私もそれに倣い沈黙によって畏怖の念を表明した。

と、警官の乗ったオートバイが私たちの横に停まった。「どうした、ジャージー？」と警官は、開いた窓の外から呼びかけた。

「ホテルを探してるんです」と私の父は答えた。「何て名前だい、ベス？」

ついいままで、議事堂の圧倒的な荘厳さに酔いしれていた母は、たちまち真っ青になって、声もひどく弱々しくなり、喋っても車の騒音で聞きとれなかった。

「あんたらをここから出してやらないといかんのですよ」と警官は叫んだ。「もっと大きい声でお願いしますよ、奥さん」

「ダグラス・ホテル！」。はきはきと警官に向かって叫んだのは私の兄だった。オートバイをよく見ようと身を乗り出している。「Kストリートです、おまわりさん！」

「よしよし」と警官は言って、片腕を宙に上げてうしろに並んだ車に停まるよう指示し、Uターンしながら私たちについて来いと合図して、ペンシルヴェニア・アベニューを反対方向に走り出した。

父は笑いながら、「王侯貴族の扱いだな」と言った。

「でもどうしてわかるの、どこへ連れていかれるか？」と母が訊いた。「ねえハーマン、どうなってるの？」

警官に先導されて、私たちは次々、連邦政府の大きな建物の横を過ぎていった。と、サンディが興奮した様子で、すぐ左に見える、ゆるやかにうねった芝生を指さした。「ほらあそこ！」とサンディは叫んだ。「ホワイトハウス！」。そのとたん母が泣き出した。「このごろはもう」と母は、ホテルに着いて警官が手を振り轟音とともに走り去る直前に弁明に努めた。「このごろはもう、普通の国に暮らしている気がしないのよ。ほんとにごめんなさいね、あんたたち。母さんを許してね」。でもそう言ったあと母はまた泣き出した。

ダグラス・ホテルの裏手の小さな部屋には、両親が眠るダブルベッドと、兄と私が眠る簡易ベッド二つがあった。部屋の鍵を開けて、荷物を部屋に入れてくれたベルボーイに父がチップをやったとたん、母はいつもの母に戻った。少なくとも、スーツケースの中身をたんすに移し、たんすのなかに新しい紙が敷いてあることを満足げに指摘することによって、いつもの母に戻ったふりをした。

朝の四時に家を出てからずっと、私たちは車を走らせていた。昼ご飯の場所を探しにふたたび街へくり出したときには、もう午後一時を過ぎていた。車はホテルの向かいに駐めてある。その横に、きつい顔立ちの、ダブルのグレーのスーツを着た小柄な男が立っていた。男は帽子を脱いで言った。「皆さん、私、テイラーと申します。わが国の首都の公式ガイドです。時間を無駄になさりたくなかったら、私のような者を雇われるのがよろしいかと存じます。私が運転してさし上げますから迷子にもなりませんし、観光名所に逐一お連れして、すべて解説申し上げますし、皆さんをお待ちしてお迎えに上がり、お食事もまっとうな値段で美味しく食べられる店にお連れして、それ全部で、ご自分の車をお使いになれば一日九ドルでお受けします。これが認可証です」と男は言って、何ページかある文書を開いて父に見せた。「商工会議所発行、ヴァーリン・M・テイラー、一九三七年より公式ＤＣガイドを務めております。正確には、一九三七年一月五日、第七十五回合衆国議会が開かれた日からです」

男と父は握手して、父はいかにも保険屋らしく事務的にガイドの書類をぱらぱらめくり、やがて相手に返した。「よさそうですね」と父は言った。「ですがミスタ・テイラー、一日九ドルはちょっと厳しいですね。少なくとも我々一家には」

「わかります。ですが、ご自分たちで動かれて、ご自分で運転なさって、道もわからずに走って、しかもこの街で駐車スペースを探すとなったら、ご家族みんな、私がご案内さし上げるのに較べて半分もご覧になれないでしょうし、快適さも全然違います。私がお供すれば、まずは昼食にうってつけの店にお連れして、車でお待ちして、すぐワシントン記念塔から始められます。それからモールを下ってリンカーン記念館に行きます。ワシントンとリンカーン。わが国のもっとも偉大な大統領二人、私いつもそこから始めるんです。ご存じのとおり、ワシントンは一度もワシントンに住みませんでした。大統領としてこの地を選び、ここを政府の恒久的所在地と定める書類に署名はしましたが、一八〇〇年、ホワイトハウスに移ってきた最初の大統領は後継者のジョン・アダムズだったのです。正確には、一八〇〇年十一月一日。その二週間後に妻のアビゲイルも越してきました。ホワイトハウスは興味深い骨董（こっとう）に事欠きませんが、アダムズ夫妻が所有していたセロリグラスもいまだに残っているんです」

「ふうん、そりゃ知らなかったな」と父は答えた。「えーと、ちょっと家内と相談します」。父は小声で母に訊いた。「九ドル、出せるかな？　なかなか詳しそうじゃないか」。母はひそひそ声で「でもこの人、誰がよこしたの？　どうやってうちの車を見つけたの？」と言った。

「そういうのが仕事なのさ、ベス——旅行者を嗅ぎつけることが。そうやって食ってるのさ」。兄と私は両親の横で縮こまって、母が黙ってくれないか、何とかこの口のよく回る尖った顔つきで足の短いガイドが雇われないものかと願っていた。

「お前たち、どう思う？」と父が、サンディと私の方を向いて言った。

「うーん、値段が高すぎるんだったら……」とサンディが言いかけた。

「値段のことは考えんでいい」と父は答えた。「あの男好きか、嫌いか？」

「あの人面白いよ、父さん」とサンディが囁いた。「カモの囮（デコイ）みたいな顔してるし。『正確には』って言い方も面白いし」

「ベス、この男は本物のワシントンＤＣガイドだよ」と父は言った。「にこりともしないけど、ちゃんとこっちの話を聞いてるし、実に礼儀正しい。七ドルに負からないか、訊いてみるよ」。父は私たちから離れてガイドの許に行き、何分か二人で真剣に喋っていたが、やがて話はまとまり、二人は握手を交わし、父は声を張り上げて、「よぉし、食べよう！」と、何もすることがないときでもいつもみなぎらせている活きのよさとともに言った。

何が一番信じがたいか、決めるのは困難だった。私が生まれて初めてニュージャージーの外に来たことか。家から五百キロ離れた首都にいることか。私たち一家が、合衆国第十二代大統領——その横顔は私の膝の上に載ったアルバムのなかで十一セントの青いポークと十三セントの緑のフィルモアとにはさまれてスミレ色の十二セント切手を飾っている——と同じ名字を持つ赤の他人の運転するわが家の車で、その首都を回っていることか。

「ワシントンの街は」とテイラー氏が語っていた。「四つのセクションに分かれています。北西部、北東部、南東部、南西部。例外はいくつかありますが、南北に走る街路には数字の名が、東西に走る街路にはアルファベットの名がついています。西洋世界に現存するすべての首都のうち、この都市だけが唯一、もっぱら国の政府に本拠地を提供することを目的につくられました。それがこの街をロンドン、パリのみならず、わが国のニューヨークやシカゴとも違ったものにしているのです」

「聞いたか？」と父が、サンディと私の方を向いて言った。「聞いたかベス、いまミスタ・テイラーがおっしゃった、ワシントンが特別だって話？」

「ええ」と母は言って、私の手を自分の手でくるんだ。これで何もかも上手(うま)く行くと私を安心させることによって、母は自分を安心させようとしている。でも私はといえば、ワシントンに入ってからワシントンを出るまで、ただひとつのことしか頭になかった。とにかく私の切手コレクションに害が及ばぬよう護ること。

テイラー氏が私たちを降ろしてくれたカフェテリアは、清潔で値段も安く、食べ物も氏が言ったとおり美味しかった。食事を終えて通りに出ると、店の真ん前にわが家の車が二重駐車している。「何てタイミングだ!」と父が叫んだ。

「長年やってますとね」とテイラー氏は言った。「皆さんが昼食にどれくらい時間をかけるか、読めるようになるんです。お食事大丈夫でしたか、ミセス・ロス?」と彼は母に訊いた。

「お口に合いましたかね?」

「ええ、美味しかったわ、おかげさまで」

「では皆さん、ワシントン記念塔に向かう準備はよろしいですか」とテイラー氏は言い、車は走り出した。「この塔が記念している人物は、もちろんどなたもご存じですよね。わが国の初代大統領にして、大方の意見によればリンカーンと並んでわが国最高の大統領」

「私としてはFDRもそのリストに入れたいね。立派なお方なのに、この国の連中ときたらホワイトハウスから追い出しちまった」と私の父は言った。「しかも代わりに入ったのがあんなのときてる」

テイラー氏は礼儀正しく耳を傾けていたが、何も言葉は返さなかった。「さて」と彼は話を戻した。「ワシントン記念塔は、皆さん写真でご覧になったことがおありでしょう。ですが、写真ではかならずしもその壮麗さは伝わりません。地上から一六九メートル二十九センチ、世界最高の高さを誇る石造建築物です。新しく設置された電動エレベータに乗れば一分十五秒でてっぺんまで上がれますし、螺旋階段を八九三段、自力でのぼることもできます。上からの眺望は半径二十五キロから三十キロに及びます。一見の価値ありですよ。ほら――見えます？」とテイラー氏は言った。「真っ正面です」

数分後、テイラー氏は記念塔の敷地内に駐車スペースを見つけてくれて、みんなで車を降りると、ちょこちょこがに股で私たちの横を歩きながら講釈を続けた。「数年前に、記念塔の清掃が初めて行なわれました。そりゃもう大掃除ですよ、ミセス・ロス。水に砂を混ぜて、鋼のブラシを使ったんです。期間は五か月、費用は十万ドルかかりました」

「FDR政権がやったのかい？」と父が訊いた。

「だと思いますね、はい」

「で、国民は知っているか？」と父は問うた。「国民はちゃんと気にとめているか？　いやいや。代わりに、航空便パイロットに国を仕切らせようってんだから。そして話はまだまだ悪くなる」

私たちが記念塔に入っているあいだ、テイラー氏は外で待っていた。エレベータの前で、ふたたび私の手を握った母が、父に寄っていって、「あんなこと言っちゃ駄目よ」と囁いた。

「あんなことって？」

「リンドバーグのこと」

「あれか？　自分の意見を言っただけじゃないか」

「でもあの人がほんとは何者か、わからないじゃないの」

「わかるさ。あの人は公式のガイドで、それを証明する書類もちゃんと持ってる。なあベス、ここはワシントン記念塔なんだよ、なのにお前ときたら、ここがベルリンかどこかみたいに、意見は隠しとけって言うんだからな」

父のあからさまな物言いに、母の不安はますます募った。エレベータを待つほかの人たちにも聞こえてしまうと思うと、なおさら心配だった。やがて父が、妻と子供二人と並んでいるよその父親の方を向いて、「あんた方、どっからです？　うちはジャージーからです」と言った。「メインです」と相手は答えた。「聞いたか？」と父は兄と私に言った。全部で二十人あまりの大人子供がエレベータに乗り込み、箱の半分くらいが埋まった。箱が鉄柱の枠組をのぼって行くなか、てっぺんまで達するのに要する一分十五秒の時間を利用して、父は残りの家族にもどこから来たかを訊ねた。

私たちが記念塔を見終えると、テイラー氏は外で待っていた。一五〇メートル上空から何が見えたかい、と氏はサンディと私に訊き、それから私たちを率いて、塔の外側をめぐる簡単な徒歩ツアーを行ない、その建設に関する歴史を切れぎれに物語った。それから、わが家の箱型ブラウニー・カメラを使って私たちの写真を何枚か撮ってくれた。次に私の父が、テイラー氏が辞退するのにも耳を貸さず、塔を背景に、氏が母、サンディ、私と一緒に写った写真を撮った。そうしてやっとみんなで車に戻り、テイラー氏がふたたび運転席に座って、リンカーン記念館めざしてモールを下っていった。

駐車しながらテイラー氏は、リンカーン記念館は世界中のどんな建造物とも違います、そりゃもう圧倒されますから覚悟なさい、と私たちに言った。それから私たちと一緒に駐車場を離れ、円柱の並び立つ堂々たる建造物の前まで来た。広々とした大理石の階段を私たちがのぼって行き、円柱の列を過ぎて館の内部に至ると、台座に載った、広々とした至高の君主席に座ったリンカーン像がそこにあった。彫刻された顔が、この上なく神聖な融合体のごとくに私を見ていた。神の顔と、アメリカの顔が、ひとつになっている。

父が重々しく言った。「こんな偉い人を撃ち殺しちまうんだからなあ。汚い犬どもが」

私たち四人は台座のすぐ下に立っていた。エイブラハム・リンカーンをめぐるすべてが、巨大かつ偉大に見えるように照明が施されている。ふだんなら偉大で通るものも、ここでは見る影もなく、大人であれ子供であれ、思いきり誇張されたこの重々しさに抗うすべはなかった。

「この国が最良の大統領たちに対してする仕打ちを思うと……」

「ハーマン、やめてちょうだい」と母が頼み込んだ。

「やめるも何もないさ。これは大きな悲劇だったんだ。そうだろ、お前たち？　リンカーン暗殺、悲劇だろう？」

テイラー氏が寄ってきて、静かに言った。「明日はリンカーンが撃たれたフォード劇場に行きましょう。その向かいの、リンカーンが息を引きとったピーターセン・ハウスにも」

「いま言ってたんですよ、ミスタ・テイラー、この国は偉人たちにひどい仕打ちをするって」

「リンドバーグが大統領になってよかったわよ」と、何歩も離れていないあたりから女性の声がした。年配の女の人で、一人離れて立ってガイドブックを見ている。その一言は誰に向けられたのでもなさそうだったが、どうやら私の父の言葉が耳に入ったことに触発されたものらしかった。

「リンカーンとリンドバーグを並べる？　やれやれ、何てこった」と父がうめくように言った。

実のところ年配の女性は一人ではなく、ツアー客のグループと一緒で、そのなかに私の父と同い歳くらいの、彼女の息子であってもおかしくない男がいた。

「何かまずいことでも？」と男は、凄みを利かせて私たちの方に歩み出ながら父に訊いた。

「いいや、こっちはべつに」と私の父は答えた。

「いまご婦人が言ったこと、何かまずかったりするかね？」

「いいや。ここは自由の国だからね」

見知らぬ男は長々と、まじまじと父を見つめ、それから母を、サンディを、私を見た。男には何が見えたか？　まず、小ざっぱりした、バランスよく肉のついた、がっしりした胸の、背丈一七五センチの男。控え目にハンサムで、灰色がかった緑の穏やかな瞳、薄くなりかけた茶色い髪はこめかみのところで短く刈り込み、二つの耳をやや必要以上にコミカルに世界に向けてつき出している。女性はほっそりした体だが丈夫そうで、身なりは小綺麗、ウェーブのかかった黒髪が一房、片方の眉の上にかかっている。丸っこい頬にはわずかに紅が塗られ、鼻は前につき出し、腕はぽっちゃりして脚はすらっと格好よく、腰もほっそりしていて、目に浮かぶ活気は彼女の半分の歳の少女のそれである。どちらの大人にも、過剰なまでの分別と、過剰なまでの活力がみなぎっている。一方、二人の男の子は、まだふわふわと形も定まらぬ表層のみで、いかにも若々しい両親の幼い息子たちという感じ。二人とも抜かりなく周囲に目を配り、体も健康、度しがたいところがあるとすればその楽天のみ。

そして見知らぬ男は、己の観察から得た結論を、あざ笑うように頭を動かすしぐさで表わしてみせた。それから、私たちに対する評価をめぐって誤解のないようフーッと騒々しく息を吐いてダメを押してから、年配の女性とツアー客の一行の許に戻っていった。ゆっくりとした、横揺れを伴ったその足どりは、広い背中のシルエットと相まって、ひとつの警告を伝えているように思えた。その背中から、男が父のことを「大口叩きのユダヤ人（ラウドマウス・ジュー）」と呼ぶのが私たちの耳に届いたのだった。一拍置いて、年配の女性が、「顔を思いきりひっぱたいてやりたい」と言い放った。

テイラー氏はそそくさと、私たちをメインホールのすぐ脇の、もう少し小さな広間に連れていった。ゲティスバーグ演説が刻まれた銘板と、奴隷解放をテーマとした壁画があった。「この場所であんな言葉を聞くなんて」と父は言った。喉につっかえた声が、憤りに震えていた。「こんな偉人の神殿で！」

一方テイラー氏は、壁画を指さして、「あそこ、見えます？　真理の天使が奴隷を自由にしているんです」と言った。

だが父には何も見えていなかった。「ローズヴェルトが大統領だったら、ここであんな科白聞くと思うか？　ローズヴェルトがいたころは、誰もあんなこと言いやしなかった、夢にも思わなかった……でもいまじゃ、アドルフ・ヒトラーがこの国の大いなる同志に、合衆国大統領の無二の親友になったもんだから、みんな何を言っても許されると思ってるんだ。嘆かわしいったらない。ホワイトハウスから始まって……」

父は私以外の誰に向かって話しているのか？　兄はテイラー氏のうしろにくっついて壁画についてあれこれ訊いているし、母は何も言うまい、何もするまいとこらえ、さっき車のなかでも襲われた強い不安とふたたび闘っている。そしてさっきと違って、いまはその不安を抱くだけの根拠がはっきりあるのだ。

「あれを読んでみろよ」と父は言った。ゲティスバーグ演説が刻まれた銘板のことだ。「読んでみろよ。『すべての人間は平等に作られる』」

「ハーマン」と母が、息を詰まらせながら言った。「あたし、もうついて行けない」

私たちはふたたび陽光のなかに出て、階段の上に集まった。ワシントン記念塔の細長い姿が一キロ先、鏡池の向こう側に見える。リンカーン記念館へつながる、段々になった通路の先端から池が始まり、塔はその先にあるのだ。周りじゅうニレの木が植わっている。こんなに美しいパノラマを見るのは初めてだった。愛国者の楽園、アメリカのエデンが、私たちの眼前に広がっている。そして私たちは、追放された一家として、背を丸め身を寄せあって立っている。

「なあ、少し昼寝しないか」と父は兄と私を引き寄せながら言った。「長い一日だったからな。みんなでホテルに戻って、一時間か二時間休もうじゃないか。どう思います、ミスタ・

テイラー?」

「皆さん次第ですよ、ミスタ・ロス。夕食のあとは、車でワシントンの夜景を見て回られたらいかがかと思ってましたが。名所はどこもイルミネーションが灯（とも）ってますし」

「そう来なくっちゃ」と父は答えた。「いいと思わんか、ベス?」。だが母はサンディや私ほど簡単には乗せられなかった。「なあハニー」と父は言った。「俺たちは頭のおかしいのに出くわしたんだ。頭のおかしいの二人に。カナダへ行ったって、やっぱり同じくらいひどいのに出くわしたかもしれないぜ。こんなことで旅行を台なしにされてたまるか。まずはみんなでゆっくり休もうや、ミスタ・テイラーには待っててもらって。そこからまた考えよう」。それから父は「見ろよ」と言って、片腕を伸ばしてさっと振った。「こいつはすべてのアメリカ人が目にすべき眺めだ。お前たち、うしろを向いてごらん。エイブラハム・リンカーンをあと一目見ておくんだ」

私たちは言われたとおりにしたが、私はもう、体を内外（うちそと）ひっくり返されるような愛国心の恍惚（こうこつ）などとうてい感じられなくなっていた。大理石の長い階段を私たちが降りはじめたあたりで、うしろでよその子たちが親に、「あれってほんとにリンカーンなの?　ほんとにあんなのの下に埋められてるの?」と訊くのが聞こえた。母は私のすぐ横で階段を下っていて、胸の内でパニックが荒れ狂っていないかのようにふるまおうと努めている。そして私は突然悟る。母の気を鎮めるのはいまや私の役目なのであり、私は一気に変身して、リンカーンその人がいくぶん乗り移ったかのような勇気あふれる別人にならないといけないのだ。けれど私には、母が差し出した片手を握り、未熟な子供そのままにしがみつくのが精一杯だった。しょせん私は、いまだその切手コレクションが世界をめぐる知識の十分の九を占めている子供でしかなかった。

車のなかで、テイラー氏が今日これからのプランを聞かせてくれた。みんなでホテルに戻って昼寝し、六時十五分前にテイラー氏が迎えにきて夕食に連れていってくれる。さっきランチを食べたユニオン・ステーション近くのカフェテリアにまた行ってもいいし、ほかにも手ごろな値段で味は保証できるレストランが二、三軒ある。そして夕食が済んだら、ワシントン夜景ツアーにくり出す。

「あんた、何があってもあわてず騒がずなんですね、ミスタ・テイラー」と父が言った。

相手はそれに応えて、曖昧に頷(うなず)いただけだった。

「あんたどちらの出です?」と父はテイラー氏に訊いた。

「インディアナです、ミスタ・ロス」

「インディアナか。インディアナだってさ、お前たち。で、故郷の町は何て名で?」

「故郷はありません。親父は機械修理工でして。農家の機械を修理して回るんです。年じゅう移動してました」

「そうですか」と父は、テイラー氏にはよくわからなかったにちがいない気持ちを込めて言った。「それは脱帽しますよ。あんた、ご自分を誇りに思うべきです」

テイラー氏はふたたび頷いただけだった。この人は真面目一方の、ぴっちりしたスーツに身を包んだ、その手際よさ、その物腰にはっきり軍隊的なものを感じさせる人なのだ。正体を隠した人物のようでもあるが、実は隠すべきものは何もない。個人的なものを超えたすべてが、全部はっきり表に出ている。ワシントンＤＣのことならいくらでも喋るが、ほかのことについてはおそろしく無口である。

ホテルに帰ると、テイラー氏は車を駐めて、ガイドというよりは付添いという感じでホテルの中までついて来てくれた。これは幸いだった。というのも、小さなホテルのロビーに入ってみると、フロントの横に、私たちの四つのスーツケースが置いてあったからである。フロントデスクにいた、初めて見る男が、支配人だと名のった。

何でうちの荷物がここに下ろしてあるんだと父が訊くと、支配人はこう答えた。「ええ、お詫びしなければなりません。皆さんに代わってこの荷物をまとめさせていただくしかなかったんです。午後の係員が間違いを犯しまして。皆さんをご案内した部屋は、別のご家族の予約が入っていたんです。手付け金、お返しします」。支配人は父に、十ドル札の入った封筒を渡した。

「だけどうちの家内が郵便で申し込んだんですよ。そしてあんた方から返事も来た。何か月も前に予約したんだ。だから手付け金も送ったんです。ベス、手紙の控えはどこだ？」

母はスーツケースを指さした。

「お客さま」と支配人は言った。「あの部屋はふさがっていて、ほかに空きはありません。今日これまで使った分に関しては料金もいただきませんし、なくなった石鹸についても不問に付します」

「なくなった？」。父をカッとさせるのにうってつけの言葉だ。「あんた、私たちが盗んだって言うのか？」

「いいえ、違います。おおかたお子さん方のどちらかが土産代わりにでもなさったんでしょう。べつにいいんです。たかが石鹸くらいでうるさく言ったり、子供たちのポケットを探ったりはしません」

「いったいどうなってるんだ！」と父は声を荒らげて、支配人の鼻先でげんこつをふるい、フロントデスクをどんと叩いた。

「ミスタ・ロス、もし事を荒立てられるんでしたら……」

「そうとも」と父は言った。「あの部屋がどうなってるのかわかるまで、いくらでも荒立てるとも！」

「それでは」と支配人は答えた。「警察に電話するしかありませんね」

ここで、それまで兄と私をかばうように私たちの肩を抱いてフロントデスクから遠ざけていた母が、これ以上問題を大きくさせぬよう父の名を呼んだ。だがもう手遅れだった。これまでもいつだって手遅れだったのだ。父としては絶対、おいそれと引き下がる気はない。

「これもリンドバーグの仕業だ！」と父は言った。「お前らファシストが世の中を仕切ってるんだ！」

「地区警察を呼びましょうか、それとも荷物を持ってご家族を連れてすぐ出ていってくださいますか？」

「警察を呼べよ」と父は答えた。「呼べばいい」

ロビーにはいまや、私たち以外にも客が五、六人いた。みんな言い争いの進行中に入ってきて、興味津々見守っているのだった。

そのときテイラー氏が、父のかたわらに歩み出て言った。「ミスタ・ロス、あなたのおっしゃることは全面的に正しいですが、警察というのは間違った解決策です」

「いいや、警察こそ正しい解決策だとも。警察を呼べばいい」と父はまた支配人に言った。

「この国にはあんたみたいな人間を罰する法律があるんだ」

支配人は受話器に手を伸ばした。彼がダイヤルを回している最中、テイラー氏は私たちの荷物のところに行き、片手に二つずつ抱え上げて、ホテルの外に運び出した。

母が言った。「ハーマン、もうおしまいよ。ミスタ・テイラーが荷物を持っていったわ」

「いいや、ベス」と父は憎々しげに言った。「でたらめな話はもうたくさんだ。俺は警察と話がしたいんだ」

テイラー氏がふたたび小走りでロビーに入ってきて、立ちどまらずにフロントデスクに直行した。支配人がちょうど電話を終えるところだった。低い声で、テイラー氏は父一人に向かって言った。「そんなに遠くないところにいいホテルがあります。外の電話ボックスから電話して、部屋を取っておきました。気持ちのいい通りにある、気持ちのいいホテルです。みんなでそこへ行ってチェックインしましょう」

「ありがとう、ミスタ・テイラー。でも我々はいま警察を待ってるんです。私は警察の人に、ゲティスバーグ演説の言葉をこの男に思い出させてもらいたいんです。私はまさに今日、その言葉が彫ってあるのを読んだんだ」

父がゲティスバーグ演説を持ち出すと、様子を見守る人々が顔を見合わせてニヤニヤ笑った。

私は兄に囁いた。「どうしたの?」

「ユダヤ人迫害だよ」と兄が囁き返した。

私と兄が立っているところから、二人の警官がオートバイで到着するのが見えた。二人がエンジンを切ってホテルに入ってくるのを私と兄は見守った。一人がドアのすぐ内側の、全員の動きを監視できる位置に陣取り、もう一方がフロントデスクに近づいていって支配人を手招きで呼び寄せ、二人でひそひそ話を始めた。

「おまわりさん——」と私の父が言った。

警官はくるっと身を翻し、「一度に両方の話は聞けませんから」と言って、支配人との話を再開した。考え深げに、あごを片手で包んでいる。

父は私たちの方を向いた。「やるしかないんだ、お前たち」。母には「心配ない、大丈夫だ」と言った。

支配人からの聞き取りを終えて、警官は父と話しにやって来た。支配人の話を聞いていたあいだのように時おり笑みを浮かべはしなかったが、それでも怒りの色はまったく見せなかったし、口ぶりもはじめはいちおう友好的だった。「何が問題なのかね、ロス？」

「我々はこのホテルの部屋を三泊分予約して手付け金を送りました。すべて手配済みという返事も受けとりました。書類は家内がスーツケースに入れてあります。それで今日ここに着いて、チェックインして、部屋に入って荷物も開けて、市内見物に出かけて、帰ってきたら、ほかの誰かが予約していたと言って追い出されたんです」

「で、問題は？」と警官は訊いた。

「我々は四人家族なんですよ、おまわりさん。ニュージャージーから車でやって来たんです。あっさり路頭に放り出されるわけには行きません」

「だけど、ほかの誰かが予約してたんだったら――」

「ほかの誰かなんていやしませんよ！　かりにいたとしたって、どうして我々が譲らなきゃいけないんです？」

「でも支配人は手付け金も返したじゃないか。荷物だって代わりにまとめてくれたし」

「おまわりさん、おわかりになってませんね。何でうちの予約が、そいつらの予約に譲らなきゃならないんです？　私、今日家族を連れてリンカーン記念館に行きました。あそこの壁にはゲティスバーグ演説が書いてあります。何て書いてあるか知ってますか？　『すべての人間は平等に作られる』」

「でもだからって、すべての予約が平等に作られることにはならないよ」

警官の声は、ロビーの隅にいた野次馬たちの耳にも届いた。もはやこらえ切れずに、何人かがゲラゲラ笑い出した。

私の母はサンディと私と一緒に立っていたが、ここで私たちを残して、口をはさもうと前に歩み出た。自分が口を出しても事態がさらに悪化はしない瞬間を母は待っていたのであり、息遣いは速まっていたけれど、いまがその瞬間だと信じているようだった。「あなた、もう行きましょう」と母はすがるように父に言った。「ミスタ・テイラーが近くに部屋を見つけてくれたわ」

「駄目だ！」と父は叫んで、父の腕を摑もうとした母の手を振り払った。「この警官は俺たちがなぜ追い出されたか知ってるんだ。警官も知ってる、支配人も知ってる、このロビーにいる全員が知ってるんだ」

「奥さんの言うこと聞いた方がいいと思うね」と警官が言った。「奥さんの言うとおりにした方がいい、ロス。ここから出ていくんだ」。そうして頭でぐいとドアの方を指し、「俺の堪忍袋の緒が切れる前に」と言い足した。

父にはまだ抵抗の力が残っていたが、正気もまだ残っていた。自分の主張が、自分以外の誰にとってもどうでもいいものになってしまったことは父にも理解できた。私たちは全員に見守られながらホテルを出た。口を利いたのはもう一人の警官だけだった。入口の、鉢植えのすぐそばの位置から警官は愛想よく会釈し、私たちが前を通ると、片手を出して私の髪をくしゃくしゃっと撫でた。「元気かい、坊や？」。「うん」と私は答えた。「それ、何だい？」。「切手アルバム」と私は言ったが、立ちどまらずに歩きつづけた。見せてくれと言われて、見せなければ逮捕なんてことになったら大変だ。

テイラー氏は外の歩道で待っていてくれた。父はテイラー氏に言った。「こんなこと、いままで一度もなかったんです。いままで私はずっと、いつだっていろんな人と一緒だった、あらゆる生い立ち、あらゆる階層の人たちと一緒で、いっぺんだって……」

「ダグラスは経営が替わったんです」とテイラー氏は言った。「新しいオーナーになったんです」

「でもあたしたち、あそこに泊まってすべて満足だったって言う知りあいがいるんですよ」と母が言った。

「ええミセス・ロス、経営が替わったんです。でもエヴァグリーンに部屋を取っておきましたから、もう大丈夫です」

その瞬間、ワシントンの上空低くを飛ぶ飛行機の轟音が聞こえた。道を歩いている人たちが立ちどまり、一人が空に向けて両腕を上げた。六月なのに雪が降り出したかのようなしぐさだ。

飛行物体をそのシルエットですべて識別できるサンディ、物知りサンディが指さして、「ロッキード防空戦闘機だ！」と叫んだ。

「リンドバーグ大統領です」とテイラー氏が説明した。「毎日午後、いまごろの時間にポトマック川沿いをひと飛びするんです。アルゲニー山脈まで上がって、ブルーリッジ山脈沿いに降りて、チェサピーク湾まで出ます。みんな楽しみにしていますよ」

「世界一速い飛行機なんだよ」と私の兄は言った。「ドイツのメッサーシュミット一一〇は時速五八五キロ、このロッキードは時速八百キロ。世界中のどの戦闘機より機動力が上なんだ」

大統領がヒトラーと会談するためにアイスランドへの行き来に使った防空戦闘機。まさにその機に魅了される思いを隠せずにいるサンディと一緒になって、私たちも空を眺めた。飛行機はすさまじい勢いで上昇し、やがて空に消えていった。通りを歩いていた人たちが拍手喝采を送り、誰かが「リンディ万歳！」と叫んで、みんなまた先へ進んでいった。

エヴァグリーン・ホテルで母と父はシングルベッドで一緒に眠り、サンディと私はもうひとつのシングルベッドで眠った。何しろ急な話だったので、さすがのテイラー氏もツインルームを確保するのが精一杯だったのだ。でも、ダグラス・ホテルであんな目に遭ったあとだったから、誰も文句は言わなかった。ベッドが休息のために出来ているとは言いがたいことも、部屋がダグラスの部屋よりもっと狭いことも、マッチ箱みたいな浴室が消毒薬をどっさり撒いてあるにもかかわらず妙な臭いがすることも問題ではなかった。私たちが入っていくとフロントにいた快活な女性が慇懃に迎えてくれたし、スーツケースはベルボーイの制服を着た年配の黒人が台車に積んでくれた。フロントの女性にエドワード・Bと呼ばれたこのひょろ長い男は、通気ダクトに接した一階の部屋の鍵を開けると、おどけた口調で「エヴァグリーン・ホテルからロスご一家へ、アメリカの首都へようこそ！」と宣言し、照明も薄暗いその穴蔵がリッツ・ホテルの寝室であるかのように私たちを招き入れた。荷物を積みはじめたとき以来、私の兄はエドワード・Bからずっと目が離せずにいた。翌朝、みんなまだ寝ているうちから兄はこっそり服を着て、スケッチブックを手に、エドワード・Bをスケッチしようとロビーに飛んでいった。残念ながら別の黒人のベルボーイが勤務していて、エドワード・Ｂほど皺もひびも華々しくはなかったが、芸術家の目から見れば彼に劣らず掘り出し物だった。ひどく黒い、はっきりアフリカ的な顔立ちは、いままでサンディにとっては、『ナショナル・ジオグラフィック』のバックナンバーからスケッチするしかないものだったのだ。

午前中の大半は、議事堂をテイラー氏に案内してもらって過ごし、それから最高裁判所と議会図書館にも足をのばした。テイラー氏はあらゆるドームの高さ、あらゆるロビーの広さ、あらゆる床の大理石の地理的起源を知っていた。私たちが入っていくあらゆる政府の建物にある、あらゆる絵画と壁画に描かれた人物や出来事の名前を知っていた。「あんた、大したもんだねえ」と父はテイラー氏に言った。「インディアナの小さな町の出の倅がねえ。あんた、『インフォメーション・プリーズ』（一九三八年に始まったラジオのクイズ番組）に出るべきだよ」

昼食が済むと、ポトマック川沿いに車で南へ下り、ヴァージニア州に入ってマウント・ヴァーノン見物に行った。「言うまでもなく、ヴァージニア州リッチモンドは」とテイラー氏は講釈した。「合衆国連邦を離脱してアメリカ南部連合を結成した南部十一州の首都でした。南北戦争の重要な戦いの多くがヴァージニアを戦場としていました。ここから真西に三十キロほど行くとマナッサス国立戦場跡公園があります。園内には、南部連合が北部の軍隊をブルラン川付近で敗走させた二つの戦場があります。一度目は一八六一年七月、Ｐ・Ｇ・Ｔ・ボールガード将軍とＪ・Ｅ・ジョンストン将軍の指揮下、そして二度目は一八六二年八月、ロバート・Ｅ・リー将軍とストーンウォール・ジャクソン将軍の指揮下でした。歴史の授業でご記憶でしょうが、リー将軍はヴァージニア軍を指揮し、南部連合の大統領としてリッチモンドから統治していたのはジェファソン・デイヴィスでした。南西に二百キロ行くと、ヴァージニア州アポマトックスです。一八六五年四月、正確には四月九日に、ここの庁舎で何があったかはご存じですよね。リー将軍がU・S・グラント将軍に降伏し、南北戦争が終結したんです。その六日後にリンカーンが、ご存じのとおり射殺されました」

「汚い犬どもが」と父がまた言った。

「さあ、着きました」とテイラー氏が、ワシントン邸が視界に入ると同時に言った。

「まあ、綺麗ねえ」と母が言った。「あのポーチ、見てよ。あの細長い窓も。あなたたち、これ複製じゃないのよ。ジョージ・ワシントンが暮らしていた本物の家なのよ」

「そしてワシントンの妻マーサと、二人の連れ子も」とテイラー氏が指摘した。「将軍はこの二人を溺愛していました」

「そうなの?」と母が言った。「知らなかったわ。うちの下の息子、マーサ・ワシントンの切手持ってるんですよ」と母はテイラー氏に向かって言った。「ミスタ・テイラーに切手を見せてさし上げなさい」と母に言われた私は、たちどころにそのページを開いてみせた。一九三八年発行、茶色い一セント半の切手。初代大統領夫人の横顔が描かれ、その髪を覆っているのは、この切手を手に入れたとき母が教えてくれたところによれば、ボンネットとヘアバンドの中間の品。

「そうそう、この人」とテイラー氏が言った。「そしてまた、君もきっと知ってるだろうけど、この人は一九二三年発行の四セント切手と、一九〇二年発行の八セント切手にもなっている。で、ミセス・ロス、その一九〇二年のやつはね、史上初めてアメリカ人女性が描かれた切手なんですよ」

「知ってた？」と母は私に訊いた。

「うん」と私は言った。いまや私にとって、私たちがリンドバーグのワシントンにやって来たユダヤ人一家であることのややこしさはすべて消滅した。学校で朝礼の始まりに立ち上がり、ありったけの思いを込めて国歌を歌うときと同じ気持ちが湧いてきていた。

「彼女はワシントン将軍にとって、素晴らしい伴侶でした」とテイラー氏は私たちに言った。「独身のときの名はマーサ・ダンドリッジ。ダニエル・パーク・カスティス大佐と結婚し、夫に先立たれました。二人の子はパッツィ・パーク・カスティスとジョン・パーク・カスティス。ワシントンと結婚する際には、ヴァージニアでも最大級の財産を持参したんです」

「俺も息子たちにいつも言うんですよ」と父が笑いながら言った。こんなふうに父が笑うのは今日初めてだった。「ワシントン大統領みたいな結婚をしろって。金持ち相手だって愛は成り立つ」

結局このマウント・ヴァーノン行きが、旅行中で一番楽しい時間だった。地所も庭も木々も美しく、ポトマック川を見下ろす崖に建つ屋敷も素晴らしかったからか。家具、装飾、壁紙が目新しかったからか。壁紙についてテイラー氏は本当に何から何まで知っていた。あるいは、ほんの一メートルかそこらの近さで、ワシントンが眠った四柱付きベッド、ワシントンが書きものをした机、ワシントンが身につけた剣、ワシントンが所有し読んだ書物を見られたからか。それとも、とにかくワシントンDCから、すべての上に漂っているリンドバーグの霊から二十五キロ離れられたからか。

マウント・ヴァーノンは四時半まで開いていたから、部屋を残らず見て、納屋や馬小屋も全部見て、地所をぶらついてから、土産物ショップに寄るだけの時間がたっぷりあった。ショップで私は、独立戦争期の銃剣付きマスケット銃を象(かたど)った長さ十センチの白目(ピューター)製ペーパーナイフの誘惑に屈し、翌日行く予定の印刷局の切手部門で遣おうと貯めていた十五セントのうち十二セントを投入してしまった。一方サンディは、十分な計算の下、貯めたお金で絵入りのワシントン伝を買った。この本に載っている絵を素材にして、ベッドの下に隠してある愛国者シリーズをさらに充実させようというわけだ。

一日も終わり、カフェテリアに行って何か飲もうというところで、遠くを低く飛ぶ飛行機が私たちの方にぐんぐん迫ってきた。轟音が大きくなるにつれて、人々は口々に「大統領だ！　リンディだ！」と叫んだ。男も女も子供も、みな広々とした芝生に飛び出して、近づいてくる飛行機に手を振りはじめた。機はポトマック川を越えるとともに翼を軽く傾けた。「万歳！」と人々は叫んだ。「リンディ万歳！」。昨日の午後、首都の上空で見たのと同じロッキード戦闘機。私たちはただ愛国者のようにそこに立ち、ほかの連中と一緒になって、飛行機が機体を傾け、ジョージ・ワシントン邸の上空を越えたのちにふたたび向きを変えてポトマック川沿いを北へ去っていくのを見守るほかなかった。

「彼じゃなかった――彼女だった！」。操縦席の内部が見えたと主張する誰かが、防空戦闘機のパイロットは大統領夫人だったという説を広めはじめていた。実際、本当にそうだった可能性はある。まだ若き花嫁だったころ、彼女はリンドバーグから操縦を教わっていたし、夫が飛行機で旅に出る際にもしばしば並んで空を飛んでいたのだから。だからいま人々は子供たちに、たったいまここマウント・ヴァーノンの上空を飛んでいったのはアン・モロー・リンドバーグだったんだよ、これはお前たちが一生忘れない歴史的事件なんだよと言い出した。この当時、アメリカで最先端の航空機の乗り手としての勇敢さは言うに及ばず、特権階級に育った上品な令嬢としての慎み深い物腰、二冊の叙情詩集の著者としての文才も加わって、彼女はどの世論調査でも全米一敬愛される女性の地位を享受していた。

こうして私たちの完璧な遠出は台なしになった。それは、リンドバーグ夫だか妻だかが慰み半分に飛行機を飛ばし、二日続けてたまたま私たちの上空を飛んだからというよりも、むしろ、私の父言うところの「曲芸（スタント）」に私たち以外の全員が心底感動していたからだった。「ひどいことになってるとはわかってたけど」と、ニュージャージーのわが家に帰り着いたとたんさっそく知りあいに電話をかけはじめた父は言った。「あんなにひどいとは思わなかったよ。ありゃ自分の目で見なかったらとても信じられない。奴らは夢を生きていて、俺たちは悪夢を生きてるんだ」

それまで私が聞いた父の言葉のなかでもっとも雄弁な一言であり、リンドバーグの妻が書いたいかなる言葉よりおそらく正確さにおいて優（まさ）っている。

手や顔を洗って一休みできるようにと、テイラー氏は私たちをエヴァグリーンに送り届けてくれた。そして五時四十五分きっかりに戻ってきて、駅のそばのあの安価なカフェテリアに連れていってくれた。ではのちほどお迎えに上がります、昨日中止した夜のワシントン・ツアーに出かけましょう、とテイラー氏は言って立ち去ろうとした。

「あんたも一緒にどうです？」と父はテイラー氏に言った。「年じゅう一人で食べてちゃ寂しいでしょう」

「いえミスタ・ロス、皆さんのプライバシーを侵害したくありませんから」

「いいかい、あんたは素晴らしいガイドだ、あんたがいてくれたら私たちも楽しいんだ。うちがおごるからさ」

夜のカフェテリアは昼以上の賑わいで、椅子はどれもふさがっていて、客たちは行列を作り、選んだ品を、白いエプロンに白い帽子姿の男たちによそってもらおうと待っている。三人の男は応対に大わらわで、手を止めて顔の汗を拭く暇もない。私たちのテーブルで、母はいつもの食事どきの母親的役割を再開することに慰めを見出していた（「ダーリン、齧るときはあごをお皿に近づけすぎないようにね」）。テイラー氏が親戚か一家の友人みたいに並んで座っているのも、ダグラス・ホテルから追い出されるほど新奇な冒険ではないにせよ、インディアナで育った人間が食べるのを見物するいい機会だった。私たちのなかで、ほかの客たちに注意を払っているのは父だけだった。みんなが笑い、煙草を喫い、フランス風のイブニング・スペシャル――ローストビーフ・「オ・ジュ」にピカンパイ・「ア・ラ・モード」――

を律儀に掘り進むなか、父はじっと座って水のグラスを指でもてあそんでいた。周りの人々の人生の問題が、自分のそれとどうしてこんなに違っているのか考えあぐねているのか。

　やがて、思いを口にする段になると――その作業の方が相変わらず食べる作業より優先された――父は私たちにではなく、アメリカンチーズを盛ったパイのデザートにちょうど取りかかったテイラー氏に向かって言葉を発した。「ミスタ・テイラー、私たちはユダヤ人の家族です。昨日ホテルを追い出されたのもそれが理由ですから、もうどうせおわかりだったでしょうが。あれはひどいショックでした。ああいうのはあっさり忘れられるもんじゃありません。ショックだったのは、もちろんあの男が大統領にならなくても似たようなことが起こった可能性はありますけど、事実あの男が大統領で、とうていユダヤ人の味方じゃないからです。あいつはアドルフ・ヒトラーの味方なんです」

「ハーマン」と母が囁いた。「坊や（ザ・リトル・ワン）が怯えるわよ」

「坊やはもう何もかも知ってるさ」と父は言って、ふたたびテイラー氏に向かって話しはじめた。「あんた、ウィンチェルの番組聴いたりします？　ウォルター・ウィンチェルの言葉、言ってみましょうか。『彼らの外交的了解なるものにはまだほかに何かあったのでしょうか、ほかにも何か話しあったのでしょうか、ほかにも何か合意したのでしょうか？　アメリカのユダヤ人をめぐって一致を見たでしょうか――見たとしたらどういう内容か？』。ウィンチェルってのはこういう度胸の持ち主なんです。こういう言葉を全国に向けて吐く度胸があるんです」

　驚いたことに、誰かが私たちのテーブルのすぐそばまで寄ってきて、ほとんどテーブルにのしかからんばかりに迫ってきた。がっしりした、口ひげを生やした年配の男で、白いペーパーナプキンをベルトにつっ込み、何か言いたいことを抱えてうずうずしている様子だ。男はさっきまでそばのテーブルで食事していて、いまもそこにいる仲間たちはみんなこっちに身を乗り出し、次はどうなるかと耳をそばだてている。

「おい何やってんだ、あんた？」と父が言った。「どいてくれんかね？」

「ウィンチェルはユダヤ人だ」と男は断言した。「イギリス政府に買収されてるんだ」

次の瞬間、父の両手がテーブルからぐいっと舞い上がった。あたかもナイフとフォークを突き上げ、見知らぬ男の、ガチョウの丸焼きみたいな腹に突き刺そうとするかのように。それ以上何もせずとも父の憎悪は明白だったが、口ひげの男はぴくりとも動かなかった。その口ひげはヒトラーのような刈り込んだ小さな黒い四角形ではなく、それほど形式ばらない、もっと気楽な気分の下に生まれていた。タフト大統領が一九三八年の薄赤の五十セント切手で見せているたぐいの、量も豊富なアザラシ風の白ひげ。

「ああいう大口叩きのユダヤ人が、力を持ちすぎると――」と見知らぬ男は言った。

「もうやめろ！」とテイラー氏が叫んでパッと立ち上がり、小柄な自分の体を、私たちの上にそびえる巨体と、その馬鹿馬鹿しいほどの巨体にのしかかられ怒りもあらわな私の父とのあいだにつっ込んだ。

大口叩きのユダヤ人。四十八時間と経たぬうちに二度も聞くとは。

カウンターの向こうからエプロン姿の男が二人飛び出してきて、私たちに絡んできた男を両側から押さえつけた。「うちは場末の酒場じゃないんだぞ」と一人が男に言った。「わかったか、忘れるなよ」。二人で男をテーブルに連れ戻して椅子に押し込んでから、男に説教した方が私たちのところにやって来て、「皆さん、コーヒー好きなだけお代わりなさってください。お子さん方にはアイスクリームもっとお持ちします。どうぞこのまま最後まで召し上がっていってください。私、オーナーのウィルバーと申します。お好きなだけデザートご馳走します。お水もお取り替えしましょう」と言った。

「ありがとう」と父は機械のような、不気味に人間臭さの抜けた声で言った。「ありがとう。ありがとう」と父はくり返した。

「ハーマン、お願い」と母が囁いた。「もう帰りましょう」

「絶対帰らん。駄目だ。最後まで食べていくんだ」。父は咳払いして言葉を続けた。「俺たちは夜のワシントン・ツアーに出かけるんだ。夜のワシントン・ツアーをやるまでは帰らないぞ」

言い換えれば、怖気づいてたまるか、終わりまでやり通すぞ、ということ。サンディと私にとってそれは、カウンター係の一人がテーブルまで届けてくれる大皿のアイスクリームを好きなだけ食べられるということだった。

カフェテリア全体に、椅子がきしむ音、ナイフやフォークの音、皿がぶつかる音が戻ってくるには数分を要した。それでもまだ、ディナータイムの喧噪が完全には戻ってきていない。

「コーヒー、もっと飲むかい？」と父が母に言った。「オーナーが言うのを聞いたろう――好きなだけお代わりしてくれって」

「ううん、もういい」母はもごもごと言った。

「あんたは、ミスタ・テイラー――コーヒーは?」

「いえ、結構です」

「それで」と父はテイラー氏に言った。ぎこちない、こわばった口調だが、とにかく、押し寄せてきたおぞましいものの一切を押し戻そうという気が戻ってきている。「この仕事の前はどんなことなさってたんです? それともはじめからずっとワシントンでガイドを?」

この瞬間、さっき私たちのテーブルにやって来てウォルター・ウィンチェルはかつてのベネディクト・アーノルドのごとくイギリス相手の売国奴だと告げた男の声がふたたび聞こえてきた。「ふん、心配は要らん」と男は仲間に請けあっていた。「ユダヤ人どももじき思い知るさ」

静まりかえったなか、男の言葉は聞き誤りようがなかった。あざけりの口調を和らげようなんて気は男にはまるでなかった。客のうち半分は顔すら上げず、何も聞こえなかったふりをしていたが、結構な人数が、不快の種をまともに見ようと体をねじった。

人の体にタールを塗って鳥の羽毛で覆うというリンチは西部劇で一度だけ見たことがあったが、このとき私は、「僕たちはタールと羽毛でリンチされる」と思った。私たちの体じゅうに屈辱の羽が、絶対に落とせない分厚い汚物のように貼りついている情景が目に浮かんだ。

事態をコントロールすべきか流れに任せるべきかの決断をいま一度強いられて、父の言葉が一瞬とだえた。「いまミスタ・テイラーにお訊ねしてたんだ」と父は出し抜けに母に向かって言いながら、両手で母の手を握った。「ガイドになる前は何をなさってたのかって」。そして父は、他人に魔法をかけようとする人間のような、他人の意志を支配しつづけ他人が自力でふるまうのを妨げる術を操る人間のような目で母を見た。

「ええ、聞こえたわ」と母は言った。それから、ふたたび苦悶の涙が湧いてきたが、母はそれでもぴんと背を伸ばし、テイラー氏に向かって「ええ、聞かせてくださいな」と言った。

「アイスクリームもっと食べなさい、お前たち」と父は言って手を伸ばし、私たちの腕をぽんぽん叩きつづけた。私たちは戸惑い、父の目をまともに見た。「美味いか？」と父は言った。

「うん」と私たちは言った。

「じゃもっと食べなさい。ゆっくり食べていいからな」。私たちを微笑ませようと父はにっこり微笑み、それからテイラー氏に言った。「これの前のお仕事、昔のお仕事——何だったとおっしゃいましたっけ？」

「大学教師をしておりました、ミスタ・ロス」

「そうなんですか？」と父は言った。「聞いたか、お前たち？　お前たち大学の先生と一緒に食事してるんだぞ」

「大学の歴史教師です」とテイラー氏は正確を期して言い足した。

「どうりで詳しいわけだ」と父が言った。

「インディアナ北西部の小さな大学です」とテイラー氏は私たち四人に向かって言った。

「三二年に半分閉鎖になりまして、私もそれっきりでした」

「で、次は何を？」と父が訊いた。

「まあお察しのとおりですよ。失業だのストライキだので、とにかく何でもやりました。インディアナの黒泥地帯でミントの収穫もやったし、ハモンドで精肉もやりました。シカゴ東部のカダヒー社で石鹸の容器詰めもやったし、一年間、インディアナポリスのリアル・シルク靴下製造会社にも勤めました。ローガンズポートの病院にも一時期おりまして、心を病んだ人たち相手に病棟勤務員をやりました。で、不景気に流されて、結局ここにたどり着いたわけで」

「教えてらした大学の名前は？」と父が訊いた。

「ウォバッシュです」

「ウォバッシュ？　なら」と父は、その名の響きに気持ちが和んだ様子で言った。「誰でも聞いたことある名前ですよね」

「四二六人しか学生がいないんですよ、それはどうですかね。誰でも聞いたことがあるのは、うちを卒業した有名人があるときに言った一言です。もっともみんな、この男がウォバッシュの出だと知ってるとは限りませんがね。世には一九一二年から二〇年までアメリカの副大統領だったことで知られる人物です。副大統領を二期務めた、トマス・ライリー・マーシャル」

「知ってますとも」と父が言った。「マーシャル副大統領、民主党員でインディアナ州知事。もう一人の偉大なる民主党員ウッドロー・ウィルソンの下で副大統領を務めた。立派な人でしたよ、ウィルソン大統領は。ルイス・D・ブランダイスを」と父は、テイラー氏に二日間教え込まれたものだから自分もすっかり講釈気分になっていた。「最高裁に起用する勇気があったのもウッドロー・ウィルソンです。ブランダイス、最高裁史上初のユダヤ人裁判官。お前たち、知ってるか?」

知っている。父から聞かされたのは、およそこれが初めてではないのだ。初めてなのは、ワシントンDCのこんなカフェテリアに轟きわたる大声で聞かされたことだ。

流れに乗ってテイラー氏も言った。「で、この副大統領が言った一言は、以来ずっと全国的に有名でありつづけてきました。ある日、合衆国上院で、議長を務めている最中、マーシャルは上院議員たちに向かって言ったんです、『この国に必要なのは、本当に質のいい五セント葉巻だ』」

父はあははと笑った。まさに父の世代全員の心を摑んだ、父にさんざん聞かされてサンディや私も知っている庶民的発言。かくして父は機嫌よさげに笑い、それから、自分の一家のみならずおそらくはカフェテリアに居合わせた全員をいっそう驚かせようと、さっきウッドロー・ウィルソンがユダヤ人を最高裁に起用したのを讃えたさらに上を行って、今度は「この国に必要なのは新しい大統領だ」と宣言した。

何の騒動も生じなかった。まったく何もなし。帰らずにこうしてとどまったことで、父はほぼ勝利を遂げたように思えた。

次に父は、「あと、ウォバッシュ川ってありませんでしたっけ?」とテイラー氏に訊いた。

「オハイオ川の最長の支流です。全長七六〇キロ、州を綺麗に東から西に流れています」

「それと歌もありましたよね」と父は、ほとんど夢見るような目で思い起こした。

「そのとおり」とテイラー氏が答えた。「大変有名な歌です。『ヤンキー・ドゥードル』と同じくらい有名じゃないですかね。一八九七年、ポール・ドレッサー作詞作曲。『はるか遠く、ウォバッシュの岸辺で』」

「そうそう！」と父が叫んだ。

「一八九八年の米西戦争でも」とテイラー氏は言った。「兵士たちのお気に入りだった歌です。一九一三年、インディアナの州歌に採用されました。正確には三月四日に」

「そうそう、知ってますよ、その歌」と父が言った。

「アメリカ人ならみんな知ってるでしょうね」とテイラー氏が言った。

そして突然、きびきびしたテンポで、私の父はその曲を歌い出した。カフェテリア中、みんなに聞こえる力強い声だった。「篠懸（すずかけ）の木立の向こうより、蠟燭（ろうそく）の灯きらめき……」

「いいねえ」と私たちのガイドがほれぼれとして言った。「いいですねえ」。わが父の壮麗なるバリトンにすっかり魅了されて、謹厳実直なる歩く百科事典が、とうとうにっこり笑った。

「私の夫は」と、目の涙も乾いた母が言った。「すごくいい声で歌うんです」

「そのとおりですね」とテイラー氏は言った。カウンターの向こうのウィルバー以外誰も拍手しなかったが、私たちはここで唐突に席を立ち、このささやかな勝利が色あせてしまわぬうち、大統領風口ひげの男が逆上せぬうちにと、そそくさと店を出た。

3

一九四一年六月―一九四一年十二月
キリスト教徒のあとについて

一九四一年六月二十二日、二年前のポーランド侵攻と分割の数日前に二人の独裁者によって署名されたヒトラー＝スターリン不可侵条約は、すでにヨーロッパ大陸を席捲（せっけん）していたヒトラーが、スターリンの軍隊相手に東へ大規模な襲撃を敢行し、ポーランドからアジアを跨（また）いで太平洋に至る広大な地域の征服に乗り出したことによって、事前の通告なしに破棄されることとなった。その晩リンドバーグ大統領は、ヒトラーの膨大な戦争拡張をめぐってホワイトハウスから国民に語りかけ、ドイツ総統をいとも率直に称賛することで私の父をすら仰天させた。「この行動によって」と大統領は言ってのけた。「アドルフ・ヒトラーは共産主義の蔓延（まんえん）を阻む世界最大の防御者の役割を自ら引き受けたのです。こう言っても、帝国日本の尽力を貶（おとし）めようというのではありません。蔣介石（しょうかいせき）率いる腐敗した封建的中国の近代化に労を惜しまぬ日本は、さらに、広大な国土の支配権を握ってロシアのボルシェヴィキ同様に国を一個の共産主義捕虜収容所に変えてしまおうと目論む中国共産党の狂信的小集団の根絶にも等しく尽力してくれています。ですが今夜は、ヒトラーがソビエト連邦に一撃を加えてくれたことに世界中が感謝せねばなりません。もしソビエトのボルシェヴィズム相手の闘争にドイツ軍が勝利するなら——そして勝利すると信じるに足る理由は十二分にありますが——アメリカはもはや、強欲な共産主義国家がその有害な体制を世界に押しつけてくる脅威に直面せずに済みます。もしかりにこの世界大戦において、わが国が大英帝国とフランスの側に引きずり込まれることを私たちが許していたなら、いまごろ我らの偉大なるデモクラシーは、ソ連邦の邪悪なる専制と同盟を組む破目になっていたのです。そのことを、いまも合衆国下院に議席を有する国際共産主義者（インターナショナリスト）の方々は肝に銘じていただきたい。今夜ドイツ軍は、いずれアメリカ軍が戦わねばならなかった戦いを代わりに遂行してくれていると言っても過言ではないのです」

しかしながら、わが国の軍隊はいまも戦闘準備を整えているし、大統領が国民に対し念を押したとおり、今後も長いあいだこの状態を維持する。大統領の要請を受けて下院において平時徴兵制が定められ、十八歳男子に対して二十四か月の強制軍事訓練が課され、その後八年間予備役での待機状態が保たれることによって、大統領の言う「二重の目標」の達成が飛躍的に容易となったのである。すなわち、「アメリカを一切の外国の戦争に入らせず、一切の外国の戦争をアメリカに入らせない」。「アメリカ独自の運命」なるフレーズをリンドバーグは一般教書演説においておよそ十五回用い、六月二十二日夜の演説の締めくくりにも使った。どういう意味なのか、と私が父に説明を求めると――新聞の見出しに見入り、不安な思いに圧迫されるあまり、私はいろんなものの意味を片っ端から訊ねるようになっていた――父は顔をしかめ、こう言った。「仲間に背を向けるってことさ。仲間の敵の仲間になるってことさ。要するに、アメリカが体現しているものすべてを台なしにするってことさ」

リンドバーグが新たに設立した〈アメリカ同化局〉（the Office of American Absorption）の定義によれば「アメリカ中央部の伝統的生活に触れる機会を都会の若者に提供するボランティア活動プログラム」だという〈庶民団〉（Just Folks）に加わって、私の兄サンディは一九四一年六月最後の日、ケンタッキーの煙草農家でのひと夏の「研修」に出かけた（Just Folksは通例ハイフンでつなぎjust-folksとして「気さくな」「気どらない」の意味になるが、ここでは明らかに「正義の人々」という意味も込められている）。兄が家を離れるのも初めてなら、一家がこれほど先の見えぬ不安な日々を送るのも初めてだったし、ＯＡＡの設立によって私たちユダヤ系が国民として暗に下位に置かれたことに父が激しく反発していた――さらには、すでにカナダ軍に加わっているいとこのアルヴィンも絶えざる心労の種となっていた――こともあって、サンディの旅立ちに際し私たちはおよそ冷静ではいられなかった。〈庶民団〉参加を思いとどまらせようとする両親に抗う力をサンディに与えたのは、そしてそもそも参加を申し込むという発想を植えつけたのは、母の元気者の妹エヴリンだった。ラビ・ライオネル・ベンゲルズドーフは新政権によってＯＡＡニュージャージー支部の初代支部長に任命されていて、エヴリンはその主任秘書を務めていた。ＯＡＡの表向きの目的は、「アメリカの宗教的・民族的マイノリティが主流社会にいっそう馴化するのを奨励する」諸プログラムの企画運営であったが、一九四一年春の時点で、ＯＡＡが真剣に奨励する気があるらしいマイノリティは唯一、私たちユダヤ系だけだった。十二歳から十八歳までのユダヤ人の少年数百人を、彼らが居住し通学している都市から連れ出し、家から何百キロも離れた農家で農業労働者・日雇い作業員として八週間働かせる。これが〈庶民団〉の目的だった。この新しい夏期プログラムを称揚する告示がチャンセラー高、そしてすぐ隣のウィークエイック高（こちらも生徒はほぼ百パーセントユダヤ系）の掲示板に貼り出された。四月のある日、ニュージャージーＯＡＡの職員が、プログラムの趣旨を十二歳以上の少年に説明しに訪れ、その晩サンディが、親の署名を必要とする申込用紙を手に夕飯の食卓に現われたのである。

「お前わかってるのか、このプログラムのほんとの目的が？」と父はサンディに訊いた。「リンドバーグがなぜ、お前みたいな子供を家族から引き離して山奥に送り出そうとしてるのか、わかってるのか？　背後に何があるのか、お前見えてるのか？」

「父さんはユダヤ人迫害と思ってるかもしれないけど、そんなの関係ないよ。父さんはまるっきりひとつのことしか頭にないんだから。これは単に、絶好のチャンスってことだよ」

「何のチャンスだ？」

「農場で暮らすチャンスさ。ケンタッキーに行くチャンス。いろんなものを描くチャンス。トラクター。納屋。動物。いろんな動物がいるんだよ」

「だけど向こうは、お前に動物の絵を描かせるためにケンタッキーくんだりまで送り出すんじゃないぞ」と父は言った。「動物に食わせる残飯を運ばせにお前を行かせるんだ。こやしを撒かせに行かせるんだよ。一日が終わったらもうくたくたで、立ってることもできやしない。ましてや動物を描くなんて」

「それにあんたの手も」と母が言った。「農場には有刺鉄線があるのよ。鋭い刃のついた機械もあるのよ。手に怪我(けが)でもしたらどうするの？　二度と絵が描けなくなるわよ。今年は芸高(アーツ・ハイ)で夏期講座を取るんじゃなかったの。レナード先生にドローイングを習うんだって言ってたじゃない」

「そんなのはいつでもできる——これはアメリカを見る機会なんだよ！」

翌日の晩、サンディが宿題をやりに友だちの家へ行く予定の時間に、母に招かれてエヴリン叔母さんが夕食にやって来た。こうすれば、〈庶民団〉をめぐってエヴリン叔母さんと私の父とのあいだできっと起こるであろう口論を兄が聞かずに済むというわけだ。そして事実、叔母さんが家に入ってきて開口一番、サンディの申込書が事務局に着き次第自分が処理すると宣言したとたんに激論が始まった。「べつに贔屓(ひいき)してくれなくて構わんぞ」とまず父がにこりともせずに言った。

「というと、あの子を行かせないってこと？」

「どうして行かせなきゃならん？　どうして俺が行かせると思う？」と父は言った。

「どうして行かせないなんてことがあるのよ——義兄(にい)さんもあの人の影に怯えるユダヤ人だってこと？」

食事の最中、二人の対立はますます激しくなっていった。〈庶民団〉はユダヤ人の子供を親から引き離してユダヤ系家族の結束を崩してしまおうとするリンドバーグの企みの第一歩だと父は主張し、エヴリン叔母さんも負けずに、およそ物柔らかとは言えぬ口調で、自分の義兄のようなユダヤ人にとって最大の恐怖は子供たちが自分と同じ狭量で怯えた大人になるのを免れてしまうことだと当てこすった。

アルヴィンが父方の反逆者だとすれば、エヴリンは母方の一匹狼だった。ニューアークの小学校の代用教員をしていて、数年前に左翼系の、主としてユダヤ系から成るニューアーク教員組合を設立する上でも積極的に貢献していた。数百人のメンバーを擁するこの組合は、もうひとつのより堅実な、政治色の薄い組合と、市の請負い仕事を奪いあっていた。一九四一年、エヴリンはちょうど三十になったところだった。二年前に私の母方の祖母が、心臓病を抱え動きも不自由だった時期が十年続いた末に心不全で亡くなるまで、デューイ・ストリートの二世帯半住宅最上階のちっぽけな住居で母親と二人で暮らして彼女を介護したのはエヴリンだった(この住居からさほど遠くないところに、代用教員としての主たる派遣先だったホーソーン・アベニュー小中学校があった)。隣人に祖母の様子を見に立ち寄ってもらえない日には、私の母がバスでデューイ・ストリートまで出かけていってエヴリンが仕事から帰ってくるまで面倒を見たし、土曜の夜にエヴリンがインテリの友人たちとニューヨークへ芝居を見にいくときも、父が車で祖母をわが家に連れてきて私たちと一緒に過ごさせるか、あるいはやはり母がデューイまで出かけていって世話をするかした。エヴリン叔母さんがニユーヨークから帰ってこない晩もよくあって、十二時前に帰ってくると約束したのにそうならないこともしばしばで、そんなとき私の母は夫や子供から離れて夜を過ごす破目になった。また、学校が終わってから何時間も経つのになかなか帰らないこともよくあって、これはある男との長年の、切れたり戻ったりの恋愛関係が原因だった。相手はエヴリンと同じく組合活動に熱心な北ニューアークの代用教員で、エヴリンとは違い結婚していて、イタリア系で、三人の子の父親だった。

私の母はいつも、もしエヴリンが母親の介護をするために何年も家にとどまらずに済んでいたら、きっと教職免許を取ったあとに結婚もして、既婚の教師仲間との「不純な」関係をずるずる続けたりすることもなかっただろうと言っていた。鼻は大きくても、人々は彼女の容姿を「人目を惹く」と形容したし、私の母の言うとおり、小柄なエヴリンが部屋に入ってくると、生気あふれるブルネットの、小ぶりとはいえ完璧に女らしいシルエット、猫のように斜めにのびた巨大な黒い瞳、まばゆい深紅の口紅をつけたその姿に、誰もが――男のみならず女も――思わず目を向けた。うしろでシニョンにまとめた髪はヘアスプレーでメタリックな光沢を帯び、眉はドラマチックに引き抜かれ、代用教員として出かけるときも派手な色のスカートとそれにマッチしたハイヒール、幅広の白いベルト、半分透けたパステルカラーのブラウスという格好だった。私の父はそんな彼女の衣裳を教師として悪趣味だと見ていたし、ホーソーン校の校長も同意見だったが、私の母は、エヴリンに「青春を犠牲にさせて」自分たちの母親の世話をさせたことで自分を――間違っているにせよいないにせよ――責めていたので、妹の奔放さをどうしても厳しく見ることができなかった。エヴリンが教職を辞め組合も辞めて、見たところろうしろめたさも感じずにいままでの政治的忠誠を捨て、リンドバーグのＯＡＡに雇われてラビ・ベンゲルズドーフの下で働き出したときもそれは変わらなかった。

エヴリン叔母さんが実はラビの愛人であり、ラビが以前ニューアーク教員組合に招かれて「アメリカ的理想の教室における発展」と題したスピーチを行なったあとの懇親会で出会って以来ずっとそうだったことに私の両親が思いあたるのは、まだ数か月先のことである。それにしたところで、ベンゲルズドーフがニュージャージーのＯＡＡを去ってワシントン本部で連邦局長の座に就く際、六十三歳にして三十一歳の元気一杯の秘書と婚約したとニューアークの一連の新聞に宣言したのを知り、やっと思いあたったにすぎない。

ヒトラーと戦おうと出ていったアルヴィンは、戦闘に加わるには、イギリスに物資を運ぶ商船を護衛するカナダの駆逐艦に乗り込むのが手っとり早いと考えた。新聞ではくり返し、北大西洋上、時にはニューファンドランドの漁業水域のように本土にも近い海域で、ドイツの潜水艦によるカナダ船舶撃沈のニュースが報じられていた。これはイギリスから見てきわめて不穏な展開である。ローズヴェルトの議会が制定した支援措置をリンドバーグ政権が覆したいま、カナダはイギリスにとって事実上唯一の武器、食糧、医薬品、機械類の供給源だったのである。アルヴィンはモントリオールで一人の若いアメリカからの脱走者に出会い、海軍なんてやめとけ、現場で戦ってるのはカナダ軍奇襲部隊さと言われた。奇襲部隊こそがナチスに占領された大陸で夜間急襲を敢行し、ドイツ軍の枢要設備を破壊し、弾薬庫を爆破し、イギリス軍奇襲部隊と並んでヨーロッパのさまざまな地下抵抗運動とも連帯して西ヨーロッパ沿岸一帯のドックや造船施設を破壊しているというのだ。奇襲部隊で教わるさまざまな人の殺し方をそのアメリカ人から聞かされると、アルヴィンは当初の案を捨てて奇襲部隊に加わることにした。カナダの軍隊はみなそうだったが、奇襲部隊も有望なアメリカ市民を取り込みたがっていたから、アルヴィンも十六週間にわたる訓練を経て実戦部隊に配属され、イギリス諸島のどこかにある秘密の中間準備地域に送り出されることになった。アルヴィンから私たちにやっと連絡があったのもそのときだった。六語から成る手紙を私たちは受けとったのだ——“Off to fight. See you soon.”（「戦いに行く。じゃまた」）。

サンディが一人でケンタッキー行きの夜行列車に乗った数日後、二通目の手紙が私の両親の許に届いた。今回はアルヴィンからではなくオタワの陸軍省からで、アルヴィンが指名した近親者に対し、彼らの甥が戦闘中に負傷し目下イングランド、ドーセットの回復期患者施設で療養中であると知らせていた。その晩、夕食の皿が片付けられると、私の母はキッチンテーブルに背筋をのばして座り、万年筆を手に、重要な手紙のために箱に入れてあるモノグラム入り便箋と向きあった。父はその向かいに座り、私は母のうしろから覗いて、秘書をしていたころに母が実践していた、早くからサンディと私にも教えてくれたペン習字の方法——薬指と小指を紙に当てて手を支え人差指は親指よりペン先に近い——に従って筆記体の文字が規則正しく書かれていくのを見守った。父が何か変えたり加えたりしたいかと、母は一文ずつ、書く前に声に出して私たちに聞かせた。

アルヴィン様

今朝カナダ政府から手紙が来て貴方様が戦闘中に負傷し今イングランドの病院に居ると知りました。手紙には貴方への郵送先以外、それ以上具体的な事は書いてありませんでした。

今私達は食卓を囲んでいます。ハーマン叔父さんと、フィリップと、ベス叔母さんです。皆貴方の様子を詳しく知りたがっています。サンディは夏の間家を離れていますが、貴方の事を直ぐ手紙で知らせる積もりです。

カナダに送り返される可能性はありますか。もしそうなったら、皆で車を走らせ会いに行きます。先ずは私達の愛を送ります。どうかイングランドから御便り下さい。自分で書くのが難しければ誰かに書いて貰って下さい。私達にして欲しい事があったら知らせて貰えば何でもやります。

もう一度愛を送ります。貴方が居なくて皆寂しく思っています。

このメッセージに、三人の署名を添えた。一か月近く経って、やっと返信があった。

拝啓　ロス御夫妻殿

アルヴィン・ロス伍長は七月五日付の貴殿等の御便りを受け取りました。小生は伍長の部隊付の看護長として、手紙が誰から来たものであり如何なる内容であるか本人が間違いなく理解なさるよう、何度か伍長に読んで差し上げました。

現在、ロス伍長は人と意思疎通を交わす状態にありません。伍長は左脚の膝から下を失い右足にも重傷を負いました。右足は治癒に向かっており傷ゆえの障害は残らぬものと思われます。左脚の具合が落着き次第、義足を与えられ歩行訓練に入ることになります。

現在はロス伍長にとって辛い時期でありますが、やがては民間人としての生活をさしたる肉体的困難もなく再開できるものと信じます。当院は四肢切断手術を受けた患者と火傷患者に限定されており、多くの兵がロス伍長と同じ心理的困難を経るのを小生は目にして参りましたが、大半はいずれ克服します。ロス伍長もそうなるものと確信しております。

敬具

A・F・クーパー中尉

週に一度サンディは便りをよこし、元気でやっている、ケンタッキーは暑いと書いてきて、おしまいに農場での生活について何か一言添えていた。「ブラックベリーが豊作」、「ハエがうるさくて子牛は大変」、「今日はアルファルファを刈ってる」、「トッピングがはじまった」（何のことかわからないが）。そしてサインの下に、農場で一日働いたあとも芸術に勤しむ元気があるところを父に見せつけようというのか、何かのスケッチが描いてある。豚（「このブタ体重一四〇キロ！」）、犬（「オリンの飼っているスージー——得意技は蛇をオドかすこと」）、仔羊（「ミスタ・マウィニーが昨日子羊を三十頭売りに行った」）、納屋（「クレオソートを塗ったばかり。臭っ！」）。たいていは文面より絵の方が大きなスペースを占めていて、母が毎週こちらから出す手紙で訊ねた、服は要らないか、薬は、お金は、といった問いにはめったに答えておらず母をがっかりさせた。もちろん私としても、母が二人の息子を等しく大切に思っていることは承知していたが、サンディがケンタッキーに行くまでは、弟とは違う別個の存在として兄が母にとってどれだけ意味を持っているかわかっていなかった。むろん母も、もう十三歳の息子から八週間離れているからといってしょげ返ったりはしなかったが、その夏のあいだずっと、何らかのしぐさや表情に侘しさの翳りのようなものが感じられ、それが特に、四つ目の椅子に毎晩誰も座らぬままでいる夕飯の食卓において表われるのだった。

サンディがニューアークに帰ってくる八月末の土曜、三人でペン・ステーションまで迎えに行ったとき、エヴリン叔母さんも私たちに同行していた。私の父にとってはこいつだけは一緒に来てほしくないという人物だが、そもそもサンディが〈庶民団〉に申し込んでケンタッキーでの夏期研修に行くことを結局はしぶしぶ認めたように、息子に対するこの義妹の影響力に関しても父は口を出さないことに決めていた。目下の状況はただでさえ厄介であり、その究極的な危険もいまだはっきりしていない。それをさらに厄介にしてしまうことは、さすがの父も避けたかったのである。

列車からプラットホームに降り立ったサンディを、エヴリン叔母さんが真っ先に見つけた。出かけたときより五キロくらい体重が増えていて、夏の陽(ひ)ざしの下で畑仕事をしたせいで茶色い髪は金髪っぽくなっていた。背も五センチくらい伸びて、ズボンの裾はもう靴のてっぺんにとうてい届かない。変装したわが兄、というのが私の第一印象だった。

「ヘイ農夫さん、こっちよ！」とエヴリン叔母さんが声をかけ、サンディはゆったり大きな足どりで、二つの鞄(かばん)を左右で揺らし、新しい体格に合った新しいアウトドアっぽい歩き方を誇示するようにして私たちの方にやって来た。

「お帰んなさい、旅の人」と母は言って、若い娘みたいにさも嬉(うれ)しそうに兄の首に両腕を巻きつけ、「こんなハンサムな男の子っているかしら？」と耳許で囁いたものだから「母さん、やめてよ！」と兄は文句を言い、ほかのみんながワッと笑った。私たちは代わるがわるサンディを抱擁(ハグ)し、サンディは千二百キロの距離を旅してきた列車の前に立ち、腕を曲げて私にその筋肉を触らせてくれた。車に乗り込むと私たちの質問に答えはじめたが、その声がずいぶんしゃがれ声になったことに私たちは気づき、そのとき初めて、中西部風の間延びした鼻声を耳にしたのだった。

エヴリン叔母さんは喜色満面だった。折しもサンディは、農場で一番最後にやった仕事の話をしている。マウィニー家の息子の一人オリンと一緒に、収穫の最中に地面に落ちた煙草の葉を拾って歩く。そういうのってだいたい茎の一番下の方についてたやつで、「飛屑（フライング）」って言ってすごく上等で市場でも一番いい値がつくんだ、とサンディは言った。でも二十五エーカーの煙草畑で収穫をやってる連中は地面に落ちた葉のことなんか構っちゃられない、何しろ二週間で何もかも乾燥小屋（キュアリング・バーン）に入れるために一日三千幹（スティック）切らないといけないんだからね。「ちょっと、ちょっと待って――『スティック』ってなぁに？」とエヴリン叔母さんが訊くと、サンディは得意げに、およそこれ以上長い説明はないというくらい長々とした説明を叔母に向けて披露した。じゃあキュアリング・バーンって何、頂部刈取（トッピング）は、株分（サツカリング）は、虫駆除（ワーミング）は……エヴリン叔母が次々質問すればするほど、サンディはますます権威者の口調になっていき、サミット・アベニューに着いて父が車を路地に入れたときもまだ煙草栽培の講釈を続けていた。まるで私たちみんながすぐさま裏庭に飛んでいって、ニューアーク初の白バーレー種収穫をめざしてゴミバケツの隣の雑草はびこる地面を耕しはじめると思っているような口ぶりである。「ラッキーズ（ラッキーストライクのこと）に入ってる甘くしたバーレー、こいつが香りを出すんだ」とサンディは講じた。一方私は、サンディの二頭筋にもう一度触りたくてたまらなかった。私にとってはそれが、兄が身につけた地方訛り――かどうかも実はよくわからないのだが――に劣らずすごいものに思えたのである。「キャーント」を「ケイント」と言い、「リメンバー」を「ライメンバー」、「ファイア」を「ファア」、「アゲン」を「アギン」と言い、「ウォーキング」や「トーキング」は「アウォーキン」「アトーキン」になった。この代物を何と呼ぶにせよ、私たちニュージャージー地元民の話し方でないことは間違いなかった。

エヴリン叔母さんが喜色満面なのとは裏腹に、私の父は浮かぬ顔でほとんど何も言わず、夕食の席でもミスタ・マウィニーがいかに立派な人かをサンディがまくし立てたときはとりわけ陰気な顔をしていた。まず、ミスタ・マウィニーはケンタッキー大学の農学部を出ている（一方私の父は、大戦前にニューアークのスラムで育った大半の子供同様中学校しか行っていない）。ミスタ・マウィニーは農場を一つのみならず三つも持っており小さい方二つは小作人に貸していて、いずれもほぼダニエル・ブーン（ケンタッキーの開拓者、一七三四―一八二〇）の時代まで遡る先祖伝来の土地である（しかるに私の父の所有物で一番立派なのは、買って六年になる自動車である）。ミスタ・マウィニーは馬に鞍をつけ、トラクターを運転し、脱穀機を操作し、肥料撒き機に乗り、ラバでも雄牛でも楽々操って畑仕事をこなす。輪作のコツも心得ていれば、白人黒人両方の使用人たちの管理もやってのけ、工具も修理できるし、鋤や草刈り機の刃も研げるし、柵も作れるし、有刺鉄線も張れるし、鶏も育てられるし羊も洗えるし牛の角も切れるし豚も解体できるし、ベーコンを燻製にするのもハムを作るのもお手のもの――スイカときたらもう、あんなに甘くて汁気たっぷりのは食べたことがない。煙草、トウモロコシ、ジャガイモの栽培で大地からしっかり生活の糧を得て、日曜の晩、この一九〇センチ一〇〇キロの農夫はクリーム・グレイビーのかかったフライドチキンを同席している全員合わせたよりもっと大量に平らげ、もっぱら自分の育てた食べ物から成るご馳走を食べる（私の父にできるのは保険を売ることだけ)。言うまでもなくミスタ・マウィニーはキリスト教徒であり、独立革命を戦い国家を建設し荒野を征服し先住民を服従させ黒人を奴隷にし黒人を解放し黒人を差別してきた圧倒的マジョリティの長年にわたる一員であり、フロンティアを開拓し農場を耕し都市を築き州を統治し下院に議席を持ちホワイトハウスに住み富を蓄積し土地を所有し製鋼所や球団や鉄道や銀行を経営し言語すらも所有し管理する善良で清潔で勤勉な数百万のクリスチャンの一人であり、これまでアメリカを仕切ってきたしこれからも仕切っていくであろう将軍高官事業家大立者(おおだてもの)等々、掟(おきて)を定め世を支配し自分の都合に合わせて他人を抑圧する無敗の北方ゲルマン系・アングロサクソン系新教徒の一人なのである。そして私の父はむろん、一介のユダヤ人でしかなかった。

エヴリン叔母さんが帰ったあと、サンディはアルヴィンのことを聞かされた。父は食卓で帳簿を広げ、晩の集金に出かける準備をしていた。母はサンディと一緒に地下室にいて、サンディがケンタッキーから持ち帰った服を選り分け、洗濯用の流しに放り込む前に繕うものと捨てるものを別にしていた。私の母はいつも、やらなければならないことはすぐにやる人だったから、寝る前にサンディの洗濯物も片付けると決めていたのだ。私も二人と一緒に地下室にいた。私は兄から目が離せなかった。兄はいつでも私の知らないことを何から何まで知っていたし、それがいまはもっと多くを知ってケンタッキーから帰ってきたのだ。

「アルヴィンのことで、話があるの」と母はサンディに言った。「手紙で書かなかったのは……あんたがショックを受けると思ったから」。ここまで言って、泣き出さないよう気を引き締めてから、小さな声で母は言った。「アルヴィンが負傷したの。いまイングランドの病院に入ってるわ。そこで傷の回復を待ってるのよ」

サンディは仰天して、「誰が負傷させたの？」と訊いた。まるで母が、人々が四六時中損なわれ負傷し死んでいるナチ占領下のヨーロッパでの出来事ではなく、この界隈での出来事を知らせたかのような口ぶりだった。

「詳しいことはわからないの」と母は言った。「でも浅い傷じゃなかった。それでねサンフォード、すごく悲しいことを伝えなくちゃいけないのよ」。そして、みんなの士気を保とうとずっと頑張っていた母の声が震え出した。「アルヴィンは片脚を失くしたの」

「脚？」。英語で「脚（レッグ）」ほど難解でない単語もそうはないのに、サンディがそれを理解するにはしばらく時間がかかった。

「ええ。看護長から来た手紙によると、左脚の膝から下」。そして、それで兄の気持ちが落着くと思っているわけでもあるまいが、「読みたければ二階にあるわ」と母は言い足した。

「だけど――どうやって歩くの？」

「義足をつけてくれるんだって」

「でもわかんないよ。誰が負傷させたの？　どうやって？」

「ドイツ軍とね、戦っていたのよ」と母は言った。「だからきっと、負傷させたのは誰かドイツ兵ね」

なかば頭に入りかけてきたことを、なおもなかば食い止めようとして、「どっちの脚？」とサンディは訊いた。

精一杯優しい声で、母は答えをくり返した。「左脚」

「脚全部？　まるまる？」

「違うわよ、違う」と母はあわてて言った。「言ったでしょ——膝から下よ」

突然、サンディが泣き出した。ついこの春に較べて、サンディは肩幅も胸の厚みも手首の太さもずっと増している。子供みたいに細かった腕も、いまは逞しい大人の腕だ。だから、そんなサンディのすっかり陽焼けした顔に涙が流れ落ちるのを見て私は驚いてしまい、自分も泣き出した。

「ええ、ひどい話よ」と母は言った。「でもアルヴィンは死んじゃいないわ。まだ生きていて、少なくとももう戦場にはいない」

「何だって？」とサンディがカッとなって言った。「いま言ったこと、母さん自分でも聞いた？」

「どういうこと？」と母が言った。

「自分の言ったこと聞こえなかったの？『もう戦場にはいない』って母さん言ったんだよ」

「そうよ。そのとおりよ。もう戦場にはいないから、これ以上何事もなく帰ってこられるのよ」

「でもなぜそもそも戦場にいたのさ？」

「それは――」

「それは父さんのせいだよ！」とサンディは叫んだ。

「違うわ、そんなことない」――母の片手がパッと舞い上がって、まるでその許しえない言葉を発したのが自分であるかのように口を覆った。「そうじゃないのよ」と母は反論した。「アルヴィンはあたしたちに何も言わずにカナダに行ったのよ。あの金曜の晩に出ていったのよ。あのときのこと覚えてるでしょ、どんなにひどかったか。誰もアルヴィンに戦争に行けなんて言わなかった。自分で決めて、一人で行ったのよ」

「でも父さんは国中が戦争に行くべきだと思ってるじゃないか。そうでしょう？　だからローズヴェルトに投票したんでしょう？」

「声を下げてちょうだい」

「母さんたら、アルヴィンがもう戦場にいなくてよかったって言ったと思ったら、今度は――」

「声を下げなさい！」――一日の緊張がついに限界に達して、母は爆発した。夏のあいだずっと心底恋しがっていた息子に向かって、「あんたは自分が何言ってるかわかってないのよ！」とどなりつけた。

「だって母さん聞こうともしないじゃないか」とサンディもどなった。「リンドバーグ大統領がいなかったら――」

またその名前！　私たちみんなを責め苛んでいるその名をもう一度聞くくらいなら、爆弾が破裂した方がましだと私は思った。

ちょうどそのとき、地下室からの階段をのぼりきった踊り場の薄明かりに、父が現われた。私たちが立っている洗濯場の深い流しの前からは、父のズボンと靴しか見えなかったのはたぶん幸いだったのだろう。

「アルヴィンのことでちょっと興奮してるの」と母は、上の階に向かって大声の原因を説明した。「あたしがヘマをやったのよ」。そしてサンディに向かってはこう言った。「今夜話すべきじゃなかったわね。これだけ大きな体験から帰ってきたばかりなんだもの、何もわざわざいま……場所が変わるっていうのは楽じゃないものね……それにあんたすごく疲れてるし……」それから、もうどうしようもなくなって、自分も疲れに身を預けて母は言った。「あんたたち、二人とももう上に行きなさい、母さんは洗濯するから」

こうして兄と私は階段を上がっていった。有難いことに父はもう踊り場から姿を消し、車で集金に回っていた。

一時間後、寝床で。家じゅうの明かりが消えている。私たちはひそひそ声で話す。

ほんとに楽しかったの?

すごく楽しかったさ。

何がそんなに楽しかった？

農場で暮らすのが楽しいんだよ。毎朝早く起きて、一日じゅう外にいて、動物も一杯いる。たくさん描いたぞ、明日見せてやる。それに毎晩アイスクリーム食べるんだ。ミセス・マウイニーの手作りなんだよ。新鮮な牛乳があるから。

牛乳はみんな新鮮でしょ。

いや、こいつは牛から搾り立てなのさ。まだあったかいんだよ。ストーブにかけて煮て、上からクリームをすくいとって、飲むんだ。

そんなの飲んで、病気にならない？

だから煮るのさ。

でも牛からそのままのは飲まないんだね。

いっぺんやってみたけどそんなに美味くない。クリームっぽすぎて。

乳搾りもやったの？

オリンに教わったよ。けっこう難しい。オリンがピューッて飛ばすと、猫たちがやって来るんだ。牛乳をつかまえに。

友だちはできたの？

オリンが一番の仲よしさ。

オリン・マウィニー？

うん。俺と同い歳なんだ。地元の学校に行って、農場で働いてる。朝の四時に起きるんだ。いろんな仕事するんだ。俺たちとは違うんだよ。学校にはバスで行く。バスで四十五分かかって、帰ってきたらもう夕方で、また少し仕事やって、宿題やって、寝る。翌朝また四時に起きる。農家の息子って大変だよ。

でもお金持ちなんだよね？

けっこう金持ちだな。

どうしてそんな喋り方になったの?

どうしていけない?　ケンタッキーじゃみんなこういうふうに喋るんだよ。ミセス・マウィニーの喋り方とか聞いてみるといい。ジョージアの出なんだ。ミセス・マウィニーは毎日朝ご飯にパンケーキを作る。ベーコンを添えて。ミスタ・マウィニーが自分で燻製にするんだ。燻製小屋で。燻製もできるんだよ、ミスタ・マウィニーは。

毎朝ベーコン食べたの?

毎朝さ。すごく美味しいぜ。日曜は起きるとパンケーキとベーコンと卵が出た。自分とこの鶏の卵さ。真ん中がほとんど赤いんだよ、それくらい新鮮なんだ。鶏のところに行って卵取ってきて、その場で食べるのさ。

ハムは食べた?

週二回くらい晩飯に出た。ミスタ・マウィニーが自分でハム作るんだ。代々伝わってる特別なレシピがあるんだよ。一年間吊して熟成させてないハムは食べる気しないって言ってる。

ソーセージは食べた？

ああ。ソーセージも作るんだ。肉挽き機で挽くんだよ。ベーコンの代わりにソーセージ食べるときもあった。美味いよ。ポークチョップも。ポークチョップも美味いぜ。すごいよ。俺たちが何で食べないのか、ほんとわからないね。

豚から作ったものだからでしょ。

それがどうした？　農家でなぜ豚育ててると思うんだ？　人に見せるためか？　ほかの食べ物と一緒だよ。とにかく食べてみりゃ、ほんとに美味いんだよ。

これからも食べるつもり？

ああ。

でもすごく暑かったんだよね？

昼間はな。でもお昼どきに家に入って、トマトとマヨネーズのサンドイッチを食べる。レモネードと一緒に——たっぷりのレモネードと。家のなかで休んでから、また畑に出て、いろんな仕事をする。草むしりとか。午後のあいだずっと雑草抜いたり。トウモロコシ畑の草を抜いて、煙草畑の草を抜いて。菜園もやってたんだ、俺とオリンとで、だからそこの草も抜く。使用人たちと一緒に働くんだ、ニグロもいたよ、日雇い労働者に。一人、ランドルフって小作人がいてさ。日雇いから出世したんだよ。畑仕事ならピカ一だってミスター・マウィニーが言ってた。

ニグロが喋る言葉、わかる？

ああ。

真似（まね）できる？

煙草（トバコ）を「バッカ」って言う。「ほんとだぜ（アイ・ディクレア）」を「アイ・クレア」って言う。アイ・クレア・ディス、アイ・クレア・ザット。でもそんなには喋らない。だいたいは働いてる。豚を解体するときはミスタ・マウィニーに言われてクリートとヘンリー爺さんが豚のはらわたを抜く。二人ともニグロで、兄弟で、臓物を家に持って帰って揚げて食うんだ。チタリンズって言うんだよ。

それも食べるの?

俺がニグロに見えるか? 奴らは街の方が稼ぎがいいと思って農場から出ていきはじめてるってミスタ・マウィニーは言ってる。土曜の夜にヘンリー爺さんが何べんか逮捕された。酒呑んだせいで。月曜にいないと困るから、ミスタ・マウィニーが罰金払って出してやるんだ。

みんな靴は履いてるの?

履いてるのもいる。子供は裸足だな。服はマウィニー一家からお古をもらうんだ。それでみんな満足してたよ。

ユダヤ人迫害の話とか出た?

そんなことはなフィリップ、考えもしないんだよ。俺は連中が会った初めてのユダヤ人だった。そう言われたよ。でも嫌なことは何も言われなかった。ケンタッキーってそうなんだよ。みんなほんとに気さくなんだ。

で、帰ってきて嬉しい？

まあな。よくわかんない。

来年もまた行くの？

ああ。

母さんと父さんに行っちゃ駄目って言われたら？

どのみち行くさ。

戒律に背いて兄のサンディがベーコン、ハム、ポークチョップ、ソーセージを食べた、あたかもその直接の結果であるかのように、私たちの生活の変化はもはや止めようがなかった。ラビ・ベンゲルズドーフが夕食に来ることになった。エヴリン叔母さんが連れてくるのだ。

ッドの上でオリン・マウィニーに手紙を書いていて、私だけ居間に残って両親と一緒にいた。私たちの周りで何もかもがいっぺんに動き出したいま、ラビ来訪の報せを父がどう受けとめるか見ておきたかったのだ。

「何でうちなんだ?」と父は母に言った。その晩の夕食はもう終わり、サンディは自分のベ

「あたしの妹なのよ」と母はいくぶん喧嘩腰に言った。「ラビはその妹の上司よ。あたしが駄目とは言えないわ」

「俺は言えるさ」と父は言った。

「そんなことさせないわよ」

「じゃあもう一度説明してほしいね、なぜわが家がかくも大いなる名誉を賜るのか? あの大物、うちへ来るくらいしかやることないのか?」

「そんなの馬鹿げてる。お前の妹はいつだって馬鹿げてるのよ」

「エヴリンがラビとうちの子を引きあわせたがってたんだ。うちの子はチャンセラー・アベニュー校の八年生で、それが夏じゅう草むしりをやってたんだ。何もかも馬鹿げてる」

「ハーマン、木曜の晩に見えるのよ、あたしたちで歓迎するのよ。あなたは憎んでるかもしれないけど、あの人はただの人じゃないのよ」

「知ってるさ」と父は苛立たしげに言った。「だから憎んでるんだ」

いまや父が家のなかを動き回るとき、その手にはかならず『PM』紙が、武器のように――行けと言われたら自分で戦争に行く態勢を整えているかのように――筒状に丸めてある

か、あるいは母に読んで聞かせたい記事の載ったページを表にして畳んであるかだった。たまたまこの晩は、なぜドイツ軍が依然かくもやすやすとソ連侵攻を進められるのかと、父は苛立たしげに新聞をがさがさ鳴らし、いきなり叫び出した。「何だってロシア人たちは戦わないんだ？　飛行機だってあるじゃないか、なぜ使わない？　なぜみんな抵抗しないんだ？　ヒトラーがよその国に、国境を越えて、どすどす入っていって、あっさり奴の国になっちまう。ヨーロッパでイギリスだけだぞ、あの犬に刃向かってるのは。毎晩毎晩イギリス中の街を爆撃されて、さんざんやられてもＲＡＦ（英国空軍）が出てきて反撃する。ＲＡＦの兵士たちに感謝しなくちゃな」

「ヒトラーはいつイギリスに侵攻するの？」と私は父に訊いた。「どうしてすぐイギリスに侵攻しないの？」

「それもアイスランドでミスタ・リンドバーグと結んだ取決めの一部なんだよ。リンドバーグは人類の救世主になろうとしていて」と父は私に講釈した。「戦争を終わらせるための和平を調停しようとしているんだ。だから、ヒトラーがソ連を取って、中東を取って、ほかにも欲しいところを残らず取ったあとで、リンドバーグがインチキの和平会議を開くんだよ、何もかもドイツの望みどおりの会議を。で、ドイツがその会議に出席して、世界に平和がもたらされてイギリスにドイツ軍が侵攻しない条件として、英国ファシスト政府をイギリスに据えるんだ。ダウニング街にファシスト首相を連れてくるんだよ。それでもしイギリスがノーと言ったら、そのときは侵攻する——これがすべて、調停者たる我らが大統領のお墨付きの下に行なわれるんだ」

「ウォルター・ウィンチェルがそう言ってるの？」と私は訊いた。やたらに込み入った説明なので、まさか父が自分で考えたとは思えなかったのだ。

「父さんがそう言ってるんだよ」と父は言った。たぶん本当にそうだったのだろう。日々起きることのあまりのプレッシャーゆえに、万人の教養が――私だってそうだった――いまや飛躍的に増大していたのだ。「でもウォルター・ウィンチェルがいてくれるのはもちろん有難い。あの人がいなかったら、みんなどうしていいかわからないだろうよ。もうあの人だけさ、ラジオでいまでもあの汚い犬どもをはっきり批判してるのは。ひどい話さ。ひどいなんてもんじゃない。ゆっくり、確実に、リンドバーグがヒトラーのケツにキスしてることを批判しようっていう人間がアメリカからいなくなりつつある」

「民主党は？」と私は訊いた。

「なあ、民主党のことは訊かんでくれ。父さんはただでさえカッカしてるんだから」

木曜の晩、私は母に言われてダイニングルームのテーブルのセットを手伝い、それから自分の部屋に行ってよそ行きの服に着替えてくるよう言われた。エヴリン叔母さんとラビ・ベンゲルズドーフは七時に来ることになっている。ふだん私たちが台所で夕食を済ませるより四十五分遅い時間だが、職務がいろいろあるのでラビとしては七時が精一杯ということだった。そしてこの人物は、ふだんはユダヤ人の聖職者に対しておそろしく礼儀正しい私の父が、マディソンスクエア・ガーデンでリンドバーグを支持する「馬鹿な、嘘八百のスピーチ」をやったと言ってあからさまに非難した裏切り者なのであり、アルヴィンに言わせれば「リンドバーグを非ユダヤ人にとって無害にし」てローズヴェルトの敗北を確実にした「偽ユダヤ人」なのだ。なのにわが家ではこうして、その人物に食事を出す準備にものすごく手間をかけている。私には訳がわからなかった。私はあらかじめ、バスルームの洗い立てのタオルを使ってはいけない、父さんの肱掛け椅子は夕食前にラビが座るからそばに行ってはいけない、と言い含められていた。

まずみんなで居間にぎこちなく座り、父がラビにハイボールを勧めた――お好みならシュナップスでも。ベンゲルズドーフはそのどちらも断り、代わりに水道水を一杯所望した。「ニューアークの飲料水は世界一ですからな」とラビは言った。この人は何を言うときもそうだが、いかにも熟慮の末といった感じで言葉を口にした。コースターに載ったグラスを、ラビは私の母から優雅に受けとった。去年の十月には、この人がリンドバーグを讃えるのを聞くのが嫌で母はラジオの前から逃げ出したのに。「結構なお宅ですな」とラビは母に言った。「すべてがあるべき場所に、完璧に収まっている。秩序を愛する心の表われです。同好の士を得た思いですよ。色は緑がお好みのようですな」

「深緑です」と母は、微笑もう、感じよくふるまおうと努めて言ったが、喋るだけで精一杯で、まだ相手の方を見ることさえできなかった。

「素晴らしいご家庭、誇りに思われるべきです。お招きいただいて光栄ですよ」

ラビは相当長身の、リンドバーグにひけをとらない背丈で、痩せて頭は禿げ、スリーピースのダークスーツを着て、靴は黒光りしていた。そのぴんと伸びた背筋だけでも、人類最高の理想への忠誠を表わしているように私には見えた。ラジオで聞いたのびやかな南部訛りからして、もっとずっと穏やかな感じの人を思い描いていたのだが、眼鏡だけでも十分厳めしかった。まずその眼鏡は、ローズヴェルトがかけているのと同じフクロウみたいな楕円(だえん)形で、顔から落ちぬよう鼻にしっかりしがみついているように見えたし、それにまた、とにかくこの人がこの眼鏡をかけて、顕微鏡でも覗くみたいにこっちをじっと見ているというだけで、これは逆らえるような人物ではないということが伝わってきたのだ。けれど話すとその口調は温かく親しげで、打ちとけたような感じすらあった。じきに私たちのことを冷たくあしらいはじめるのでは、あれこれ命令しはじめるのでは、と私はずっと覚悟していたが、依然として（サンディとは全然違った）訛りで話すばかりで、時にはあまりにもソフトに喋るものだから、その博識ぶりを聞きとるのにこっちが息をひそめねばならないほどだった。

「で、君がその」とラビはサンディに言った。「私たちみんなを誇らしい気持ちにしてくれた子だね」

「サンディと申します」とサンディは顔を真っ赤にして答えた。私にはそれが実に巧みな受け答えに思えた。同じように立派なことを成し遂げた子供が、しかるべく謙虚にふるまおうとしても、なかなかこうあっさりはできないのではないか。そうとも、もう何ものもサンディを動じさせはしない。これだけ筋肉がついて、髪も陽に焼け、誰の許可も乞わずに腹のなかにたっぷり豚を貯め込んだのだから。

「で、どうだったね」とラビは訊ねた。「燃える太陽の下、ケンタッキーの畑で働くのは?」」。ラビが言うと、"burning"からも"work"からもrの音が抜けて「バアニング」「ワアク」と聞こえ、"there"は「ゼアア」となり、"Kentucky"については綴りどおりの音で、いまのサンディの発音のように、最初の三文字がK-i-nであるみたいには聞こえなかった。

「いろんなことを学びました。自分の国について、いろんなことを学びました」

エヴリン叔母さんは見るからによしよしという顔をしていた。それも当然である。前の晩に電話で、こう訊かれたらこう答えなさいと入れ知恵していたのだ。いつも父の上手を行っていないと気が済まぬ叔母さんにとって、父の鼻先で父の長男の生き方を作り変えることほど嬉しい話はなかったのである。

「君のエヴリン叔母さんから聞いたが、煙草農場で働いたそうだね」

「はい。白バーレー煙草です」

「知ってるかねサンディ、ヴァージニアのジェームズタウンにアメリカ初の恒久的なイギリス植民地がつくられたとき、煙草がその経済的な基盤を築いたということを?」

「知りませんでした」とサンディは白状したが、「でもそう聞いても驚きませんね」と言い足し、一瞬のうちに最悪の事態は回避された。

「多くの不運がジェームズタウンの開拓者たちを見舞った」とラビはサンディに言った。「だが彼らを飢餓から救い、植民地を絶滅から救ったのは煙草栽培だった。考えてもみたまえ、煙草がなかったら、新世界初の代議制議会が一六一九年にジェームズタウンで開かれる

 こともなかったはずだ。煙草がなかったらジェームズタウン植民地は崩壊し、ヴァージニアの植民も挫折して、ヴァージニアの開拓時代からの旧家が煙草プランテーションによって富を得もせず名家となることもなかったはずだ。そして、そうしたヴァージニアの旧家から合衆国建国の父たちとなった政治家が多数輩出していることを思えば、我らの共和政体の歴史にとって煙草が決定的に重要だということが君にもわかるだろう」

「わかります」とサンディは答えた。

「私自身、アメリカ南部で生まれた」とラビは言った。「南北戦争の悲劇から十四年後に私は生まれた。私の父親は若いころ南軍に加わって戦った。父の父は一八五〇年、ドイツからルイジアナに移住してきた。祖父は行商人だった。馬一頭と荷馬車を持っていて、あごひげを長く伸ばし、黒人と白人の両方を相手に商売をやった。ジューダ・ベンジャミンという名前は聞いたことがあるかね？」

「いいえ」とサンディは答えた。だが今回もすばやく「どういう方か、伺ってもよろしいですか？」と言い足して場を取りつくろった。

「この人はユダヤ人で、南部連合政府において大統領のジェファソン・デイヴィスの次に偉い人だった。ユダヤ系の法律家として、デイヴィスの下で司法長官、陸軍長官、国務長官を務めた。南部の連邦脱退以前は合衆国上院で、ルイジアナ選出議員二人のうちの一人だった。南部が戦争に訴えた大義は法的にも倫理的にも正しくなかったと思うが、ジューダ・ベンジャミンには私もつねにこの上ない敬意を抱いてきた。当時のアメリカで、ユダヤ人は南部のみならず北部でも珍しかったが、だからといってユダヤ人差別と戦う必要はまだなかったと思ったら大間違いだ。にもかかわらず、ジューダ・ベンジャミンは政治家として南部連合政府のほぼ頂点までのぼりつめた。戦争が敗北に終わってからは海外に渡って、イギリスで一流の法律家となったんだ」

ここで母が席を立ち、夕食の最終点検と称して台所に向かうと、エヴリン叔母さんがサンディに、「農場で描いたドローイング、いま見ていただいたらどうかしら」と言った。

サンディは立ち上がって、ラビの席に、夏のあいだにドローイングで埋めつくした、居間にみんなで集まって以来ずっと膝の上に載せていたスケッチブック数冊を持っていった。

ラビはそのうちの一冊を受けとり、ゆっくりページを繰りはじめた。

「一枚ずつ簡単にご説明申し上げたら」とエヴリン叔母さんが勧めた。

「それは納屋です」とサンディは言った。「収穫した煙草をそこで吊して、乾燥させるんです」

「うん、たしかに納屋だ、納屋の見事なドローイングだ。光と影の模様がいい。君は実に才能豊かだね、サンフォード」

「そっちは栽培中の煙草です。そういう形をしているんです。三角形みたいでしょう。大きいんです。この株はまだ上に花がついています。このあと上の部分を切るんです」

「で、こっちの株は」とラビはページをめくりながら言った。「上に袋がかぶせてあるね。こういうのは初めて見たよ」

「そうやって種を取るんです。それは種取り用の株なんです。花に紙袋をかぶせて、しっかり縛ります。これで花を望みの状態に保つんです」

「上手い、実に上手い」とラビは言った。「植物を正確に描いて、かつそれを芸術に仕立て上げるのは生易しいことじゃない。ここの、葉っぱの裏側の影のつけ方はどうだ。まったくもって実に上手い」

「そっちは鋤です、言うまでもないですけど」とサンディは言った。「そっちが鍬（くわ）です。そっちは手鍬（ハンドホー）です。雑草を取るのに使います。素手でやってもいいんですが」

「雑草はずいぶん取ったかね？」とラビは悪戯（いたずら）っぽく訊いた。

「ええ、そりゃもう」とサンディが言うと、ラビ・ベンゲルズドーフはにっこり笑った。もう全然怖い人には見えなかった。「それは家で飼っている犬です」とサンディはさらに言った。「オリンが飼ってるんです。眠ってるところです。そっちはニグロのオールド・ヘンリーで、それがオールド・ヘンリーの手です。絵になる手だと思ったんで」

「こっちは誰かね？」

「オールド・ヘンリーの弟です。クリートです」

「この描き方はいいね。背が丸まって、いかにも疲れて見える。こういうニグロの人たちは私も知っているよ。一緒に育ったんだ。こういう人たちに敬意を抱いているよ。で、こっちは？　これはいったい何かな？　この、ふいごが描いてある絵」

「それは、中に人がいるんです。そうやって煙草についた害虫を殺すんです。火傷しないように、頭から足まで重たい服にくるまって、大きな手袋をはめて、ボタンもしっかり留めないといけません。ふいごで殺虫剤を吹きつけるときに、気をつけないと自分が火傷してしまうんです。緑の埃が上がります。終わると、服一面埃だらけです。埃の感じを出そうとして、埃があるところはほかより明るくしたんですけど、上手くできなかったみたいです」

「そりゃきっと難しいだろうねえ、埃を描くのは」とラビは言って、残りのページはもう少し早く進んでいき、やがて終わりにたどり着いてスケッチブックを閉じた。「ケンタッキーでの経験、どうやら無駄ではなかったようだね」

「とても楽しかったです」とサンディは答え、と同時に、お気に入りの椅子をラビに明け渡して以来ソファにじっと座って何も言わずにいた父が、立ち上がって「ベスを手伝わないと」と、「窓から飛び降りて自殺します」とでも言うような口調で言った。

「アメリカのユダヤ人たちは」とラビは夕食の席で私たちに言った。「世界の歴史上、ほかのどのユダヤ人コミュニティとも違っています。近代において私たちユダヤの民に与えられた最高の機会を享受しています。アメリカのユダヤ人は、自国の国民生活に十全に加わることができるのです。もはやほかと切り離された除け者共同体として別の場所に住む必要もない。必要なのは勇気だけです。あなた方の息子さんのサンディが、ただ一人未知の地ケンタッキーに赴き、夏のあいだ農場で働くことによって示した勇気です。私が思うに、サンディをはじめ、〈庶民団〉プログラムに参加したユダヤ人の少年たちは、この国で育っているすべてのユダヤ人の子供のみならず、すべてのユダヤ人の大人の模範となるべきです。そしてこれは単に私の夢なのではありません。リンドバーグ大統領の夢です」

この一言で、私たちの試練はにわかに最悪のものとなった。だが私は忘れていなかった――ワシントンで父が、ホテルの支配人や威張りちらす警官に敢然と立ち向かったことを。だから、リンドバーグの名前が自分の家で恭しく口にされたいま、父がベンゲルズドーフに立ち向かう時が訪れたものと私は思った。

だが、ラビはラビだった。父は何も言わなかった。

食事は母とエヴリン叔母さんが給仕した。三コースのディナーに、その日の午後わが家のオーブンで焼いたばかりのマーブルケーキ。私たちはとっておきのお皿から、とっておきの銀器を使って食べた。しかも、家で一番上等の絨毯が敷いてあって一番上等の家具が置かれ一番上等のリネンが使われ、私たち自身特別な日にしか食事しないダイニングルームで。私の座った席からは、真ん中がせり出した大きな食器棚の上に、一族の亡くなった者たちの肖像写真が並べてあるのが見えた。この食器棚が、わが家の死者を祀る聖堂だった。祖父二人、母方の祖母、母方の伯母、伯父二人――一人はアルヴィンの父親であり私の父の最愛の兄ジャック伯父だ――が額縁に収まっていた。ラビ・ベンゲルズドーフがリンドバーグの名前を口にしたあたりから、私はもうすっかり混乱してしまっていた。ラビはラビである。だが一方アルヴィンは目下モントリオールのカナダ軍の病院にいて、ヒトラーと戦って左脚をなくしたいま、義足を使って歩くことを学んでいる最中なのだ。そして私も私で、自分の家で――ふだんならよそ行きの服だけは着てはいけないはずの自分の家で――ヒトラーを友人に持つ大統領の当選を助けたラビに感心してもらうべく一本しかないネクタイを締めさせられ、一着しかないジャケットを着させられている。屈辱と光栄とがまったく同じであるなんて、どうして混乱せずにいられよう？　何か大切なものが壊され、失われてしまっていた。私たちはれっきとしたアメリカ人なのに、それ以外のものになることを強制されている。なのにこうやって私たちは、カットグラスのシャンデリアの明かりの下、ダイニングルームのどっしりした、重々しい色に塗られた家具に囲まれて、わが家で客に迎えた初めての有名人と一緒に、母の作ったポットローストを食べているのだ。

さらに私を混乱させたことに、あたかもあれこれ余計なことを考えた私を罰するかのごとく、ベンゲルズドーフはいきなりアルヴィンのことを話し出した。エヴリン叔母さんから話を聞いていたのである。「ご家族に負傷者が出たこと、お気の毒に思います。皆さんお一人お一人に同情申し上げます。甥御さんが退院されたらここで皆さんと一緒に療養されるとエヴリンから聞きました。いまだ若さの盛りにある人に、そのような傷が引き起こしうる心の苦悩は皆さんもご存じでしょう。ふたたび意義ある人生を歩めるところまで持っていくには、皆さんのありったけの愛情と辛抱が必要になることでしょう。甥御さんの場合、とりわけ不幸なのは、わざわざカナダに渡ってカナダ軍に加わる必要はまったくなかったことです。アルヴィン・ロスは合衆国国民として生まれたのであり、合衆国はいかなる国とも戦争しておらず、いかなる国との戦争に加わる意図もなく、国の若者ただ一人の生命も手足も戦争における犠牲として求めてはおりません。そうした状況を維持するために、一部の人々が多大な努力を払ってきたのです。一九四〇年の大統領選で、リンドバーグ側に与したことで私はユダヤ人コミュニティの方々から相当の敵意を買いました。ですが私は、戦争を忌み嫌う思いに支えられてきました。実に悲惨なことです、若きアルヴィンが、アメリカの安全ともアメリカ人の幸福ともまったく無関係なヨーロッパ大陸での戦闘で片脚を失くし……」

ラビはなおも喋りつづけ、マディソンスクエア・ガーデンでアメリカの中立維持を擁護した際に述べたことをおおむねそのままくり返した。だが私の関心は、いまやもっぱらアルヴィンに向けられていた。アルヴィンがうちで暮らすって？　私は母を見た。そんなこと、母は私たちに何も言っていない。いつ戻ってくるのか？　どこで寝るのか？　ワシントンで母が言ったとおり、私たちが普通の国に暮らしていないというだけでも十分ひどい話なのに、今度はもう、二度と普通の家に暮らせないことになるのか。いままでよりもっと大きな苦しみの生活が、私の周りで形をなしつつあるのだ。私は叫びたかった――「駄目だよ！　アルヴィンはここで暮らせないよ――脚一本なくしちゃったんだよ！」。

あまりに取り乱したせいで、ダイニングルームを支配していたお行儀よさがいつの間にか消えさり、私の父がもはや脇に追いやられた身に甘んじなくなったことにも私はしばらく気がつかなかった。どうやってだか、父はとうとう、ベンゲルズドーフの地位と、自分の無力さとがつきつける障害をはね返し、ラビの威厳に畏れ入ることもやめ、惨事が迫っているという切迫感に衝き動かされて――かつ相手の慇懃無礼な態度に激しく苛立って――鼻眼鏡のベンゲルズドーフに思いきり食ってかかっていた。

「ヒトラーは」と父が言うのを私は聞いた。「ヒトラーはまっとうな人間なんかじゃありませんよ、ラビ！　あの狂人は千年前の戦争をやってるんじゃありません、この惑星で誰も見たことのない戦争をやってるんだ！　奴はもうヨーロッパを占領した。ソ連とは交戦中。毎晩ロンドンを爆撃して瓦礫の山を築いて罪のないイギリス国民を何百人と殺してる。史上最悪のユダヤ人迫害者ですよ。なのに奴の親友にして我らが大統領は、君と私のあいだには『共通理解』があるのだなんて言われて真に受けてるんだ。ヒトラーはソ連とも共通理解があった。奴はそれを守ったか？　チェンバレンとだって共通理解があった。奴はそれを守ったか？　ヒトラーの目標は世界を征服することであって、その世界のなかにはアメリカ合衆国も入ってるんです。そして奴はどこへ行ってもユダヤ人を撃ち殺してるから、時が来たらこの国にもユダヤ人を撃ち殺しにきますよ。そうしたら我らが大統領はどうするか？　私たちを護ってくれますか？　擁護してくれますか？　いいや、我らが大統領は指一本持ち上げやしません。それがアイスランドであの二人が達した共通理解なんです。そんなこともわからない大人は、みんな頭がどうかしてる」

　ラビ・ベンゲルズドーフは父に対して苛立ちも示さず、言われていることに少なくとも部分的には共感するかのように礼儀正しく耳を傾けていた。みんなのなかでサンディだけは感情を抑えるのに苦労している様子だった。私たちの父がリンドバーグのことを、さも蔑んだ口調で「我らが大統領」と呼んだとき、サンディは私の方を向いてしかめっ面をしてみせた。そのしかめっ面が、新政権に対して並のアメリカ人と同じ適応を遂げたという、単にそのことによってサンディがいかに私たち家族の軌道から遠く離れてしまったかを物語っていた。母は父の右側に座っていて、父が言い終えると父の手をぎゅっと握ったが、それが父をどれほど誇らしく思っているかを伝えているのか、それとも父に動くなと合図しているのかははっきりしなかった。エヴリン叔母さんはラビをどこまでも見習って、温和な寛容の仮面の向こうに思いを隠し、十か国語を話す学者に浅薄な義兄が貧しい語彙で挑むに任せていた。

ベンゲルズドーフはすぐには何も言わず、物々しく間を置いてから、その沈黙のなかに静かに応答を滑り込ませた。「つい昨日の朝、ホワイトハウスで大統領と話をしてきたところです」。ここで彼は一口水を飲み、私たちが落着きを取り戻すのを待った。「大統領を祝福していたんですよ。三〇年代後半に大統領は何度かドイツへ赴いてアメリカ政府のためにドイツの空軍力をひそかに探ったわけですが、当時に端を発しているユダヤ人たちの猜疑心(さいぎしん)を解く基盤をいまやしっかり築かれたことを祝福していたんです。私は大統領にお伝えしたんです、私自身の会衆で、選挙ではローズヴェルトに投票した人の多くがいまではあなたの熱心な支持者ですよ、あなたがわが国の中立を打ちたててくださってまたも大戦の苦しみに巻き込まれることから救ってくださったことを感謝していますよ、と。庶民団をはじめとするさまざまなプログラムを通して、あなたが彼らの敵などではないことをアメリカのユダヤ人たちも納得しつつあるのです、そうお伝えしたのです。たしかに、大統領になられる以前は、あの方も時おり、反ユダヤ主義的な決まり文句に根ざした発言を公の場でなさったりもしました。ですがあれは無知ゆえの言葉だったのであり、今日では本人もそのことを認めています。嬉しいことに、私が二人きりで二、三度会見していただいただけで、そうした思い違いも解消され、アメリカにおけるユダヤ人の生活の多様性もご理解いただけたのです。あの方はおよそ、邪悪な人などではありません。生来(せいらい)の大変な知性と、この上ない高潔さをお持ちで、わが身の危険を恐れぬ勇気ゆえに名声を得るべくして得た方なのです。そのお方がいま、私に協力を仰いでくださり、いまだキリスト教徒をユダヤ人から隔てユダヤ人をキリスト教徒から隔てている無知の壁を取り払う手助けをしてほしいとおっしゃっているのです。というのも、あいにくユダヤ人の側にも無知は広がっています。リンドバーグ大統領が、反乱を起こして権力を簒奪(さんだつ)した独裁者などではなく、公正で自由な選挙において圧倒的勝利を収めて政権に就いた民主的指導者であって専制的支配への欲求なぞこれっぽっちも見せていないことを十分知りながら、依然あの方のことをアメリカのヒトラーと考える者が大勢います。あの方は個人を踏みにじって国家を称揚したりはしません。逆に個人主義的な企業精神を促進し、連邦政府の干渉に邪魔されぬ自由経済を奨励なさっています。ファシズムの国家統制などどこにあります？　ファシズムの残虐な殺人行為などどこにあります？　突撃隊員や秘密警察がどこにいます？　ファシズムの反ユダヤ主義がわが政府から発している実例を、ひとつでもご覧になったことがありますか？　一九三五年にニュルンベルク法を通過させることでヒトラーがドイツのユダヤ人に対して為した仕打ちと、アメリカ同化局(OAA)の設立を通してリンドバーグ大統領がアメリカのユダヤ人のために着手なさった事業とはまったく正反対です。ニュルンベルク法はユダヤ人から市民権を奪い、あらゆる面で彼らを国民の輪から排除しました。私がリンドバーグ大統領にお勧めしたのは、ユダヤ人が国民生活に好きなだけ入ってこられるよう促す種々のプログラムを始動させることです。国民生活というものを享受する権利が我々にも等しくあることは、あなた方もきっと同意してくださいますよね」

これほど教養に裏打ちされたセンテンスが次々ほとばしり出たことは、わが家のダイニングテーブルにおいて――おそらくこの界隈どこでも――前代未聞であったにちがいない。だからこそ次に、ラビが穏やかに、ほとんど親しげに「いかがですハーマン、この説明で、ご懸念がいくらかなりとも和らげられましたか？」と訊いて話を締めくくったのに対し、父がきっぱりこう答えるのが聞こえたのは衝撃だった――「いや、いや。全然」。それから、ラビの不興を買うのはむろん、彼の威厳を傷つけ復讐心と敵意を引き起こす危険も顧みず、父は「あなたのような人がそんなふうに話すのを聞いていると……はっきり言ってますます怖くなってきますよ」と言い足した。

翌日の晩、エヴリン叔母さんが電話してきて、べらべらまくし立てるには、その夏に庶民団の支援で西へ行ったニュージャージー在住の少年百人のうち、サンディが州代表の「勧誘オフィサー」に選ばれたという。プログラム経験者として、応募資格のあるユダヤ人の子供たちとその家族にOAAプログラムの数々の恩恵を語り、応募するよう呼びかけるのが仕事らしい。こうしてラビは復讐を遂げた。私たちの父親の長男は、いまや新政権の名誉職に就いたのだ。

エヴリン叔母さんの勤務する都心のOAA事務所でサンディが毎日の午後を過ごすようになってまもなく、私の母は一番上等の服を着て職を探しに出かけた。会長としてPTAの会合に出席するときや、選挙の際に学校の地下室で投票立会人を務めるときに着ていく、薄くピンストライプの入った男仕立てのグレーのジャケットとスカート。夕食の席で、都心の大きな百貨店ヘインズで婦人服を売る仕事が見つかったと母は宣言した。ホリデーシーズンの臨時従業員として早目に雇われ、週六日昼間働き水曜日は夜まで残業するという取決めだったが、秘書としての経験もあるのだし、今後何週間かのうちに本部の方で空きが生じてクリスマス以降は正規社員に昇格できたらと母は期待していた。アルヴィンが帰ってきて生活費がかさむようになるので家計の足しにするのだ、とサンディと私には説明したが、本当の意図は（そしてこれは父しか知らなかった）給料の小切手をそのままモントリオールの銀行口座に郵送することだった。万一カナダに逃げて、一からやり直す破目になったときに備えようとしていたのだ。

こうして母は出かけ、兄も出かけ、アルヴィンはもうじき帰ってくることになった。父はすでに車でモントリオールまで行って、軍人病院に入院しているアルヴィンに会ってきていた。ある金曜日の朝、サンディと私が起きて登校の支度を始めるより何時間も前に、母は父の朝食を作り、魔法瓶を満タンにして弁当を作った。サンディのクレヨンを使って三つの紙袋に、昼食にはL、スナックにはS、夕食にはDと書いた。それを持って、父は五百キロ以上北の国境めざして出かけていった。休みは金曜日しか取れないので、金曜一日車を走らせて土曜にアルヴィンに会い、日曜はまた、月曜朝の会議に間に合うよう一日走らないといけなかった。行きにタイヤが一つパンクし、帰りには二つパンクしたので、会議に遅れないためには家に寄らずハイウェイから都心に直行するしかなかった。夕食時に私たちが顔を合わせた時点で父はもう二十四時間以上眠っておらず、もっと長い時間体も洗っていなかった。アルヴィンは死体みたいに見えたと父は言った。体重も四十五キロくらいまで落ちたと聞いて、なくした脚は何キロくらいあったんだろう、と私は思案し、その晩、浴室の体重計で自分の脚を量ろうとしたが上手く行かなかった。「食欲もないんだ」と父は言った。「食べ物を前に置いてやっても押しやってしまう。あのタフな子がすっかり生きる気をなくして、見ちゃいられない暗い顔してやつれた体で横たわって、何をする気も出ずにいるんだ。『アルヴィン、お前のことは生まれたときから知ってる。お前は戦う人間じゃないか。あきらめたりしないじゃないか。父親譲りの強さがあるじゃないか。お前の父親はどんなパンチを受けてもへこたれなかったぞ。お前の母親だってそうだった。お前の父親が亡くなったときも、あの人はすぐ立ち直った。そうするしかなかったさ、お前がいたんだから』と言ったんだが、どこまで伝わったか。少しは届いてると思いたいがな」と父は言ったが、その声はだんだん上ずってきていた。「俺があの病院にいたあいだずっと、周りのどのベッドにも病気や怪我の若い男がいて、あの子の枕許に腰かけてると――」そこまでが限度だった。私にとって、父が泣くのを見るのは初めてだった。幼年期の、大きな転換点――人の涙が自分の涙以上に耐えがたくなるとき。

「あなた、疲れてるのよ」と母が父に言って、椅子から立ち上がり、父をなだめようとテーブルを回っていって、父の頭を撫でた。「食べ終わったらシャワーを浴びて、そのまま寝床に入りなさいな」

　自分の頭蓋（とうがい）を母の手のひらにしっかり押しつけ、父はもう抑えようもなくしくしく泣き出した。「片脚吹っ飛ばされたんだよ」と父が母に向かって言うと、母はサンディと私に、ここは自分一人で慰めるから部屋に行きなさいと身ぶりで伝えた。

　私にとって新しい生活が始まった。父がばらばらに崩れるのを私は目のあたりにし、もう同じ幼年期には戻れなくなった。家にいるはずの母は一日中ヘインズで仕事をしていたし、呼べば来てくれた兄は放課後もリンドバーグの下で働き、ワシントンでカフェテリア中の何もわかっていないユダヤ人迫害者たちに堂々セレナーデを歌って聞かせた父は、不測の事態を止められない自分の無力さを嘆いて大きく口を開けて泣いている。捨てられた子供のように、かつ、拷問されている大人のように父は泣いていた。そしてリンドバーグの当選が私にもこの上なくはっきり思い知らせたとおり、不測の事態はいたるところ、すべてに関し広がっていた。そんな容赦ない不測の事態も、一八〇度ねじってしまえば、私たち小中学生が教わるところの「歴史」に、無害な歴史になってしまう。そこにあっては、当時は予想もできなかったことすべてが、不可避の出来事としてページの上に並べられる。不測の事態の恐ろしさこそ、災いを叙事詩に変えることで歴史の教科書が隠してしまうものなのだ。

一人になった私は、放課後の時間を毎日、切手集めの師匠アール・アクスマンと一緒に過ごすようになった。それもいままでのように、私の拡大鏡で彼のコレクションを吟味したり、彼の母親のたんすを開けて心惑わされる下着の列を拝んだりするだけではなかった。宿題にはほとんど時間がかからなかったし、すべきことといっても夕食のテーブルのセットだけだったから、悪さをする時間は私にはいくらでもあった。そしてアールも、母親は毎日午後は美容院に行ったり時にはニューヨークまで買物に出かけたりでいつも留守らしかったから、やはりやりたい放題だった。アールは私より二歳以上年上で、華やかな両親は離婚していたから――そもそも両親が華やかだったから――いい子になろうなんていう気ははなからないようだった。そして私も前は、遊びに飽きてきたアールに「さ、悪いことしようぜ」と言われるとゾクゾクすると同時に怖気づきもしたものだが、それが最近は、自分がいい子でいることにだんだん苛立ってきていて、ベッドのなかで「さ、悪いことしようぜ」と一人呟くようになっていた。どのみち、冒険を求める気持ちは遅かれ早かれ頭をもたげていたことだろう。だが、自分の家族が、自分の国ともどもずるずる手の届かないところに行ってしまいつつある気がしていたせいで、自由というものに私はいっそう惹かれていた。模範的な家族の男の子が、少年の純粋さでもってみんなに気に入られようと励むのをやめ、こっそり一人で行動することの疚しい愉しみを知ってしまったときにどれだけの自由に走れるのか。私はそれを確かめてみる気だった。

アールと一緒に始めたのは、人を尾行することだった。もう何か月も前から、アールは一人で週に二度ばかりこれを実行していた。放課後、繁華街に行って、バス停のあたりをうろつき、仕事を終えた帰宅途中の男を探すのだ。これと決めた男がバスに乗ったら、自分も乗り込んで、相手が降りるまでこっそり一緒に乗り、あとについて降りて、安全な距離を置いて家まで尾けていく。「なぜ？」と私は訊いた。「どういうところに住んでるのか見るのさ」。「それだけ？　それで終わりなの？」。「それだけで十分さ。いろんなとこに行くんだぜ。ニューアークの外に出ることもあるんだ。どこでも好きなところに行くんだよ。どんなところにも人が住んでるんだ」とアールは説明した。「どうやってお母さんより先に帰るの？」。「そこが面白いところでさ。目一杯遠くまで行って、ママより先に帰ってこなくちゃいけない」。バス代は母親のハンドバッグから盗むのだとアールはあっさり認め、それから、フォートノックス（合衆国金塊貯蔵所がある）の金庫室の鍵でも開けるみたいに得意顔で寝室の引出しを開けて、乱雑に積まれたハンドバッグの山を見せてくれた。週末ニューヨークの父親のアパートメントに泊まりに行くときも、父のクローゼットに並んでいるスーツのポケットから小銭を盗んだ。カサ・ロマ楽団のミュージシャン四、五人が日曜日にポーカーをしにアパートメントにやって来ると、彼らのコートをベッドに積み上げるのをいそいそと手伝い、これまたポケットをしっかり漁って、集めた小銭をスーツケースの底の洗濯物の靴下のなかに隠した。それから何喰わぬ顔でリビングルームに行って、午後ずっとポーカーを見物しながら、パラマウント、エセックスハウス、グレンアイランド・カジノで演奏したときの愉快な四方山話に耳を傾ける。いまは一九四一年、バンドはハリウッドでの映画撮影から戻ってきたばかりで、カードの合間に映画スターたちが話題になり、あの俳優はどんな感じで、といった話が飛びかった。そういった内輪話をアールが私に伝え、私がそれをサンディに伝えると、サンディはいつもかならず「そんなの嘘っぱちさ」と言って、アール・アクスマンなんかとつき合うのはよせと警告した。「お前の友だち、子供のくせにいろんなことを知りすぎてるんだ」とサンディは言った。「でもすごい切手のコレクション持ってるんだよ」。「ああそうとも、それと、誰とでもつき合う母親も持ってるのさ。年下の男とまでつき合うんだぜ」。「どうして知ってるの?」。「サミット・アベニューの誰だって知ってるさ」。「僕は知らないよ」と私は言った。「ふん、お前の知らないことはほかにも一杯あるんだよ」とサンディは言った。私はひどく得意な思いで、「兄さんの知らないことだってあるかもよ」と胸のうちで言ったが、自分の親友の母親が、年上の子たちが言う「娼婦」ではないかという不安は消しきれなかった。

やってみると、母や父から盗むことには思っていたよりずっとあっさり慣れたし、人を尾行するのも意外に簡単だった。もっとも、はじめの何度かは、そもそも午後三時半に保護者もなく繁華街にいることから始まって、我ながら呆然としていない時間は一瞬もなかった。尾行する人間を探して、私たちは時にペン・ステーションまで足を延ばし、時にはブロード、マーケット両ストリートの交差点に立ち、またあるときはマーケットを裁判所まで進んでいってそこのバス停で獲物が現われるのを待った。女性を尾けることは決してなかった。女なんか面白くないさ、とアールは言った。ユダヤ人と思える人間も尾行しなかった。ユダヤ人なんか面白くないのだ。私たちの好奇心はもっぱら男に、ニューアークの都心で一日じゅう働いているキリスト教徒の大人の男性に向けられていた。帰宅する彼らは、どこへ行くのか？

バスに乗り込んで料金を払うときが私は一番不安だった。金は盗んだ金であり、私たちはいるべきでないところにいて、どこへ行くのかもさっぱりわからないのだから。どこであれ行き先に着くころには、胸はドキドキし頭がクラクラして、その地区の名前をアールに耳打ちされても何のことかわからなかった。僕は迷子なんだ、迷子の子供なんだ――私はそういうふりをしてみた。何を食べるのか？　どこで眠るのか？　犬に襲われないか？　逮捕されて牢屋に入れられないか？　誰かキリスト教徒に拾われて養子にしてもらえるだろうか？それとも、リンドバーグの子供みたいに誘拐されてしまうのか？　どこか遠くの見知らぬ町で迷子になったふりをするか、あるいは、リンドバーグの策略によってヒトラーがアメリカを侵略しアールと私とでナチの魔手から逃れているふりをするか、日によってそのどちらかを私は選んだ。

恐怖心でもって私が自分を苛むさなかにも、私たちはひそかに角を曲がり、通りを渡って、背を丸めて木蔭に隠れ、尾行している男が家にたどり着いて玄関を開けて中に入るクライマックスの瞬間を待った。それが過ぎると、離れたところに立ち、ふたたび玄関の閉まった家を眺める。アールは「あの芝生、ほんとに広いなあ」「夏も終わったのに、何で網戸が掛かってるんだ？」「ガレージの中、見えるか？　あれって新型のポンティアックだぜ」などと言った。それから、さすがの覗き魔ユダヤ人アール・アクスマンも窓辺まで寄っていってこっそり中を覗き込む度胸はないので、私を従えペン・ステーションに帰るバスのところまで戻っていく。その時間は帰宅ラッシュで、都心に戻るバスは私たち以外誰も乗っていないこともしばしばで、そうなるとバスの運転手は私たちのお抱え運転手みたいだったし、公営バスも私有のリムジンであって私たち二人は誰よりも勇敢な少年二人組みたいに思えた。アールは毎日すごくいいものを食べている色白の十歳であり、早くも太鼓腹になりかけていて、赤ん坊っぽい頰はたっぷり膨らみ、黒い睫毛は長く、ぴっちりカールした黒い巻毛からは父親のヘアオイルの香りが漂っていた。そんな彼が、バスが空っぽだと、細長い後部席にトルコの高官みたいな姿勢で長々寝そべり、さも偉そうにくつろいでみせるのだった。そして私はその隣で、痩せて骨張った体を伸ばして座り、いかにも脇役然と、恥の念の交じった恍惚の笑みを浮かべていた。

ペン・ステーションから、14番バスに乗って家に帰る。今日四本目の大胆なバス移動である。夕食の席で私は、「僕は今日キリスト教徒のあとを尾けていたのに、誰もそのことを知らない。誘拐されていたかもしれないのに、誰もそのことを知らない。僕とアールとで持っていたお金を遣ったら、その気になれば僕たちは、やろうと思えば……」などと考え、目ざとい母親に何度か勘づかれてしまいそうになった。なぜなら私は、キッチンテーブルの下で、何か企みごとを考えている最中のアールとまったく同じように、せかせかした貧乏揺すりをやめられなかったのだ。そして毎晩毎晩、自分の八歳の人生をめぐって新たに見出した大いなる目的の魅惑の下で私は眠りについた。目的とはすなわち、その人生から逃げること。学校にいて、開いた窓を通して、チャンセラー・アベニューの坂道をバスがのぼっていく音が聞こえてくると、もうそれに乗り込むこと以外何も考えられなくなった。サウスダコタに住む少年にとって仔馬がそうであるように、私にとってバスこそが外の世界全体になった。バスも仔馬も、許されうる逃避の果てまで連れていってくれるのだ。

アールの相棒として嘘つき見習い、泥棒見習いになったのが十月後半のことで、その勢いも衰えぬまま十一月、さらには十二月に入ってどんどん寒くなっていってもなお、私たちの秘密の遠出は続けられた。十二月になると、繁華街ではクリスマスの飾りつけがそこら中に現われ、どのバス停を見ても尾行候補の男が掃いて捨てるほどいるようになった。歩道でクリスマスツリーが大っぴらに売られている光景も私には初めてだったし、しかも一本一ドルでツリーを売っている子供たちは、貧困にあえいでいるか、少年院から出てきたばかりの不良かのどちらかに見えた。白昼堂々と金がやりとりされるのを見て、これは違法ではないかとはじめ思ったが、べつに誰もこそこそ隠そうとはしていない。警官はそこら中にいて、警棒をぶら下げ大きな青いオーバーを着て街を巡回していたが、みんないかにも楽しそうで、仲間に——つまり、クリスマスの仲間に——入っているように見えた。感謝祭の直後以来、大きな暴風雪（ブリザード）が週に二度のペースで吹き荒れていたので、雪かきを終えたばかりの街路の両側には、自動車の高さくらいの薄汚れた雪の小山がすでに出来上がっていた。

夕方近くの人波を物ともせず、売り手はツリーの束から一本を抜き出し、混みあった歩道に運んでいって、客が吟味できるよう、丸太の台に立てる。都市から何キロも離れた農場で育てられたツリーが、街で一番古い部類に属す教会の前の錬鉄の柵沿いに並べられ、堂々とした銀行や保険会社のビルの前面に山と積まれているのを見るのは何とも不思議な気分だったし、繁華街のただなかでそのつんと鼻をつく田舎風の匂いを嗅ぐのも不思議だった。私たちの住む界隈ではツリーなど売っていなかったから——誰も買わないのだから当然だ——十二月という月は、何かが匂うとしてもそれは、シューッと声を立てる野良猫がどこかの家の裏庭のひっくり返ったバケツから引きずってきたゴミの匂いであり、路地の外気を入れるためにわずかに開けた湯気で曇った台所の窓から漏れてくる温かい夕食の匂いであり、ボイラーの煙突から噴き出る石炭ガスの悪臭、歩道の滑り易くなった部分に撒くために地下室からバケツで運び上げてきた灰の臭気だった。北ジャージーの湿った春、沼地のような夏、落着かぬ物憂げな秋、それぞれの香りと較べると、厳寒の冬の匂いはほとんど感じられないと言ってもいいくらいだった。少なくともアールと二人で繁華街を歩いてツリーを見てその香りを吸い込み、ほかの多くのことと同様キリスト教徒にとって十二月とは違うものなんだと思い知るまで私はそう信じていた。繁華街一帯に数千の電球が吊され、聖歌隊が歌い、救世軍の楽隊が楽しげに騒ぎ、ほとんどの四つ角でもサンタクロースがまた一人笑っている。十二月とは、私の生まれた都市の中央がとことん彼らのもの、彼らだけのものになる月だったのだ。ミリタリー・パークには高さ十二メートルのクリスマスツリーがあり、公益事業ビルの前面にぶら下がってスポットライトに照らされた巨大な金属製のクリスマスツリーは『ニユーアーク・ニューズ』によれば全長二十四メートルで、私の背丈はやっと一三七センチだった。

　クリスマスの数日前のある午後、プレゼントが一杯詰まった、クリスマス用に赤と緑で飾ったデパートの買物袋を両手に提げた男のあとを尾けてリンデン・アベニューを走るバスに乗り込んだのが、私がアールと二人で行なった最後の尾行となった。その十日後、ミセス・アクスマンは神経衰弱を発病して真夜中に救急車で病院へ運ばれ、その後まもなく、一九四二年元旦、今度はアールが父親に切手のコレクションもろとも連れ去られた。一月のうちに引越しトラックが現われて、私が見守る前、アールの母親の下着が入ったたんすから何からすべての家具が積み込まれ、その後サミット・アベニューに住む誰一人、アクスマン一家を見かけた者はいなかった。

　冷たい冬の黄昏(たそがれ)がいまやあっという間に訪れるようになっていたから、バスから家まで人を尾けていくことの快感もいっそう増していた。あたかもいまは午前零時をとっくに過ぎていて、ほかの子供たちが何時間も前に寝ついたあとに事を行なっているような気になれた。買物袋を両手に持ったその男は、ヒルサイド線の踏切を越えてもまだバスから降りずそのままエリザベスまで入っていき、大きな墓地を越えてすぐの、私の母親が食料品店の二階で育った四つ角からも遠くないあたりで降りた。私たちもひっそり降りた。二人とも冬支度はまったくありきたりで、あたりにゴマンといる、フード付きのマッキノーコートを着て、分厚いウールのミトンを手にはめ、よれよれのコーデュロイのズボンの裾を、足に合わない、七面倒臭い留め金が半分は外れているゴムの上靴につっ込んでいる小中学生たちと見分けがつかなかった。けれども私たちは、深まりゆく影によって自分たちがいっそう目立たなくなっていると決め込んでいたのか、あるいは私たちの機敏さが時間の変化について行けなくなったのか、とにかくいつもより尾行が雑になっていたにちがいない。「無敵のデュオ」——と、キリスト教徒追跡者たる我ら二人組をアールは鼻高々命名していた——はヘマをやってしまっていた。

まず長い二ブロックを歩いた。どちらのブロックも両側に、堂々とした煉瓦造りの、クリスマスイルミネーションがこうこうと灯った、「百万長者のお屋敷」とアールが私に耳打ちした家が並んでいた。それからもう少し短い二ブロックがあって、こっちは家もずっと小さく地味で、それまであちこちの通りでさんざん見ていたたぐいの、それぞれクリスマスリースが玄関に飾ってある木造家屋だった。その二ブロック目で男は、狭い煉瓦敷の細道に入っていった。細道がカーブを描いて、低い靴箱型の、板張りの家に通じていた。積み上げた雪から家は上につき出し、砂糖をまぶした大きなケーキに載った食べられる飾りみたいに可愛らしかった。二階にも一階にもランプが薄暗く灯っていて、玄関の横の窓のひとつを通して、クリスマスツリーがチカチカ光っているのが見えた。鍵を取り出そうと男が買物袋を下ろすと、私たちは忍び足で、ゆるやかにうねっている白い芝の庭まで近づいていき、やがて窓ごしにツリーの飾りが見分けられるところまで寄っていった。

「ほら、あれ」とアールが囁いた。「てっぺんが見えるか？　ツリーの一番てっぺんにさ——

見えるか？　あれ、キリストだぜ！」

「違うよ、天使だよ」

「キリストって何だと思ってんだよ？」

私は「あの人たちの神さまかと思った」と囁き返した。

するとアールは「そして天使の親玉なのさ――ほらあそこ！」と言った。

ではこれが、私たちの探求の頂点なのか。イエス・キリスト、彼らの論法によればすべてであって、私の論法によればすべてを滅茶苦茶にした張本人。なぜならキリストがいなければキリスト教徒もいなかったのであり、キリスト教徒がいなければユダヤ人迫害もなく、ユダヤ人迫害がなければヒトラーもなく、ヒトラーもなければリンドバーグが大統領となることもなく、リンドバーグが大統領でなければ……

突然、私たちが尾けてきた、いまや開いた玄関口に買物袋を持って立っていた男がくるっとふり向き、穏やかな、ほとんど煙の輪を吐き出すような声で「君たち」と呼びかけた。

気づかれてしまって、私たちは心底仰天した。少なくとも私はそこで、家の前の通路に歩み出て、二か月前の模範的子供よろしく潔く名を名のるのが自分の義務だと感じた。アールの腕がかろうじて私を押しとどめた。

「君たち、隠れるなよ。その必要はないよ」と男は言った。

「どうする？」と私はアールに囁いた。

「シーッ」とアールは囁き返した。

「君たち、そこにいるのはわかっているよ。もうすごく暗くなってきたよ」と男は優しそうな声で警告した。「そんなところにいたら凍えてしまうよ。温かいココアでもどうだい？さあ中にお入り坊やたち、雪が降ってくる前にさっさとお入り。温かいココアがあるし、スパイスケーキもシードケーキもジンジャーブレッドクッキーもあるし、いろんな色の砂糖をまぶした動物クラッカーもあるし、それにマシュマロもある。マシュマロだよ君たち、棚からマシュマロを出して焼いて食べるんだよ」

どうしたらいいかとふたたびアールの方を見ると、彼はもうニューアークに帰ろうと駆け出していた。「逃げるんだ」とアールは肩ごしに私にどなった。「逃げろフィル、あれってオカマだぞ！」

4

切　株

一九四二年一月—一九四三年二月

アルヴィンは一九四二年一月に除隊になった。それまでに、まず車椅子を捨て、次に松葉杖を捨て、病院での長いリハビリ期間中、カナダ陸軍看護兵たちの指導の下、義足を使って自力で歩けるよう訓練を受けた。今後は毎月、障害者としてカナダ政府から一二五ドルの年金が支給される。私の父がメトロポリタン生命保険でもらっている月給の、半分より少し多い額である。加えて、除隊手当が三百ドル。もしカナダに残ることを選べば、障害者退役軍人としてさらにいくつか恩恵が受けられる。志願兵としてカナダの軍隊に入った外国人は、本人が望めば、除隊と同時に市民権を与えられる。勝手にカナダ人になるがいいさ、とモンティ伯父は言った。アメリカが気に入らないんだったら、あっちに残ってもらえるだけ金もらうがいいさ。

モンティは私の父の兄弟のうちで一番高圧的な人だった。たぶんだからこそ、一番金持ちでもあったのだろう。線路のそばのミラー・ストリート市場で、果物と野菜の卸売をやって一財産を築いていた。その商売を始めたのはアルヴィンの父親ジャック伯父さんで、ジャック伯父がモンティ伯父を仲間に引き入れ、ジャック伯父が亡くなるとモンティが一番下の弟ハービー叔父を引き入れたのだ。モンティは私の父親も仲間に入れようとしたが――当時私の両親は無一文の新婚夫婦だった――父は断った。小さいころからさんざんモンティに威張り散らされていたから、もうたくさんだと思ったのである。モンティのすさまじいエネルギーには父だってついて行けたし、さまざまな苦難に耐える力にしてもモンティに劣りはしなかったが、子供のころにくり返された衝突から、自分がモンティの敵でないことを父は知っていた。何しろ相手は、商売に乗り出すにあたって、冬のニューアークで熟したトマトを売ろうと、キューバから青いトマトを貨車何台分も買い込んで、ミラー・ストリートに持っている倉庫の、床のきしむ二階の特別に暖房を入れた部屋で熟させるという賭けに打って出た人物なのだ。首尾よくトマトが熟すと、モンティは一箱に四つずつ入れて売りに出し、誰よりも高値で売って、以後トマト王として知られるようになった。

私たち一家が依然ニューアークで二階の五部屋アパートの家賃を払っていたのに対し、果物・野菜の卸売に携わる伯父たちは、郊外の町メープルウッドのユダヤ人住宅地に住んでいた。それぞれが大きな、白い、鎧戸(よろいど)のついたコロニアル様式の住宅を所有し、表には緑の芝生が広がって、ガレージにはぴかぴかに磨いたキャデラックが入っていた。エイブ・スタインハイム、モンティ伯父、ラビ・ベンゲルズドーフ。みんな見るからに精力的なユダヤ人であり、無学な移民の倅として周りじゅう敵に囲まれて育ったというまさにその事実が、アメリカ人として可能な限り大物になろうという気概の推進力になっているように思えた。彼らの有する強烈なエゴイズムに、よかれ悪しかれ私の父親は無縁だったし、誰よりも上に立ちたいという欲求も父にはこれっぽっちもなかった。父とて自尊心が後押しになってはいたし、忍耐力と闘争心の両方を持ちあわせ、スタインハイムらと同様、ほかの子供たちにユダ公（カイク）と呼ばれる貧しい子供として育ったことで募らせた憤りによって両者にますます磨きをかけてはいたけれど、父としては、自分の周りの人たちの人生を滅茶滅茶にしたりせずに、トップでなくてもそれなりの地歩を築ければそれで十分だった。闘う精神は生まれつき持っていたが、それだけでなく、他人を護る精神も父にはあったし、兄たちのように（そしてその他の野蛮な叩き上げの大立者連中のように）敵を痛めつけることで気分が高揚したりはしなかった。人間にはボスになる者とボスの下で働く者がいて、たいていの場合ボスがボスであるのには理由があるし、建設業、果物野菜販売、ラビ、ギャング、いかなる稼業であれ彼らが自分で商売をやっていることにも理由があるのだ。プロテスタント系白人を頂点とするヒエラルキーにおいて、企業に雇われたユダヤ人の九十九パーセントは低い地位に甘んじている。そうした差別以外にも闘わねばならないものがたくさんあるなか、彼らからすれば、そうやってボスになることが、人に邪魔されないための——そして屈辱を味わわぬための——最良の手段なのだ。

「もしジャックが生きてたら」とモンティは言った。「アルヴィンの奴、玄関の外にだって出られなかったろうよ。なあハーム、お前、あいつを行かせたりしちゃいけなかったんだ。

戦場の英雄になる気でカナダに行って、結局このザマだ。一生不自由の身じゃないか」。アルヴィンは土曜日に戻ってくることになっていたが、その前の日曜日のことだった。いつも着ている市場の仕事着の、しみだらけのジャンパー、撥(は)ねカスだらけの古いズボン、おそろしく汚らしい布の帽子とはうって変わって、今日のモンティ伯父は清潔な服を着て、口から煙草を垂らしてわが家の台所の流しに寄りかかっていた。私の母はその場にいなかった。モンティが来るとだいたいいつもそうだったが、この日も母は少し顔を出しただけで席を外していた。でも私は幼い子供だったから、伯父に魅了されずにはいられなかった。伯父の粗野ぶりに我慢できなくなると、母はひそかに彼をゴリラと呼んでいたが、私には伯父はまさしくゴリラに見えた。

「アルヴィンは兄さんの支持する大統領に耐えられないんだよ」と私の父は言い返した。「だからカナダに行ったのさ。兄さんだってしばらく前はあいつに耐えられなかったのに、いまじゃあのユダヤ人迫害者が兄さんのお仲間なんだよな。大恐慌は終わったんだってあんたたち金持ちユダヤ人はみんな言ってるよね、何もかもローズヴェルトじゃなくミスタ・リンドバーグのおかげだって。株式相場は上がってるし、収益も上がってるし、景気は快調──なぜか？　なぜっていまや俺たちにはローズヴェルトの戦争じゃなくてリンドバーグの平和があるから。そしてあんたらにとって、金以外に大事なものがあるか？」。「おいハーマン、まるっきりアルヴィンみたいなこと言うんだな。まるっきり小僧みたいだぞ。金以外に大事なものがあるかって？　お前の息子二人は大事さ。サンディがいつの日かアルヴィンみたいになって帰ってきてもいいのか？　フィルがいつの日か」と伯父は、キッチンテーブルで話を聞いている私の方を見ながら言った。「アルヴィンみたいになって帰ってきてもいいのか？　この国は戦争にかかわっていないんだ、これからもかかわらないままでいるのさ。それに俺は、リンドバーグから何の迫害も受けちゃいない」。「いまに見てろよ」と父が言い返すものと私は待ったが、たぶん私がそこにいて、ただでさえもう十分怯えていたからだろう、何も言わなかった。

モンティが帰るとすぐ、父は私に、「お前の伯父さんは頭を使わないんだ。アルヴィンみたいになって帰ってくる？　そんなことあるわけないさ」と言った。私は「でももしまたローズヴェルトが大統領になったら？　そうしたら戦争になるんでしょ」と言った。「なるかもしれんし、ならないかもしれん」と父は答えた。「誰も前もって断言はできないさ」。「でももし戦争になって」と私は言った。「もしサンディが大きくなってたら、徴兵されて戦争に行って戦うわけでしょう。そして戦争で戦ったら、アルヴィンに起きたことがサンディにも起きる可能性はあるでしょ」。「あのな、誰にだって、何だって起きる可能性はある」と父は私に言った。「でもたいていは起きないんだよ」。「起きるとき以外はね」と私は心のなかで思ったが、そこまで言う度胸はなかった。父はもうすでに私にあれこれ訊かれて動揺していたし、こうやって問いつめられたら、本当に答えられなくなってしまうかもしれないと思えたのだ。リンドバーグに関しモンティ伯父が父に言ったことは、ラビ・ベンゲルズドーフが父に言ったこととまったく同じだったから――そしてサンディがひそかに私に言っていたことでもあったから——私はだんだん確信がなくなってきた。自分が何を言ってるのか、父は本当にわかっているんだろうか？

リンドバーグが大統領に就任して一年近く経った時点で、アルヴィンがモントリオールからの夜行列車で、カナダ赤十字社の看護師に付き添われ、出ていったときには二本あった脚が一本になってニューアークに戻ってきた。去年の夏サンディを迎えに行ったときと同じように、ただし今回はサンディも一緒に、私たちはペン・ステーションまで車で出かけていった。その何週間か前、サンディはニューアークから六十キロくらい南、ニューブランズウィックのユダヤ教会でケンタッキーでの冒険譚を物語り、スケッチを披露し、集まった信徒たちを感心させて、子供たちを〈庶民団〉に入れるよう促した。家族の平和を保つという配慮から、私もサンディと一緒にエヴリン叔母さんに連れていってもらい、聴衆に交じってそれを聞くことができた。サンディが庶民団にかかわってることをわざわざアルヴィンに言ったりするんじゃないぞ、と私は両親から釘を刺されていた。いずれは父さんたちから何もかもちゃんと説明する、だけどまずはアルヴィンを家での暮らしにもう一度慣れさせて、カナダに行って以来アメリカがどれだけ変わったか十分呑み込ませることが先決なんだ、と私は講釈された。べつに何か隠そうとか、嘘をつこうとか言うんじゃない。回復の妨げになるような話はしばらく遠ざけておこうってことさ、と。

その朝モントリオールからの列車は遅れていて、父は時間つぶしに——そしていまや父の頭のなかは一日じゅう政治情勢で一杯だったから――『デイリー・ニューズ』を買った。ペン・ステーションのベンチに座った父が、いつも「三文新聞（ラグ）」と蔑んでいるニューヨークの右翼タブロイド紙に目を通すかたわら、私たちはプラットホームをうろつき、自分たちの新しい生活の次の段階が始まるのを不安な思いで待っていた。モントリオール発の列車は予定よりさらに遅れますと拡声器からアナウンスが流れると、母はサンディと私と腕を組み私たちをベンチに連れ戻して、みんなでここで待ちましょうと言った。一方父はすでに『デイリー・ニューズ』を耐えられる限り読み、クズ籠に投げ入れてしまっていた。わが家は五セント、十セントもおろそかにしない家庭だったから、父が新聞を買って数分後に捨ててしまうのを見て私は面喰らってしまったし、そもそも父がそんな新聞を読んでいるのを見たこと自体に面喰らっていた。「信じられるか、この連中の言ってること？」と父は言った。「あのファシストの犬、いまだに奴らの英雄なんだぞ」。父が言わなかったのは、アメリカを世界大戦に加わらせないという公約を守ったことで、ファシストの犬はいまや、『ＰＭ』を例外として国中のほぼ全新聞で英雄になっているという事実だった。

「さあ」と、列車がやっと駅に入ってきて停止に向かうとともに母は言った。「あんたたちのいとこが帰ってきたわよ」

「どうしたらいいの？」と、母が私たちを立たせてみんなでプラットホームに向かうなか私は訊いた。

「お帰りなさいって言うのよ。アルヴィンなのよ。帰ってきたんだから、歓迎してあげるのよ」

「脚は？」と私はひそひそ声で言った。

「脚がどうしたの？」

だって、という思いで私は肩をすくめた。

と、父が私の両肩を握った。「怖がるんじゃない」と父は私に言った。「アルヴィンのことも、脚のことも怖がるんじゃない。お前がどれだけ大きくなったかを見せてやるんだ」

列車はレールの上、五十メートルばかり先で停止していた。サンディが私たちのなかから飛び出して、車両めざして駆けていった。アルヴィンは車椅子に乗って、赤十字の制服を着た女性に押してもらって列車から離れつつあった。そしていま、全力で走りながら彼の名前を叫んでいるのは、わが家で唯一向こう側に引き入れられた人物なのだ。私はもう、自分の兄をどう捉えたらいいかわからなくなっていたし、そもそも自分をどう捉えたらいいのかもわからなくなっていた。とにかく、みんなの秘密を隠すことを忘れないようにするだけでも大変なのに、自分の恐怖心も懸命に抑え、父を信じることをやめぬよう努め、民主党とFDRも信じつづけ、ほかにも自分が国中と一緒になってリンドバーグ大統領崇拝者になってしまわぬよう押しとどめてくれる人なら誰であれ信じつづけようと私は必死だったのだ。

「お帰りなさい！」とサンディは叫んだ。「戻ってきたんだね！」。それから、私が見守るなか、十四歳になったばかりなのにもう二十歳の若者のように逞しい私の兄は、アルヴィンの首に両腕を回せるようにとプラットホームのコンクリートの上に両膝をついた。その瞬間、母は泣き出し、父はぎゅっと——私が取り乱すのを未然に防ぐためか、父自身の混沌とした思いから自分を護るためか――私の手を握った。

次にアルヴィンのところに飛んでいくのは自分の務めだと思って、私は両親の手を離して車椅子めがけて駆け出し、たどり着くと、サンディを真似て自分もアルヴィンの首に両腕を巻きつけたが、その結果わかったのは、アルヴィンからひどく嫌な臭いが発していることだった。はじめは、きっと脚の臭いだろうと思ったが、実のところそれは口から発していた。私は息を止め、目を閉じ、私の父と握手しようとアルヴィンが車椅子の上で身を乗り出すのを感じてやっと腕をほどいた。と、車椅子の横に木の松葉杖がストラップで留めてあるのが目に入って、そのとき初めて私はまっすぐアルヴィンを見た。これほど骸骨みたいに痩せた人間、これほど打ちひしがれて見える人間を目にするのは初めてだった。でもその目に怯えの色はなかったし、泣いていた痕跡もなかった。その目は私の父のことを、まるで後見人たる父こそが、被後見人たる自分をこんな身にした張本人であるかのように、何とも獰猛（どうもう）な表情で眺めわたした。

「ハーマン」とアルヴィンは言ったが、それだけだった。

「お帰り」と父は言った。「戻ってきたな。さあ、一緒に帰ろう」

それから、母がアルヴィンにキスしようと身をかがめた。

「ベス叔母さん」とアルヴィンは言った。

ズボンの左脚は膝から下がまっすぐ垂れていた。大人にとっては珍しくない姿だろうが、私はそれを見てギョッとした。けれど実のところ、脚がまったくない男を私はすでに一人知っていた。その男は体が腰から始まっていて、全体がひとつの切株だった。男が私の父の勤務する都心のオフィスビルの前で物乞いをしているのを私は見たことがあったが、その姿かたちに圧倒されたものの、べつに男がうちに来て一緒に暮らすことになる恐れはなかったから、取り立てて考えずに済んでいた。物乞いが一番上手く行くのは野球シーズンで、一日の仕事を終えた会社員たちがビルから出てくると、男はその日の午後の試合結果を、見かけによらぬ太い朗々たる声で報告し、一人ひとりがコインを二枚ばかり、男の献金箱たるぼろぼろの洗濯盥(だらい)に投げ入れていく。裏にローラースケートの車輪を付けた小さなベニヤ板の台に乗って男は動き回り、実際、その上で暮らしているように見えた。移動の手段たる両手を護るために一年じゅう着けていた、分厚い、雨風にさらされてきた作業用手袋は覚えているが、それ以外、男の格好を私は描写できない。見るのが怖いという思いに、まじまじと見とれてしまう恐怖も相まって、男が何を着ているか、記憶にとどめられるほど長く見られたためしがなかったからだ。そもそも男が服を着ていること自体ほとんど奇跡に思えたし、どうやってだか小便や大便ができることもそうなら、野球のスコアを覚えていられることはもっとそうだった。土曜の朝、父に連れられて誰もいない保険会社のオフィスに出かけると——父が一週間の郵便物を整理するあいだデスクチェアに座ってくるくる回るのが私には何より楽しみだった——父と切株男はいつも気さくに会釈しあうのだった。やがて私は、体が二つに切断されるというおぞましい不正がなされただけでも十分理解しがたいのに、それがロバートという、男性名としてはごくありふれた、私の名（Philip）と同じく六文字（Robert）

の名を持った人間の身に起きたことを知った。「どうだ元気か、リトル・ロバート?」と父は、私と一緒にオフィスビルに入っていきながら言ったのだ。すると「元気かい、ハーマン?」とリトル・ロバートも答えた。あとで私が父に、「あの人、名字あるの?」と訊くと、「お前にはあるか?」と父は訊き返した。「あるよ」。「だったら、あいつにもあるさ」。「何て言うの? リトル・ロバート・何なの?」と私は訊いた。父はしばし考え、それから笑い出して、「実は父さんも知らん」と言った。

アルヴィンがニューアークのわが家で療養に努めると知った瞬間からずっと、私が身をこわばらせ暗闇に横たわって何とか眠ろうとするたび、われ知らず、ベニヤ板に乗って作業用手袋をはめたロバートの姿が浮かんでくるのだった。まず鉤十字に覆われた私の切手コレクション、そして生きた切株リトル・ロバート。

「もらった義足で立って歩いてくると思ったのに。そうじゃないと退院できないと思ってたぞ」と父がアルヴィンに言うのが聞こえた。「いったいどうしたんだ?」

父の方を見ようともせずに、アルヴィンがきつい声で「切株(スタンプ)が壊れたんだよ」と言った。

「どういう意味だ?」と父が訊いた。

「どうでもいいよ。気にするなって」

「荷物はあるんですか?」と父は看護師に訊いた。

だが彼女が答える間もなく、アルヴィンが言った——「あるに決まってるだろ。俺の脚、どこにあると思うのさ?」。

サンディと私は、アルヴィン、看護師と一緒に中央コンコースの荷物カウンターに向かい、一方父はレイモンド・ブルバードの駐車場へ車を取りに急ぎ、母も最後の最後で父と一緒に行くことにした。きっと、アルヴィンの精神状態に関し予想していなかったもろもろの問題を二人で話しあうつもりなのだろう。プラットホームから出る前に看護師は赤帽を呼び、二人でアルヴィンに手を貸して立たせたあと、赤帽は車椅子を引き受け、看護師は下りエスカレーターに向かってぴょんぴょん跳ねていくアルヴィンと並んで歩いていった。それから彼女は盾を務めるべくエスカレーターに立ち、アルヴィンがそのうしろから跳ねて乗り込み、下っていくエスカレーターの手すりをがっちり摑んだ。サンディと私はアルヴィンのうしろに立ち、やっとそのおよそかぐわしくない口臭の届かぬところに出ることができた。もっともサンディは、万一アルヴィンがバランスを失ったらつかまえられるよう本能的に身構えてもいた。赤帽は松葉杖を留めたままの車椅子をひっくり返して頭上に持ち上げ、エスカレーターと並行した階段を降りていって、アルヴィンがエスカレーターから跳ねて降り私たちもあとから降りたときにはもうコンコースにいて出迎えてくれた。そして赤帽は車椅子の上下を戻してコンコースの床に下ろし、アルヴィンが腰かけられるようしっかり据えてくれたが、アルヴィンは片足で立ったまま身を翻し、看護師に礼も言わず別れの挨拶もせずにぴょんぴょん威勢よく跳ねていった。残された看護師は、混みあった大理石の床を彼が荷物カウンターの方向へぐんぐん進んでいくのを見守っていた。

「転んだりしないの？」とサンディは看護師に訊いた。「すごく速いじゃない。滑って転んだりしたらどうなるの？」

「あの子が？」と看護師は答えた。「あの子はどこへだって跳ねてけるわよ。ものすごく長い距離跳ねられるのよ。転びやしない。跳ねることだったら世界チャンピオンよ。ほんとならあたしに手伝ってもらって汽車でここまで来るより、モントリオールから跳ねてきたかったでしょうよ」。それから彼女は私たちに——失うことの辛さなどまったく知らない、二人の護られた子供たちに——打ちあけるような口ぶりで言った。「怒ってる人はさんざん見てきたし、脚が二本ともなくなって怒ってる人も見てきたけど、あの子みたいに怒ってるのは初めてね」

「何に怒ってるの？」とサンディが不安げに訊いた。

看護師はがっしりした大柄の、厳めしいグレーの瞳の女性で、グレーの赤十字キャップの下の髪は兵士のように短かったが、その彼女が、この上なく穏やかで母性的な口調で、あたかもサンディが自分に委ねられた患者の一人であるかのように、その日のさらにもうひとつの驚きたる優しさを込めて、「人が怒るのはみんな同じよ——物事がこうなってしまったことに怒ってるのよ」と言った。

わが家の小さなステュードベーカーには全員乗れないので、母と私はバスで家まで帰った。アルヴィンの車椅子はいちおうトランクに納まったが、古くてやたらと大きい折り畳めないタイプだったので、飛び出さぬようトランクの蓋を縄で縛りつけないといけなかった。カンバス地の旅行鞄（そのなかのどこかに義足も入っている）には荷物がぎっしり詰まっていて、私が手伝ってもサンディには持ち上げられず、私たちは二人で鞄をずるずる引きずってコンコースの床を進み、扉を抜けて通りに出た。そこからは父が引き継いで、サンディと二人で鞄を後部席に平たく横たえた。サンディが体をほとんど二つに折るようにして鞄の上に乗り、アルヴィンの松葉杖を膝に載せた。ゴムキャップの付いた先端が後部席の窓から飛び出したので、父はハンカチを端に巻きつけてほかの車への合図にした。父とアルヴィンが前部席に乗り、私も憂鬱な気分で二人のあいだの、フロアシフトのすぐ右に入るつもりだったが、すると母が、帰り道に仲間が欲しいと言い出したのだった。いざ一緒にバスに乗ってみると、母の狙いは、私がこれ以上みじめな事態を見なくて済むようにすることだとわかった。「いいのよ」と母は、14番バスの行列が出来ている地下道に向かって角を曲がりながら言った。「どうしたらいいんだ、ってうろたえて構わないのよ。みんなうろたえてるんだから」

うろたえてなんかいないよ、と私は言い張ったが、ふと気がつくと、尾行する人間を探して私はバス停留所の周りを見渡していた。ペン・ステーションのこの一か所からだけでも、優に一ダースのルートが始まっている。14番が来るのを待って母と私が地下道の端に立っていると、たまたまヴェイルズバーグ方面行きの、遠く北ニューアークまで行くバスが乗客を乗せているところだった。尾行にぴったりの男を私は見つけた。書類鞄を持ったビジネスマンで、アールのようにさまざまな要素を精緻に読みとれはしない私の不完全な鑑識眼からしても、ユダヤ人ではなさそうに見えた。けれど私は、男が乗り込んだバスの扉が閉まるのを切ない思いで見るだけだった。そばの席に座った私に見張られることもなく、男の乗ったバスは走り去った。

二人きりでバスに乗ると、私の母は「ねえ、何が一番気になる？」と訊いた。

私が答えずにいると、駅でのアルヴィンのふるまいを母は説明しはじめた。「アルヴィンは恥じているのよ。車椅子姿を私たちに見られて恥じているのよ。出ていったときは逞しくて、誰にも頼っていなかった。それがいまは隠れたい気持ち、金切り声を上げたい気持ちで一杯で、何かに食ってかかりたがっている。本当に辛いのよ。それにあんただってまだ小さいのに、年上のいとこがあんなふうになったのを見せられるのは辛いわよね。だけどそれもみんな変わるのよ。自分の姿も自分に起きたことも、恥じることなんか何もないんだってアルヴィンがわかりさえすれば、減った体重も戻ってくるし、義足でどこへでも歩いてくようになって、カナダへ行く前の、あんたが覚えてるとおりの姿に戻るのよ……どう、いくらか足しになった？　母さんの話聞いて、少しは安心した？」

「はじめから安心してたよ」と私は言ったが、本当に訊きたいのはこういうことだった——「アルヴィンの切株が壊れたって、どういうこと？　それって僕も見なくちゃいけないの？　触らないといけない？　誰か直してくれるの？」。

二週間くらい前の土曜日、私は母と一緒に地下室へ降りていって、アルヴィンの持ち物が詰まったダンボール箱を開けるのを手伝った。アルヴィンがカナダの軍隊に入ろうと出ていったあとに、ライト・ストリートのアパートから父が救い出してきた品々である。洗えるものは残らず、地下室の二つに分かれた洗濯用の流しで母が洗濯板を使ってごしごしこすった。片方の流しで石鹸水に浸し、もう一方ですすいでから一点ずつ絞り器に入れ、私がハンドルを回してすすぎの水を絞り出した。私はその絞り器が嫌いだった。洗い物一つひとつが二つのローラーのあいだから、トラックに轢(ひ)かれたみたいにぺしゃんこになって出てくる。私はいつも、理由は何であれ地下室に降りていくたび、絞り器に背中を向けるのが怖かった。でもその日は自分に鞭(むち)打ち、濡れた、醜く変形した洗濯物一つひとつを洗濯籠に放り込んで、母が裏庭に張った洗濯ロープに干せるよう籠ごと上に運んでいった。窓から身を乗り出して洗い物を吊していく母に私は洗濯バサミを渡した。その晩の夕食後、母が台所に立って、私がついさっき取り込むのを手伝ったシャツやパジャマにアイロンをかけているあいだ、私はキッチンテーブルでアルヴィンの下着を畳み、靴下を一足ずつ丸めていった。私はすべてを完璧に仕上げようという気でいた。考えうる限り最高にいい子になることによって、サンディよりもずっとずっといい子、私自身よりさらにいい子になることによって、すべてを完全にしようという気だった。

翌日の放課後、いつもうちでドライクリーニングを頼んでいる、角を曲がったところにある仕立屋まで私は二往復し、アルヴィンのよそ行きの服を運んでいった。その週の後半に受けとりに行って家に持ち帰り、何もかもを——オーバー、スーツ、スポーツジャケット、ズボン二本——木のハンガーに掛け、私の寝室のクローゼットの、アルヴィンに割り当てた半分の側に吊した。洗った残りの衣服は、かつてサンディの領分だった引出しの上二段に入れていった。バスルームへ行くのができるだけ楽になるよう、アルヴィンは私たちの寝室で眠ることになっていたから、サンディはもうすでに、アパート前面のサンルームに移る準備を始めていて、自分の持ち物をダイニングルームの、テーブルクロスやナプキンの入った食器棚にしまっていた。ある晩、アルヴィンが帰ってくる予定の数日前、私は彼の茶色い靴と黒い靴を磨いた。四つ全部磨くことがいまだ必要なのかという迷いは、極力頭から追い払った。靴をぴかぴかに光らせ、よそ行きの服を綺麗にし、洗い立ての品々を引出しにきちんと収めていく。それは要するにすべて祈りだった。わが家のつましい五部屋と、そこに入っているすべてのものを、なくなった脚の恨みのこもった激しい怒りから護ってほしいと家庭の神々に乞う即興の祈りだった。

バスの窓の外に見える景色によって、サミット・アベニューに着いてしまいもはや運命から逃れようもなくなるまでどれだけの時間が残っているかが計れる。バスはクリントン・アベニューを走っていて、ちょうどホテル・リビエラの前を通り過ぎるところだった。ここを通るたび、母と父が結婚式の夜をこのホテルで過ごしたことを私はかならず思い出した。もう都心からは離れ、家まで半分くらいの道のりを来ていて、すぐ先にはブネイ・エイブラハム寺院がある。この都市に住む金持ちユダヤ人に仕えるべく建てられたその大きな楕円形の砦は、私にはバチカンと同じくらい異国に思えた。

「もし寝床のことが気になってるんだったら」と母は言った。「母さんがあんたのベッドに移ってもいいのよ。とりあえず、みんながおたがいにもう一度慣れるまで、母さんがアルヴィンの隣のあんたのベッドで寝て、あんたが父さんと母さんのベッドで父さんと一緒に寝てもいいのよ。その方がいい？」

　自分のベッドで一人で寝る方がいい、と私は言った。

「じゃあ、サンディがサンルームから自分のベッドに戻って」と母は提案した。「アルヴィンがあんたのベッドで寝て、あんたはサンディが寝るはずだったサンルームのソファベッドで寝たら？　表に一人でいるのは寂しいかしら、それともほんとはその方がいい？」

　その方がいいかって？　そうなったら最高だ。けれど、いまやリンドバーグの下で働いているサンディが、リンドバーグの友だちのナチと戦う戦争に行って片脚をなくした人間と、どうやって部屋を共用できるというのか？

　クリントン・アベニューの停留所を過ぎて、バスはクリントン・プレイスに入っていく。サンディが私を見捨てて土曜の午後をエヴリン叔母さんと過ごすようになってしまう前、私たちは毎週のようにこの見慣れた住宅街の停留所で下車し、隣の四つ角にある、黒い字が並ぶ表示板（マーキー）を掲げたローズヴェルト・シアターで二本立てを観（み）たものだった。じきにバスは狭い路地の前を過ぎ、クリントン・プレイスに平べったく並ぶ二世帯半住宅の前を過ぎて——私たちが住む通りとよく似てはいるが、その切妻造りの玄関前階段の赤煉瓦は幼いころの根深い感情を何ひとつ喚（よ）び起こしはしない——やがてとうとう、チャンセラー・アベニューへと入っていく最後の大きな曲がり角まで来る。難儀そうな上り坂が始まり、洒落（しゃれ）た新しい高校の、優雅に溝の刻まれた支柱の前を過ぎ、私が通っている小学校の前のがっちりした旗竿(はたざお)に至り、それも抜けて丘の頂にたどり着く。三年生のときの担任の先生によれば、ここで昔レニ＝レナペ（デラウェア族の自称）の一団が小さな村落をつくって住み、熱した石で食事を作り壺(つぼ)に模様を描いていたという。ここが私たちの降りるサミット・アベニュー停留所であり、その斜(はす)向(む)かい、〈アンナ・メイズ〉の、レースで飾ったウィンドウには出来立てのチョコレートをたっぷり盛った皿が見える。先住民のテント小屋に取って代わったこの菓子屋の何とも誘惑的な香りが、わが家から二分と離れていない場の空気をかぐわしくしていた。

　言い換えれば、サンルームで寝たいとまだ言える時間は正確に測定可能であり、しかもそれは刻々、映画館一軒過ぎるたび、菓子屋一軒、玄関前の階段ひとつ過ぎるたびになくなっていく。なのに私は、大丈夫だよ、いいよべつに、としか言えなかった。そのうちに母もとうとう、私を元気づけるような提案の種が尽きてしまい、われ知らず陰気な沈黙に落ち込んでいった。ひどく不吉な、隠そうともしないその沈黙に、とうとうこの朝の出来事の重大さが母にもこたえてきたかと思えた。一方私は、アルヴィンのなくなった脚、空っぽのズボン、嫌な臭い、車椅子、松葉杖、話すときに私たちを見ようとしないこと、そうしたすべてに耐えられないという事実をいつまで隠せるかわからなかったから、そのバスに乗っている、ユダヤ人に見えない誰かを尾行しているふりをすることに決めた。アールから教わった判断基準をすべて当てはめてみたそのとき、自分の母親がユダヤ人に見えることを私は理解した。その髪、鼻、目。母は間違いなくユダヤ人に見えた。でもだとすれば、大の母親似なのだから、私だってそう見えるにちがいない。そんなことも、それまで私にはわかっていなかったのだ。

アルヴィンの嫌な臭いの源は、口じゅうに広がる虫歯だった。「いろいろ問題があると歯も悪くなるのさ」と歯医者のドクター・リーバーファーブは、小さな鏡を使って口のなかを見回し「こりゃまずい」と十九回呟いた末に言い、その午後からさっそく削りにかかった。医師は治療をすべて無料でやってくれる気でいた。それは、アルヴィンがファシズムと戦うために志願したからであり、そしてリーバーファーブが、リンドバーグのアメリカで自分たちは安全なんだと思うことで私の父を驚かせる「金持ちユダヤ人」とは違い、「この世界のたくさんのヒトラーたち」が私たちに対し何を企んでいるかをいまだ見失っていなかったからだった。金の詰め物十九か所ともなれば結構金もかさむが、彼はそうやって私の父、母、私、民主党との連帯を示し、モンティ伯父、エヴリン叔母、サンディ、目下国民の支持を得ている共和党の政治家全員に反対する意思を表明していたのだ。詰め物十九か所には時間も相当かかるし、特にリーバーファーブのように、昼間はニューアーク港で船荷の積み入れをやって働きながら夜学で学んだ、手つきも決して器用とは言えない歯科医であればなおさらだった。削る作業は何か月もかかったが、腐った部分は最初の数週間であらかた取り除かれたので、アルヴィンと口をくっつけるようにして眠ることもそれほどの苦行ではなくなった。だが「切株」となると話は別だった。「壊れた」というのは、脚の付け根が悪くなったという意味だった。傷が開く、割れる、化膿する。腫れ、爛れ、むくみ。そうなると義足を使って歩くのも不可能であり、ふたたび「壊れる」ことなく重みに耐えられるくらい癒えるまでは松葉杖に頼るしかない。問題は、義足が脚に合っていないことだった。医者たちはみな「ずれてしまっているね」と言ったが、ずれたんじゃありません、はじめから合ってなかったんです、とアルヴィンは言った。そもそも義足職人がきちんと寸法を取らなかったというのだ。「どれくらいで治るの？」と私は、「壊れた」という言葉の意味をやっとアルヴィンが教えてくれた夜に訊いた。家の表側にいるサンディも、寝室にいる両親ももうとっくに眠っていたし、私とアルヴィンだってそうだったのだが、夜中にいきなりアルヴィンが「踊れ！　踊れ！」と叫び出し、ハッと大きな、何とも恐ろしい音を立てて息を吸い込んで、ベッドの上でがばっと起き上がったので、いっぺんに目が覚めてしまったのである。私はナイトランプを点け、彼が汗びっしょりになっているのを見てベッドから出て、寝室のドアを開け、自分も一気に汗まみれになっていたけれど裏手の狭い廊下を爪先立ちで歩いていった。何があったかを伝えに両親の寝室に向かったのではなく、アルヴィンにタオルを取ってやりにバスルームに入っていったのだ。アルヴィンはタオルで顔と首の汗を拭い、それから胸と腋の下を拭こうとパジャマの上を脱いだ。そのとき初めて、下半身を吹き飛ばされた男の上半身がどうなったかを私は見た。傷も縫い跡もないし、醜い瘢痕もないが、そこには力もなかった。生気なき若者の青白い肌が、骨の節や畝に貼りついているだけだった。

私たちが一緒の部屋で寝るようになって四日目の夜のことだった。最初の三晩、アルヴィンはバスルームでパジャマに着替えてからぴょんぴょん跳ねて戻ってきて服をクローゼットに掛け、朝に服を着るときもふたたびバスルームを使い、と万事気をつけていたから、私もそれまでは「切株」を見ずに済んでいて、そこにそんなものがあるのも知らないふりをしていられた。夜は壁の方を向いて横たわり、心配事だらけで疲れはてていたからあっという間に寝ついたし、真夜中にアルヴィンが起きてバスルームへ跳ねていきまた跳ねて戻ってくるまでは目も覚まさなかった。この一連の作業をアルヴィンはいっさい明かりを点けずに行ない、ベッドに寝ている私は、彼が何かにぶつかって倒れてしまうんじゃないかと気が気でなかった。夜のあいだ、彼が少しでも動くたびに私は逃げ出したくなった。単に「切株」から逃げ出したいというだけではなかった。そしてこの四日目の晩、タオルで体を拭き終えたアルヴィンは、パジャマの下だけ穿いた格好で横になっている最中、切株を見てみようと、パジャマの左脚を引っぱり上げたのだった。これはよい兆候だと私には思えた。少なくとも私の前では、少しは気を抜くようになったしるしではないか。それでも私は、まだそっちを見る気になれなかった……だからこそ、勇敢な兵士たらんと、ベッドの上から私はそっちに目を向けた。膝の関節の下から延びているのは、長さにして十五センチかそこらの、のっぺらぼうの動物の間延びした頭部という感じの何ものかだった。サンディだったら、ささっと巧みにクレヨンを走らせ、ほんの何筆かで目、鼻、口、歯、耳を描き込み、鼠（ねずみ）の顔に仕立ててみせただろう。私に見えたのは、まさに「切株」という言葉が表わすとおりのものだった。そこにあるべき、かつてはそこにあった何か十全なものの、素っ気ない残余。脚というものがどういう形をしているか知らない人がいたら、これが普通だと思えたかもしれない。毛のない皮膚に覆われた、本来より短くなった部分の端は、丸く滑らかに途切れていて、それが自然の創造物であって医療による切断の辛い結果ではないように見えた。

「それ、もう治ってるの？」と私は訊いた。

「まだだ」

「どれくらいかかるの？」

「一生かかる」とアルヴィンは答えた。

私は愕然とした。じゃあこれって終わりがないのか！

「ほんとに頭にくるぜ」とアルヴィンは言った。「義足渡されて、それに乗っかったら、切株が壊れちまうんだからな。松葉杖を使ったら、今度は腫れ上がっちまう。何をしても悪くなるのさ。なあ、たんすから包帯取ってくれないか」

私は言われたとおりにした。義足を外しているあいだ「切株」が腫れ上がるのを防ぐのに使う、ベージュの伸縮包帯に私は触れねばならない。包帯は引出しの隅、靴下の横に丸めて並べてあった。ひとつが幅七、八センチで、ほどけてしまわぬよう端に大きな安全ピンが刺してある。その引出しに手をつっ込むのは、地下室に降りていって絞り器に手を入れるのと同じくらい嫌だったが、やるしかなかった。片手にひとつずつ握ってベッドまで届けると、「いい子だ」とアルヴィンは言って、犬を撫でるみたいに私の頭を撫でて私を笑わせた。

次はどうなるのかびくびくしながら、私は自分のベッドに腰かけて待った。

「この包帯を巻いて、パンパンに腫れるのを防ぐ」とアルヴィンは説明した。片手で切株を押さえて、もう一方の手で安全ピンを外し、ひとつ目の包帯を切株に十字に巻きつけていき、膝の関節まで上がっていって、さらに十何センチか上まで行く。「この包帯を巻いて、パンパンに腫れるのを防ぐ」とアルヴィンはうんざりしたような口調で、辛抱強さを誇張して同じ言葉をくり返してから、「でも壊れたところに包帯がかかっちゃいけない。そうしないと壊れたところが治らないから。だからこうやって行ったり来たりして、そのうちいい加減頭がおかしくなってくるのさ」と言った。包帯を巻き終えて安全ピンで端を留めると、アルヴィンは仕上がりを見せてくれた。「きつく引っぱらないといけないんだ、な?」。そして二つ目の包帯でも同じことをやり出した。包帯巻きが済むと、切株はふたたび私に小さな動物を思い起こさせたが、今回それは、つかまえた人間の手に剃刀（かみそり）のように鋭い歯を食い込ませないよう、口の部分にひどく念入りに口輪をかませないといけない動物に見えた。

「そのやり方、どうやって覚えたの？」と私は訊いた。

「覚えるも何もないさ。とにかく巻くしかないんだよ。でも」とアルヴィンはいきなり口調を変えた。「こいつはきつすぎる。まあやっぱり覚えるんだな。ほんとに頭にくるぜ！　いつだって緩すぎるか、きつすぎるかどっちかなんだ。気が変になるぜ——何もかも」。二つ目の包帯を留めている安全ピンをアルヴィンは外し、そしてもう一度はじめからやり直そうと両方の包帯を外した。「わかるだろ、どこまで上手くならなきゃいけないか」とアルヴィンは、すべての空しさにうんざりする思いを懸命に抑えようと努めながら言い、巻き直しに取りかかった。その営みも、治る過程と同じく、この寝室で永久に続くように思えた。

　翌日の放課後、誰もいないとわかっている家に私は飛んで帰った。アルヴィンは歯医者に行っているし、サンディはエヴリン叔母と連れ立ってどこかへ出かけ二人して不可解にもリンドバーグに協力し、両親は夕食時間まで仕事から帰ってこない。このころにはもう、アルヴィンの「壊れた」部分に関しては、昼間は包帯を巻かず自然と治癒していくに任せ、夜は腫れ上がるのを防ぐため「切株」に包帯を巻く、と日課が決まっていたので、その朝アルヴィンが戻した包帯も、たんすの一番上の引出しの隅に難なく見つかった。私は自分のベッドの縁に腰かけて、ズボンの左脚をまくり上げ、アルヴィンの脚で残っている部分が私のそれと大して変わらない太さだと悟って愕然としつつ、自分の脚に包帯を巻きにかかった。その日、学校にいるあいだずっと、昨夜アルヴィンがやっているのを見た手順を頭のなかで反芻(はんすう)していたのだ。ところが、そうやって家に帰り、三時二十分、自分の空想の切株に一本目の包帯を巻きはじめてまもなく、膝のすぐ下あたりに何かが触れるのを私は感じた。見ればそれは、アルヴィンの切株の裏側の、潰瘍になった箇所から剝がれたぎざぎざのかさぶただった。きっと夜のうちに剝げたにちがいない。アルヴィンが無視したか、気づかなかったかのどちらかだろう。それがいま、自分の脚にくっついてしまい、およそ耐えがたい事態に私は陥った。寝室を出る前に吐き気が襲ってきたが、裏手のドアへ飛んでいき裏の階段を駆け下りて地下室に行き、嘔吐(おうと)が本格的に始まる数秒前に、二つ並んだ洗濯用流しの上に何とか頭を持っていくことができた。

洞窟のようにじめじめした地下室に一人でいるのは、普通の状況でも大きな試練だった。嫌だったのは絞り器だけではない。剝げかけた漆喰塗りの壁には、にじんだ装飾帯のようにカビやしみが延び、排泄物に含まれるあらゆる色が虹のごとく揃った汚れが広がり、水のしみ出た跡はあたかも死体から漏れ出たように見えた。この地下室は、外の世界とは切り離された、悪鬼の棲む国だった。その国が、家全体の地下に広がっている。煤で曇った細長いガラス板が五、六枚、セメントの通路や雑草のはびこる表の庭に面しているものの、光はまったく入ってこなかった。コンクリートの床の真ん中はなだらかに凹んでいて、ソーサーくらいの大きさの排水口がいくつかあった。それぞれの口に、がっしりした黒い円板が固定されていて、十セント貨大の孔がいくつも同心円状に広がり、そこを通って、蒸気のごとく霞んだ生き物たちが悪意を携え地球のはらわたからぐるぐる螺旋を描きながら私の生活めがけてのぼって来るさまを私は容易に思い描くことができた。単に陽の入る窓がないというだけでなく、この地下室には、気持ちを和ませてくれる人間的要素がいっさい欠けていた。のちに高校一年の授業でギリシャ・ローマの神話を教わり、冥府、地獄の番犬、三途の川の話が教科書に出てくるたび、私の頭にはわが家の地下室が思い浮かんだ。三十ワットの電球が一個、私が嘔吐した洗濯用流しの上から垂れていて、石炭ボイラーのそばにも――どっしり並んだボイラーはわが家の地下世界における三頭の冥界神さながらに赤々と燃えている――もう一個垂れ、さらに、いくつかある大きな収納庫のなかにもコードが渡してあってそれぞれ電球が吊してあったが、こっちはほとんどいつも焼け切れていた。

冬のあいだ、朝一番でボイラーに石炭をくべ、寝る前は火に灰をかぶせ、一日に一度、冷えた灰をバケツ一杯分、裏庭の灰入れ缶に運んでいく。この任務がいずれ自分の身に降ってくるということが私にはどうしても受け容れられなかった。もうこの仕事を父から引き継ぐぐらい逞しくなっているサンディが、あと数年経って、アメリカ中の十八歳の少年と一緒に、リンドバーグ大統領の新設した市民軍に入って二年間の軍事教練を受けるときが来たら、この私がその任を受け継ぐのであり、放免されるのは、私も徴兵されるとき以外ない。いま九歳の私にとって、たった一人地下室でボイラー周りを仕切っている自分の姿を思い浮かべるのは、死の避けがたさを想うのと同じくらい――この想いにも私は毎晩寝床で苛まれるようになっていた――不安なことだった。

けれども、地下室が怖かった最大の理由は、すでに死んだ人たちの存在だった。二人の祖父、母方の祖母、それに、かつてアルヴィンの家族だった伯母と伯父。たしかに彼らの遺骸は、ニューアーク＝エリザベス線沿い、幹線道1号線のすぐ外れにある墓地に埋められている。が、私たち生者の営みを監視し、私たちのふるまいをつぶさに観察するため、彼らの亡霊はこのアパートに、私たちの二階下に住んでいるのだ。私が六つのときに亡くなった祖母を別として、私には彼らの記憶がほとんどなかったが、それでも、一人で地下室へ向かうたび、彼ら一人ひとりに、これからそちらへ降りていきますけどどうか寄ってこないでくださいい、みんなで取り囲んだりしないでください、と頼み込んだものだった。サンディもいまの私の歳だったころは、彼なりに恐怖に対処しようと、「悪党ども、そこにいるのはわかってるぞ――こっちは銃を持ってるんだからな」と叫びながら階段を駆け下りていったが、私は「いままでいろいろ悪いことしてごめんなさい」と囁きながら降りていった。

絞り器、排水口、死者。死者たちの亡霊が、母と二人でアルヴィンの服を洗濯した二槽の流しに嘔吐している私を見張り、裁き、断罪している。加えて、路地裏には野良猫たちが住んでいて、裏手のドアがきちんと閉まっていないと地下室にもぐり込み、闇のなかにうずくまって物哀しい声を上げた。それにまた、下の階に住んでいるミスタ・ウィッシュナウの苦しげな咳。地下室を通ってその咳は、人間二人で挽く鋸でミスタ・ウィッシュナウの体を切り刻んでいるみたいに響いてきた。私の父と同じくこの人もメトロポリタンの保険外交員だったが、口内と喉の癌がひどくなって一年以上前から障害年金をもらっていて、眠っているか抑えようのない咳をしているかのどちらでないときもラジオの連続もの番組を聴くのがせいぜいだった。本社のはからいで、ミセス・ウィッシュナウが日下夫の仕事を引き継ぎ――ニューアーク地区初の女性保険外交員である――私の父と同じ長時間の仕事に明け暮れていた。そして私の父は、たいていの日は夕食後また集金に戻らねばならず、一家の稼ぎ手が在宅していて父の売り口上に耳を傾けてくれるのは週末だけだったから、土曜や日曜もまず大半は、新しい顧客獲得のため勧誘に回っていた。一方母は、ヘインズの店員として働き出す前は、毎日二度はミスタ・ウィッシュナウの様子を見に階下へ行っていた。そしていまでも、ミセス・ウィッシュナウが電話してきて、ちゃんと夕食を作る時間に帰れそうにないと知らせてくると、母はわが家の食事を少し多めに作って、サンディと私に届けさせた。私たちは食卓で自分の食事を食べさせてもらう前に、温かい食べ物を盛った皿をそれぞれお盆に載せて二階まで運ばされた。ひとつはミスタ・ウィッシュナウの分、もうひとつはウィッシュナウ家の一人息子セルドンの分だった。降りていくとセルドンがドアを開け、私とサンディは盆を操って狭い廊下を抜け、台所に入る。こぼさないように全神経を集中させて、ミスタ・ウィッシュナウがすでにパジャマにペーパーナプキンをたくし込んで待っているテーブルの上に置く。でもミスタ・ウィッシュナウは、栄養を取り込む必要がどんなに切実であっても、とうてい自分では食べ物を口に入れられそうになかった。「君たち、元気かい？」とミスタ・ウィッシュナウは、いまだ残っている、ズタズタのボロ切れみたいな声で私たちに訊くのだった。「なあフィリー、何かジョークやってくれないか。ジョークのひとつも聞きたい気分なんだ」とミスタ・ウィッシュナウは言ったが、そこには恨みがましさも悲しみもなく、伝わってくるのはただ、もうこれ以上こらえる理由もないように見えるのになぜかまだこらえている人間の、穏やかで申し訳なさげな明るさだけだった。きっとセルドンが、学校で私がクラスメートたちを笑わせていることを父親に話したにちがいない。かくして私は、ミスタ・ウィッシュナウのそばに来ただけで口もきけなくなってしまいそうだというのに、何かジョークを、とからかい半分に頼まれる破目になった。私としてはもう、死にかけているとわかっている人と――さらに悪いことに、死にかけていることを受け容れている体のわかっている人と――目を合わせて、その目のなかに、いまこの人が味わわされている体の痛み、苦しみの影を見てとらぬよう努めるだけで精一杯だった。こうした苦難を経た末に、ミスタ・ウィッシュナウはこのアパートの地下室で、ほかの死者たちとともに亡霊の生を生きることになるのだ。時おり、ミスタ・ウィッシュナウの薬を補充しに薬屋へ行く必要が生じると、セルドンは階段を駆け上がってきて、一緒に行かないかと私を誘った。そして私は、両親から聞いてセルドンの父親にもう望みがないとわかっていたから——そしてセルドン自身はそれについて何も知らないようにふるまっていたから——そうやってあからさまに友を求めているように寄ってこられるのは苦手だったものの、断るすべなど思いつきようもなかった。セルドンは見るからに寂しさに衝き動かされた、不当なまでに悲しみを抱え込み、何ともぎこちない笑みを無理に顔に貼りつけようとあまりにも頑張りすぎている子供だった。痩せこけた、青白い、穏やかな顔つきの、女の子みたいなボールの投げ方をして皆に気まずい思いをさせるものの、頭のよさはクラス一、算数では学校じゅうの誰にも負けない子供。不思議なことに、体育の授業で体育館の高い天井からぶら下がったロープを昇り降りするのもセルドンはクラス一速かった。先生の一人は、ロープでのすばしっこさは数に関する無敵の頭の回転の速さと不可分に結びついているという説を唱えた。父親に教わったチェスもすでにちょっとした腕前だったから、彼にくっついて薬屋まで行くたび、そのあと彼の家の暗い居間でチェス盤に向きあわされることを私は覚悟するしかなかった。居間が暗くしてあるのは、電気代を節約するためであり、また、セルドンが父のいない身になっていくさまをたどろうと覗き込んでくる近所の人たちを締め出そうと一日中カーテンを閉めるようになったせいでもあった。私が頑(かたく)なに抗うのにもめげず、〈独りぼっち(ソリタリー)のセルドン〉(これはアール・

アクスマンの命名。アールもアールで、一夜にして母親の精神が崩壊し、親に関するまったく別種の劇的な破局を味わったわけだが）は、もうこれで百万回目かという感じで駒の動かし方、プレーの仕方を私に教えようとし、その間ずっと奥の寝室のドアの向こうでは、セルドンの父親がものすごく頻繁に、かつものすごい勢いで咳をするものだから、まるでそこには一人ではなく四人、五人、六人の父親がいて、それがみなゴホゴホ咳込みながら死へ向かっているように思えた。

一週間と経たないうちに、アルヴィンの「切株」に包帯を巻くのは本人ではなく私の役割になっていた。もうそのころには自分を実験台にして練習を積んでいたから――その後は二度と吐いたりもしなかった――アルヴィンからきつすぎるとか緩すぎるとか文句を言われることもまったくなかった。これを毎晩行ない、「切株」が癒えて日常的に義足で歩くようになったあとも、腫れ再発防止のためにそのまま続けた。「切株」が快方に向かっているあいだ義足はずっとクローゼットの奥に入れてあって、下に並んだ靴と、横棒から吊したズボンのおかげでほとんど目につかなかったが、それでも気づかないふりを通すのは難しかった。けれど私は断固気にしまいとしていたので、アルヴィンが脚につけようと取り出すまで、そもそも義足が何で出来ているのかさえ知らなかった。いざ見てみると、本物の脚の下半分の形に驚くほど似ていることを別とすれば、その何もかもがおぞましかった。アルヴィンが「装帯（ハーネス）」と呼んだ部分からはじまって、すべてが恐ろしく、かつ驚異だった。「装帯」とは黒っぽい革製の太腿用コルセットで、臀部のすぐ下から膝頭の一番上までを覆い、表側を紐で縛るようになっていて、膝の両横にある、蝶番のついた鋼鉄製の継ぎ目で義足につながれる。切株は長い白のウールソックスをかぶせられ、義足のてっぺんにえぐられたクッション付きの受け口にすっぽり収まる。義足自体は木をくりぬいて作られていて、空気穴がいくつも空けられ、私が想像していたような、漫画に出てくる棍棒みたいな黒いゴム棒ではなかった。先端に人工の接地部があって、角度にして数度しか折れ曲がらなかったが、スポンジ製の足裏がクッションの役割を果たしていた。これが脚部にきっちりねじ込まれ、金属部はいっさい目につかず、五本指のついた生きた足というより木製のシューキーパーという感じではあったものの、アルヴィンが靴下を履いて靴も履くと――靴下は母が洗い、靴は私が磨いた――知らない人が見たら両脚とも本物と思ったことだろう。

義足をふたたび装着した第一日、アルヴィンは隣のアパートとのあいだの通路で歩く練習をした。奥の車庫から、猫の額ほどの表の庭を囲んでいる痩せた生垣まで、歩いていってはまた戻る。その先の、通りを歩く人から見えるところには一歩も踏み出そうとしなかった。二日目、朝また一人で練習したが、午後に私が学校から帰ってくると、もう一度練習しようと私を連れて外に出たが、今回は歩くことで頭が一杯という様子ではなく、切株が治っているかとか義足が合っているかとか、そして一本脚の人間としての将来は長期的にどんなものなのかとか、さまざまな思いが胸に重くのしかかったりはしていないふりをするようにも努めていた。次の週になると、もう一日じゅう家のなかで義足を着けていたし、その次の週には私に「フットボールを持ってこい」と命じた。といっても、わが家にフットボールなんかない。そんなものを所有するのは、スパイクシューズやショルダーパッドを所有するのと同じくらいの大事であって、金持ちの子供でもなければ誰も持っていなかった。学校の裏手の運動場から借り出そうにも、運動場で使うわけではないからそうも行かない。そこで私が――それまで盗みといっても両親の服のポケットから小銭を盗むくらいしかやったことのなかった私が――一瞬もためらわずに実行したのは、キア・アベニューを、前後両方に芝生のある一軒家の並ぶあたりまで下っていって、目当ての品が見つかるまで一軒一軒見て歩くことだった。盗むべきフットボール、本革のウィルソン・フットボール。やがて見つかったそれは、空気を入れて膨らます内袋がついた、舗道で使ったせいでこすれた跡があちこちに出来て、革紐もすり減っている、どこかの金持ちの子供が放置したボールだった。私はそれを小脇に抱え込んで走り出し、丘を一目散に、キックオフリターンを快走する我らがノートルダム大の選手もかくやとサミット・アベニューまで駆け上がっていった。

その日の午後、私たちは隣のアパートとのあいだの通路で、一時間近くパスプレーを練習した。夜になって、寝室のドアを閉めて二人で切株を点検してみると、壊れている徴候は何も見当たらなかった。左手で完璧なスパイラルを私にトスするときなど、義足の方に全体重をかけていたというのに。「ああするしかなかったんです」――もしもあの日、キア・アベニューで現場を取り押さえられていたら私はそう弁明したことだろう。いとこのアルヴィンがフットボールを求めたのです、裁判長殿。アルヴィンはヒトラーと戦って片脚をなくして、いまは帰ってきていて、そのアルヴィンがフットボールを求めたのです。ほかにどうやりようがあったでしょうか?

そのころにはペン・ステーションでのひどく気まずい帰郷から一か月が経っていて、いまではもう、私が朝に靴を取りに行って、クローゼットの奥に手を伸ばして義足も一緒に出し、パンツ姿でベッドに腰かけてバスルームの順番を待っているアルヴィンに渡すときも、かならずしも快いとは言えぬまでも、さしたる嫌悪感も私は抱かないようになっていた。陰鬱な雰囲気は薄れ、アルヴィンの体重も増えてきた。食事と食事のあいだにも、アルヴィンは冷蔵庫にあるものを片っ端から頬張って、目もそれほど巨大には見えなくなり、髪もふたたび生えてきて、ウェーブのかかった髪はほとんど黒光りするほど濃い色だった。切株をさらした、なかば無力な姿でアルヴィンがそこに座っていても、彼を崇拝する少年にとって崇拝すべきものは毎朝少しずつ増えていき、哀れむべきものはその耐えがたさを少しずつ減じていった。じきアルヴィンはアパート横の通路にこもることもやめ、松葉杖やステッキに頼って人前で屈辱を味わうこともなくなったいま、義足でいたるところへ出かけるようになった。母を助けて肉屋、パン屋、八百屋へ買物に行き、四つ角で自分のおやつにホットドッグを買い、バスに乗ってクリントン・アベニューの歯医者のみならずマーケット・ストリートまで足を延ばして〈ラーキーズ〉で新しいシャツを買い、さらには——私はまだ知らなかったのだが——除隊手当をポケットに入れて高校の裏手の運動場に立ち寄り、ポーカーやサイコロ賭博の相手を物色した。ある日の放課後、私たちは二人で車椅子をしまい込むスペースを収納庫のなかに作り、その晩の夕食後、昼間に学校で思いついたことを私は母に伝えた。このころの私は、どこにいても何をさせられていても、気がつけばいつもアルヴィンのことを、どうやったら彼に義足の存在を忘れさせられるかを考えていたのである。というわけでその晩、私は母にこう言った――「ズボンの脚の横のところにジッパーがついていたら、義足を着けてるときに穿いたり脱いだりするのも楽になるんじゃないかな?」。翌朝、母は通勤の途中に、近所で内職している縫い子にアルヴィンのアーミーパンツを預けて、横の縫い目をほどいてもらい、折り返しをなくした裾から十五センチのあたりまでジッパーを縫いつけてもらった。その夜、アルヴィンがジッパーを開けてから穿いてみると、ズボンは義足の上をするっと楽に通り、単に服を着ようとするだけで地球上の全人類を呪ったりしなくてよくなった。そして閉じればジッパーは見えなくなる。「そこにあることもわからないよ!」と私は叫んだ。朝になって、私たちは母が縫い子のところに持っていけるよう、アルヴィンの残りのズボンを全部紙袋に入れた。「お前が縫い子のところに持っていけるよう、アルヴィンの残りのズボンを全部紙袋に入れた。「お前がいなかったら生きていけないよ」とアルヴィンはその夜ベッドに入るとき私に言った。「お前がいなかったらズボンも穿けないんだから」そう彼は言って、「異例の状況における武勇を讃えて」与えられたというカナダ軍の勲章を、ずっと持っていていいと言って私にくれた。それは丸い銀色のメダルで、片面には英国王ジョージ六世の横顔が刻まれ、もう片面では勝ち誇るライオンが竜の体を踏みつけていた。私はむろんそれを大切にし、肌身離さず身につけるようになったが、それに付いている細い緑のリボンはアンダーシャツにピンで留め、誰かに見られて合衆国への忠誠を疑われることのないよう気をつけた。体育のある日は、アンダーシャツ姿にさせられるので、家の引出しのなかに置いていった。

　こうした流れに、兄のサンディはどうかかわっていたか？　何しろサンディ自身がものすごく忙しかったから、はじめのうちは、勲章を与えられたカナダ軍の英雄の従者へと私が見るみる変身していき英雄から勲章まで授けられたことにもろくに気づいていない様子だった。だがいったんそれに気がついて、当初はみじめな気持ちになっても——といってもそうなったのはアルヴィンが私と親密になったからではなく（寝室が同じになった時点でどのみちそうなることは見えていた）、アルヴィンがサンディに対して示した敵意混じりの無関心のせいだったのだが——アルヴィンを助けるという大役を私から奪うにはもう手遅れだった。さまざまなおぞましい義務の伴うその任務を、ほぼ無理矢理押しつけられたにもかかわらず、サンディの弟としての長いキャリアの終盤にあって私はその役を立派にこなし、サンディを驚かせるほどの至上の評価を獲得していたのだ。

　しかもその間私は、サンディがエヴリン叔母とラビ・ベンゲルズドーフを介して憎むべき現政権とつながっていることを一度もほのめかしすらしなかった。サンディをはじめ誰もが、アルヴィンがそばにいるところでは決して、アメリカ同化局（OAA）や庶民団のことを口にしなかった。孤立政策がリンドバーグに絶大な人気をもたらし、多くのユダヤ人の支持すら獲得していること、そして、庶民団が与えてくれる冒険にサンディの年齢の子供が惹かれるのが実はそれほど背信的ではないこと。まずはそれをアルヴィンに納得させるのが先決だと誰もが思っていた。さもないと、私たち一族のなかで誰よりも激しくリンドバーグを憎み、誰よりも進んで自分を犠牲にした彼の怒りを和らげるすべはない。だがアルヴィンはすでに、サンディの裏切りに勘づいているらしく、彼の性格からして、その気持ちを隠そうともしなかった。私は何も言わなかったし、両親も言わなかったし、サンディもむろんアルヴィンから見て自分が悪者に見えるようなことはいっさい言わなかったのに、なぜかアルヴィンは知っていた。あるいは、知っているようにふるまっていた——駅で真っ先に自分を出迎えた人物は、真っ先にファシストと手を組んだ人物でもあることを。

アルヴィンがこれからどうするつもりなのか、誰にもわからなかった。肢体不自由、あるいは売国奴、あるいはその両方と見なされる人間を雇う人はそう多くあるまいから、仕事を見つけるのは容易でないだろう。だが私の両親は、アルヴィンが何もせずに一生ただ拗ねて自分を憐れみ年金で食いつないでいくといった事態だけは阻止せねばと考えていた。母はアルヴィンが毎月の障害年金を活用して大学に行くことを望んだ。いろいろ聞いて回ったところ、ニューアーク・アカデミーに一年通って、ウィークエイック高校でDやFを取った科目でBを取れば、たぶん翌年ニューアーク大学に入れるというのだ。けれど父は、たとえ都心の私立校とはいえアルヴィンが進んで高校に戻るなんてありえないと言った。もう二十二なのだし、これだけの目に遭ってきたのだから、ここはなるべく早く、何か将来のある職に就かせないといけない。そこで父は、アルヴィンがビリー・スタインハイムに連絡を取ることを提案した。ビリーといえば、アルヴィンがその父親エイブ・スタインハイムのお抱え運転手をしていたころも、何かと目をかけてくれた人物である。もしビリーが、アルヴィンにもう一度チャンスを与えてやるよう父親に口を利いてくれたら、また会社で雇ってもらえるかもしれない。当初はきっと地位も低い仕事だろうが、エイブ・スタインハイムの前で名誉を挽回する機会にはなる。必要とあらば――あくまで必要とあらば、ということだが――手始めにモンティの下で働いてもいい。実際、モンティ伯父はすでにわが家を訪ねてきて、よかったら生鮮食品市場で働かないかと声をかけてくれていた。その時点では、アルヴィンの「切株」もまだ著しく損なわれていて、本人はほぼ一日じゅう寝ていたし、かつて二本足で活動していた小さな世界が一目でも見えるのが怖くて部屋のブラインドすら開けさせなかった。父とサンディと一緒に車でペン・ステーションから帰ってきたときも、高校が見えたとたんに目を閉じ、かつて何度も何度も放課後にその建物から元気よく飛び出していって肉体の苦痛に妨げられもせず何でも好きなことがやれた日々を思い出すまいとしたのだ。

モンティ伯父が訪ねてきた日、黒板掃除の当番でいつもより遅くなった私が帰ってみると、アルヴィンが見当たらなかった。ベッドにもバスルームにも、アパート中どこにもいないので、表に飛び出して裏庭も探し、途方に暮れて家に駆け戻ってみると、階段の吹抜けを通って、かすかなうめき声が下から漂ってくるのが聞こえた。亡霊だ、アルヴィンの両親の苦悩する亡霊だ！　彼らの声だけでなく姿も見えるかと、地下への階段を忍び足で降りていくと、地下室の、通り側の壁の前に見えたのは、亡霊ではなく、サミット・アベニューの街路の高さに面した横長の細いガラス板から外を覗いているアルヴィンの姿だった。バスローブを着て、片手でガラスの狭い下枠を摑んで体を支えている。もう一方の手は私からは見えなかった。アルヴィンはその手を、私にはまだ幼すぎて何もわからないことのために使っていた。ガラスの表面の、煤を拭い去った小さな円を通して、ウィークエイック高からわが家の前の道を通ってキア・アベニューの自宅へ帰っていく女子高校生たちをアルヴィンは眺めていた。眺めるといっても、見えたのは、表の生垣のかたわらをつかのま過ぎていく彼女たちの脚だけだっただろうが、きっとそれが見えるだけで、彼にうめき声を上げさせるのに——そしてそのうめきを私は、自分はもはや二本の脚を持たぬことの苦悩のしるしと受けとった——十分だったのだろう。私は黙って階段を戻っていき、裏手のドアを抜けて、ガレージの奥の隅にうずくまり、家出してニューヨークへ行ってアール・アクスマンと一緒に暮らす策略を練った。暗くなってきて、宿題もあったから、仕方なく家に戻り、まずアルヴィンがまだいるだろうかと地下室を覗いてみた。いなかったので、勇気を出して階段を降りていき、絞り器のかたわらを大急ぎで抜け排水口もよけて通り、ガラスの前まで来て爪先で立ってみると——ただアルヴィンと同じように外を見てみようと思っただけだった——ガラスの下の漆喰を塗った壁に、シロップのようにべたべたしたものが一杯くっついているのが目に入った。マスターベーションとは何かも知らなかった私は、精液が何なのかも当然わかりはしなかった。私はそれを膿（うみ）だと思った。痰（たん）だと思った。どう考えたらいいか見当もつかず、とにかく何か恐ろしいものだと思うばかりだった。いまだ自分にとって神秘な排出物を前にして、私はそれを、人間の体内に巣喰っていて、その人間が悲しみに覆いつくされると口から噴き出してくる何ものかだと想像したのだった。

アルヴィンに会いに立ち寄った日、モンティ伯父は都心のミラー・ストリートへ出勤する途中だった。十四歳のころからずっと、伯父はここにある市場で夜通し働いていた。夕方五時に着いて、翌朝の九時にようやく帰宅し、腹一杯食事をして、一日の眠りにつく。私たち一族で一番の金持ちはそのような生活を送っていた。その子供二人は、もう少しましな暮らしぶりだった。リンダ、アネットの姉妹。サンディよりも少し年上で、専制的な父親の周りでいつも爪先立ちで歩いている娘らしく痛々しいほど内気で、服をたくさん持っていて、郊外の町メープルウッドにあるコロンビア高校に通っていた。この学校に通うユダヤ人の生徒には服をたくさん持っている子も多く、父親たちもモンティと同じく自分専用のキャデラックを所有し、車庫には妻や大きくなった子供用に二台目の車もあった。メープルウッドのお屋敷には私の祖母も一緒に住んでいて、やはり服をたくさん、一番羽振りのいい息子に買ってもらっていたが、祖母はそのどれひとつ、大祭日のときと、日曜に一家で外食すべくモンティに命じられて仕方なくめかし込むとき以外は着ようとしなかった。レストランの食事は祖母の基準を満たすほどユダヤ教の掟をきちんと守っていなかったから、彼女が注文するのはいつも、囚人の定食とも言うべきパンと水だけだった。そもそもレストランという場でどうふるまうべきか、祖母は最後まで学ばずじまいだった。あるとき、食器下げ係の少年がすさまじい高さの皿の山を抱えて厨房（ちゅうぼう）に戻っていくのを見て、祖母は立ち上がって手を貸そうとした。モンティ伯父は「ママ、駄目だよ！　放っておきなよ！（ロズ・イム・ツ・ル）」とイディッシュ語を叫び、祖母がその手を払いのけるものだから、スパンコールで飾った馬鹿げたドレスの裾を摑んで無理矢理テーブルに引き戻す破目になった。家には週二度、「ザ・ガール」とだけ呼ばれる黒人女性がニューアークからバスで通ってきて掃除をしていたが、それでも祖母は、誰も見ていないと両膝をついて台所やバスルームの床をごしごしこすったり、モンティが誂（あつら）えたぴかぴかの地下室に九十九ドルの最新型ベンディックス家庭用洗濯機があるというのに洗濯板で自分の服を洗濯したりした。モンティの妻のティリー伯母は、夫が昼ずっと寝ていて夜は家にいないことを年じゅう愚痴っていたが、一族の者たちはみな、それこそが——オールズモービルの新車よりもはるかに——彼女の幸運だと思っていた。

　モンティが初めて会いに立ち寄った一月のある日の午後四時、アルヴィンはベッドに入っていて、いまだパジャマ姿だった。そんな彼に向かって、誰も答えをはっきり知らぬままだった問いを伯父は無遠慮に口にした。「お前、いったいどうやって脚をなくしたんだ？」。その日、私が学校から帰ってきて以来アルヴィンはどうしようもなく不機嫌で、元気づけようとしてこっちが何を言ってもうんざりしたようなうなり声しか返ってこなかったから、一族で一番愛しづらい親戚が何も反応を引き出せるはずはないと私は決め込んでいた。

　ところが、モンティ伯父の威嚇的な物言いに、年じゅう口から垂れている煙草の迫力も相まってか、この時期のアルヴィンにはまだ、黙れ、帰れと言い返す元気はなかった。この午後、片脚をなくした人間として帰郷した日にペン・ステーションのコンコースでぴょんぴょんと驚異的な跳ねっぷりを見せた、あの威勢のいい反抗的態度は見る影もなかった。

「フランスで」とアルヴィンは、大いなる問いに虚ろな声で答えた。

「世界最悪の国だな」とモンティは自信たっぷりに答えた。一九一八年の夏、二十一歳のときに、自分もフランスでドイツ軍相手に戦い、まずあの壮絶な第二次マルヌ会戦に加わり、それから連合軍がドイツの西部戦線を突破した際にもアルゴンヌの森に居合わせていたから、フランスのことなら何でも知っているというわけだ。

「どこで、じゃない。どうやって、と訊いたんだ」とモンティは言った。

「どうやって」とアルヴィンは鸚鵡返しに言った。

「言っちまえよ。すっきりするぞ」

それも知っているというわけだ——どうすればアルヴィンがすっきりするかも。

「やられたとき、どこにいた？」と伯父は訊いた。「『間違った場所に』なんて言うなよ。お前はいままでずっと、いつだって間違った場所にいたんだからな」

「脱出のための船を待ってたんだ」

そう言うとアルヴィンは目を閉じた。二度と開けずに済めばいいと思っているような顔だった。もう黙ってほしいと私は祈ったけれど、アルヴィンは口をつぐみはせず、出し抜けに「ドイツ兵を撃った」と言った。

「で？」とモンティが言った。

「一晩中、そいつは向こうでギャアギャアわめいてた」

「で？　で？　で、どうなったんだ。わめいてたんだな。それでどうした？」

「それで明け方近く、船が来る予定の時間の前に、そいつのいるところまで這(は)っていった。たぶん五十メートルくらい行ったと思う。そのころにはもう奴は死んでいた。でもとにかくその向こう側まで這っていって、頭を二発撃った。それから、そいつに唾をひっかけた。その瞬間、手榴弾が飛んできた。俺はそれを両脚に喰らった。片方の足先がねじれた。骨が折れて、ねじれた。そっちは治せると言われた。で、手術して治してもらった。ギプスを当ててもらった。まっすぐに治してもらった。でももう一本はなくなっていた。見下ろしてみたら、左の足先がうしろを向いて、脚全体がぶらぶら垂れていた。もう切断されたも同然だった」

そういうことだったのか。私が何とも浅はかに思い描いていた英雄的場面とはまるで違う。

「中間地帯に一人でいたとなると」とモンティが言った。「ひょっとすると味方にやられたのかもしれんな。まだ夜は明けてなくて、薄明かりだけで、銃声が聞こえて、パニックを起こす――がばっ、思わずピンを抜く」

この推測に対して、アルヴィンは何とも言わなかった。

ほかの誰であっても、このあたりで相手の気持ちを察して、追及をやめたことだろう。アルヴィンの額には汗の玉が浮かんでいたし、喉のくぼみにも汗の滴(しずく)がたまり、目だってまだ開けようとしなかったのだ。だが私の伯父は違った。伯父は相手の気持ちを察し、そしてなおも追及するのである。「で、どうして置き去りにされずに済んだんだ？　そんな馬鹿な真似をした奴が、何で放ったらかしにされて死ななかった？」

「そこらじゅう泥があった」と、ぼんやりした答えが返ってきた。「地面全部が泥だった。泥があったことしか覚えてない」

「誰に助けてもらったんだ、この落ちこぼれ」

「運んでくれたんだ。気を失ったんだと思う。寄ってきて、運んでくれたんだ」

「なあアルヴィン、俺はお前の脳味噌の中を思い描こうとしてるんだが、できないんだよ。

「自分でもわからずにやってしまうことってあるんだよ」。喋っているのは私だった。私に何がわかるというのか？　だが私は伯父に言っていた。「ただやってしまうんだよ、モンティ伯父さん。唾をかけました。唾をひっかけました。そうやって脚をなくしました、おしまい」

「なあフィリー、やらずにいられないのは筋金入りの落ちこぼれだからだよ」。そしてアルヴィンに向かって伯父は言った。「で、これからどうするんだ？　そうやってゴロゴロして障害年金で食ってくつもりか？　運の尽きた博奕打ち（ばくちぶち）みたいに暮らす気か？　それとも俺たち愚鈍な人間たちとおんなじに、自分の食い扶持は自分で稼ごうって考えてみる気はあるか？　ベッドから出られるようになったら、市場に来れば仕事があるぞ。まずは一番下から始めて、床をホースで洗ってトマトの等級付けやって、カート引きや荷物運びの連中に交じって働く。でもそれは俺の下の仕事だし、給料だって毎週きちんと出る。ガソリンスタンドで上がりの半分盗んだお前だが、それでも俺は見捨てない。なぜってお前はいまでもジャックの倅だからで、ジャック兄貴のためなら俺は何だってするんだよ。ジャックがいなかったらいまの俺もなかった。ジャックは俺に生鮮食品を売る仕事を教えてくれて、それから死んじまった。スタインハイムがお前に建築の仕事を教えてやろうとしたのとおんなじさ。だけどお前には誰も教えられやしないんだ、この落ちこぼれ。スタインハイムの顔に車のキー投げつけるなんて。エイブ・スタインハイムじゃ不足だってのか。アルヴィン・ロスにはヒトラーじゃなきゃ不足だってのか」

私の母は、台所の、鍋つかみやオーブン用温度計を入れた引出しのなかに、感謝祭の七面鳥に詰め物をしたあとに脚を胴にくくりつけるのに使う、長くて硬い針と太い糸をしまっていた。それは絞り器を別とすれば、わが家で私が唯一思いつく拷問具だった。私は台所へ飛んでいってそれを取ってきて伯父の口を縫いつけてやりたかった。

市場に出かける前、寝室の戸口で、モンティはふり返って話の総括を行なった。威張り屋は総括が大好きなのだ。余分な、叱責を旨とする要約。古き良き鞭打ちを別とすれば、これに優るものはない。「お前の戦友たちは何もかも危険にさらしてお前を助けてくれた。砲火も顧みずに出ていって、お前を引きずり出してくれた。そうだろう？　それも、何のために？　お前が一生マーグリスとサイコロ賭博やって過ごせるようにか？　学校の校庭でセブンカード・スタッドやって遊べるようにか？　ガソリンスタンドの仕事に戻ってシムコウィッツから有り金全部盗めるようにか？　お前はありとあらゆる間違いをやらかす人間なんだ。お前は何をやってもやり方が間違ってるんだ。ドイツ兵を撃つやり方だって間違ってる。何でなんだ？　何で人にキーを投げつける？　何で唾をひっかける？　もうすでに死んでる人間に、何で唾を吐く？　なぜだ？　ロス一族はみんな銀の器に人生載せられて渡されたのにお前だけそうじゃなかったと思ってんのか？　いいかアルヴィン、ジャックのためでなかったら俺はいまここに立って息を無駄遣いしたりしてないぞ。お前は何ひとつ、自分の努力で手に入れちゃいないんだ。そのことははっきりさせておく。お前は何ひとつ、自分で手に入れちゃいない。二十二年間ずっと、お前は厄介者以外の何ものでもなかった。これはお前の親父のためにしてやってるんだ、お前のためじゃない。お前の祖母ちゃんのためにしてやってるんだ。『あの子を助けてやんなさい』って祖母ちゃんが言うから、助けてやってるんだ。どうやって自分の人生築いていくか、考えがまとまったら木の脚つけて俺のところに来い。そしたら相談しようじゃないか」

アルヴィンは泣きもせず、悪態もつかず、わめきもしなかった。モンティが裏口から出ていって車に乗り込み、好きなだけ悪意を解き放てるようになっても、その日はもうどなる力も残っていなかった。こらえ切れずに取り乱しさえもしなかった。こらえ切れなかったのは私だった。目を開けてよ、僕を見てよと頼み込んでもアルヴィンがそうしてくれないので私はもうこらえ切れなかった。あとになって、わが家で唯一、生者から離れ生者たちがやらずにいられないあらゆることから離れて独りきりになれるとわかっている場所に私は行って、こらえ切れずに泣いた。

5

一九四二年三月―一九四二年六月
いままで一度も

アルヴィンがサンディを目の敵（かたき）にするようになったのは、こんないきさつからだった。帰ってきて初めての月曜の朝、アルヴィンを一人家に残していくにあたって、私の母は彼に、家族の誰かが帰ってきて手伝ってくれるまで、一人で動き回るときは松葉杖を使うと約束させた。ところがアルヴィンは松葉杖を忌み嫌い、誰もいないときですら、杖によって得られる安定に甘んじようとしなかった。夜、それぞれのベッドに入って明かりも消すと、アルヴィンは私に、松葉杖の使用は母が思っているほど簡単でないことを説明して私を笑わせた。「トイレに行くだろ」と彼は言った。「そうするとしょっちゅう倒れるわけだよ、杖は。いつだってガチャガチャぶつかるし。とにかくクソやかましい。トイレ行って、松葉杖持ってて、ムスコを出そうとするだろ、ところが松葉杖が邪魔になってムスコが出せないのさ。杖をどかさないといけない。そうすると一本足で立つことになる。これはこれでよくない。

あっちこっちによろけて、そこらじゅうに撒き散らしちまう。お前の父さんがさ、座って小便しろって言うんだよ。俺が何て答えると思う？　『ハーマン、あんたがやったら俺もやるよ』。クソいまいましい松葉杖。一本足で立つ。チンポコを出す。やれやれ。ションベンするだけでも大仕事なのさ」。私はもう抑えようもなくゲラゲラ笑っている。暗くなった部屋でアルヴィンが半分ひそひそ声で語るのでいっそう可笑しいということもあるが、加えて、いままで一度も、大人がこんなふうに私に向かって自分をさらけ出し、禁じられた言葉を大っぴらに使ってトイレット・ジョークを語ったことなんかなかったからだ。「認めろよ、お前だってそうだろ。ションベンするのって、見かけほど易しくないだろ」

かくしてその月曜の、初めて一人残された、脚を切断されたことがいまだ底なしの喪失に感じられ、一生厄介と苦悩の種になるものと思えていた朝、アルヴィンは転んだのである。この転倒のことを、家族で聞かされたのは私だけだった。そのときアルヴィンは、台所の流しに体重をかけて立っていた。水を飲みに、松葉杖なしでそこまでやって来ていたのだ。そして寝室に戻ろうと回れ右したところで、自分に脚が一本しかないことを（考えうるさまざまな理由ゆえに）忘れてしまい、跳ねなければいけないところを、わが家の誰もがやることをやった。すなわち、歩きはじめた。そしてもちろん、倒れた。「切株」の根元から痛みがずーんと走り、なくなった部分に感じる痛みよりもっと痛かった。なくなった部分を襲う痛みの発作についても、初めて間近で見たときに説明してもらったのだが、その痛みは、痛みを引き起こす脚がそもそもないのに、「ぎゅっと取り憑いて離れない」。怯えている私を、何か滑稽な物言いで安心させる必要が生じたと見ると、「あるところも痛いし、ないところも痛い。こんなの誰が思いついたのかな」とアルヴィンは言った。

イギリスの病院では、手足が切られた患者の痛みを抑えるのにモルヒネを与えていた。「いつももらってたよ」とアルヴィンは言った。「言えばかならずくれるんだ。ボタン押して看護師呼ぶだろ、来たら『モルヒネ、モルヒネ』ってせがむのさ、それでまあだいぶ楽になる」。「病院ではどのくらい痛かったの？」と私は訊いてみた。「半端じゃなかったね」。「一生で一番痛かった？」。「俺が一生で一番痛かったのは」とアルヴィンは答えた。「六つのころに俺の親父が車のドアを閉めて、指をはさまれたときさ」。アルヴィンが笑ったので、私も笑った。「俺がギャアギャア泣くのを見て――こっちはまだこれくらいの背丈のガキさ――親父は言ったんだ、『泣くのはよせ、何の足しにもならんぞ』」。もう一度静かに笑いながら、アルヴィンは言った。「そう言われたことの方が、たぶん痛みよりもっとこたえたな。しかもそれが、親父についての最後の記憶なんだ。その日のうちに親父はポックリ死んだ」

台所のリノリウムの床の上でアルヴィンはのたうち回り、助けを呼んだところで誰も来ないし、ましてやモルヒネなどもらえはしない。みんな学校か仕事に行っていたから、這ってでも台所を出て、廊下を抜けてベッドに戻るしかなかった。ところが、寝室までたどり着いて、手をついて体を持ち上げようと姿勢を整えていると、サンディの画帳（ポートフォリオ）が目に入った。サンディはいまでも画帳を使って、鉛筆や木炭で描いた大きなドローイングをトレーシングペーパーにはさんで保存し、人に見せるために持ち歩くときにも利用していた。いま寝室にしていたサンルームに置くには大きすぎるので、私と二人で使っていた部屋にそのまま置いていた。アルヴィンは単なる好奇心に駆られて、ベッドの下から画帳を少し引っぱり出してみたが、一目ではその用途も見きわめがたかったし、本当にやりたいのはさっさと毛布のなかにもぐり込むことだったから、あっさり元に戻そうと思った。が、そのときふと、二枚の硬い紙を縛ったリボンが目にとまった。人生は無価値であり、生きることは耐えがたく、台所の流しでの愚かなアクシデントゆえに体はまだずきずき痛んだ。だから、これ以上大きな仕事をする力はいまの自分にはないという、ただそれだけの理由で、アルヴィンはリボンをいじくりはじめた。やがて結び目がほどけた。

中から出てきたのは、もう捨てたと両親には二年前に宣言していた、飛行士姿のチャールズ・A・リンドバーグのポートレート三枚と、リンドバーグが大統領になってからエヴリン叔母に求められて描いた数枚だった。私自身、新しい方の数枚は、エヴリン叔母に連れられてニューブランズウィックのユダヤ教会地下室でサンディが庶民団勧誘スピーチを行なったときに見たきりだった。「これはリンドバーグ大統領が国民皆兵法施行の署名をしている場面です。国家を保護し防衛するのに必要な技能をわが国の青年に教えることによって、アメリカの平和維持をめざした法律ですね。こっちは製図工の仕事場へ視察に来た大統領が、わが国最新の戦闘爆撃機のデザインに、飛行術の観点から助言を与えているところです。そしてこっちは、一家の愛犬と一緒にホワイトハウスでくつろいでいる大統領を描いてみました」

ニューブランズウィックでのスピーチの導入に利用されたそれら新しい絵を一枚一枚、アルヴィンは寝室の床の上で吟味した。やがて、これら見事な肖像に、かくも細心に豊かな画才が注がれていることをまざまざと感じとると、激しい、破壊的な衝動が湧いてきた。それをかろうじて抑え、ポートレートをトレーシングペーパーのあいだにしまい、画帳をベッドの下に押し戻した。

ひとたび近所を動き回るようになると、もはやサンディの手になるリンドバーグのドローイングに頼らずとも、自分がフランスで弾薬庫を襲撃していたあいだに、ローズヴェルトに取って代わった共和党大統領が、ユダヤ人たちから――この界隈に住む、当初は私の父に負けず激しく彼を憎んでいたはずのユダヤ人たちからさえ――全面的に信頼されるようになったとは言わぬまでもひとまず容認されるようになったことは嫌でも目に入った。ウォルター・ウィンチェルは依然日曜夜のラジオ番組で大統領批判を続けていたし、この近所の誰もが義理堅くダイヤルを合わせて、聴いているあいだは大統領の政策をめぐってウィンチェルが並べる恐ろしい解釈を本気で受けとめたが、就任式以後、恐れていたようなことは何も起こっていなかったから、わが家の隣人たちは徐々に、ウィンチェルの陰鬱な予言より、ラビ・ベンゲルズドーフの楽天的な保証の方に信を置くようになっていった。そして、単にこのへんの隣人だけでなく、アメリカ中のユダヤ人指導者たちが、ニューアークのライオネル・ベンゲルズドーフは一九四〇年の大統領選でリンディを支持したことでユダヤ人を裏切ったどころか、むしろ国の行く末をいち早く見抜いていたのであり、アメリカ同化局の連邦局長に抜擢（ばってき）されたのも――そしてユダヤ人問題に関する政権のトップ・アドバイザーとなったのも――当初からリンドバーグを支援して大統領の信用を勝ちえた結果にほかならない、と大っぴらに持ち上げるようになった。ユダヤ人に対する大統領の偏見がなぜか中和されたとすれば（あるいはもっと目ざましいことに、完全に除去されたとすれば）、ユダヤ人たちとしてはこの奇跡を、尊（たっと）きラビの功績と認めるにやぶさかでなかった。そしてこのラビが、これまた奇跡だが、じきにサンディと私の叔父となったのである。

三月はじめのある日、私は呼ばれもしないのに、学校の運動場に通じる行き止まりの道に出かけていった。午後がそれなりに暖かくて、雨も降っていなければ、アルヴィンはここでクラップス（二つのサイコロを使う賭博）やスタッドポーカーに興じるようになっていたのだ。もういまでは、私が学校から帰ってきても、家にいることはめったになく、夕食に間に合うよう概して五時半までには帰ってきたものの、デザートが済むとまた、家から一ブロック先のホットドッグ店に出かけて高校の同級生たちとたむろするようになった。その中には、シムコウィッツの経営するエッソのガソリンスタンドにかつて勤めていて、店から金を盗んでいたのが発覚してアルヴィンともどもクビになった友人たちもいた。夜遅く帰ってくる時間には私はもう眠っていて、彼が義足を外してバスルームに跳ねていきまた跳ねて戻ってくるころにやっと目を開けたが、アルヴィン、と名前を呟いただけでまた眠りに落ちていった。彼が隣のベッドに移ってきておよそ七週間後、私はもうアルヴィンにとって不可欠の存在ではなくなり、私自身も、隣のベッドから姿を消しエヴリン叔母さんの策略でスターダムにのし上がったサンディに代わる崇拝の対象を突如失ったのだった。それまで私にとって、男性として誰よりも大きな存在は父親だった。父の熱き苦闘は私自身の苦闘でもあったし、父の未来を私は、教室で先生の話を聞いているべき最中にも気に病んでいた。そしていま、この片脚を失った、苦悩せるはぐれ者が、父以上に大きな存在となっていたのに、十六のときに彼がチャチな泥棒となるのに手を貸したろくでもない連中とまたつるみはじめている。戦場でアルヴィンが失ったのは、片脚だけでなく、私の両親の被後見人として暮らしていたころに叩き込まれたまっとうな習慣すべてでもあるように思えた。それに、ファシズムに対する戦いにもいっこうに興味を示さない。一年前は、彼が戦闘に加わろうとするのを誰一人止められなかったのに。実際、毎晩義足をつけて家からそそくさと出ていくのは、少なくとも最初のうちは、何よりまず、私の父が新聞の戦争報道を読み上げている居間から逃げるためだった。

枢軸国に対する軍事行動が行なわれるたびに、父は心底苦悶した。特に、ソ連と英国にとって事態が悪化し、リンドバーグと共和党優位の議会に出港を差し止められた米国製兵器を両国がきわめて切実に必要としていることが明らかになると、苦悶はいっそう深まった。このころにはもう、父は兵法用語を専門家なみに駆使するようになっていて、英国、オーストラリア、オランダが力を合わせて日本の西へのインド侵略、南へのニュージーランド（さらにはオーストラリア）侵略を食い止める必要性を切々と訴えた。当時日本は、東南アジアを席捲するなか、人種的優等を自負する民族特有の独善的残酷さをあからさまに露呈していた。一九四二年初頭の数か月、父が私たちに読んで聞かせる太平洋の戦争ニュースは軒並悪い報せだった。日本軍がビルマ進軍に成功した、日本軍がマレーを占領した、日本軍がニューギニアを空襲した、海と空から壊滅的な攻撃が為され陸では英国・オランダ軍の兵士が何万と捕虜になった末にシンガポール、ボルネオ、スマトラ、ジャワが陥落した、云々。けれども、父を何より動揺させたのは、ソ連侵略の進展だった。この前年、ドイツがソ連西半分の主要都市（たとえばキーウ――私の母方の祖父母は一八九〇年代にその近郊からアメリカに移り住んだ）をすべて壊滅させせんばかりの勢いだったころ、ペトロザヴォーツク、ノヴゴロド、ドニエプロペトロフスク、タガンログ等々、決して大都市ではないソ連諸都市の名前まで、私には合衆国四十八州の州都名と同じくらい聞き慣れたものになっていた。一九四一年から四二年にかけての冬、ソ連は想像を絶する反撃を敢行し、レニングラード、モスクワ、スターリングラードの包囲を打破したが、ドイツ軍は三月にはもう冬の大敗から態勢を立て直し、『ニューアーク・ニューズ』紙が詳しく報じた作戦展開に見られるとおり、コーカサスを征服せんと春の攻撃に向けて戦力強化を進めていた。父によれば、ソ連崩壊という見通しがなぜそんなに恐ろしいかというと、ドイツ軍事力の無敵さを世界に示すことになってしまうからだ。ソ連の膨大な天然資源もドイツの手に渡り、ソ連国民は第三帝国に仕える身に成り下がるだろう。そして私たちにとって最悪なことに、ドイツが東に進出するとともに、何百万のユダヤ系ロシア人が、人類をユダヤ人の魔手から救わんとするヒトラーの救世主的野望を実現するのに最適な占領軍の支配下に置かれてしまうのだ。
父が言うには、反民主的な軍国主義はいまや世界中で野蛮なる勝利を収めていて、ロシア系ユダヤ人——そのなかには私の母の親族たちも入っている——の大量虐殺はすぐそこまで迫っている。なのにアルヴィンは、少しも気にしなかった。もはや自分以外の人の苦しみに、思いをめぐらせたりもしなかった。

行ってみると、アルヴィンは本物の脚の膝をついて、片手にサイコロを持っていた。かたわらにお札の束が、ぎざぎざのセメントのかけらで押さえつけてある。義足をまっすぐ前に投げ出したその姿は、しゃがみ込んだロシア人が無茶苦茶なスラブ風ダンスを踊っているみたいに見えた。賭博の場にはほかにあと六人いて、きっちりした輪を作ってアルヴィンを囲み、うち三人はまだゲームから脱落せずに残り少ない金を握りしめ、二人は文なしになってただたむろし——どちらも何となく見覚えのあるその顔は、もう二十代に入った落ちこぼれ元ウィークエイック生と思われた——あと一人、アルヴィンの上に覆いかぶさるように立つ脚の長い男は、彼の「相棒」シャシー・マーグリスだった。細身で筋肉質の、派手なズートスーツを着た、するする滑るような歩き方のシャシーはガソリンスタンド時代からのつき合いで、アルヴィンの仲間のうち私の父がもっとも蔑んでいる人物だった。私たち子供には、シャシーはピンボール王の名で通っていた。というのも、シャシーがさんざん自慢していたギャングの伯父さんというのが本当にピンボール王だったからであり（フィラデルフィアを縄張りとするこの伯父は、街じゅうの違法スロットマシンの王でもあった）、また、シャシー本人が地元の菓子屋で年中ピンボールマシンに向かい、莫大な点数を記録していたからでもあった。マシンを乱暴に押し、マシンを罵倒し、横に激しく揺さぶり、やがて「不正傾斜（ティルト）」の色つきランプが点灯するか、店の親父に追い出されるかしてゲーム終了となるまでシャシーはプレーを続けた。道化者としても有名で、高校の向かいにある大きな緑の郵便ポストの口に火のついたマッチを平然と投げ込んで取り巻き連中を楽しませたり、あるときは賭けに応えて生きたカマキリを食べたこともあったし、短い高校生活のあいだにも、たまり場だったホットドッグ店の外に立つ群衆を笑わせようと、さも不自由そうに、悲劇的に足を引きずり、片手を上げてチャンセラー・アベニューを横断して（もちろん本当はどこも悪くなんかない）交通を渋滞させたりした。この時点ではもう三十代に達していたが、いまも依然、ウエインライト・ストリートのユダヤ教会の隣にある二世帯半住宅最上階の狭い住居に、縫製内職をしている母親と一緒に住んでいた。私の母がアルヴィンのズボンを持っていってジッパーを縫いつけてもらったのは、このシャシーの母親である、誰もが同情して「気の毒なミセス・マーグリス」と呼ぶ人物だった。気の毒な、というのは夫を亡くしてダウンネック婦人服製造会社の半端仕事を薄給で請け負って何とか食いつないでいるからだけではなく、ごろつきの息子がいっこうに職に就きそうにないからでもあった。せいぜい、母子の住まいから角を曲がった、ライオンズ・アベニューにあるカトリック系の児童養護施設からもすぐ先の賭けビリヤード場を拠点とするノミ屋の使いっ走りを務める程度だった。

カトリックの養護施設は、セントピーターズ教会の、柵で囲まれた敷地内にあった。キリスト教とは無縁の私たちの界隈のただなかで、なぜか三ブロック分をこの敷地は占めていて、教会のてっぺんには高い鐘楼と、もっと高い尖塔があって、そのまた頂点に据えられた十字架が、周囲の電話線を見下ろすように神々しくそびえていた。地元ではこれより高い建物となると、ライオンズ・アベニューの坂道を一キロ以上下って、わが誕生の地ベス・イズリアル病院――私のみならず私が知っている子供はみんなここで生まれ、生後八日目に病院内の聖地で割礼の儀式を施された――に出るまではひとつもなかった。鐘楼の両横には小さめの尖塔がひとつずつあり、その石にはキリスト教聖者たちの顔が彫られているという話だったから私はそれらをじっくり見る気になれなかったし、教会の上の方に設けられた細長いステンドグラスも私の知りたくない物語を語っていた。教会のそばに小さな司祭館があって、この異世界を囲む黒い鉄柵の内部に造られたほとんどすべての建物同様に十九世紀の後半、この界隈の家々が建ちはじめてウィークエイック地区西端がニューアークのユダヤ人街の最前線となるより数十年早く建てられたものだった。教会の裏手に、孤児たちを教える小学校があって、孤児が百人あまり、加えてそれより少数の地元カトリック教徒の子供たちが学んでいた。学校と養護施設は修道女会が運営していて、たしかドイツ系の修道女たちだと教えられたと思う。たまに、魔女みたいな格好をした修道女たちが裾を揺らしつつ界隈にやって来ると、ユダヤ人の子供たちは、私のように比較的偏見の少ない家に育った子供でさえ通りの向こうへ逃れるのが常だったし、わが家の言い伝えによれば、まだ幼かった私の兄が、ある日の午後、家の玄関前の階段に一人で座っていて、修道女二人がチャンセラー・アベニューからこっちへ来るのを目にとめると、興奮した声で母に「ねえママ、ほら——ナッツだよ」と叫んだという（nuts＝「頭がおかしい」とnuns＝「修道女」がごっちゃになっている）。

　養護施設の隣は修道院だった。どちらも素朴な赤煉瓦造りで、夏の一日の終わりには時おり、孤児たち（六歳から十四歳くらいまでの、白人の男女）が外の非常階段に座っている姿が見えたりした。それ以外の場所で孤児たちが集まっているのを見た記憶はないし、少なくとも彼らが私たちのように、そこらへんの街路を自由に走り回るなんてことは絶対になかった。彼らが群れているのを見たら、修道女たちの気味悪い姿を見たのと同じくらい私はうろたえたことだろう。うろたえるのは、まずは彼らが「孤児」であったからだろうが、加えて彼らが「顧みられない」「窮乏している」と聞かされていたからでもあっただろう。

　養護施設の裏手には、私たちの近所にはおよそ見られない、そもそも人口五十万近いこの工業都市のどこにも見られないたぐいの菜園があった。が、ニュージャージーが「菜園州（ガーデン・ステート）」と称されるのは、かつてこのような菜園が未開発の山間部にたくさんあって、こぢんまりとした農園で家族が青果物を栽培してささやかな利益を上げていたからである。セントピーターズ教会で育てられ収穫された食べ物は、孤児たち、十人あまりの修道女、教会を管理している老いた聖職者、その助手を務める若手司祭の食糧となっていた。菜園は孤児たちにも手伝わせて、ティムズという名の住み込みのドイツ人農夫が耕していたと思うが、ひょっとしたらこれは私の記憶違いで、ティムズというのは、何年も前から教会を運営していた老聖職者の名前だったかもしれない。

そこから一キロちょっとしか離れていない、私たちが通う公立小学校では、修道女たちは授業中に一番頭の悪い子供の手をしじゅう木の定規で叩いていると噂され、子供の馬鹿さ加減がとりわけひどいときは、老聖職者の助手が呼ばれて、春の植えつけの際に鋤を引かされる、背の曲がった動きののろい使役馬二頭の折檻（せっかん）に使う鞭で子供の尻を打つという話だった。この馬たちは、時おり二頭一緒に、敷地南端にある木の茂った小さな草地に迷い出て、門の上から探りでも入れるみたいに首をゴールドスミス・アベニューにつき出すので、私たちにも見覚えがあったのである。そしてそのゴールドスミス・アベニューが、私が目撃したサイコロ賭博が行なわれていた場所だった。

運動場のゴールドスミス・アベニュー側には高さ二メートルほどの金網フェンスが張られ、反対側の、菜園の木が茂った縁には杭（くい）を並べ針金を渡して柵にしていた。まだ近所には家も建っていなかったし、人も車もろくに通らなかったから、ほとんど森のように周囲から隔てられていて、界隈に住む一握りの落ちこぼれ連中にとって、誰にもうるさいことを言われず遊びにふけるのに格好の場になっていた。そうした邪（よこしま）な集会にこれまで私が一番近づいたのは、運動場で何かボール遊びをしていて、彼らがフェンスのすぐ向こうに背を丸くして集っているそばまでボールを追っていったときだった。みんなたがいに罵りあい、優しい言葉はもっぱらサイコロに向けていた。

私はクラップスに眉をひそめるような独り善がりの子供ではなかったし、遊び方を教えてほしいとアルヴィンにせがんだこともあった。当時アルヴィンはまだ松葉杖を使っていて、私は母から、アルヴィンが歯医者へ行くのについて行ってバスの料金箱にお金を入れてやったりうしろのドアから通りに跳ね降りるときに松葉杖を持ってやったりするよう言われていた。その夜、家のみんなが眠りについて、私たちのベッドのあいだのスタンドに置いたテーブルランプも消したあと、懐中電灯の光を頼りに私がサイコロに向かって「頑張ってくれよ（ダイス・ビー・ナイス）」と囁くのをアルヴィンはニコニコしながら眺め、それから彼は、私のベッドのシーツの上で、三度続けて七を音もなく出してみせたのだった。けれどもいま、下等な連中に囲まれたアルヴィンの姿を目にして、彼がシャシーのレプリカになってしまわぬよう私の家族が払ってきた多大な犠牲のことを想うと、彼のルームメートとして自分が学んだ卑猥（ひわい）な言葉一つひとつが、何とも嫌な感じを伴って心になだれ込んできた。父のため、母のため、そしてとりわけ排斥された兄のために私はアルヴィンを呪った。こんなことのために、私たちはみな、サンディに対するアルヴィンの不快なふるまいにも我慢しようと決めたのか？　こんなことのために、アルヴィンは戦争で戦うべく街を出ていったのか？「お前の勲章なんか誰が要るか、この馬鹿！」と私は胸の内で思った。これでもし、障害年金の最後の一セントまですってしまいでもすればそれなりに懲りたかもしれないが、実のところアルヴィンは、英雄になりたいという欲求を自分が捨ててしまうのを止められないのと同様に、自分が博奕に勝つのを止めることもできなかった。今日もすでにたっぷり稼いだ彼は、サイコロを私の口元に持っていき、仲間を笑わせようとガラガラ声を装って、「ベイビー、息を吹きかけてくれよ」と私に言った。私が言われたとおりにすると、彼はサイコロを振り、またしても勝った。「六と一──足すといくつだ？」とアルヴィンは訊いた。「七」と私は律儀に答えた。「投げ手（シューター）の勝ち」

シャシーが手をのばして私の髪をくしゃくしゃっと撫で、私をアルヴィンの「マスコット」と呼んだ。そんな呼び名で、アルヴィンが帰ってきて以来私が彼のために果たしてきたすべての役割を言いつくせるというのか。そんな空虚で子供っぽい言葉で、アルヴィンのジョージ国王勲章が私のアンダーシャツに留めてある理由を伝えられるというのか。シャシーはチョコレート色のダブルのギャバジンスーツを着て、ズボンは裾のところで絞られ、幅広の肩にはパッドが入っていて折襟（ラペル）は何ともけばけばしい。指をぱちぱち鳴らしながら──そして私の母の言を借りれば「人生を無駄にしながら」──近所を駆け回るときのお気に入りの装いである。その間、狭苦しい屋根裏部屋では彼の母が、親子何とか食いつなごうと、一日百着の服の縁縫いをしている。

シューターの番が終わると、アルヴィンは勝った金をかき集め、札束をこれみよがしにポケットにつっ込んだ。高校の裏手の銀行を破産させた男、という風情（ふぜい）。それから金網フェンスにつかまって立ち上がった。動き出そうとする際、さも痛そうに足を引きずるようになったのを見ただけでもおおよそ見当はついただろうが、前の晩から「切株」に大きなできものが出来ていて調子が万全でないことを私は知っていた。だがアルヴィンは、松葉杖を使っている姿を家族以外の人間に絶対見せまいと決めていた。シャシーのごとき薄っぺらな人間とつるんで、また一日、彼をこんな身にした原因たるすべての理想を踏みにじって過ごすべく出かけるときも、どんなに痛かろうと切株を義足に押し込んでいった。

「義足職人のヘボが」――寄ってきて私の肩に片手を載せたときも、愚痴はその一言だけだった。

「僕、もう帰っていい？」と私は囁いた。

「ああ、いいともさ」とアルヴィンは言って、ポケットから十ドル札を二枚取り出し――私の父の週給のほぼ半分の額だ――私の手のひらにべたっと叩きつけた。お金が何か生き物みたいに思えたことはいままで一度もなかった。


運動場をまっすぐ抜けていく代わりに、私は児童養護施設の馬たちを間近に眺めようとほんの少し遠回りし、ゴールドスミス・アベニューの坂道をホブソン・ストリートまで下っていった。それまでは、馬に手をのばして触ったりしたことはなかったし、その日以前、ほかの子供たちみたいに馬に話しかけたこともなかった。これら泥にまみれた、べとべとのよだれを垂らしている生き物を、子供たちは皮肉たっぷりに「オマハ」「ワーラウェイ」――当時のケンタッキー・ダービー名馬の名だ――と呼んでいた。

黒っぽく光る、深く浮き彫りになった目が施設の柵の上に出て外を窺(うかが)っているところから十分離れた位置に私は立ちどまった。馬たちはその長い睫毛の奥から、セントピーターズの要塞とユダヤ人ゲットーとを隔てる中間地帯を無表情に監視している。鎖は外され扉から垂れていた。私が掛け金を引っぱり上げて、扉を大きく開けさえすれば、馬たちは自由の身となって走り去っていくだろう。私の感じた誘惑はおそろしく大きかった——それに敵意も。「リンドバーグの鬼！」と私は馬たちに言った。「ナチの犬リンドバーグ！」。そして、もし本当に扉を開けたら、馬たちは飛び出してくる代わりにその大きな歯を使って私を施設に引っぱり込むのではと怖くなって、私は通りを一目散に走っていき、ホブソンに折れて、四世帯住宅がまる一ブロック続く前を駆け抜け、チャンセラー・アベニューの角まで出た。ここまで来れば、見覚えのある母親たちが食料雑貨店やパン屋や肉屋に出入り(ではい)し、名前も知っている年上の男の子たちが自転車を乗り回し、仕立屋の息子が両肩それぞれにアイロンをかけたばかりの服をしょって配達に向かい、靴屋の店先からはイタリア語の歌声が流れ出ていた——ラジオはいつものようにWEVD（EVDは迫害された社会主義者の英雄ユージーン・V・デブズにちなんでいる）に合わせてある。ここまで来ればアルヴィンからもシャシーからも安全だったし、馬、孤児、司祭、修道女、教会学校の鞭からも安全だった。

家に帰ろうとしてまた坂道を上がっていくと、ビジネススーツをこざっぱり着こなした男が一人、私と並んで歩き出した。地元の労働者たちが夕食の待つ自宅へ向かうにはまだ早い時間であり、これは怪しいぞと私はすぐさま身構えた。

「フィリップ坊ちゃん(マスター・フィリップ)？」と男は満面に笑みを浮かべて訊いた。「ラジオで『ギャングバスターズ』聴いたことあるかな、マスター・フィリップ？　J・エドガー・フーヴァーとFB

Iの番組、知ってるかな?」

「知ってます」

「おじさんはね、ミスタ・フーヴァーの下で働いているんだ。ミスタ・フーヴァーがおじさんのボスなんだよ。おじさんはFBIの職員なのさ。ほら」と男は言って、上着の内ポケットから札入れを出し、パッと開いてバッジを見せた。「もしよかったら、いくつか質問させてくれないかな」

「いいですけど、家に帰るところなんです。帰らなくちゃいけないんです」

たちまち、二枚の十ドル札のことが頭に浮かんだ。もしこの人にボディチェックされたら——もしこの男が私をボディチェックできる令状を持っていたら——大金を持っていることを知られて、盗んだ金と思われてしまうのではないか? 誰だってそう思うのではないか? ほんの十分前まで、私は生涯ずっと空(から)のポケットで歩き回り、一文なしの身でどこへでも行っていたのに! 一週間五セントの小遣いは、ボーイスカウト・ナイフについた缶切りの刃でサンディが蓋に切込みを作ってくれたジャムの壜に貯めていた。それがいまは、銀行強盗みたいにあたりをうろついている。

「怖がることはない。落着きたまえ、マスター・フィリップ。『ギャングバスターズ』を聴いたことあるだろう。おじさんたちは君の味方だよ。君らを護っているんだ。君のいとこのアルヴィンのことを、ちょっと訊きたいだけなんだ。元気かね、アルヴィンは?」

「元気です」

「脚の具合はどうかね？」

「いいです」

「ちゃんと歩けるのかい？」

「はい」

「君がさっきまでいたところにいたの、あれアルヴィンじゃないかい？　運動場の陰の、歩道に出ていたの、あれアルヴィンとシャシー・マーグリスじゃなかったかい？」

私が答えないので、男は言った。「いや、クラップスをやったっていいんだよ。べつに犯罪じゃない。大人になればそういうこともやるさ。アルヴィンがモントリオールの陸軍病院に入ってたときだって、きっとさんざんやっただろうよ」

それでも私が口を開かずにいると、男は「あの連中、何の話をしてたかね？」と訊いた。

「べつに何も」

「午後のあいだずっとあそこにいて、べつに何も話してないってのかね？」

「いくら負けたか話してるだけでした」

「ほかには何も？　大統領のこと、何も言ってなかった？　君、大統領は誰だか知ってるよね？」

「チャールズ・A・リンドバーグ」

「リンドバーグ大統領のこと何も話してなかったかい、マスター・フィリップ？」

「聞きませんでした」と私は正直に答えた。

でもこの人、私が馬に言ってたことは聞いてたんじゃないだろうか？　いや、そんなはずは——とはいえ、いまや私の頭には、アルヴィンが戦争から帰ってきて私に勲章をくれて以来私がやったことをこの人はすべて知っているのだという確信が固まっていた。私が勲章を身につけていることをこの人は知っている、それは間違いない。じゃなけりゃなぜ私を頭から爪先までじろじろ見る？

「カナダの話はしてたかな？」と男は訊いた。「カナダに行くっていう話とか？」

「いいえ（ノー・サー）」

「私のことドンと呼んでくれよ。私も君のことをフィルって呼ぶから。ねえフィル、君、ファシストって何のことか知ってるね？」

「と思います」

「君が覚えている限りで、あの連中、誰かのことをファシストって言ったかな？」

「いいえ」

「よく考えてくれよ。あわてて答えなくていい。いくらでも時間かけていいから。頑張って思い出してくれ。大事なことなんだ。あの連中、誰かのことファシストって言ったかな？　ヒトラーのことは何か言ってたかな？　ヒトラーが誰かは知ってるよね」

「みんな知ってます」

「ヒトラーは悪い奴だよね？」

「はい」と私は言った。

「ユダヤ人の敵だよね？」

「はい」

「ほかにもユダヤ人の敵っているかな？」

「ドイツ系アメリカ人協会」

「ほかには？」と男は訊いた。

　ヘンリー・フォード、アメリカ優先委員会、南部民主党員、孤立主義共和党員といった名を挙げたりしないだけの知恵が私にはあった。むろんリンドバーグの名を出したりもしない。この何年か、わが家で聞かされてきた、ユダヤ人を憎んでいる有名アメリカ人のリストはもっとずっと長かったし、普通のアメリカ人のなかにだって、何万と――ひょっとすると何百万と――いる。ユニオンの町でビールを飲んでいた、この人たちの近所には住みたくないと思わされた連中や、ワシントンのあのホテルの支配人や、ユニオン・ステーション近くのカフェテリアで私たち一家を侮辱したあの口ひげの男。「喋っちゃ駄目だ」と私は自分に言い聞かせた。両親に護られたまだ九つの子供が、犯罪者たちとつき合っていて隠し事を抱えているような気分だった。でも事実私は、ユダヤ人であるがゆえに自分は小さな犯罪者なのだと考えはじめていたにちがいない。

「で、ほかには？」と男はもう一度言った。「ほかに誰がいるか、ミスタ・フーヴァーが知りたがってるんだ。全部言ってしまえよ、フィル」

「もう言いました」と私は強い口調で言った。

「エヴリン叔母さんは元気かね？」

「元気です」

「結婚するんだよね。そうだろ、結婚するんだろう？　せめてそれくらい答えられるだろ」

「そうです」

「で、誰と結婚するのか知ってる？」

「はい」

「君は賢い子だ。きっともっと知ってると思うね——もっとずっとたくさん。でも賢いから黙ってるんだね？」

「ラビ・ベンゲルズドーフと結婚するんです」と私は言った。「ＯＡＡの連邦局長です」

その返答に男は笑った。「わかった、もう帰っていい。帰って種なしパン(マッツォー)を食べなさい。君たちそういうの食べて賢くなるんだろ？　マツォーを食べてさ」

私たちはもうチャンセラーとサミットの交差点まで来ていた。交差点の奥の、わが家の前の階段が見えてきた。「じゃ(バイ)！」と私は叫んで、信号が変わるのも待たずに、この男の罠にはまらないうちにと——もうすでにはまっていたのかもしれないが——家に駆け戻った。

わが家の前の通りにパトカーが三台駐まっていて、家の横道は救急車でふさがれ、警官が二人玄関前の階段に立って話をしていて、裏口にも一人配置されていた。近所の女の人たちが、大半はエプロンを着けたまま、何事かとそれぞれ自宅前の階段に出てきて、子供たちはわが家の向かいの歩道に群がり、並んで駐まったパトカーのすきまから警官たちや救急車の方を窺っている。私が思い出せる限り、いままで一度も、子供がこんなふうに黙って身を寄せあい、心配そうな顔をしていたことはなかった。

わが家の階下の住人が死んだのだった。ミスタ・ウィッシュナウが自殺したのである。そのせいで、まさかこんなものを見るなんて思ってもいなかった情景が、わが家のすぐ外に広がっていたのだ。三十五キロくらいまで痩せていたというのに、ミスタ・ウィッシュナウは首をくって自殺してのけた。居間のカーテン紐を奥の廊下のコート・クローゼットの横棒に縛りつけ、それから首にも巻きつけて、クローゼットのなかに置いたキッチンチェアに座って、前に倒れ込んだのである。学校から帰ってきたセルドンがコートをしまいに行くと、パジャマ姿の父親が顔を下にして、家族みんなのゴム長や上靴に交じってクローゼットの床に倒れていた。その報せを聞いてとっさに私の頭に浮かんだのは、これでもう、一人で地下室へ降りていくたびに一階で死にかけている人の咳の発作を怖がらずに済む、二階で寝つこうとしているときにもベッドのなかで咳を聞かずに済むという思いだった。だが次の瞬間、これでミスタ・ウィッシュナウの幽霊もすでに地下に棲んでいる幽霊たちに仲間入りするのであって、死んだと聞いて私がホッとしたのを根に持って、きっと今後一生私に取り憑くにちがいないと悟った。

ほかにどうしたらいいかもわからないので、私はひとまず、近所の子供たちと一緒に、並んで駐車したパトカーのかたわらに膝をついて隠れた。ウィッシュナウ家に降りかかった激変を私以上に把握できている子供は一人もいなかったが、彼らがひそひそ囁きあう言葉から私は、ミスタ・ウィッシュナウが死んだこと、セルドンがそれを発見したこと、セルドンと母親が目下家のなかに警官一人と救急隊員たちと一緒にいることを割り出した。そして彼らは死体とも一緒だった。子供たちはみんな死体を見ようと待っているのだ。私も裏手から家に入って遺体が階段を下ろされるのと行き違いになってしまってはと思い、彼らと一緒に待つことにした。それに、母、父、サンディが帰ってくるまで家に一人でいるのも嫌だった。アルヴィンについては、もう顔も見たくなかったし、彼のことを他人に訊かれるのも嫌だった。

救急隊員に付き添って家から出てきた女性は、ミセス・ウィッシュナウではなく私の母だった。なぜ母が仕事から帰ってきているのか私は理解できなかったが、やがてハッと思いあたった。運ばれていく死んだ父親は、私の父親なのだ。そうだ、そうに決まっている。私の父が自殺したのだ。もうこれ以上リンドバーグに耐えられず、リンドバーグのお墨付きを得てナチスがソ連のユダヤ人に為している仕打ちにも、まさにここでリンドバーグが私たち一家に為した仕打ちにも耐えられず、父は首を吊ったのだ——わが家のクローゼットで。

その瞬間、父をめぐる私の記憶は、何百とあっていいはずなのにただひとつしかなかった。そしてそのひとつの記憶は、唯一持つにふさわしいものとはとうてい思えなかった。アルヴィンが父親をめぐって覚えている最後の記憶は、幼い息子の指を車のドアではさんだ父の姿だったが、私のそれは、毎日父の会社の外で物乞いをしている、切株みたいな体の男と挨拶を交わしている父の姿だった。「どうだ元気かい、リトル・ロバート?」と私の父親は言い、切株男は「やあ、ハーマン」と答えたのだ。

　この時点で、きっちり並んで駐車したパトカーのすきまから私は抜け出し、通りの向こうに駆けていった。

　父の体と顔を覆っているシーツを見て、これではとうてい息ができないと思い、私はわあわあ泣き出した。

「泣かないで、泣かないでダーリン」と母が言った。「何も怖がることはないのよ」。母は私の頭を両腕で抱き、私を引き寄せて、もう一度「何も怖がることはないのよ」と言った。

「この人は病気で、苦しんで、亡くなったのよ。もういまは苦しんでないわ」

「クローゼットにいたんでしょ」と私は言った。

「いいえ、違うわ。ベッドにいたのよ。ベッドで亡くなったのよ。すごく、すごく重い病気だったのよ。あんたも知ってるでしょ。だからいつも咳してたのよ」

　担架を載せようと、救急車の扉が大きく開いていた。救急隊員たちは担架を慎重に車のなかに入れ、自分たちも乗り込んでから扉を閉めた。私の母は道路の上で私と並んで立ち、私の手を握って、驚いたことに完璧に落着いているように見えた。私が救急車を追っていこうと手を振り払おうとし、「あれじゃ息できないよ!」と叫んだところで初めて、私がなぜそんなに動転しているのかを母は理解した。

「あれはミスタ・ウィッシュナウよ。死んだのはミスタ・ウ、ウィ、ッ、シ、ユ、ナ、ウ、なのよ」。母は私の体を揺すった。私を正気に戻そうと、そっと前後に揺する。「セ、ル、ド、ン、のお父さんよ——病気のせいで今日亡くなったのよ」

私のヒステリーがこれ以上ひどくならないよう母が嘘をついているのか、それとも素晴らしい真実を告げているのか、私にはわからなかった。

「セルドンが、クローゼットにいるのを見つけたの?」

「違うわ。言ったでしょう、違うって。ベッドにいるのを見つけたのよ。お母さんは家にいなかったから、セルドンは警察に電話したの。ミセス・ウィッシュナウがお店に電話してきて助けてほしいって言うから、母さんも帰ってきたのよ。わかる? 父さんは仕事してるわ。父さんは仕事中なのよ。まあまあ、あんたったらいったい何考えてたの? 父さんはじき夕食を食べに帰ってくるわ。サンディもよ。何も怖いことはないわ。みんな帰ってくるのよ、みんな帰ってきて、一緒に夕ご飯食べるのよ」と母は私を安心させようとして言った。「それで何もかも大丈夫になるのよ」

だが何ひとつ「大丈夫」ではなかった。チャンセラー・アベニューでアルヴィンのことを私に根掘り葉掘り訊いてきたFBI職員は、その前にまずヘインズ百貨店の衣料品売り場に寄って母に質問し、次にメトロポリタン生命保険のニューアーク支店に行って父に質問し、サンディが家に帰ろうとエヴリン叔母さんのオフィスを出てくると同じバスに乗り込んで兄と並んで腰かけ、ここでも尋問をくり広げたのだった。アルヴィンは夕食の席に居合わせず、この件については何も耳にしなかった。夕食を始めようと私たちが席についたところで電話してきて、食事は取っておかなくていいと母に伝えた。どうやらポーカーやクラップスでひと儲けするたびに、シャシーを連れて繁華街にくり出し、〈ヒッコリー・グリル〉で炭焼きステーキのディナーを楽しむらしい。「アルヴィンの犯罪仲間」と父はシャシーを呼んでいた。今夜、父はアルヴィンを、恩知らず、馬鹿、無謀、無知、更生不能と呼んだ。

「それに、世を拗ねてる」と母が悲しげに言った。「脚のせいですごく世を拗ねてるのよ」

「ふん、脚の話はもううんざりだ」と父は言った。「あいつは戦争に行った。誰が行かせた？　俺じゃない。お前でもない。エイブ・スタインハイムでもない。エイブはあいつを大学へ行かせようとしたんだからな。あいつは勝手に戦争に行った。死ななかっただけ幸いってもんだ。片脚だけで済んで幸いってもんだ。もう限界だよ、ベス。これ以上面倒は見られん。うちの子たちがFBIに尋問される？　俺とお前に寄ってくるだけで十分ひどいのに――こっちなんか、会社に来られてボスの前であれこれ訊かれたんだぞ！　駄目だ、もうこんなことは終わりにしないと、いますぐ終わりにしないと。ここは家庭なんだ。俺たちは家族なんだ。繁華街でシャシーと飯食うって？　じゃシャシーと暮らすがいい」

「学校へ行ってくれたらねえ」と母が言った。「職に就いてくれたら」

「職なら就いてるさ」と父が答えた。「穀つぶし業」

食事が済むと、母がセルドンとミセス・ウィッシュナウの夕食を用意して、父も手伝って二人で階下に運んでいき、残されたサンディと私は皿洗いを任された。たいていの晩そうしているように私たちは流しに向かって仕事に取りかかったが、今夜の私は喋るのをやめられなかった。私はサンディにクラップスのことを話した。FBI職員のことも話した。ミスタ・ウィッシュナウのことも話した。「ベッドで死んだんじゃないんだよ」と私は言った。「母さんはほんとのこと僕らに言ってないんだよ。あの人は自殺したのに、母さんは言いたくないんだ。セルドンが学校から帰ってきて、クローゼットのなかで見つけたんだよ。首を吊ったんだ。だから警察が来たんだよ」

「顔の色、変わってたか?」と兄は私に訊いた。

「シーツがかかってるところしか見られなかったんだ。色が変わってたからかもしれない——わかんない。知りたくもないよ。担架が揺れたときに、体が動くのが見えただけですごく嫌だったよ」。シーツの下にいるのが自分の父親だとはじめ思ったことは口に出さなかった。出したら真実になってしまうのではと恐れたのだ。父が生きていて、血気盛ん、アルヴィンに激怒していて家から叩き出すと息まいていても、私の恐れは少しも和らがなかった。

「どうしてクローゼットにいたってわかる?」とサンディが訊いた。

「子供たちがみんな言ってたもの」

「でお前、信じるのか?」。有名になったせいで、サンディはひどく非情な子供になりつつあった。ものすごい自信家になって、私や私の友だちのことを話すたび、横柄で尊大な口調がますます甚だしくなってきていた。

「だって、じゃあなぜ警察が来たのさ? 単に死んだから? 人が死ぬなんて年じゅうあることじゃないか」と私は言ったが、そう言いながら自分でも信じまいとしていた。「自殺だよ。そうに決まってる」

「で、それって法律違反なわけか？」と兄は私に訊いた。「警察はどうする気だったんだ、自殺の罪で刑務所にブチ込もうとしてたのか？」

私にはわからなかった。何が法律なのかももうわからなかったから、何が違法で何が違法でないのかもわからなかった。自分の父親が——たったいま母親と一緒に階下へ降りていった父親が——本当に生きているのか、生きているふりをしているだけなのか、それともあの救急車の後部に死体となって入れられて連れ回されているのか、それもわからない気がした。私には何もわからなかった。なぜいい人だったアルヴィンが悪い人になってしまったかもわからない。チャンセラー・アベニューでＦＢＩ職員に質問されたのが夢だったのかどうかもやっぱり夢だったはずはない。でもほかのみんなも質問されたと言っているのだからわからない。きっと夢にちがいない。でもそれも夢なのかもしれない。何だか頭がクラクラしてきて、卒倒するんじゃないかと思った。私はいままで一度も、映画のなか以外で人が卒倒したのを見たことがなかったし、いままで一度も自分が卒倒したこともなかった。いままで一度も、通りの向かいの隠れ場所から自分の家を見てあそこがよその家だったらいいのにと思ったことはなかった。いままで一度もポケットに二十ドル持っていたことはなかった。いままで一度も父親がクローゼットで首を吊ったのを見た人間と知りあいだったことはなかった。いままで一度も、こんなペースで大人になるのを強いられたことはなかった。

いままで一度も（ネヴァー・ビフォー）。一九四二年のリフレイン。

「母さんを呼んでよ」と私は兄に言った。「呼んでよ――すぐ帰ってきてって言って！」。だがサンディがウィッシュナウ家のフロアまで飛んでいこうと裏手のドアにたどり着くより前に、私は手に持ったままのふきんに向かって吐いていた。そして私はくずおれた――脚が吹っ飛ばされたから、そこら中に私の血が飛び散っていたから。

私は六日間、高熱を出して寝ていた。体はひどく衰弱し、わが家のかかりつけの医者が毎晩寄ってくれて、私の病の具合を確かめていった――実は少しも珍しくない小児病たる、なんで前みたいになれないの病の具合を。

私にとって次の日は日曜だった。もう夕方近くで、モンティ伯父が訪ねてきていた。アルヴィンもそこにいて、台所での話がベッドまで聞こえてくるのを判断する限り、どうやら金曜日にミスタ・ウィッシュナウが自殺し、アルヴィンが五、十、二十ドル札の束を抱えてクラップスの場から立ち去って以来、彼の姿をみんなが見るのはこれが初めてらしかった。もっとも、金曜の夕食の時間以来、私も別世界へ行っていた。養護施設の使役馬がひづめの音を轟かせ、私を地の果てまで追ってくる、万華鏡のごとき幻覚に包まれていたのだ。

そしていま、ふたたびモンティ伯父。モンティ伯父がふたたび、アルヴィンを叱りつけている。わが家で口にされているとは、母の前で口にされているとは、とうてい信じられない言葉で。とはいえモンティは、私の父には絶対できないやり方でアルヴィンを押さえつけるすべを心得ていた。

日も暮れてどなり声も鎮まり、いまは亡きジャック伯父を悼む言葉に変わっていき、モンティの胴間声も嗄れてきたところで、モンティが先日勧めたときは考えることさえ拒んだ生鮮食品市場での仕事をアルヴィンは受け容れると言った。この時点での彼は、大柄のカナダ人看護師に連れられてペン・ステーションに着いた、片脚を切られたことでまだ頭が一杯だった朝に劣らず意気消沈していたし、車椅子に座って私たちの誰とも目を合わせられなかったときに劣らず強い敗北感に打ちのめされていた。シャシーとの相棒関係も解消して近所の街角で賭博にふけるのもやめるとアルヴィンは言った。他人に従属することもメソメソ泣くことも等しく嫌う彼が、みんなを驚かせたことに悔恨の涙を流し、許しを乞い、私の兄にむごい口を利いたり両親に対し恩知らずにふるまったり私に悪影響を及ぼすような真似をしたりすることもやめると約束したのである。私たちが受けてしかるべき感謝の念とともに私たちに接すると彼は誓った。そしてモンティ伯父は、もし約束を破ってハーマン一家の平和をまた乱すようなことがあったら今度こそ一族丸ごと縁を切る、と釘を刺した。

手始めに与えられたつまらない仕事にも耐えて頑張っているように見えたものの、アルヴィンは結局、床掃除や物運びの一段上にすら上がらずに終わった。というのも、働き出してまだ一週間ちょっとしか経たないある日、ＦＢＩがやって来たのである。このあいだと同じ職員が、私たち一家に発したのと同じ一見無害だがどこか威嚇的な質問を市場の同僚たちに向かって発し、しかも今回はそれに加え、アルヴィンが自ら認める売国奴であってほかの反米不満分子たちと結託してリンドバーグ大統領暗殺の計画を練っているとほのめかしたのだ。馬鹿げた非難というほかないし、アルヴィン本人もそれまで一週間ずっと、誓ったとおり大人しくふるまい頑張り抜こうとしていたにもかかわらず、彼は即座に解雇された。そして帰り際、その場を仕切っているチンピラの一人から、二度とこの市場に近寄るなと言い渡された。いったいどういうことなんだと私の父がモンティ伯父に電話して説明を求めると、どうしようもなかったのさ、何しろロンギーの手下からあいつを追い出せと言われたんだから、と伯父は答えた。ニューアークのロンギー・ズウィルマンといえば、私の父やその兄たちと同じく移民の倅として昔ながらのユダヤ人スラムで育った身から叩き上げ、いまではジャージーのギャング界に君臨する、ノミ屋業やスト破りから始まってモンティのような商人たちに押しつける運送業に至るまですべてを牛耳る容赦なき大立者となっていた。そのロンギーにとって、FBIにこそこそ嗅ぎ回られるほど迷惑なことはない。ゆえにアルヴィンは職を失い、わが家からも追い出され、二十四時間以内にと言われて街を去った。今回は国境を越えてカナダ軍奇襲部隊の待つモントリオールへ向かうのではなく、すぐ先のデラウェア川を越えてフィラデルフィアに向かい、スロットマシン王たるシャシーの伯父が世話してくれた職に就いた。どうやら同じギャング業界の人間でも、北ジャージーの比類なき大立者よりそちらの方が売国奴に寛容らしかった。

一九四二年の春、アイスランド協定の成功を祝って、ドイツ外相ヨアヒム・フォン・リッベントロップを迎えた公式晩餐会が、リンドバーグ大統領夫妻の主催でホワイトハウスにおいて開かれた。フォン・リッベントロップといえば、共和党が一九四〇年の党大会でリンドバーグを大統領候補者に選出するずっと前から、リンドバーグこそドイツにとって理想的なアメリカ大統領候補だとナチスの同僚たちに喧伝したことで知られる人物である。アイスランドの会談でも終始ヒトラーの横に座って交渉を進めたフォン・リッベントロップは、今回の招待により、十年近く前にナチスが政権に就いて以来、いかなる政府高官、機関によるかを問わずアメリカに招かれた初のナチス指導者となった。晩餐会が公に告知されると、リベラル派のマスコミがたちまち強い批判の声を上げ、ホワイトハウスの決定に抗議する集会やデモが国中で行なわれた。公職を去って以来初めてローズヴェルト元大統領が姿を見せ、地元ハイドパークから全国に向けて短い演説を行ない、「自由を愛するすべてのアメリカ人のため、とりわけ、父祖の住んだ国の人々がナチスの苛酷な圧政下で生きることを余儀なくされている数千万人にのぼる欧州系アメリカ人のために」招待を撤回するようリンドバーグ大統領に訴えた。

これに対し、すぐさま副大統領ウィーラーが、現職大統領の外交政策に「不当に干渉した」とローズヴェルトを非難した。ニューディール派民主党政権期に、アメリカをもう少しで血まみれのヨーロッパ戦争に引きずり込むところだった政策をローズヴェルトがここでもう一度打ち出すのは、民主主義の価値を否定する、まったくの無責任な行為だと副大統領は断じた。ウィーラー自身は、モンタナ選出上院議員の職を三期にわたって務めた民主党員だったが、一八六四年にリンカーンが再選をめざす選挙においてアンドルー・ジョンソンを選んで以来の、対立政党から選ばれた副大統領候補となった。政界に入って間もないころ、ウィーラーの政治的位置は極左だったと言ってよく、モンタナ州ビュートに集った急進的な労働運動指導者たちの声を代弁し、モンタナ州全体を自社の一部のごとく牛耳っていた産銅会社アナコンダ・コッパーを敵に回して、ＦＤＲをいち早く支持した人物として一九三二年の選挙では副大統領候補として名が挙がったりもした。初めて民主党から離脱したのは一九二四年のことで、このときはウィスコンシン選出の改革派上院議員ロバート・ラフォレットと組んで、労組の支持を受けた進歩党公認副大統領候補として選挙戦に加わったが、やがてラフォレットと袂(たもと)を分かち、共産主義をめざさない左翼の支持層を見限って、リンドバーグと右翼孤立主義者たちに仲間入りしてアメリカ優先委員会設立に協力し、ローズヴェルトを批判して反戦発言を行なうに至った。その発言のあまりの極端さに、ローズヴェルトをして「私の世代において公の場でなされた、もっとも真実から遠い、もっとも卑劣、もっとも非愛国的な発言」と評せしめたほどだった。共和党がウィーラーをリンドバーグの副大統領候補に選んだのは、ひとつには、民主党員とはいえ彼の支持母体が三〇年代後半ずっと共和党候補者を議会へ送り込むのに貢献していたからでもあったが、それにも増して、二大政党提携による孤立主義の強力さを国民に誇示すること、リンドバーグと似ていない戦闘的な人物に事あるごとに自身の政党を攻撃させ罵倒させること、この二つが主たる狙いだった。案の定、今回もウィーラーは、副大統領執務室で行なった記者会見において、ローズヴェルトがハイドパークから発したメッセージに見られる「無謀」にして「戦争志向」の物言いを批判し、これを今後の一連の選挙に関する民主党方針の予兆と見てよいなら、共和党の地滑り的勝利に終わった一九四〇年以上に多くの議席を民主党は失うだろう、と予言してみせた。

そのすぐ次の週末、ドイツ系アメリカ人協会がマディソンスクエア・ガーデンをほぼ満員にした。リンドバーグ大統領のドイツ外相招待を支持するため、そして、またしても「主戦論」を唱えた民主党を糾弾するために二万五千人が集まったのである。ローズヴェルト政権二期目には、ＦＢＩと議会委員会とが協会の実態を調査した結果その活動を制限し、協会をナチスの隠れ蓑と見なして、幹部らを犯罪者として告発していた。だが政権交代後は、政府が協会を妨害、威嚇することもなくなって、協会はふたたび、アメリカが外国の戦争に干渉することに反対するドイツ系アメリカ人愛国者集団という立場を打ち出すのみならず、ソ連の断固たる敵としての姿勢を鮮明にして勢いを取り戻していた。協会をひとつにまとめているのは強いファシスト的連帯感だったが、世界中で共産主義革命が起きるという危険に警鐘を鳴らす声高な愛国的発言がそれを覆い隠していた。

親ナチスというより反共の組織として、協会は依然ユダヤ人を敵視し、宣伝チラシではボルシェヴィズムとユダヤ主義を露骨に同一視したし、ローズヴェルト側近だった財務長官モーゲンソーや金融家バーナード・バルークといった「好戦派」ユダヤ人の数を騒ぎ立て、そして言うまでもなく、一九三六年の設立時に公式宣言で示した協会の目的を貫きつづけた。すなわち、「モスクワ主導による赤の世界的脅威と、ユダヤ人たちから成るその細菌保持集団を相手に断固戦い」、「非ユダヤ人の支配する自由な合衆国」を推進すること。が、一九四二年マディソンスクエア・ガーデンでの集会では、ナチスの旗、鉤十字の腕章、腕をピンとのばすヒトラー式敬礼、突撃隊員の制服、等々すべてがなくなっていた。一九三九年二月二十日に開かれた、「ジョージ・ワシントン誕生日演習」と称した初めての集会では総統の巨大な写真が掲げられていたのに、今回はそれもなかった。「目覚めよアメリカ——ユダヤ人共産主義を打破せよ！」と唱えた壁の旗もなければ、演説者たちがフランクリン・D・ローズヴェルトを「フランクリン・D・ローゼンフェルド」と揶揄したりもせず、協会員たちが上着の折襟に刺せるよう黒い文字の入った大きな白いバッジが配布されることもなかった。かつて配られたそのバッジには、こう書いてあったのである——

アメリカを
ユダヤ人の戦争に
巻き込むな

一方、ウォルター・ウィンチェルは相変わらず協会員（ブンディスツ）を山賊団（バンディッツ）と呼びつづけたし、著名ジャーナリストで作家シンクレア・ルイスの妻でもあり、一九三九年、本人言うところの「公共の会場において馬鹿げた発言を笑う憲法上の権利」を行使したために協会の集会から追い出されたドロシー・トンプソンも、三年前に「インチキ、インチキ！『わが闘争』、一言残らずインチキ！」と叫びながら集会会場から退場したときと同じ精神で協会プロパガンダを糾弾しつづけた。そして今回の集会のあとに放送された日曜夜の番組で、ウィンチェルはいつもの確信みなぎる口調でもって、フォン・リッベントロップを招く公式晩餐会に対する反感の高まりはアメリカとチャールズ・A・リンドバーグとの蜜月が終わったことの表われだと説いた。「大統領による今世紀最大級の失態です」とウィンチェルは評した。「失態中の失態であり、これで、ファシズムを愛する我らが大統領にへつらう反動共和党議員たちも、来る十一月の選挙で、己の政治的生命をその代償として支払わされるでしょう」

ほとんど誰もがリンドバーグを崇めたてまつる風潮に慣れきっていたホワイトハウスは、対抗勢力が急速に集めた強い反対の声に動揺の色を見せた。自分たちは協会の開いたニューヨーク集会とは無関係だと政権は主張したが、対する民主党は、リンドバーグと協会の悪評とをはっきり結びつけようと、やはりマディソンスクエア・ガーデンで集会を開いた。演説者が次々登壇しては「リンドバーグ協会」を痛烈に批判し、やがて、場内の全員を狂喜させたことに、ＦＤＲ本人が壇上に姿を現わした。十分間にわたって拍手喝采が続き、あれでもし元大統領が声を上げなかったらもっと続いていたことだろう。すさまじい歓声に負けぬ力強さで、ローズヴェルトは呼びかけた。「わが同胞のアメリカ人の皆さん、わが同胞のアメリカ人の皆さん、これはミスタ・リンドバーグとミスタ・ヒトラー両氏に向けたメッセージです。事ここに至って、私は、彼らにも誤解しようのない率直さをもって言わねばなりません。すなわち、アメリカの運命の主人は、私たちであって彼らではないのです」。心を揺さぶるその劇的な言葉に、会場に居合わせた（そしてわが家の居間に、わが家の近所のすべての居間に居合わせた）者は一人残らず、国の再生は間近だという悦ばしい幻想に酔いしれた。「私たちが唯一恐れるべきは（ジ・オンリー・シング・ウイー・ハフ・トゥ・フィア）」――とFDRは、すべての第一期就任演説のなかでももっとも有名なセンテンス（一九三三年に述べた「私たちが唯一恐れるべきは恐れることそれ自体です」）の出だし七語をそのまま使って言った――「チャールズ・A・リンドバーグがナチスの友人たちに追従（ついしょう）し屈服することであり、世界一偉大な民主主義国の大統領が、無数の犯罪と残虐行為をくり返してきた独裁者、悪事の人類史でも類を見ない冷酷で野蛮な暴君に媚（こ）びへつらうことです。しかし私たちアメリカ人は、ヒトラーの支配するアメリカを認めません。私たちアメリカ人はヒトラーの支配する世界を認めません。今日、地球全体が隷属と自由の真っ二つに分かれています。私たちは――自由を――選びます！　自由を尊（たっと）ぶアメリカしか私たちは認めません！　もしこの国において、ファシズムのアメリカをめざす売国の青写真を隠し持つ反民主的勢力によって陰謀（プロット）が企てられつつあるなら、あるいはまた、権力と覇権を欲して止まぬ海外の諸国家によって、アメリカの憲法修正第一条から第十条までを基本文書とする人間的自由を求める大いなる機運を抑圧せんとする陰謀が――アメリカ民主主義の代わりに、今日ヨーロッパの征服された人々を隷属させている独裁支配の絶対権力を据えんとする陰謀が――企てられつつあるなら、私たちの自由を否定する術策を秘密裡（ひみつり）に進める者たちに知らしめようではありませんか。アメリカ人はいかなる脅威にさらされようと、いかなる危険に直面しようと、合衆国憲法において我らの父祖が定めてくれた自由の保障を手放しはしないと」。

リンドバーグの反応は数日後に現われた。孤高の鷲(ローン・イーグル)の飛行服に身を包み、ある朝早く、新たな愛機たるロッキード双発防空戦闘機でワシントンを発ってアメリカ国民に直接会いに行き、私が為す決断はすべてひとえに国民の皆さんの安全を高め安寧を保障することを意図しているのですと請けあって回ったのである。少しでも危機の兆しが見えるたびに、こうして国中の都市に飛んでいくことでリンドバーグは対処した。今回は防空戦闘機の驚異的なスピードも手伝って、一日に四つ、五つの都市を回りさえした。飛行機が着陸するところどこでもラジオ局のマイクが群れをなし、地元有力者、通信社特派員、地元紙記者が待機して、あの飛行用防寒服を着て革帽をかぶった若き大統領を一目見ようと数千の市民が集まっていた。着陸するたび、自分がエスコートなしに、シークレットサービスや空軍の護衛も受けずに全米を飛んで回っていることをリンドバーグは誇示した。アメリカの空はそれほど安全だと私は思っているのです、私が政権に就いてわずか一年ちょっとで戦争の脅威をすべて追い払ったいまアメリカはそれほど安全なのです、というわけだ。自分が大統領になって以来、ただ一人のアメリカ人の若者の命も危険にさらされていないことをリンドバーグは人々に訴え、自分がこの座にある限り今後も危険にさらしはしないと誓った。アメリカの皆さんは私のリーダーシップに信を置いてくださったのであり、皆さんに対して為した約束を私はこれまですべて守ってきたのです、と彼は訴えた。

リンドバーグが言ったこと、言わんとしたことはそれで全部だった。フォン・リッベントロップの名もＦＤＲの名も出さず、ドイツ系アメリカ人協会やアイスランド協定にも触れない。ナチスを支持する発言も、ナチス指導者とその目的への共感を示す言葉もいっさいなければ、ドイツ軍が冬の敗北から回復しソビエト戦線全域でソ連共産軍が東へ東へと最終的敗北に向けて追いやられつつある事態を是認するそぶりもいっさいなし。とはいえ、アメリカじゅう誰もが知っていた。共産主義がヨーロッパに広がりアジア中近東に広がり、さらにはアメリカの属す半球にまで広がるのを防ぐ最良の手段は、第三帝国の軍事力がスターリン率いるソビエト連邦を絶滅させることである――これが大統領の、そして共和党主流右派の揺るがぬ確信なのだ。

控え目で言葉少ない、人を魅了する態度で、飛行場に集った群衆、そしてラジオ聴取者たちに向かってリンドバーグはわが名を名のり、自分が為したことを告げる。次の行き先に向かうべく愛機にふたたび乗り込むころにはもう、フォン・リッベントロップを招いたホワイトハウスの晩餐会に次いで、今度は独立記念日の週末に大統領夫人がヒトラーとその女友だちをホワイトハウスのリンカーン・ベッドルームの客として招く予定だと告げたとしても、人々はやはりリンドバーグを、民主主義の救世主と喝采したことだろう。

私の父の幼なじみシェプシー・ターシュウェルは、一九三五年、ブロード・ストリートの〈ニューズリール・シアター〉が街で唯一のニュース映画専門館として開館して以来ずっと、映写技師兼編集者として働いていた。プログラムは一時間の長さで、ニュースクリップ、短篇映画、『時代の歩み(ザ・マーチ・オブ・タイム)』から構成され、毎日早朝から真夜中まで上映されていた。毎週木曜に、パテ社、パラマウント社が送ってくる何千フィートものフィルムから、ミスタ・ターシュウェルら四人の編集者が厳選してつなぎ合わせ、最新のプログラムを作り上げる。これを私の父のような常連が観て——館はクリントン・ストリートにある父の勤務先から数ブロックのところにあった——全米ニュース、世界の重要な出来事、スポーツ名場面などを一通りフォローするのだ（ラジオの時代にあって、スポーツの映像が観られるのは映画館だけだった）。父は毎週どこかで時間を作ってプログラムを一通り観るよう努め、帰ってくると夕食の席で、観てきた出来事や人物のことを私たちに語った。東条。ペタン。バティスタ。デ・ヴァレラ。アリアス。ケソン。カマチョ。リトヴィノフ。ジューコフ。ハル。ウェルズ。ハリマン。ダイズ。ハイドリヒ。ブルム。クヴィスリング。ガンジー。ロンメル。マウントバッテン。ジョージ王。ラガーディア。フランコ。ピウス十二世。しかもこれは、ごく一部にすぎない。ニューズリールが報じる、私たちがいつの日か、私たち自身の子らに伝えるに値する歴史として思い出すことになるはずだと父が言う、さまざまな出来事の主役を演じた人物たちの莫大なキャスト、そのごく一部にすぎないのだ。

「だって、歴史って何だ？」と父は、夕食時にありがちな、上機嫌な教師気分のときに、はじめから答えのわかっている問いを口にした。「歴史ってのは、あらゆるところで起きているすべてのことさ。ここニューアークだってそのなかに入ってる。ここサミット・アベニューだって入ってる。普通の人間の身に、わが家で起きていること、それだっていつの日か歴史になるのさ」

ミスタ・ターシュウェルが週末に出勤するときは、息子たちをさらに教育すべく、父は私とサンディをニューズリール・シアターに連れていった。ミスタ・ターシュウェルがフリーパスを切符売り場に預けてくれていて、プログラムが終わったあと私たちは父に連れられて映写室に上がっていき、そのたびにミスタ・ターシュウェルからいつも同じ公民科の講義を聞かされた。曰く、民主主義社会にあって、時事問題に通じておくのは市民最大の義務であり、最新ニュースを知りはじめるにはいくら早くても早すぎるということはない。私たちが映写機のそばに集まると、機械の部品一つひとつの名称をミスタ・ターシュウェルは口にし、それから、壁に並んだ額縁入り写真をみんなで眺める。どの写真も、この館がオープンしたときの、人々が黒の蝶ネクタイ姿で集い、ニューアーク最初にして唯一のユダヤ系市長マイアー・エレンスタインがロビーに渡されたリボンにハサミを入れ、来賓著名人たちに歓迎の辞を述べた晩の写真である。写真を指さしながらミスタ・ターシュウェルは、ここには元駐スペイン大使やバムバーガー百貨店創立者も交じっているのだと言った。

ニューズリール・シアターで私が特に気に入っていたのは、人を通すときに大人でも席を立たなくていいくらい座席がゆったり据えられていること、映写室が防音と謳われていること、ロビーの絨毯にリールの模様が入っていて出入りするときにそれらを踏んで歩けることだった。もっとも、一九四二年、サンディが十四で私が九つのときに、土曜日に二週連続で父に連れられて、最初の週はマディソンスクエア・ガーデンへドイツ系アメリカ人協会の集会を見に、次の週は反リッベントロップ集会で演説するＦＤＲを見にシアターへ行った以前に関しては、私に思い出せるのはローエル・トマスとビル・スターンの声くらいである（トマスは政治ニュースの大半を担当し、スターンはスポーツを熱く報道した）。けれどドイツ系アメリカ人協会の集会とFDRの演説は忘れていない。行進しながらリッベントロップの名を、あたかもいまや彼が合衆国大統領になったかのように唱えている協会員たちの姿は私の胸に強い憎悪の念を呼び起こしたし、反リッベントロップ集会に集った人々に向かってFDRが「私たちが唯一恐れるべきはチャールズ・A・リンドバーグがナチスの友人たちに追従し屈服することです」と宣言したとき、映画館の観衆の半分はブーイングを発しシーッと非難の息を吐き、残り半分は――私の父もその一人だった――目一杯大きな拍手を送ったのだ。私はそのとき、ここブロードウェイ・ストリートで真っ昼間から戦争が始まるんじゃないか、暗い映画館の外に出たらニューアークの街が瓦礫の山になっていて建物の残骸から煙が立ちのぼりそこらじゅう炎が上がっているんじゃないか、そう思いさえした。

ニューズリール・シアターでの二週続けての土曜の午後、プログラムを最初から最後まで観るのはサンディにとって容易ではなかった。そうとわかっていたから、はじめは父に誘われても行くことを拒み、命令されてやっと一緒に来ることに同意したのだった。一九四二年の春、サンディはもう、高校が始まるのを数か月後に控えた、痩せた長身のハンサムな少年で、服装はこざっぱりとして髪にもきちんと櫛が入れられ、立っても座っても姿勢は陸軍士官学校の生徒のように完璧だった。さらに、庶民団の若き先導的スポークスマンを務めた経験が、この歳にしては稀な貫禄をつけ加えていた。大人にまで感化を及ぼす才にサンディがかくも長けていることが判明し、近所の年下の子供たちのあいだでも親衛隊が出来て、みんな彼を真似てアメリカ同化局の夏期農業体験プログラムに行こうと頑張っているものだから、私の両親はすっかり驚いてしまった。かつてはまあ普通の、人当たりのよい、似顔絵が上手いのが取り柄の子供と誰もが思っていたのに、いまでは家にいても、何となく前より威圧的だった。私にとってサンディは、歳の差ゆえにはじめからずっと巨大な存在だったが、アルヴィンが彼のことを日和見(オポチユニスト)と呼んで見放したにもかかわらずいまやますます巨大な存在に見えて、賛嘆の念をごく自然に私から引き出していた。そもそもアルヴィンの見方が正しくて、「日和見」という言葉もそのとおりだとしても、それすら私には目ざましい達成のように思えた。世間としっかりつながった、落着きと自覚に裏打ちされた成熟の象徴のように思えたのである。

もちろん、九歳の私には、日和見と言われてもすぐにはピンとこなかったが、それが倫理的にどのくらい蔑まれているかは、そう断じる際にアルヴィンが露骨に示した嫌悪の念と、そのあとに言い足した言葉からはっきり伝わってきた。当時アルヴィンは退院したばかりで、まだひどく落ち込んでいて、自分の気持ちを抑えるような余裕はとうていなかった。

「お前の兄貴はゼロだ」とアルヴィンはある晩、ベッドから私に言った。「ゼロ以下だ」。そうして彼は、「日和見」のレッテルをサンディに貼ったのである。

「そうなの？　どうして？」

「そういう人間だからさ。自分の損得ばかり考えて、ほかのことはいっさいどうでもいいと思ってる。サンディはどうしようもない日和見だよ。それにあのでっかい尖ったおっぱいの、お前のあばずれ叔母さんもそうだ。お偉いラビもそうだ。ベス叔母さんとハーマン叔父さんはまっとうな人たちだ。だけどサンディは――奴らの側にあっさり寝返るなんて！　あの歳で！　あの才能で！　どうしようもないクズだぜ、お前の兄貴は」

寝返る（セリング・アウト）。これも私には新しい言葉だが、もうこれで「日和見」同様に理解するのは難しくなかった。

「絵を描いただけだよ」と私は弁護した。

だがアルヴィンは、それらの絵の意味を私が大したことのないように言うのを許す気分ではなかった。それに彼は、サンディがリンドバーグの庶民団にかかわっていることをなぜかすでに知っていた。私自身は絶対彼には言うまいと決めていたのに、どうやって嗅ぎつけたのか。訊いてみる度胸は私にはなかった。おおかた、ベッドの下のドローイングに偶然出くわしたあとに、ダイニングルームの食器棚の引出しの中も漁ってみたのではないか。そこにしまってある学校のノートやメモ用紙に目を通して、サンディを永遠に憎むに足る証拠を見つけたにちがいない。

「そういうことじゃないんだよ」と私は言ったが、言ったとたん、じゃあどういうことなのか自問するしかなかった。「僕たちを護るためにやってるんだよ」と私は宣言した。「僕たちが厄介事に巻き込まれないように」

「俺のせいでな」とアルヴィンは言った。

「違うよ！」

「だけどサンディはそう言ってるんだろ。アルヴィンのせいで一家が厄介事に巻き込まれないようにって。そう言って、ああいう下司な真似に理屈をつけてるんだろ」

「だけどほかにどんな理由があるの？」と私は精一杯子供らしく無邪気に、かつ子供ながらありったけの狡猾さを弄して訊いた。訊きながらも、兄を護ろうとして口走った馬鹿な嘘のせいでますますのっぴきならぬ対立に陥ってしまった事態をどう切り抜けたらいいのか、およそ見当もつかずにいた。「助けようとしてやってるんだったら、ああいうことして何が悪いのさ？」

アルヴィンは「心にもないこと言うなよ、坊主」と答えただけだったし、言いあいでアルヴィンに敵いはしない私も、そのとおりだと納得するしかなかった。でも、ああ、これは二重生活なんだとサンディが本当に言ってくれたら！　彼が本当に、どうしようもなくひどい状況のなかで最善を尽くそうと、私たちを護ろうとして親リンドバーグのふりをしているだけだったら！　けれど、ニューブランズウィックのユダヤ教会の地下室でユダヤ人の大人たちに講釈しているサンディの姿を見た私には、自分の言っていることをサンディがどれほど確信しているか、自分が注目されてどれほど喜んでいるかがよくわかっていた。私の兄はいまや、大物になる素地が自分のなかに並外れてあることを発見していた。だから、リンドバーグ大統領を讃える演説を行ない、自分が描いたリンドバーグのドローイングを披露し、非ユダヤ人の牙城たる大陸中心部を訪れたユダヤ人農場労働者として過ごした八週間の効用と恩恵を（エヴリン叔母が書いた言葉を使って）公の場で称揚するさなかにも——白状するなら私だってやりたかったと思うようなことをやり、アメリカ中どこでも正常で愛国的と見なされ自分の家においてのみ異常で奇矯と見なされるふるまいに携わるさなかにも——サンディはすべてをとことん楽しんでいたのである。

やがて、ふたたび歴史が特大規模で侵入してきた。リンドバーグ大統領夫妻から浮き出し印刷の招待状が届いて、ラビ・ライオネル・ベンゲルズドーフとミス・エヴリン・フィンケルが、一九四二年四月四日土曜夜、ドイツ外務大臣を迎えて開かれる公式晩餐会に招かれたのだ。単独飛行で全米三十の都市を回った結果、虚飾を排した実際家、平易な言葉の庶民派というリンドバーグ人気は、リッベントロップを主賓とするこの晩餐会をウィンチェルが「今世紀最大の失態」と断じる前よりもっと高まっていた。じきに国中の、主として共和党系の新聞の社説が、失態を犯したのはFDRと民主党の方だと囃し立てた——ホワイトハウスが外国要人のために開く友好的な晩餐会を、邪悪な陰謀ででもあるかのように意図的にねじ曲げるとは、というわけだ。

招待の話を聞いて仰天はしたものの、私の両親としては手の打ちようもなかった。何か月か前、二人はすでに、エヴリンが道を誤った少数のユダヤ人に仲間入りし、目下の権力者に仕える下っ端となり果てたことへの失望を本人にはっきり伝えていた。ここでまたもう一度、彼女が合衆国大統領と行政上わずかにつながっていることに文句をつけても始まらない。何といっても、彼らにはもうわかっていた。エヴリンを衝き動かしているのは、教員組合にかかわっていた日々に感じられたようなイデオロギー上の確信ではないし、単なる卑屈な政治的野心でもない。彼女の原動力は、デューイ・ストリートの屋根裏部屋に住む侘しい代用教員の境遇からラビ・ベンゲルズドーフに救い出され、シンデレラのごとく奇跡的に宮廷で暮らす身に変容したゆえの興奮なのだ。けれども、ある晩エヴリンが出し抜けに電話してきて、リッベントロップ晩餐会にサンディも同行できるようラビと二人で手配した、と母に告げたときには……さすがに、はじめは誰一人信じようとしなかった。私たちのささやかなコミュニティから、『時代の歩み』に出演するようなステータスへとエヴリンが一夜にして移行したことだっていまだ呑み込みがたいのに、それがサンディまで？　サンディがユダヤ教会の地下室でリンドバーグの宣伝をするだけで、十分ありえないことじゃなかったのか？　こんな話とにかくありえない、そう私の父は強く言った――つまり、そんなことがあってはならない、信憑性はひとまず措くとしてもそんなおぞましいことがあるはずはない、という意味だ。「要するに、お前の叔母さんは頭が変だってことだ」と父は私の兄に言った。

実際、そうだったかもしれない。にわかに生じた己の重要性を過大視したゆえに、エヴリンは事実一時的に変になっていたのかもしれない。でなければどうして、そんな重大な催しに十四歳の甥も招いてもらおうなどと大それたことを思いつくだろう？　自分のことしか頭にない、社会の梯子を上昇中の、頭に血がのぼった人間特有の執拗さでもなければ、いったいどうしてそんな途方もない要求をホワイトハウスに対して為すようラビ・ベンゲルズドーフを説き伏せたりできるだろう？　電話口で私の父は、精一杯穏やかに話していた。「もうこんな馬鹿な話はたくさんだよ、エヴリン。うちの家族は有名人なんかじゃないんだ。俺たちのことは放っておいてほしいね。もうただでさえ、普通の人間には耐えがたいことがありすぎるんだから」。だが、出来のよい甥を無知な義兄の卑小な暮らしの桎梏から解放してやろう、自分と同じように世の中で主導的な役割を演じられるようにしてやろうという叔母の決意は、もはや揺るぎようがなかった。サンディは庶民団の成功の証しとして晩餐会に出席するのだ。まさしく庶民団全米代表として出席するのであり、ゲットー暮らしの父親なぞに、彼を――そして彼女を――止められはしない。彼女は車に乗り込み、十五分後に激突が生じた。

　電話を切ると、父は激しい怒りを隠そうともせず、まるでモンティ伯父のようにどんどん大声になっていった。「ドイツじゃヒトラーは少なくとも、ユダヤ人をナチ党から排除するだけの節度はわきまえてる。それと腕章があって、それと強制収容所があって、汚らしいユダヤ人は歓迎されてないってことは少なくともはっきりしてる。だけどここじゃナチスが、ユダヤ人を仲間に入れるふりをする。なぜだ？　ユダヤ人を安心させて眠らせるためさ。アメリカは万事最高なんだっていう馬鹿げた夢で安心させて眠らせるためさ。だけどこれは何なんだ？」と父は叫んだ。「これって何だ？　ユダヤ人を招いて、血で汚れたナチス犯罪者と握手させようってのか？　信じられん！　奴らの嘘、奴らの陰謀、一分たりとも止みやしない！　最高の子、一番才能ある子、一番頑張り屋で一番大人の子を見つけて……冗談じゃない！　いまサンディに対してやってることだって十分俺たちへの侮辱なんだ！　どこへも行かせないぞ！　俺の国はもう盗まれたけど、この上息子まで盗まれてたまるか！」

「だけど誰も侮辱なんてされてないよ」とサンディが叫んだ。「これってものすごい機会（オポチュニティ）なんだよ」。「日和見の人間（オポチュニスト）にとってはね」と私は思ったが、口には出さなかった。

「じっとしてろ」と父はサンディに言った。それだけだった。その静かな厳めしさが、怒りよりもっと雄弁に、いま自分が人生最悪の瞬間に直面しかけていることをサンディに思い知らせた。

　エヴリン叔母が裏口のドアをノックしていた。私の母が開けに行った。「あの女、今度は何する気だ？」と父が母の背中に呼びかけた。「放っといてくれって言ったのに、のこのこやって来て――頭がおかしいにもほどがある！」

　私の母も、父の決意にまったく異論はなかったが、それでもいちおう、台所を出ていくにあたって、すがるような視線を父の方に投げかけていった。これまでもサンディの熱意につけ込んできたエヴリンの無謀な愚かしさにおよそ酌量（しゃくりょう）の余地はなくても、それでも少しは考えてやってほしいと無言で父に頼み込んでいたのだ。

　私の両親の無理解ぶりに、エヴリン叔母は仰天した（あるいは仰天するふりをした）。サンディの歳の子にとって、ホワイトハウスに招かれるというのがどういうことなのか、ホワイトハウスの晩餐会に出席したということが将来どれだけ意味を持つか、ホワイトハウス……「ホワイトハウスが何だって言うんだ！」と私の父は、エヴリンが「ホワイトハウス」

と十五回目くらいに言ったところでそうどなってテーブルをげんこつで叩き、彼女を黙らせた。「問題はホワイトハウスじゃない、ホワイトハウスに住んでる人間だ。そしてその人間はナチスだ」。「違うわよ！」とエヴリンは言い張った。「じゃあお前、ヘア・フォン・リッベントロップもナチスじゃないって言う気か？」。するとエヴリンは父を、怯えた、狭量な、野蛮な、偏見のかたまりと罵り……父は彼女を、何も考えない、何でも真に受ける、成り上がることしか頭にない人間と呼び……テーブルをはさんで言い争いは続き、どちらも非難の言葉を唾混じりに吐き出してますます相手の激昂を煽り、やがてとうとう、エヴリン叔母の口にした一言で——実のところそれ自体は比較的穏やかな、ラビ・ベンゲルズドーフがサンディのためにさんざん手を回してくれたのにといった内容だった——もはやその馬鹿馬鹿しさに忍耐も限界に達し、父はテーブルから立ち上がり、出ていけとエヴリンに言った。そして台所を出て、裏口前の廊下に行き、ドアを開けて、そこから彼女に「出ていけ。帰れ。戻ってくるな。二度とこの家に顔を出すな」と言った。

エヴリンは自分の耳を疑ったし、私たちもそうだった。私にはそれはジョークのように、アボット・アンド・コステロの映画の科白みたいに聞こえた。出ていけ、コステロ。そういう真似やめないんだったら、この家を出て二度と戻ってくるな。

三人の大人がお茶を前に座っていた場所から母が立ち上がり、父のあとを追って裏口前の廊下に出た。

「あの女は大馬鹿だよ、ベス」と父は母に言った。「何もわかってない子供じみた大馬鹿だよ。危険な大馬鹿だ」

「ドア、閉めてちょうだい」と母は父に言った。

「エヴリン」と父は声を上げた。「さあ。いますぐ。出ていけ」

「お願い、やめて」と母が小声で言った。

「お前の妹が俺の家から出ていくのを俺は待ってるんだ」と父は答えた。

「あたしたちの家よ」と母は言って、台所に戻ってきた。「エヴ、帰んなさい」と母は穏やかに言った。「まずはみんな頭を冷やさないと」。エヴリン叔母は顔を両手で覆ってテーブルの上に伏せていた。母は彼女の腕をとって、立ち上がらせ、裏口まで連れていって一緒に外へ出た。押しの強い、活気に満ちた私たちの叔母は、まるで銃弾を受けて瀕死の状態で運ばれていく人間のように見えた。やがて父がドアをばたんと閉めるのが聞こえた。

「パーティだと思ってるんだ」と父は、戦闘の余波を見ようと廊下に出てきたサンディと私に言った。「ゲームだと思ってるんだ。お前たち、ニューズリール・シアターに行ったよな。父さんが連れてったよな。あそこで何を見たか、わかってるよな」

「うん」と私は言った。兄が喋るのを拒んでいるので、自分が何か言わないといけない気がしたのだ。アルヴィンによる容赦ない排斥にもサンディは静かに耐え、ニューズリール・シアターにも静かに耐え、そしていま、大好きな叔母の追放に静かに耐えている。十四歳にしてすでに、一族の強情な男たちと肩を並べ、何があっても屈しない気でいる。

「ゲームなんかじゃない」と父は言った。「戦いなんだ。覚えておけよ——戦いなんだ！」

うん、と私はもう一度言った。

「世の中じゃ……」だが父はそこで口をつぐんだ。母が戻ってきていなかったのだ。九歳の私は、母がもう二度と戻ってこないと思った。そして四十一歳の父もそう思ったかもしれない。さんざん苦労してきて、いろんな恐怖から自由になっていた父も、かけがえのない妻を失う恐怖からは自由でなかった。破局はいまや誰の心にも迫っていた。父はいま、自分の子供たちを、ミセス・アクスマンが神経衰弱に陥った夜のアール・アクスマンと同じく突如母を失った身であるかのような目で見ていた。表側の窓から外を見ようと父が居間に行くと、サンディと私もあとにくっついて行った。エヴリン叔母の車はもう道端に駐まっていなかった。そして私の母は歩道にも玄関前の階段にもいなかったし、建物脇の通路に出てもいなければ道の向こうにも見当たらなかった。母の名を呼びながら父が地下室の階段を駆け下りていったが、地下室にもやはりいなかった。セルドンとその母親のところにもいなかった。私の父がノックして三人とも中に入れてもらうと、息子と母は台所で食事中だった。

私の父がミセス・ウィッシュナウに、「ベスを見ませんでしたか?」と訊いた。

ミセス・ウィッシュナウはでっぷりした、大柄でぎくしゃくした体つきの女性で、両のこぶしをいつもぎゅっと握りしめていた。私にはびっくりの話だったが、大戦前に第三区で家族と一緒に暮らしていたころの彼女を父は知っていて、当時はよく笑う快活な女の子だったという。いまや母親にして一家の稼ぎ手ともなった彼女が、セルドンのために日々骨身を削っていることを私の両親はしじゅう褒めたたえていた。彼女の人生が戦いであることは間違いなかった。握りこぶしを見ればわかる。

「どうしたんです？」と彼女は父に訊いた。

「ベス、ここにいませんか？」

セルドンが私たちに挨拶しようと食卓から立ち上がった。父親が自殺して以来、彼をうとましく思う私の気持ちはますます強まっていた。毎日の放課後、セルドンが一緒に下校しようと表で待っているとわかると私は学校の裏手に隠れた。そして朝も、私たちの住んでいるアパートは学校と目と鼻の先なのに、早々と忍び足で階段を降り、セルドンが出てこないうちにと十五分早く家を出た。けれど夕方には、なぜかかならず彼と出くわしてしまう。たとえチャンセラー・アベニューの丘の向こう端にいるときでも、私がお使いか何かの用事で歩いていると、偶然出会ったような顔でセルドンが現われ、うしろからついて来るのだ。そして、私にチェスを教えようとセルドンがわが家のドアをノックするたび、私は居留守を使った。母がいると、一緒に遊べばいいじゃないのと言われ、よりによって私が一番忘れたいと思っていることをまたしても聞かされた。「あの子のお父さんはチェスがすごく上手だったのよ。何年も前、Y（YMHA＝ヘブライ青年会）でチャンピオンだったのよ。セルドンもお父さんから教わって、いま誰も一緒にやる相手がいないから、あんたと一緒にやりたがってるのよ」。チェスなんて好きじゃないしよくわからないしルールも知らない、と私は言ったが、結局断りようはなく、やがてセルドンがチェスボードと駒のセットを持って現われ、食卓をはさんで二人向かいあわせに座る。するとセルドンはただちに、父親がどうやってこのボードを作りどうやってセットを見つけたかを例によって語り出すのだった。「ニューヨークに行ってね、どことどこの店がいいかちゃんと知ってたから、ぴったりのやつを見つけたんだよ——どう、綺麗だろう？　特別な木で出来てるんだよ。で、ボードは父さんが自分で作ったんだ。木を見つけてきて、自分で切って——ほら、みんな色が違うだろ？」。恐ろしい死に染まった父親の話がえんえん続くのをやめさせるには、学校で聞いた最新のトイレット・ジョークをセルドンに浴びせるしかなかった。

上の階に戻ると、私は悟った。父はミセス・ウィッシュナウと結婚することになるのだ。そのうちある晩、父と私とサンディとで裏階段を使って荷物を降ろし、ミセス・ウィッシュナウとセルドンの住居に移って、登校時も下校時ももう二度とセルドンを避けられなくなるのだ。私から絶えず生気を吸いとろうとするセルドンから、もはや逃げようはない。そして学校から帰ってきたら、私はコートを、セルドンの父親が首を吊ったクローゼットにしまわないといけない。サンディは、アルヴィンがうちにいた時期そうしたようにウィッシュナウ家のサンルームで寝て、私は奥の寝室でセルドンと並んで眠り、もうひとつの寝室では私の父が、セルドンの母親とその握りしめたこぶしの隣で、セルドンの父親がかつて眠っていた場所で眠るのだ。

私は交差点に行ってバスに乗って消えてしまいたかった。アルヴィンからもらった二十ドルは、まだクローゼットの奥の靴の先に隠してある。あの金を出して、バスに乗って、ペン・ステーションでフィラデルフィア行きの片道切符を買えばいい。フィラデルフィアでアルヴィンを探し出し、もう二度と家族とは暮らさない。アルヴィンと一緒に住んで、「切株」の世話をして暮らすのだ。

母はエヴリン叔母を寝かしつけたあとに電話してきた。ラビ・ベンゲルズドーフはワシントンに出かけていたが、エヴリンと電話で話し、そのあと母とも話した。あんたの阿呆な亭主とは違って私は何がユダヤ人の利となって何はならないかちゃんと心得てるんだ、とラビは母に言った。ハーマンがエヴリンにした仕打ちは忘れないからな、私だって彼女が頼むから甥っ子のためにさんざん手を尽くしたんだぞ。いずれ時が来たらしかるべき行動に出るからな、とラビは言い捨てて母との会話を締めくくった。

十時ごろ、父は母を迎えに車で出かけていった。母がサンディと私の寝室に入ってきたとき、私たちはもうパジャマに着替えていた。母は私のベッドに腰かけて、私の手を握った。こんなに疲れきった母を見るのは初めてだった。ミセス・ウィッシュナウみたいに生気が抜けきってはいないけれど、かつての、夫が家に持ち帰る週五十ドル以下の給料で一家四人やっていくことだけが心配事だったころの、自分自身にしっくり馴染(なじ)んで元気一杯生きていた、満ち足りた心の、疲れを知らぬ母とは似ても似つかなかった。繁華街での仕事、維持すべき家庭、気性の激しい妹、頑固者の夫、強情な十四歳の息子、心配性の九歳の息子、こうしたすべてが同時に押し寄せ、あれこれ無理を強いてきても、このやりくり上手な女性にとって過度な重荷ではなかったかもしれない——そこにリンドバーグさえいなかったら。

「ねえサンディ」と母は言った。「どうしようかしら？　どうしてあんたが行くべきじゃないと父さんが思ってるか、母さんから説明しようか？　そういうこと、二人で静かにやれるかな？　そのうち何もかも話しあわないとね。あんたとあたしと二人っきりで。父さんはときどきカッとなっちゃうけど、母さんはそうならない。それはわかってるでしょ。母さんはあんたの話をちゃんと聞くって信じてくれるわよね。でもとにかく、いま起きてることを全体から見通さなくちゃいけないのよ。あんたがこういうことにこれ以上深入りするのは、もしかしてほんとによくないのかもしれない。もしかして、エヴリン叔母さんは間違いをしでかしたのかもしれない。叔母さんはちょっと興奮しすぎてるのよ。前からずっとそうだったのよね。何か普通じゃないことがあると、とたんにもう、全体が見えなくなっちゃうのよ。それで父さんは……もっと続きを話そうか、それとももう寝たい？」

「好きにしなよ」とサンディはにべもなく言った。

「もっと話してよ」と私が言った。

母はにっこり笑って私を見た。「どうして？　あんた、何を知りたいの？」

「みんな何をそんなにどなり合ってるのか」

「それはね、みんなが違うふうに物事を見てるからよ」。私にお休みのキスをしながら、母は「みんないろいろ、考えてることがあるのよ」と言ったが、サンディにキスしようと彼のベッドの方にかがみ込むと、サンディはそっぽを向いて顔を枕に埋(うず)めた。

ふだん父は、サンディと私が目を覚ます前に仕事に出かけていたし、母も早起きして父と一緒に朝食を食べてから、私たちのお弁当のサンドイッチを作って蠟紙で包んで冷蔵庫に入れ、私たち二人の登校の支度が出来たことを確かめたのちに自分も仕事に出かけるのだった。ところがこの翌日、父は出勤を遅らせて、サンディがなぜホワイトハウスには行かず今後OAAのプログラムにもいっさい参加しないことになるのか、その理由をこんこんと説いた。

「リッベントロップの仲間は」と父はサンディに言った。「俺たちの味方なんかじゃない。ヒトラーがヨーロッパ相手に使った汚い手口すべて、ヒトラーがよその国々相手についた汚らわしい嘘すべて、どれもミスタ・フォン・リッベントロップの口から広まったのさ。いつの日かお前もミュンヘンで何があったかがわかるだろうよ。協定を書いた紙の値段ほどの値打ちもない協定に署名するよう、ミスタ・チェンバレンを丸め込むにあたってミスタ・フォン・リッベントロップが果たした役割がわかるだろうよ。この男のことを『PM』がどう書いてるか読んでみろよ。この男のことをウィンチェルがどう言ってるか聞いてみろよ。フォン・リッベンスノッブ（スノッブは「俗物」の意）外務大臣、ってウィンチェルは呼んでるよ。戦争前にあいつが何して食ってたか知ってるか？　シャンパンを売ってたのさ。酒類販売業だよ、サンディ。ニセモノさ。金ずくの、泥棒の、ニセモノさ。名前の『フォン』だってニセモノだ。でもお前は、そんなこと何も知らない。フォン・リッベントロップのこともゲーリングのことも知らないし、ゲッベルスもヒムラーもヘスも知らない。でも父さんは知ってるんだ。ヘア・フォン・リッベントロップがナチスの犯罪者どもに酒飲ませてご馳走ふるまうオーストリアの城の話は聞いたことあるか？　知ってるか、どうやってその城を手に入れたか？　ぶん捕ったのさ。持ち主だった貴族をヒムラーが強制収容所にブチ込んで、城はいまじゃ酒類販売業者の所有物になってるんだよ！　ダンツィヒってどこだか知ってるかサンディ、そこで何があったか知ってるか？　ヴェルサイユ条約って何のことかわかるか？　『わが闘争』って聞いたことあるか？　ミスタ・フォン・リッベントロップに訊いてみろよ、教えてくれるから。父さんも教えてやるよ、ただしナチスとは違う見方からだけどな。父さんは物事を追ってるんだ、読むべきものを読んでるんだ。この犯罪者連中の正体、父さんは知ってるんだよ。だからお前を奴らのそばに寄らせるわけには行かん」

「父さんのこと、絶対許さない」とサンディは答えた。

「許すわよ」と母がサンディに言った。「いずれあんたにもわかるわよ、父さんがすべてあんたのためを思ってるってこと。父さんの言うとおりなのよ、ほんとよ――ああいう人たちとつき合っちゃ駄目。あの人たち、あんたを道具にしようとしてるだけよ」

「エヴリン叔母さんはどうなんだよ？」とサンディは訊いた。「叔母さんも僕を『道具』にしてるのかよ？　ホワイトハウスに僕が招待されるようにしてくれる――それも『道具』にすることなのかよ？」

「そうよ」と母は、悲しそうに言った。

「違う！　そんなの嘘だ」とサンディは言った。「悪いけど、エヴリン叔母さんを裏切るわけには行かないよ」

「お前の言うそのエヴリン叔母さんが、俺たちを裏切ったんだよ」と父が言った。「何が庶民団だ」と父は吐き捨てるように言った。「綺麗ごと言っておいて、狙いはただひとつ、ユダヤ人の子供たちを同調者に仕立て上げて、親と敵対させることさ」

「そんなのデタラメだ！」とサンディは言った。

「やめなさい！」と母が言った。「いますぐやめなさい。あんたわかってるの、この界隈でこんなことやり合ってるのはうちだけなのよ。近所じゅうで唯一、この家だけなのよ。よそはみんなもう、選挙前と同じ暮らしを続けることに決めて、大統領が誰なのかも忘れようとしてる。うちもこれからそうするのよ。嫌なこともあったけど、もうそれもおしまい。アルヴィンはいなくなって、これでエヴリン叔母さんもいなくなって、何もかも正常に戻るのよ」

「で、カナダにはいつ移るわけ？」とサンディは母に訊いた。「母さんたちの迫害妄想のせいでさ」

指を一本サンディに向けて、父が言った。「馬鹿な叔母さんの真似はやめろ。二度とそんな口答えするな」

「父さんは独裁者だよ」とサンディは言った。「ヒトラーよりもっとひどい独裁者だよ」

私の両親はどちらも、旧世界からやって来た父親が、昔ながらに力ずくで子供をしつけることをためらわない家庭に育っていた。だからこそ、自分たちはサンディや私に暴力をふるうなんて考えもしなかったし、体罰というもの全般を否定していた。だからいまも父は、ヒトラーよりひどいと自分の息子から言われても、うんざりして顔をそむけ、仕事に出かけただけだった。ところが、裏口から父が出ていったとたん、母が手を上げ、私を仰天させたことに、サンディの顔をひっぱたいた。「あんたわかってるの、父さんがあんたのために何をしてくれたか？」母はサンディをどなりつけた。「まだわからないの、あんたがもう少しで自分をどうしてしまいそうだったか？　さっさと朝ご飯食べて、学校に行きなさい。学校が終わったらまっすぐ帰ってくるのよ。父さんがそう決めたんだから、従うのよ」

ひっぱたかれてもサンディはひるまなかったし、こう言われると反抗心をむき出しにして、自分の英雄ぶりをさらに高めようと、母に向かってこう言ってのけた――「俺、エヴリン叔母さんとホワイトハウスに行くからね。あんたらゲットーのユダヤ人がどう思おうと知ったこっちゃないさ」。

忌まわしい朝をさらに忌まわしくしたことに――この混乱を貫く、神経をズタズタに切り刻むありえなさをさらに高めたことに――そうした息子の反抗に、母は二発目のビンタをもって応じた。すると今度は、さすがのサンディもわっと泣き出した。もし泣かなかったら、私たちの分別ある母親は、その優しい、慈愛に満ちた手を上げて三発目、四発目、五発目のビンタを喰らわせていたことだろう。「母さんはわかってないんだ、自分が何やってるか」と私は思った。「この母さんは別人なんだ――いまはみんな別人なんだ」。そして私が教科書をひっつかみ、裏手の階段を駆け下りて、建物の横の通路を抜けて道路に出ると、これでもまだ今日は十分陰惨でないとでも言うように、セルドンが表の玄関前の階段で、私と一緒に登校しようと待っていた。

二週間ばかり経ったある日、会社からの帰り道、リッベントロップ晩餐会の報道を観ようと私の父はニューズリール・シアターに寄った。そして、映画が終わってからシェプシー・ターシュウェルに会いに映写室に上がっていったとき、来る六月一日、この幼なじみが妻、子供三人、自身の母親、妻の老父母を連れてカナダのウィニペグに移住することを知った。ウィニペグの小さなユダヤ人共同体の代表者たちの援助で、地元映画館での映写技師の仕事も見つかったし、私たちの地元と同じような慎ましいユダヤ人街に、一家みんなで住めるアパートも見つけてもらったという。さらに、カナダの人たちが低金利のローンを組んでくれたおかげで、一家でアメリカから移住する費用も確保できたし、ミセス・ターシュウェルが仕事を見つけて彼女の両親の生活費をカバーできるようになるまで二人の扶養にかかる金も何とか工面できそうだった。ミスタ・ターシュウェルは私の父に、生まれ育った街を離れて長年の友人たちと別れるのは辛いし、ニューアークで一番重要な映画館でのまたとない仕事を捨てるのももちろん残念だと言った。残していくもの、失うものは実に多いのだ。けれども、この何年かずっと、世界中で活動するニューズリール・チームから送られてくる未編集フィルムを観てきたミスタ・ターシュウェルは、一九四一年にリンドバーグとヒトラーのあいだで交わされたアイスランド協定の秘密の意味はもはや疑いようもないと確信するに至っていた。何らかの裏取引があったからこそ、ヒトラーがまずソビエト連邦を敗北させ次にイギリスを侵略し征服することも可能になったのだし、それがあって初めて（そして、日本が中国、インド、オーストラリアを打ち破り「東亜新秩序」を完成させて初めて）、いまやアメリカの大統領が「アメリカ・ファシスト新秩序」を打ち立てることが可能になったというのだ。ヒトラー独裁に範を取ったこの全体主義独裁制によって、やがて最後の大きな、大陸規模の戦闘がくり広げられる——ドイツによる南米侵略、征服、ナチス化。その二年後、ヒトラーの鉤十字がロンドンの国会議事堂の屋根に翻り、旭日旗がシドニー、ニューデリー、北京の空に舞い、リンドバーグが大統領に再選されてふたたび四年の任期を得るとともに、合衆国とカナダの国境は封鎖され、両国の外交関係は断ち切られる。そして、アメリカ国民の目を、憲法上の権利を制限するのもやむを得ぬ重大な国内危機に集中させるべく、アメリカに住む四五〇万人のユダヤ人に対する攻撃が大々的に始まるというのだ。

リッベントロップのワシントン訪問の結果として——そしてリンドバーグ支持層のなかでも一番危険な連中がその訪問を大成功と見なした結果として——これがミスタ・ターシュウエルの達した結論だった。これまで私の父が行なったどの予想よりも、はるかに悲観的である。だから父はこれを私たちに伝えないことにし、ニューズリール・シアターから帰ってきてその晩早くに夕食の席に着いたときも、ターシュウェル一家の差し迫った移住についてはいっさい言うまいと決めたのである。聞かされたら私は怯えるだろうし、サンディは苛立つだろうし、母はいますぐ移住しようと言い出すにちがいない。一年半前にリンドバーグが就任して以来、カナダに避難し永住したユダヤ人家族は二、三百にすぎないと見積もられていた。ターシュウェル家は、父が個人的に知っている初めての逃亡家族だったのであり、彼らの決断を聞いて父としても動揺したのだ。

それに、ナチスのリッベントロップとその妻が、ホワイトハウスの玄関先で大統領夫妻に温かく迎えられているのを映像で見たことの衝撃もあった。さらに、来賓の要人たちが次々リムジンから降りてきて、リッベントロップの面前で食事しダンスすることへの期待に誰もが笑みを浮かべているのを見た衝撃。そしてその客たちのなかに、このおぞましい催しに誰にも劣らず胸を躍らせていると思しきラビ・ライオネル・ベンゲルズドーフとミス・エヴリン・フィンケルの姿があったのだ。「わが目を疑ったね」と私の父親は言った。「あの女ときたら、口が裂けそうなくらいニタニタ笑って。で、花婿候補の方は、まるっきり自分の晩餐会だと思ってるみたいな顔してるんだ。見せてやりたかったね——自分がひとかどの人間だと本気で思ってる様子で、誰彼構わず会釈して！」。「でもどうして観に行ったのよ」と母が父に訊いた。「そんなふうにカッカするってわかってるんだったら」。「それはだな、俺は毎日自分に同じことを問いかけてるからさ——何だってアメリカでこんなことが起きてるんだ？　どうしてこんな連中がこの国を取り仕切ってるんだ？　自分の目で見なかったら、幻覚を見てると思っちまうだろうよ」

夕食はまだ始まったばかりだったが、サンディはフォークを置いて、「でもアメリカでは何も起きちゃいない。なぁんにも」と小声で呟き、席を立った。こうやって席を立つのは、母に顔をひっぱたかれて以来初めてではなかった。このごろはもう、食事どきにニュースのことが少しでも話題になると、サンディは立ち上がり、断りも謝りもせずに私と共用の寝室に消えて、ドアをしっかり閉めてしまうのだった。最初の何回かは、母も席を立ってあとを追い、部屋に入ってサンディと話し、食卓に連れ戻そうとしたが、サンディは机に向かって木炭鉛筆を削ったり鉛筆でノートにいたずら描きをするばかりだったので、母も結局あきらめて放っておくようになった。私としてはとにかく寂しいので、いつまでこんなことやる気なの、と思いきって訊いてみたが、サンディは私とも口を利こうとしなかった。私は心配になってきた。ひょっとしてそのうち、荷物をまとめて出ていってしまうんじゃないか。エヴリン叔母さんのところではなくケンタッキーの農場に行って、マウィニー一家と一緒に暮らすんじゃないか。名前もサンディ・マウィニーに変えて、私たちはもう二度と彼に会えない――アルヴィンとまったく同じように。誰もわざわざサンディを誘拐する必要はない、自分で自分を誘拐して、わが身をキリスト教徒に明け渡し、もうユダヤ人とはいっさいかかわらなくなるだろうから。誰もサンディを誘拐する必要はない、ほかのみんなと一緒にリンドバーグにすでに誘拐されたんだから！

サンディのふるまいにあまりに心乱されたせいで、私は毎晩の宿題を、サンディの目の届かない食卓でやるようになった。そのせいで、父の言葉を耳にすることになったのである。そのとき父は、母と二人で居間にいて、夕刊を読みながら――サンディは敵意もあらわに独り奥の部屋にこもっている――母に向かって、わが家にこうして争いが生じている状態こそリンドバーグたちの狙いなんだ、ユダヤ人迫害者たちは庶民団のようなプログラムを通してまさにこういう不和をユダヤ人の親子間に引き起こそうと目論んでいるんだと言っていた。でもそのことを見抜いているからこそ、シェプシー・ターシュウェルのあとを追ってこの国を去ったりはしまいという気持ちはますます強まったと父は言った。

「何の話よ？」と母は言った。「ターシュウェルがカナダに移るっていうの？」。「うん、六月に」と父は答えた。「なぜ？　なぜ六月なの？　六月に何があるの？　そのことにいつ知ったの？　どうしていままで言わなかったの？」。「お前が取り乱すとわかってたからさ」。「そりゃ取り乱すわよ——当然でしょ？　なぜよ」と母は問いつめた。「なぜなのよハーマン、なぜあの人たち六月に出ていくの？」。「シェプシーの判断によれば、その時が来たからさ。まあその話はよそう」と父は穏やかな声で言った。「坊やが台所にいて、ただでさえ怯えてるんだから。もうその時だってシェプシーが思うんだったら、それは本人と家族にとっての決断であって、こちらとしては彼らの幸運を祈るしかないさ。シェプシーは毎日何時間も最新ニュースを観てる。ニュースが奴の生活なのさ。そしてニュースはひどいのばかり、と来れば考え方だって影響される。その結果の決断がこれってわけさ」。「あの人がその決断に達したのは」と母が言った。「あの人には情報があるからよ」。「情報なら俺にだってある」と父は強い口調で言った。「俺だって情報は負けずに仕入れてるさ。そして俺は、違う結論に達した。お前わからないか、ユダヤ人を迫害するごろつきどもが、俺たちが逃げ出すのを望んでるってことが？　ユダヤ人が何もかもにうんざりするように仕向けて、永久にいなくなればいいと思ってるんだ。そうすりゃ非ユダヤ人（ゴイム）がこの素晴らしき国を独り占めできるからな。ふん、こっちにはもっと名案があるさ。あいつらが出ていけばいいんだ！　みんな揃ってナチス・ドイツに行って、総統の下で暮らせばいいじゃないか！　そしたら俺たちの手に素晴らしき国が残る！　いいか、シェプシーは自分が正しいと思うことをやればいい、でも俺たちはどこへも行かないぞ。この国にはまだ最高裁があるんだ。フランクリン・ローズヴェルトのおかげで最高裁はリベラルで、俺たちの権利を守るために存在してる。ダグラス判事がいる。フランクファーター判事もいる。マーフィ判事もブラック判事もいる。みんな法を支えるために判事の座に就いてるんだ。この国にはまだまともな人間たちがいるんだよ。ローズヴェルトがいて、イッキスがいて、ラガーディア市長がいる。十一月には下院選挙がある。いまだ投票箱というものがあって、人はいまでも、誰の指図も受けずに投票できるんだ」。「で、みんな誰に投票するの？」と母は訊いて、すぐさま自分で答えた。「アメリカ人たちが投票して、共和党がますます強くなるのよ」。「静かに。声を下げてくれよな」と父は言った。「十一月になれば結果がわかる。そこからどうするか決めても遅くないさ」。「もしもう手遅れだったら？」。「手遅れじゃないって。頼むよ、ベス」と父は言った。「こんなこと毎晩やってられないぜ」。そしてこの父の一言で話は終わったが、たぶんそれは単に、私が台所で宿題をしているので母がそれ以上言いたいのをこらえたからだろう。

翌日、放課後すぐに、私はチャンセラー・アベニューを下ってクリントン・プレイスまで回っていき、そこから高校を越えて、ここなら誰かに出くわす恐れも少ないと思えるところまで行って都心行きのバスに乗り、ニューズリール・シアターへ出かけた。上映スケジュールは前の晩に新聞で調べておいた。四時五分前に一時間のプログラムが始まるから、五時に映画館向かいのブロード・ストリートのバス停で14番に乗れば夕食に間に合う時間に帰れる。

リッペントロップが出てくる時間次第では、もっと早く帰れるかもしれない。とにかく私は、ホワイトハウスにいるエヴリン叔母さんの姿を見たくてたまらなかった。私の両親のように、彼女がやっていることに愕然とし憤慨しているからではなく、彼女がホワイトハウスに行ったという事実自体が、一族の誰の身に起きうる何よりも――アルヴィンの身に起きたことを例外として――すごいことに思えたのだ。

ナチスの大物　ホワイトハウスに招かれる。これが映画館の三角形の突出しの二面に黒い字で書かれた見出しだった。その見出しを目にしたせいで、そして兄ともアール・アクスマンとも父や母とも一緒でなく独り繁華街に来ていることも手伝って、自分がひどい不良になったような気持ちに陥りながら私は切符売り場に行き、切符を下さいと言った。

「大人の付き添いなし？　駄目よ」と切符売りの女性が言った。「僕、孤児なんです」と私は彼女に言った。「ライオンズ・アベニューの養護施設に住んでるんです。リンドバーグ大統領についてレポートを書くよう、シスターに言われてきたんです」。「シスターの許可状は？」。バスに乗っている最中に、ノートの白いページを使って丹念に偽造しておいた許可状を、私は金を渡すスロットの向こう側に押し入れた。私の母が遠足のときなどに書いてくれる許可状を真似して書いてあるが、ただし署名は「シスター・メアリ・キャサリン　セントピーターズ児童養護施設」。女性はそれを読みもせず、チラッと一目見ただけで金を差し入れるよう合図した。アルヴィンからもらった十ドル札の片方を私は出したが――私の歳の子供が持つにはものすごい高額の札だし、セントピーターズの孤児となればなおさら不自然だろう——女性は忙しいのか、余計なことも言わずに釣銭の九ドル五十セントと切符をくれた。ところが、許可状は返してくれない。「それ、要るんです」と私は言ったが、「さっさと行きな」と彼女は苛立たしげに言い、じき始まるプログラムを観ようとうしろに並んでいる人たちに場所を空けるよう私に指図した。

私が館内に入っていくのと同時に照明が暗くなり、軍隊調の音楽が鳴り出して、フィルムが回りはじめた。ニューアークの全男性が（女性はほとんどこの映画館に来ない）ホワイトハウスの珍客を一目見ようと思ったのか、金曜の夕方近くの館内はぎっしり満員で、二階席のずっと奥に一席空きが見えるだけだった。このあと入ってくる客はみな、一階席の最後列のうしろに立つしかない。大きな興奮が私の胸に湧いてきた。やってはいけないことをやってのけたからということもあったが、加えて、無数の煙草の煙と、安物葉巻の強い臭いに包まれていると、大人たちに交じって自分も大人に変装している子供として、一種力強い魔法のただなかにいることがひしひしと感じられたのである。

英国軍マダガスカルに上陸　フランス海軍基地を奪取
ヴィシー仏政権首相ピエール・ラヴァル　英国の行動を「侵略行為」と非難
英国空軍　シュトゥットガルトを三晩連続で空爆
英国戦闘機隊　マルタ上空で凄絶な空中戦
独軍　ケルチ半島でソ連に攻撃再開
マンダレー　ビルマの日本軍の手中に

日本軍　ニューギニア密林で新たに大攻勢
日本軍　ビルマから中国雲南（うんなん）省に進軍
中国ゲリラ軍　広東（かんとん）を急襲　日本兵五百名戦死

無数のヘルメット、軍服、武器、建物、港、海岸、植物、動物、あらゆる人種の人間の顔、それらの違いを別とすれば同じ地獄が何度も何度もくり返される。この上ない惨劇。すべての大国のなかで、合衆国は唯一その悪夢を味わわずに済んでいる。一場面また一場面、はてしない悲惨が続く。火を噴く迫撃砲、体を折り曲げて走る歩兵、ライフルを頭上に掲げ歩いて上陸する海兵隊員、爆弾を投下する飛行機、撃墜されてくるくる錐揉み（きりもみ）して落ちる飛行機、共同墓地、ひざまずく従軍牧師、間に合わせの十字架、沈没してゆく船、溺れる兵士、炎上する海、粉砕された橋、戦車の砲撃、標的にされて真っ二つに裂けた病院、空爆された石油タンクから渦を巻いて上がる火の柱、泥の海に呑まれた捕虜、生きた胴体を乗せた担架、銃剣で刺された一般市民、死んだ赤ん坊、血の泡を発している斬首（ざんしゅ）死体……

　そして、ホワイトハウス。薄明かりの春の晩。広がる芝生に落ちる影。みずみずしい茂み。花盛りの木々。制服を着た運転手付きのリムジン、そこから降りてくる揃って正装した来賓たち。柱廊玄関（ポルチコ）の開いた扉の向こうの大理石の広間から、弦楽アンサンブルが昨年最大のヒット曲を奏でるのが聞こえてくる――ワグナーの『トリスタンとイゾルデ』の主題をアレンジした「インテルメッツォ」。優雅な笑み。静かな笑い声。細身の、誰にも愛される、ハンサムな大統領。その隣は才能ある女性詩人にして大胆な女性飛行士、気品ある社交界婦人にして殺された子供の母親。騒々しく喋る銀髪の主賓。長いサテンのドレスを着たエレガントなナチス配偶者。歓迎の言葉、気の利いた受け答え。宮廷風の仰々しさに染まった、夜会服を一分の隙もなく着こなした旧世界流の紳士が、ファースト・レディの手に雅(みやび)やかにキスしている。

これでもし、鉄十字勲章がなかったら——総統から授けられた、非の打ちどころなく顔をのぞかせている絹のハンカチのすぐ下でポケットを飾っている勲章がなかったら、これほど狡猾なインチキはないというくらい、この上なく洗練されたインチキ。

そしてそこに！　エヴリン叔母さん、ラビ・ベンゲルズドーフが——海兵隊の衛兵の前を通り、玄関口を抜けて、中に消えた！

二人が画面に映っていたのはせいぜい三秒というところだっただろうが、そのあとの全米ニュースも締めくくりのスポーツ名場面集も、いっさい私の頭には入らなかった。私は何度も、フィルムが逆回りして、かつてラビの亡き妻の持ち物だった宝石類をキラキラ光らせて私の叔母が出現する瞬間まで戻ってくれたらと願った。およそありえそうもない出来事がいくつも、カメラによって、反駁(はんばく)の余地なき現実として確定されたにもかかわらず、そのなかで、エヴリン叔母の恥ずべき勝利は、私にとってほかの何にも増して現実感を欠いていた。

プログラムが終わって場内に照明が灯ると、制服を着た案内係が通路に立って懐中電灯で合図していた。「君、一緒に来なさい」と係は言った。

係に連れられて、ロビーから外に出ていきつつある人波のなかに入り、係が鍵を開けたドアを抜けて、狭い階段をのぼって行く。ここはサンディと一緒に、マディソンスクエア・ガーデンでのリッベントロップ集会を見に連れてこられたときにのぼった階段だ。「君、いくつだ？」と係が私に訊いた。

「十六です」

「馬鹿言うな。そんな出まかせ言ってたら、いずれもっと厄介なことになるぞ」

「もう帰らないといけないんです」と私は言った。「バスに乗り遅れちゃいます」

「バスだけで済む話じゃないんだ」

防音で知られる映写室のドアを係がカツカツと叩くと、ミスタ・ターシュウェルが私と係を中に入れてくれた。

ミスタ・ターシュウェルは手に、シスター・メアリ・キャサリンの許可状を持っていた。

「これ、君のご両親にお見せしないわけには行かんね」とミスタ・ターシュウェルは言った。

「ただの冗談だったんです」と私は言った。

「君のお父さんが迎えにくる。お父さんの会社に電話して、君がここにいると知らせた」

「ありがとうございます」と私は、教わっていたとおり精一杯礼儀正しく答えた。

「そこに座っててくれ」

「でも冗談だったんです」と私はくり返した。

ミスタ・ターシュウェルは次の上映に向けてリールを準備していた。ふと周りを見ると、壁に並んでいた、館を訪れた有名人のサイン入り写真があらかた外されている。きっとミスタ・ターシュウェルは、ウィニペグに持っていく思い出の品を集めにかかっているのだろう。いま私に示している厳しい態度も、もっぱらそうした重大な変化が原因なのかもしれない。とはいえ、それに加えて、この人はやたら責任感の強い、自分に関係ないことにまで口を出したがる、やかましいタイプの大人だとも思えた。その見かけからも、喋り方からも、この人が私の父と一緒にニューアークの長屋で育ったとわかる人はほとんどいないだろう。父と同じく、ろくに教育を受けていないスラムの子供として、何よりもまずその不断の、たゆぬ勤勉さによって、移民たる親世代の貧困から這い上がった、ふだんは控え目なこの人は、父のもっとずっと洗練された、よりプライド高きバージョンと言ってよいだろう。この男たちにとって、頼みは己の熱意のみである。ユダヤ人でない上司たちが厚かましさと呼んだものは、たいていの場合、まさにそれだったのだ——彼らにとって唯一の武器たる、熱意。

「いま出れば」と私は言った。「まだバスに乗れて、晩ご飯に間に合うようにうちへ帰れるんです」

「いいからそこにいたまえ」

「でも何がいけないんです？　叔母さんが見たかったんです。こんなのひどい」と私はいまにも泣き出しそうになりながら言った。「叔母がホワイトハウスにいるところを見たかっただけなのに」

「君の叔母さん」とミスタ・ターシュウェルは言って、もうそれ以上何も言うまいと歯を食いしばった。

何にも増して、ミスタ・ターシュウェルがエヴリン叔母さんへの軽蔑を隠さなかったことが引き金になって、私の目から涙があふれ出た。するとミスタ・ターシュウェルの我慢も一気に限界に達した。「君、辛いのか？」と彼は小馬鹿にした口調で訊いた。「何が、何が辛いっていうんだ？ 世界中で人々がどんな目に遭ってるか、君にはわかってるのか？ いま観たニュースの意味、全然理解できなかったのか？ とにかく君の身に将来、本当に泣く理由が訪れずに済むことを願うね。願い、祈るよ、今後の日々君の家族が――」ミスタ・ターシュウェルはにわかに口をつぐんだ。明らかにこの人は、こんなふうにおよそ理性的でない感情をぶざまに爆発させることに慣れていない。しかも相手は、まだ年端も行かない子供なのだ。その私でさえ、彼の怒りの対象が、私ではない別の何かであることは感じとれた。でもだからといって、その怒りの矛先にされたショックが和らぐわけではない。

「六月に何があるんですか？」と私はミスタ・ターシュウェルに訊ねた。前の晩に母が父に訊ねるのが聞こえた、答えが出されずに終わった問いである。

まるで私の知恵がどれくらい足りないかを測ろうとするみたいに、ミスタ・ターシュウェルは依然私の顔をじっと見据えていた。「しっかりするんだ」とミスタ・ターシュウェルはしばらくしてからやっと言った。「さあ、涙を拭きなさい」と彼は言ってハンカチを貸してくれた。

私は言われたとおりにしたが、もう一度「何があるんですか？ どうしてカナダに行くんですか？」と訊くと、ミスタ・ターシュウェルの声からいっぺんに苛立ちが消え、もっと強いもの、もっと穏やかなものが代わりに現われた——彼の知恵が。

「カナダで新しい仕事が見つかったからさ」とミスタ・ターシュウェルは答えた。

そうやってミスタ・ターシュウェルが真実を私に言わないことが、私を怯えさせた。私はまた泣き出した。

二十分くらいして父が現われた。私が書いた許可状をミスタ・ターシュウェルが父に渡したが、父はそれを読むより前に、まずは私の肱を摑んで映画館の外に連れ出した。外に出て、そこで初めて読んで、父は私を殴った。まず母が兄をひっぱたき、今度は父がシスター・メアリ・キャサリンの言葉を読んで私の顔を、初めて、力一杯ぶん殴る。すでに神経も高ぶり、サンディのような静かな忍耐などありはしない私は、切符売り場の前でわあわあ抑えようもなく泣き出す。そのすぐ前を、都心の職場から出てきた、ユダヤ人でない人々が次々、リンドバーグの支配する平和なアメリカでののどかな春の週末を過ごすべく家路に向かう。世界の交戦地帯から海によって隔てられた、自律したこの砦にあって、危険にさらされている者など一人もいないのだ——私たち以外は。

6

あの連中の国

一九四二年五月―一九四二年六月

一九四二年五月二十二日

拝啓　ハーマン・ロス殿

合衆国内務省アメリカ同化局（オフィス・オブ・アメリカン・アブソープション）制定、公有地払い下げ（ホームステッド）法42条の要請を受け、OAA導入に依（よ）る画期的新事業に参加を認められたる永年勤続従業員に対し、小社は移住の機会を提供致します。

今を遡る事八十年前、名高い一八六二年ホームステッド法が合衆国議会で可決されました。当時世界でも例の無かった同法は、未開発の公有地一六〇エーカーを、西部の新天地に移住し新たな生活に乗り出さんとする気概ある自営農民に、事実上無料にて供与するものでありました。以来これ程の規模で、冒険を恐れぬアメリカ人に己の地平を拡げ国家強化に貢献する機会を提供する企ては為されておりません。

今回、政府の費用負担に依り、人心を鼓舞して止まぬ地域に根を下ろす千載一遇の好機を新興アメリカ人家族に供給するを目的とした新ホームステッド事業が施行されるに当たり、全米の主要企業・経済団体の一つとして当メトロポリタン生命が同事業への参加資格を先んじて与えられたる事を小社は誇りとするものであります。世代を超え家族一丸となってアメリカらしさを育んでゆく事は、我が国最古の美風であります。斯様な伝統に貫かれた、甲斐ある環境をホームステッド法42条は与えてくれる事でしょう。

この通知を受取られ次第、至急マディソン・アベニュー本社のホームステッド42担当代表ウィルフレッド・カース氏に御連絡下さい。質問は全て氏が自らお答え致します。又、何かありましたら氏の下で働く職員が可能な限り御協力致します。

同法の恩恵の対象者が小社にも数多くおられる中、逸早く「一九四二年ホームステッダー」の一人に選出せられたる事、貴殿と御家族にお慶びを申し上げます。

敬具

総務担当副社長　ホーマー・L・カッソン

何日かが経って、父はようやく、会社から渡されたこの手紙を母に見せ、一九四二年九月一日付でニューアーク地区からケンタッキー州ダンヴィルに新設される支店に配置換えとなることを伝えられるだけの落着きを取り戻した。父は私たちの前で、カース氏から渡されたホームステッド42資料集に入っていたケンタッキーの地図を取り出し、ダンヴィルがどこにあるかを指さしてみせた。それから、『ブルーグラス州（ケンタッキー州の愛称）』と題した商工会議所パンフレットの一ページを読み上げた。「『ダンヴィルはケンタッキー山間部に位置するボイル郡の郡庁所在地で、ルイヴィルに次ぐ州第二の都市レキシントンの約九十キロ南、美しいケンタッキーの山岳風景に囲まれています』」。ほかにももっと何か興味深い、こうした展開の理不尽さを少しでも和らげる事実はないかと、父はパンフレットをパラパラめくっていった。「『ダニエル・ブーンは〝荒野道（ウィルダネス・ロード）〟開鑿（かいさく）に貢献し、これによってケンタッキー開拓の道が文字どおり拓（ひら）かれ……一七九二年、ケンタッキーはアパラチア山脈以西で初の北部連合参加州となり……一九四〇年現在、ケンタッキーの人口は二八四万五六二七人でした』」。それで、ダンヴィルの人口は――ええと、ここだな――ダンヴィルの人口は六七〇〇人」

「で、ダンヴィルの六七〇〇人のなかで」と私の母が訊いた。「ユダヤ人は何人いるの？州全体では何人？」

「もう知ってるだろう、ベス。ほぼゼロさ。とにかく俺に言えるのは、もっとひどい話だってありえたってことだよ。ゲラーが一家で行くモンタナだったかもしれない。シュウォーツが行くカンザスだったかもしれない。ブローディが行くオクラホマだったかもしれない。うちの部署から七人行くことになって、俺はそのなかで一番運がいいんだよ、本当さ。ケンタッキーは美しい所だし、気候もすごくいい。この世の果てじゃないんだよ。あっちへ行っても俺たち、ここと同じような暮らしに落着けるさ。ひょっとするといまよりよくなるかも――物価は安いし気候もいいからな。息子たちの行く学校があって、俺には仕事があって、お前には家がある。きっと息子たちがそれぞれ自分の部屋を持てて、二人で遊べる裏庭もある家が買えるよ」

「で、この人たち、他人にこんな仕打ちをする厚かましさ、どこで身につけるわけ？」と母が訊いた。「呆れて物も言えないわよ、ハーマン。あたしたちの親類はここにいる。あたしたちの生涯の友だちもここにいる。子供たちの友だちもここにいる。あたしたちはここで、生まれてからずっと平和に仲よく暮らしてきたのよ。ここはニューアークで一番の小中学校から角ひとつのところにある。ニュージャージーで一番の高校もここから角ひとつのところにある。あたしたちの息子二人はユダヤ人に囲まれて育った。二人とも、ユダヤ人の子供たちと一緒に学校に通ってる。ほかの子たちと何の軋轢もない。悪口を言いあったりもしない。喧嘩もしない。あたしが子供だったときみたいに、除け者にされたり寂しい気持ちを味わったりしたこともない。信じられないわよ、会社があなたにこんなひどいことするなんて。あの人たちのために一生懸命働いてきたのに。朝から晩まで身を粉にして……その報いが」と母は怒りもあらわに言った。「その報いがこれなの」

「お前たち」と父はサンディと私に言った。「訊きたいことがあったら訊いてくれ。母さんの言うこともっともだよ。こんな話、寝耳に水だものな。みんな少し、仰天してるよな。だから何でも訊いてくれ。戸惑ったことがあるままじゃいけない」

　だがサンディは戸惑っていなかったし、少しも仰天しているように見えなかった。それどころかわくわくして、嬉しさを隠せずにいた。ケンタッキー州ダンヴィルが、地図のどこにあるのか、サンディはしっかり知っていたのだ――マウィニー家の煙草農場から二十キロ。ひょっとしたら、一家で引越すことも、父や母や私よりずっと前から知っていたのかもしれない。父も母もはっきり口に出しはしなかったが、だからこそ、父が地区で七人のユダヤ人「ホームステッダー」の一人に選ばれたこと、新設されたダンヴィル支店配属になったことが偶然でも何でもないことが幼い私にもわかった。父がアパートの裏口のドアを開けて、出ていけ、二度と来るなとエヴリン叔母に言った瞬間、私たちの運命は決まったのであり、これ以外になりようはなかったのだ。

いまは夕食後で、私たちは居間にいた。サンディは落着き払った顔で何か絵を描いていて、訊きたいことは何もなかった。そして、開いた窓の網戸に顔を押しつけて外を見ている私も、訊きたいことは何もなかった。だから父は、己の思いに鬱々と沈み込み、敗北感に打ちひしがれて部屋のなかを歩き回りはじめた。ソファに座った母は、何か小声で呟いて、私たちを待ち受ける運命になおも屈しまいとしていた。正体のわからない何ものかとの対峙を、格闘を強いられた私たちは、それぞれが、以前ワシントンのホテルのロビーで自分の相方が演じた役割を演じている。事態がどれだけ遠くまで来てしまったかを私は悟った。いまや何もかもがひどく混沌としていた。災難というものは、やって来るときは一気に来るものであることを私は思い知った。

三時ごろからずっと、強い風を伴う雨が降っていたが、やがて暴風雨がいきなり止んで、時計の針を一気に進めたかのように明るい太陽が顔を出し、西の空では今日の午後六時に明日の朝が始まりそうな勢いだった。わが家の前のこの慎ましい通りが、ただ単に雨に光っているというだけで、どうしてこれほどの歓喜を引き起こせるのだろう？　落葉の散らばる通行不能の沼と化した歩道や、雨樋からあふれる水がしみ出た小さな芝の庭から発する香りが、どうしてこんなに私の気持ちを、まるで私が熱帯雨林で生まれた子供であるかのように悦びで満たすのだろう？　嵐のあとの明るい光に染められたサミット・アベニューは、降りしきった雨に洗われ、いまやその身を長々と横たえて至福の光を浴び、ペットのように——絹のような毛に包まれぴくぴくと脈打つ私のペットであるかのように——生命に輝いていた。

何ものも私をここから追い出しはしない。

「で、息子たちは誰と遊ぶの？」と母が訊いた。

「ケンタッキーにだって遊び仲間は一杯いるさ」と父は請けあった。

「で、あたしは誰と話すの？　ここで生まれたときからずっといたような友だち、誰がいるの？」

「女の人だっているさ」

「ユダヤ人じゃない女の人よ」と母は言った。いつもなら母は、何かを嘲笑して自分の力にすり替えるようなことはしない。でもいま、母の口調は嘲笑に満ちていた。それほど混乱し、それほど追いつめられた気持ちになっている。「善良なるキリスト教徒の女の人たちが」と母は言った。「我先に押しかけてきて、あたしを仲間に入れてくれようとするのよね。あの人たち、こんなことする権利ないわよ！」

「ベス、頼むよ。大企業で働くってのはこういうことなんだよ。大企業じゃ転勤なんて年じゅうやってるんだ。転勤と言われたら、荷物まとめて出ていくしかないのさ」

「あたしは政府のこと言ってるのよ。政府にこんなことする権利ないのよ。荷物まとめて出ていくのを強制する権利なんて、そんなの、あたしが聞いたどの憲法にもないわよ」

「俺たち、べつに強制されちゃいないよ」

「じゃあどうして行くのよ？　決まってるじゃない、強制されてるのよ。こんなの法律違反よ。ユダヤ人だっていうだけの理由で、ユダヤ人を好き勝手な場所に住ませる権利なんかないのよ。都市を丸ごと、好き勝手にすることなんてできないのよ。ほかの誰とも同じように暮らしてるユダヤ人たちを追い出して、いまここにあるニューアークを抹殺しようっていうの？　そんなことあの人たちがやっていい理屈ないわよ。こんなこと違法よ。みんなわかってるのよ、こんなの違法だって」

「そうだよね」とサンディがスケッチブックから顔も上げずに言った。「アメリカ合衆国を告訴すればいいよね」

「できるんだよ、告訴」と私はサンディに言った。「最高裁で」

「放っときましょう」と母が私に言った。「お兄ちゃんが礼儀を身につけるまで、ずっと放っておくのよ」

　ここでサンディが席を立ち、絵の道具を持って、私と共用の寝室に入っていった。そして私も、父の無力さ、母の苦悩をそれ以上見るに忍びず、表玄関の錠を外して、玄関先の階段を駆け降り、もう夕食を終えた子供たちが道端の排水溝にアイスキャンディの棒を落として遊んでいる街路に出ていった。子供たちが見守るなか、棒は水に流され、次々に鉄の格子をくぐり抜けて、ほかのいろんな物と一緒に、地下でゴボゴボ音を立てている下水道に落ちていく。嵐でニセアカシアの木々からふるい落とされた枝や葉、渦を巻きながら流れるキャンディの包み紙、ゴキブリ、壜の蓋、ミミズ、煙草の吸殻、そして神秘的にも、不可解にも、例によって、ぽつんと一個、べとべとする液のついたゴム。寝床に入らされる前の最後の時間を、誰もが楽しく過ごしている。誰もがまだ、ホームステッド法42に協力する企業に親が勤めていないがゆえに楽しく過ごせるのだ。彼らの父親はみな、自営業を営んでいるか、兄弟か義理の兄弟と共同経営をやっているかで、どこにも行かなくていい。でも私だって、どこにも行きはしない。排水溝ですら生の霊薬を噴き出している街から、合衆国政府によって追い立てられたりはしない。

　アルヴィンはフィラデルフィアのギャング界に入り、サンディはわが家で追放者として暮らし、一家を護る者としての父の権威は大きく傷つけられ、ほとんど消滅してしまった。三年前の父は、私たちが自分で選んだ暮らし方を貫くために、勇気をふるって本社まで出かけて外交部長と向きあい、出世にはなるし収入も増えるものの同じニュージャージーとはいえドイツ系アメリカ人協会員が幅を利かす地域に一家で住むことを強いる昇進を断った。その父に、いまはもう、可能性としては等しく危険な今回の追い立てを拒む気力はない。反抗しても無駄だと、運命はもはや自分たちの手中にはないのだと決めてしまったのだ。何ともショックなことに、勤めている会社が国家と従順に手を結んだことによって、父はすっかり無力にされてしまった。もういまでは、私たちを護るのは、私しかいない。

翌日の放課後、私はふたたびこっそり都心行きのバスの停留所に向かった。今回は7番、サミット・アベニューから一キロちょっと離れたルートを走る路線で、停留所は児童養護施設の農園の向こう側、セントピーターズ教会がライオンズ・アベニューの繁華街に面しているところにある。この教会の、十字架を戴く尖り屋根の作る影に隠れていれば、14番に乗りに高校を越えてクリントン・プレイスまで行ったとき以上に、近所の人や学校の子供や家族の知りあいに目撃される危険は少ない。

教会の外のバス停で私は、たっぷりとした黒い装束にまったく同じに身を埋めた二人の修道女と並んでバスを待った。その日まで私は、粗く分厚い布から成るその衣裳をじっくり見たことが一度もなかった。当時の修道女の衣服は、裾が靴まで届く長さで、まばゆく白い、糊の利いた弓形の布が目や鼻をくっきりと縁どり、側面の視覚をいっさい遮っていて、頭皮、耳、あご、首を隠しているそのこわばった被り物自体も、大きな白い頭巾に包まれていた。長い裾と被り物とが、しきたりどおりの服を着たカトリックの修道女を誰よりも古めかしい姿にしていた。葬式を不気味に連想させる司祭たちより、もっとずっと異様。ボタンやポケットはひとつも見えないから、あの大きな鞘のように体を包む、びっしり襞の寄ったカーテンがどのように留めてあるのか、どうやって脱ぐのか、そもそも脱ぐときなんてあるのか、推測しようもなかった。すべてを覆うようにして、大きな金属の十字架が長い紐のネックレスからぶら下がっているし、特大のおはじき並に大きくてぴかぴか光るロザリオの連なりが黒い革ベルトの前面から長々と垂れ、また頭巾には、うしろの方で広がってまっすぐ腰まで下がっている黒いベールが留めてあるのだ。被り物に囲まれた、色気のない、何の飾りもしていない顔がむき出しになった小さな領域以外、けば立ったようなところ、柔らかそうなところ、ふわふわしたところはひとつもなかった。

二人は孤児たちの生活を監督し教会付属の学校で教えている修道女なのだろう。どちらも私の方を見もしなかったし、私としても自分一人だけで、アール・アクスマンのような気の利いた科白を飛ばす相棒もいないと、時おりチラチラ彼女たちの方を盗み見るのが精一杯だったが、うつむいて自分の両足と睨(にら)めっこしているときですら、賢明な子供の自己検閲力は私を見捨て、何度もくり返し私は神秘に直面させられた——彼女たちの女体と、そのもっとも卑俗な機能をめぐる、どれもすべて堕落へと向かうさまざまな問いに。今日のひそかな使命が重大なものであり、その結果にきわめて多くのことが左右されるにもかかわらず、修道女がそばに、しかも二人もいると、私の心はもう、およそ不純なユダヤ人的思考にあふれてしまうのだった。

修道女たちは運転手の背後の席に並んで座り、うしろの方の席はほとんど空いていたのに、私は狭い通路をはさんで二人の向かい、回転式入口(ターンスタイル)と料金箱のすぐうしろの席に座った。ついさっきまでそんなところに座るつもりは全然なかったし、どうしてそうしているのか自分でもわからなかった。でも私は、束縛を解かれた好奇心から逃れられる場所に移ろうともせず、宿題をしているふりをしようとノートを開き、二人がカトリックの言葉で何か言うのが聞こえるのではと期待し、かつ恐れていた。だが残念ながら、修道女たちは何も言わなかった。きっとお祈りをしているのだろう。バスのなかでお祈りしているせいで、二人はますます蠱惑(こわく)的に見えた。

繁華街から五分くらい離れたあたりで、ロザリオが音楽のようにカチャカチャ鳴って、二人はハイ・ストリートとクリントン・アベニューの大きな交差点で降りようと揃って立ち上がった。十字路の片側には自動車ディーラーの敷地が、反対側にはホテル・リビエラがあった。前を通っていくとき、背の高い方の修道女が通路の向こうから私を見てにっこり微笑み、物静かな声に漠とした悲哀を響かせて——私の知らないうちに救世主が来て、去ってしまったからだろうか——連れに向かって「何て清潔な、可愛らしい坊やでしょう」と言った。

私が何を考えていたか、彼女が知ったらどうなったか。でももしかしたら、知っていたのか。

何分かして、バスが最後の大きなカーブを切ってブロード・ストリートを離れレイモンド・ブルバードに入ってペン・ステーション正面の終点へと向かう前に私もバスを降り、ワシントン・ストリートの、エヴリン叔母さんの職場がある連邦政府ビルめざして駆けていった。ロビーに入ると、エレベータ係からＯＡＡは最上階だと教わり、上がっていって、エヴリン・フィンケルに会いたいと伝えた。「坊や、サンディの弟ね」と受付の女性は言った。

「双子みたいに似てるわ」と女性は感心したように言った。「サンディは五つ上なんです」と私は言った。「サンディってほんとに、ほんとに素晴らしい子よね」と女性は言った。「あの子のこと、みんな大好きだったのよ」そう言って彼女は、エヴリン叔母の執務室のブザーを鳴らした。「甥御さんのフィリップがおいでです、ミス・フィンケル」と女性が伝えると、数秒後にはもうエヴリン叔母が出てきて、私を抱きかかえるようにして、タイプライターに向かって仕事をしている男女五、六人の机の横を過ぎ、公立図書館とニューアーク博物館が見える執務室に引っぱり込んでいた。彼女は私にキスし、私を抱きしめ、会えなくてほんとに寂しかったわと言った。心配事はいくつもあったけれど――むろん何より、縁の切れた叔母と会ったことを両親に知られるのが怖かった――私は計画していたとおり、ニューズリール・シアターにこっそり一人で行って叔母さんがホワイトハウスにいるところを見たと打ちあけた。すぐそばのクリントン・ストリートにある父の机の優に倍はある彼女の机の横に置かれた椅子に私は腰かけ、大統領夫妻と夕食を共にするのはどんなふうだったかと叔母に訊いた。彼女は事細かに答えはじめ、その話しぶりには、私を感心させようという熱意がありありと表われていた。なぜそこまで熱心なのか、よくわからない。何しろこっちはただの子供で、はじめからもう、叔母さんの裏切りの途方もなさに圧倒されているのだ。とにかく彼女があまりにあっさり私にだまされていることが信じられなかった。叔母はもうすっかり、この話を聞くために私がわざわざここまで来たと思っている。

机のうしろの壁の巨大なコルクボードに、大きな地図が二枚貼ってあって、色つきのピンが何本も刺さっていた。大きい方は四十八州の地図、小さい方はニュージャージー一州の地図。ニュージャージーと隣のペンシルヴェニア州との境界を成す長い川が内陸に描く線を、私たちは学校で先住民の族長の横顔に見立てるよう教わっていた。フィリップスバーグあたりが額、下ってストックトンあたりが鼻孔、トレントン近辺であごが細まって首となる。東の端の、人口が密集したジャージーシティ、ニューアーク、パセーイク、パターソンを包含し、そのまま北に延びて、ニューヨーク州南端諸郡と接するまっすぐ直線の州境に至る一画は、羽根のついた頭飾りの上方うしろの部分に当たる。そのとき私の目にはそう見えていたし、いまもなおそう見えている。五感とあわせて、当時私のような育ちの子供には、第六感があったのだ——地理をめぐる感覚、自分がどこに住んでいて誰にそして何に囲まれているかの鋭い感覚が。

エヴリン叔母の広々とした机の上には、もう亡くなった私の祖母とラビ・ベンゲルズドーフのそれぞれ額に入った写真と並んで、大統領執務室に二人で立っている大統領夫妻の大きなサイン入り写真があり、さらにもう少し小さめの、イブニングドレスを着て大統領と握手しているエヴリン叔母の写真があった。「レセプション・ラインって言うのよ」と叔母は説明してくれた。「晩餐室に入るときに、一人ひとり、大統領とファースト・レディとその晩の主賓の前を通るの。名前を紹介してくれて、写真を撮ってくれて、あとでホワイトハウスから送ってくれるのよ」

「大統領に何か言われた?」

「『ようこそいらっしゃいました（ナイス・トゥ・ハヴ・ユー・ヒア）』って言われたわ」

「何か返事をしてもいいの？」と私は訊いた。

「『光栄です（アイム・オナード）、大統領殿（ミスタ・プレジデント）』って答えたわ」。自分にとって——そしてもしかすると合衆国大統領にとっても——このやりとりがどれだけ重要だったかを叔母は隠そうとしなかった。いつもそうだが、叔母のそうした勢いには、どこかひどく愛らしいところがあった。が、私の家族を包む混乱を思うと、そこに悪魔的なものも見ないわけには行かない。生まれてこのかた、私が大人をこれほど厳しい目で判断したのは初めてだった。両親はむろん、アルヴィンやモンティ伯父すらここまで厳しく見たことはなかった。そして、まったくの阿呆の臆面もない虚栄心がいかに他人の運命を左右してしまうか、これほど痛感させられたこともなかった。

「ミスタ・フォン・リッベントロップとも話したの？」

今度はほとんど少女のようにはにかんで、「ミスタ・フォン・リッベントロップと踊ったわ」と叔母は答えた。

「どこで？」

「食事のあとに、ホワイトハウスの庭の芝生に立てた大きなテントに出て、みんなでダンスしたのよ。素敵な晩だったわ。オーケストラがいて、ダンスをして、ライオネルとあたしとで外務大臣ご夫妻に紹介していただいて、一緒にお話しして、それから大臣が私にお辞儀して、踊っていただけますかって言ったのよ。踊り上手で有名な方なんだけど、本当にお上手だったわ。社交ダンスをやらせたら、もう掛け値なしの魔術師よ。英語も完璧だったわ。ロンドン大学に留学して、そのあとも若いころカナダに四年住んだのよ。わが若き冒険の日々、って言ってたわ。とってもチャーミングな紳士で、非常に知的な方だったわ」

「どんなこと言ってた？」

「そうね、いろんなことお話ししたわ。大統領のこと、ＯＡＡのこと、あたしたちの暮らしのこと。あの方、バイオリンを弾かれるのよ。ライオネルと同じで、世慣れていて、どんな話題にも話を合わせられるのよ。ほらこれ、ダーリン、あたしの服見てよ。あたしの持ってるバッグ、見える？ 金のメッシュよ。これ見える？ スカラベ、見える？ 金と、エナメルと、トルコ石のスカラベよ」

「スカラベって？」

「黄金虫の一種よ。黄金虫に似せて宝石をカットするのよ。これって舶来品なんかじゃなくて、ニューアークで、ミスタ・ベンゲルズドーフの前の奥さまの家族が作ったのよ。世界的に有名な工房だったの。ヨーロッパの王さまや女王さまや、アメリカ中のお金持ちが着ける装身具を作ったのよ。これ、あたしの婚約指輪」と叔母は言って、香水の匂う小さな手を私の顔のすぐそばに近づけたので、私は突然犬みたいな気分になって、その手を舐めたくなった。「石が見える？ それエメラルドなのよ、あたしの可愛い可愛い坊や」

「本物？」

叔母は私にキスした。「本物よ！ それとこの写真、ここ――リンク・ブレスレットよ。

金にサファイヤと真珠がついているのよ。みんな本物よ！」と彼女は言って、もう一度私にキスした。「こんなに綺麗なブレスレットは見たことがないって外務大臣もおっしゃってたわ。それからこの、あたしの首にかかってるやつ、何だと思う？」

「ネックレス？」

「フェストゥーン・ネックレスって言うのよ」

「『フェストゥーン』って？」

「花綱（はなづな）のことよ、お花をつなげて輪にするのよ。『お祭り（フェスティバル）』はわかるでしょ。『お祭り気分（フェスティビティ）』もわかるわよね。あと、『祝宴（フィースト）』も知ってるでしょ？　それってみんなつながってるのよ。それとほら、ここにブローチ二つ、見える？　サファイヤなのよ、ダーリン――モンタナのサファイヤが金に埋め込んであるのよ。それを誰が着けてるか、見える？　誰？　これってだあれ？　エヴリン叔母さんよ！　デューイ・ストリート出の、エヴリン・フィンケルよ！ホワイトハウスで！　すごいと思わない？」

「思う」と私は言った。

「ああ、愛しい坊や」と叔母は、私を引き寄せ今度は顔じゅうにキスを浴びせながら言った。「あたしも思うわよ。来てくれて本当に嬉しいわ。会えなくてすごく寂しかったのよ」そう言って彼女は私の体を、まるでポケットに盗品を詰め込んでいないか探るみたいに撫でた。

何年もあとになって、私は理解することになる――ああやって両手でまさぐる、その巧みさこそが、ライオネル・ベンゲルズドーフの威信によってエヴリン叔母の人生が急速に上向きになった原因だったとしても不思議はない、と。頭脳明晰（めいせき）、博覧強記、そのエゴイズムにおいてすら誰より優るラビが相手でも、どう接すればいいか、叔母は少しも迷わなかったにちがいない。

その後に続いた抱擁の楽園は、むろん当時の私には、その正体を知る由もなかった。自分の二つの手をどこへ置いても、そこには彼女の体の柔らかな表面があった。どこへ顔を動かしても、彼女の強い香りがあった。どこを見ても彼女の服が、スリップの光沢すら隠しはしないほど軽くて薄い春物の真新しい衣（ころも）があった。そして、いままで見たこともないような、他人の瞳がそこにはあった。私はまだ欲望の年齢に達しておらず、むろん「叔母さん」という言葉に目隠しされてもいたし、ドングリの実のごときわがペニスがひょっこり硬くなったこともこれまで同様に不可解な厄介の種でしかなかった。だから、私の母の三十一歳の妹の曲線美に寄り添うことの悦びも――小柄で元気一杯の親指姫はいささかも怖気づかず、その体は丘やリンゴを手本に形作られている――命なき狂おしい体感でしかなかった。まるで、希少な印刷エラーの、途方もない価値を有する切手が、普通の手紙に貼られてひょっこりサミット・アベニューのわが家の郵便箱に届いたかのようだった。

「ねえ、エヴリン叔母さん」

「なあに、ダーリン」

「僕たちがケンタッキーに引越すこと知ってる？」

「知ってるわよ」

「僕行きたくない、エヴリン叔母さん。いまの学校にいたい」

彼女はさっと私から身を引いた。愛人の雰囲気はいまや影もなかった。「誰に言われて来たの、フィリップ？」と彼女は訊いた。

「言われて？　誰にも言われてないよ」

「あたしに会いに行けって誰が言ったの？　ほんとのこと言いなさい」

「ほんとだよ。誰にも言われてない」

彼女は机の向こうの椅子に戻った。その目つきに、私は立ち上がって逃げ出さぬよう自分を抑えるのに必死だった。でも私の願いはあまりにも強かったから、逃げるわけには行かなかった。

「ケンタッキー、何も怖いことなんかないのよ」と叔母は言った。

「怖くなんかない。引越したくないだけ」

黙っていても、叔母の存在感は圧倒的だった。もし私が本当に嘘をついていたなら、望みどおりの告白を彼女は引き出したことだろう。この哀れな女性は生涯、絶えず一心不乱に世界と向きあって生きてきたのだ。

「僕たちの代わりに、セルドンとお母さんが行くのじゃ駄目？」と私は訊いた。

「セルドンって誰？」

「下の階に住んでる、お父さんを亡くした子。お母さんはいまメトロポリタンに勤めてるんだ。どうしてあの二人は行かなくてよくて、うちは行かなきゃいけないの？」

「あんた、お父さんに入れ知恵されてきたのね、そうでしょ？」

「違うよ。違う。僕がここに来てること、誰も知らないよ」

だが叔母がまだ信じていないことが私にはわかった。私の父を忌み嫌う叔母の思いはあまりに強く、明白な真実なんかに揺るがされはしないのだ。

「セルドンは一緒にケンタッキーに行きたいって言ってるの？」と叔母は訊ねた。

「話してないから、わからない。僕ただ、あの二人が代わりに行けないか叔母さんに訊こうと思って」

「あたしの坊や、このニュージャージーの地図が見える？　地図に何本かピンが刺さってるのが見える？　これ一本一本が、転勤に選ばれた家族を表わしてるのよ。で、今度は、こっちの地図を見てちょうだい。あちこちのピンが見える？　ニュージャージーの家族が、それぞれどこに割り当てられたかを指してるの。これだけの割り当てを決めるのに、この事務所の、ワシントン本部の、そして引越し先の州の、ものすごくたくさんの人たちが協力しあったのよ。ニュージャージー最大級の大企業がいくつか、ホームステッド法42と提携して、従業員を転勤させる。想像もつかないくらい、すごくすごくたくさんの計画や話しあいを経てやっとここまで来てるのよ。そしてもちろん、どんな決定も、一人の人間が下すわけじゃないわ。だけどもしかりにそうだったとして、その一人がこのあたしだったとして、あんたをいまの友だちや学校から引き離さないよう何かできる立場にあったとしても、あたしはやっぱり、あんたがケンタッキーに行くのはものすごくいいことなんだっていう意見を変えないと思う。両親のせいであんたは、ゲットーを出ることに怯えきったユダヤ人の子供になってしまっている。それよりもっと大きな人間になれるチャンスなのよ。あんたの家族が、サンディにどんな仕打ちをしたか。あの晩ニューブランズウィックでお兄ちゃんが話すの、あんたも見たでしょう。煙草農場での冒険の話を、お兄ちゃんが大勢の人の前でするのを見たわよね。あの夜のこと覚えてる？　お兄ちゃんのこと、誇らしくなかった？」

「誇らしかった」

「聞いてて、ケンタッキーで暮らすのって怖いことだと思った？　サンディが一瞬でも怖がったと思った？」

「思わなかった」

　ここで、机のなかから何かを取り出して叔母は立ち上がり、机を回って私が座っているところに戻ってきた。目鼻立ちのくっきりした、たっぷり化粧を施したその綺麗な顔は、にわかにとてつもなく馬鹿げた顔に見えた。私の母に言わせれば、感情に左右され易い妹は、いまや強欲の虜（とりこ）になってしまっている。それをさらけ出した、俗世の欲求にまみれた顔。たしかに、ルイ十四世の宮廷に暮らす子供であれば、こういう親戚の野心にも欲望にも動じなかっただろう。エヴリン叔母に私が感じたような威嚇的なオーラを感じもしなかっただろうし、私の両親にしても、もし彼ら自身宮廷で侯爵と侯爵夫人として育っていたなら、ラビ・ベンゲルズドーフのような聖職者が俗世間で高い地位に就いたことを少しも醜聞とは思わなかっただろう。かりに私が、ライオンズ・アベニュー系統のバスに乗っていた二人の修道女に慰めを求めたとしても、ごくわずかな地位の上下を人々が争う場ではかならず生じるありふれた悪徳に誰かが浸るのに較べて、格別罪深いということもなかったにちがいない。もしかすると、私の方がずっと善良だとさえ言えるかもしれない。

「しっかりするのよ、ダーリン。しっかり、気を確かに持つのよ。あんた、一生サミット・アベニューの玄関先でぼさっと座ってたいの、それとも、サンディみたいに世の中に出て自分の力を示したい？　もしあたしが、あんたのお父さんみたいな人たちがあれこれ悪口言ってるからって大統領に会いにホワイトハウスへ行くのを怖がっていたら？　みんなが悪口言ってるからって、外務大臣に会うのも怖がっていたら？　よくわからないものにいちいち怖がってたらやって行けないのよ。あんたの両親みたいに、怯えたまま大人になっちゃいけないのよ。約束して、あんたはそうならないって」

「約束する」

「さあこれ」と叔母は言った。「あんたにプレゼントよ」。片手に持っていた小さなボール紙の箱二つのうち一つを彼女は私に渡した。「これ、あんたにと思ってホワイトハウスでもらってきたのよ。愛してるわ、あたしの恋人、受けとってちょうだい」

「何なの？」

「アフターディナー・チョコレート。チョコレートが金紙（きんがみ）で包んであるのよ。チョコレートに何が刻んであるかわかる？　大統領の印章よ。これはあんたの分、それとサンディの分も預けたら渡してもらえる？」

「うん」

「晩餐の最後に、これがホワイトハウスのテーブルに置かれるのよ。チョコレートが、銀の皿に載って。それを見たとたん、あたしが世界中で誰よりも幸せにしてあげたい二人の男の子のことが頭に浮かんだの」

チョコレートを片手で握りしめて私が立ち上がると、エヴリン叔母は私の肩をぎゅっと抱き寄せ、私を送っていこうと部下たちの前を通り過ぎて廊下に出て、エレベータのボタンを押した。

「セルドンの名字、何て言うの?」と叔母は私に訊いた。

「ウィッシュナウ」

「あんたと一番の仲よしなのね」

セルドンを耐えがたく思っていることなど、どうやって説明できるだろう? だから私はとうとう嘘をついた。「うん、そうだよ」と私は言った。そして叔母は本当に私を愛していて、私を幸せにしたいというその言葉に嘘はなかったから、数日後、私がやっと、誰も周りにいなくなるのを待ってホワイトハウスのチョコレートを養護施設の塀の向こうに投げ入れて捨てたころ、ミセス・ウィッシュナウはメトロポリタンから手紙を受けとり、彼女と彼女の家族が幸運にもわが家に加えてケンタッキー移住者に選ばれたことを知らされた。

五月末のある日曜の午後、わが家の居間で、私の父と同じくホームステッド法42によってメトロポリタン生命ニューアーク支店から転勤を命じられたユダヤ人保険外交員たちの内密の会合が開かれた。子供は家に置いてくる方がいいということであらかじめ合意が出来ていて、みんな夫婦だけで来た。午後の早いうち、サンディと私は、セルドン・ウィッシュナウも仲間に入れて椅子を用意し、ウィッシュナウ家からも折り畳み椅子のセットを運び上げていた。そのあとセルドンの母親の車で、三人で二本立てを観にヒルサイドのメイフェア・シアターまで連れていってもらい、会合が終わったら私の父が迎えにくることになっていた。

転勤家族以外の参加者は、もうあと何日かしたら一家でウィニペグに移住するシェプシーとエステルのターシュウェル夫妻と、アーヴィントンの町で、サンディと私に新しい通学服を「原価」で調達してくれる父方の上から二番目の伯父レニーが経営する紳士服飾品店のすぐ上階に法律事務所を開業したばかりの、わが家の遠縁モンロー・シルヴァーマン。前の週、この会合の打ち合わせをした際、わが家の台所で私の母が、敬うよう教え込まれたものすべてを敬う長年の思いゆえに、地元のラビであるハイマン・レズニックも呼んではどうかと提案したが、集まった人たちはさしたる熱意を示さず、何分か、いちおうの敬意を表して議論が行なわれたものの（私の父は、ラビ・レズニックに関してつねにソツなく口にする科白をここでもソツなく口にした――「いい人だし、奥さんもいい人だし、俺が見る限り仕事もちゃんとやってるんだが、まあただ、それほど賢くはないねえ」）、結局母の提言は棚上げにされた。幼い子供としては何とも楽しいことに、これらわが両親の親しい友人たちはみな喋り方もバラエティに富んでいて、『フレッド・アレン・ショー』のキャスト並にそれぞれ違った愉快な声の持ち主だったし、夕刊の漫画のキャラクターたちみたいに見かけも一人ひとり個性的だったが――これはまだ、顔や体を若々しく修復するなんてことに大人が本気で精を出すようになるずっと前の、進化の悪戯っぽいウィットがいまだのさばっていたころの話なのだ――彼らはみな、その核においては似かよった人たちだった。家族を養い、金をやりくりし、老いた親たちの面倒を見て、つましい家を同じように維持し、ほとんどすべての政治問題に関して同じように考え、選挙においても同じように投票していた。ラビ・レズニックは、この界隈の隅っこに建つ、黄色い煉瓦造りの質素なユダヤ教会を任されていた。誰もが毎年、新年祭（ローシュ・ハッシャーナー）と贖いの日（ヨーム・キップール）の三日間はきちんと礼服を着て訪れるものの、あとはめったに顔を出さず、死者を毎日弔うよう定められた期間に義理堅く祈りを捧げにくる程度だった。ラビとは、結婚式や葬式を執り行ない、男子に成人式（バルミツバー）を施し、病院に出かけて病人を見舞い、服喪（シヴァ）期間に遺族を慰めるのが仕事の人物であって、それ以外、人々の日常生活で大きな役割を果たすことはなかった。誰一人、私の母のようにラビを敬う人間でさえそんなことは期待しなかったし、それはべつにレズニックが「それほど賢くはない」せいではなかった。この人々がユダヤ人であるのは、ラビやユダヤ教会から発していることでも、彼らが実践する数少ない宗教的慣習から発していることでもなかった（もっとも、長年にわたって、老いた両親が週一度食事に訪ねてくることを主たる理由に、食事に関しては律法を守る家族が少なくなく、わが家もそうだった）。ユダヤ人であることは、天から降りてくるものですらない。たしかに、毎週金曜の日没時、私の母は儀式どおりに安息日の蠟燭に火を灯し――幼いころ自分の母親を見て吸収した敬虔（けいけん）な優雅さを帯びた母の姿には何かしら胸を打つものがあった——全能なる存在をそのヘブライ式の名で呼んで祈ったが、それ以外は誰も「主（アドナイ）」に言及しなかった。このユダヤ人たちは、ユダヤ人であるために大きな枠組など要らない、信仰の誓いも教義上の信条も必要としない、自分たちが生まれながらに持っている言語以外いかなる言語も求めていない人たちだった。その言語の、日常に根ざした豊かさを彼らは苦もなく使いこなし、トランプのテーブルを囲むときでも売り口上を並べるときでも、土着民ならではの大らかさでそれを操っていた。ユダヤ人であることは、彼らにとって災難でも不運でもなければ、誇りに思うべき手柄でもなかった。彼らのありようは、捨てようとしても捨てられないもの、捨てたいなんてはなから思いもしないものだった。ユダヤ人であることは、そしてアメリカ人であることもそうだったが、彼らが彼らである事実そのものから発していたのである。すべてはありのままに、物事の本質に根ざしていて、動脈や静脈があるのと同じく根本的なことであって、誰一人、そこからいかなる事態が生じようと、それを変えたいとか否定したいとかいった欲求を表わしはしなかった。

私はこの人たちを生まれたときからずっと知っている。女の人たちは親密で頼りになる友人同士であり、秘密を打ちあけあい、レシピを交換し、電話口で相手の不幸に同情し、たがいの子供たちを世話しあい、たがいの誕生日を祝ってよく二十キロ離れたマンハッタンまで出かけて一緒にブロードウェイのショーを観た。男たちは何年も同じ支店に勤めてきたのに加えて、月に二回、女たちがマージャンに集う晩に自分たちもピノクル（四人でするトランプ遊び）に集い、時おり日曜の朝に何人かで息子たちも引き連れマーサー・ストリートにある古いサウナに出かけた。この一団の子供たちはたまたま全員男の子で、みなサンディと私の歳のあいだに収まっていた。五月の戦没将兵追悼記念日、七月の独立記念日、九月のレイバー・デイにはたいてい、家族同士連れだって、界隈から十五キロばかり西に位置するのどかなサウスマウンテン保留地へピクニックに出かけ、父と子は馬蹄(ばてい)投げで遊び、二組に分かれてソフトボールに興じ、誰かが持ってきた、私たちの世界に知られたもっとも魔術的なテクノロジーたる、バリバリ雑音の混じるポータブルラジオで野球中継を聴いた。息子たちがつねに親友同士とは限らなかったが、父親間のつき合いを通してつながりは感じていた。子供たちみんなのなかで、セルドンは誰よりもひ弱で、一番自信もなく、本人にとって何より辛いことに誰よりも運が悪かったが、よりによってそんなセルドンに、私はこれから少年時代の終わりまで、そしておそらくはその先まで、自分を結びつけてしまったのである。母親の転勤の話が会社から届いて以来、セルドンはますますしつこく私につきまとうようになっていた。ダンヴィルじゅうの小学校で、ユダヤ人の子供はきっと私たち二人だけだろうから、ダンヴィルの非ユダヤ人たちは、そして私たちの親も、私がセルドンの生来の味方であり誰より親しい仲間だと決めてかかるだろう。ケンタッキーで私を待つ運命にあって、セルドンが四六時中そこにいることは最悪の要素ではないかもしれない。けれど九歳の子供の想像力にとって、それは耐えがたい試練としか感じられず、私の反抗心はますます煽られた。

どうやって反抗するのか？　まだわからない。これまでに感じてきたのは、反乱の前触れたる胸のたぎりだけであり、それに駆られて成し遂げたことといっても、わが家の地下室に置いた収納庫のなかから、まだ使える鞄などの下に、小さな、忘れられた、水のしみのついたダンボール製のスーツケースが埋もれているのを発見し、内外（うちそと）についたカビを拭いとってから、そのなかに、母に言われて嫌々、やる気のないチェスの生徒としての一時（ひととき）を堪え忍ぶべく下の階に降りていくたびにセルドンの部屋からこっそり少しずつ持ってきた服をしまい込んだことくらいだった。本当は自分の服を隠したいところだったが、そんなことをしたら母に見つかってしまい、いずれ説明を迫られるに決まっている。母はいまも週末に洗濯をして、アイロンをかけた服を自分で片付けていたし、ドライクリーニングに出した、土曜日にお店から引きとってくるのは私の仕事である服についてもやはりそうしていたから、頭のなかには、みんなの衣服の在庫目録が、靴下の最後の一足のありかに至るまでしっかり出来ていたのである。一方、セルドンの服を盗むのは楽勝もいいところだったし、己の分身のごとく私にしがみついてくることへの格好の仕返しにも思えた。セルドンの下着や靴下を、自分の下着の下にたくし込んでウィッシュナウ家の外に持ち出すのは——そしてその後に地下室の階段を降りていってスーツケースのところまで持っていくのは——訳ないことだった。ズボン、スポーツシャツ、靴を盗んで隠すとなるともう少し厄介だったが、それでもセルドンは何とも注意散漫な子供だったから、盗むこと自体は何とかなったし、その後もしばらくのあいだは気づかれずに済んだ。

必要なものを一通りセルドンから盗み終えると、次は何をするつもりなのか自分でもわからなかった。セルドンと私はだいたい同じ体格で、ある日の午後、私は意を決して、収納庫のなかにもぐり込み、自分の服からセルドンの服に着替えると、ただそこに立って「こんにちは。僕の名前はセルドン・ウィッシュナウ」と囁いた。そう言ってみると、自分が化物になった気がした。セルドンが私から見てどうしようもないフリークになり果て、自分がいまそのセルドンになっているというだけではない。ニューアークの町なかをこそこそ歩き回った仕上げとして、こうして暗い地下室でコスチューム・パーティを演じている私こそ、明らかにいまやずっとひどいフリークなのだ。嫁入り道具までしっかり揃えたフリーク。

アルヴィンからもらった二十ドルの残りの十九ドル五十も、スーツケースのなか、服の下に隠した。それから、急いで自分の服に着替え直し、ダンボールのスーツケースをほかの鞄の山の下に押し込んで、首吊り役人の縄を持ったセルドンの父親の幽霊に絞め殺されないうちにと、家の横の路地に駆け出していった。その後何日かは、自分が隠したもののことも、それが果たすはずの、はっきり言葉にしていない目的のことも忘れていられた。ついこのあいだのささやかな逸脱行為も、何ら甚だしい異常などではない、アールと二人でキリスト教徒のあとを尾けるのと同じ無邪気な悪戯だと片付けていられた。ところがある晩、私の母が階下に駆け降りてミセス・ウィッシュナウの許に行き、その手を握って、お茶を淹れてやり、寝かしつけてやる破目になった。ただでさえ過労気味のセルドンの母親は、ひどく取り乱し、悲惨な気分に陥っていた――自分の息子が不可解にも次々「服をなくす」せいで。

そのときセルドンは、私と一緒に宿題をするようにと言われてわが家に上がっていた。セルドンもセルドンでやはり取り乱していた。「僕、なくしてないよ」と彼は涙声で言った。「靴なんてどうやってなくせるのさ？　ズボンなんてどうやってなくせるのさ？」

「お母さん、じき忘れるよ」と私は言った。

「無理だよ。うちのお母さん、絶対何事も忘れないんだ。『あんたのせいで、あたしたちいずれ救貧院行きだよ』ってこないだも言われたんだ。お母さんには何もかもが『これで我慢も限界』なんだよ」

「体育の授業で忘れてきたとか」と私は言ってみた。

「どうやって？　どうやって服も着ないで体育の授業から帰ってこれるのさ？」

「セルドン、絶対どこかに忘れてきたんだよ。よく考えてみなよ」

翌朝母は、私の登校前、自分も出勤する前に、なくなった服の代わりに私の服を一揃いセルドンにあげてはどうかと持ちかけてきた。「あんたが全然着ないシャツあるでしょ。サンディのおー伯父さんの店で買った、緑が濃すぎるってあんたが言ってるやつ。それに、レニ下がりの、茶色いコーデュロイのズボンも、あんたにはいまひとつ合ってなかったわよね。あれきっとセルドンにぴったりよ。ミセス・ウィッシュナウはいますごく動揺してるから、あんたがそうしてあげたらきっとすごく喜ぶわよ」

「じゃ、下着も？　下着もあげろって言うの？　いま穿いているやつ、脱ごうか？」

「それは必要ないわ」と母は、私の苛立ちを和らげようとにっこり笑いながら言った。「緑のシャツと、茶色のコーデュロイのズボンと、あとそうね、使ってない古いベルトをどれか一本とか。もちろんすべてあんた次第だけど、そうしてあげたら、ミセス・ウィッシュナウにはほんとに意味あることだろうし、セルドンにとっては、もうこれ以上はないっていうくらいすごいことよ。あの子あんたのこと崇拝しているもの。あんただってわかってるでしょ」

私はとっさに思った。「母さんは知ってるんだ。僕が何をやったか知ってるんだ。何もかも知ってるんだ」

「でも、セルドンが僕の服着て歩き回るなんて嫌だよ」と私は言った。「ケンタッキーであいつがみんなに言いふらしたりしたら嫌だよ、『見てよ、僕、ロスの服着てるんだよ』」

「ケンタッキーのことはケンタッキーに行ってから心配すればいいじゃない——もしほんとに行くとして」

「ここでもあいつきっと、学校に着ていくよ」

「あんたいったいどうしたの？」と母は言い返した。「どうなってるのよ？　あんたったら人が変わったみたいに——」

「母さんもだよ！」そう叫んで私は教科書を抱えて学校に駆けていき、昼休みにお昼を食べに家に戻ってくると、寝室のクローゼットから、嫌っている緑のシャツと、いまひとつ合わない茶色いコーデュロイのズボンを引っぱり出して、階下のセルドンのところに持っていった。セルドンは台所で、母親が作っておいてくれたサンドイッチを食べながら一人でチェスをして遊んでいた。

「ほら」と私は言って、服をテーブルの上に放り投げた。「これ、やるよ」。それから私は叫んだ。そう言ったところで、私たちそれぞれの生活の流れが変わるわけでもないのに――「とにかく僕をつけ回すの、やめろよな!」。

サンディ、セルドン、私の三人が映画から帰ってくると、デリカテッセンで買ったサンドイッチが私たちの夕食用に取っておいてくれてあった。会合が済んでから居間で食事した大人たちはもうみんな家に帰ったあとで、残っているのはミセス・ウィッシュナウ一人だった。こぶしを握りしめて食卓に座っているミセス・ウィッシュナウは、相変わらず戦いを強いられている。相変わらず明けても暮れても、彼女と彼女の父なき息子を押しつぶそうとするものすべてを相手に格闘を続けている。彼女は私たち三人と一緒に日曜夜のコメディショーを聴き、私たちが食べているあいだ、セルドンの方を、何かが忍び寄ってくるのを感じとった動物が生まれたばかりの子を見守るような目つきで見ていた。大人たちが使った皿はすでに彼女が洗って拭いて食器棚にしまい、私の母は居間で絨毯に掃除機をかけている最中だった。父はゴミを集めて外に出してから、ウィッシュナウ家の折り畳み椅子セットを、下の階のミスタ・ウィッシュナウが自殺したクローゼットの奥へ戻しに行って帰ってきたところだった。窓は全部開け放してあって、灰や吸殻はトイレに流し、ガラスの灰皿もみな綺麗に洗って食器棚に積まれたものの、煙草の臭いがまだ家のなかに充満していた(棚には酒壜が並んでいたが、その午後は一壜たりとも取り出されなかったし、働き者のアメリカ生まれ第一世代の大半の家庭で当然のごとく実践されていた禁酒の習慣どおり、客の誰一人、一滴たりとも酒を所望したりはしなかった)。

当面私たちの生活は安泰であり、家庭はしかるべき姿を維持している。習慣になっているさまざまな儀式のおかげで、何ものにも迫害されぬ永遠のいまという、平和な時代に子供が抱く幻想が、ほとんど損なわれることなく保たれている。ラジオでは私たちのお気に入りの番組が鳴っていて、夕食には汁のしたたるコーンビーフ・サンドイッチがあって、デザートには濃厚なコーヒーケーキがあって、これからまた一週間はいつもどおり学校に通う日々が控え、私たちの頭のなかでは二本立て映画の記憶がいまだ生々しかった。けれども、未来をめぐって私たちの両親がどう決断したかは全然わからなかった。シェプシー・ターシュウェルがみんなをカナダに移住するよう説き伏せたのか、みんながクビになることなく会社の転勤案に抵抗できて費用もさほどかからない方策を親戚のモンローが考え出してくれたのか、それとも、政府が提示した移住計画の仔細を極力冷静に検討した結果、市民権に基づくさまざまな保障がもはや自分たちには全面的には与えられないという事実を受け容れるほかないと思い知ったのか、いまはまだわかりようがなかった。だからこの日曜の夜はもう、完璧に慣れ親しんだものに身を委ねても、いつものような心地よさに浸れはしなかった。

がつがつとサンドイッチにかぶりついたセルドンの顔には一面マスタードがついていて、母親が手をのばしてペーパーナプキンでそれを拭きとるのを見て私は驚いてしまった。そしてセルドンがそれに逆らわずされるがままでいることには、もっと驚いた。「父親がいないからだな」と私は思った。このごろはもう、セルドンに関しては、何を見てもそう思うようになっていたのだが、たぶんこれについては当たっていたと思う。そして私は、「ケンタッキーではこうなるんだな」と思った。ロス一家は世界を敵に回し、夕食の席には永久にセルドンとその母親がいるのだ。

九時になって、私たちの戦闘的な声の代表、ウォルター・ウィンチェルが登場した。毎週日曜の晩、ホームステッド法42をウィンチェルがこき下ろすのを誰もが待っていたのであり、ある回に彼がそうしなかったとき、私の父は、動揺する心を何とか鎮めようと、ローズヴェルト以外で唯一、アメリカの最後にして最良の希望と見なしているこの人物に宛てて手紙を書こうと机に向かった。「これはひとつの実験なのです、ミスタ・ウィンチェル。これはヒトラーのやり口なのです。ナチスの犯罪者たちは、何か小さなことから始めて、もしそれが通ってしまえば……」と父は書いた。「あなたのような方が誰も警鐘を鳴らさなければ……」だが父は結局、そこから生じうるさまざまな恐ろしい事態を列挙せずに終わった。そんな手紙、きっとFBIのオフィスに行きつくわよと母に言われたのだ。ウォルター・ウィンチェル宛に投函しても、絶対ウォルター・ウィンチェルの許には届かないと母は言った。郵便局でFBIに転送されて、「ロス、ハーマン」とラベルを貼ったファイルに入れられ、以前から存在する「ロス、アルヴィン」とラベルを貼ったファイルと並べて保存されるというのだ。

私の父は反論した。「そんなはずないさ。合衆国郵便にそんなことがあるものか」。だが母の、常識に支えられた答えが、わずかに残っていた自信を父から剝ぎとった。「あなたそうやって、ウィンチェルに手紙を書いて」と母は言った。「どこまで押しとおせるかあの人たちが見きわめたらあとはどんなことだってやりかねないって予言してるわけでしょう。なのに、郵便制度についてはあの人たちの思うとおりにならないって言うわけ？　ウォルター・ウィンチェルに手紙を書くのはほかの人たちに任せなさいな。うちの息子二人はもうすでにFBIに尋問されたのよ。アルヴィンがあんなことやったから、FBIはもうすでにタカみたいにあたしたちを見張ってるのよ」。「だけど、だからこそ俺はウィンチェルに手紙を書いてるんじゃないか。ほかにどうしろっていうんだ？　これ以上何ができるんだ？　知ってたら教えてほしいね。ただ黙って手をこまねいて、最悪の事態が起きるのを待てって言うのか？」

父の無力な戸惑いぶりに、母はチャンスを見てとった。無神経だからではなく、必死だったから、母はそのチャンスに飛びつき、それによってますますの屈辱を父に与えた。「シェプシーはのうのうと座って手紙を書いて最悪の事態を待ってたりしないわよ」と母は言ったのだ。「またカナダか！　いい加減にしろ！」と父は、あたかもカナダというのが、私たちみんなをじわじわ蝕んでいる病気の名であるかのように言った。「もう聞きたくない。カナダは解決策なんかじゃないんだ」と父はきっぱり母に言った。「カナダは唯一の解決策よ」と母はすがるように言った。「俺は逃げたりしない！　ここは俺たちの国だ！」と父がどなると、みんな思わずハッとした。「違うわ」と母は悲しそうに言った。「もうそうじゃないわ。ここはリンドバーグの国よ。ユダヤ人以外の人たちの国よ。あの連中の国なのよ」と母は言い、その涙声と、ショッキングな言葉と、情け容赦ない真実が持つ悪夢のごとき生々しさとが、男盛りの、これ以上健康な、これ以上頭脳明晰にして意志堅固な四十一歳もいないというくらい元気者の父に、いまの自分のありのままの姿を直視する屈辱を強いた。家族思いで、巨人なみの活力を持ちながらも、クローゼットで首を吊っていたミスタ・ウィッシュナウ同様、家族をまったく護ってやれない父親。

サンディにとっては——年若くして有名になった栄誉を無理矢理剝ぎとられた横暴に、無言の怒りをいまもたぎらせているサンディにとっては——父の言葉も母の言葉も愚かにしか響かなかった。私と二人きりになると、サンディはエヴリン叔母さんから学んだ言葉を使って父と母を迷わずこき下ろした。「ゲットーのユダヤ人さ」とサンディは私に言った。「怯えた、偏執狂の、ゲットーのユダヤ人」。家にいるとサンディは、話題が何であれ両親の口にするほとんどすべての意見をあざ笑ったし、その辛辣な態度に私が懐疑的な姿勢を示すと私のこともあざ笑った。そもそもそういう年ごろだったから、どのみち何から何まで冷笑したくなっていたのかもしれず、平時であっても、落着かぬ思春期の息子特有の侮辱的あざけりを父にも母にもさんざん浴びせていたかもしれない。が、いまは一九四二年、どうにも正体の見きわめにくい脅威にまみれた苦境に私たちは陥っていたのであり、そのことが、普通なら単なる苛立ちの種で済むはずのものをそれ以上の何かにしていた。そしてその苦境が続くあいだずっと、サンディは面と向かって両親を見下すことになる。

「『偏執狂(パラノイド)』ってなあに?」と私はサンディに訊いた。

「自分の影を怖がる人間さ。世界中が自分の敵だと思い込む人間。ケンタッキーがドイツにあると思ってて、合衆国大統領のことを突撃隊員だと思ってる人間。こういう連中は」とサンディは、人の欠点を何かとあげつらう私たちの叔母が、自分をユダヤ人の有象無象（うぞうむぞう）と区別しようとするときに使う口調を真似て言った。「移住の費用もこっちが持ってやって、子供たちのために新たな門戸も開いてやって……偏執狂ってどういうことか、わかるか？」とサンディは言った。「偏執狂ってのは頭がおかしいってことさ。あの二人、頭が壊れてるんだよ。気が変なのさ。で、何のせいで気が変になったかわかるか？」

答えはリンドバーグ。でもサンディにははっきりそう言う勇気は私にはなかった。「何のせいなの？」と私は訊いた。

「ゲットーなんかで、移民したての田舎者みたいに暮らしてるせいさ。エヴリン叔母さんが言ってたんだけど、ラビ・ベンゲルズドーフがそういうの何て呼んでるかわかるか？」

「そういうのって？」

「ここの連中の暮らし方さ。ラビはそれを、『ユダヤ人の辛苦の絶対性への信仰』と呼んでるのさ」

「それってどういう意味さ？　全然わかんないよ。翻訳してよ。『しんく』ってなあに？」

「辛苦か？　辛苦ってのは、お前らユダヤ人の言うツーリス（イディッシュ語で「悩み、困難」の意）さ」

ウィッシュナウ親子が下の階へ戻り、サンディが宿題を済ませようと台所に行ったあと、私の両親は家の玄関側に行って居間のラジオをウォルター・ウィンチェルに合わせた。私は明かりを消してベッドに入っていた。もうこれ以上、誰の口からも、リンドバーグやフォン・リッベントロップについてであれケンタッキー州ダンヴィルについてであれ、パニックに染まった言葉を聞きたくなかったし、セルドンとの未来についても考えたくなかった。私はただ、忘却に満ちた眠りのなかに消えてしまいたかった。そして朝はどこか別の場所で目を覚ましたかった。けれどその晩は暖かく、どの家も窓を開け放していたから、時計の針が九時を回ったとたん、ほぼ全方向から、かの有名な、ウィンチェル番組のトレードマークを私は浴びざるをえなかった。トト、ツーツー、という電信の、モールス信号としては（モールス信号はサンディから教わった）実は何も意味していない音。やがて、それが次第に小さくなっていくのと入れ替わりに、ウィンチェルその人のおそろしく威勢のいい声が、界隈すべての家から響いてくる。「こんばんは、ミスタ・アンド・ミセス・アメリカ……」そうして、待ち望んだ言葉の一斉射撃。やっとのことでウィンチェルの鉄拳が振り下ろされ、すべてを浄化しすべてを変えてくれるのだ。普通の時であれば、たいていの問題は父と母が解決してくれたし、わからないことがあっても父と母がおおむね説明してくれたから、世界はひとまず合理的な場であるように見えていた。いまとは全然違っていたのだ。いま・ここがおよそ常軌を逸している現在、ウィンチェルは私にとっても掛け値なしの神と化していた。主（アドナイ）よりはるかに重要な存在だった。

「こんばんは、ミスタ・アンド・ミセス・アメリカ、そして海上のすべての船舶。さっそくニュースを！　速報！　鼠面（ねずみづら）のジョー・ゲッベルスとそのボスたるベルリンの人殺しを喜ばせたことに、リンドバーグ率いるファシスト集団によるアメリカのユダヤ人攻撃はいまや公式に進行しております。自由の地における組織ぐるみのユダヤ人迫害第一段階、その偽の名称は『ホームステッド法42』。ホームステッド42は、アメリカの悪徳資本家のなかでもとりわけ名望あるお歴々の援助と後押しを得ています。ですが心配はご無用、お歴々はいずれ次の強欲支援議会で、リンドバーグの手下たる共和党議員たちによって違法な税制優遇措置を与えられるでしょうから。

ニュース——ホームステッド42に巻き込まれたユダヤ人たちが、ヒトラーのブーヘンヴァルト式の強制収容所へ行きつくことになるか否かは、リンドバーグ政権最大の鉤十字狗（スワスティンカー）二人（鉤十字〈スワスティカ〉と下司野郎〈スティンカー〉との合成語）、ウィーラー副大統領と内務長官ヘンリー・フォードの決定に委ねられています。私、『なるか否か』って言いました？　失礼、ドイツ語が拙いもので。訂正します、『いつなるか』です。

ニュース——すでに二二五のユダヤ人家族が、アメリカ北東部の都市から立ち退きを命じられ、親族や友人から数千マイル離れた地へ送り出されることになりました。この第一回の送り出しは、国民の注意を惹かぬよう、意図的に小規模に抑えられています。なぜか？　なぜならこれは、四五〇万に及ぶユダヤ系アメリカ国民の終わりの始まりであるからです。ユダヤ人たちは各地の、ヒトラーを愛するアメリカ優先委員会支持者たちの栄える地へ離散させられるでしょう。孤立したユダヤ人家族がそれらの地に着いたとたん、民主主義を破壊する右翼の連中を――いわゆる愛国者にしていわゆるキリスト教徒を――敵に回すことになるのです。

さて次は誰でしょう、ミスタ・アンド・ミセス・アメリカ、基本的人権がもはや国の掟ではなく、他人種を憎む者たちが国を仕切っているいま、政府出資による、ウィーラー＝フォードの迫害虐殺計画に次に引っかかるのは誰でしょう？　長年苦しんできた黒人でしょうか？　働き者のイタリア人？　モヒカン族の最後の者たちか？　アドルフ・リンドバーグのアーリア・アメリカにあって、もはや歓迎されないのは私たち以外に誰でしょう？

スクープ！　当通信員の探りあてたところ、ホームステッド42は一九四一年一月二十日、アメリカ・ファシスト新秩序がその悪党どもをホワイトハウスに送り込んだ日にすでに起動していたのであり、アイスランドでアメリカの総統（フューラー）とそのナチス共犯者が交わした裏切りの協定にも盛り込まれていたのです。

スクープ！　当通信員の探りあてたところ、リンドバーグ率いるアーリア人たちがアメリカのユダヤ人を徐々に移住させ、やがては大量に投獄する見返りとして、英国海峡を越えたイギリス諸島への大規模な侵略を控えることにヒトラーは同意したのです。最愛の総統同士は、アイスランドにおいて、絶対の必要がない限り、青い目で金髪の正真正銘のアーリア人を大量虐殺するのは筋が通らないということで意見の一致を見ました。そして万一、オズワルド・モーズリー率いる英国ファシスト同盟が一九四四年までにダウニング・ストリート十番地を独裁支配するに至らなければ、ヒトラーにとって、まさにその「絶対の必要」が生じてしまうのです。これは驚くにはあたりません。支配者民族は、一九四四年までに、ナチスによるロシア人三億人の奴隷化を完成させ、モスクワのクレムリンに鉤十字旗を掲げる腹づもりなのです。

　そしてアメリカ国民は、自分たちが選挙で選んだ大統領によるこの変節行為を、いつまで容認するのでしょう？　大切な憲法が、十字架と国旗を掲げて行進する共和党右翼のファシスト協力者によってズタズタにされるなか、いつまで眠ったままでいるのでしょう？　どうぞこのまま、あなたのニューヨーク通信員ウォルター・ウィンチェルをお聴きください――次もリンドバーグの裏切りの嘘をめぐる衝撃的ニュースが続きます。すぐに（イン・ア・フラッシュ）、速報（ウィズ・ア・フラッシュ）を携えて戻ってきます！」

　それから、三つのことが同時に起きた。アナウンサーのベン・グラウアーの穏やかな声が、スポンサーに代わってハンドローションの宣伝を始めた。私の寝室の外の廊下で、ふだん夜九時過ぎには絶対に鳴らない電話が鳴り出した。そして、サンディが切れた。ラジオに向かってではあれ（だがそのあまりの激しさに、父はとたんに居間の椅子から飛び上がった）、「嘘つきのクズ野郎！　二枚舌の大悪党！」とサンディはわめき出した。

「おい」と父は言いながら台所に飛び込んでいった。「この家でそんな言葉遣いは許さん。もう黙れ」

「だって、どうしてあんな大嘘聴いてられるのさ？　何の話だよ、強制収容所って？　強制収容所なんかないよ！　一言残らず嘘だよ、あんたら大衆をラジオの前に釘付けにするための駄法螺（だぼら）だよ！　国中が知ってるんだ、ウィンチェルなんてたわごとばっかりだって——知らないのはあんたら大衆だけさ」

「で、その大衆ってのは誰だ？」と父が言うのが聞こえた。

「僕はケンタッキーで暮らしたんだ！　ケンタッキーは四十八州のひとつなんだよ！　よそと同じに人間が住んでるんだ！　強制収容所なんかじゃない！　このグラウアーとかいう奴、クソみたいなハンドローション売って何百万ドルも儲けて——それをあんたら大衆は信じるんだ！」

「汚い言葉はよせと言っただろう。それと『あんたら大衆（ユー・ピープル）』ってのも一言言っておく。もういっぺん『あんたら大衆』って言ってみろ、この家から出ていってもらうからな。ここじゃなくてケンタッキーで暮らしたいんだったら、ペン・ステーションまで車で連れてってやる。次の汽車で行くがいい。お前の言う『あんたら大衆』の意味はちゃんとわかってるんだ。お前だってわかってるはずだ。誰だってわかってるんだ。二度と絶対、この家でその言葉使うんじゃないぞ」

「僕に言わせりゃ、ウォルター・ウィンチェルなんてまるっきり空っぽの、でたらめのかたまりさ」

「結構。それはお前の意見であり、そういう意見を持つ権利がお前にはある。だが、違う意見を持ってるアメリカ人もいるんだ。何百万、何千万のアメリカ人が、日曜の晩に欠かさずウォルター・ウィンチェルを聴いてる。そしてそのアメリカ人たちは、お前とお前の聡明なる叔母さんの言う『あんたら大衆』なんかじゃない。ウィンチェルの番組はいまも一番評価の高いニュース番組だ。フランクリン・ローズヴェルトも、ほかの新聞記者には絶対言わないことをウォルター・ウィンチェルには打ちあけた。そしていいか、よく聞けよ、いま言ったのは全部事実だぞ」

「聞けやしないよ、父さんの話なんか。『何百万』の人々がどうこうなんて話、どうやって聞いてられるのさ？　何百万の人々なんて、一人残らず阿呆じゃないか！」

一方、廊下で鳴った電話には母が出て、ベッドにいる私の耳には母の声も聞こえてきた。ええもちろん、と母は言った。もちろん聴いてたわよ、ウィンチェル。ええ、ひどい話よね、思ったよりもっとひどいわ、でも少なくともこれで明るみには出たわ。ええ、番組が終わったらすぐハーマンがお電話するわ。

こうした会話を四回続けて母は行なった。が、五度目の電話が鳴ったとき、母はそれに出ようと飛び上がりはしなかった。かけてきた人はきっと、ほかの友人たち同様、ウィンチェルが矢継ぎ早に明かしたニュースに動揺していたにちがいないが、そうと知りつつ出なかったのは、すでにコマーシャルが終わって母も父も居間のラジオの前に戻っていたからだ。そしてサンディはもう寝室に入ってきていて、眠ったふりをしている私のかたわらで、ポンプの柄の形のスイッチがついたナイトランプの光を頼りに寝支度をしていた。そのスイッチは、サンディが工作の授業で一から作ったものだった――彼がまだ、自分の器用な手で作れるものに夢中になっている職人肌の少年で、イデオロギーの争いなどに少しも汚染されていなかったころに。

三年前に私の祖母が亡くなって以来、こんなに夜遅くこんなにひっきりなしにわが家の電話が使われたことはなかった。かけてきた人全員に父が電話を返し終えたときはもう十一時近くで、その後も一時間くらい両親は二人で話を続け、それからようやく台所を出て寝床に入った。さらに、そこから二時間経って、二人がぐっすり寝入ったこと、そして隣のベッドで私の兄ももはや天井を睨みつけてはおらずやはり眠っていることを私は確信した。これでやっと、誰にも気取（けど）られずに寝床を出て、裏口まで行って錠を外し、外に出て地下室への階段を降りていき、闇のなか、湿った床を裸足で進んで、わが家の収納庫まで行けるのだ。

私を駆り立てていたのは、何ら衝動的な、あるいはヒステリックな思いではなかったし、私の決断にメロドラマじみたところは少しもなく、自分から見る限り無謀なところもまったくなかった。あとになって人々は、見かけは従順なお行儀のいい五年生の下にこんな無責任な、白昼夢にふける子供が隠れているなんて思いもよらなかったと言った。だがこれは浅はかな白昼夢などではなかった。私は空想ごっこにふけっていたのではない。悪戯がしたくて悪戯をしていたのでもない。たしかにアール・アクスマンとの悪戯は貴重な練習になってくれたが、目的はまったく違う。そしてむろん私は、狂気に向かって邁進（まいしん）しているような気分でもなかった。暗い収納庫のなかに入って、自分のパジャマを脱いでセルドンのズボンを穿きながら、心のなかではセルドンの父親の幽霊をかわし、アルヴィンが使っていた誰も座っていない車椅子に怯えぬよう努めているさなかにも、そんな気持ちは少しもなかった。とにかく私は、私たち家族と、私たちの友人みなにとってもはや逃れようもない、そこから生きて抜け出せるかどうかも定かでない災難に、何としても抗いたかったのだ。その一念のみが、私を包んでいた。あとになって私の両親は、「何をやってるのかあの子は自分でもわかってなかったんです」と言い、「夢遊病」というのがいつしか公式見解となった。だが私ははっきり目覚めていたし、自分の動機は少しも不明瞭ではなかった。ただひとつ不明瞭だったのは、この企てが成功するかどうかだった。先生の一人は、私が授業で「地下鉄道」のことを教わり、奴隷たちが自由の地たる北へ行くのを南北戦争以前に支援していた組織の話を聞いたせいで「壮大な妄想」に取り憑かれたのではないかと唱えた。そうではない。サンディの場合、チャンスが訪れたのを機に、誰よりも目立つ子供になりたいという欲求が目覚めて、歴史の頂点に立ちたいと思うようになったわけだが、私は全然そうではなかった。私は歴史になんかかかわりたくなかった。誰よりも目立たない子供に私はなりたかった。私は孤児になりたかったのだ。

ひとつだけ、置いてはいけないものがあった。私の切手アルバムだ。もし、自分がいなくなってもアルバムはきちんと保管されると安心できたなら、この最後の瞬間、寝室から出ていくにあたって、わざわざたんすの引出しを開けて靴下や下着の下からアルバムをこっそり取り出したりはしなかったと思う。けれども、コレクションがばらばらにされるとか、捨てられてしまうとか、あるいは——これが最悪だ——そっくり誰かよその子にあげられてしまうと思うと、何ともたまらなかった。だから私はアルバムを小脇に抱え、それと一緒に、マウント・ヴァーノンで買ったマスケット銃形のペーパーナイフも持っていった。私はそれまで、その銃剣の先を使って、バースデイカード以外で唯一私に送られてくる郵便をていねいに開封していたのだった――マサチューセッツ州、ボストン17区の「世界最大の切手商」H・E・ハリス社から定期的に送られてくる見計らい品（希望の品だけ購入して残りは返却する）の包みを。

こっそり家を抜け出し、児童養護施設の敷地に向かって人気のない通りを歩きはじめた瞬間から、翌日目覚めると厳めしい顔の両親がベッドの足側にいて、私の鼻から何かの管を引き抜くのに忙しい医者から、ここはベス・イズリアル病院だよ、たぶん君はひどく頭が痛むだろうけど心配は要らないよ、と言われた瞬間までのあいだに起きたことを、私は何ひとつ覚えていない。たしかに頭はものすごく痛かった。だがそれは、血を流して意識を失って倒れているところを発見された時点で懸念されたように、凝固した血液が脳を圧迫しているからではなかったし、脳損傷も生じてはいなかった。X線検査で頭蓋骨骨折はないと判明していたし、神経系の検査でも神経に異常は見られなかった。長さ七センチあまりの裂傷がひとつあってこれを縫うのに十八針を要し（翌週には抜糸してもらった）、また蹴られたこと自体を私がまったく記憶していないという、この二点を除けば大きな問題は何もなかった。型どおりの脳震盪です、と医者は言った。痛みも記憶喪失も、原因はそれだけだと言うのだ。おそらく私は、馬に蹴られたことも、その遭遇に至るまでの経緯も永久に思い出さぬままだろうが、それも型どおりだと医者は言った。それ以外、私の記憶は何ら損なわれていなかった。幸いなことに。その「幸いなことに（ラッキリー）」という言葉を医者は何回か使った。ずきずき痛む私の頭のなかで、それはあざけりの言葉のように響いた。

　その日一日、そしてそのまま翌日の朝まで私は病院にとどめられ、意識を失った状態に戻ってしまっていないことを確認するためほぼ一時間ごとに揺り起こされた。が、翌朝に退院を許されると、一、二週間は運動を控えるようにと言われただけだった。母はずっと付き添えるよう前日は休みを取っていたし、退院のときも一緒にいてバスで連れ帰ってくれた。十日ばかりは頭痛も治まらず、これについては手の打ちようもなかったから学校も休ませられたが、それ以外は大丈夫だと言われた。そして大丈夫だったのは、誰よりもまずセルドンのおかげだった。私が思い出せないほとんどすべてのことを、セルドンは離れたところから目撃していた。かりにもし、私が裏の階段を下りてくるのを聞きつけたセルドンが、自分も寝床から抜け出し闇のなか私のあとを尾けてサミット・アベニューを進み高校の運動場をつっ切って養護施設のゴールドスミス・アベニュー側に達して掛け金の外された門から施設の林に入ってこなかったら、私はおそらく、セルドンの服を着て意識を失って横たわったまま出血多量で死んでいただろう。セルドンが家まで駆け戻り、私の両親を起こすと、両親はただちに交換手に電話して助けを求め、セルドンは両親とともにわが家の車に乗り込んで、まっすぐ私の居場所に案内した。もうそのころは午前三時近くになっていて、あたりは真っ暗だった。母は私のかたわら、湿った地面に膝をついて、持ってきたタオルを私の頭に当てて血を止め、父は車のトランクに入れてあった古いピクニック用毛布で私の体を覆い、救急車が来るまで寒くないよう気を配ってくれた。救出の手はずを整えてくれたのは両親だった。でも命を救ってくれたのはセルドン・ウィッシュナウだった。

闇のなかを方向もわからずうろうろ歩いていて、林が開けて畑になるあたりに出て、どうやら私は、そこにいた二頭の馬を驚かせてしまったらしい。馬たちから逃れようと、回れ右して林を抜け街路に戻ろうとすると、一方の馬が後ろ脚で立ち上がり、私はつまずいて転び、もう一頭の馬が逃げ出した際にそのひづめが私の後頭部の上の方に当たった。その後何週間も、セルドンは興奮した口調で私に（そしてもちろん全校の生徒たちに）、家を脱出し家族のいない子供として修道女たちに受け入れてもらおうと企てた私の真夜中の冒険を事細かに語った。一部始終を述べるなかで、荷役馬相手の私の災難と、パジャマしか着ていない自分が裸足で真夜中の街にくり出して養護施設の林とわが家とのあいだの難儀な一キロ半の道を往復した事実を、セルドンはとりわけ嬉々として語った。

彼の母親や私の両親とは違って、自分が不可解にも服を「なくした」のではなく、逃走に使うために私が盗んでいたのだと発見したことの戦慄を、セルドンはいつまで経っても失わなかった。セルドンにとって、このおよそありえない出来事のおかげで、自分の存在が有している、いままで自分でも気づかなかった価値が初めて確立されたのである。救世主でありかつ共犯者でもある者の特権を駆使しつつ物語を語ることで——そして見る気のある人間誰にでも傷だらけの足を見せることで——セルドンはやっと、自分の目から見て意味ある人物になったようだった。生まれて初めて英雄にふさわしい注目を集めるようになった、命知らずの少年。一方私は、どうしようもなく打ちのめされていた。まずむろん屈辱があって、それは頭痛以上に耐えがたく頭痛以上に長く続いたが、それに加えて私の切手アルバムが、それなしでは生きていけない私の最大の宝がなくなってしまったのだ。アルバムを持っていったことを私がやっと思い出したのは、退院して家に帰ってきて翌朝服を着ようとベッドから出て、靴下と下着の下にそれがないことを発見したときだった。そもそもアルバムをそこにしまっていたのは、毎朝学校へ行くため着替える際に真っ先に見られるようにだった。そしていま、帰ってきて最初の朝、真っ先に気づいたのは、自分のこれまでの最大の所有物がなくなってしまったことだった。なくなってしまって、もはや取り戻しようもない。脚をなくすことと同じで、かつまったく違う。

「母さん！」と私は叫んだ。「母さん！　大変だよ！」

「どうしたの？」と母は叫んで台所から飛んできた。「何かあったの？」

言うまでもなく母は、縫ったところから血が出てきたとか、私が卒倒しかけているとか、頭痛が耐えられないほどひどくなったといった事態を思い描いていたのである。

「僕の切手！」。私はそう言うだけで精一杯だった。そして母はそう聞いただけですべてを理解した。

そうして母は、自ら探しに行ってくれた。一人で養護施設の林に入っていって、私が発見されたあたりの地面を見て回ってくれたが、アルバムはどこにも見つからなかった。ただ一枚の切手さえも。

「ほんとに持ってったの？」と、帰ってきた母は訊いた。

「持ってったよ！　持ってったよ！　あそこにあるんだよ！　絶対あそこにある！　僕の切手なくなっちゃうなんて、そんなの駄目だよ！」

「でもそこらじゅう探したのよ。隅から隅まで見たのよ」

「でも誰が持ってくのさ？　どこにあるんだろう？　あの切手、僕のだよ！　見つけないと！　僕の切手！」

どう慰められても無駄だった。林でアルバムを見つける孤児たちの群れを私は思い描いた。彼らはアルバムにべたべた触り、ばらばらに引き裂いた。彼らが切手を引っぱり出して、口に頬張り、足で踏みつけ、汚らしい浴室のトイレにごっそり流す姿が私には見えた。自分たちのものでないがゆえに、彼らはアルバムを憎んだ。何ひとつ自分たちのものでないがゆえに、彼らはアルバムを憎んだ。

私の頼みを聞いて、母は切手のことも、セルドンのズボンのポケットに入っていた金のことも父や兄には黙っていてくれた。「あんたを見つけたとき、ポケットに十九ドル五十セント入ってたのよ。あのお金をどこで手に入れたのか母さんは知らないし、知りたくもない。この話はもう済んだことよ。ハワード貯蓄銀行にあんたの名義で口座を開いておいたわ。あんたの将来のために預けたのよ」。そう言って母は私に、小さな通帳を渡してくれた。中に私の名前が書いてあって、預入れ記入ページには唯一、「$19.50」と黒字のスタンプが押してあった。「ありがとう」と私は言った。それから母は、自分の次男をめぐる己の見解を口にした。母はこの感慨を、死ぬまで抱きつづけていたと私は思う。「あんたは本当に不思議な子ねえ」と母は言ったのだった。「思ってもいなかったわ」と母は言った。「全然知らなかった」。それから母は、私のペーパーナイフを、マウント・ヴァーノンで買ったミニチュアの白目(ピューター)製マスケット銃を渡してくれた。銃床(じゅうしょう)には引っかき傷や汚れがついて、銃剣も少し折れて歪(ゆが)んでいた。母はそれをその日、私にも知らせず昼食時間に急いで百貨店を出て、跡形もなく消えてしまった切手コレクションのわずかな痕跡でも見つからないかと、児童養護施設の敷地の地面をもう一度隈(くま)なく探してくれた最中に発見したのだった。

7

ウィンチェル暴動

一九四二年六月—一九四二年十月

切手のコレクションがなくなったのを発見した前日、父が会社を辞める決断をしたことを私は知った。火曜の朝、私が退院して帰ってきて何分も経たぬうちに、父はモンティ伯父さんの、側面が木製パネルのトラックをわが家の横の路地に入れて、ミセス・ウィッシュナウの車のうしろに駐めた。ミラー・ストリート市場での第一夜の仕事を終えて帰宅したのである。これ以降、日曜の夜から金曜の朝まで、父が午前九時、十時に帰ってきて、シャワーを浴び、腹一杯食べて寝床に入り、十一時にはもう眠っているという暮らしが続くことになる。私が学校から帰ってくるときも、裏手のドアを乱暴に閉めて父を起こしてしまわぬよう気をつけないといけなかった。そして午後五時少し前にはもう、父は起きて出かけていた。六時、七時ごろから農家の人たちが農産物を持って市場にやって来るのだ。以後、午後十時ごろから午前四時あたりまで、小売の食料品業者をはじめ、レストランのオーナー、ホテル経営者、消滅寸前の荷馬車行商人などが買いにくる。長い夜を父は、母が用意してくれたサンドイッチ二つと魔法瓶に入ったコーヒーでしのいだ。日曜の朝は、父がモンティ伯父の家に母親を訪ねていくか、モンティ伯父がわが家に彼女を連れてくるかで、あとは一日寝て過ごし、そのあいだもやはりみんな静かにしていないといけなかった。それは父にとって辛い暮らしだった。さらに時おり、その方が安値で買えるとモンティ伯父が判断すると、夜明けよりずっと前にパセーイク郡やユニオン郡の農家まで一人で農産物を取りに行かされた。

辛い暮らしだと私にもわかったのは、朝帰ってきた父が酒を飲むからだった。ふだんわが家では、フォアローゼズのボトルが何年も持った。母は絵に描いたような禁酒人間で、泡立ったビールを見るのさえ耐えられなかったから、ましてやストレートのウィスキーの匂いなど論外だった。父にしても、結婚記念日か、夕食を食べにきたボスにフォアローゼズのオンザロックを出すとき以外、いったいいつ酒を飲んだだろう？　それがいまは、市場から帰ってくると、汚れた服を脱いでシャワーを浴びるのもそこそこに、ショットグラスにウィスキーを注いで、首をうしろに傾け、ぐいっと一口で飲み干し、たったいま電球を噛んだ人間みたいな顔をする。「美味い！」と父は声に出して言った。「美味い！」。そうしてやっとリラックスして、消化不良にも陥らずしっかり食事する態勢に入っていけるのだ。

私は呆然としていた。その理由は、父の職業上の地位の激変だけではない。路地に駐めたトラックと、これまではスーツを着てネクタイを締めぴかぴかに磨いた黒い靴を履いて仕事に出かけていた男がいま履いている底の厚いブーツだけでもない。あるいは、その男がショットグラスを飲み干し午前十時に一人でその日メインの食事を取っているというありえない事態だけでもない。それらに加えて、私の兄も——兄の予期せざる変身も——私を呆然とさせていたのである。

サンディはもはや怒っていなかった。いまや蔑みの態度も示さなかった。いかなる面でも、人より偉そうなそぶりは見せなかった。何だかまるで、兄も私と同じく頭に一撃を喰らったのだけれど、それが私のように記憶喪失をもたらす代わりに、物静かで誠実な少年をよみがえらせたかのようだった。生意気な意見を連発する早熟の大物という地位からではなく、内なる生の力強い、安定した流れから満足を得ている子供。その流れが、朝から晩までサンディを着実に動かしている。元来そういうところが兄を、私から見て、兄と同い歳の子供たちより本当に偉くしていたのだ。スターダムを求める情熱が、軋轢に耐える能力と一緒に燃えつきたのか。もしかしたら、そういうことに必要なエゴイズムが兄にはもともと欠けていて、自分がずば抜けていることをもはや人前で誇示しなくてよくなって、心中ひそかに安堵しているのか。あるいは、宣伝するよう求められたその思想を、はじめから信じていなかったのか。あるいはまた、意識を失った私が、下手をすれば命とりの血腫を抱えて病院で横たわっていたあいだ、父にたっぷり説教されてそれが効いたのか。それともまたは、私が始動させた危機の余波がいまだ残るなか、「かつてのサンディ」を隠れ蓑にして、卓越せる真の自分をその奥に据え、変装し、画策し、狡猾に世を忍びつつ、次に何かが起きるまで——何が起きるかは神のみぞ知るだ——待っているのか。いずれにせよ、当面は、状況の急変ゆえ、私の兄は家族の柵のなかに舞い戻っていた。

そして私の母も、もはや勤労女性ではなかった。モントリオールの銀行口座には、母が望んでいたほどの額はとうてい貯まっていなかったが、すぐに逃げる必要が生じたら一家で国境を越えてカナダで新しい生活を始めるだけの金はあった。父は十二年にわたりメトロポリタンに雇用されてきた安定をあっさり放棄することで、私たちをケンタッキーに移住させようと企む政府を出し抜き、実は体のいいユダヤ人迫害にほかならないことをウィンチェル同様見抜いたホームステッド法42から私たち家族を護ろうとしたわけだが、母もヘインズ百貨店での職を等しくすばやい決断で辞めた。ふたたびフルタイムで家を切り盛りし、私たち兄弟が昼食を食べに戻ってくるときも放課後帰ってきたときも家にいたし、夏休みのあいだも、サンディと私が監視不足ゆえに暴走してしまわぬようそばで見張ってくれるのだ。

父は造り直され、兄は元に戻され、母は取り返され、私の頭は十八本の黒い絹糸で縫われ、私の最大の宝は取り返しようもなく失われて、それがすべて、おとぎばなしのようなめまぐるしさで起きたのだった。家族は一夜にして社会的地位を失い、別の地点に足場を築き、国外逃亡にも追放にも直面することなく、依然としてサミット・アベニューに根を下ろしている。その一方、あとわずか三か月でセルドンは――私がいまや否応なくつながれてしまっている相棒セルドン、彼の服で変装していた私が出血多量で死ぬのを食い止めたことで鼻高々近所を歩き回っているセルドンは――町を去ろうとしている。九月一日からは、母親と二人で、ケンタッキー州ダンヴィル唯一のユダヤ人の子供として暮らすのだ。

私が家を抜け出した日曜の夜、いつもの番組を終えてからわずか数時間後にウォルター・ウィンチェルがスポンサーのジャーゲンズ・ローション社に降板を言い渡されなかったら、私の「夢遊病」から生じる屈辱はあの程度では済まなかっただろう。それは誰にとっても信じられない、真にショッキングなニュースだった。ウィンチェルは簡単には引き下がるまい、全米に向けて抗議の声を上げるだろう、みんなそう思った。十年にわたってアメリカ随一のラジオレポーターでありつづけてきた彼に代わって、次の日曜の午後九時からは、例によってマンハッタン中央のホテルのテラスの、例によって洗練されたサパークラブからダンスバンドの音楽が中継される。ウィンチェルに対するジャーゲンズの第一の非難は、毎週全国で二五〇〇万以上の人々が耳を傾けるレポーターともあろう者が、「満員の劇場で『火事だ』と叫ぶに等しい真似をした」というものだった。そして、合衆国大統領に対し、「大衆を煽ろうとする、この上なく悪質な民衆煽動家のみが捏造するたぐいの」悪意に満ちた中傷を行なった、というのが第二の非難。

穏健派で、ユダヤ人たちによって創立され所有され——ゆえに私の父も高く評価している——リンドバーグのナチス・ドイツ政策もまったく容認していない『ニューヨーク・タイムズ』ですら、「知的職業人の恥辱」と題した社説において、ジャーゲンズ・ローションの決定を全面的に支持した。「反リンドバーグを標榜する山師達の間で」と『タイムズ』の社説は述べる——

暫く前から、リンドバーグ政権の意向に関し誰が一番悪意ある風説をデッチ上げられるかを巡って競争が繰り広げられてきた。そしてウォルター・ウィンチェルは、何とも大仰な一歩によって今やその群れの先頭に立ったのである。良心は疑わしく、分別も怪しいウィンチェル氏が発した罵詈雑言の羅列は、許し難いばかりか、倫理にも悖る。斯様に強引な言い掛かりを繰り出されては、生涯民主党を支持してきた人でさえ、思わず大統領に同情してしまうことだろう。ウィンチェルは取り返しようもなく自らを貶めた。彼を迅速に降板させたジャーゲンズ・ローションの英断は称賛に値する。この国に蔓延る、ウォルター・ウィンチェルの如き輩の実践するジャーナリズムは、賢明なる国民に対する侮辱であると同時に、正確・公平・責任を旨とするジャーナリズムの規範にとっても大きな侮辱に他ならない。ウィンチェル氏を始め、何の信念も無いタブロイド新聞の連中や金に飢えた出版業者達は、これまでもずっとそれを踏み躙ってきたのである。

これを受けて、リンドバーグ政権を擁護しウィンチェルを批判する投書がいくつも寄せられ、『ニューヨーク・タイムズ』は中でももっとも早くに寄せられたもっとも長い投書を掲載した。その筆者である著名な某人物は、社説に賛意を表し喝采を送り、ウィンチェルが憲法修正第一条（言論等の自由を保障する）をあからさまに乱用した例をさらにいくつか挙げてその論を支持したのち、こう締めくくった――「同胞ユダヤ人達を煽動し、徒に恐怖に陥れんとするだけでも唾棄（だき）すべき企みであるが、同様に、貴紙も極めて的確に糾弾なさっている通り、人間としての品位を蔑（ないがし）ろにしている点でも等しく嫌悪されて然るべきである。長年にわたって迫害されてきた民族の恐怖心に付け込むことほど憎むべき行ないも他にない。しかも現政権は、正（まさ）しくその集団に対し、アメリカ同化局の活動を通して、抑圧とは無縁の開かれた社会に全面的に参加する機会を提供せんと尽力しているのである。ホームステッド42は、アメリカに住む誇り高きユダヤ系市民達が国民生活へ参与する道を拡大し充実させることを旨とする事業であるにも拘わらず、ウォルター・ウィンチェルはこれを、ユダヤ人を孤立させ国民生活から排除するファシスト戦略だと説く。正にジャーナリストとして無責任の極みであり、今日至る所で民主的自由への最大の脅威となっているデマ宣伝技法の好例に他ならない」。

　投書の署名は「ワシントンDC　内務省　アメリカ同化局連邦局長　ラビ・ライオネル・ベンゲルズドーフ」であった。

　ウィンチェルの反論は『デイリー・ミラー』の連載コラムに現われた。ニューヨークで発行されているこの新聞の経営者は、右翼系新聞三十紙あまりと、半ダースほどの大衆向け雑誌に加え、ウィンチェルの文章を多くの地方紙に配信し彼の読者をさらに何百万か増やしている〈キング・フィーチャーズ〉も所有している、アメリカでもっとも富裕な出版業者ウィリアム・ランドルフ・ハーストだった。ウィンチェルの政治的姿勢を、とりわけFDR礼賛をハーストは忌み嫌っていたから、ライバル紙『デイリー・ニューズ』とニューヨークの読者を奪いあう上で、醜聞を果敢に暴露しつつも妙に甘ったるく愛国的でもあるウィンチェル独特の庶民性が読者の圧倒的支持を得ていなかったら、とっくの昔に彼をクビにしていたことだろう。こののち、ついにそうしたのは、両者の長年に及ぶ確執ゆえというよりホワイトハウスからの圧力だ、とウィンチェル本人は述べることになる。ハーストのように向かうところ敵なしの大立者でも、さすがにその波紋を考えると抗えなかったというのだ。

「リンドバーグ・ファシストたちは」――と、例によって挑発的に、いっこうに懲りない口調でウィンチェルは、ラジオの契約を打ち切られた数日後に掲載されたコラムを書き出していた――「表現の自由に対するナチス流攻撃を大っぴらに開始した。今日、ウィンチェルこそ沈黙させるべき敵なのだ……『主戦論者』ウィンチェル、『嘘つき』ウィンチェル、『徒に人心の不安を煽る輩』『アカ』『ユダ公』。今日の小生の運命は、アメリカの民主主義を破壊せんとするファシストの陰謀（プロット）をめぐる真実を伝えようとするすべてのニュースキャスターと新聞記者の明日の運命である。狂信的（ラビッド）ラビ、嘘八百（ライイン）ライオネル・Bのごとき名誉アーリア人たちや、腰抜け『ニューヨーク・タイムズ』を所有しパーク・アベニューの豪邸に住む資産家連中など、ウィンチェルのように闘うにはあまりに、あまりに洗練されていて、ユダヤ人を迫害する主人の前にひれ伏すしかないクヴィスリング（ノルウェーの政治家で売国奴の代名詞）ユダヤ版は連中が最初ではないし……最後でもないだろう。ジャーゲンズの阿呆ども（ジャークス）も、この国をいま破壊しつつある独裁嘘つき集団に協力した最初の臆病経営者ではないし……最後でもないだろう」。

そして、アメリカの主だったファシズム協力者にしてウィンチェル自身の敵たる人物をさらに十五人ばかり列挙したこのコラムは、結局彼の最後のコラムとなったのである。

三日後、ハイドパークにFDRを訪ね、彼が引退を撤回して政権三期目をめざす気が依然ないことを確認したのち、次の総選挙で自ら大統領選に出馬するとウォルター・ウィンチェルは宣言した。それまで候補と目されていたのは、ローズヴェルト政権の国務長官コーデル・ハル、元農務長官で一九四〇年大統領選での副大統領候補ヘンリー・ウォレス、ローズヴェルト政権の郵政長官で民主党議長のジェームズ・ファーリー、最高裁判事ウィリアム・O・ダグラス、そしていずれも中道民主党員でニューディール推進派ではない元インディアナ州知事ポール・V・マクナットとイリノイ選出上院議員スコット・W・ルーカスといった面々だった。また、ある未確認情報（おそらくウィンチェルがいまださまざまな未確認情報を広めて年八十万ドルを稼いでいたころに自ら作り上げて広めた情報）によれば、かくも魅力に乏しい候補者ラインナップとあっては党大会が膠着（こうちゃく）状態に陥る可能性も高く、もしそうなったら、一九四〇年の共和党大会にリンドバーグが現われたのと同じようにエレノア・ローズヴェルトが突如登場し、万雷の拍手を得て大統領候補に指名されるのだと囁かれたりもした。実際、夫の二期にわたる在任中、政治・外交において彼女は大きな存在であったし、率直にものを言う姿勢と貴族的な慎み深さとを併せもった人柄ゆえにいまも人気は高く、右翼系メディアには頻繁に揶揄される一方で、リベラル派党員のあいだで絶大な支持を得ていた。だが、ひとたびウォルター・ウィンチェルが民主党候補者としていち早く、四四年の選挙までまだほぼ二年半ある時期に出馬を宣言すると――何しろ中間選挙もまだ済んでいないのだし、「ホワイトハウスのファシスト・ギャングの力ずく反乱鎮圧戦術」（と、ウィンチェルは出馬宣言に際し己の敵とその戦法を形容した）によるジャーナリズム業からの「追放（パージ）」騒ぎもまだつい先日のことだ――かつてのゴシップ・コラムニストは一躍最有力候補となった。民主党員で、誰もが名を知っていて、リンディほど愛されている現職大統領を敢然と批判する度胸の持ち主となれば、彼を措いてほかにいないのだ。

共和党の指導者層は、ウィンチェルを真面目に受けとめようとすらしなかった。どうせこの騒々しい受け狙いの男は、自己賛美の余興を演じて一握りの筋金入り金持ち民主党員から資金を吸い上げようとしているか、でなければFDRのために（または野心家のローズヴェルト妻のために）派手な当て馬役を演じているにすぎず、世論調査によればユダヤ人を唯一の例外としてあらゆる区分、あらゆるカテゴリーの有権者層から八十～九十パーセントという記録的な支持を依然リンドバーグが得ているこの国において反リンドバーグ感情を少しでも煽り、その大きさを測ろうとしているだけだと共和党員たちは片付けた。要するにウィンチェルはユダヤ人のための候補者であって、本人もこの上なく粗野なタイプのユダヤ人であり、ローズヴェルトの友人で富豪のバーナード・バルーク、銀行家でニューヨーク州知事のハーバート・リーマン、先日最高裁判事の座を退いたルイス・ブランダイスといった世の中枢に位置する育ちのよい威厳あるユダヤ人民主党員たちとは似ても似つかない。しかも、素性の知れぬユダヤ人として、わが国の社交界・実業界の上層においてこの民族を歓迎されざる存在にしている低俗な傾向をほとんどすべて持ちあわせているだけでも、ユダヤ人人口の多いニューヨーク市選挙区以外ではしょせんただの泡沫候補となるに十分なのに、それでもまだ足りないかのように、女たらしの遊び人という評判もこの男にはあって、脚の長いコーラスガールを次々誘惑し、ニューヨークの〈ストーク・クラブ〉で夜通し酒に浸るハリウッドやブロードウェイの有名人たちに交じって放埒なナイトライフを送っているという話。堅実な国民大多数にとっては鼻つまみでしかない。出馬など笑止千万、というわけだ。

だがその週、ウィンチェルの降板と、その直後に続いた大統領選候補としての復活劇の興奮醒めやらぬ私たちの界隈では、どこでもこれら二つの話題で持ちきりだった。ほぼ二年にわたって、最悪の話を信じるべきかどうかも判断できず、日々の生活に専念するよう努めていても、政府が自分たちに対して企んでいることをめぐるあらゆる噂に否応なく引き込まれ、己の不安であれ自信であれその裏付けとして具体的な事実を示すこともできぬ日々が続いていた。さんざん惑わされてきたいま、誰もが妄想に乗ってしまい易い状態に陥っていた。夜に両親たちが路地に集まってビーチチェアに座ってお喋りに興じるたび、決まって始まる憶測ゲームは時に何時間も途切れず続いた。ウィンチェルの下で副大統領候補となるのは誰か？　閣僚にはどんな人物たちを指名するか？　最高裁には誰を任命するか？　どちらがより偉大な指導者となるだろうか、ＦＤＲかウォルター・ウィンチェルか？　人々は無数のファンタジーにのめりこんでいった。ごく幼い子供たちもその空気に感染し、ぴょんぴょんスキップしたり踊ったりしながら「かぜーよけをだいーとうーりょうに……ウィンドーシールドをだいーとうーりょうに」と唱えた。言うまでもなく、いかなるユダヤ人も――なかんずくウィンチェルのように口の止まらないユダヤ人が——大統領に選ばれはしないことは、私のような小さい子供でもすでに、あたかも合衆国憲法にそう明記されているかのように自明のこととして受け入れていた。だが、そうした揺るぎようのない事実も、大人たちが常識を捨て、一晩か二晩のあいだ、自分と自分の子供たちを楽園に生まれついた市民として思い描く夢想にふけるのを止められはしなかった。

ラビ・ベンゲルズドーフとエヴリン叔母との結婚式は六月中旬の日曜日に行なわれた。私の両親は招待されなかったし、されると予想も期待もしていなかったが、私の母の苦悶は何ものにも和らげようがなかった。母が寝室のドアの向こうで泣いているのは前にも聞いたことがあったし、それは決して普通の出来事ではなく私としても全然嬉しくはなかった。が、何か月にもわたって、リンドバーグ政権が私たちに及ぼしうる脅威の大きさを私の両親が見きわめようと努め、ユダヤ人家族が採るべき分別ある対応を割り出そうと苦しんできた日々のなかでも、母がこれほど慰めようのない状態に陥ったことはなかった。「どうしてこんなことまで起きなくちゃいけないの？」と母は父に言った。「結婚するだけだよ。世界の終わりじゃないさ」と父は答えた。「でもあたし、お父さんのことを考えずにいられないのよ」と母は言い、「お前のお父さんは亡くなったよ」と父は言った。「俺の親父も亡くなった。二人とももう若くなくて、病気になって、死んだんだ」。それ以上温かい口調は想像しがたかったが、何しろ母は心底悲嘆に暮れていたから、父の声が優しくなればなるほど胸の痛みは深まっていった。「それにお母さんのことも考えてしまうのよ。ママはこんなこと全然理解できなかったと思うの」と母は言った。「ハニー、もっとずっとひどい話になってたかもしれないんだよ――お前だってわかるだろう」。「もっとずっとひどくなるわよ、これから」と母は言った。「いやいや、そうとも限らんよ。もしかしたら何もかも変わりつつあるのかもしれんよ。ウィンチェルが――」「ああ、やめてよ、絶対無理よ、ウォルター・ウィンチェルが――」「シーッ、シーッ、坊やに聞こえるよ」と父は母に言った。

それで私も理解した。ウォルター・ウィンチェルはユダヤ人のための候補者ではない。ユダヤ人の子供たちのための候補者、私たちがすがりつくようとりあえず与えられた気休めなのだ。さして遠くない昔に、栄養のためのみならず、幼年期の恐怖を鎮めるために母親の胸を与えられたのと同じように。

結婚式はラビの教会で行なわれ、その後の披露宴はニューアーク一の高級ホテル〈エセックスハウス〉の舞踏室で行なわれた。『ニューアーク・サンデー・コール』紙には結婚式を報じる記事が載り、花嫁と花婿の写真が並んだのに加え、写真のすぐ横に、それぞれ夫婦同伴で出席した著名人のリストが枠囲みで掲載された。それは驚くほど長い、堂々たるリストだった。私がここにそれを記すのは、私が――ほかの人はともかく、この私が――ラビ・ベンゲルズドーフのような高い地位にある人物が行なう事業のせいで自分たちに深刻な危害が及ぶのではと憂う私の両親や父の元同僚たちはひょっとして現実をまったく見失っているんじゃないだろうか、と訝しんだその理由を読者に納得していただきたいからである。

まず第一に、結婚式にはユダヤ人が数多く出席していて、その中には親族や友人もいれば、ラビ・ベンゲルズドーフの教会の会衆、ニュージャージー近辺に住むラビの信奉者や同業者、加えて式に出るためにわざわざ世界中からやって来た人々がいた。そしてキリスト教徒もたくさん出席していた。その日の『サンデー・コール』の、二ページにわたる社交欄のうち一ページ半を占めた記事によれば、招待されて出席はできなかったものの祝電を送ってきた数名のなかには、大統領夫人アン・モロー・リンドバーグも交じっていた。ファースト・レディはラビの親しい友人と記され、「同じニュージャージー育ち、詩人仲間」としてラビとは「文化的・知的関心を共有し」、頻繁に「午後のお茶の時間にホワイトハウスで集い、哲学、文学、宗教、倫理について談議を交わす」と報じられていた。

市を代表して、ニューアーク市庁においてもっとも高い地位にのぼりつめたユダヤ人二人が出席した。二期にわたって市長を務めたマイアー・エレンスタイン、市書記ハリー・S・ライケンスタイン。さらに、現在市においてもっとも傑出した地位にあるアイルランド系市民五名（公共安全局長、税務財政局長、公園公共財産局長、市技監、法人顧問）。ニューアーク連邦政府郵便局長、ニューアーク公立図書館長および図書館理事会会長。主な教育関係者としては、ニューアーク大学学長、ニューアーク工科大学学長、市教育長、セントベネディクト寄宿学校校長が列席していた。要職にある宗教関係者も、プロテスタント、カトリック、ユダヤ教それぞれから参加していた。市で最大数の黒人会衆を擁する第一バプテスト・

ペディ記念教会からはジョージ・E・ドーキンズ師、トリニティ聖堂からアーサー・ダンパー師、恩寵監督教会からチャールズ・L・ゴンフ師、ハイ・ストリートのセントニコラス・ギリシャ正教会からはジョージ・E・スピリダキス師、そしてセントパトリック聖堂からジョン・ディレイニー大師。

新聞ではいっさい触れていなかったが、私の両親にとってひどく目についた欠席者は、ラビ・ベンゲルズドーフの宿敵にしてニューアークの最有力ラビたる、ブネイ・エイブラハムの指導者ラビ・ジョアキム・プリンツだった。ラビ・ベンゲルズドーフが全国的な知名度を得る以前、市全体のユダヤ人、より広範なユダヤ人コミュニティ、さらにはあらゆる宗教の研究者・神学者たちのあいだでのラビ・プリンツの権威は、彼より年長のラビ・ベンゲルズドーフのそれをはるかに上回っていたし、市の裕福な三大会衆を指導する主要ラビのなかでも、彼のみが揺るがず反リンドバーグを表明してきたのである。一方、ほか二人のラビ、オヘブ・シャロームのチャールズ・I・ホフマンとブネイ・ジェシュルンのソロモン・フォスターは出席し、ラビ・フォスターは結婚式の司会を務めた。

さらに、ニューアーク四大銀行の頭取、主要保険会社のうち二社の社長、市最大の建設会社の社長、トップクラス法律事務所の共同創業者二名、ニューアーク・スポーツクラブ会長、都心の大型映画館三館のオーナー、商工会議所会長、ニュージャージー・ベル電話会社社長、二紙ある市の日刊紙それぞれの編集主幹、ニューアーク一著名な醸造所P・バランタイン社社長。エセックス郡庁からは郡財務委員会委員長および委員三名、ニュージャージー裁判所からは衡平法裁判所副裁判官、州最高裁判所副司法官。州議会下院からは与党議長とエセックス郡選出の下院議員四名中三名、上院からはエセックス郡代表議員が出席。州幹部官吏としては、ユダヤ人で司法長官の、ブルーノ・ハウプトマンの告発を成功に導いたデイヴィッド・T・ウィレンツが出席した。が、私に一番感銘を与えた州官吏は、やはりユダヤ人だがそれ以上にニュージャージー・ボクシングコミッショナーであるエイブ・J・グリーンだった。ジャージー選出の合衆国上院議員二名のうち一名——共和党員W・ウォレン・バーバー——が、民主党下院議員ロバート・W・キーンとともに出席していた。合衆国ニュージャージー地方裁判所からは巡回裁判所判事が一名、地方裁判所判事が二名、地区首席検察官(『ギャングバスターズ』を聴いていたのでその名は私にも覚えがあった)ジョン・J・クインが名を連ねていた。

ＯＡＡ本部でのラビの親しい同僚数名と、内務省を代表する官吏数人もワシントンから駆けつけたし、連邦政府のトップレベルからの参列者はいなかったが、ほかならぬ大統領その人の代理を務めるきわめて雄弁な書状が届いた。すなわち、ファースト・レディからの電報が、披露宴でラビ・フォスターによって読み上げられ、それが終わると来賓たちは自発的に立ち上がってファースト・レディの祝辞に喝采を送り、花婿から求められてそのまま着席せず新郎新婦とともに国歌を斉唱したのである。

長々とした電報は『サンデー・コール』紙に全文が掲載された。以下がその文面である。

親愛なるラビ・ベンゲルズドーフとエヴリン
　夫と私より、お二人のご結婚に心からのお祝いを申し上げるとともに、お二人の末永いお幸せを列席の皆さまとご一緒にお祈りいたします。

　ドイツ外務大臣をホワイトハウスに迎えた公式晩餐会の席上で、私たちはエヴリンにお会いする機会を得ました。若く魅力的で精力的な女性であると同時に、見るからにこの上なく立派で高潔な人物でもあって、私はほんの少しご一緒にお喋りしただけで、彼女が素晴らしい人柄と知性の持ち主であり、それによってライオネル・ベンゲルズドーフのような非凡なる男性の愛情を勝ちとったことを感じとりました。

　その晩エヴリンと出会った際に頭に浮かんだ、きわめて簡潔な詩句を私は今日も思い出しています。作者はエリザベス・バレット・ブラウニング、その『ポルトガル語からのソネット』第十四ソネット冒頭の言葉は、まさにエヴリンの驚くほど黒々とした美しい瞳から発せられていた女らしい叡智を言い表わしています。「あなたが私を愛さねばならぬなら、それはあくまで／愛そのもののためであってほしい……」

　ラビ・ベンゲルズドーフ、アメリカ同化局の設立記念式終了後にここホワイトハウスでお会いして以来、あなたは単なる友人以上の存在となってくださいました。ＯＡＡ連邦局長としてワシントンに移られてからは、かけがえのないわが師です。これまであなたと交わした学ぶところ多き会話と、あなたが惜しみなく与えてくださった一連のご本から、私はユダヤ教の信仰のみならず、ユダヤ民族の苦難や、三千年にわたって民族が生き延びる支えとなってきた大いなる精神力について多くを教わりました。あなたを通して、私自身の宗教的遺産が、実はあなた方の遺産に深く根ざしていることを知ったおかげで、私という人間はそのぶん向上したのです。

私たちアメリカ人の最大の使命は、一心同体となったひとつの国民として、調和と友愛の下に生きることです。あなた方お二人がOAAでなさっている立派なお仕事からも、この大切な目標を私たちが遂げるのをどれほど熱心に助けてくださっているかが私にはわかります。神がわが国に与えたもうた多くの祝福のなかでも何より貴重なのは、私たちのなかにあなた方のような、一七七六年の独立以来、正義と自由をめぐる古（いにしえ）からの観念によって私たちアメリカの民主主義を支えてくださった不屈の民族を誇りと活力をもって先導なさる方々がいらっしゃることなのです。

心からの友愛の念とともに
アン・モロー・リンドバーグ

私たちの生活にＦＢＩが二度目に入ってきたとき、今回監視されたのは私の父だった。ミスタ・ウィッシュナウが首吊り自殺した日にアルヴィンのことを路上で私に訊いた（そしてバスの車内でサンディに訊き、百貨店で母に訊き、会社で父に訊いた）あの諜報員が、今度は生鮮食品市場に現われて、男たちが真夜中に食事をしたりコーヒーを飲んだりしに行く食堂をうろつき、アルヴィンがモンティ伯父の下で働き出したときと同じように、アルヴィンの叔父ハーマンについて訊いて回り、この国や大統領について父が人々にどんなことを言っているかを探ったのである。ロンギー・ズウィルマンの手下の一人を介して話はモンティ伯父にも伝わり、マコークル諜報員がこの手下に語った内容がモンティ伯父の耳にも届くに至った。マコークルによれば、私の父は、外国の軍に入って戦った非国民を家に住ませて食べ物も与えたのち、今度は、アメリカ国民をひとつにまとめてより強くすることを意図した政府の計画に加わるのを潔しとせず、メトロポリタン生命保険でのまっとうな職を捨てたというのだった。モンティ伯父はロンギーの手下に、俺の弟は教育もない、子供二人と女房を養わなくちゃならん男なんだ、一週六晩野菜の入った箱を運んだところでアメリカに大した害を及ぼせやしないよと言った。土曜の午後にわが家の台所で、ふだんわが家で守られている作法のようなものはいっさい抜きで一部始終を語ったモンティ伯父が言うところでは、ロンギーの手下も同情した様子で聞いていたが、「なのにそいつは言うんだ、『あんたの弟、クビにするしかないよ』って。だから俺は言ってやったんだ、『冗談じゃねえぜ。ロンギーに言ってくれ、こんなのみんなユダヤ人いじめだって』。だいたいそいつだってユダヤ人なんだぜ、ニギー・アッフェルバウムっていうんだ、なのに俺がいくら言っても全然聞きやしない。で、ニギーがロンギーのところへ戻っていって、ロスが言うことを聞きませんと伝える。次はどうなる？ ロンギーがじきじきに俺の小汚いオフィスまでやって来たのさ、絹の手縫いのスーツ着て。背が高くて、穏やかな喋り方で、バッチリ服も決めてる——ああやって映画スターなんかともつき合ってるんだよな。で、俺は奴に言ったんだ、『小学校のころのあんたを覚えてるよ、ロンギー。あのころからもう、あんたが大物になるってわかったよ』。するとロンギーは俺に言ったよ、『お前のことも覚えてるよ。あのころからもう、お前が何にもなりやしないってわかったよ』。俺たち二人で笑い出して、それから俺が、『俺の弟には仕事が要るんだよ、ロンギー。俺は自分の弟に仕事をやっちゃいけないのかい？』って言ったら、奴は言ったよ、『で、俺はＦＢＩに嗅ぎ回られなきゃいけないのか？』。『わかってるよ、だから俺だって、甥のアルヴィンのときはＦＢＩが来たからクビにしただろ？　だけど自分の弟となりゃ話が違うよな？　なあ、二十四時間くれよ、何もかも片をつけるから。もしつかなかったら、つけられなかったら、ハーマンをクビにする』。で、翌朝市場を閉めるまで待って、サミー・イーグルの飲み屋に行ったら、カウンターにアイルランド人のＦＢＩ野郎が座ってる。『朝飯おごらしてくれよ』ってそいつに言って、ウィスキーを注文してやって、隣に座って、『あんたユダヤ人に何の恨みがあるんだ、マコークル？』って訊いたんだ。すると『べつに何も』って言うから、『じゃあ何だって俺の弟をつけ回す？　うちの弟が誰に何をしたってんだ？』って訊いたら、『あのな、俺がもしユダヤ人に恨みがあったら、こんなふうに〈イーグルズ〉に座ってるか？　サミー・イーグルが俺の友だちになってるか？』って言って、カウンターの向こうからイーグルを呼びよせるんだ。『こいつに言ってやってくれよ、俺、ユダヤ人に恨み持ってるか？』。『いいや、あたしが知る限りべつに』ってイーグルは言った。『お前の息子が成人式（バルミツバー）やったとき、俺も顔出してお祝いにネクタイピンやったよな？』。『あれいまも使ってますよ、うちの息子』ってイーグルが俺に言った。『な？

俺はただ自分の仕事やってるだけなんだよ、サミーが自分の仕事して、あんたが自分の仕事やるのと同じさ』。『俺の弟だってそうしてるだけさ』と俺は奴に言った。『結構。そうともさ。まあとにかく、俺がユダヤ人に恨み持ってるなんて言わんでくれよな』。『俺の誤解だった。謝るよ』。そう奴に言いながら、封筒をすうっと渡したんだ、ちょっとした茶色い封筒を。それでおしまいさ」。

と、伯父が私の方を向いて、言った。「お前、馬泥棒なんだってな。教会から馬盗んだんだってな。なかなかやるな。どら、見せてみろ」。私は身を乗り出して、馬のひづめに蹴られて頭が割れたところを見せた。傷跡にそって指を滑らせ、いったん毛を剃ってやっとまた生え出したあたりを軽く撫でながら、伯父は笑った。「こういうの、もっと一杯作れよな」と伯父は言って、もう思い出せる限りずっと前からいつもやってきたように、私の体を持ち上げて、私がまさに馬にまたがるみたいに座れるよう、片方の膝に荒っぽく乗せた。「お前、割礼の儀式に行ったことあるだろ?」と伯父は言って、太腿を上下させて私の体を揺らした。「儀式で赤ん坊に割礼するのってどういうことやるか、知ってるだろ?」。「包皮を切る」と私は答えた。「で、切った包皮はどうする? 切ったあとにさ――どうするか知ってるか?」。「知らない」と私は答えた。「それはだな」とモンティ伯父は言った。「貯めといて、十分貯まったら、FBIにやって、諜報員を作らせるのさ」。私はこらえ切れなかった。そうしてはいけないとわかっていても――前回このジョークを言ったとき伯父は「アイルランドに送って司祭を作らせるのさ」と言った――私は笑い出した。「封筒には何が入ってたの?」と私は伯父に訊いた。「当ててみな」と伯父は言った。「わかんない。お金？」。「お金だともさ。お前、なかなか賢い馬泥棒だな。そうとも、あらゆる厄介（トラブル）を消してくれる金さ」

あとで、寝室で両親が話しているのを立ち聞きした兄から教えられて初めて、マコークルに渡した賄賂は全額、ただでさえ乏しい父の給料から、今後六か月間、毎週十ドルずつモンティ伯父に返済させられることを私は知った。父にはどうしようもなかった。仕事のしんどさに関しても、兄に仕えることに伴う屈辱についても、父はただ、「兄貴は十歳のころからああだったんだ、死ぬまであのままさ」と言っただけだった。

私たちはその夏、土曜と、日曜の朝以外は父の姿をほとんど見なかった。一方母は、いまではいつも家にいて、サンディと私は昼は食事に帰らねばならず、午後なかばにも母のところへ報告に行かないといけなかったから、二人ともそう遠くへ迷い出ようがなかったし、夕方は家から四つ角ひとつの距離にある学校の運動場より向こうへ行くことを禁じられた。そして母は、自分自身を徹底的に律していたのか、それとも、あらゆる失望とひとまず和解することを学んだのか、とにかく父の給料は激減し家計のやりくりは相当大変だったろうに、もはや、これまで一年ありえない事態に直面するたびに示したような無力感を露呈したりはしなかった。そうしたしなやかな強さを示せたのは、何よりもまず、ドレスを売ることよりずっと自分にとって意味ある悦びを得られる仕事に戻ったことが大きかった。百貨店での仕事も母は嫌がらずにこなしたが、それまでやってきた仕事と較べると無意味に思えたのだ。

実はまだ心配事は深刻なのだと私にも唯一わかるのは、ウィニペグの状況を知らせる手紙がエステル・ターシュウェルから届くときだった。毎日昼食のときに、建物入口の郵便箱から二階まで郵便を持っていくのは私の役目で、もしカナダの切手を貼った封筒があると、母はただちに食卓に座り、サンディと私がサンドイッチを食べている前で二度黙読して、畳んでエプロンに入れて持ち歩き、あと十回は目を通してからやっと、市場に出かけるべく起きてきた父に渡すのだった――手紙は父に、そしてカナダの消印入り切手は新しいコレクションを始める足しになるよう私に。

サンディの友だちは、突如同い歳の女の子たちになった。学校で一緒の、いままで目もくれなかったティーンエイジャーの女の子たちに、兄はにわかに貪るような目を向けるようになった。さまざまな夏休みの行事が一日中、夕暮れ近くまで行なわれている運動場にサンディは女の子たちを漁りに行った。私も、いまではつねにセルドンにつきまとわれて、やはり運動場にいた。自分の兄がスリか、大道商人のサクラにでもなったかのように、おののきと悦びとのあいだを行ったり来たりしながら私はサンディを見守った。女の子たちがよく集まる、卓球台のそばのベンチにサンディは陣取り、スケッチブックを出して、その場で一番可愛い子を鉛筆でスケッチしはじめる。女の子たちは決まってスケッチを見たがったから、一日が終わる前にたいてい、サンディは夢見心地の様子で誰かと手をつないで運動場から出ていく。何かに夢中になる傾向を、これまでは庶民団の宣伝に携わることや、マウィニー家で煙草の葉を切ることが駆り立てていたのが、今度はこれら女の子たちがそれを煽ったのだ。

どういうことなのか？　欲望の新たな刺激が、サンディの生活を、ケンタッキーのときと同じくまたたく間に変容させ、十四歳半となったいま、ホルモンが一気に爆発して人間が一から作り直されたのか。それとも、兄に全能を見たがる私としてはこう信じていたのだが、女の子を誘うのは単に愉快な策略、時機を窺う手立てにすぎず、そのうちに……。ことサンディに関しては、私はいつも、私にはとうてい理解できないほどたくさんのことが起きているものと信じたのである。だが実のところ、ハンサムな男の子がさも自信たっぷりに見えても、なぜ自分がこんなものに食いつくのか、本人だって全然わかっていなかったのだ。リンドバーグを信奉する煙草農夫が女性の胸を発見し、一気にそこらへんのティーンエイジャーと変わらなくなっただけの話である。

この女の子狂いを、私の両親は、反抗心、「天邪鬼(リベリアスネス)」、リンドバーグ応援を強制的にやめさせられたことを埋めあわせようとする独立心の誇示と見て、さしたる害のないものと考えて済ませる気でいるらしかった。が、女の子たちの母親の一人は明らかにそうは考えず、わが家に電話してきた。父が仕事から帰ってくると、寝室のドアの向こうで父と母が長い会話を交わし、次に寝室のドアの向こうで兄と父が長い会話を交わし、その週ずっとサンディは家の周りから離れることを禁じられた。とはいえむろん、夏じゅうサミット・アベニューに閉じ込めておくわけには行かない。じきサンディは運動場に復帰し、自信満々、ふたたび可愛い子たちをスケッチするようになった。二人きりでどこかへ行って、サンディの手が何をするのを彼女たちが許したかはわからないが——当時の中学二年生のセックスをめぐる知識の乏しさから見て、大したことだったとは考えられない——少なくとも女の子たちは、家に飛んで帰って親に報告したりはしなかった。もうそれ以上、すさまじい剣幕の電話がかかってきて、ただでさえ厄介事をどっさり抱えている私の両親が煩わされることもなかった。セルドン。私の夏はセルドンに尽きた。セルドンの鼻先が、犬みたいにいつも私の顔のすぐ前にあった。生まれてからずっと知っている子供たちが、笑いながら私を寝ぼけ（スリーピー）と呼び、両手をこわばらせて前につき出し、のろのろぎこちなくゾンビみたいな足どりで歩いて、眠ったまま養護施設に向かっていった私を真似ているつもりでいる。野球の試合で私がバッターボックスに立つたび、グラウンドにいる全員が「ハイホー、シルバー！」と叫んだ（馬に蹴られたことに対する皮肉）。

その年のレイバー・デイ、サウスマウンテン保留地での、夏の終わり恒例の大規模なピクニックはもはや行なわれなかった。メトロポリタンに勤める、私の両親の友人たちはみな、九月にはもう、新学年が始まる前に田舎に落着くべく息子たちを連れてニューアークを去っていたからだ。夏のあいだずっと、一組また一組と、土曜日に一家が車でやって来ては別れを告げていった。私の両親にとってはひどく辛い一時（ひととき）だった。この地区のメトロポリタン社員のうち、ホームステッド法42によって転勤を指示された面々のなかで、ここにとどまるのを選んだのはわが家だけだった。そしてこの人たちは、誰よりも親しい友人だった。暑い土曜の午後、涙ぐんだ大人同士が路上で抱擁しあい、子供たちはみな寄るべない様子で傍観している。あとに残った私たち四人が歩道から手を振り、走り去る車に母が「手紙ちょうだいね！」と呼びかけるとともに午後は終わる。それはこれまでにない胸の痛む瞬間だった。自分たちがいかに無防備かを私もひしひしと実感した。私たちの世界の崩壊の始まりを私は感じた。それはまた、これらの男たちのなかで私の父が誰よりも頑なであり、その気高い本性と、それが課してくる苛酷な要求とにどうしようもなく縛りつけられていることを思い知らされる瞬間でもあった。私は初めて理解した。父が会社を辞めたのは、仲間と同じように転勤に応じたら先に何が待ち受けているかを恐れているからだけではなく、よかれ悪しかれ、腐敗していると見える権力に何かを強制されたときそれに服従しないのが父という人間であるからだ。だから今回も、母がせっつくようにカナダに逃げようともしなければ、露骨に不当な政府の指令に屈しもしない。強い人間には二通りある。モンティ伯父やエイブ・スタインハイムのように金儲けとなると冷酷無比な者たちと、私の父のように自分が抱く公正の観念に過剰なほど忠実な者たちと。

「さあさあ」と父は、ホームステッド法で移住する六家族の最後が——永久に、と思えた——消えていった土曜日、私たちを元気づけようとして言った。「さあ、みんな。アイスクリームを食べに行くんだ」。四人でチャンセラーを下って、ドラッグストアまで歩いていく。ここの薬剤師はもうずっと前から保険のお得意で、夏には軒先に天幕が広げられてガラス窓から差し込む陽ざしも遮られ、天井に据えられた三つの扇風機の羽根が頭上でギイギイ回っている店内は、概して表にいるより快適だった。私たちはボックス席に入ってサンデーを注文し、母は父がいくら促しても食べる気になれなかったけれど、そのうちに顔を流れる涙だけは止めることができた。追放された友人たち同様、私たちも先の見えない未来に縛りつけられている。だから、涼しいドラッグストアの、天幕のかかった薄闇のなか、スプーンでサンデーをすくって食べながら誰もが言葉を失い、疲れきっていた。やがて母が、綺麗に千切りつづけていたペーパーナプキンから顔を上げて、泣きつくして涙も涸れた者の浮かべる、苦い、生のままの笑みを浮かべながら、父に向かって「ま、とにかくリンドバーグは、ユダヤ人だっていうのがどういうことか、あたしたちに教えてくれてるのよね」と言った。それから、「こっちは自分のこと、アメリカ人だと思ってるだけなのにね」と母は言い足した。

「何言ってんだ。違うぞ！」と父は答えた。「自分のことアメリカ人だと俺たちが思ってると、奴らが思ってるだけさ。議論の余地なんかないんだよ、ベス。俺たちはほんとにアメリカ人なんだ。交渉する必要なんかない。あの連中はわかってないんだ、俺にとってそれが自明の事実だってことを。他者だと？　俺たちのこと、あいつは他者と呼ぶのか？　あいつこそ他者さ。見かけは誰よりもアメリカ人らしいけど、中身は誰よりもアメリカ人じゃないんだ！　あんな奴に大統領の資格はない。あんなところにいさせちゃいけないんだ。あんなところにいさせちゃいけない、それに尽きる！」

私にとって一番耐えがたかった出発は、セルドンのそれだった。もちろん、彼が去っていくのを見るのは嬉しかった。夏のあいだずっと、この日が来るのを指折り数えていたのだ。けれども、八月最終週のその朝早く、ウィッシュナウ家が、車の屋根にマットレス二枚をくくりつけ（前の晩に父とサンディが屋根に持ち上げ防水シートをかぶせて縛ってやった）、年代物のプリマスの後部席に服をぎっしり詰めて（私のもいくつか交じった、山と積まれたその衣類を、母と私も手伝って積み込んだ）走り去ったとき、何とも見苦しいことに、泣きやまなかったのは私だった。私はそのとき、まだ六歳だったころのある日の午後のことを思い出していたのだ。ミスタ・ウィッシュナウは生きていて、見た目は健康そうで、まだ毎日メトロポリタンで働いていたし、ミセス・ウィッシュナウもまだ私の母と同じく主婦をしていて、家族の日々の暮らしのことだけ考えて生きていたし、時おり私の母がＰＴＡの集まりに出ていてサンディもいなくて私が放課後一人で家にいるときなど、私の面倒まで見てくれた。ミセス・ウィッシュナウが私の母と共有していた、母親というものがみな持っている母性のようなもの――その優しい温かさに私は当然のごとく浸りきっていた――を私は思い出していた。その日の午後、ウィッシュナウ家のバスルームから出られなくなったときに、私はそれをとりわけ強く感じたのである。ドアを開けようと何度も試みては失敗する私に、ミセス・ウィッシュナウがどれだけ優しかったかを私は思い出していた。彼女はごく自然に、見かけや気質や置かれた状況は違っても私たち四人（セルドンとセルマ、フィリップとベス）はみな同じであるかのように私のことを気遣ってくれた。彼女の心の一番上を占めていたことが、私の母の心の一番上を占めていることでもあったころのミセス・ウィッシュナウを私は思い出していた。次の世代のために家族の生活を確立することが至上命令である地元の母親集団の、よく気を配るもう一人のメンバーでしかなかったころの彼女を私は思い出していた。落着きを失っていない、こぶしがぎゅっと握られてもいなければ顔に苦痛が満ちてもいなかったミセス・ウィッシュナウを、私は思い出していたのである。

それはわが家とまったく同じ小さなバスルームで、ひどく狭苦しかった。ドアのすぐ向こうにトイレがあって、そのトイレが、すぐ横に押し込まれた洗面台と浴槽に接していた。私はドアを引っぱったが開かなかった。家ではいつも閉めるだけだったが、よその家なので私は鍵をかけたのだった。そんなことをやったのは生まれて初めてだった。鍵をかけて、小便をして、水を流し、手を洗って、この家のタオルに触るのは嫌だったからコーデュロイのズボンのうしろで拭いた。万事順調。そしてバスルームから出ようとしたが、ドアノブの上の鍵を私は解錠できなかった。少しは回るのだが、すぐに引っかかってしまう。私はドアをどんどん叩いたりノブをガチャガチャ回したりはせず、できるだけ静かに鍵を回そうとしつづけた。だが駄目だった。私はトイレに腰かけて、そのうちひとりでに何とかなるんじゃないかと考えた。しばらくそこに座っていたが、やがて心細くなってきて、立ち上がり、もう一度試してみた。それでもやっぱり外れないので、ドアをそっとノックしてみると、ミセス・ウィッシュナウがやって来て、「ええ、その鍵、ときどきそうなるのよ。回し方にコツがあるの」と言った。そうしてやり方を説明してくれたが、私はそれでもまだ開けられなかった。彼女はとても落着いた声で、「いいえフィリップ、回すときに引、っ、ぱ、るのよ」と言い、言われたとおりにしてみたがやっぱり駄目だった。「あのね、回すのと引っぱるのとを同時にやるのよ――引っぱりながら回すの」と彼女は言った。「引っぱるってどっちに?」と私は訊いた。「そっちよ。壁の方に」。「あ、壁の方にね。わかった」と私は言ったが、どうやっても上手くできなかった。「できないよ」と私は言った。汗が出てきた。やがてセルドンの声が聞こえてきた。「フィリップ？　僕だよ。どうして鍵かけたの？　僕たち、入ったりしないのに」。「入るなんて言ってないよ」と私は言った。「じゃあどうして鍵かけたのさ？」。「わかんない」と私は言った。「ねえママ、消防署に電話した方がいいんじゃない？　梯子で出してもらえるよ」。「駄目駄目」とミセス・ウィッシュナウは言った。「もういっぺんやってみなよ、フィリップ。そんなに難しくないから」とセルドンが言った。「だって難しいよ。引っかかっちゃってるんだよ」。「どうやったら出られるの、ママ？」。「セルドン、黙ってなさい。ねえ、フィリップ？」。「うん」。「大丈夫？」。「えっと、ちょっと暑い。だんだん暑くなってきたみたい」。「じゃあお水を一杯飲みなさい。薬棚にコップがあるわ。水を一杯汲んで、ゆっくり飲めばいいわ」。「わかった」。だがコップの底には何かぬるぬるしたものが付いていて、私はそれを取り去ったものの、結局そこから飲むふりだけして代わりに手ですくって飲んだ。「ねえママ、フィリップのやってること何が間違ってるの？　ねえフィリップ、君のやってること何が間違ってるの？」とセルドンが言った。「わかるわけないだろ」と私は言った。「ミセス・ウィッシュナウ？　ミセス・ウィッシュナウ？」。「なあに？」。「ここ、すごく暑くなってきたの。汗がすごくたくさん出てきた」。「じゃあ窓を開けなさい。シャワーのところに小さな窓があるから、開けなさい。あんた、窓届く？」。「と思う」。私は靴を脱いで、靴下だけ履いた足でシャワーに入り、爪先で立つと窓に手は届いたが――路地に面した、型板ガラスを入れた小さめの窓だ――開けようとするとこれも引っかかって駄目だった。「開かないよ」と私は言った。「軽く叩いてごらんなさい。下の枠のところを叩くのよ、でも強く叩きすぎないようにね、きっと開くから」。言われたとおりにしたが窓はぴくりとも動かなかった。私のシャツはもう汗びっしょりで、窓を強く押し上げられるようにと体に角度をつけてみたが、そうやって体を回したときに肱をシャワーのハンドルにぶつけてしまったのだろう、突然水が流れ出した。「わ、大変!」と私は言った。氷のように冷たい水が頭に降ってきて、シャツの襟元から中に入ってきた。私はシャワーから飛び出し、タイルの床に降りた。「どうしたの、フィリップ?」とミセス・ウィッシュナウが言った。「シャワーが出てきたの」。「どうやって? どうやってシャワーが出てきたりしたの?」とセルドンが言った。「わかんないよ!」。「すごく濡れた?」とミセス・ウィッシュナウが訊いた。「うん、ちょっと」。「タオルを出しなさい。棚からタオルを出しなさい。棚にタオルがあるから」。真上のわが家にもまったく同じ位置に細くて小さな棚があって、わが家でもタオルを入れるのに使っていたが、この家の棚を開けようとしたら、開かなかった――扉が引っかかっているのだ。思いきり引っぱってみたがやっぱり開かない。「今度はどうしたの、フィリップ?」。「何でもない」。本当のことは言えなかった。「タオル、出した?」。「うん」。「じゃあ体を拭きなさい。それでね、落着くのよ。心配要らないからね」。「僕、落着いてる」。「座んなさい。座って、体を拭きなさい」。私は全身びしょ濡れだったし、床も濡れかけていた。トイレの便座に座って、バスルームの全貌が見えたとき――要するにここは下水管のてっぺんなのだ――涙が目にたまってくるのを私は感じた。「心配ないよ、君の母さん父さんもじき帰ってくるよ」とセルドンが私に呼びかけた。「だけどどうやって出るのさ？」。すると突然、ドアが開いた。そこにセルドンがいて、うしろにセルドンの母親がいた。「どうやったの？」と私は訊いた。「ドアを開けたんだよ」とセルドンは言った。「でもどうやって？」。セルドンは肩をすくめた。「押したんだよ。押しただけ。はじめっからずっと開いてたんだよ」。そしてそのとき私はわあわあ泣き出し、ミセス・ウィッシュナウが私を抱きかかえて、「大丈夫よ。こういうことってよくあるのよ。誰にだってあるのよ」と言ってくれたのだ。「開いてたんだよ、ママ」とセルドンが言った。「シーッ」と彼女は言い返した。「シーッ。大したことじゃないのよ」と彼女は言って、バスルームに入ってきて、冷たい水を止めて――水は依然浴槽に流れ込んでいた――それから難なく棚を開けて新しいタオルを取り出し、私の髪、顔、首を拭いてくれながら、大したことじゃないのよ、こういうことって誰にでも年中あることなのよ、と優しく言ってくれた。

でもそれは、ほかの何もかもがおかしくなってしまうずっと前のことだった。

中間選挙へ向けての運動は、レイバー・デイ直後の火曜日午前八時、ウォルター・ウィンチェルがブロードウェイと四十二丁目通りの角で石鹼出荷用の木箱の上に立つとともに始まった。このよく知られた四つ角で、ウィンチェルはつい先日、まさにその本物の石鹼用木箱に乗って大統領選出馬を宣言したのだった。昼日中の光の下で見るウィンチェルは、広報写真に写った、日曜夜九時にＮＢＣのスタジオから放送している姿と少しも変わらなかった。

上着はなし、シャツの袖口は折り返され、ネクタイは乱暴に引き下ろされて、いかにもタフな新聞記者風の中折れ帽が額からうしろに押し上げられている。ほんの数分のうちに、ニューヨーク市警察の騎馬警官が五、六人出てきて、生のウィンチェルの姿を見よう、声を聞こうと道路に飛び出してくる労働者たちの波から車の流れをそらそうと躍起になっていた。そしてひとたび、拡声器を持ったこの演説者が、聖書を振り回し罪深いアメリカの破滅を予言する退屈な輩などではなく、〈ストーク・クラブ〉常連の、つい最近まで全米で誰より影響力あるラジオ出演者にして市で誰より悪名高いタブロイド紙記者だった男だという情報が広まると、見物人の数は数百から数千に増えた。地下鉄から上がってくる人々、バスからぞろぞろ降りてくる人々、一匹狼とその中庸ならざるふるまいに惹かれて寄ってきた人は総数ほぼ一万、とのちに新聞は報じた。

「放送界の腰抜けどもと」と彼は聴衆に向かって言った。「ホワイトハウスからリンドバーグ一派に操られている出版業界のごろつき大富豪どもは、ウィンチェルがクビになったのは満員の劇場で『火事だ！』と叫んだからだと言っています。ミスタ・アンド・ミセス・ニューヨーク・シティ、『火事』じゃありません。ウィンチェルが叫んだ言葉は『ファシズム』です。そしていまもそう叫んでいます。ファシズム！ ファシズム！ そして私は、ヒトラーを支持するヘア・リンドバーグの背信党が選挙の日に議会から追い出されるまで、アメリカ人の群衆に出会うたびに『ファシズム』と叫びつづけるつもりです。ヒトラー信者たちは私のラジオマイクを奪うことができるし、ご承知のとおり事実そうしました。奴らは私の新聞コラムを奪うことができるし、ご承知のとおりそれもやりました。そして、もし万一アメリカがファシストの国になったら、リンドバーグの突撃隊は私を黙らせるために強制収容所に閉じ込めることもできるでしょうし、ご承知のとおりきっとそうします。奴らはあなた方を黙らせるためにあなた方を強制収容所に閉じ込めることだってできます。皆さんもう、それくらいはご承知ですよね。けれど彼ら国産ヒトラー信者たちにも奪えないのは、アメリカを愛する私の心、あなた方の心です。民主主義を愛する私の心、あなた方の心です。自由を愛する私の心、あなた方の心です。奴らに奪えないもの、それは投票箱の力です。でも、嘘を鵜呑みにする連中、臆病な連中、怯えきった連中が愚かにも奴らをもう一度ワシントンに送り出してしまえば別です。ヒトラー信者によるアメリカに対する陰謀（プロット・アゲンスト・アメリカ）は、断固阻止されねばなりません——あなた方によって！　あなた方によってです、ミスタ・アンド・ミセス・ニューヨーク！　この偉大な街に住む、自由を愛する人々の投票の力によって、一九四二年十一月三日火曜日に！」

　その日、一九四二年九月八日、ウィンチェルは一日ずっと、日暮れ時を過ぎるまで、マンハッタンのあちこちで木箱の上にのぼりつづけた。ウォール街ではほぼ無視され、リトル・イタリーでは野次られて喋ることも叶わず、グレニッチ・ヴィレッジでは嘲笑され、衣料街ではパラパラと喝采が生じ、アッパー・ウェストサイドではローズヴェルト支持のユダヤ人たちに救世主として歓迎され、やがてハーレムに北上すると、夕暮れ時のレノックス・アベニューと一二五丁目の角で彼が演説するのを聞きに集まった黒人数百人のうち、何人かは声を上げて笑い、一握りの者たちは拍手を送ったが、大半は敬意と不満の混じった態度を保ち、俺たちの反感の中まで踏み込みたいんだったらもっと違う口上やらないと駄目だぜ、と言いたげだった。

その日ウィンチェルが有権者に対してどれだけの衝撃をもたらしたか、見きわめるのは困難だった。これまで彼が属していた、ハーストの経営する『デイリー・ミラー』紙は、一見これは地元の草の根支持を集めて共和党を議会から追い出そうとする企てに見えるけれども、実はただの売名行為にすぎないと論じた。職を追われた、スポットライトから外れることに耐えられぬゴシップ・コラムニストがいかにもやりそうな、エゴ丸出しの自己宣伝である、と。しかも、マンハッタンに居合わせた民主党下院選候補者の誰一人、ウィンチェルの拡声器が聞こえる範囲に姿を現わさなかった。地域を回っている候補がいたとしても、誰一人として、その偉業をまだ世界中が英雄視している大統領をアドルフ・ヒトラーの名と結びつけるという戦術的ヘマを――ナチス総統すらも彼には敬意を示し、国民の圧倒的多数からいまなお国に平和と繁栄をもたらす救いの神と崇められているというのに――ウィンチェルがくり返し犯している場に寄りつきもしなかった。短い、皮肉たっぷりの、「またやってる」と題した社説において『ニューヨーク・タイムズ』は、ウィンチェル最新の「我利私欲猿芝居」をめぐってはただひとつの結論しかありえないと唱えた。「ウォルター・ウィンチェルの才能は、何よりもまず自身のために発揮される」

市のほか四区のブロンクス、ブルックリン、クイーンズ、スタテン・アイランドでもそれぞれ丸一日を費やしたのち、ウィンチェルは翌週北上してコネチカットに向かった。まだ立ち上がったばかりの自分の選挙運動を、ウィンチェルの煽動的なレトリックにつなげようという民主党候補者は依然現われていなかったが、本人は意に介せず、ブリッジポートの工場通用門の外や、ニューロンドンの造船所入口に木箱を据え、中折れ帽を押し上げてネクタイを引き下ろし、まっすぐ聴衆に向かって「ファシズム！　ファシズム！」と叫んだ。コネチカットの沿岸工業地帯からふたたび北上して、プロヴィデンスに点在する労働者街に入り、ロードアイランドを抜けてマサチューセッツ南東部の工場地帯を回り、フォール・リヴァー、ブロックトン、クインシーの街角に集まった小さな人の輪に向かって、タイムズスクエアでの皮切り演説で見せたのと変わらぬ熱さで語った。クインシーからボストンに入り、ボストンでは三日を費やしてアイルランド系の多いドーチェスター、サウスボストンからイタリア系中心のノースエンドに移っていく予定だった。ところが、一日目の午後、サウスボストンの中心にあり人通りも多いパーキンズスクエアで、地元ニューヨークを去って以来――そして共和党員ながら反リンドバーグの市長フィオレロ・ラガーディアが保証してくれる警察の保護を失って以来――ずっと彼をユダヤ人、ユダヤ人と野次って挑発していた数人の妨害者が、手作りの、マディソンスクエア・ガーデンで行なわれたドイツ系アメリカ人協会の集会を飾っていた旗や看板を思わせるプラカードを振り回しながら人波に押し入ってきた。そしてウィンチェルが喋ろうと口を開いた瞬間、一人が燃える十字架を振りかざし木箱の方に駆けてきてウィンチェルの体に火を点けようとし、銃が二度空中に向けて発砲されたが、それが主催者側から暴徒へのメッセージなのか、それともユダ公のニューヨークから来たよそ者への警告なのか、あるいはその両方なのかは判然としなかった。煉瓦中心の古い街並は、ささやかな個人商店、路面電車、街路樹、小さな家々から成っていて、テレビアンテナもない当時はそれより高いものといっても屋根からそびえ立つ煙突くらいで、ボストンもこのあたりはいまだ大恐慌時代が終わっていないように見えた。アイスクリームパーラー、床屋、薬局などアメリカの町の目抜き通りにとって神聖な店舗が並び、すぐ南にはセントオーガスティン教会の黒っぽい、大釘のような輪郭が屹立している。そんななか、棍棒を持ったごろつきが数人、「殺せ!」とわめきながら飛び出してきた。こうして、二週間前にニューヨーク五区で開始して以来ようやく、ウィンチェルが思い描いたとおりのウィンチェル流選挙運動が本当に始まった。とうとうこれで、リンドバーグの愛想よい物柔らかさの裏に隠れた醜悪さを、そのありのままの生々しい姿を、白日の下に暴き出したのだ。

ボストン警察は暴徒を鎮めようという努力をいっさいせず、銃声が鳴ってから一時間経ってやっとパトカーが一台現場の様子を見にきただけだったが、遊説中ずっとウィンチェルのかたわらには武装したプロの私服ボディガード集団が配置されていて、この時も彼らがウィンチェルのズボンの片脚を燃やしている火を消し止め、数発の殴打が加えられただけで彼を人波から救い出し、木箱から数メートルのところに駐めてあった車まで運んでいって、テレグラフ・ヒルのカーニー病院へ連れていき、ウィンチェルはここで顔の傷と軽度の火傷の治療を受けた。

見舞客第一号は市長モーリス・トビンでもなければ、市長選でトビンに敗れた元知事ジェームズ・M・カーリーでもなかった。カーリーもFDR支持の民主党員だったが、やはり民主党のトビン同様、ウォルター・ウィンチェルとはいっさいかかわりを持ちたがらなかった。あるいはまた、地元選出下院議員のジョン・W・マコーマックでもなかった（ちなみにマコーマックの荒くれ者の弟は「ノッコ」の名で通るバーテンダーで、地元でそれなりに人気ある民主党議員の兄に劣らぬ権威をもって界隈を仕切っていた）。ウィンチェル本人をはじめ誰もが驚いたことに、いち早く見舞いに来たのは、ニューイングランド名家の出の、いかにも貴族的な共和党員で、マサチューセッツ州知事二期目を務めているレヴェレット・ソルトンストールだった。ウィンチェル入院の報を聞くや、ソルトンストール知事は州議事堂の執務室を出て、個人的には軽蔑していたとしか思えないウィンチェルに直接遺憾の意を伝えに赴き、明らかに前もって周到に計画された、死者を出さなかったのが僥倖（ぎょうこう）と言うほかない暴動を徹底的に調査することを約束した。加えて州知事はウィンチェルに、州警察による保護を、必要とあらば州兵による保護もマサチューセッツでの運動中一貫して与えると保証した。病院を去る際にも、ウィンチェルのベッドからほんの一、二メートル離れたドアに武装警官を二名配置するよう知事は手配していった。

　こうしたソルトンストールの介入を、『ボストン・ヘラルド』は人気取りの策略と見た。名誉と公平を重んじる勇気ある保守派として自分をアピールし、一九四四年の大統領選が巡ってきたあかつきには威厳ある副大統領候補として現副大統領バートン・K・ウィーラーに取って代わろうというわけである（一九四〇年の大統領選で、民主党員でありながら副大統領候補に抜擢されたウィーラーは、当初はその役を果たしたものの、その後演説者としては慎重さを欠いたため、大統領再選の足を引っぱりかねないと見る共和党員も多かった）。病院で開かれた記者会見で、ウィンチェルはカメラマンたちの前にガウン姿で現われ、顔半分はいまだぐるぐる巻き、左脚にも大量の包帯が巻かれていた。そして彼は、ソルトンストール知事の申し出をまずは歓迎しつつも、襲撃を受けたせいかこれまでの熱い口上よりだいぶ政治家らしくなった言葉遣いで、援助を断るメッセージを、病室に集まった二十人あまりのラジオ・新聞レポーターに伝えた。発言は次のように切り出された――「合衆国大統領候補が、言論の自由の権利を守るために武装警察官と州兵の部隊を必要とするようになる日、この偉大なる国はファシズムの野蛮に堕していることでしょう。私には受け容れられません、ホワイトハウスに端を発する宗教上の非寛容が、すでに一般市民を著しく堕落させていて、自分とは異なる信条や信念を持つ同胞アメリカ人に対する敬意がすべて失われてしまっているという見解を。私には受け容れられません、私の宗教に対しアドルフ・ヒトラーとチャールズ・A・リンドバーグが共有する憎悪が、いまや全国民のあいだに腐敗を……」。

これ以降、反ユダヤ煽動者たちがあらゆる街角でウィンチェルを追い回すことになるが、ボストンではひとまず、ソルトンストールがウィンチェルの大見栄を無視して警官隊に秩序維持を命じ、必要とあらば武力を行使して暴力を働く者を投獄するよう指示し、警察もしぶしぶその命に従ったので大事には至らなかった。脚を火傷したため杖で体を支え、あごと額にいまだ包帯を巻いた姿で、「ユダ公帰れ（カイク・ゴー・ホーム）！」と怒号を飛ばす群衆を引き寄せながら、サウスボストンの天国の門教会からブライトンのセントゲイブリエル修道院まで、ウィンチェルは行く先々で己の聖痕を信者たちに見せて回った。マサチューセッツを出ると、ニューヨーク州北部、ペンシルヴェニア、そしてもともと偏狭で名高くウィンチェルの挑発戦略が例外なく反感を引き出した中西部一帯、どこでも地元当局はおおむね、ソルトンストールのように暴力沙汰は許さないという姿勢を示しはせず、したがって、私服ボディガードの数を倍に増やしたにもかかわらず、木箱に乗って「ホワイトハウスのファシスト」を糾弾し「アメリカの街角で前代未聞のナチス流野蛮を育（はぐく）んだ」直接の責任が大統領の「宗教上の憎悪」にあると唱えるたび、ウィンチェルは危うく袋叩きの目に遭いかけるのだった。

　最悪の、そして最大規模の暴力はデトロイトで起きた。デトロイトといえば、「ラジオ司祭」コグリン神父と、彼の指揮のもと反ユダヤを標榜する〈キリスト教最前線（クリスチャン・フロント）〉や、「反ユダヤの伝道師」の異名で大衆の人気を集め、「キリスト教の品格こそ本物のアメリカ人らしさの真の土台」と説く牧師ジェラルド・L・K・スミスらの中西部における牙城である。そしてこの街はむろんアメリカ自動車産業の中核であり、リンドバーグ政権の長老格、内務長官ヘンリー・フォードの地元でもある。フォードが一九二〇年代に刊行していた、露骨に反ユダヤを打ち出した『ディアボーン・インディペンデント』紙は「ユダヤ人問題の調査」に取り組んでいたし、フォードはその成果を四巻、計千ページ近くの書物にまとめて『国際ユダヤ人』の題で出版し、アメリカ浄化にあたっては「アングロサクソン系の人々が文明という言葉によって意味するすべてのものの意図的な敵たる国際ユダヤ人とその追従者たちを容赦してはならない」と訴えた。

アメリカ自由人権協会のような組織や、ジョン・ガンサー、ドロシー・トンプソンといったリベラル著名ジャーナリストがデトロイトでの暴動に憤り、ただちに抗議を表明したのはまず予想のつくことだったが、それだけでなく、特にリベラルでもない普通の中産階級アメリカ人の多くも、たとえウォルター・ウィンチェルとその物言いには反発し「自業自得だ」と思いはしても、目撃者たちの伝える暴動の実態には強い嫌悪を示した。証言によれば、ウィンチェルが最初に赴いた、主として自動車工場に勤務する労働者の家族が住む住宅地であり、ワルシャワ以外で世界一ポーランド系住民が多いと言われるハムトラミックで始まった暴動は、いかにも怪しいことに、ものの数分で十二丁目、リンウッド、そしてデクスター・ブルバードまで広がっていったのである。こうして、デトロイト最大のユダヤ人街で商店が略奪され窓が割られ、街頭で追いつめられたユダヤ人が襲いかかられ殴られ、灯油を浸した十字架にあちこちで火が点けられた――シカゴ・ブルバード沿いの洒落た屋敷の芝生の上で、ウェブ、タキシードといった通りの、塗装業者、配管工、肉屋、パン屋、廃品回収業者、食料雑貨商の住むつましい二世帯住宅の前で、ピングリー、ユークリッドに住む最下層ユダヤ人の小さな土の庭で。午後なかば、授業が終わる直前に、生徒の半分がユダヤ人であるウィンタホルター小中学校の玄関広間に焼夷弾（しょういだん）が投げ込まれ、生徒の九十五パーセントがユダヤ系であるセントラル高校の広間にも、そしてコグリンが荒唐無稽にも「共産主義」のレッテルを貼ったショーレム・アレイヘム協会にも投げ込まれ、さらには四つ目が、コグリンのもうひとつの「共産主義」標的たるユダヤ系労働者連合事務所の外に投げられた。そして次に、参拝の場が狙われた。街にある三十数軒の正統派ユダヤ教会の、およそ半数で窓が割られ壁が汚された上、夕方の参拝が始まる頃あいに、シカゴ・ブルバードに建つ大寺院シャーレイ・ゼデクの入口階段で爆発が起きた。この爆発によって、寺院の中心を飾る、建築家アルバート・カーンによるムーア式異国風デザインの、労働階級中心の住民たちにはっきり非アメリカ的なスタイルを見せつけている三つの大きなアーチ付き出入口が多大な損傷を被った。建物前面から飛散した瓦礫によって五人の通行人（いずれも非ユダヤ人）が怪我をしたが、それを除けば負傷者の報告はなかった。

日が暮れるまでに、市内のユダヤ人三万人のうち数百人が逃げ出し、デトロイト川を渡ってオンタリオ州ウィンザーに避難した。こうしてアメリカ史は、その初めての大規模なユダヤ人虐待（ポグロム）を記録に刻むこととなった。手本となったのは明らかに、四年前にドイツのユダヤ人に対して為された「自然発生的示威行為」だった。数多くのガラスが割られたため〈水晶の夜（クリスタルナハト）〉と称される、ナチスによって計画され実行されたこの残虐行為を、当時コグリン神父も、自らの週刊タブロイド紙『社会正義』において、「ユダヤ人の吹き込む共産主義」に対するドイツ人の当然の反応として擁護していた。そして今回、デトロイト版〈水晶の夜〉も同様に、『デトロイト・タイムズ』社説が正当化し、嘆かわしくはあるが避けがたい、「当初から一貫してその反逆的煽動行為によって愛国的アメリカ人の憤怒を誘ってきたユダヤ人デマゴーグ」にして出しゃばりトラブルメーカーたる輩に対する全面的に理解できる反動として擁護した。

九月のデトロイトでのユダヤ人襲撃の翌週――ちなみにミシガン州知事もデトロイト市長もこの事件に対し迅速な対応は見せなかった――クリーヴランド、シンシナティ、インディアナポリス、セントルイスのユダヤ人街でも新たな暴力が住宅、商店、教会に加えられた。ウィンチェルの敵たちはその暴力を、彼の煽動が元でデトロイトにおいて生じた大混乱にも懲りずウィンチェルがのこのこ出てきて挑発したせいだと主張し、ウィンチェル本人は――インディアナポリスでは屋根から投げられた敷石が危うく頭に命中しそうになり、横に陣取っていたボディガードの首の骨が折れた――ホワイトハウスから発している「憎悪の空気」が原因だと訴えた。

私たちの住むニューアークの界隈は、デトロイトのデクスター・ブルバードから何百キロも離れていて、近所でデトロイトに行ったことのある人間など一人もいなかったし、一九四二年九月以前、このへんの男の子がデトロイトについて知っていることといえば、プロ野球唯一のユダヤ人選手がデトロイト・タイガーズの花形一塁手ハンク・グリーンバーグだということくらいだった。だがウィンチェル暴動が起きたいま、突如子供たちまで、暴力に見舞われたデトロイト各地域の名前を空で言えるようになった。子供たちはたがいに、親の話を受け売りして、ウォルター・ウィンチェルは勇気があるのか愚かなのか、そのふるまいは自己犠牲なのか売名行為なのか、ユダヤ人は自分で自分の身に災禍(さいか)を招いているのだと非ユダヤ人たちに思わせてしまうことで結局リンドバーグの術中にはまってしまっているのか、等々を論じあった。ウィンチェルのせいで全国規模の虐殺が始まってしまう前に、ここは自制して、ユダヤ人と同胞アメリカ人とのあいだの「正常な」関係が修復されるのを待つべきなのか、それとも、アメリカ中にはびこるユダヤ人迫害の脅威を暴くことによって、国中ののんびり安心しきったユダヤ人たちに向けて警鐘を鳴らしつづける——そしてキリスト教徒の良心を呼び覚ます——方が長い目で見れば良いことなのか、子供たちはえんえん議論しあった。登校中に、放課後の運動場で、休み時間の学校の廊下で、一番頭のいい、サンディの歳の子たちのみならず何人かは私と変わらぬ歳の子供が唾を飛ばしあい激論を戦わしているのを私たちは目にした。ウィンチェルが木箱を携え国中を行き来して、ドイツ系アメリカ人協会、コグリン信奉者、クー・クラックス・クラン、銀シャツ隊（ナチスの突撃隊「褐色シャツ隊」を範とした）、アメリカ優先委員会、黒部隊（ブラック・リージョン）（クー・クラックス・クランから派生）、アメリカナチス党等々の存在を明るみに出そうと努め、そうしたもろもろの反ユダヤ組織とその見えざる大勢のシンパたちが己の本性をさらけ出すよう仕向け、さらには、緊急事態の発生をいまだいっさい認めておらず、ましてやこれ以上暴動が起きるのを阻止すべく連邦警察を招集したりもしていない大統領の本性を暴こうと企てるのは、ユダヤ人にとって良いことなのか、悪いことなのか？

　デトロイト暴動以降、人口五十万を優に超える都市ニューアークにおいて五万あまりに達するユダヤ人たちは、自分たちの住む界隈で本格的な暴動が起きる事態に備えはじめていた。ウィンチェルが東部に戻ってきてニュージャージー州を訪れることで暴動は起きるかもしれないし、よそで発生した暴動が否応なく広がっていって、ニューアークのようにユダヤ人中心の区域がアイルランド系、イタリア系、ドイツ系、スラブ系労働階級中心の、ただでさえ偏見に満ちた人間が多い区域に隣接している都市にまで飛び火してくるかもしれない。前提として誰もが、そういった連中はさしたる後押しなどなくても、デトロイトでの暴動を首尾よく仕組んだたぐいの親ナチ陰謀にかかれば、あっさり見境ない破壊的暴徒に変身するものと考えていた。

ほぼ一夜のうちに、ラビ・ジョアキム・プリンツがマイアー・エレンスタインをはじめニューアークの重鎮ユダヤ人五名と結束し、〈状況を憂うユダヤ系市民ニューアーク委員会〉を設立した。この会が範となって、ほかの大都市でも次々すみやかにユダヤ系市民グループが結成され、コミュニティの安全を確保すべく、最悪の可能性に向けた不測事態対応計画を作成するよう当局に働きかけた。ニューアーク委員会はまず、市庁舎において、八年にわたるエレンスタイン市政に終止符を打ったマーフィ市長が司会を務め、ニューアーク警察署長、消防署長、公共安全局長との会合を実現させた。翌日はトレントンの州議事堂において、民主党系の知事チャールズ・エディソン、ニュージャージー州警察署長、ニュージャージー州兵隊長と会見した。委員六名全員と知りあいのウィレンツ司法長官も同席し、ニュージャージーの諸新聞に送られたニューアーク委員会広報によれば、ニューアークのユダヤ人を襲撃しようとする人間は誰であれ法に定める範囲内で最大限罰せられると司法長官はラビ・プリンツに保証した。委員会は次にラビ・ベンゲルズドーフに電報を打ち、ワシントンでの会見を要請したが、これは地方の問題であり連邦の問題ではないので現在なさっているとおり州・市の官公吏に相談なさるのがよいと思う、という返事が返ってきた。

ラビ・ベンゲルズドーフの支持者たちは、ラビが低俗なウォルター・ウィンチェル問題にかかわらぬ一方、ホワイトハウスでのリンドバーグ夫人との個人的会話においては、変節漢候補者の邪なふるまいの悲劇的代償を払わされている国中の善良なユダヤ人への援助をひそかに要請していると言って褒め讃えた。そんな必要もないのに、はるか昔から、強い迫害の不安にしがみついてきたアメリカ国民が、何の理想も持たぬ煽動家によって、ますますそうした不安に追い込まれていることを彼らは憂えた。ベンゲルズドーフの支持者たちは、ドイツ系ユダヤ人上層の、アメリカの主流社会にかなりの程度同化した、影響力も強い一派を成していた。その多くは裕福な家庭に生まれ、名門中学・高校やアイビーリーグ大学に通った最初のユダヤ人世代に属していて、それらの学校では人数もごく少数であったため勢い非ユダヤ人たちと交わることも多く、その後も地域社会、政治、ビジネスなどにおいて彼らと交際を続け、彼らからも時には対等の存在として受け入れられているように思えた。これら特権的なユダヤ人にしてみれば、ラビ・ベンゲルズドーフ率いる組織の企画する、より貧しく文化とも疎遠なユダヤ人たちがこの国のキリスト教徒たちと協調して生きることを学ぶのを助ける事業に、何ら疑わしいところなどなかった。彼らから見れば、嘆かわしいのはむしろ、私たちのようなユダヤ人が、もはや存在しない歴史的圧力に育まれた異人恐怖症ゆえに、相変わらずニューアークのような都市にひっそり固まっていることだった。こうした人々は、経済的にも職業的にも有利な立場で暮らしてきたから、自分たちとは違い特権を持たぬユダヤ人たちが外の社会から拒まれるのは、己の殻に閉じこもってしまうからであって、多数派のキリスト教徒がはっきり排他的な傾向を示したりするからではないと考えがちだった。私たちの住むような界隈は、差別の産物というより差別を招く土壌だと彼らは信じた。もちろん彼らとて、アメリカのあちこちに後進的な人々がいて、そうした人々のあいだではいまも反ユダヤ感情が強い妄執としてはびこっていることは承知していた。だがだからこそ、アメリカ同化局の連邦局長が、隔離された生活によってさまざまなハンディキャップを負わされてきたユダヤ人たちに呼びかけることで、せめて子供たちはアメリカのメインストリームに入っていき、ユダヤ人の敵が広めたような戯画的ユダヤ人像とはおよそかけ離れた真の姿を示せるようになることの意義はいっそう大きいと彼らは考えた。これら裕福で垢抜けた、自信たっぷりのユダヤ人たちがウィンチェルをとりわけ嫌ったのは、自分たちがキリスト教徒の同僚や友人に対して見せてきた模範的なふるまいによって緩和されたと信じている反ユダヤ感情を、あたかも自らユダヤ人を戯画化しているような彼がわざわざ進んで煽っているとしか思えないからだった。

ラビ・プリンツとエレンスタイン元市長以外、委員会の残り四人は以下のとおりだった。まず、年配の市民指導者で、ニューアークの学校制度において移民児童のアメリカ化事業を成功させた立役者であり、ベス・イズリアル病院トップ外科医を夫に持つジェニー・ダンジス。百貨店重役でS・プラウト社創立者の息子、ブロード・ストリート連合の会長にも十回選出されたモーゼズ・プラウト。市で指折りの大地主でユダヤ慈善事業ニューアーク協議会元会長、地域社会の指導者マイケル・スタヴィツキー。ベス・イズリアル病院スタッフ長のユージーン・パーソネット。ニューアークのギャング界のトップにして大富豪、絶大な影響力を有するロンギー・ズウィルマンがこうした地元有力ユダヤ人のグループに招かれなかったことには誰も驚かなかったが、とはいえロンギーも、ユダヤ人迫害者にはラビ・プリンツに劣らず大きな脅威を覚えていた。ウォルター・ウィンチェルに挑発されたと称し、ヘンリー・フォードの言う「ユダヤ人問題」解決策第一弾と多くの者の目に映る事態を引き起こした者たちを、ロンギーもやはり危険視していたのである。

ラビ・プリンツに全面的協力を約束した多くの権威ある市民とは別個に、ロンギーは独自に、もしニューアーク市警察やニュージャージー州警察がボストンやデトロイト騒乱で現地警察が取ったような生ぬるい対応しかしてくれなかったら——というかおそらくしてくれないだろうから——市に住むユダヤ人たちが無防備状態に陥らぬよう、独自に策を講じはじめた。こうしてロンギーの右腕で、ニギー・アッフェルバウムの兄、暴力で片を付ける仕事に関してはトップと街の誰もが知るブレット・アッフェルバウムが、〈状況を憂うユダヤ系市民ニューアーク委員会〉の善なる仕事を補完する役割を命じられた。高校を卒業できなかったユダヤ人不良少年たちをリクルートして、即席のボランティア部隊〈臨時ユダヤ警察〉の幹部として訓練するのである。これら地元の少年たちは、私たち大多数の子供たちには植えつけられていた理想をいっさい身につけていない連中で、小学五年ごろから早くも無法のオーラを発しはじめ、学校のトイレでコンドームを膨らましたり、14番バスの中で殴りあいを始めたり、映画館の外のコンクリートの舗道で血が出るまで取っ組みあったりする、在学中はほかの生徒の両親たちがあの子とつき合っては駄目よとわが子に言い聞かせるたぐいの子供だった。二十代になったいま、彼らは数当て賭博やビリヤードにふけったり、近所の食堂で皿洗いをやったりしていた。私たちの大半には、かりに知られているとしても、いかにもごろつきっぽい魔力を漂わせた、いかにもぴったりのニックネーム——リオ・〈ザ・ライオン〉・ナスバウム、拳骨（ナックルズ）キンメルマン、ビッグ・ゲリー・シュウォーツ、阿呆（ダミー）ブライトバート、デューク・〈とことん殴れ（デューク＝イット＝アウト）〉・グリック——と、その二ケタのIQによってのみ知られている存在だった。

そういった、私たちの界隈の一握りの落伍者たちがいま、ひとつおきの四つ角に配置されて、歯のあいだから道端の溝へ器用に唾を吐き、口の奥に指をつっ込んで指笛を吹き合図を送りあっている。こうしてあの、無情で鈍感で精神的に何か欠けている、ユダヤ人の中のそのまたはぐれ者たちが、上陸許可を得て喧嘩の相手を探している船乗りみたいに街をそぞろ歩いている。こうしてあの、私たちが憐れむよう、恐れるよう育てられた少数の能なし、石器時代の薄馬鹿、怒りをたぎらせた出来損ない、不気味にふんぞり返って歩く筋肉男たちが、チャンセラー・アベニューで私のような子供をつかまえては、バットを手元に置いておけよ、夜中に呼び出されて街へ出ることになるかもしれないからなと言い含め、晩にはYに、日曜は野球場に、平日は地元の商店に出かけていって、近所の大人の中から体格のよい連中を拉致し、四つ角ごと、緊急時に頼れる三人分隊の確保に努めている。私たちの両親が、幼いころの貧困とともに第三区スラムに置き去りにしたいと願ったすべての粗雑なもの、卑しいものを彼らは体現していた。それがいま、悪霊たちは私たちの守護神の装いをして現われ、弾の入ったリボルバーをふくらはぎにストラップで留めている。銃はどれもブレット・アッフェルバウムのコレクションから借りた品である。誰もが知るとおり、ブレットはその生涯を、ロンギーのために人々を恫喝することに捧げてきた。人間というものをきわめて厳しく裁く、見るからに狭量そうなしかめっ面をしたこの男は、ロンギーの意向どおりに人々を脅し、殴り、痛めつけた。自分より十五キロは痩せていて三十センチ背の高いボスを真似て、いつも決まってスリーピースのスーツ、ネクタイと色のマッチした絹のハンカチを小綺麗に畳んでポケットに飾り、高級なボルサリーノ帽を小粋に傾けている見かけからは想像しがたいことに、ボスが望めば人の命を絶つことも辞さぬ人間だった。

ウォルター・ウィンチェルの死がたちまち全国ニュースとなったのは、その型破りの選挙運動がナチス・ドイツの外での今世紀最悪の反ユダヤ暴動を引き起こしたからだけでなく、大統領選の単なる候補者が殺されたのもアメリカでは前例のない出来事だったからでもあった。大統領としては十九世紀後半にリンカーン、ガーフィールドが、二十世紀初頭にはマッキンリーが射殺され、一九三三年にはＦＤＲの暗殺が企てられ本人は生き延びたものの代わりに支持者の民主党系シカゴ市長サーマクの命が奪われた。が、大統領候補者が次に銃弾に斃(たお)れるのは、ウィンチェル暗殺の二十六年後、カリフォルニアでの党予備選に勝利した直後、ニューヨークの民主党上院議員ロバート・ケネディが頭部を撃たれて絶命する一九六八年六月四日火曜日のことである。

一九四二年十月五日月曜日、学校から帰ってきた私は、一人家の居間でワールドシリーズ第五戦、カージナルス対ヤンキース最終回のラジオ中継を聞いていた。九回表、二対二の同点、これまでシリーズ三勝一敗のカージナルスの攻撃が始まったところで実況が途切れ、一語一語をはっきり発音する、かすかにイギリス風の、ラジオ時代初期にもてはやされたアナウンサーの声がこう告げた――「ここで番組を中断し、重大なニュース速報をお伝えします。大統領選候補のウォルター・ウィンチェルが射殺されました。くり返します。ウォルター・ウィンチェルが亡くなりました。ケンタッキー州ルイヴィルにおいて、野外政治集会で演説中に暗殺されました。現在、民主党大統領選候補者ウォルター・ウィンチェルのルイヴィルでの暗殺について判明している事実は以上です。これで通常の番組に戻ります」。

まだ五時にもなっていなかった。父はついさっきモンティ伯父のトラックに乗って市場に出勤していき、母は夕食の材料を買い足しに何分か前にチャンセラー・アベニューに出かけ、ひとつのことしか頭にない私の兄は今日もまた放課後に会うガールフレンドの一人に胸を触らせてくれとせがもうと密会の場所を漁りに行っていた。通りで叫び声が聞こえ、近所の家から悲鳴が聞こえたが、試合中継はすでに再開され、すさまじいサスペンスが展開していた。マウンド上はレッド・ラフィング、打席にはカージナルスの新人三塁手ホワイティ・クロウスキー、一塁ランナーは五試合で六本目のヒットを打った捕手のウォーカー・クーパー。この試合に勝てばカージナルスはワールドシリーズの勝者となる。この回までにヤンキースはフィル・リズートが、カージナルスは何とも不吉な名字のイーノス・スローター（「虐殺」の意）がそれぞれホームランを打っていた。そして、よく少年ファン同士が芝居がかった口調で言いあうように、ラフィングが第一球を投げる前から私には「わかって」いた――クロウスキーがじきカージナルス二本目のホームランを打って、初戦を落としたのちの四連勝をチームにもたらすのだと。私は一刻も早く表に飛び出して「僕、わかってたんだ！　予言したんだよ！　クロウスキーが打つって！」と叫びたかった。ところが、クロウスキーがホームランを打って試合が終わり、外に飛び出し全速力で家の横の路地から表通りに突進していくと、臨時ユダヤ警察のメンバー二人、ビッグ・ゲリーとデューク・グリックが通りを走り回って家々のドアを叩いては、中に向かって「ウィンチェルが撃たれた！　ウィンチェルが死んだ！」と叫んでいた。

一方、私以外の子供たちもワールドシリーズの興奮に酔いしれて家から飛び出てきた。だが、クロウスキーの名前をわめきながら表に出たとたん、彼らに向かってビッグ・ゲリーがどなった――「バットを取ってこい！　戦争が始まったぞ！」。ドイツ相手の戦争のことではなかった。

夕方にはもう、通りのユダヤ人家族は一軒残らず、二重に鍵をかけたドアの内側にバリケードを築き、ラジオをつけっ放しにして最新ニュースに耳を澄まし、たがいに電話をかけあって、ウィンチェルがルイヴィルの群衆に向かって言った言葉には少しも挑発的なところなどなかったのに、実際その切り出しは市民に自制を促す誠実そのものの呼びかけだったのに、と言いあった。「ケンタッキー州のミスタ・アンド・ミセス・ルイヴィル、世界で最高の競馬場を持つアメリカでも無二の街の誇り高き市民の皆さん、ここはまた史上初のユダヤ系合衆国最高裁判事の――」だがこの地で生まれたルイス・D・ブランダイスの名を口にする前に、ウィンチェルは後頭部に三発の弾丸を浴びて斃れた。その直後に発せられた二度目の銃声が、ケンタッキーでも有数の優美さを誇るギリシャ復興様式の公共建築物からほんの数メートルの地点で殺害が行なわれたことを人々に告げた。トマス・ジェファソンの堂々たる彫像が街路に面し、長く広い階段が壮大な円柱の並ぶ柱廊玄関に至るジェファソン郡庁舎。ウィンチェルの命を奪った銃弾は、その郡庁舎の前面に連なる、質素で均整のとれた大きな窓のいずれかから発せられたと思われた。

買物から帰ってくると、母はさっそく電話をかけはじめた。母が戻ってきたらすぐウォルター・ウィンチェルのことを話そうと私も玄関のすぐ内側で待ち構えていたのだが、母はもう知りうるわずかな情報をすべて知っていた。母の注文の品を肉屋の亭主が包んでいる最中、妻が店に電話してきて速報を夫に伝え、通りを行く人々も見るからに動揺していて、早く安全な家に帰ろうとそそくさ小走りで動いていた。トラックがまだ市場に着いていないので父とは連絡がつかず、次に母は当然兄のことを心配しはじめた。兄はきっと今日もぎりぎりまで粘り、手を洗って一日の汚れを流し顔から口紅をこすり落として食卓につくべき時間の数秒前まで裏手の階段を駆け上がってこないだろう。父も兄も家から出ていてどこにいるかわからない、まさに最悪のタイミングだったが、母は即座に、買物を袋から出しもせず恐怖心を口にしたりもせず、「地図を持ってきなさい。アメリカの地図を持ってきなさい」と私に言った。

大きな折り畳みの北米大陸地図が、私が小学校に上がった年に訪問販売のセールスマンから買った百科事典第一巻の内側のポケットに収まっている。私はサンルームに駆け込んだ。父がマウント・ヴァーノンで買った真鍮製ジョージ・ワシントン本立てにはさまれて、わが家の蔵書がすべて並んでいる――六巻本百科事典、メトロポリタン生命から贈られた革装合衆国憲法、エヴリン叔母がサンディの十歳の誕生日に買ってくれたウェブスター英語辞典完全版。私が地図を開き、食卓のオイルクロスの上に広げると、母はただちに、あの代わるものなき、いまだ忘れていない切手アルバムとともに七歳の誕生日のプレゼントとして私に買ってくれた虫眼鏡を使って、ケンタッキー中央部から少し北に目を向け、ダンヴィルの町を示す小さな点を探しはじめた。

数秒後、私たち二人はもう、玄関の電話台の前に来ていた。電話の上の壁には、父が何度も受けた保険売上げ業績の表彰の記念品のひとつである、独立宣言を複製した額縁入り銅版画が掛かっている。エセックス郡内でダイヤル電話が開通してからまだせいぜい十年で、おそらくニューアーク住民の三分の一はいまも電話とは無縁の暮らしをしていたし、電話のある人たちも大半は、私たちもそうだったが共同加入線を使っていたころであり、長距離電話などというものはいまだ驚異の対象だった。そもそも長距離電話をかけるなんて、私たちのようにつましい家庭の日常からはかけ離れたことだったし、テクノロジーに関してどれほど基本的な説明をしてもらっても、それを完全に魔法の領域から引き出せはしなかった。

私の母は電話交換手に向かって、何ら間違いが生じないよう、誤って余分な料金を課されたりせぬようきわめて几帳面に話した。「交換手さん、指名通話の長距離電話をかけたいんです。場所はケンタッキー州ダンヴィルです。指名通話の相手の名前はミセス・セルマ・ウィッシュナウです。それで交換手さん、三分間が過ぎたら、かならず知らせてほしいんです」交換手が電話帳担当の交換手から番号を聞き出すあいだ、長い間があった。やっと電話がつながりはじめたのが聞こえてくると、母は私に、耳をすぐそばに寄せているよう、でも喋らないよう合図した。

「もしもし！」わくわくした声で電話に出たのはセルドンだ。

交換手：「これは長距離電話です。ミセス・セルマ・ウィストフルに指名電話です」

「ううん」とセルドンがもごもご言う。

「ミセス・ウィストフルでいらっしゃいますか？」

「もしもし？　お母さんは今いません」

交換手：「ミセス・セルマ・ウィストフルにお電話――」

「ウィッシュナウよ」と私の母が叫ぶ。「ウィッシュ－ナウ」

「誰なの？」とセルドンが言う。「誰がかけてるの？」

交換手：「お嬢さん、お母さまはいらっしゃいます？」

「僕、男だよ」とセルドンが言う。面喰らっている。またもショック。ショックはいつまでも続くのだ。でもたしかに女の子っぽい声ではある。わが家の階下に住んでいたとき以上に甲高い。「お母さん、まだ仕事から帰ってきてません」とセルドンは言う。

交換手：「お客さま、ミセス・ウィッシュナウはお留守です」

母は私を見て言う。「どうしたのかしら？　セルドン、一人よ。彼女、どこにいるのかしら？　セルドンが一人で家にいるなんて。もしもし交換手さん、誰でもいいから話すわ」

交換手：「どうぞお話しください、息子さん」

「もしもし、誰なの？」とセルドンが訊く。

「セルドン、ミセス・ロスよ。ニューアークの」

「ミセス・ロス？」

「そうよ。あなたのお母さんとお話ししようと思って、長距離電話かけてるのよ」

「ニューアークから？」

「わかるわよね、あたしが誰だか」

「でも、すぐそこからかけてるみたいに聞こえるよ」

「そうじゃないのよ。これ長距離電話なのよ。セルドン、お母さんはどこ？」

「いまおやつ食べてるの。お母さんが仕事から帰ってくるの待ってるんだよ。フィグ・ニュートン（イチジク入りクッキー）食べてるの。牛乳も飲んでる」

「ねえセルドン――」

「お母さんが仕事から帰ってくるの待ってるの。遅くまで仕事してるんだよ。いつも遅くまで仕事してるの。僕ここでただ待ってるの。ときどきおやつ食べたり――」

「セルドン、ちょっと黙って。少しのあいだ静かにして」

「帰ってくるとご飯作ってくれるの。でも毎晩遅いんだよ」

ここで母は私の方を向き、私に受話器を渡そうとする。「あんた話しなさい。母さんが話しても聞かないわ」

「何の話するのさ?」と私は、手で受話器を遠ざけようとしながら言う。

「フィリップ、そこにいるの?」とセルドンが訊く。

「ちょっと待って、セルドン」と母が言う。

「フィリップ、いるの?」とセルドンがまた言う。

私に向かって母が言う。「さあ、受話器取ってちょうだい」

「でも何言ったらいいのさ?」と私は訊く。

「とにかく電話に出なさい」。そして母は私の片手の中に受話器を押し込み、もう片方の手で持てるよう送話器を私の前に持ち上げる。

「もしもし、セルドン?」と私は言う。

そうっとためらいがちに、信じられないという声で「フィリップ?」とセルドンは答える。

「そうだよ。やあ、セルドン」

「うん、あのさ、僕学校で友だちいないの」

私はセルドンに言う。「君のお母さんと話がしたいんだよ」

「お母さんは仕事だよ。毎晩遅くまで仕事してるんだ。僕おやつ食べてるの。フィグ・ニュートン食べて、牛乳飲んでるよ。僕あと一週間くらいで誕生日だから、パーティやっていいってお母さんが言うんだけど――」

「セルドン、ちょっと待って」

「でも僕、友だちいないんだ」

「セルドン、僕、母さんに訊くことがあるんだ。ちょっと待って」。私は送話器の口を覆って、母に「ねえ、何て言えばいいのさ？」と囁く。

母が囁く。「ルイヴィルで今日何があったか知ってるかって訊きなさい」

「セルドン、僕の母さんがね、ルイヴィルで今日何があったか知ってるかって」

「僕ダンヴィルにいるんだよ。ケンタッキー州、ダンヴィルだよ。ママが帰ってくるの待ってるんだ。おやつ食べてるの。ルイヴィルで何かあったの？」

「ちょっと待って、セルドン」と私は言う。「ねえ次は？」と母に囁く。

「何でもいいから話してちょうだい。話を続けるのよ。それで、もう三分だって交換手さんが言ってきたら知らせてね」

「何で電話してきたの？」とセルドンが訊く。「君、遊びにくるの？」

「いいや」

「僕が君の命救ってあげたときのこと、覚えてる？」とセルドンは言う。

「うん。覚えてるよ」

「ねえ、そっちは何時？　君ニューアークにいるの？　サミット・アベニューにいるの？」

「そうだって言っただろ。そうだよ」

「すごくはっきり聞こえるよね。まるっきりすぐ近所からかけてるみたいだよ。君が遊びにきて僕とおやつ食べれたらいいのに。そしたら来週の僕の誕生日パーティにもいられるし。僕、誕生日パーティに呼べる友だちが一人もいないんだ。チェスをやる相手もいないんだ。いまちょうど、最初の一手を練習してたんだよ。僕の最初の一手、覚えてる？　キングの前のポーンを出すんだよ。僕が君に教えようとしたときのこと、覚えてる？　キングのポーンを出すんだよ、覚えてる？　それからビショップ出して、それからナイト動かして、それからもう一方のナイトを——キングと片っぽのルークのあいだに何もなくなったときどうするか、覚えてる？　キングを護るために二マス動かすときのこと？」

「セルドン——」

母が囁く。「君がいなくて寂しいって言いなさい」

「そんな！」と私は母に言う。

「言いなさい、フィリップ」

「セルドン、君がいなくて寂しいよ」

「じゃあおやつ食べにくる？　だってまるっきり——ねえ、ほんとはすぐそこにいるんじゃないの？」

「違うよ、これ長距離電話だよ」

「そっちはいま何時？」

「ええと――六時十分前」

「じゃこっちも六時十分前だよ。ママは五時には帰ってるはずなんだ。遅くとも五時半には。いっぺん九時だったこともあるけど」

「セルドン」と私は言った。「ウォルター・ウィンチェルが殺されたこと知ってるか？」

「誰、それ？」

「おしまいまで聞けよ。ウォルター・ウィンチェルがケンタッキー州ルイヴィルで殺されたんだ。君のいる州で。今日」

「それは気の毒に。誰、それ？」

交換手：「お客さま、三分経ちました」

「それって君の伯父さん？」とセルドンが訊く。「君に会いにきた伯父さん？　伯父さんが死んだの？」

「違う、違う」と私は言い、こう思っている――ケンタッキーで独りぼっちになったこいつの話を聞いてると、馬に頭を蹴られたのはこいつだって気がしてくる。衝撃を受けて呆然としているみたいな、発育が妨げられたみたいな喋り方。発育が止まったみたいな。なのに私たちのクラスでは誰よりも頭がよかったのだ。

私の母が電話を受けとる。「セルドン、ミセス・ロスよ。あんたに書きとめてほしいことがあるの」

「わかった。紙を探してこないと。あと鉛筆も」

待つ。待つ。「セルドン?」と母が言う。

なおも待つ。

「はいどうぞ」とセルドンが言う。

「セルドン、いまから言うこと書きとめてちょうだい。これもう、ものすごくお金かかってるのよ」

「ごめんなさい、ミセス・ロス。鉛筆がなかなか見つからなくて。僕、台所のテーブルにいたの。おやつ食べてたの」

「セルドン、書いてちょうだい、ミセス・ロスが——」

「はい」

「——ニューアークから」

「ニューアークから。あーあ、いまもニューアークで、下の階にいられたらなあ。ねえ僕、フィリップの命救ってあげたんだよ」

「ミセス・ロスがニューアークから、そちらは大丈夫か——」

「ちょっと待ってね。いま書いてるから」

「そちらは大丈夫か確かめようと電話してきた」

「大丈夫じゃなさそうなこと、あるの？　フィリップは大丈夫だよね。ミセス・ロスもお元気ですよね。ミスタ・ロスはお元気ですか？」

「ええ、ありがとう、セルドン。そのために電話してきたんだってお母さんに伝えてちょうだい。こっちは何も心配要らないって」

「僕、何か心配しなくちゃいけないことあるの？」

「いいえ。いいからおやつ食べなさい――」

「フィグ・ニュートン、もう十分食べたよ、でもありがとう」

「さよなら、セルドン」

「でも僕、フィグ・ニュートン好きだよ」

「さよなら、セルドン」

「ねえミセス・ロス？」

「なあに？」

「フィリップ、遊びにくるの？　来週僕の誕生日なのに、パーティに呼べる子が誰もいないの。ダンヴィルに友だちいないんだよ。ここの子たちにソルティン（塩味クラッカー）って呼ばれてるの。チェスも六歳の子とやるしかないんだ。隣に住んでる子なの。その子しか相手がいないんだよ。一人だけ。チェス、僕が教えたんだよ。ときどき、できない動かし方やったりするの。じゃなきゃクイーン動かしたりするから、よせって言ってやらないと駄目なんだ。毎回僕が勝つけどちっとも面白くないよ。でもほかに相手がいないんだよ」

「セルドン、みんな辛いのよ。いまはみんな辛いのよ。さよならセルドン」。そして母は受話器をフックに戻して、しくしく泣き出した。

その数日前の十月一日、「一九四二年ホームステッダー」が九月に明け渡した、サミット・アベニューの二つの空き間――ひとつはわが家の階下、もうひとつは通りの向かいを三軒下ったところ――に、第一区からイタリア系の二家族が引越してきた。この移転は事実上政府からじかに強制されたものだったが、見返りとして家賃が五年間にわたり十五パーセント割引きになって、月四十二ドル五十のうち六ドル三十七が、契約第一期である最初の三年間は内務省から家主に直接払われ、更新後の三年のうち二年も同様だった。こうした処置は、ホームステッド計画のうち、これまであまり宣伝されてこなかった〈隣人交流促進事業〉の一環だった。これは、ユダヤ人中心の地域の非ユダヤ人人口を少しずつ増やしていくことで、皆の「アメリカ人らしさを高める」ことを目的としていた。だがわが家では、また時には学校の先生からも、〈隣人交流促進事業〉の本当の狙いは、庶民団と同じくユダヤ人社会の結束を弱め、ユダヤ人コミュニティが地方選や国政選挙で持っている影響力を減じることだと聞かされた。そしてこうした、ユダヤ人家族を移住させ、非ユダヤ人家族を強制的に引越させてその穴を埋める作業が、同化局の全体計画のタイムテーブルどおりに進んでいるとしたら、早ければリンドバーグ政権第二期が始まるころには、アメリカ中でユダヤ人人口のもっとも多い地域上位二十位のうち少なくとも半数はキリスト教徒が多数派になっているかもしれない。そうなったらもう、何らかの手段によってアメリカにおける「ユダヤ人問題」に片がつく日も近いのかもしれない……そう私たちは聞かされた。

わが家の下の階に移転させられた一家は、ククッツァ家という、母、父、息子一人、祖母から成る家族だった。私の父は長年第一区で営業し、毎月ささやかな保険料を集めに行く顧客の大半はイタリア系だったから、この新しい住人たちともすでに顔なじみだった。というわけで、夜警をしているミスタ・ククッツァがホーリー・セパルカー墓地から遠くない裏道にある、湯も出ない長屋から家財道具一切をトラックに載せて運び入れてきた翌朝、父はわが家に戻ってくる前に、上着も着ずネクタイもしておらず手は汚れていても、夫が亡くなったときの葬儀代となった保険を世話してくれた保険屋さんだと一家のお祖母さんにわかってもらえるかと、まずは下の階に立ち寄った。

もう一世帯、「あっちの」ククッツァ家は「私たちの」ククッツァ家の親戚で、やはり第一区のお湯の出ないアパートから、三軒下った家に越してきていたが、こちらは息子が三人に娘が一人、母と父、祖父、ともっとずっと大所帯で、かなり騒々しく面倒の多い隣人になりそうだった。一家は祖父と父親を通して、ニューアークのイタリア人街を仕切っていて街で唯一ロンギーのギャング界独占状態を揺るがす脅威となっているリッチー・〈ザ・ブート〉・ボイアルドとつながりがあった。まあつながりとは言っても、父のトミーはあまたいる下っ端の一人にすぎず、もう隠居の身である祖父同様、第三区のスラムの飲み屋、床屋、売春宿、校庭、菓子屋を回って毎日律儀に数当て賭博に励む黒人たちから小銭を巻き上げているか、ボイアルド経営の人気レストラン〈ヴィットリオ・キャッスル〉のウェイターをやっているかのどちらかだった。宗教の違いを抜きにしても、あっちのククッツァ家は、感じ易い年ごろの息子二人のそばにいさせたいと私の両親が思う隣人ではとうていなかった。日曜の朝食の席、父は私たちを元気づけようと、もし夜警と息子一人の代わりに数当て賭博の胴元と息子三人が来ていたらどれだけひどいことになったかを言い立てた。父の話では、こっちのククッツァ家の息子ジョーイは十一歳の、最近セントピーターズ校に編入した、気立てのよい、聴力に問題のある、とにかく荒くれ者のいとこたちとはほとんど何の共通点もない子供らしかった（第一区にいたときトミー・ククッツァの子供四人はみな地元の公立校に行っていたが、ここではジョーイと一緒に、頭のいいユダヤ人の子がどっさりいる私たちの公立校ではなく、カトリック系のセントピーターズ校に入れられたのだった）。

私の父はウィンチェル暗殺から何時間も経たぬうちに仕事を切り上げ、モンティ伯父がさんざん文句を言うのも振り切って、その緊迫した晩の残りを妻と子供のそばで過ごそうと家に帰ってきていたから、私たち四人は一緒に食卓を囲んで座り、ラジオから新しいニュースが流れるのを待っていた。と、ミスタ・ククッツァと息子のジョーイが裏階段をのぼって訪ねてきた。二人は裏口のドアをノックしたが、誰なのか父がしっかり確認するまで踊り場で待ってもらうしかなかった。

ミスタ・ククッツァは頭の禿げた巨体の人物で、背丈は二メートル近く、体重は一一〇キロを超えていて、出勤を控えて夜間警備員の制服を着ていた。紺色のシャツ、アイロンをかけ立ての紺色のズボン、幅広の黒いベルトはズボンを支える以外にも、重さ数キロに及ぶいろんな道具をぶら下げていた。私にとって、こんなにすごい道具が並んでいるのを手をのばせば触(さわ)れるくらい近くで見るのは初めてだった。二つの鍵束はどちらも手榴弾くらい大きく、それぞれの束がズボンの左右ポケットの側面から垂れていて、本物の手錠も一式あったし、磨かれたベルトバックルからは黒いケースに入った夜警用の時計がストラップで垂れていた。時計を一目見て爆弾だと思ったのはむろん私の勘違いだが、腰のホルスターに収まったピストルは見紛いようがなかった。警棒としても兼用されていたにちがいない細長い懐中電灯はランプを上にして尻ポケットにつっ込まれ、糊の利いたワークシャツの片方の袖の肩近くには、青字で「特別警備員(スペシャル・ガード)」と書いた三角の白い布が縫いつけてあった。

　ジョーイも大柄で、私より二歳上なだけなのに体重はもう倍あった。そして私は彼が着けている器具にも父親のそれと同じくらい好奇心をそそられた。型に入れたチューインガムみたいなものが右耳の穴にはめてあって、それが補聴器だった。これが細いコードで、前面にダイヤルがあってシャツのポケットにクリップで留めてある丸くて黒いケースにつながっている。そしてもう一本のコードは、大きなライターくらいのサイズの電池につながっていて、こちらはズボンのポケットに入れてあった。そしていまジョーイは両手にケーキを抱えていた。彼の母から私の母への贈り物である。

　ジョーイの贈り物がケーキで、ミスタ・ククッツァのそれはピストルだった。ピストルを彼は二丁所有していて、一丁は仕事に携行していき、一丁は自宅にしまってあった。その予備の方を、父に贈るために来てくれたのだ。

「親切にありがとう」と私の父はミスタ・ククッツァに言った。「でも俺、撃ち方全然知らないんだ」

「引き金引くだけね」とミスタ・ククッツァは、これほどの巨体にしては驚くほどソフトな声で言った。もっともそこには、警備員として巡回するあいだ声もずっと雨風にさらされてきたかのように、やすりのきしみみたいなものも混じっていた。そして彼の訛りは耳にひどく快く響いた。その後私は、一人になるとときどき、自分もそういう喋り方をするふりをしてみた。いったい何回、「ユー・プラ・ザ・トリグ」と口にして悦に入ったことだろう？ジョーイのアメリカ生まれの母親を例外として、私たちのククッツァ家はみな奇妙な声をしていて、中でも頰ひげの生えたお祖母さんが一番奇妙だった。それはジョーイの、声というより、抑揚のない、声のこだまみたいな声よりもっと奇妙なのだ。奇妙なのは、ただ単に彼女がいつもイタリア語しか喋らなかったからではない。私を含めて他人に話すときも、裏階段を掃いたりアパートの狭い裏庭の土に膝をついて野菜を植えたりしながら独り言を言うときも、あるいはただ単に暗い戸口に立ってブツブツ呟くときも、すべてイタリア語だった。でもその声が一家で誰より奇妙なのは、男の声みたいに聞こえたからだった。そして彼女は見た目にも、長い黒のドレスを着た小柄な老いた男みたいだったし、喋ってもまさにそういう老人みたいに聞こえ、とりわけ、ジョーイが逆らおうなどとは夢にも思わぬ命令、指示、禁止等々を吠えるように発するときはそうだった。ジョーイにはけっこう茶目っ気もあって、修道女や司祭たちの前ではそうした面をあまり出さなかったが、私と二人きりでいるときはもっぱらそういうところしか見せなかった。耳のことを気の毒だと感じづらいのは、ジョーイがひどく陽気な、悪戯好きの、ケラケラと独特の笑い声も上げる、お喋りの、好奇心豊かな、とんでもなく人の話を信じ易い、頭の回転も安定には欠けるがとにかく速い子供だからだった。だから気の毒とは感じづらかったが、家族と一緒にいるときのジョーイの従順ぶりは見ていて痛々しいくらいで、シャシー・マーグリスのようなごろつきのやはりとことん徹底した無法ぶりと同じくらい驚くべきものに思えた。ニューアークのイタリア系家族すべてを探しても、これ以上よい息子がいたとは思えない。おかげで私の母も、じきすっかりジョーイの虜になった。息子としての完璧な献身ぶり、長く黒い睫毛、大人を見上げて何をすべきか言ってもらうのを待つときの訴えるような目つきに魅せられて、母はいつもの不安混じりのよそよそしさ——それが非ユダヤ人に対してすっかり染みついている母なりの防御策だった——もあっさり捨てた。だが一方、旧世界からやって来た一家のお祖母さんについては、母は、そして私も気味悪がっていた。

「狙う」とミスタ・ククッツァは、親指と人差指を使ってやってみせながら説明した。「そして撃つ。狙う、そして撃つ、それだけね」

「必要ないよ」と私の父は言った。

「でも奴らが来たら」とミスタ・ククッツァは言った。「どうやって護る？」

「ククッツァさん、俺は一九〇一年にニューアークの街で生まれた。生涯ずっと遅れずに家賃を払ってきたし、期限内に税金も払ってきたし、いろんな請求書もかならず期限内に片付けてきた。雇用主から十セントだってちょろまかしたことはない。合衆国政府相手にごまかそうとしたこともない。俺はこの国を信じてる。この国を愛してるんだ」

「私もそう」と、我らが巨体の新たな階下の隣人は言った。その幅広の黒いベルトは、あたかも萎んだ首がずらりと吊されているかのように依然私を魅了しつづけた。「私ここ十歳で来た。どこより一番いい国。ここムッソリーニいない」

「あんたがそう思っていて嬉しいよ、ククッツァさん。イタリアは悲劇だよ、君のような人たちには本当に悲劇だよ」

「ムッソリーニ、ヒトラー――うんざり」

「俺が何を好きかわかるかい、ククッツァさん？　選挙の日だよ」と父は言った。「投票するのが俺は大好きなんだ。成人してから、行かなかったことは一度もない。一九二四年、俺はミスタ・クーリッジに反対してミスタ・デイヴィスに投票して、ミスタ・クーリッジが勝った。それでミスタ・クーリッジがこの国の貧しい人間をどれだけ助けたか、俺たちみんな知ってるよな。一九二八年はミスタ・フーヴァーに反対してミスタ・スミスに投票して、ミスタ・フーヴァーが勝った。そしてあいつがこの国の貧しい人間のためにどれだけのことをしたか、俺たち知ってるよな。一九三二年、今度もミスタ・フーヴァーに反対してミスタ・ローズヴェルトに初めて投票して、有難やミスタ・ローズヴェルトが勝って、アメリカを立ち直らせてくれた。国を大恐慌から救い出して、公約どおりのものを――出直し(ニュー・ディール)を――国民に与えてくれた。一九三六年、ミスタ・ランドンに反対してミスタ・ローズヴェルトに投票して、今回もミスタ・ローズヴェルトが勝った。ミスタ・ランドンが票を取れたのはメインとヴァーモントの二州だけだった。カンザスさえも取れなかった。ミスタ・ローズヴェルトは史上最大の一方的勝利を収めて、今回もまた、働く人々相手に口にした公約はすべて果たした。なのに一九四〇年、有権者たちは何をしでかすか？　代わりにファシストを選んだのさ。クーリッジみたいにただの阿呆じゃなくて、フーヴァーみたいにただの間抜けでもない、勲章もしっかり貰ってる筋金入りのファシストをさ。ファシストを入れて、相棒にもファシストで民衆煽動者のミスタ・ウィーラーを入れて、ミスタ・フォードまで内閣に入れた――こちらはヒトラーにも劣らない反ユダヤ主義ってばかりか、労働者を人間機械に変えた奴隷使いさ。そして今夜君は、俺の家に訪ねてきて、ピストルをやると言ってくれる。一九四二年のアメリカで、越してきたばかりの、まだよく知らない人が訪ねてきて、ミスタ・リンドバーグ率いるユダヤ迫害の暴徒から家族を護れるようピストルを差し出してくれる。有難く思ってないなんて思わんでくれよ、ククッツァさん。君が心配してくれたことは絶対忘れない。でも俺はアメリカ合衆国の市民であって、俺の妻もそうだし、子供たちもそうだ。それに」――ここで父の声が上ずった――「それにミスタ・ウォルター・ウィンチェルも――」

だがその瞬間、ウォルター・ウィンチェルについての速報がラジオから流れる。「シーッ！」と私の父が言う。「シーッ！」と、まるでいままでこの台所で大演説をぶっていたのが自分ではないかのように。よそへ移るために渡り鳥が集まるみたいに、魚が群れをなして泳ぐように、私たちはみんな耳を澄ます。ジョーイまで耳を澄ましているように見える。

今日ケンタッキー州ルイヴィルの政治集会で、クー・クラックス・クランと結託したアメリカナチス党員と目される者によって暗殺されたウォルター・ウィンチェルの遺体は、今夜一晩かけて列車でルイヴィルからニューヨーク市のペンシルヴェニア・ステーションまで運ばれる。市長フィオレロ・ラガーディアの命令に基づき、ニューヨーク市警察の保護の下、遺体は明日の午前中ずっと駅の大ホールに正装安置される。ユダヤ教の習慣どおり、葬儀は同日午後二時、ニューヨーク最大のユダヤ教会エマヌ＝エル寺院で行なわれる。数万人に及ぶと予想される、五番街に集う参列者たちのために、寺院の外にも拡声装置で葬儀の模様が流される。ラガーディア市長をはじめ、弔辞を述べる予定の主だった人物は、民主党上院議員ジェームズ・ミード、ユダヤ系のニューヨーク州知事ハーバート・リーマン、そして元合衆国大統領フランクリン・D・ローズヴェルト。

「やった！」と私の父が叫ぶ。「戻ってきたぞ！　ＦＤＲが戻ってきたぞ！」

「あの人ぜひ必要」とミスタ・ククッツァが言う。

「お前たち、何が起きてるかわかるか？」と父は言い、私とサンディを両腕で抱きかかえる。「アメリカのファシズムの終わりが始まったんだよ！　ここムッソリーニいないよ、ククッツァさん――ここもうムッソリーニいない！」

8

一九四二年十月
暗い日々

翌日の夜、緑色の新車のビュイックに乗り、ミナ・シャップという名のフィアンセを連れて、アルヴィンが私たちの家に現われた。「フィアンセ」という言葉を、子供だったころ誰かが口にするのを聞くたびに私はドキドキしたものだ。そう呼ばれた人は、すごく特別な人に思えた。が、やって来たアルヴィンのフィアンセは、ただの若い女性で、私たち家族に引きあわされると、間違ったことを言ってはいけないと終始びくびくしていた。そもそもこの場合、特別なのは妻となる人ではなく義父となる人だった。暗黒街取引の大物たるこの人物は、重い荷物を運び悪党を追い払う役のごろつき二人に助けられて違法ゲームマシンを販売し設置する仕事からアルヴィンを救い出し、オーダーメードの香港製絹スーツとホワイトオンホワイトのモノグラム入りシャツを着こなすアトランティック・シティのレストラン・オーナーに変身させようと目論んでいた。シャップ氏自身は二〇年代にピンボール・ビリー・

シャピロなる名でこの世界に入ってきて、当初はフィラデルフィア南部のガラの悪い街の最高にすさんだ界隈の最高に荒れたスラム出身の最悪のならず者たち――シャシー・マーグリスの叔父もその一人だった――とかかわりあう安手のいかさま師にすぎなかったが、一九四二年のいま、ピンボールとスロットマシンの上がりだけで週一万五千ドルに達し（しかもこれは表に出ない金である）、ピンボール・ビリーの名もいまやウィリアム・F・シャップ二世と改め、グリーンヴァレー・カントリークラブ、ユダヤ人友愛組織ブリト・アヒム、そしてハル・ザイオン・ユダヤ教会の中心メンバーとして誰からも一目置かれる人物になっていた。ブリト・アヒムの土曜夜の会合には巨大な宝石をどっさりつけた元気一杯の妻を同伴しジャッキー・ジェイコブズとジョリー・ジャザーズの音楽に合わせてダンスを楽しみ、ハル・ザイオン教会の墓地の美しい一画を葬儀組合を介し一家の墓所として購入していた。郊外の町メリオンに十八室の大邸宅を持ち、毎年冬場には、貧しい少年が見る夢そのままの豪華なペントハウスがマイアミビーチのイーデンロックに用意されていた。

ミナは三十一歳、アルヴィンより八つ年上で、バターみたいな顔色の、いつも誰かに威嚇されて育ったように見える女性で、赤ん坊みたいな声で思いきって喋るときも、まるで時計の文字盤を読むことを覚えたばかりみたいに一語一語たどたどしく発音した。どこから見ても、いかにも高圧的な両親を持った子供だったが、何しろその親というのが、インターシティ運送社（これがゲームマシン販売業の表の顔である）に加えて、スティールピア遊園地向かいの、週末には順番待ちの客の列がブロックを丸二周する広さ半エーカーのロブスターハウスを所有し、さらに、ワクシー・ゴードンを元締めとする大がかりな密造酒シンジケートから得ていた儲けが禁酒法の廃止で突如干上がったときも、三〇年代前半にフィラデルフィアにステーキハウス〈オリジナル・シャップス〉を開店し、地元でユダヤ人ギャング(ザ・ジューイッシュ・モブ)と呼ばれる連中に歓迎された人物だったから、そのピンボール・ビリーがミナを後押しすることの意味はアルヴィンにとっても絶大だった。「こういう契約だ」とシャップは、娘の婚約指輪を買う現金をアルヴィンに渡しながら言った。「ミナがお前の脚の面倒を見る、お前はミナの面倒を見る、そしたら俺がお前の面倒を見る」

かくして私のいとこは、オーダーメードのスーツを着て大物客をテーブルまで案内する華麗な役割を手に入れたのだった。ジャージーシティの悪徳市長フランク・ヘイグ、ニュージャージーが地元のライトヘビー級王者ガス・レズネヴィッチ。また、クリーヴランドのモー・ダリッツ、ボストンのキング・ソロモン、ＬＡのミッキー・コーエン、さらには「黒幕」その人たるマイヤー・ランスキーといった、ギャングの会合でフィラデルフィアを訪れる顔役たち。そして毎年九月には、絢爛(けんらん)たる授賞式を終えたばかりの新ミス・アメリカと、それにくっついてきた有頂天の親戚一同を迎える。全員がさんざんお愛想を言われ、間の抜けたロブスター用エプロンを着けると、アルヴィンが指をぱちんと鳴らして、料金は店持ちだとウェイターに合図するのだ。

ピンボール・ビリーの片脚の義理の息子候補も、じきにニックネームを得た。日立ち屋(ショウィー)。命名の主は、アルヴィンがみんなに触れて回ったとおり、ライト級世界チャンピオン挑戦者のアリー・ストルツだった。アルヴィンがフィラデルフィアから帰ってきて、ミナとともにわが家で夕食を食べることになった日も、昼はストルツのところに訪ねていく予定だったのだ（ガス・レズネヴィッチと同じくストルツもニューアークが地元だった）。この年の五月、ストルツはマディソンスクエア・ガーデンでライト級チャンピオンと十五ラウンドを戦って判定負けを喫し、この秋はマーケット・ストリートにあるマルシーロ・ジムで、十一月のボー・ジャックとの一戦に備えてトレーニングに励んでいた。これに勝てば、ティピー・ラーキンに挑戦する権利が得られる。「とにかくボー・ジャックさえ負かせば」とアルヴィンは言った。「あとはもうタイトルを阻むのはラーキンしかいない。そしてラーキンは、ガラスのあごの持ち主だ」

ガラスのあご。ガセネタ。ヤキ入れ。ワル。ムカつく。泣きを見る。ハッタリかます。アルヴィンの新しいボキャブラリーと新しい派手な喋り方を、私の両親は見るからに嫌がっていた。だが私は、アルヴィンがストルツの気前よさを「アリーは金離れがいい奴なんだ」と讃えるのを聞いて、自分もこういう「ワル」の口を利きたいと思った。学校で言ってみよう、いまアルヴィンが「金」の意味で使っているいろんなスラング――この一語だけで実にたくさんの言い換えがあるのだ――も試してみよう、そう思った。

食事中、私の母にさんざん誘いをかけてもらったのにミナは一言も喋らなかったし、私も恥ずかしくて黙っていたし、父は前夜シンシナティで起きたユダヤ教会爆破事件と、二つの時間帯にまたがるアメリカ各都市で起きているユダヤ人商店略奪のことで頭が一杯だった。

サミット・アベニューにいる家族と離れている場合ではないと、父がモンティ伯父の文句を無視して仕事を早退したのはこれで二晩目だった。こんなときに兄の怒りなど気にしていられない。夕食のあいだずっと、父は何度も席を立っては、ウィンチェルの葬儀の余波をめぐるニュースはないかと居間に行ってラジオをつけた。一方アルヴィンは、もっぱらアリーのこと、ボクシング世界王者の座を極めんとするアリーのことしか話せなかった。何だかまるで、ニューアーク生まれのライト級チャンピオン挑戦者というのが、人類のもっとも深遠な道徳概念を体現しているような口ぶりだった。片脚を失う元となった、かつて信奉していた道徳的掟を、これ以上完璧に捨てるやり方があるだろうか？　かつて自分と、シャシー・マーグリスのごとき人物の持つ欲望とを隔てていたものを、アルヴィンはもう完全に捨てた。そう、彼は、私たちを捨てたのだ。

私はミナを見て、考えた。そもそも自分に片脚がないことを、アルヴィンは彼女に打ちあけたのだろうか？　実は、かくも隷属的な性格だからこそ、ミナはまさにそういうことをアルヴィンが打ちあけうる最初にして唯一の女性なのだとは私には思いもよらなかったし、女性相手にアルヴィンが無力であることをまさにミナが証しているなんてこともわかりようはなかった。実際、アルヴィンの「切株」は、ミナとの最良の絆だった。とりわけ、のち一九六〇年にシャップが死んでミナの無能な兄がスロットマシン稼業を引き継ぎ、アルヴィンは所有のレストランを増やしていくだけで満足し二州で最高の美人娼婦たちと遊び回るようになってからは、絆の意味もますます深まることになる。さんざん愚行にふけった報いで切株に亀裂が入って腫れ、血が流れて何かの菌に感染するたび、ミナはただちに介入し、アルヴィンが義足をつけることを許さなかった。アルヴィンがいくら「うるさいなあ、心配ないよ、大丈夫さ」と言っても、この点だけはミナも譲らなかった。「直ってくるまで脚に負担かけちゃ駄目よ」とミナは言った。「直ってくる」というのは、義足が、ということだ。ずっと前、まだ九つにもならない私がミナのような母親役だったころにアルヴィンから教わった義足職人の言い方を使うなら、義足は年じゅう「合い具合がずれて」いたのだ。のちにアルヴィンが歳をとり、太って負荷が増したせいで義足が年じゅう壊れるようになって、直るまでに何週間も義足なしで過ごさないといけなくなると、夏のあいだミナは車で彼を海水浴場に連れていき、自分は服も脱がず大きなパラソルの下にとどまり、すべてを癒やす波のなかで揺れ、アルヴィンが何時間も戯れるのを見守った。寄せる波に浮かぶその体は上下にひょこひょこ揺れ、アルヴィンは仰向けに横たわって塩水の間歇泉を宙に噴き上げ、それから、「サメだ！　サメだ！」とわめき、怯えきった表情で自分の切株を指さしながら水から出てきて、浜辺に群がる観光客たちを恐怖に陥れるのだった。

ミナと二人で夕食に現われた日の朝、アルヴィンはわが家に電話してきて、北ジャージーに行くのでそちらに寄りたい、戦争から帰ってきてみんなに迷惑をかけたときに本当によくしてくれた叔父さん叔母さんにお礼を言いたい、と母に伝えていた。感謝すべきことはたくさんあるし、叔父さん叔母さんとは仲直りしておきたい、子供たち二人の顔も見たいしフィアンセも紹介したい、とアルヴィンは言った。電話ではそう言ったし、もしかしたら本気でそう思っていたのかもしれない——私の父と向きあい、人を矯正したがる父の癖に関する記憶が戻ってくるまでは、そして自分たちが生来反感を抱きあっていてとにかくはじめからずっと反りが合わなかったことの記憶が戻ってくるまでは。アルヴィンがそう言ったからこそ、学校から帰ってきてそのことを聞かされた私も、引出しの奥からアルヴィンの勲章を引っぱり出し、彼がフィラデルフィアに発って以来初めて、下着にピンで留め直したのである。

言うまでもなく、その日は一家の黒い羊が和解のために訪ねてくるのに理想的な日とは言いがたかった。その夜、ニューアークをはじめニュージャージーの主要都市でユダヤ人迫害の暴力沙汰は一件も報じられていなかったものの、シンシナティではルイヴィルからオハイオ川を一五〇キロばかり上がったあたりでユダヤ教会に焼夷弾が投げられて建物が焼け落ちていたし、セントルイス、バッファロー、ピッツバーグをはじめとする八都市で、ユダヤ人の経営する商店の窓が手当たり次第に割られ略奪が行なわれていた。したがって、ハドソン川のすぐ向こう、ニューヨークで進行しているウォルター・ウィンチェルの壮麗なユダヤ式葬儀が——そしてその厳かな儀式と並行して行なわれているデモや反デモが——もっと近くで容易に暴力を勃発させるのではという恐怖は少しも和らがなかった。学校では朝一番に、四年生から八年生までが集められて三十分間の特別朝礼が行なわれ、教育委員会の代表をはじめ、マーフィ市長室の職員、現PTA会長、そして校長が、昼のあいだ児童の安全を確保するために目下取られている手段を一つひとつ説明し、登下校中に危害から身を護るための十のルールを私たちに教えた。ブレット・アッフェルバウムの〈臨時ユダヤ警察〉は話題にされなかったが――彼らは夜通し街頭にとどまり、朝にサンディと私が学校に出かけるときもまだいて、魔法瓶から熱いコーヒーを飲み、レアロフ・ベーカリーから差し入れられた粉砂糖付きドーナツを食べていた――市長室の職員は私たちに、「正常な状態に復帰するまで」市の警察官がふだんより大人数で近所を巡回すると約束し、学校の入口ごとに制服警官が立っていて廊下を警察関係者がうろうろしていても怖がらないようにと言った。それから全生徒に、謄写版刷りの紙が二枚配られた。一枚は街なかで従うべきルールをリスト化したもので、教室に戻ると担任の先生がもう一度それらを逐一確認していった。もう一枚は両親に渡すよう命じられた、新しい安全対策の内容を伝えるものだった。もし何かご質問があればミセス・シセルマンにどうぞ、と紙にはあった。ミセス・シセルマンは私の母のあとを継いだ現PTA会長だった。

私たちはダイニングルームで夕食をとった。ここで食事するのは、エヴリン叔母がラビ・ベンゲルズドーフを連れてきたとき以来だった。アルヴィンから電話があったあと、母は彼が喜ぶ夕食を作ろうと、いまでは玄関の錠を外して表へ出るたびに怖くて仕方なかったにもかかわらず、材料を買いに出かけていった。母は根に持つということができない性分であり、電話に出た母の声を聞いたとたん、その人の好さに頼れることをアルヴィンも感じとったにちがいない。ニューアークの武装警官が巡回していて、パトカーが街を流していても、ブレット・アッフェルバウムの〈臨時ユダヤ警察〉を見かけるのとさして変わらぬ程度の安心しか母は感じなかった。だから、包囲された都市で買物する人がみなそうするように、必要なものを買うためにチャンセラー・アベニューまで行き帰りするあいだ、母はほとんど駆け足で通した。台所に入ると、アルヴィンの好物の、チョコレートのアイシングと刻んだクルミが載ったチョコレートのレイヤーケーキを焼きはじめた。ジャガイモの皮も剝き、玉ねぎも刻みはじめた。こっちはラートカ（ユダヤ風パンケーキ）、アルヴィンがいくらでも食べる料理の材料である。こうして、アルヴィンの予期せぬ帰郷によって引き起こされた、焼く、炒める、茹でる匂いがまだ家に漂っているさなか、本人が新車のビュイックで家の横の路地に乗りつけたのである。以前、私が盗んできたフットボールを使って二人でパスプレーに興じた場所にアルヴィンは車を入れ、ミスタ・ククッツァが副業の家具運搬業に使っている小さなフォードのピックアップトラックのうしろに駐車した。フォードがそこに駐めてあったのは、今日はミスタ・ククッツァの夜警の仕事が休みで、休みの日は一日じゅう寝ているからだった。

やって来たアルヴィンは、肩にたっぷり詰め物を入れたパールグレーのシャークスキン・スーツを着て、細かい穴が空いていて爪先に張替え革のついたツートンのウィングチップ・シューズを履き、全員にお土産を持ってきてくれていた。ベス叔母さんには赤いバラをあしらった白いエプロン、サンディにはスケッチブック、私はフィリーズの帽子、ハーマン叔父さんには例のアトランティック・シティのレストランで四人家族がロブスター・ディナーを食べられる食事券。そうやってみんなにプレゼントをくれるアルヴィンを見た私は、フィラデルフィアに行ってしまったからといって脚を失くす前の年月にわが家で見知ったいろんな良いものを忘れてしまったわけではないのだ、と意を強くした。その時点では、私たちは分裂した家族のようには見えなかっただろうし、夕食が済んで、ミナが早くも台所でラートカの作り方を母から教わりはじめていたときも、父とアルヴィンのあいだでじき死闘が始まるようにはおよそ見えなかったはずだ。あれでもし、アルヴィンがあんなけばけばしい服を着て派手な自動車で乗りつけもせず、マルシーロのジムの生々しい肉体性を持ち込みもせず、夢にも見なかった富がじき手に入る期待に気を昂らせたりもしていなければ……あれでもし、ウィンチェルが二十四時間前に暗殺されたりもしておらず、リンドバーグが政権に就いたときに恐れた最悪の事態が私たちの身に降りかかる懸念がますます高まったりしていなければ……そうであったなら、幼年期を通じて私にとって一番大切だった大人の男性二人が、あんなふうに殺しあいの一歩手前まで行くこともなかったかもしれない。

その夜まで、父がまさか、あれほどの大暴れを為しうる人間だなんて私はまったく思っていなかったし、ああした全面的破壊を実行するのに不可欠な、正気から錯乱へと瞬時の変身を遂げる力があそこまであるなんて考えたこともなかった。父はモンティ伯父とは違って、第一次大戦以前のラニヨン・ストリートの長屋に住むユダヤ人の子供が味わった試練がどうこうといった話は決してしたがらなかった。棒と石と鉄パイプで武装したアイルランド系の連中が、第三区のユダヤ人キリスト殺しどもに復讐しようと、アイアンバウンド地区の陸橋の下の道を抜けて定期的にやって来て……などといった話はいっさいしなかったし、いい試合の切符がたまたま手に入ればスプリングフィールド・アベニューのローレル・ガーデンにサンディと私を喜んで連れていってくれたが、ボクシングリングの外で男同士が闘うなんて、考えただけでぞっとしてしまう性格だった。昔から筋肉質の体つきだったことは、十八のときに撮ってあとで母が一家のアルバムに貼った写真から私も知っていた。大人になる前の写真で残っているのはもう一枚、六歳のときの、モンティ伯父と並んで立っている写真で、三歳上のモンティは父より四十センチ以上背が高かったが、みすぼらしいなりなのは二人とも同じで、時代物のオーバーオール、汚れたシャツ、帽子は散髪の荒っぽさがわずかに見える程度に押し上げられた姿で、兄弟ともにぎこちなくポーズをとっていた。十八歳の、セピア色の写真の方の父は、すでに幼年期からは遠く離れて、ニュージャージー州スプリング・レークの陽の降りそそぐビーチで、確固たる自然の力をみなぎらせた水着姿で腕組みをして立ち、午後の半日休みを楽しむ六人の遊び好きなホテルウェイターの作る人間ピラミッドの不動の礎となっていた。その一九一九年の写真からわかるとおり、胸ははじめから逞しかったし、長年メトロポリタン生命保険に勤務して家々の玄関をノックする暮らしを続けてきたあいだも、がっしり重荷に耐える肩と引き締まった腕はなぜかなまっていなかった。だからいま、四十一歳に至って、九月のあいだずっと週六晩、重い木箱を運び五十キロの袋を持ち上げてきたおかげで、きっと父の体には、生涯かつてなかったほどの爆発力がみなぎっていたにちがいない。

その晩以前、父が誰かを叩きのめすなんて、ましてや愛しい兄の遺した息子を血まみれにするなんて、父が母の上にまたがった姿と同じくらい想像不可能だった。ヨーロッパでの貧しい出自を持ち、アメリカ的野心もしぶとく抱きつづけるユダヤ人たちにとって、論争の片を力ずくで付けることほど強いタブーはほかにない。それは誰もが共有する不文律だ。暴力を極力避け、またアルコールを避ける当時の風潮は、美徳であると同時に、私たちの世代を教育する上では一種の欠陥とも言えた。ほかのエスニシティの教育にあっては、積極的な攻撃性こそ第一の掟であり、暴力に直面した際に話しあいで回避することも単に走って逃げることもできない場合、そうした特質は大いに有効なのだ。私と同じ小中学校に通っていた、五歳から十四歳まで、数百人の子供たちのあいだで殴り合いの喧嘩が起きる度合は、ニューアークの工業地帯のどの小中学校より間違いなく低かった（アリー・ストルツのようにトップクラスのライト級ボクサーになること、ロンギー・ズウィルマンのように羽振りのいいギャングになることが遺伝的にもう決まっている子供はごく少数の例外なのだ）。よその学校では、子供の倫理的義務も違った目で捉えられたし、生徒同士も、自分たちの好戦性を、私たちには使いがたい手段によって表に出していたのである。

かくして、想像しうるすべての理由ゆえに、その夜は悲惨と言うほかない夜となった。一九四二年の私には、そこから生じるさまざまな恐ろしい意味など読みとりようもなかったが、とにかく父とアルヴィンの血を見ただけで十分ショックだった。わが家の模造オリエンタルラグの縦に横に血が飛び散り、無残に壊れたコーヒーテーブルの残骸から血がポタポタ垂れ、父の額に血が徴のごとく塗られ、私のいとこの鼻から血が噴き出す。そして二人は素手で殴りあっているというより、あるいは取っ組みあっているというより、ただ単に衝突しあっているる。骨と骨の当たるガシッという恐ろしい音とともにぶつかり、たがいにうしろに跳ね退いたのちまた突進しあう。額から枝角が生えている男二人のごとく、幻想のごとく、神話からわが家の居間に転がり込んできた異種間合体生物が、その巨大な乱杭歯の角でもってたがいの肉体を粉砕しあっている。人はふつう、家のなかでは動きの縮小に努め、速度を抑えるが、いまは縮小が拡大に転じている。見るだに恐ろしかった。南ボストンの暴動、デトロイトの暴動、ルイヴィルの暗殺、シンシナティの焼夷弾、セントルイス、ピッツバーグ、バッファロー、アクロン、ヤングズタウン、ピオリア、スクラントン、シラキュースでの騒乱……そしていま、これ——ごく普通の家庭の居間、そもそも敵意に満ちた世界の侵入を阻むために従来皆が団結してきた場で、私たちユダヤ人が棍棒を手にとり、逆上してたがいを損ないあう。それによって、ユダヤ人を憎む人々がアメリカ最悪の問題を解決することにみすみす手を貸しているのだ。

このおぞましい事態は、ナイトシャツを着てナイトキャップをかぶったミスタ・ククッツァが（大人であれ子供であれ喜劇映画以外でそういう格好をしている人を見たのは初めてだった）、ピストルを手にわが家に飛び込んできたことで終わりを迎えた。いまだ旧世界に生きる、黄泉の国のカラブリア人女王もかくやといういで立ちのジョーイの祖母も、わが家の踊り場の下から狂おしいむせび声を上げた。そしてわが家の中からも、裏口のドアが叩き割られて開き、入ってきたナイトシャツの侵入者が武器を持っていることを私の母が見た瞬間、等しく身の毛もよだつ声が上がった。ミナは夕食の席で飲み込んだものをすべて両手のなかに戻しはじめ、私も自分を抑えられずたちまち小便を漏らした。サンディだけはしかるべき言葉を思いつく落着きと、それを発するだけの力を保って、「撃たないで！　アルヴィンだよ！」と叫んだ。が、ミスタ・ククッツァは私有財産を護るプロとして、まずは行動してから細かいことはあとで考えるよう訓練された人物だった。だから、止まって「アルヴィンって誰です？」と訊いたりはせず、私の父を襲った人物をハーフネルソンで締めつけ、空いている手でピストルをその頭につきつけたのである。

　アルヴィンの義足は二つに割れ、切株はズタズタに裂け、手首も片方折れていた。私の父の前歯は三本砕け、肋骨二本にひびが入り、右の頬骨に沿って深い切り傷が出来て私が養護施設の馬に蹴られたときの倍の針数を縫う破目になり、首もひどくねじれてその後何か月も金属製の首用コルセットをつけて過ごさねばならなかった。黒っぽいマホガニーの枠にガラスの天板が載ったコーヒーテーブルは、私の母が何年もお金を貯めてやっとバムズ（ニューアークのバムバーガー百貨店の通称）で買った品で、母は毎晩、一時間の楽しい読書を終えると、地元の薬局がやっている小さな貸本屋で借りてきたパール・バック、ファニー・ハースト、エドナ・ファーバーなど（いずれも当時のベストセラー女性作家）の新作にリボン付きのしおりをきちんとはさんでこのテーブルに置いたものだったが、それがいまは粉々に割れて部屋中に飛び散り、微小のガラス片が父の両手に食い込んでいた。敷物、壁、家具にはチョコレートのアイシングがまだらに付いていて（父とアルヴィンはゆっくり話そうと居間に移動してレイヤーケーキを食べていたのだ）、加えて血も散乱し、そして、臭いがあった——むっとする、吐き気を誘う、まさに修羅場の臭い。

　暴力の跡を家のなかで見るのは本当に切ない。爆発のあとに木に衣服が引っかかっているのを見るようなものだ。死を目にする覚悟は出来ていても、木に引っかかった衣服は別だ。

これもすべて、アルヴィンの性格が、どれだけ説教しようがどれだけガミガミやかましい愛情を注ごうが矯正しようのないことを私の父が理解できないからだった。これもすべて、性格上そうなるしかない人間になる運命から彼を救い出そうとわが家に住ませたからだった。これもすべて、私の父がアルヴィンをしげしげと見て、アルヴィンの亡き父の短い悲劇的な生涯を思い出してしまったからであり、絶望のあまり私の父が、首を振りふりこう言ってしまったからだった――「新車のビュイック、博奕打ちのスーツ、仲間はみんなクズども。だけどアルヴィン、お前知ってるか、気にしてるのか、まるっきり気にならないのか、この国で今夜何が起きてるか？　何年か前はお前だって気にしてたじゃないか。あのころのこと、俺ははっきり覚えてるぞ。でもいまは違う。いまは太い葉巻だの自動車だのだ。お前少しでもわかってるのか、こうやって俺たちがここで座ってる最中にも、ユダヤ人たちの身に何が起きてるかが？」。

アルヴィンにしてみれば、やっと人生何とかなりそうになってきたところであり、先の見通しがこれほど明るくなったことはかつてなかった。それを、以前はこの人に護ってもらえることがすべてと思えた元保護者から――ほかの誰一人相手にしてくれなかったときに、ウイークエイックのささやかなアパートの、無邪気な事柄に右往左往しながら心優しく生きている家庭に二度も招き入れてくれた血縁から――お前はろくでなしになり果てたと言われる。アルヴィンには耐えられなかったし、耐える気もなかった。傷つけられた憤懣(ふんまん)に声も上ずり、切れ目なく次々言葉を吐き出し、反撃、中傷、非難、威圧、見え透いたはったり以外何も差しはさまずに、アルヴィンは父に向かってわめき立てた。「ユダヤ人？　俺はユダヤ人のために人生を滅茶苦茶にしたんだぜ！　ユダヤ人のために脚をなくしたんだ！　あんたのために脚をなくしたんだ！　リンドバーグがどうなろうと俺は知ったこっちゃなかったんだ！　なのにあんたは俺を奴と戦わせに送り出して、馬鹿なガキだった俺は行ったんだ！　そして見ろよ、見ろよ、疫病神（やくびょうがみ）叔父さんよ、俺には片脚がないんだよ！」

そう言って彼は派手派手しいパールグレーの生地をまくり上げ、事実もはや血と肉と骨から成る下肢部が消滅した場所をさらけ出した。それから、侮辱され否定され、内心ふたたび去勢された男に（そして脚の自由を失った若者に）戻ったアルヴィンは、その英雄的しぐさの仕上げとして、私の父の顔に唾を吐いた。家族とは平和であり戦争でもある、と父は好んで言ったものだが、これは私にはとうてい想像しようのなかった家族戦争だった。あの死んだドイツ軍兵士の顔にやったのと同じように、私の父の顔に唾を吐くなんて！

あれでもしアルヴィンが、矯正されぬまま好きにやれるよう、嘆かわしい軌道をそのまま進むよう放っておかれていたらと思ってしまうが、とにかくそうはならなかった。その結果、大きな脅威が私たち家族を解体し、おぞましい暴力が私たちの家庭に入ってきた。激しい憤りがいかに人の見境をなくさせ、いかなる汚辱を生み出すかを思い知らされる。

そしてなぜ、なぜアルヴィンはそもそも戦いに行ったのか？　なぜ戦い、なぜ倒れたのか？　なぜなら戦争が起きているから、彼はその道を選ぶのだ——荒れ狂う反逆の本能が、歴史の罠に閉じ込められる！　あれでもし違う時代だったら、アルヴィンがもっと賢明だったら……だが彼は戦いたいのだ。父親たちを抹殺したがっているのに、自分もその父親たちにそっくりなのだ。問題の残酷さもここにある。抹殺しようと努めているものに、忠実たらんと努めてしまう。忠実たらんと努め、同時に、忠実たらんとしているものを抹殺せんと努めてしまう。私が理解しうる限り、だからこそ彼はそもそも戦いに行ったのだ。

その晩遅く、アルヴィンの仲間二人がペンシルヴェニアのナンバープレートがついたキャデラックで乗りつけ（一人はアルヴィンとミナをエリザベス・アベニューにあるアリー・ストルツの専属医の診療所に連れていき、もう一人はビュイックをフィラデルフィアに運転して帰った）、私の父がベス・イズリアル病院の緊急治療室から解放され（病院で父は手からガラスを取り除いてもらい顔を縫われ首のX線写真を撮られ胸に包帯を巻かれ、帰り際に痛み止めのコデイン錠を渡された）、ピックアップトラックで父を病院まで連れていってくれたミスタ・ククッツァが荒れはてた戦場と化したわが家に父を無事連れ帰ってくれたあとに、チャンセラー・アベニューで銃声が轟いた。銃声、悲鳴、叫び声、サイレン……虐殺がとうとう始まったのだ。階段を降りて帰っていったと思ったミスタ・ククッツァが、ほんの数秒後にまた駆け上がってきて、壊れた裏口ドアを一度だけ叩いてわが家に飛び込んできた。

眠くて仕方なかった私は、兄にベッドから引きずり出されても、抑えようのない恐怖に脚が言うことを聞かず、どうしても立っていられないので、仕方なく父が抱えて運んでくれた。

母はそれまで、寝床に入って眠ろうとする代わりにエプロンとゴム手袋をつけバケツと箒とモップを持ち出し家のなかの汚物を一掃しようと奮闘していたが、その几帳面な母も、滅茶滅茶になった居間でしくしく泣き出し、ミスタ・ククッツァに裏口前まで導いてもらった。こうして私たち一家四人は階下に連れていかれ、かつてのウィッシュナウ家に避難した。

今回、ミスタ・ククッツァにピストルを差し出されると、父は断らなかった。父の哀れな肉体は全身あざだらけ、包帯だらけで、口のなかはそこらじゅう歯が折れていたが、それでも父は、私たちと一緒に、ククッツァ家の窓なしの裏口前に座り込んで、両手で持った武器を一心不乱に見つめていた。まるでそれがもはや単なる武器ではなく、初めて赤ん坊を抱くよう手渡されて以来自分に託された最高に大切なものであるかのような目つきだった。私の母は、サンディの気負った冷静ぶりと私の呆然とした脱力ぶりとのあいだにはさまって背を伸ばして座り、私たちそれぞれの、自分に近い方の腕をぎゅっと握って、恐怖心が子供たちに伝わらぬよう精一杯勇気の薄膜を保っていた。一方、私がこれまでに見た誰よりも巨体の男性は、ピストルを手に暗い室内を歩き回り、窓から窓へとこっそり進んでいって、ベテラン夜間警備員の眼光鋭い徹底ぶりでもって、誰かが斧、銃、縄、石油缶を持ってどこか近くに潜んでいないかを確かめていた。

ジョーイ、母親、祖母の三人は寝床にとどまるようミスタ・ククッツァに言われていたが、老婆はこうした混乱が発する磁力と、私たち四人が呈している掛け値なしの苦境の姿とに抗うことができなかった。私たち訪問者に好意的だったはずはない、荒っぽいイタリア語を切れぎれに吐き出しながら、暗い台所の戸口から私たちの方を覗き見て――コンロの横の簡易ベッドで服を着たまま眠るのが彼女の習慣だった――己の狂気の標的に私たちを据えるその姿は（そう、彼女は明らかに正気の外にいた）、さながらユダヤ人迫害の守護聖人のようであり、すべてがその銀の十字架に端を発しているかのように思えた。

発砲は一時間も続かなかったが、私たちは夜が明けるまで上の階に戻らなかったし、ククッツァ氏が勇敢にもチャンセラー・アベニューのロープで仕切られた地帯へ偵察に行ってくれるまで、銃撃戦が市の警察とユダヤ人迫害者たちのあいだではなく市警察と〈臨時ユダヤ警察〉のあいだで行なわれたことも知らなかった。その夜ニューアークでユダヤ人虐殺はなかったのであり、あったのはちょっとした撃ちあいにすぎず、私たちの家から聞こえるところで起きたという点では普通でないものの、それ以外は、暗くなってからどこの都市でも生じうる騒ぎとさして変わらなかった。三人のユダヤ人が命を失いはしたが（デューク・グリック、ビッグ・ゲリー、ブレット本人）、それはかならずしも彼らがユダヤ人だったせいではなく（「まあ足しにもならなかったけどな」とモンティ伯父は言った）、新市長マーフィがまさにこうしたたぐいのごろつきを街から一掃したいと考えていたからだった。とりわけ、ロンギー・ズウィルマンに対して、彼がもはや市の行政委員会の名誉委員などではないことを示す狙いもあった（マーフィの前任の、ユダヤ人市長マイアー・エレンスタインの時代、ロンギーがそうした地位にあるという噂がエレンスタインの政敵によって広められていたのだ）。市の警察部長が『ニューアーク・ニューズ』紙に述べた、「意味なく発砲したがる自警団員たち」が挑発されもせずに午前零時少し前に巡回中の警官二人に向けて発砲したという陳述は誰も本気にしなかったが、一方で、三人があっさり射殺されたことには取り立てて悲しみの表明もなされなかった。彼ら自身が相当に物騒な人物だったからであり、まっとうな人間の誰一人、彼らに保護を仰ごうなどとは考えていなかった。もちろん、荒くれ男たちの血が子供たちの毎日の通学路を汚したことは遺憾であったが、少なくともそれは、クー・クラックス・クランや銀シャツ隊やドイツ系アメリカ人協会との衝突で流れた血ではなかったのだ。

虐殺はなかったものの、翌朝七時、父はウィニペグに長距離電話をかけ、シェプシー・ターシュウェルと話した。父はシェプシーに、いまやユダヤ人たちはひどく怯え、ユダヤ人を迫害する連中はすっかり勢いづいていると伝え、これまでのところはラビ・プリンツの権威が当局に対してまだ働いているおかげで界隈では一家族が移住を強制されただけで済んでいるものの、もはや普通の人間としてニューアークで暮らすのは不可能だと認めた。政府にも是認された露骨な迫害が不可避かどうかはまだ何とも言えないが、迫害への恐怖はあまりに大きく、日々の仕事にしっかり根を下ろした現実的な人間であっても——先の見えなさと不安と怒りとを懸命に抑え理性の導きに従って行動せんと努めてきた人間であっても——もはや精神の均衡を保つことは不可能だと父は言った。

そう、父は認めたのだ、自分がずっと間違っていて、妻とターシュウェル一家が正しかったことを。これまでに為した誤った対応すべて、大きく間違った判断すべてを恥じる思いを——そうした恥の最たるものが、およそ考えられなかった暴力をふるったことによって、わが家のコーヒーテーブルのみならず、子供のころの厳しいしつけと大人になって得た分別ある理想とのあいだの緩衝材に長年なってくれた律儀な正義感までも破壊してしまったことだった――精一杯振り捨てて父は認めた。「もうおしまいだよ」と父はシェプシー・ターシュウェルに言った。「もうこれ以上、明日何があるかわからずに生きていけないよ」。そして電話の会話は、移住の話題に、採るべき手段や行なうべき手配に移っていき、サンディと私が家を出るころにはもう疑問の余地はなかった。およそ信じがたいことに、敵の圧力に私たちは屈してしまったのであり、私たちは明日にも逃亡し、外国人になるのだ。学校への道のり、私はずっと泣いていた。アメリカでの比類なき幼年時代は終わってしまった。母国はじきに単なる出生地でしかなくなるだろう。ケンタッキーにいるセルドンの方がまだしも幸福だ。

だが、これもやがて終わった。悪夢は終わった。リンドバーグは去り、私たちの身は安全になった。だが、万人を護ってくれる大きな共和政体と、責任感のかたまりのような両親によって幼い子供の胸に育まれた、何ものにも揺るがぬ安心感を私が取りもどすことは、もはや二度とないだろう。

ニューアーク・ニューズリール・シアターのアーカイブより

一九四二年十月六日（火）

国旗を掛けたウォルター・ウィンチェルの柩（ひつぎ）を一目見に集まった三万人の人々が、ペンシルヴェニア・ステーションの大ホールを進んでゆく。参列者の数はニューヨーク市長フィオレロ・ラガーディアの予想をも上回る。ラガーディアの決断によって、ウィンチェル暗殺事件は「ナチス暴力のアメリカ人犠牲者たち」を市を挙げて悼む日に変容し、FDRによる弔辞がそのハイライトとなる予定である。駅の外では、街じゅうのほかの数々の場所同様、地味な服装の物言わぬ男女が半ドル貨大の黒いバッジを人々に配っている。バッジには白抜き文字で「リンドバーグはどこだ？」という問いが書かれている。正午直前、ラガーディア市長が市のラジオ局に到着し、米陸軍の軍楽隊指揮者の息子としてアリゾナ準州に育った少年時代の名残たるつば広の黒いステットソン・ハットを脱いで主の祈りを唱え、それから帽子をかぶり直して、ヘブライ語で、死者のためのユダヤの祈りを読み上げる。正午の鐘が鳴ると、市議会の命に応えて、一分間の黙禱（もくとう）がニューヨーク五区で捧げられる。街じゅうでニューヨーク警察の姿が目につくが、その主たる任務は、マンハッタンのアッパー・イーストサイドの北、ハーレムの南の、ドイツ系住民が圧倒的に多い、アメリカのナチス勢力の拠点として大統領とその政策を積極的に支持している地域ヨークヴィルを拠点とする一連の右翼団体が組織した抗議デモを監視することである。午後一時、喪章を着けた警官の乗ったオートバイが数台、ペン・ステーションの外に出来つつある葬儀の列の横に護衛としてつき、市長自らがサイドカーに乗って葬列を導き、八番街をゆっくり北上して、五十七丁目を東に進み、五番街をふたたび北上して六十五丁目のエマヌ＝エル寺院に至る。寺院の座席を埋めつくすべくラガーディアに招集された要人として、ローズヴェルト政権一九四〇年の閣僚十名、ローズヴェルト指名の最高裁判事四名、産業別労働組合会議議長フィリップ・マレー、アメリカ労働総同盟議長ウィリアム・グリーン、合同アメリカ炭鉱労働者組合長ジョン・L・ルイス、アメリカ自由人権協会のロジャー・ボールドウィンらが並び、さらには民主党系の元・現州知事、上院議員、下院議員がニューヨーク、ニュージャージー、ペンシルヴェニア、コネチカットから集まり、一九二八年の大統領選で敗れた元ニューヨーク州知事アル・スミスの顔も見える。市職員が前夜に街じゅうの電信柱や理髪店のポールや建物入口の横木に設置したスピーカーが、ヨークヴィル以外のマンハッタン中すべての界隈に集まったニューヨーク市民に、さらには市外からやって来て市民たちと並んで立つ何千もの人々に――ウォルター・ウィンチェルがラジオに出演するようになって以来毎週ずっと彼の話を聞いてきた、最後の敬意を表するためウィンチェルの地元まで足を運んできたすべての「ミスタ・アンド・ミセス・アメリカ」に――追悼式の内容を伝える。その老若男女のほぼ全員が、いまや遍在する、挑戦的連帯のしるしたる、白黒の「リンドバーグはどこだ？」バッジをつけている。

フィオレロ・H・ラガーディア、街の労働者たちの気さくなアイドル。下院議員時代、貧しいイタリア系とユダヤ系の住むイーストハーレムの人口密集地域を五期にわたって精力的に代表し、一九三三年にはいち早くヒトラーを「狂暴な変質者」と呼んでドイツ製品のボイコットを訴えた。組合、貧者、失業者の粘り強いスポークスマンとして、大恐慌最初の暗い一年にはフーヴァー政権下の無為無策の共和党議員たちを相手に孤軍奮闘し、「金持ちから吸いとる」増税策を唱えて自らが属する党を狼狽させた。全米最大の人口を擁し、北半球においてユダヤ系人口がもっとも集中した大都市において、リベラル、反タマニー（タマニーはニューヨーク民主党系の腐敗した派閥組織）、改革派の共和党市長として、三期にわたって連合市政を指揮してきた。共和党にあって、リンドバーグ批判、アーリア人の優越を説くナチスの教義批判を口にしているのはラガーディア一人である。オーストリア領トリエステ出の、宗教に興味のなかったユダヤ系の母親と、船専属の楽師としてアメリカに渡ってきたイタリア系自由思想家の父親を持つラガーディアは、リンドバーグの信条の核に、そしてリンドバーグを崇拝する巨大なアメリカ人集団の核に、ナチスの教義があることを見てとったのだ。

ラガーディアは柩のかたわらに立ち、いつもの興奮気味の甲高い声で要人たちに語りかける。よく知られているように、ニューヨークで新聞ストライキがあったときにも、市のラジオ局から街じゅうの子供たちに向かって、ラガーディアは毎週日曜この声で新聞漫画を物語った。丹念に読み進む優しい小父さんといった調子で、一コマひとコマ、吹き出し一つひとつ、ディック・トレイシーやアニーにはじまり、すべての連載漫画を語って聞かせたのである。

「お決まりの白々しい文句は、はじめからなしにしましょう」と市長は言う。「ウォルターが愛らしい人間でなかったことは誰もが知っています。ウォルターはすべてを隠す力強い寡黙なタイプなどではなく、隠されたものすべてを嫌うマックレイカー（二十世紀初頭、政治・産業界の腐敗暴露をめざしたジャーナリスト・作家たち）でした。彼のコラムに登場したことのある人なら誰でも言うでしょうが、ウォルターは正確さというものをつねに有してはいませんでした。内気ではなく、控え目でもなく、気品もなく、慎み深くもなく、親切でもなく云々。わが友たちよ、W・Wに欠けていた美点を列挙するとしたら、私たちは次の贖い(ヨーム・キップール)の日までここにいることになるでしょう。残念ながら故ウォルター・ウィンチェルは、世にいくらでもいる不完全な人間の派手な一例にすぎませんでした。合衆国大統領選挙に出馬するにあたって、彼の動機はアイボリー石鹼のように純粋だったでしょうか？　ウォルター・ウィンチェルの動機？　彼の非常識な出馬は、とてつもないエゴイズムに汚(けが)されていなかったでしょうか？　わが友たちよ、アメリカ大統領選出馬に際してアイボリー石鹼のように純粋な動機を持つのはチャールズ・A・リンドバーグのごとき人物のみです。気品があり、慎み深く云々なのはチャールズ・A・リンドバーグのごとき人物のみです。そう、それに正確であるのも——何か月かに一度、社交性を発揮して全米に向けてお気に入りの紋切型十項目を語るときも彼はとことん正確です。無私無欲の支配者、力強く寡黙な聖人であるのはチャールズ・A・リンドバーグのごとき人物のみです。一方ウォルターはミスタ・ゴシップコラムニストでした。一方ウォルターはミスタ・ブロードウェイでした。競馬を好み、夜更かしを好み、シャーマン・ビリングズリー（ウィンチェルが常連だった〈ストーク・クラブ〉のオーナー）を好み、聞くところでは若い女性を好みすらしたそうです。そして、ミスタ・ハーバート・フーヴァー言うところの『高貴な実験』（禁酒法のこと）の廃止、偽善的で金ばかりかかる愚かで施行不可能な憲法修正第十八条（酒類の製造・販売等を禁じる）の廃止は、ウォルター・ウィンチェルにとって、ここニューヨークに住む私たちにとってと同様、少しも高貴さを損なうものではありませんでした。要するにウォルターは、ホワイトハウスに収まった腐敗を知らぬテストパイロットによって日々実演されている輝かしい美徳を、ひとつ残らず欠いているのです。

そうそう、過ちがちなウォルターと過たぬリンディとのあいだには、まだいくつか留意すべき相違があります。私たちの大統領はファシストのシンパであり、おそらくは自身も掛値なしのファシストで、そしてウォルター・ウィンチェルはファシストの敵でした。私たちの大統領はユダヤ人の味方ではおよそなく、おそらくは筋金入りの反ユダヤ主義者であり、一方ウォルター・ウィンチェルはユダヤ人で、反ユダヤ主義の断固たる声高な敵でした。私たちの大統領はアドルフ・ヒトラーの崇拝者でありおそらくは本人もナチスで、そしてウォルター・ウィンチェルはアメリカで最初のヒトラーの敵でありアメリカで最大の敵でした。私その点に関して、我らが不完全なるウォルターは腐敗を知りませんでした——大事な点に関しては。騒々しすぎるし、早口すぎるし、喋りすぎるウォルターですが、それでも、較べてみるなら、ウォルター・ウィンチェルの俗悪さはどこかしら偉大であり、リンドバーグの上品さはおぞましい。ウォルター・ウィンチェルは、わが友たちよ、すべての場のナチスの敵だったのであり、合衆国議会において総統に仕えるダイズ、ビルボー、パーネル・トマスといった輩も見逃しませんでしたし、『ニューヨーク・ジャーナル＝アメリカン』や『ニューヨーク・デイリーニューズ』に寄稿するヒトラー信奉者や、我らのホワイトハウスで国民の税金を使いナチスの殺人者たちを迎えて堂々宴を張る連中も見逃しませんでした。そしてウォルター・ウィンチェルは、ヒトラーの敵だったからこそ、ナチスの敵だったからこそ、昨日、優雅で由緒ある町ルイヴィルでも一番歴史がある美しい広場のトマス・ジェファソン像の陰で銃殺されたのです。ケンタッキー州において本心を語ったために、W・Wはアメリカのナチスに、力強く寡黙で無私無欲の大統領が沈黙しているおかげで今日この偉大な国の全土で好き放題暴れ回っているアメリカのナチスに、暗殺されたのです。ここではそんなことは起こりえない（イット・キャント・ハプン・ヒア）って（It Can't Happen Hereは一九三五年の、ファシズムの脅威を予見したシンクレア・ルイスの小説のタイトル）？　わが友たちよ、ここではいまそんなことが起こっているのです、そしてリンドバーグはどこだ（ホエア・イズ・リンドバーグ）？　リンドバーグはどこだ？」

街なかで、スピーカーを囲んで一緒に聞いている人々が市長の問いを引き継ぎ、まもなく彼らの叫びが街じゅうを不気味に流れていく――「リンドバーグはどこだ？　リンドバーグはどこだ？」。そしてユダヤ教会の内部では、憤怒に貫かれたその四音節を市長が何度もくり返し、要点をわざとらしく強調する演説者のようにではなく、真実を要求する憤った市民のように怒りを込めて演台を叩く。「リンドバーグはどこだ？」。この喧嘩腰の問いかけとともに、赤ら顔のラガーディアは、集まった会葬者たちを、フランクリン・D・ローズヴェルト登場のクライマックスへと導いていく。そしてそのローズヴェルトは、もっとも近しい政治家仲間たちすら呆然とすることをやってのける（ホプキンズ、モーゲンソー、ファーリー、バール、バルーク、みな殉教した候補者の柩のすぐそばに着帽姿で座っている――彼らのボスにとっては代弁者として有用な人物だったかもしれないが、ウィンチェルが抱えていたたぐいの権力志向は、決して彼らホワイトハウス中枢の趣味に合うものではなかった）。すなわちローズヴェルトは、ウィンチェルの後継者として、この狡猾で、傲慢無礼で、喧嘩っ早い、強情な、身長一五七センチのずんぐりした体格の政治屋を――熱心な支持者たちには

「小さな花（ザ・リトル・フラワー）」の名で親しまれている人物を――指名するのだ。エマヌ＝エル寺院の祭壇から、民主党の名目上の党首は、一九四四年のリンドバーグ再選の企てに対抗する「連立」候補として、ニューヨーク市の共和党系市長への支持を誓うのである。

一九四二年十月七日（水）

リンドバーグ大統領の操縦する〈スピリット・オブ・セントルイス〉号はその朝ロングアイランドの、一九二七年五月二十日の大西洋横断単独飛行の際にも出発点であった滑走路から離陸する。護衛のエスコートもなしに、機は雲ひとつない秋空を飛んでいき、ニュージャージー、ペンシルヴェニア、オハイオを経てケンタッキーに至る。真昼の陽光のなか、ルイヴィルの民間機専用空港に着陸することになるわずか一時間前、ホワイトハウスはようやく大統領から行き先を知らされる。ルイヴィル市長ウィルソン・ワイアット、市当局、一般市民が大統領到着に備えるのにぎりぎりのタイミングである。飛行場には整備士が待ち構え、機を点検し帰りの飛行に向けて調整と補充を行なう態勢が整っている。

ルイヴィル市民三十二万人のうち、警察の見積もりによれば少なくとも三分の一が街から十キロ近い道のりをやって来て、大統領が着陸したときにはすでにボウマン飛行場とその近接道路を埋めつくしている。大統領は愛機をスムーズに滑走させ、膨大な数の群衆に語りかけるべくマイクが用意された演壇にたどり着く。すさまじい歓迎の轟きがようやく収まってきて大統領の声が聞こえてくると、彼はウォルター・ウィンチェルの名は出さないし、二日前に起きた暗殺にも前日の葬儀にも、またニューヨークのユダヤ教会でフランクリン・ローズヴェルトによってウィンチェルの後継者に指名される直前にラガーディア市長が行なった演説にもいっさい触れない。その必要はないのだ。ラガーディアが、その前のウィンチェル同様、独裁者的野心を抱いて前例なき三期目を狙うFDRの当て馬候補にすぎないこと、「私たちの大統領に対するラガーディアの悪意に満ちた中傷」の背後にいるのは一九四〇年にアメリカに参戦を強いたであろう人々であることは、すでに副大統領ウィーラーが全国民に向けて、前夜ワシントンでのアメリカ在郷軍人会の大会において即興で行なった演説で雄弁に説明済みなのである。

大統領が群衆に向かって言うのは、「わが国は平和です。わが国の国民は仕事をしています。わが国の子供たちは勉強しています。そのことを申し上げるために私はここへ飛んできました。そういう状態をこれからも保つために、ワシントンへ帰ります」、これだけである。毒にも薬にもならないセンテンスのつながりにすぎない。が、丸二日にわたって全米の注目を集めてきたこれら十数万のケンタッキーの民にとっては、この世のすべての苦難が終わったと大統領が宣言してくれたように聞こえる。天地を揺るがす喝采がもう一度上がるなか、例によって口数少ない大統領が、別れの挨拶にも手を一回振っただけで、そのひょろ長い体を操縦席に押し込むと、笑顔の整備工が滑走路でレンチを振り上げ、すべて点検済み、離陸準備完了の合図を送る。エンジンが回り出し、孤高の鷲（ローン・イーグル）はふたたび最後に手を振る。〈スピリット・オブ・セントルイス〉は轟音を上げて一気に、ダニエル・ブーンの絢爛たる荒野が広がる州から浮き上がり、一インチ一インチ、一フィート一フィート上昇していき、そしてリンディは、若いころの、西部各地の農業町の上空低くを飛びながら曲芸飛行（バーンストーミング）、飛び降り（スカイダイビング）、翼上歩き（ウイング＝ウオーキング）を演じたスタントパイロットに戻ったかのように、ルート58沿いの電柱同士をつなぐ電話線を、ほんの毛一本の幅でクリアし、狂乱状態の群衆をいっそう歓喜させる。暖かい穏やかな追い風のなかに悠然と入っていきながら、コロンブスのサンタマリア号、ピルグリムたちのメイフラワー号にも比すべき、飛行史上もっとも名高い小さな飛行機は東に向かって消えていき、以後二度とその姿を見る者はいない。

一九四二年十月八日（木）

ルイヴィルからワシントンに至る通常の飛行経路一帯の地上が隈なく捜索されるが、墜落の形跡はまったく見つからない。快晴の秋の日なので、各地の捜索隊はウェストヴァージニアの険しい山々の奥にも分け入れれば、収穫の済んだメリーランドの農地も踏破できるし、また諸州の警察当局も終日メリーランドとデラウェアの海岸線一帯に大型ボートを繰り出したにもかかわらず、何ら成果は上がらない。午後になると陸軍、沿岸警備隊、海軍も捜索に加わり、さらには、ミシシッピ以東すべての州のすべての郡から一般市民数百人（その一部はまだ少年である）が訪れ、州知事に招集された州兵隊に協力を申し出る。だがワシントンが夕食時になっても飛行機もしくは墜落を目撃したという報告はいっさい届かず、午後八時、副大統領宅において閣僚の緊急会合が開かれる。この場でバートン・K・ウィーラーが一同に、大統領夫人、下院上院の与党指導者、最高裁判所長官とも相談した結果、合衆国憲法第二条第一項に従って自分が大統領代理を務めることがもっとも国益に適うものと判断したと宣言する。

数十の新聞が、夕刊の一面見出しに、一九二九年の株式大暴落以来もっとも大きくもっとも黒い字で、フィオレロ・ラガーディアへの当てつけを意図してこう物々しく書く――**リンドバーグはどこだ?**

一九四二年十月九日(金)

この日一日を始めるべく国民が目覚めるころには、合衆国本土はもとより、準州や属領にも戒厳令が敷かれている。正午、ウィーラー大統領代理が軍に護衛されて連邦議会議事堂に赴き、緊急非公開下院議会において、大統領が北米のどこかで不明の人物たちによって誘拐され人質にされたことを確認する情報をFBIが得たと伝える。大統領の安全を確保し、犯罪者たちを法に則(のっと)って処罰すべくあらゆる手段が採られていると大統領代理は明言する。大統領代理はさらに、カナダ・メキシコとの国境は封鎖され空港と海港もやはり封鎖されたこと、また、今後コロンビア特別区では合衆国軍隊が、その他の地域では州兵隊が、それぞれFBI、地元警察と連携しつつ法と秩序を維持することを宣言する。

また(アゲイン)しても!

国中のハースト系新聞がこの一語の見出しを、リンドバーグ家の赤ん坊の写真の上に掲げている——一九三二年、生後二十か月で誘拐されたわずか数日前、生前最後に撮られた写真の上に。

一九四二年十月十日（土）

ドイツ国営放送発表——合衆国第三十三代大統領にしてアメリカが第三帝国と結んだ歴史的なアイスランド協定の署名者チャールズ・A・リンドバーグの誘拐は「ユダヤ人グループ」による犯行と判明。ドイツ国防軍の最高機密情報が公表され、陰謀の首謀者は主戦論者ローズヴェルトであるという国務省の報告に裏付けが与えられる。報告によれば、ローズヴェルトは自政権下の財務長官であったユダヤ人モーゲンソー、同じく最高裁判事であったユダヤ人フランクファーター、およびユダヤ人の投資銀行家バルークと共謀し、国際的なユダヤ人高利貸しウォーバーグとロスチャイルドから資金の提供を受けていた。犯行はローズヴェルトの腹心たる混血ユダヤ人のギャングにしてユダヤ人都市ニューヨークの市長たるラガーディアの指揮の下、ニューヨーク州の有力ユダヤ人知事の銀行家リーマンも協力し、ローズヴェルトをホワイトハウスに復帰させ非ユダヤ世界に対して全面的なユダヤ戦争を仕掛けることを目的に実行された。ワシントンのドイツ大使館がＦＢＩに提供した国防軍機密情報によれば、ウォルター・ウィンチェルの暗殺もやはりローズヴェルト率いるユダヤ人一味が計画・遂行したものであり、ドイツ系アメリカ人の犯行だという中傷が彼らによってまことしやかに広められ、それによって悪意に満ちた「リンドバーグはどこだ?」キャンペーンが始動されて、大統領がこれに応えて暗殺現場に飛行機で赴き、ユダヤ人の組織的報復を恐れていたケンタッキー州ルイヴィル市民のもっともな不安を取り除くよう努めるという事態に至った。そして、国防軍の報告によれば、大統領が群衆に語りかけている最中、ユダヤ人陰謀者たちに買収された空港整備工が（本人も現在行方不明となっており、ラガーディアの命令によって殺害されたと考えられる）飛行機の通信機器が作動しないよう手を入れた。このため、大統領がワシントンに向けて発つや、地上とはもちろん、他の航空機との通信も不可能となり、高空を飛行する英国戦闘機の一隊に〈スピリット・オブ・セントルイス〉号が取り囲まれると服従するほかなく、経路の外に出ることを余儀なくされ、数時間後、リーマンの支配するニューヨーク州から国境を越えてカナダに入り、国際的ユダヤ人組織が秘密裡に維持している仮設滑走路に着陸させられ……。

ドイツ国営放送の発表を受けて、アメリカではラガーディア市長が市長番の記者たちに、「あんなナチスの大嘘を信じるアメリカ人がいたら、そいつはもう落ちるところまで落ちたってことだ」と語る。とはいえ、消息筋によれば市長も州知事もＦＢＩに長時間取調べを受けたという話であり、一方内務長官ヘンリー・フォードはカナダの首相マッケンジー・キングに対し、リンドバーグ大統領とその誘拐犯の発見に向けてカナダ全土を徹底的に捜索するよう要請したという。ウィーラー大統領代理はドイツに提供された資料をホワイトハウスの補佐官らとともに検討しているが、飛行機の捜索が完了するまでドイツの主張に関してはコメントしない方針であると報じられる。目下、海軍の駆逐艦と沿岸警備隊の快速哨戒魚雷艇が、北はニュージャージー州ケープメイから南はノースキャロライナ州ケープハッテラスまで墜落事故の形跡を探しており、陸軍、海兵隊、州兵隊の地上部隊は依然二十州において行方不明の機の所在の手がかりを漁っている。

全米一律の夜間外出禁止令が遵守されるよう州兵隊が各地で監視を行なっているが、大統領の失踪が元で暴力行為が生じたという報告はいまのところ一件もない。戒厳令下、アメリカは落着きを保っている。ただし、クー・クラックス・クラン総統とアメリカナチス党党首は、「アメリカをユダヤ人のクーデターから護るよう徹底した措置をとっていただきたい」と大統領代理に連名で要求を送ってくる。

一方、ニューヨーク在住のラビ・スティーヴン・ワイズが中心となってアメリカ中のユダヤ人聖職者が結成したグループは、この困難な時にあたり心からの同情を表明した電報を大統領夫人に送る。夕方、ラビ・ライオネル・ベンゲルズドーフがホワイトハウスに入る姿が目撃され、報道によればこれは、寝ずの番状態も三日目に入ったいま、一家に精神的導きを求めたリンドバーグ夫人の要請に応えての訪問だという。ホワイトハウスがラビ・ベンゲルズドーフを招いたという事実を、大半の人々は、「ユダヤ人グループ」が夫の失踪に関与しているという説を大統領夫人が認めていないしるしと受けとめる。

一九四二年十月十一日（日）

国中の教会の礼拝で、リンドバーグ家のために祈りが捧げられる。三大ラジオ網は通常の番組を休んで、大統領夫人とその子供たちが訪れているワシントン大聖堂での礼拝を中継し、その日一日、夜に至るまで、もっぱらキリスト教音楽を流しつづける。午後八時、ウィーラー大統領代理が出演し、捜索を打ち切る気は毛頭ないと国民に請けあう。大統領代理はまた、カナダ首相の提案に応じてアメリカの法執行機関が、カナダ連邦騎馬警備隊に協力して合衆国＝カナダ国境の東半分とカナダ東部諸州の南端に位置する一連の郡を捜索する予定であることも報告する。

大統領夫人の公式スポークスマンとして現われたラビ・ライオネル・ベンゲルズドーフは、ホワイトハウスの玄関先で待っていた大勢の報道陣に、リンドバーグ夫人からアメリカ国民に向けた、夫の失踪に関して外国政府から発せられる憶測を相手にせぬよう促すメッセージを伝える。大統領がセントルイスとシカゴを行き来する航空便パイロットであった一九二六年にも、航空機が大破する墜落事故に二度遭いながら二度とも無傷で生き延びたことを思い出していただきたい、万一今回また墜落があったとしても大統領がふたたび生き延びたことが判明すると信じています、そう夫人が仰っているとラビは語る。大統領代理から報告された誘拐の証拠に夫人は納得なさっていません、とラビは言う。なぜリンドバーグ夫人はご自分で発言なさらないのですか、なぜ我々記者は夫人に直接質問させてもらえないのですかと問われると、ラビはこう答える。「忘れないでいただきたい、夫人が三十六年の人生において、この上なく深刻な危機に耐えながら報道機関からの問い合わせに対処することを求められたのはこれが初めてではないのです。捜索がどれだけ続くかも見えないなかで、ご自分とお子さんたちのプライバシーを守るために夫人がいかなる手段を採られようと、国民の皆さんは当然理解してくださるものと思います」。リンドバーグ夫人はあまりに動揺していて自分では何も決断できず、ライオネル・ベンゲルズドーフが代わりに何もかも決めているのだという噂には少しでも真実があるのかと問われると、ラビはこう答える。「けさ大聖堂での大統領夫人のふるまいを見た人なら誰でも、夫人の知的判断力は十全であり、すべての心的機能も全面的に働いていて、深刻な事態にもかかわらずその理性も判断力もまったく損なわれていないことがわかるはずです」

ラビの断定にもかかわらず、「さる政府高官」が口にした疑念をめぐる噂が各通信社に入ってくる。高官とはおそらくフォード長官であり、大統領夫人が「ラビ・ラスプーチン」の虜になってしまったとフォードは疑っているという噂である。ロシア革命前夜の帝政ロシアにおいて、皇帝と皇后の心を狡猾に操作して宮殿をほぼ独裁支配するに至り、愛国的なロシア人貴族たちの陰謀によって殺されてようやくその狂える支配も終わりを告げた、あのシベリアの農民上がりの怪僧。このユダヤ人スポークスマンも、大統領の妻に対する影響力においてラスプーチンに比すべき存在と見られたのである。

一九四二年十月十二日（月）

ロンドンの各朝刊が報じるところによれば、英国諜報部はＦＢＩに、リンドバーグ大統領は生きていて現在ベルリンにいることを疑いの余地なく証拠立てるドイツの暗号情報を転送したとのこと。英国諜報部の主張によると、十月七日、空軍元帥ゲーリングの発案になる長年温められてきた計画に基づき、合衆国大統領は大西洋上空、ワシントンからおよそ五百キロ東の、あらかじめ定められた位置において〈スピリット・オブ・セントルイス〉号を不時着水させた。そして、待ち受けていたドイツのUボートによってポルトガル沖で待つドイツ海軍の船舶に移され、さらにこの船舶によってアドリア海沿岸モンテネグロのイタリア領コトルへ連れていかれた。大統領機の残骸はドイツ軍の貨物輸送機が回収して積み込み、のち解体され箱詰めされてブレーメンにあるゲシュタポの倉庫に輸送された。大統領本人は迷彩を施したドイツ空軍機でコトルの滑走路からゲーリング元帥に伴われてドイツに向かい、空軍基地に着くと、ヒトラーと会談すべくベルヒテスガーデンにある総統の隠れ家へ車で運ばれた。

ユーゴスラヴィアのセルビア人レジスタンス集団も、ミラン・ネディィッチ将軍率いるドイツ主導のベオグラード政府内部から得た情報に基づき、英国諜報部の報告を事実と認める。この傀儡（かいらい）政権の内務省は、コトルの港において海軍の作戦を指揮していたという。

ニューヨークでは、ラガーディア市長が記者たちにこう語る。「もしわが国の大統領が自発的にナチス・ドイツに逃げたというのが事実で、就任宣誓を行なって以来ずっとナチスの手先としてホワイトハウスで活動していたというのも事実で、わが国の国内、国際政策が今日ヨーロッパ全土で暴威をふるっているナチス政権によって大統領に指示されたものだというのも事実だとしたら、これは人類史上類を見ない邪悪な反逆罪であり、私はそれを形容する言葉を持たない」

戒厳令と全国的な夜間外出禁止令が敷かれ、重装備の州兵隊がアメリカ中すべての主要都市をパトロールするにもかかわらず、反ユダヤ暴動が日没直後、アラバマ、イリノイ、インディアナ、アイオワ、ケンタッキー、ミズーリ、オハイオ、サウスキャロライナ、テネシー、ノースキャロライナ、ヴァージニアで始まり、夜通し、さらには明け方まで続く。朝八時ごろになってやっと、州兵隊を支援すべくウィーラー大統領代理によって派遣された連邦軍がどうにか混乱を収め、暴動者たちが起こした多くの火事のうち最悪の部類のものはひとまず鎮火する。この時点で、一二二人のアメリカ市民が命を失っている。

一九四二年十月十三日（火）

正午のラジオ演説において、ウィーラー大統領代理は、暴動の責任は「英国政府と、それを支持するアメリカ人主戦論者たち」にあると述べる。

「チャールズ・A・リンドバーグのごとき偉大な愛国者に対して、かくも下劣な非難を不実にも撒き散らしたあと、これらの人々はいったい、愛する指導者の失踪ゆえすでに悲しみに沈んでいる国民に何を期待したのでしょう？　己の経済的・人種的利害を有利に導くために、悲嘆に暮れる国民の良心を極限まで苛んでおいて、いったい何が起きることを期待しているのでしょう？　南部、中西部一帯の破壊された諸都市に秩序が回復されたことはご報告できます。ですが、わが国民の心の平安が、どれだけ犠牲になったことか？」

続いて、大統領夫人の声明が、ラビ・ライオネル・ベンゲルズドーフによって伝えられる。夫人はいま一度国民に、夫の失踪に関し海外の首都から発信されるいずれも立証不可能な仮説を相手にせぬよう訴え、合衆国政府に対しては、すでに一週間続いている夫の飛行機の捜索を即刻打ち切るよう要請する。アミリア・エアハートの悲劇を思い出していただきたい、と夫人は国民に呼びかける。誰よりも偉大なあの女性飛行士は、リンドバーグ大統領の範に倣って、一九三二年、単独飛行で大西洋を横断して国民を熱狂させたものの、一九三七年、太平洋単独横断飛行を企て、何の痕跡も残さず失踪しました、と夫人は言う。「自らも経験豊富な飛行家として、夫人は」とラビ・ベンゲルズドーフは報道陣に語る。「アミリア・エアハートに起きたのと同様の出来事がおそらく大統領の身にも起きたと考えるに至りました。人生には危険がつきものであり、むろん飛行にも危険がつきものです。特に、アミリア・エアハートやチャールズ・A・リンドバーグのように、単独飛行家としてのその勇気と大胆さをもって、私たちがいま生きている空の旅の時代を切り拓いた人々にとっては」

大統領夫人への取材申込みは、今回もまた夫人の公式スポークスマンによって丁重に断られ、フォード長官はラビ・ラスプーチンを逮捕せよと声を上げる。

一九四二年十月十四日（水）

夕方、ラガーディア市長が記者会見を行ない、「国民の正気を脅かしている掛け値なしの錯乱」について語り、とりわけその三つの具体例を強調する。

第一に、『シカゴ・トリビューン』紙第一面に載った、ベルリン発と記された記事。これによると、一九三二年にニュージャージーで誘拐され殺害されたと信じられていたリンドバーグ大統領夫妻の十二歳の息子が、ポーランドのクラクフの地下牢からナチスによって救出され、ベルヒテスガーデンにおいて父との再会を果たしたという。記事によれば、失踪以来ずっとこの息子は、クラクフのユダヤ人ゲットーで囚われの身となっていて、毎年、ユダヤ人たちが過越しの祭を祝って食すマツォーを儀礼どおり作る材料にするためその血を抜かれていた。

第二に、共和党系の上院議員たちが提出した、キング首相が四十八時間以内に行方不明のアメリカ大統領の居所を明かさなければカナダ連邦に宣戦布告することを求める議案。

第三に、南部と中西部の法執行機関が報告した、十月十二日の「いわゆる反ユダヤ暴動」は「国の士気を弱めることを目的とする大規模なユダヤの陰謀」の一端を担う「地元のユダヤ分子」によって煽動されたものだという説。暴動の犠牲となった一二二人のうち九十七人は、争乱を起こした張本人たる集団から疑いの目をそらし連邦政府の支配権を奪おうと謀る「ユダヤ人工作員」であることがすでに確認されたという。

ラガーディア市長は言う。「間違いない、陰謀はたしかに起きている。だが陰謀は陰謀でも、それを衝き動かしている力をここではっきり指摘しよう——ヒステリー、無知、悪意、愚鈍、憎悪、恐怖だ。わが国は何とおぞましい見世物になり果てたことか！　虚偽、残虐、狂気がいたるところにはびこり、野蛮な暴力が私たちの息の根を止めようと脇に控えている。『シカゴ・トリビューン』によると、これまで何年も、ずる賢いユダヤ人のパン屋たちが、ポーランドで過越しの祭のマッツォーを作るために、誘拐したリンドバーグの子の血を使っていたそうだ。そんな話、五百年前にユダヤ人を迫害する異常者たちが言い出したときからデッチ上げもいいところだったのに！　こんなたちの悪いたわごとでわが国を毒すことができて、総統はさぞ喜んでいるだろう！　ユダヤ人集団。ユダヤ分子。ユダヤ人高利貸し。ユダヤの報復。ユダヤの陰謀。世界を敵に回したユダヤの戦争。こんな馬鹿馬鹿しいインチキでアメリカを虜にするとは！　世界でもっとも偉大な国民の心を、一言の真実も発することなしに捕らえてしまうとは！　ああ、私たちはどれほどの快楽を、この世で誰より悪意ある男に与えていることか！」

一九四二年十月十五日（木）

夜明け直前、ラビ・ライオネル・ベンゲルズドーフが「ユダヤ人による反米陰謀の首謀者の一人」であるとの嫌疑によりＦＢＩに勾留される。同時に大統領夫人は、「極度の精神的疲労」に陥っているとされて救急車でホワイトハウスからウォルター・リード陸軍病院に移される。早朝の一斉検挙での逮捕者はほかに、リーマン知事、バーナード・バルーク、フランクファーター判事、フランクファーターの弟子筋でローズヴェルト政権での行政官デイヴィッド・リリエンソール、ニューディール政策顧問アドルフ・バーリとサム・ローゼンマン、労働運動指導者デイヴィッド・ドゥビンスキーとシドニー・ヒルマン、経済学者イザドア・ルービン、左翼系ジャーナリストI・F・ストーンとジェームズ・ウェシュラー、社会主義者ルイス・ワルドマンらがいる。さらに多くの逮捕者が出るのも間近だという話だが、これら被疑者のいずれか、もしくは全員に対し大統領誘拐の容疑がかけられるか否かについてFBIは明らかにしない。

合衆国陸軍の戦車隊や歩兵隊が、街頭で散発的に生じる反政府暴力の鎮圧に努める州兵隊を支援するためニューヨークに入ってくる。シカゴ、フィラデルフィア、ボストンではFBIに抗議するデモを組織する試みがなされるが――戒厳令下にあっては違法のデモである――若干の負傷者を出したのみに終わる。ただし警察発表によれば逮捕者は数百人に及ぶ。

下院では共和党系の有力議員が、反政府分子の陰謀を阻止したFBIの功績を讃える。ニューヨークではラガーディア市長の記者会見にエレノア・ローズヴェルトとアメリカ自由人権協会のロジャー・ボールドウィンが加わる。リーマン知事とその共謀者に名指された人々とを即刻釈放するよう彼らは要求する。その後ラガーディアは市長邸で逮捕される。

ニューヨーク市民が結成したグループの組織した緊急抗議集会において演説するため、ローズヴェルト前大統領がハイドパークの自宅を出てニューヨークに赴いたところ、「本人の安全のため」ただちに警察に拘束される。合衆国陸軍によってニューヨークの全新聞社とラジオ局が閉鎖され、外出禁止令が当面全日適用されることになる。街に通じる橋とトンネルも戦車によってすべて封鎖される。

バッファローでは市民にガスマスクを配布する意向を市長が明らかにし、近隣ロチェスターの市長は「カナダから奇襲された際に市民を護るため」防空壕を設置する計画を始動させる。カナダ放送協会が、アメリカのメイン州とカナダのニューブランズウィック州との国境近く、ローズヴェルトの別荘があるファンディ湾のカンポベロ島からも遠くない地点で小銃やピストルによる戦闘が生じたことを報じる。ロンドンからはチャーチル首相が、ドイツによるメキシコ侵入が迫っているという警告を発する。合衆国がカナダの覇権を英国から奪おうとしているのに対応して、アメリカの南側国境を護るという名目で軍を送り出してくるというのである。「もはや事態は、偉大なるアメリカの民主主義が軍事行動を起こして我々を救ってくれるといった話ではありません」とチャーチルは言う。「いまやアメリカの国民が市民的行動を起こして自分たちを救う時なのです。アメリカと英国、二つ別々の歴史のドラマがあるのではありません。いままでもそうだったことは一度もありません。試練はただひとつであり、過去同様いまも、私たちはそれに一緒に直面しているのです」

一九四二年十月十六日（金）

午前九時以降、首都のどこかに隠された送信機から大統領夫人の声が放送されるようになる。当局によって精神障害とされた夫人は、ほぼ二十四時間にわたり軍の精神科医の監督下に置かれて拘束衣を着せられ囚人同様の扱いを受けていたが、シークレットサービス内のリンドバーグに忠誠を保つ者たちに助けられてウォルター・リード病院からの脱走に成功したのだった。夫人の声は、好感を誘う穏やかさに貫かれ、発する言葉のどこにも粗暴さ、独善的な驕慢さは感じられない。悲しみや失望にも決して抑制を失うことなく耐え抜くようしつけられた、どこまでも品位ある人物が規則正しいペースで語る声である。夫人は決して大竜巻ではない。が、これはとてつもない企てであり、彼女は少しの恐怖も示さない。

「私と同じアメリカ人の皆さん、アメリカの法執行機関の無法状態がこれ以上続くことはありえません。無法状態をこれ以上許してはなりません。わが夫の名において、すべての州兵隊に武装を解き解散することを私は求め、州兵の皆さんが市民生活に戻られることを求めます。合衆国軍隊の全員に都市を去り、軍規に則って定められたそれぞれの上官の指揮に従い本来の配属地に復帰するよう求めます。FBIに対しては、私の夫に危害を加えようと共謀した嫌疑で逮捕されたすべての人を釈放し、彼らの市民権をただちに回復させることを求めます。国中の法執行当局には、地域の拘置所、州の拘置所に抑留された人々に対して同じ処置を採るよう求めます。一九四二年十月七日水曜日、もしくはそれ以降に私の夫とその飛行機に何が起きたにせよ、それにこれら抑留者のいずれかが少しでもかかわっているという証拠は何ひとつありません。ニューヨーク市警察には、政府によって閉鎖された新聞社、雑誌社、ラジオ局の不法占拠をただちに中止し、これらの施設が憲法修正第一条に保障されたとおり通常の活動を再開できるよう取り計らうことを求めます。合衆国下院には、現在の合衆国大統領代理を解任する手続きを開始し、一八八六年の大統領継承法に基づいて新大統領を指名するよう求めます。この法律によれば、副大統領の座が空席である場合、国務長官が次の大統領継承者となります。また、継承法はさらに、このような状況において臨時大統領選挙を行なうかどうかを下院が決めると定めていますから、下院にはしかるべく決定を下すことを、そして十一月第一月曜日以後の最初の火曜日に予定された議会選挙と同時に大統領選を行なうことを認可するよう求めます」

大統領夫人の放送はその後も三十分ごとにくり返され、正午になると、夫人は大統領代理を、彼女の不法な誘拐と監禁を命じた人物として名指しで告発し、子供たちとともにホワイトハウス居住を再開することを宣言する。アメリカ民主主義においてもっとも敬われた文書たる独立宣言をはっきり反復しながら、夫人は熱弁をこう締めくくる。「私は煽動を事とする政権の不法な代表者たちに屈しませんし、彼らに怖気づきもしません。国民の皆さんも、どうか政府の容認しえぬ行為を認めたり支持したりなさらぬようお願いします。現在の政権の経歴は、不正と侵害がひたすらくり返された経歴であり、そのすべてが各州に対する絶対の圧制を打ち立てることを直接の目的としています。この政府は正義の声に耳をふさぎ、不当な支配権を私たちに対して行使してきました。それゆえ、一七七六年七月にヴァージニアのジェファソンとペンシルヴェニアのフランクリンとマサチューセッツ湾のアダムズが唱えたのと同じ何人(なんびと)にも奪いえぬ権利を守るべく、これら連合諸邦の善き人々の権威において、世界の至上なる審判者に私たちの意図の正当性を訴えつつ、私アン・モロー・リンドバーグ、ニュージャージー州出身、コロンビア特別区居住、合衆国第三十三代大統領の配偶者は、不正な侵害の歴史に終止符が打たれることをここに宣言します。私たちの敵の陰謀は失敗に終わり、自由と正義が取り戻されて、合衆国憲法に違反した者たちは司法府により、この国の法律に従って厳格に裁かれるのです」

「ホワイトハウスの聖母」――ハロルド・イッキスはリンドバーグ夫人をしぶしぶそう命名する――はその日の夕方に大統領官邸へ戻り、そこから、幼児を殺されて悲しむ母としての、そして消えた神の気丈なる寡婦としての神秘的な力を駆使し、下院と裁判所を動かして、わずか八日のうちに二十年前の悪名高きウォーレン・ハーディング共和党政権をはるかにしのぐ罪を犯したウィーラー違憲政権の解体をすみやかに実現する。

リンドバーグ夫人によって始動された、秩序ある民主的手続きの回復は、二週間半後、一九四二年十一月三日火曜日、下院・上院選での民主党大勝と、大統領三期目をめざしたフランクリン・デラノ・ローズヴェルトの地滑り的勝利において頂点に達する。

翌月、日本軍の真珠湾奇襲の衝撃と、その四日後の伊独による合衆国への宣戦布告を受けて、ヨーロッパではすでに三年前ドイツのポーランド侵攻とともに始まりいまや世界の人口の三分の二を巻き込んでいる地球規模の戦争にアメリカは入っていく。大統領代理と共謀したことによって面目を失い、選挙の記録的大敗によって戦意も喪失した残り少ない共和党系下院議員たちは、民主党の大統領に忠誠を誓い、枢軸国に対する全面戦争への支持を約束する。下院、上院とも一人の反対者もなくアメリカの参戦が承認され、就任式の翌日、ローズヴェルトは大統領告示二五六八号「バートン・ウィーラー特赦」を発する。その一部を引けば――

大統領代理の座を解任される以前に行なった一連の行為の結果、バートン・K・ウィーラーは合衆国に対する犯罪に関し起訴と裁判の対象となった。合衆国元大統領代理に対するかような刑事告発により生じる苦痛から国民を救い、戦時にあってかような醜聞がもたらす戦意喪失を防ぐため、私フランクリン・デラノ・ローズヴェルト、合衆国大統領は、憲法第二章第二条によって与えられた恩赦権に基づき、バートン・ウィーラーに対し、一九四二年十月八日から一九四二年十月十六日の期間に彼バートン・ウィーラーが犯した、もしくは犯したか加担した可能性がある合衆国に対するすべての犯罪に関し、本文書により全面的な、無制限の、絶対的な恩赦を与える。

誰もが知るとおり、リンドバーグ大統領はその後も発見されず、消息も絶ったままに終わったが、戦争中ずっと、さらにはその後十年間、さまざまな物語が流通した。あの激動の時代、姿を消した多くの重要人物をめぐる風説がほかにも数多く広まった。たとえば、ヒトラーの個人秘書で、連合軍の追跡を逃れてペロン支配下のアルゼンチンに隠れたと考えられた、だが実はナチス支配末期のベルリンで最期を遂げた可能性の高いマルティン・ボルマン。あるいは、スウェーデンのパスポートを配布したことで約二万人のハンガリー在住ユダヤ人をナチスによる絶滅から救ったものの本人は一九四五年にソ連軍がブダペストを占領した際に行方不明となり、おそらくはソ連の刑務所に入れられたスウェーデン外交官ラウル・ヴァレンベリ。リンドバーグ陰謀研究者の数は次第に減ってきているものの、手がかりや目撃例の報告はいまも時おり、アメリカ第三十三代大統領の謎の運命に関する憶測を専門とする不定期刊行のニューズレターに発表されている。

このうちもっとも入り組んだ、もっとも信じがたい、だがもっとも説得力に乏しいというわけでもない説を、私たち一家は、ラビ・ベンゲルズドーフが逮捕されたあとにエヴリン叔母から聞かされた。叔母の情報源は、ほかならぬアン・モロー・リンドバーグ。自らの意に反してホワイトハウスから連れ出されウォルター・リードの精神科病棟に閉じ込められる数日前、夫人が一切をラビに明かしたのだと叔母は語った。

ラビ・ベンゲルズドーフが叔母に伝えたところによれば、すべては一九三二年、まだ赤ん坊だった彼女の息子チャールズ・ジュニアが誘拐された事件に端を発しているとリンドバーグ夫人は述べた。夫人によると、誘拐はヒトラーが権力の座に就く直前、ナチスによってひそかに計画され、資金もナチスが提供したものだった。以下、大統領夫人の話をラビが再現したところに従うなら、赤ん坊は誘拐犯ブルーノ・ハウプトマンによって、ブロンクスで近所に住んでいたドイツ系移民仲間で実はナチスの諜報部員であった人物に預けられた。かくしてチャールズ・ジュニアは、ニュージャージー州ホープウェルのベビーベッドからさらわれハウプトマンに抱かれて即席仕立ての梯子を降りていったほんの数時間後、すでに国外に連れ出されドイツに向かっていた。十週間後に発見されてリンドバーグ家の赤ん坊と特定された死体は、リンドバーグの赤ん坊に似ているゆえにナチスに選ばれて殺された別の子供であり、ハウプトマンの有罪判決と死刑執行を確実にし誘拐の真相もリンドバーグ夫妻以外には秘密となるよう、腐乱がすでに始まってからリンドバーグ邸の近くの林に埋められたのだった。夫妻は早くから、ニューヨーク在住の海外特派員になりすましたナチスのスパイを通じて、チャールズ・ジュニアが元気で無傷のままドイツの地に着いたことを知らされていた。そして彼らは、世界一の飛行家の長男にふさわしい最高の養育が、特別に選ばれたナチスの医師、看護師、教師、軍関係者によって息子に為されることを保証された――リンドバーグ夫妻がベルリンに全面的に協力することを条件に。

この脅迫の結果、その後十年間、リンドバーグ夫妻と誘拐された子の境遇は、そして徐々にアメリカ合衆国の運命も、アドルフ・ヒトラーによって決められていった。ニューヨークとワシントンに潜むヒトラーの部下たちの――そしてナチスの命令に従って夫妻がヨーロッパに「逃れて」国外在住者となりリンドバーグがナチス・ドイツを定期的に訪問しその軍事力を讃えるようになってからはロンドンとパリに潜む部下たちの――技術と有能さによって、ナチスはリンドバーグの名声を、第三帝国の利となりアメリカの不利となるよう活用し、夫妻がどこに住み、誰と親しくなるか、そして何より、公の場での発言や活字で発表する文章においていかなる意見を表明するか、すべて指図した。一九三八年、リンドバーグを主賓としてベルリンで開かれた晩餐会においてヘルマン・ゲーリングから栄誉ある勲章を礼儀正しく受けとった報酬として――そしてここに至るまでアン・モロー・リンドバーグは懇願の手紙を何通も何通も秘密のルートを通して総統その人に送っていた――夫妻はついに、子供の許を訪れることを許可された。いまや八歳の誕生日も近いハンサムな金髪の少年に成長していた息子は、ドイツに着いたその日からずっと、模範的なヒトラー少年として育てられていた。もっぱらドイツ語を話すこの軍人の卵は、エリート士官学校での閲兵練習のあとクラスメートたちと一緒に引き合わされた有名なアメリカ人二人が自分の母と父であることなど知る由もなかったし、その事実を告げられもしなかった。またリンドバーグ夫妻も、息子に声をかけたり一緒に写真を撮ったりすることは許されなかった。この直前、アン・モロー・リンドバーグは、ナチスによる誘拐という話はこの上なく残酷なペテンであって、自分たち夫妻は一刻も早くアドルフ・ヒトラーの束縛から抜け出ねばならないと信じるに至っていた。その確信を覆すべく、この訪問が実現したのである。こうして、一九三二年に失踪して以来初めてチャールズ・ジュニアを生きた姿で目にした夫妻は、自国最大の敵にどうしようもなく隷従（れいじゅう）する身となってドイツを去ったのだった。

夫妻は国外生活を終えてアメリカに戻るよう命じられ、リンドバーグ大佐は〈アメリカ優先委員会〉の大義を擁護することとなった。英国、ローズヴェルト、ユダヤ人を糾弾し、ヨーロッパの戦争におけるアメリカの中立を唱える演説が英語で用意された。どの演説をどこでいつ行なうかも仔細に指示が出され、公の場に出るたびにそれぞれどのような服を着るかまで指定された。ベルリンが送ってくるすべての戦略を、飛行家としての仕事を貫いていた几帳面な完全主義とともにリンドバーグは実行した。そのひとつの頂点が、飛行服で共和党大会に現われ、ナチスの宣伝相ヨーゼフ・ゲッベルスが用意した言葉で大統領選候補指名を受け容れた夜だったのである。これに続いた選挙キャンペーンもすべてナチスが戦術を練り、リンドバーグがＦＤＲを破ったあとはヒトラーがじかに指揮を執って、彼が後継者に指名していたドイツ経済界の指導者ゲーリング、ドイツ内政の巨頭にしてゲシュタポの首領ハインリヒ・ヒムラー、そしてチャールズ・リンドバーグ・ジュニア保護の責任者である警察関係者と毎週会談を重ね、ドイツの戦時目標と壮大な帝国構想に最大限適うようアメリカ外交政策の筋書きを練り上げていった。

やがてヒムラーが合衆国の内政にも直接干渉するようになり、このゲシュタポ首領のメモにおいて「我々のアメリカの大管区指導者」と揶揄されているリンドバーグ大統領に圧力をかけ、アメリカに住む四五〇万人のユダヤ人に対するさまざまな抑圧的措置の導入を図った。そして、リンドバーグ夫人によれば、この時点において、当初は受動的ながら、大統領は抵抗を示しはじめた。まず第一に、〈アメリカ同化局〉の設置をリンドバーグは命じた。彼の判断する限りこれは、ごく無害な、ユダヤ人に本質的な害を及ぼすことのない組織であって、かつ、〈庶民団〉やホームステッド法42といった形ばかりのプログラムによって、ヒムラーが唱えた「アメリカに住むユダヤ人を組織的に周縁化し、予見可能な未来においてユダヤ人のすべての富の没収、ユダヤ人の全住民、権利、財産の全面的消滅をもたらす」という目標にもいちおう従っているように見せたのである。

ハインリヒ・ヒムラーはこうした見え透いたごまかしにだまされるような人物ではなかっ

たし、リンドバーグが釈明を試みたときも失望を隠しはしなかった。公式の儀礼訪問という名目で、実はもっと厳しい反ユダヤ政策を推し進めるよう大統領を促すためヒムラーによってワシントンに派遣されていたフォン・リッベントロップを通して、リンドバーグはこの強制収容所最高責任者に、合衆国憲法に盛り込まれている一連の保障と、長年にわたるアメリカの民主主義の伝統ゆえに、アメリカにおいては、ユダヤ人問題の最終的解決を、千年に及ぶ反ユダヤ主義の伝統が庶民のあいだに根を下ろしていてナチスの支配も絶対的であるヨーロッパほど迅速かつ効果的に行なうのは不可能である、という釈明を送ったのだった。フォン・リッベントロップを主賓として開かれた公式の晩餐会の最中、大統領は主賓に脇へ呼ばれて、ついさっきドイツ大使館で暗号解読されたばかりの海外電報を手渡された。その文面はもっぱらヒムラーの返答から成っていた。「子供のことを考えろ」と電報にはあった。「もう一度そんなたわごとを言ってきたら今度はただでは済まない。若く勇敢なチャールズのことを考えろ――憲法上の保障やら民主主義の伝統やらを、特に寄生虫どもの権利に関し、我らの総統がどれほどのものと見ているか、十二歳にしてもうすでに、有名人の父親などよりずっとよく心得ている。実に立派なドイツ軍人の卵だ」

ヒムラーに叱責されたのを境に、「鶏の心臓の孤高の鷲」（ヒムラーの内部用メモのなかでリンドバーグはそう呼ばれてもいる）は第三帝国の有用な手先となることを拒むようになる。すでにこれまで、リンドバーグがローズヴェルトを敗北させ、ヨーロッパの戦争への介入を唱える反ナチスの民主党員たちを沈黙させたことによって、ドイツ軍は、予想外に長期化したソ連の抵抗を鎮めるに際し、同時にアメリカの産業・軍事力に直面する恐れもなくなり、余裕をもって鎮圧に当たることができていた。さらに重要なことに、リンドバーグが大統領になったおかげで、ドイツの産業・科学界は、すでにひそかに進行していた、原子の分裂によって生じる前代未聞の破壊力を有する爆弾と、この兵器を大西洋の向こうまで飛ばしうるロケットエンジンの開発にさらに二年を費やすことができた。今後千年の西洋文明の行方と人類の進歩を左右するとヒトラーが考えていた、ドイツ対アメリカの一大決戦に向けて、よりいっそう入念に準備を整えることが可能になったのである。かりにヒムラーがリンドバーグのなかに、彼が軽蔑もあらわに「晩餐会だけの反ユダヤ主義者」と呼んだ人物ではなく、諜報部の報告を基にドイツ上層部が期待したとおりのユダヤ人憎悪者にして幻視者を見出していたなら、リンドバーグもおそらく大統領の任期を全うすることを許され、さらには二期目の四年間も務めた末に引退してヘンリー・フォードに政権を譲ったことだろう（ヒトラーはすでに、高齢にもかかわらずフォードをリンドバーグの後継者と決めていた）。ヒムラーとしても、もしアメリカ人として申し分ない経歴を有するアメリカ人大統領がアメリカのユダヤ人問題に最終的解決を与えてくれると見込めるなら、むろんその方が、あとからドイツの軍事力と人材を北米に投入して課題を達成させるより好ましかったであろう。そうなっていたら、リンドバーグの飛行機が、一九四二年十月七日水曜日にベルリンの判断に基づき空から消されたりもせずに済んでいただろうし、大統領代理ウィーラーが翌日の晩に権力を奪い、ほんの数日のうちに本物の指導者としての力を発揮し、それまで彼のことをただの道化者としか見ていなかった人々を狂喜させることもなかっただろう――ウィーラーはまさに、フォン・リッベントロップがリンドバーグに提案したにもかかわらず、妻の幼稚な倫理的反対ゆえに（とヒムラーは信じた）実行されなかったさまざまな政策を、次々自発的に導入したのである。

リンドバーグが失踪して一時間と経たぬうちに、夫人はドイツ大使館から、いまや彼らの子供の安寧はひとえに彼女一人にかかっていると告げられ、もし万一、ホワイトハウスを引き払い公的生活から退いて沈黙する以外の行動を取ったなら、チャールズ・ジュニアは士官学校を中退させられ十一月のスターリングラード攻勢に向けてソ連前線に送られ、第三帝国最年少の戦闘歩兵として、ドイツ民族の大いなる栄光のために戦場で雄々しく息絶えるまで戦うことになるだろうと宣告された。

ラビ・ベンゲルズドーフがFBI職員によってワシントンのホテルから手錠をはめられて連行されたあと、わが家に現われたエヴリン叔母が私の母に語った話の骨子はおおよそ以上である。これをさらに詳しく語れば、終戦直後にラビ・ベンゲルズドーフが当事者の日記として刊行した五五〇ページに及ぶ弁明の書『リンドバーグに仕えたわが人生』で述べられている物語となる。この本の刊行時、リンドバーグ家のスポークスマンは報道陣に、「事実の根拠をいっさい持たぬ言語道断の中傷であり、復讐と強欲に動機づけられ、自己中心の誇大妄想に支えられ、卑劣な金儲けのためにでっち上げられた代物であって、リンドバーグ夫人はこれ以上の反応を示す必要を感じておられない」と述べている。エヴリンから話を聞いた私の母は、それをラビ・ベンゲルズドーフの逮捕を目のあたりにしたショックで妹が一時的に正気を失ったことの動かぬ証拠と見た。

エヴリン叔母が出し抜けに現われた翌日の一九四二年十月十六日金曜日、リンドバーグ夫人はホワイトハウスへ戻る前にワシントンの秘密の場所からラジオに出演し、もっぱら「第三十三代合衆国大統領の配偶者」としての権威に基づいて、大統領代理率いる政権によって引き起こされた「不正な侵害の歴史」に「終止符が打たれる」と宣言した。ファースト・レディのこうした勇敢さによって、誘拐された子供の身に何か危害が及んだのか。はたしてチャールズ・ジュニアは、ヒムラーが約束したような恐ろしい最期を遂げたのか。そもそも本当に幼年期に殺害されもせず、ドイツ国家の特権的な被後見人にして貴重な人質として少年期を生きたのか。あるいはまた、ヒムラー、ゲーリング、ヒトラーは、リンドバーグがアメリカ優先委員会の一員として政治的に高い地位に就いたことに何か重要な形で関与し、リンドバーグが大統領の座にあった二十二か月のあいだも合衆国の政策形成に影響を及ぼしたのか、またリンドバーグの謎の失踪にも絡んでいたのか。これらの問いはみな、半世紀以上にわたって論争の種となってきた。今日ではその論争もかつてほど熱がこもっていないないし参加する者の数もはるかに少なくなったが、一九四六年当時、しばしば引用される反ローズヴェルト右翼ジャーナリズムの大御所ウェストブルック・ペグラーの「虚言症を病む人物による嘘八百の日記」という形容をよそに、『リンドバーグに仕えたわが人生』は、ナチス・ドイツが連合国側に無条件降伏しヨーロッパにおける第二次世界大戦が終わりを告げたわずか数週間前に在職中に他界したＦＤＲの伝記二冊とともに、三十数週間にわたって全米ベストセラーリストの上位にとどまっていたのである。

9

一九四二年十月

終わらない恐怖

セルドンからの電話は、私の母、サンディ、私がすでに寝床に入ったあとにかかってきた。十月十二日、月曜日のことで、その晩の夕食時、中西部や南部で暴動が起きたというニュースを私たちはラジオで聞いていた。リンドバーグ大統領が陸から五百キロ離れた海上で故意に飛行機を捨て、そこからナチス・ドイツの海・空軍によってヒトラーとの秘密の会談の場まで連れていかれた、と英国諜報部が発表したのちにそれらの暴動が起きたとニュースは伝えた。暴動の詳細は翌日の朝刊でようやく報じられたが、前日にそのニュースがわが家の食卓に届いて何分も経たないうちに、暴徒たちが誰をどういう理由で標的にしたか、私の母はすでに正確に見抜いていた。もうそのころにはカナダとの国境が封鎖されて三日が経っていて、アメリカを去ると考えただけで耐えがたいと思ってしまう私でさえ、母の言うことに耳を傾けず何か月も前に家族を連れて国を出なかったのは父がこれまでに犯した最大の過ち(あやま)だということがはっきりわかった。たしかに、父はひとまず市場で夜通し働く暮らしに戻っていたし、母も毎日食料品を買いに街へ出かけ、ある日の午後など、英雄的にも、来るべき十一月の選挙での立会人予定者を対象とする会合に出席しに学校まで行ったたし、サンディと私は毎朝友人たちと一緒に学校へ出かけていた。が、ウィーラー大統領代理の政権が生まれて二週目に入るころにはもう、いたるところに恐怖が広がっていた。大統領の居所をめぐって外国から発せられる情報を相手にしないようリンドバーグ夫人が国民に呼びかけているにもかかわらず、そしてラビ・ベンゲルズドーフが渦中の人として注目を浴びているにもかかわらず、恐怖は広がる一方だった。ラビはいまや私たち一族のメンバーであり、結婚によって私にとっても叔父となり、一度などはわが家で夕食まで食べたわけだが、そのラビにも、私たちを助けるようなことは何ひとつできなかった。それに、もしかりに助けられたとしても、彼と私の父との反目を思えば、おそらく何もしてくれなかっただろう。恐怖は、怯えの表情は、いたるところに広がっていた。特に、私たち子供を護ってくれるはずの人たちの目に、その表情は表われた。オートロックのドアを閉めたとたん、鍵を持っていないことに気づいた直後に表われる表情。大人たちがみな、なすすべもなく同じことを考えている姿なんて、それまで見たこともなかった。とりわけ強い大人は、冷静かつ勇敢であろうとし、心配事はじき終わるよ、ふだんの生活がまた戻ってくるよと私たちに言うときも真に迫った声を出そうと努めたが、その彼らでさえ、ラジオのニュースをつけるたび、恐ろしい事態がすさまじい速さで進んでいることに愕然としていた。

そして、十二日の夜、私たち一人ひとりが眠れずに寝床で横になっていると、電話が鳴ったのだ。ケンタッキーのセルドンからのコレクトコール。時刻は夜十時、セルドンの母親はまだ帰っていなくて、わが家の番号をセルドンは空で覚えていたから（そしてほかには誰一人電話できる相手を知らなかったから）、彼は電話のハンドルを回して交換手を呼び出し、喋る力が尽きてしまう前にと、必要な言葉をすべて大急ぎで伝えた。「コレクトコールをお願いします。ニュージャージー州ニューアークです。サミット・アベニュー81番地。ウェイヴァリー3－4827。僕の名前はセルドン・ウィッシュナウです。ミスタ・ロスかミセス・ロスをお願いします。じゃなきゃフィリップ。じゃなきゃサンディ。誰でもいいです。うちのお母さんが帰ってこないんです。僕は十歳です。まだご飯食べてなくてお母さんが帰ってこないの。交換手さん、お願いします――ウェイヴァリー3－4827です！　誰でもいいから！」

その日の朝、地区責任者に会いに行くよう会社から求められたミセス・ウィッシュナウは、車でルイヴィルにあるメトロポリタンの支店に出かけていった。ルイヴィルはダンヴィルから一五〇キロ以上離れていて、道路の状態もおおむね劣悪なので、行って帰ってくるだけで丸一日かかりそうだった。用件を伝えるのになぜ責任者が手紙を書くなり電話をかけるなりしなかったのかは不明だったし、のちに責任者本人が説明を求められもしなかった。その日会社は彼女をクビにする予定だったのだ、というのが父の推測だった。集金の詳細を手書きで記録した原簿を提出させて、転勤してきてわずか六週間、故郷から千キロ以上離れた場で職もない身にして追い返す気だったのだと父は言った。移ってきてからの数週間、ボイル郡の山村地帯でミセス・ウィッシュナウはこれといった仕事をしていなかった。だがそれは、熱意が足りなかったからではなく、そもそも仕事がろくになかったからだ。実際、ホームステッド法42によって実現した、メトロポリタン外交員のニューアーク地区からの配置換えは、ひとつ残らず破綻しつつあった。一家で移住してきた遠い州の、人口もわずかな山奥にあって、ジャージー北部の都会で常時稼いでいた額の四分の一でも稼げそうな者は一人もいなかった。この点だけでも、私の父が会社を辞めてモンティ伯父の下で働くことに決めたのは、実に先見の明があったと言ってよい。だがその父も、国境が閉じられて戒厳令が敷かれる前に一家をカナダへ連れ出すだけの先見の明はなかったのだ。

「お母さんがもし生きてたら……」とセルドンは、料金を払うことを私の母が了承して話せるようになったとたんに言い出した。「お母さんがもし生きてたら（イフ・シー・ワズ・アライヴ）……」はじめのうちは泣いているせいでそれしか言えなかったし、その四語すらかろうじて理解できる程度だった。

「セルドン、いい加減にしなさい。あんたは自分で自分を追い込んでるのよ。自分で自分をヒステリーにしてるのよ。もちろんお母さんは生きてるわよ。帰ってくるのが遅れてるだけ——それだけよ」

「でも生きてたら電話してくるよ！」

「ねえセルドン、もしお母さんが渋滞に巻き込まれただけだったら？　車が故障して、修理してもらうのに仕方なく道端に停まったんだとしたら？　そういうことって、ニューアークにいたころにもあったでしょ？　覚えてる、雨の夜にお母さんの車がパンクして、あんたうちに来て待ってたでしょう？　きっとタイヤがパンクしただけよ。だからお願い、落着いてちょうだい。泣くのはやめなくちゃ。お母さんは大丈夫よ。そんなこと言っても余計に心配になるだけよ、それにそんなのほんとじゃないのよ、だからお願い、ね、いますぐ、頑張って落着いてちょうだい」

「でもお母さんは死んだんだよ、ミセス・ロス！　お父さんと同じに！　もう二人とも、死んじゃった！」。そしてもちろん、セルドンは正しかった。ルイヴィルの町外れで起きていた暴動のことをセルドンは何も知らなかったし、アメリカ全体で起きていることもほとんど知らなかった。ミセス・ウィッシュナウの生活には子供と仕事以外が入る余地などなかったから、ダンヴィルの家には新聞がなかったし、二人で夕食の席につくときも、ニューアークの私たちのようにラジオでニュースを聞きもしなかった。おそらく彼女は、ダンヴィルに来てあまりに疲れていて、そんなものは聞く気にもならなかっただろう。もうすっかり感覚も麻痺していて、他人の不幸を心に留める余裕もなかっただろう。

だがセルドンは、完璧に見抜いていた。ミセス・ウィッシュナウは死んだのだ――翌日、その遺体が中にある燃えた自動車が、ルイヴィルのすぐ南の平地に広がるジャガイモ畑のかたわらの排水溝でくすぶっているのが発見されるまで、誰もそのことを知りはしなかったが。どうやら彼女は、晩の暴力が始まるや否や、殴られ、物を奪われ、車に火を点けられたらしかった。暴動はユダヤ人の経営する商店があるルイヴィル繁華街や、ルイヴィルの一握りのユダヤ系住民が集まっている住宅街に限定されなかった。ひとたび松明（たいまつ）が灯され、十字架が燃やされたら、害虫どもが逃げ出そうとすることをクー・クラックス・クランは承知していたのであり、ゆえに彼らは、オハイオに北上する本道のみならず、南へ向かう狭い田舎道でも待ち伏せていた。そしてその田舎道のひとつで、ミセス・ウィッシュナウは、最初に故ウォルター・ウィンチェルが、そしていままたチャーチル首相と英国王ジョージ六世とを筆頭とする、実はユダヤ人に操られた情宣機構がリンドバーグの名を汚（けが）したことへの代償を、命でもって支払ったのである。

私の母は言った。「セルドン、何か食べるものを出してきなさいな。そうすれば気持ちも落着くわ。冷蔵庫へ行って、何か食べるもの出してらっしゃい」

「フィグ・ニュートン食べたよ。もう残ってない」

「セルドン、もっとちゃんとした食事のこと言ってるのよ。お母さんはすぐにでも帰ってくるでしょうけど、何もしないで、ご飯食べさせてもらうのただ待ってちゃ駄目よ。自分で食べなくちゃ駄目、クッキーなんかじゃなくて。受話器を置いて、冷蔵庫を見に行って、食べられるもの何があったか教えてちょうだい」

「でもこれ長距離電話だよ」

「セルドン、言われたとおりにしなさい」

裏手の玄関口で母に寄り添っているサンディと私に、母は言った。「お母さんの帰りがすごく遅くて、セルドンったら何も食べてなくて、独りぼっちで、お母さんは電話してこないし、可哀想にもう半狂乱になって飢え死にしかけてるのよ」

「ミセス・ロス？」

「どうだった、セルドン？」

「カテージチーズがあるよ。でも古いの。あんまり食べられそうにない」

「ほかに何がある？」

「ビーツ。ボウルに入ってる。残り物だよ。冷えてる」

「そのほかには？」

「もう一度見てみる。ちょっと待っててね」

今回はセルドンが受話器を置くと、母はサンディに「ダンヴィルからマウィニーさんのところまでどれくらい？」と訊いた。

「トラックで二十分くらいだね」

「母さんのたんすの」と母は兄に言った。「一番上の引出しに小銭入れがあって、マウィニーさんの電話番号が入ってるわ。小さな茶色い小銭入れのなかに紙切れがあるのよ。取ってきてちょうだい」

「ミセス・ロス？」とセルドンが言った。

「はい。ここにいるわよ」

「バターがある」

「それだけ？　牛乳はないの？　ジュースはない？」

「でもそれって朝ご飯だよ。晩ご飯じゃないよ」

「ライスクリスピーはある、セルドン？　コーンフレークは？」

「うん、あるよ」

「じゃあどっちでも、好きな方を出しなさい」

「ライスクリスピー」

「ライスクリスピーを出して、牛乳とジュースを冷蔵庫から出して、朝ご飯を作ってちょうだい」

「いま？」

「言われたとおりにしてちょうだいな」と母はセルドンに言った。「あんたに朝ご飯を食べてほしいのよ」

「フィリップはそこにいるの？」

「いるけど、いまは話せないのよ。まず食べなくちゃ。三十分後に、あんたが食べ終わってから、こっちからかけますからね。いま十時十分過ぎよ、セルドン」

「ニューアークは十時十分なの？」

「ニューアークもダンヴィルもよ。どっちでも時間は一緒なのよ。十一時十五分前にかけ直しますからね」

「そしたらフィリップと話せる？」

「ええ、でもまずその前に、必要なものを揃えて食卓に座ってちょうだい。スプーン、フォーク、ナプキン、ナイフを使ってね。ゆっくり食べるのよ。ちゃんとお皿も使って。ボウルも使って。パンはある？」

「古くなってる。二切れだけ」

「トースターはあるの？」

「あるよ。車に載せて持ってきたんだよ。みんなで朝のうちに積み込んだの、覚えてる？」

「聞いてちょうだい、セルドン。しっかり聞いてよ。シリアルと一緒に、パンもトーストしなさい。バターも使うのよ。トーストに塗るの。そうして、大きなコップに牛乳を注ぐの。ちゃんとした朝ご飯食べるのよ。それでお母さんが帰ってきたらね、すぐうちに電話するように言ってちょうだい。コレクトコールでいいから、料金のことは心配しなくていいからって言うのよ。お母さんが帰ってきたこと、あたしたちもぜひ知っておきたいのよ。でもとにかく、三十分したらこっちからかけ直しますからね、どこへも行っちゃ駄目よ」

「外は暗いよ。行くとこなんてないよ」

「セルドン、朝ご飯食べなさい」

「わかった」

「それじゃね」と母は言った。「それじゃひとまず切るわ。十一時十五分前にかけますからね。ちゃんとそこにいるのよ」

　母は次にマウィニー家に電話した。番号を書いた紙を兄から受けとって、交換手に伝え、相手が出ると、母は言った。「ミセス・マウィニーでいらっしゃいますか。私、ミセス・ロスと申します。サンディ・ロスの母親です。ニュージャージー州のニューアークからお電話していいます。お休みだったところを申し訳ありませんが、ダンヴィルに一人でいる男の子のことでお力をお借りしたいんです。え？　はい、もちろん、はい」

私たちには「旦那さんを呼んでくるって」と言った。

「参ったなあ」と兄がうめいた。

「サンフォード、いまはそんなこと言ってる場合じゃないのよ。母さんだってこんなことしたくないのよ。母さんがこの人たちと知りあいでも何でもないってことはわかってる。この人たちがあたしたちとは違うってこともわかる。農家の人が早寝早起きで、仕事もすごく大変だってことも知ってる。だけどほかに何か手があったら教えてほしいわ。あの子はこれ以上一人で放っておかれたら気が変になっちゃうのよ。お母さんの居所もわからない。誰かがいてあげなきゃいけないのよ。あの歳でもう、十分すぎるくらいショックを受けてるのよ。お父さんを亡くして、今度はお母さんが行方知れず。それってどういうことか、あんたにはわからないの？」

「わかるよ」と兄は憤慨して言った。「もちろんわかるよ」

「ならいいわ。じゃあ誰かが行ってあげなきゃいけないこともわかるわよね。誰かが――」

だがそこでミスタ・マウィニーが電話口に出たので、母は連絡した理由を説明し、相手は母の頼みをすべて引き受けてくれた。電話を切ると母は、「この国にも少しはまともな感覚が残ってるのね。どこかにはまともな人がいるのね」と言った。

「だから言ったじゃないか」と兄が小声で言った。

私の目に、その夜ほど母が立派に見えることはその後二度とないだろう。コレクトコールの料金や、こちらからケンタッキーにかける長距離電話代を次々迷わず引き受けていったことだけではない。ここに至るまでにもっと、もっとずっと多くのことがあったのだ。まず第一に、前の週にアルヴィンが父に暴力をふるった。父もすさまじい暴力で応じた。わが家の居間が滅茶苦茶になった。父の歯と肋骨が折れ、顔も縫って、首にはギプスをはめた。チャンセラー・アベニューで発砲事件があった。ユダヤ人虐殺だと私たちは確信した。一晩じゅうサイレンが鳴っていた。一晩じゅう街路で悲鳴や叫び声が上がっていた。私たちはククッツァ家の裏口に隠れ、父の膝の上には弾の入ったピストルがあり、ミスタ・ククッツァの握りこぶしのなかにも弾の入ったピストルがあった。そしてこれはすぐ前の週のことにすぎない。前の月、前の年、その前の年。ユダヤ人を弱らせ、怯えさせることを意図した無数の打撃、侮辱、不意討ちも、母の強さを打ち砕いてはいなかったのだ。母がセルドンに、千キロ以上離れた場から、食事を用意して座って食べるよう言うのを私は聞き、セルドンが正気を失うのを防ぐ助けを仰ごうとマウィニー家に——会ったこともない、ユダヤ人でもない、キリスト教会に通う一家に——電話するのを聞き、ミスタ・マウィニーに電話口に出てもらい、もしミセス・ウィッシュナウの身に何か大変なことが起きたとしてもあなた方がセルドンを抱え込んでしまう心配はない、夫が車でケンタッキーまで行ってセルドンをニューアークに連れ帰るからと約束するのを私は聞いた（しかもそう請けあった時点では、ウィーラーやフォードたちがアメリカ中の暴徒をどこまで放っておく気なのか誰にもわからなかった)。それを聞くまで、この二年あまりの母の生活がどのようなものだったか、その物語を私はまったく理解していなかった。セルドンがケンタッキーから半狂乱になって電話してくるまで、リンドバーグ政権が父と母に強いた苦痛の大きさを私は計ったことがなかった。その瞬間まで、そこまで大きな足し算が私にはできていなかった。

十一時十五分前にセルドンに電話すると、マウィニー家と共同で立てた計画を母は伝えた。セルドンは歯ブラシ、パジャマ、下着、靴下を紙袋に入れて、厚地のセーターに暖かいコートを着てフランネルの帽子をかぶり、ミスタ・マウィニーがトラックで迎えにきてくれるのを家のなかで待つ。ミスタ・マウィニーはとても親切な人だ、親切で気前がよくて優しい奥さんがいて、子供も四人いて、サンディが去年の夏にそこの農場に住み込んだのだと母はセルドンに言った。

「じゃあ僕のお母さん、やっぱり死んだんだ！」とセルドンが金切り声を上げた。

「違う違う、全然違うのよ——明日の朝にお母さんがマウィニーさんのところまで車で迎えにきてくれて、そこから学校に送ってくれるのよ。ミスタ・マウィニーとミセス・マウィニーがすべて手はずを整えてくれるから何も心配しなくていいのよ。でもまずやらなくちゃいけないことがあるのよ。あんたは精一杯綺麗な字で、お母さんにメモを書いて食卓に置いていくのよ、マウィニーさんのおうちに泊めてもらうから電話番号を書いておきますって。お母さんは帰ってきたらすぐニューアークのミセス・ロスにコレクトコールで電話してくださいって書くのよ。書き終わったら居間で待って、外でマウィニーさんの車のクラクションが鳴ったら、家の明かりを全部消して……。

出発までの手順を母は逐一セルドンに説明し、それから、いったいいくら料金がかかるのか私には見当もつかなかったが、そのまま電話を切らずに、言われたことをセルドンが全部済ませて、電話口に戻ってきて全部済ませたと報告するのを待ち、それでもまだ切らずに、大丈夫よ、心配しなくていいのよ、と励ましつづけた。やがてついにセルドンが「来たよ、ミセス・ロス！　クラクション鳴らしてる！」と叫ぶと、母は言った。「うん、よかったわ、でも落着くのよセルドン、落着くのよ――荷物を持って、明かりを消して、出るときに鍵を閉めるのも忘れないでね、明日の朝になったらすぐお母さんに会えるからね。それじゃ、頑張ってね、走っちゃ駄目よ、それと――セルドン？　セルドン、電話を切りなさい！」。だがセルドンはこれを怠った。この恐ろしい、寂しい、親もいない家を一刻も早く逃げ出そうと急ぐあまり、受話器を放り出して行ってしまったのだ。だがそれもほとんど問題ではなかった。家が焼け落ちてしまったとしても問題ではなかっただろう。セルドンは二度とそこに戻ってこなかったのだから。

十月十八日の日曜日、セルドンはサミット・アベニューに戻ってきた。私の父が兄に付き添われて車でケンタッキーまで迎えに行ったのだ。ミセス・ウィッシュナウの遺体を納めた柩は列車であとから届いた。自動車のなかで、誰だか認識できないくらい焼けてしまっていたと知っていても、柩に入っていまだにぎゅっとこぶしを握っている彼女の姿を私は何度も思い浮かべた。それと交互に、私自身がウィッシュナウ家のバスルームに閉じ込められて、ミセス・ウィッシュナウがドアのすぐ外で開け方を教えてくれている情景もくり返し目に浮かんだ。彼女は何と辛抱強かったことか！　本当に、私の母とそっくりだった！　そのミセス・ウィッシュナウがいまは柩に入っていて、そこに彼女を入れたのはこの私なのだ。

戦地の将校のようにてきぱきと、母がセルドンに食事を用意させ、出発の準備をさせマウイニー家の人々に身を委ねさせるよう指揮を執った夜、私はもっぱらそのことしか考えられなかった。私がやったのだ。その夜はそれしか考えられなかったし、いまもそれしか考えられない。私がセルドンをそんな日に遭わせ、ミセス・ウィッシュナウをそんな目に遭わせたのだ。ラビ・ベンゲルズドーフも絡んでいたし、エヴリン叔母も絡んでいたけれど、すべてを始動させたのは私だ。惨事は私によって為されたのだ。

十月十五日木曜日、ウィーラーのクーデターの違法ぶりがその極致に達した日、朝の六時十五分前にわが家の電話が鳴った。きっと父とサンディがケンタッキーから悪いニュースを知らせにかけてきたか、あるいはもっと悪いことに、誰かが父とサンディについて知らせにかけてきたのかと母は思ったが、この悪いニュースはエヴリン叔母からだった。その電話の数分前、ＦＢＩの捜査員が、ラビ・ベンゲルズドーフの住んでいるワシントンのホテルの部屋のドアをノックした。叔母もちょうどその日にニューアークから来ていて、そこに泊まっていた。そうでなかったら、ラビ失踪の事情も彼女にはわからずじまいだったかもしれない。中の誰かがドアを開けるのを捜査員たちは待ったりしなかった。ホテルの支配人がマスターキーを使っていそいそとドアを開けると、彼らはラビ・ベンゲルズドーフの逮捕状を提示し、ラビが服を着るのを黙って待ってから、エヴリン叔母には一言も説明せずラビに手錠をはめて連行し、ナンバープレートのない車にラビを乗せて走り去った。それを見届けてすぐ、叔母は私の母に電話して助けを求めたのだ。だがいまは母が、もう何か月も前から疎遠になっていた妹を助けるために息子を人に預けて列車に五時間乗っていく気になれる時ではなかった。一二二人のユダヤ人が三日前に殺されたのであり——そのなかには、私たちも少し前に知ったとおりミセス・ウィッシュナウも入っていた——父とサンディはセルドンを救出しにいまだ危険な旅の途上にあって、サミット・アベニューの自宅にいる私たちですら、この先自分たちの身に何が起きるかわからなかったのである。ニューアークではまだ、市警察との銃撃戦で地元のごろつき三人が死ぬ程度で済んでいたものの、それが角を曲がってすぐのチャンセラー・アベニューで起きたせいで、サミット・アベニュー沿いに住む誰もが、それまで自分たち家族を護ってくれた壁が崩されたような気持ちになっていた。その壁は、ゲットーの壁のように、しょせん誰も護れはしない、恐怖を食い止めるにも無力で、排斥から生じる病理も阻止できない壁ではないはずだった。私たちを締め出すこと、閉じ込めることを意図した壁でもないはずだった。それは私たちをゲットーの狂気から護ってくれる、法的な保障を与えてくれる壁だったのであり、その庇護の壁が崩壊してしまったのだ。

その日の午後五時、エヴリン叔母が、ラビ・ベンゲルズドーフ逮捕の直後に電話してきたときよりもっと錯乱した状態でわが家の玄関に現われた。夫がどこに拘束されているのか、そもそもまだ生きているのか、ワシントンの誰も教えてくれなかったし——あるいは教えようにも教えられなかった——ラガーディア市長、リーマン知事、フランクファーター判事といった無敵と思えた人たちが逮捕されたと知ると、叔母はいまや全面的なパニックに陥り、ワシントンから列車に乗ってきたのだった。エリザベス・アベニューにあるラビの豪邸に一人で戻るのは怖かったし、あらかじめ電話をして、来るなと母に言われるのも怖かったから、叔母はペン・ステーションからタクシーでサミット・アベニューに直行し、入れてくれと頼み込んだ。そのほんの二時間ばかり前に、ショッキングな臨時ニュースがラジオで報じられたばかりだった。マディソンスクエア・ガーデンで晩に行なわれる抗議集会に参加するためニューヨークに来たローズヴェルト前大統領が、市に入ったとたんニューヨーク警察によって「拘束」されたというのだ。この報道を聞いて、私の母は家を出て、一九三八年に私が幼稚園に通うようになって以来初めて、下校時間に私を迎えにきた。それまで母は、通りに住むほかの皆と同じく、ふだんどおりの暮らしを続けるようにというラビ・プリンツの指示に従い、警備の問題はラビの率いる委員会に任せていたが、その日の午後、事態はいまやラビの叡智を超えてしまったと母は判断した。そして、同じ結論に達したほかの百人の母親同様に、終業のベルが鳴って子供たちが次々出口から出てくるときにわが子を出迎えようと、学校に現われたのである。

「あたし追われてるのよ、ベス！　隠れないと——あたしのことかくまってちょうだい！」

一週間あまりのあいだに、私たちの世界はもう十分ひっくり返されたというのに、そこへさらに、精力的にして傲慢なる叔母、私たちが直接見知った一番の重要人物の妻（あるいはもう寡婦かもしれない）がやって来たのだ。小柄なエヴリン叔母は、化粧もせず、髪は乱れ、にわかに人食い鬼と化して、災難に見舞われたせい、そして自身のわざとらしいふるまいのせいで一気に醜くかつ無防備になったように見えた。一方私の母は、わが家の玄関口に立ちはだかり、いままでの母からは想像もつかないほどの怒りをあらわにしている。これほど激昂した母は見たことがなかったし、母が汚い言葉を遣うのも聞いたことがなかった。そもそも遣えるなんて知らなかった。

「フォン・リッベントロップのところに行ってかくまってもらえばいいじゃないの！」と母は言った。「お友だちのヘア・フォン・リッベントロップに護ってもらえばいいでしょ！　馬鹿女！　あたしの家族はどうなるのよ！　あたしたちだって怖いと思わないの？　あたしたちだって危険にさらされてると思わないの？　自分勝手なクズ女――あたしたちみんな怖いのよ！」

「でもあたしは逮捕されるのよ！　拷問されるのよベシー、あたしは真相を知ってるから！」

「ここにいちゃ駄目よ！　問題外よ！」と母は言った。「あんたには家があって、お金があって、召使いもいる。あんたを護ってくれるものは全部持ってるのよ。あたしたちにはそんなものない。そんなもの全然ないのよ。帰ってよ、エヴリン！　行きなさい！　出ていけ！」

するとと驚いたことに、叔母は私に助けを求めてきた。「ねえ坊や、可愛い坊や――」

「ふざけるな！」と母は言って、ドアを乱暴に閉め、エヴリン叔母が私の手に向けておろおろのばした手が危うくはさまれるところだった。

次の瞬間、母は両腕で私を抱え込んだ。ぎゅっときつく抱えたので、母の心臓が鳴るのが額を通して伝わってきた。

「叔母さん、どうやって帰るの？」と私は訊いた。

「バスよ。あたしたちには関係ないわ。みんなバスに乗るんだから、同じように乗ってもらうのよ」

「真相を知ってるって、何のこと？」

「何でもないのよ。もう忘れなさい。あんたの叔母さんはもう、あたしたちには関係ないのよ」

台所に戻ると、母は両手に顔を埋(うず)め、たちまちひくひく身を震わせて泣き出した。子を護らねば、という親としての義務感はいまや崩れ、自分の弱さを隠すため、事態の崩壊を食い止めるため懸命に奮い立たせてきた力も崩れ去った。

「どうしてセルマ・ウィッシュナウが死ぬの？」と母は問うた。「どうしてローズヴェルト大統領を逮捕するの？　どうしてこんなことが起きるの？」

「リンドバーグが消えたから？」と私は言ってみた。

「リンドバーグが現われたからよ」と母は答えた。「そもそもあの、馬鹿な飛行機を飛ばす非ユダヤ人(ゴイッシュ)の阿呆が現われたからよ。ああ、二人にセルドンを迎えに行かせるんじゃなかった！　あんたの兄さんはどこ？　あんたの父さんはどこ？」。それとあわせて、母は問うているように思えた――かつてはちゃんと目的があった、あの整然とした世界はどこ？　あたしたちが四人一緒に暮らしていた、あの素敵な、素敵な生活はどこ？　「二人がどこにいるかも、あたしたちにはわからない」と母は言ったが、行方知れずなのは自分であるような言い方だった。「あんなふうに送り出すなんて……あたし何を考えてたのかしら？　二人を、こんなふうに、国中の……」

母はそこでハッと我に返って言葉を切ったが、その思考の流れは明らかだった――国中の街角でユダヤ人が殺されているというのに。

私としては、母の涙が涸れてしまうまでただ見守るしかなかった。こうして、母を見る私の目が驚くべき変化を遂げた。そう、母は私と同じ人間なのだ。この啓示に私はショックを受けた。それこそがすべてのなかでもっとも強い絆なのだと理解するには、私はまだ幼すぎた。

「どうして追い返したりしたのかしら？」と母は言った。「ああ坊や、お祖母さまに、お祖母さまに何て言われるかしら？」

いかにも母らしく、心の痛みは良心の呵責（かしゃく）という形をとった。自分で自分を糾弾する、容赦ない鞭打ち。まるで、こんな奇怪な時代にあっても、物事には正しいやり方と間違ったやり方があって、自分以外の人間にはそれが明白なのだと言わんばかり。これほどの苦難に直面しても、人が愚かさに導かれてしまうことなんてありえないと言わんばかり。判断の誤りをめぐって、母は自分を責めた。誤りとはいっても、何事に関しても論理的な説明がもはや不可能な状況にあってはごく自然な感情であるばかりか、自分としても疑う理由は何もない感情によって引き起こされたたぐいの誤りだったのに。最悪なのは、自分が破滅的に過ったと母が信じて疑わないことだった。もし本能に逆らっていたとしても、やはりまったく同じように己の行動を嘆いたにちがいないのに。この上ない苦悩と混乱に打ちのめされた母を見守る（そして自分自身も恐怖におののく）子供にとって、これは要するに、人は何か正しいことをすればかならず何か間違ったことをやってしまうのだという発見にほかならなかった。実際、その間違ったことは下手をすればものすごく間違っているから、混沌が支配し、すべてが危険にさらされている現状にあっては、手をこまねいて何もしないのが一番のようにも思える。とはいえ、何もしないということもやはり何かをすることである……いまの事態にあっては、何もしないということはものすごく多くをすることなのだ。生の無秩序な流れに日々きちんと対抗している母親ですら、これほど邪悪な混沌を統制するすべは何も持っていないのだ。

その不寛容と裏切りの非道さたるや、一七九八年の外国人・治安諸法（外国人移民の諸権利を制限し治安維持の取締まりを強化した法律）や、ジェファソンが「魔女の統治」と呼んだ連邦派の圧制すらもしのいでいたこの日一日の急展開を受けて、その晩、ニューアークに住むユダヤ系小中学生のほぼ全員が通う四校で、それぞれ緊急集会が開かれることになった。どの集会も〈状況を憂うユダヤ系市民ニューアーク委員会〉の委員が議長を務めることになっていた。夕方に宣伝トラックが回ってきて、会合の報せを隣人同士伝えあうよう求めていった。子供を家に残してきたくない人々は一緒に連れてくることを勧められ、南区全体に警察力が全面的に動員されることが保証された。マーフィ市長がラビ・プリンツに、東はフリーリングハイゼン・アベニューまで、北はスプリングフィールド・アベニューまで警察の保護を約束したというのである。騎馬警官については全員が集められ——十二人のチーム二組が分割されて、四つの管区の厩（うまや）に入れられている——以下の区域のパトロールを命じられた。ウィークエイック地区から西の、アーヴィントンに接する地域（前夜そこの商店街の、ユダヤ人の経営する酒屋が押し入られ略奪されたのちに放火されて全焼していた）。ウィークエイックから南の、ユニオン郡とヒルサイドの町に接した地域（私にとっては、22号線沿いに建つイパナ歯磨き粉を製造するブリストル＝マイヤーズ社の大工場で知られるこの界隈では、前日にユダヤ教会の窓が割られていた）。そして、私の母の両親が世紀の変わり目に移住してきたエリザベス（この地域で九歳の子供にとって何より興味深いのは、リヴィングストン・ストリートに建つニュージャージー・プレッツェル工場が、州から派遣された聾唖（ろうあ）者を雇ってプレッツェルの生地を折り曲げさせているという噂があることだった。ここもウィークエイック・パークのゴルフ場のすぐ近くのブネイ・ジェシュルン墓地の墓が荒らされていた）。

　六時半の少し前、私の母はチャンセラー・アベニュー校での緊急集会に出席するために通りを急いでいた。私は家に残って、電話が鳴ったら出て移動中の父からのコレクトコールだったら承諾するという任を与えられていた。ククッツァ一家も、母が帰ってくるまで私の面倒を見ると約束してくれていたし、実際、母が階段を降りていくのと入れ替わりに、さっそくジョーイが一度に三段ずつ駆け上がって、ミセス・ククッツァに言われたとおり、父も兄も無事でセルドンを連れてまもなく帰ってくると知らせる長距離電話を待つ私の相手をしに来てくれた。結局、待った甲斐はなかった。戒厳令下、ベル電話会社の施設は軍隊に徴用されていたため、いまだ一般人に開放されている長距離電話回線はものすごく混んでいたのだ。父が最後に電話してきてからすでに丸二日が経っていた。

ユダヤ人街と非ユダヤ人街を区切るニューアーク＝ヒルサイドの境界線は、わが家からほんの二百メートル南を走っている。だからその夜、角をすぐ曲がったあたりのキア・アベニューの坂道を警察馬が騒々しくひづめを鳴らして練り歩く音が窓を閉めていても聞こえたことは、それなりの安心をもたらしてくれた。寝室の窓を開けて、家の横の暗くなってきた路地に身を乗り出して耳を澄ますと、かすかではあれ、サミット・アベニューが終わってヒルサイド側のリバティ・アベニューになるあたりまで馬たちが悠然と歩いていく音が聞きとれた。リバティはそのままヒルサイドをつき抜けて22号線にぶつかり、22号線は西に進んでユニオンに入り、そこから一気に南へ下って、キリスト教徒たちの住む巨大な未知の領域に入っていく。そこではもう町名も、ケニルワース、ミドルセックス、スコッチプレーンズ等々、いかにもアングロサクソン的な響きなのだ。

そこはむろん、ルイヴィルの郊外なんかではない。でも私はそんな西までは行ったことがなかったし、ペンシルヴェニア東端との州境に達するにもニュージャージーの郡をそこからさらに三つ横切らねばならなかったものの、その十月十五日の夜、爆発したアメリカの反ユダヤ感情が22号線を通って東へやって来る悪夢をありありと思い描くことができた。激しい憎悪が22号線からリバティ・アベニューに入り、リバティ・アベニューからそのままサミット・アベニューのわが家の横の路地になだれ込んでわが家の裏階段を洪水のようにのぼって来る。これでもし、その名も気高くプリンツなる、ニューアークで誰よりも偉いラビのおかげでこの通りの奥に出現した、力と速さと美しさを誇るニューアーク警官隊の馬たちの艶やかな鹿毛の臀部が作る頑丈な防壁がなかったら、洪水は本当にわが家に入り込んでくるにちがいないのだ。

案の定ジョーイには、表で起きていることはほとんど何も聞こえなかったから、それを補おうとして部屋から部屋を駆け回り、せめて一頭は馬の姿をしっかり見届けようと、家の前方後方の窓から外を覗いていた。それらの馬は、私の頭を陥没させた児童養護施設の野暮ったい荷役馬などとは血統も違い、脚はずっと長く、筋肉質の胴はずっとほっそりとして、頭の形ももっと細長くてずっと繊細だった。ジョーイはむろん騎馬警官の姿も見たがった。警官たちのぴったり体に合ったダブルの上着にはぴかぴかの真鍮のボタンが二列に並び、一方の腰からはホルスターに入った拳銃が覗いていた。

何年か前のある日曜の朝、サンディと私は父に連れられて、ウィークエイック・パークの蹄鉄投げ場に行ったことがあった。私たちが蹄鉄を投げて遊んでいる最中に、女性のハンドバッグをひったくった人間を追って警察馬が公園を疾走していった。ニューアークに、つかのまアーサー王宮廷が出現したのだ。興奮は何日も醒めず、その雄々しさに私はいつまでも胸をときめかせていた。騎馬警官には、もっとも体が柔軟で、運動能力の高い者が選ばれて訓練を受ける。そういう一人が、通りでのんびり堂々と馬を進め、やがて止まって、駐車違反のカードを書くのを見ているだけで小さな子供はすっかり魅了された。カードを書き終えた警官は、鞍に座ったままぐっと身を乗り出し、車のフロントガラスのワイパーの下にカードを差し込む。それはまさに、格上の人間が機械の時代に対してへりくだってみせる、何とも鷹揚(おうよう)なしぐさだった。ニューアーク繁華街の中心「フォー・コーナーズ」には騎馬警官の詰め所があって、それぞれが東西南北のいずれかを向いている。土曜には大勢の子供がそこに連れてこられて、勤務中の馬たちを眺め、すぱっと先を切られたような鼻を撫で、角砂糖を与え、騎馬警官は一人で徒歩警官の四倍の金がかかっていることを聞かされるのだった。そして子供たちは、そんな騎馬警官にお決まりの質問を浴びせる。「この馬、何ていう名前?」「この馬、本物?」「この足、何で出来てるの?」。時おり、人通りの多い繁華街の道端に、警察馬がつながれているのを見かけたりもする。悠然と落着き払った、青と白の鞍覆いにNP(ニューアーク警察)の記章が入った去勢馬は、高さ二メートルに近く、重さも五百キロに迫り、威嚇的に長い警棒が腹にベルトで留めてあって、最高にゴージャスな映画スターみたいに世慣れた風情を漂わせていた。一方、たったいま馬から降りたばかりの警官は、濃い青の乗馬ズボンに長い黒のブーツを履いていて、革のホルスターは充血した男性器とそっくりの形に膨らんでいて卑猥なことこの上なく、クラクションを鳴らしまくる乗用車やトラックやバスの作る大混乱のなかで生じた怪我にもそ知らぬ顔で、両腕を優美に動かして合図を発し、スムーズな車の流れを街によみがえらせる。彼らはどんなことでもやってのける、おそろしく有能な警官だった。私の父を悔しがらせたことに、ストライキの群衆のなかに飛び込んでいって、ピケを張った連中を追い散らすなんて荒業もやってのけた。そんな彼らがいま、すぐそばにいて、この上なく魅力的な、英雄的な姿を見せている。おかげで来るべき惨事に対して、私も少しは気を強く持つことができた。

ジョーイは居間で補聴器を外し、それを私に渡した。私にそれを与え、不可解にも押しつけたのである。イヤフォンのみならず、黒いマイクケース、電池、コード、すべて。なぜ私がこんなものを、よりによってこんな夜に欲しがると思うのか、訳がわからない。私の両手のひらに収まったその器具一式は、そんなことがありうるとして、ジョーイが着けているとき以上に陰鬱に見えた。これについて私があれこれ質問することを期待しているのか、それともただ惚れぼれと眺めてほしいのか、あるいは分解修理してほしいのか。さっぱりわからない。正解は、それを着用しろということだった。

「着けてみろよ」とジョーイはいつもの虚ろな、警笛のような声で言った。

「どうして？」と私はどなった。「僕には合わないよ」

「誰にも合わないんだよ」と彼は言った。「着けてみろよ」

「着け方、わかんないよ」と精一杯の大声で言い逃れると、ジョーイはマイクケースを私のシャツにクリップで留め、電池を私のズボンのポケットに放り込み、配線を一通り確認した。あとはもう、私がその、耳の穴に合わせて作られたイヤフォンを装着するばかりだった。私は目をつむって、これは貝殻だというふりをしてそれを実行した。ここは海辺であって、ジョーイが私に海の轟きを聞かせようとしているのだ……けれども、イヤフォンにはまだジョーイの耳の内側のべたべたした生温かさが残っていて、それを耳に押し込みながら私は吐き気を抑えねばならなかった。

「着けたよ、それで？」

ジョーイは手をのばしてきて、あたかもそれが電気椅子のスイッチであって、私が社会最大の敵であるかのように嬉々としてマイクケースの真ん中にあるダイヤルを回した。

「何も聞こえないよ」と私は言った。

「まだ大きくしてないよ」

「これ着けると、耳が聞こえなくなるの？」――そう言うと、耳が聞こえなくなりかつ口も利けなくなった自分の姿が思い浮かんだ。私は一生エリザベスに閉じ込められ、ニュージャージー・プレッツェル工場でプレッツェルを折り曲げている。

私がそう言うのを聞いてジョーイはゲラゲラ笑い出した。私としては、冗談のつもりではなかったのだが。

「ねえ、これ、いまはやりたくないよ」と私は言った。「外でいろいろ嫌なことが起きてるしさ」

だがジョーイは嫌なことなどいっこうに構わぬ様子だった。カトリックだから何も心配ないからか、それとも何があろうと絶対に大人しくしないジョーイだからか。

「これ売りつけた悪党、何て言ったと思う？　そいつさ、そもそも医者じゃないんだぜ」とジョーイは言った。「なのにインチキな検査とかやるのさ。懐中時計出して、俺の耳にくっつけて、『コチコチって音が聞こえるかい、ジョーイ？』って訊くから少し聞こえますって言うと、少し下がって『今度は聞こえるかい、ジョーイ？』って訊いて、聞こえません、全然聞こえませんって言ったら、紙切れに何か数字書き込むんだ。で、次は五十セント銀貨二枚ポケットから出して、おんなじことやるわけ。俺の耳のそばで、ぶつけて鳴らして、『コインが鳴るの聞こえるかい、ジョーイ？』って訊いてからまたやっぱり下がってって、俺はそいつがコイン鳴らしてるの見えるんだけどもう何も聞こえなくなる。『同じです』って言うと、また何か書き込む。それで、書いたものを見て、ものすごく真剣に見て、今度は引出しからなんかブリキのクソみたいなの出してきてさ、そいつを一通り俺に着けさせて、俺の親父に『これで坊ちゃん、草がのびる音まで聞こえるようになりますよ。この型はそれくらい優秀なんです』って言うんだ」。言い終えたジョーイがまたダイヤルを回すと、やがてバスタブに流れ込む水の音が私の耳に聞こえてきた。というか、私がバスタブだった。それから、ジョーイがダイヤルをぐいっと回した。雷が轟いた。

「止めて！」と私は叫んだ。「もうたくさんだよ！」。だがジョーイは愉快げに跳びはねるばかりなので、私は手をのばしてイヤフォンをむしり取り、一瞬あらぬことを考えた――ラガーディア市長が逮捕され、ローズヴェルト大統領も逮捕され、ラビ・ベンゲルズドーフまで逮捕された上に、下の階の新しい子も前の子と同じくらい楽じゃないんだなと思ったその瞬間、私はふたたび家出を決意したのだ。他人に対して私はまだおよそ未熟だったから、長い目で見れば「楽」な人間なんて一人もいないのであって、私自身も「楽」な人間などではないのだと理解するには幼すぎた。まず私は階下のセルドンに我慢できず、いまは階下のジョーイに我慢できない、だから二人から逃げるために家出する、それに尽きた。セルドンが帰ってくる前、ユダヤ人を迫害する連中がここへ来る前、ミセス・ウィッシュナウの遺体がここに着いて私も葬式に出させられる前に逃げるのだ。騎馬警官に護られて、今夜のうちに、私を追うものすべて、私を憎み私を殺そうとしているすべてから逃げ出すのだ。自分がやったことすべて、自分がやらなかったことすべてから逃げて、誰も知らない男の子として一からやり直す。そして私は、一瞬にして、どこへ逃げるべきかを悟った――エリザベスへ、プレッツェル工場へ。僕は耳が聞こえず口が利けないのです、と紙に書いて伝えるのだ。私はプレッツェルを作る仕事を与えられて、絶対に喋らず、聞こえないふりをして、自分が誰なのか誰にも知られずに生きる。

ジョーイが「馬の血飲んだ子供の話、知ってるか？」と言った。

「どの馬の血？」

「セントピーターズの馬だよ。その子供がさ、夜に忍び込んで、農場に入って、馬の血飲んだんだ。みんな探してるんだよ」

「みんなって？」

「奴らだよ。ニック。あいつら。年上の」

「ニックって？」

「あそこの孤児だよ。十八歳。馬の血飲んだ奴はお前と同じでユダヤ人なのさ。ユダヤ人だってことははっきりわかってて、みんな探してるんだよ」

「どうして馬の血なんか飲んだの？」

「ユダヤ人は血を飲むのさ」

「そんなのデタラメだよ。僕は血なんか飲まない。サンディは血なんか飲まない。僕の両親も血なんか飲まない。僕が知ってる人は誰も血なんか飲まないよ」

「そいつは飲むのさ」

「へえ？　何ていう名前？」

「ニックもまだ知らないんだ。でもみんな探してるんだよ。心配すんな、いずれつかまえるって」

「つかまえたらどうするんだい、ジョーイ？　その子の血でも飲むの？　ユダヤ人は血なんか飲まない。そんなこと言うなんて頭がどうかしてるよ」。私は補聴器をジョーイに返しながら、これでもう、逃げないといけないもののなかにニックも入れなくちゃと思った。ジョーイはじきにまた窓から窓へ駆け回り、何とか馬を一目見ようとしていたが、やがて想像ばかりがどんどん膨らんで、バッファロー・ビルのワイルドウェスト・ショーが町に来て私たちの家の前にテントを張ったような気になり、それが見えないところにいることにもはや耐えられず、いきなり外に飛び出していった。その夜、私はもうそれっきり彼を見かけなかった。ニューアーク警察には、乗っている警官と一緒に嚙み煙草をもぐもぐ嚙み、右前脚のひづめで地面を叩いて足し算をする馬がいるという噂があって、ジョーイはのち、私たちの家のすぐ近所でその馬を見た、第八区から来たネッドという馬で、子供が尻尾からぶら下がっても後ろ脚で蹴飛ばしたりしないのだと主張することになる。そしてもしかしたら、本当に伝説のネッドにジョーイは出会ったのかもしれず、危険を冒して出ていっただけの価値はあったのかもしれない。とはいえ、その夜私を置き去りにし、夜通し出歩いて、母親の言いつけを無視し刺激を求める欲求に屈してしまったことで、翌朝父親が仕事から帰ってくるとジョーイはこっぴどく叱られた。夜警用の時計から外した黒いストラップで、まさに馬のように臀部をしこたま鞭打たれたのである。

ジョーイがいなくなってしまうと、私は彼が出ていったドアの二つの鍵を閉めた。不安から気をそらすためにふだんならラジオをつけたところだろうが、通常の番組が中断されてまたも臨時ニュースが流れるのが怖くてそれもできなかった。今日一日届いたもろもろのニュースよりもっと恐ろしいニュースを、たった一人でいるときに聞かされたらたまらない。じきにまた、家出してプレッツェル工場に行くことを私は考えはじめた。一年くらい前に『サンデー・コール』に載った工場の記事を私は思い出した。ちょうどニュージャージーの産業について授業で発表しないといけなかったので、私はその記事を切り抜いて学校へ持っていったのだった。記事のなかで、ミスタ・クーンズという工場の経営者は、人を一人前のプレッツェル職人に仕立て上げるには何年もかかるという、どうやら世界中に広がっているらしい俗説をあっさり否定していた。「一晩で教えられますよ」とクーンズ氏は言っていた。「教えてわかる人間相手ならね」。紙面の大半は、プレッツェルに塩は必要か否かをめぐる論争に割かれていた。外側の塩は不要であり、自分が外に塩をふっているのは単に「小売店を納得させるため」だとクーンズ氏は主張していた。肝腎なのは生地のなかに塩を入れることです、これは州全部のプレッツェル製造業者のなかでも私しかやっていません、とクーンズ氏は述べていた。工場の従業員数は百人、そのうちかなりの数が聾唖者だが、「放課後にアルバイトで働く子供」も多いと記事にはあった。

どのバスがプレッツェル工場の前を通るかも、私にはわかっていた。かつてアール・アクスマンが、ぎりぎりのところでオカマと見抜いたキリスト教徒を尾けてエリザベスまで行ったときに二人で一緒に乗ったバスだ。今回もオカマが同じバスに乗っていませんようにと祈るしかない。万一乗っていたら、降りて次のに乗ろう。持っていかないといけないのは、メッセージだ。今回はシスター・メアリ・キャサリンからではなく聾唖者からのメッセージである。「ミスタ・クーンズさま。あなたの記事を『サンデー・コール』で読みました。ぼくはプレッツェルの作り方をまなびたいです。きっとひと晩でおぼえられるとおもいます。ぼくは耳がきこえず口がきけません。両親もいません。やとってもらえますか?」。そして私は「セルドン・ウィッシュナウ」と署名した。いくら考えても、ほかにはひとつの名も思い浮かばなかったのだ。

メッセージが要るし、服も要る。ミスタ・クーンズの目に信用できそうな子供に映らないといけないから、ちゃんとした服なしで現われるわけには行かない。そして今回は計画が、私の父の言う「長期計画」が必要だ。それはすぐに思いついた。私の長期計画は、プレッツエル工場で稼いだ金を貯めて、ネブラスカ州オマハへの片道切符を買うことだ。オマハではフラナガン神父が「少年の町（ボーイズ・タウン）」を運営している。アメリカ中の子供同様、私も少年の町とフラナガン神父のことを、スペンサー・トレイシーの出ている映画を通して知った。スペンサー・トレイシーはこの有名な司祭を演じてアカデミー賞を受賞し、そのオスカー像を本物の少年の町に寄付したのだ。五歳のときのある土曜の午後、私はサンディと一緒にその映画をローズヴェルト・シアターで観た。街頭で暮らす、何人かはすでに泥棒や小さなギャングになっている家のない子をフラナガン神父は受け容れ、農場に連れていく。子供たちはそこで食べ物と服を与えられて、教育を受け、野球をしたり聖歌隊で歌ったりして、善良な市民になっていく。人種や信仰にかかわりなく、フラナガン神父は子供たち全員の父だった。男の子の大半はカトリックで、何人かはプロテスタントだったが、貧しいユダヤ人の子供も一握りいた。そのことを私は両親から聞いた。私の両親も、その映画を観て涙を流したほかの何千何万のアメリカ人家族同様、宗教を超えた寄付を毎年少年の町に送っていたのだ。といっても私は、オマハに着いたらユダヤ人だと名のるつもりはなかった。オマハではまた喋ることにして、僕は自分の素性も名前もわからないのですと言うつもりだった。僕はまるっきりのゼロなんです、ただの男の子、それだけです、と。ミセス・ウィッシュナウの死を招き、彼女の息子を孤児にした責任のある人間などでは全然ない。私の両親には、これからはミセス・ウィッシュナウの息子を自分たちの子として育ててもらうしかない。私のベッドは彼にやる。私の兄も彼にやる。私の未来もやる。そして私は、ニューアークからはケンタッキー以上に遠いネブラスカで、フラナガン神父と一緒に人生を築いていくのだ。

突然別の名前が思い浮かんで、私はメッセージを書き直し、「フィリップ・フラナガン」と署名した。それから、このあいだ家出したときにセルドンから盗んだ服を入れていったダンボール製のスーツケースを取りに地下室へ向かった。今回は自分の服を入れて、ポケットには、マウント・ヴァーノンで買った、まだ本格的なコレクションを持っていて郵便も届いていたころに切手会社からの封筒を開けるのに使っていたミニチュアの白目(ピューター)製マスケット銃を入れていくのだ。銃剣の部分は長させいぜい二センチだったが、家を出ていくとなれば何か身を護るすべは必要であり、私にはそのペーパーナイフしかなかったのだ。

数分後、懐中電灯を使って階段を下りながら、この地下室へ下りていくのもこれが最後なのだと思うことで、何とか脚から力が抜けるのを防ぐことができた。これでもう、絞り器、野良猫、排水口、死者たちにも向きあわずに済む。そして、片脚になったアルヴィンがかつて己の憂いを撒き散らした、通りに面した湿って薄汚れた壁にも。

まだ石炭を使う寒さではなく、地下室への階段を下りきったところから、燃えていないボイラーの灰色の大きな姿を懐中電灯で照らすと、それは私の目に、金持ちや権力者が、自分を埋葬させる仰々しい納骨堂のように見えた（そんなものを作って何になるのかと思ったものだ)。私はそこに立って、セルドンの父親の幽霊が死んだ妻を迎えに――ひょっとすると私の父の車のトランクに隠れて――ケンタッキーまで行っているといいがと考えたが、そうではないことはよくわかっていた。幽霊としての彼の務めは、ここにいる私が相手なのだ。幽霊の心には呪いがみなぎっていて、それはすべて私に対する呪いだ。「二人をよそへ行かせるつもりはなかったんです」と私は囁いた。「あれは間違いだったんです。僕が悪いんじゃないんです。セルドンを犠牲にするつもりはなかったんです」

むろん私は、無慈悲な死者にこう嘆願したところで、いつもの沈黙が返ってくるばかりだと思っていた。代わりに、誰かがそれに応えて、私の名前を口にするのが聞こえた――それも女の声で！　ボイラーの向こうで、女の人が私の名前をうめいている！　まだ死んでいくらも経っていないのに、もう私に一生取り憑こうと戻ってきた！

「あたしは真相を知ってるのよ」と彼女は言い、それとともに、神託を告げる巫女（みこ）のように、わが家の収納庫のデルポイから私の叔母が姿を現わした。「あたしは追われてるのよ、フィリップ」とエヴリン叔母は言った。「真相を知ってるから、奴らはあたしを殺そうとしてるのよ！」

叔母がトイレに行く必要、何かを食べる必要はあるし、それに私としても、求められたものを与える以外にできることは何も思いつかないので、叔母を上の階へ連れて帰るしかなかった。夕食の残りのパン半斤から一枚スライスして、バターを塗り、牛乳をコップに注いでやると、バスルームから戻ってきた叔母は——外から見られないよう台所のカーテンも私は閉めてやった——台所に入ってくるとパンも牛乳もすさまじい勢いで貪った。コートとハンドバッグは膝の上に載っていて、帽子もまだかぶっていたから、食べるだけ食べたらさっさと帰ってくれればと私は願っていた。私だって母が集会から戻ってくる前に地下室へ行ってスーツケースを出して荷物をまとめて家出しないといけないのだ。ところが、食べ終えると叔母はべらべら喋り出し、あたしは真相を知ってるから奴らはあたしを殺す気なんだ、と何度もくり返した。騎馬警官を呼び出したのもあたしの隠れ場所を探し出すためなのよ、と叔母は私に言った。

その驚くべき発言に続いた沈黙のなかで——そして私は、予測可能な出来事というものが突如なくなってしまったこの状況にあって、その言葉をほとんど信じるくらいまだ子供だった——私たちは二人とも、一頭の馬が家の前の通りをチャンセラー・アベニューに向かっていくパカッ、パカッ、パカッという音の進行をたどっていた。「あたしがここにいること、奴らは知ってるのよ」と叔母は言った。

「知らないよ、エヴリン叔母さん」と私は言ったが、言った先から自分でも全然納得していなかった。「叔母さんがここにいること、僕は知らなかったもの」

「じゃあなぜあたしを探しに来たの？」

「探してないよ。別のものを探してたんだよ。警察が外にいるのはさ」と私は、精一杯本気で言いながらもこんなのまるっきり嘘だと確信していた。「警察が外にいるのは、ユダヤ人迫害があるからだよ。僕たちを護るためにパトロールしてくれてるんだよ」お人好しに向ける笑顔を叔母は私に向けた。「馬鹿言うんじゃないわよ、フィリップ」

私たち二人が口にするどの科白も、私がそれまで知ってきたこととは何ひとつ嚙みあわなかった。叔母の狂気の影はすでに私に伝染しはじめていたが、私はまだ、わが家の収納庫に隠れている最中に（あるいはもっと以前、ＦＢＩがラビに手錠をかけて連れ去るのを見ていたあいだに）叔母が本当に正気を失ったのだということを理解できていなかった。もちろん、さらに遡って、ホワイトハウスでフォン・リッベントロップとダンスした夜、叔母はすでに否応なく狂気へ移行しつつあったとも考えられる。私の父はのちにこの説を唱えることになる。父によれば、逮捕されるずっと以前、大統領にどんどん重用されるようになっていくその醜態でベンゲルズドーフがニューアーク中のユダヤ人を愕然とさせていたさなかにも、国全体を狂乱の場に変容させた妄信にエヴリン叔母も陥っていたのだ——すなわち、リンドバーグとその世界観を崇拝するという妄信に。

「横になりたい？」と私は、叔母がイエスと答えるのを恐れながら訊いた。「休みたい？　お医者さん呼ぼうか？」

すると叔母は私の手をとって、ぎゅっと握った。あまりに強く握ったので、爪が私の肉に食い込んだ。「フィリップ、坊や、あたしは何もかも知ってるのよ」

「リンドバーグ大統領がどうなったかも知ってるの？　そういう意味？」

「あんたのお母さんはどこ？」

「学校だよ。集会に出てるんだ」

「あんた、あたしに食べ物と水持ってきてくれるわよね」

「持ってくるかって？　いいよ。どこに？」

「地下室よ。洗濯場の流しの水は飲めないのよ。誰かに見られちゃうから」

「それは困るよね」と私は言った。ジョーイのお祖母さんと、彼女から立ちのぼる激しい狂気の息吹がたちまち思い浮かんだのだ。「僕、何でも持ってくよ」。こう約束してしまったいま、もう家出はできない。

「リンゴとか、あるかしら？」とエヴリン叔母が訊いた。

　私は冷蔵庫を開けた。「ううん、リンゴはないよ。いま切らしてるんだ。うちの母さん、このごろあんまり買物できないんだ。でも梨なら一個あるよ。梨、要る？」

「ええ。それとパンももう一枚。もう一枚切ってちょうだい」

　叔母の声はめまぐるしく変わりつづけた。いまはまるで、二人でピクニックの支度でもしていて、ありあわせのものをウィークエイック・パークに持っていって湖畔の木蔭で食べるのにどうするのが最善か相談しているみたいな口調だった。まるで、今日一日の出来事は私たち二人にとってはどうでもいいし、たぶんアメリカ中ほかの誰にとっても——まあキリスト教徒にとってはちょっとした厄介、ではあるかもしれないけれど——どうでもいいのだと言わんばかりだった。アメリカにはキリスト教の家族が三千万いて、ユダヤ人家族は百万程度にすぎない。気にするほどのことはないじゃないか？　叔母が地下室に持っていく二枚目のパンを私はスライスし、バターもたっぷり塗ってやった。パンが減っていることをあとで訊かれたら、ジョーイが食べたんだ、馬を見に飛び出してく前にパンも梨も食べたんだよと言えばいい。

家に帰ってきて、父が電話してこなかったと知ると、母は落胆を隠せなかった。母は侘しげな顔で台所の時計を見た。きっと、かつてはこの時間がどういう時間だったかを思い出しているのだろう。ベッドタイム。やるべきことがぎっしり詰まった一日も終わりに近づき、子供たちが顔を洗って歯を磨けば誰もが満足した時間。それこそが九時だったのだ。あるいは、私たちはそう信じさせられていた――どこまでも真に迫った、不変に見える、だがいまや欺瞞でしかないとわかった見せかけによって。

そして、明けても暮れても続く学校、あれも欺瞞だったのだろうか？　合理的な期待でもって私たちを鈍らせ、笑止千万な信頼感を育むために為された茶番だったのか？　「何で学校がないの？」と、明日は学校が休みだと母に言われた私は訊いた。「それはね」――と母は、嘘は言わずに子供を過度に怯えさせない言い方として推奨された無難な言い回しに頼った――「状況がさらに悪化したからよ」。「何の状況？」と私は訊いた。「あたしたちの状況よ」。「なぜ？　何があったの？」。「何もなかったのよ。ただとにかく、明日はあんたたち子供は家にいた方がいいっていうだけ。ジョーイはどこ？　あんたの友だちのジョーイは？」。

「パン食べて、梨持って出てったよ。梨を冷蔵庫から出して駆け出してってたんだ。馬を見に行ったの」。「それで、ほんとに誰も電話してこなかったの?」と母は訊いた。もうあまりに疲れていて、こんなときに裏切ったジョーイに腹を立てる気にもなれなかったのだろう。

「僕、なぜ学校がないか知りたいんだよ、ママ」。「どうしても今夜知らないと駄目？」。「うん。どうして学校に行けないの?」。「それはね……カナダと戦争になるかもしれないからよ」。「カナダと? いつ?」。「誰にもわからないのよ。とにかく様子がわかるまであんたたちみんな家にいるのが一番いいのよ」。「でもなぜカナダと戦争なんかするの?」。「お願い、フィリップ。母さん今夜はもうこれで精一杯なのよ。もう知ってることは全部話したわ。あんたがどうしてもって言うから話したのよ。いまはとにかく待つしかないのよ。みんな一緒に、待って様子を見るしかないの」。父と兄の行方がわからないせいで、母の胸には最悪の想像が——自分と息子はいまやウィッシュナウ家のように二人きりになってしまったのではという思いが——生まれている。でも母はそんなものが生じていないふりをして、あくまでかつての九時の慣わしどおり、「顔を洗ってベッドに入りなさい」と私に言った。

ベッド。恐怖を孵化させる場ではなく、温かさと安らぎの場としてベッドがいまも存在しているかのような口ぶり。

夜のあいだエヴリン叔母がトイレをどうするかに較べれば、私にとってカナダとの戦争はずっと小さな謎でしかなかった。私に理解しうる限り、アメリカ合衆国はついに世界戦争に加わろうとしているが、ＦＤＲが大統領だった時期に誰もが考えていたようにイギリスと英連邦の側につくのではなく、ヒトラーとその仲間イタリアと日本の側につこうとしている。そして、父とサンディから連絡があってからすでに丸二日以上が過ぎていて、ひょっとすると二人はセルドンの母親と同じようにユダヤ人を迫害する暴徒たちに虐殺されたのかもしれない。加えて、明日は学校がないという。もしかして、ドイツのユダヤ人の子供たちにナチスが押しつけたという法律をウィーラー大統領が私たちにも課したら、もう二度と学校はなくなるのかもしれない。想像もしなかった規模の政治的惨事が、自由社会を警察国家に変えつつあるのだ。だが子供は子供である。ベッドに入った私に唯一考えられたのは、用足しをしないといけなくなったらエヴリン叔母さんはわが家の収納庫の床でやるしかないということだけだった。この制御不能な出来事が私の心に重くのしかかって、ほかのいっさいを消し去った。ほかのすべてのことを具現するかのようにそれは私の目の前に立ちはだかり、ほかのすべてを覆ってしまっていた。ごくささやかな危険でしかないのに、それが途方もない重要性を帯びていき、その結果私は、午前零時前後、忍び足でバスルームに入っていって、タオルクローゼットの一番下の棚の奥からおまるを出した。アルヴィンがカナダから戻ってきたとき緊急の際に使えるよう買った品である。私がすでに裏の玄関口まで来て、いよいよエヴリン叔母の許におまるを届けようとしたところで、寝巻姿の母が私の前に現われた。あまりの事態に正気を失いかけている幼い子の姿を目にして、母は愕然となった。

数分後、エヴリン叔母は、私の母に導かれて、階段をのぼってわが家に入ってきた。このことがククッツァ家に引き起こした騒乱や、叔母の恐ろしい姿を目にしたジョーイの祖母の恐ろしい姿があらわにした敵意を詳しく述べる必要はあるまい。どんな苦しみにもドタバタ的要素があることは誰でも知っている。私は両親のベッドで眠るよう命じられ、母とエヴリン叔母が私の部屋を使った。母の次の大仕事は、妹がサンディのベッドから起き上がってこっそり台所に入ってガスの栓を開けて私たちみんなを死なせてしまうのを防ぐことだった。

往復二四〇〇キロの旅はサンディにとって生涯一度の冒険だったが、父にとってはもう少し運命的な体験だった。おそらくはこれが父のガダルカナルであり、バルジの戦いだったのだ。その年の十二月、リンドバーグの政策が信用を失い、ウィーラーも失脚してローズヴェルトがホワイトハウスに復帰すると、アメリカはついに枢軸国を相手に参戦したが、そのとき父はもう四十一歳で、徴兵年齢を過ぎていたから、このときが一番、前線の兵士の恐怖、疲労、肉体的苦痛に近づいた瞬間だったのである。首には高いスチールのギプスをはめ、折れた肋骨二本と縫合した顔面の傷とに気を配り、そこらじゅう歯の折れた口をさらしつつ——そしてグラブコンパートメントにはミスタ・ククッツァの予備の拳銃を、いままさに車が向かっている地帯ですでに一二二人のユダヤ人を殺した人々を相手に自分の身を護るべく入れていた——父はケンタッキーまでの一二〇〇キロを、ガソリンを補給してトイレに行く以外はいっさい止まらずに車を走らせつづけた。そして、マウィニー家で五時間眠って少し食べてからまた来た道を引き返したが、いまや縫い口が一面化膿してものすごく痛んだし、後部席に座ったセルドンが腹はこわすし熱は出すし、母親をめぐる幻覚を見ていて、母を生き返らせるために魔術すら実践しかねないありさまだった。

行きは二十四時間ちょっとで着いたが、帰りはその三倍かかった。セルドンが道端で吐いたりズボンを下ろして溝にしゃがみ込んだりするたびに車を停めねばならなかったし、ウェストヴァージニア州チャールストンから半径三十キロ以内の区域で（ここでまっすぐ東北に走ってメリーランドに向かえばいいはずが、すっかり道に迷って同じところをぐるぐる何度も回ってしまった）一日ちょっとのうちに何と車が六回も故障したのだ。まず、電気冶金社の工場が原鉱とシリカの巨大な山に囲まれている、人口二百人の町アロイの、線路、電線、巨大なコンベヤーのただなかで。次にその近くの、コークス炉からの炎がものすごい高さに達し、おかげで日没後に街灯のない通りに立っていてもその白熱光で父が道路地図を解読（あるいは誤読）できるほどだった小さな町ブーマーで。次に、どこが悪いのかボンネットを開けてみようと三人が車から降りるとデュポン・アンモニア工場からの煙霧に三人ともほとんど倒れてしまいそうになった、これまた小さな地獄のような工業村落ベルで。その次は、貨物操車場、倉庫、真っ黒に煤けた工場の細長い黒い屋根を包んでいる蒸気と煙を見てセルドンが「化け物」と呼んだ都市サウスチャールストンで。そして、州都チャールストンの町外れのそのまた外れでは二度。チャールストンで、午前零時ごろ、父はレッカー車を呼ぶために鉄橋を歩いて渡り、廃棄物の山を下り、石炭はしけ、浚渫はしけ、引き船などの並ぶ川に架かった橋まで行って、やっと公衆電話のある川べりの飲み屋を見つけた。その間少年たちは車のなかに二人きりで残され、目の前の川沿いの道路からは大工場のさまざまな設備がごっちゃに広がっていた。物置や掘立て小屋、トタン張りの建物や無蓋の石炭貨車、クレーンとそのブーム、鉄塔、電気炉や轟音を上げる塊鉄炉、ずんぐりした貯蔵タンクに高い金網。広告掲示板大の看板を信じるなら、ここは「世界最大の斧・鉈・鎌製造所」だった。

　研ぎ澄まされた刃に満ちみちたその工場がとどめの一撃となって、風前の灯だったセルドンの心の安定はもはや完全に失われた。夜が明けるころには、セルドンは金切り声を上げ、先住民に頭の皮を剥がれる、とわめいていた。実はこれはあながち的外れな物言いでもなかった。セルドンのように譫妄状態に陥っていない人間でも、アパラチア山脈の障壁を越えてデラウェア族、アルゴンキン族の最愛の猟場に入り込んできた招かれざる白人植民者たちと彼ら自身との類比は見てとれたはずだ。ただし今回入ってきたのは、よそ者の、妙な見かけの、その貪欲さで地元民たちの怒りを買った白い人間たちではなく、よそ者の、妙な見かけの、ただそこにいるだけで人を挑発するユダヤ人たち。そして今回、自分の土地が不法に奪われ生活が破壊されるのを防ぐために暴力も辞さぬ構えでいるのは、偉大なるテカムセ率いる先住民ではなく、合衆国大統領代理によって抑制を解き放たれた善良なるアメリカのキリスト教徒たち。

　日付はもう十月十五日に変わっていた。この木曜日に、ラガーディア市長がニューヨークで逮捕され、大統領夫人がウォルター・リードに幽閉され、大統領の誘拐を陰で操ったとされた「ローズヴェルト一派のユダヤ人たち」とともにFDRその人も「拘束」され、ラビ・ベンゲルズドーフがワシントンで逮捕されてエヴリン叔母の精神がわが家の収納庫で崩壊したのだ。その同じ日に、父とサンディはウェストヴァージニアの山の中を回って、セルドンを落着かせる薬を何かもらおうと、郡でただ一人免許を持つ医師を探していた（ただ一人床屋の免許を持つ人物にはすでに行きあたり、「治療」を申し出られたが断った）。田舎の泥道で見つけたその男は七十を過ぎていて、ウィスキーの匂いをぷんぷんさせている、親切で気も威勢もいい老「ドク」だった。小さな木造家屋でドクは診療所を開いていて、玄関先に患者たちが列をなして順番を待っていた。あんなにみすぼらしい格好の白人たちは見たことがない、とサンディはのち私に語った。セルドンの譫妄状態は脱水が主因だとドクは判断し、裏手の河底近くの井戸の水を一時間かけて何杯も飲むよう指示した。ドクはまた、父の化膿した顔から膿を抜いて、敗血症を未然に防いでくれた。抗生物質はまだ発見されたばかりで入手困難だったから、もし敗血症になったらたぶんそれが体じゅうに広がり、家にたどり着く前に父の命を奪っていただろう。かように敗血症の兆しは目敏く見抜いたドクだったが、傷を縫い直す才の方はいまひとつで、その結果父は、この後ずっと、ハイデルベルク留学時代の決闘の傷跡を抱えているような面相で生きつづけることになる。のちにその傷は、波瀾に満ちていたこの旅の象徴と見えるのみならず、私にとっては父の、常軌を逸した禁欲の痕跡にも見えたものだ。やっとニューアークにたどり着いた父は熱と悪寒とですっかり体力を失い、しかもミスタ・ウィッシュナウばりのひどい咳が止まらないものだから、わが家の食卓で失神したところでミスタ・ククッツァにふたたびベス・イズリアル病院まで連れていってもらい、入院したはいいが危うく肺炎で命を落とすところだった。だがそれでも、セルドンを救うまでは何ものも父を止められはしなかった。父は救う人なのであり、なかでも孤児は専門なのだ。ユニオンへの引越しを強いられること、ケンタッキーに行かされること以上の激変は、両親を亡くして孤児になってしまうことである。アルヴィンがどうなったか考えてみろよ、と父は言うだろう。お祖母さんが亡くなったあと俺の義理の妹がどうなったか考えてみろよ。父から見れば、人は誰も母なし、父なしであってはならない。母もなく父もなければ人は無防備であり、他人の策謀や権力に左右されてしまう。根を持たず、何もかもに動かされてしまうのだ。

一方サンディは、ドクの診療所の玄関先の手すりにのぼって患者たちをスケッチしていた。そのなかの一人に、セシールという十三歳の女の子がいた。これは、私の早熟な兄が二十四か月のうちに三人の違う少年であった時期のことである。この期間、つねに落着きは失わないものの、兄は何をやっても、たとえ人より優れたことをやっても両親を喜ばせられないように思えた。リンドバーグの下で仕事を始めて、エヴリン叔母さん秘蔵の神童弁士になり、煙草栽培に関するニュージャージー一の権威となったときも父と母は喜ばなかったし、リンドバーグから女の子たちに乗り換え一夜にして近所で最年少ドンファンになったときも喜ばなかったし、そしていま、大陸の四分の一に及ぶマウィニー家までの道の案内役を買って出て、本物の勇敢さを見せて長男としての威信を取り戻し、疎遠になってしまった家族の輪にもう一度入っていこうとしたのに、兄は危うく、本人としては「芸術」の営みなのだからおよそ無害だと思ったにちがいない愉しみによって、危うくすべてを台なしにしてしまうところだった。すなわち、兄はセシールの蠱惑的な姿を描こうとしたのである。頬に新しい包帯を巻かれて診察室から出てきて、サンディがやっていることを目にしたとたんに父はサンディのズボンのベルトを掴み、スケッチブックから何から丸ごと引っぱっていって、玄関脇から引き離し、道路に出て、車のなかに放り込んだ。「気でも狂ったか」と父は声を押し殺して言い、ギプスで曲がらぬ首の上からすさまじい形相でサンディを睨みつけた。「女の子を描いたりして、どういうつもりだ？」。「顔だけだよ」とサンディはスケッチブックを胸に押さえつけて嘘の釈明を試みた。「何だろうと知るか！　お前、リオ・フランクの話聞いたことないのか？　工場で働いてたあの女の子のせいでジョージアでリンチされたユダヤ人の話、聞いたことないのか？　絵なんかやめろ、馬鹿！　誰の絵も描いちゃいかん！　ここの連中は絵を描かれるのが嫌なんだよ――それくらいわからないのか？　俺たちはわざわざケンタッキーまで、母親が車のなかで焼き殺された子を迎えにきたんだぞ！　さっさとその絵片付けろ、二度と女の子なんか描くな！」

やっと旅を再開したものの、フィラデルフィアが（父は十七日の夜明けまでにフィラデルフィアに着きたいと望んでいた）合衆国陸軍の戦車と兵隊に占領されていることなど父とサンディには知る由もなかったし、モンティ伯父が母の嘆願にも耳を貸さず自分以外の人間の苦難にいっさい関心を持たず、二週間続けて無断欠勤した父をクビにしたことも父は知らなかった。私の父は抵抗を選ぶ。ラビ・ベンゲルズドーフは敵への協力を選ぶ。モンティ伯父は自分を選ぶのだ。

往路、ボイル郡のマウィニー家に赴くために、父とサンディはまずニュージャージーを斜めに南下してカムデンまで行き、デラウェア川を越えてフィラデルフィアに出て、そこから南へ向かってボルティモアに着き、ウェストヴァージニアを西南に横切ってケンタッキーに入り、一五〇キロばかり行ってレキシントンに達し、ヴァセールズなる町のそばでふたたび南に向かってボイル郡の丘陵地帯をめざした。私の母は、私の百科事典に付いていた四十八州とカナダ九州の折込み地図で二人の旅程をたどり、心配に襲われるたびに食卓に広げて眺めていた。一方、路上ではサンディが夜に備えて懐中電灯を用意し、エッソの道路地図を使ってルートを練り、と同時に不審な人物はいないか目を光らせていた。特に、地図に名前すら載っていない、通りが一本あるだけの陰気な町を通るときは要注意だった。帰り道に車が故障した六回は別として、サンディの勘定によれば、ウェストヴァージニアで少なくとも六回——たとえばうしろからついてくるおんぼろのトラックの様子や、道端の酒場の前に乱雑に駐まっている小型トラックの列が気になったり、ガソリンを入れて車の前面を点検したあと代金を受けとると地面にペッと唾を吐いたオーバーオールの若者の態度が不穏に思えたとき——父はサンディに、グラブコンパートメントを開けてミスタ・ククッツァの予備の拳銃を出すよう指示した。膝に載せて走る、と父は言った。一生で一度も銃を撃ったことのない父だったが、そう言うときはいつも、必要になったら「引き金引く(プル・ザ・トリガ)」ことをためらいそうにない口ぶりだった。

ひとたび家に帰り着くと、サンディは記憶を頼りに、少年時代の傑作を描き上げることになる。非情のアメリカへ降り立った大いなる旅の絵物語。だがそんなサンディも、旅のあいだほぼいつも自分が怯えていたことを白状した。無謀にも車で通りかかるユダヤ人をクー・クラックス・クランが待ち伏せているにちがいない都市を走り抜けるときはもちろん怖かったし、不穏な都市を越え、色あせた広告板やちっぽけなガソリンスタンドも越え、すり切れた襤褸（ぼろ）を着たおそろしく貧しい人たちの住む掘立て小屋の最後の一軒も越えて、父の言う「荒野（ザ・ワイルズ）」に入ったときも同じくらい怖かったとサンディは言った（荒れはてた掘立て小屋をサンディは細部まで精緻に描いた――四隅で小屋を支えている危なっかしく積まれた石の山、窓代わりに切り出された穴、片方の端が崩れかけた粗い造りの煙突、そして雨風にさらされた屋根には緩んだ屋根板を押さえるための石ころがまばらに置かれている）。車がほかに一台も見えないところで牛、馬、納屋、サイロの横を飛ぶように過ぎるときも怖かったし、路肩もガードレールもない山道でヘアピンカーブをのぼって行くときも怖かったし、舗装道路が砂利道に変わり、ルイスとクラークの探検隊（十九世紀初頭に北アメリカを横断した）ばりに森が自分たちの周りで閉じていったときも怖かったとサンディは言った。そしてとりわけ、車にはラジオがなかったから、ユダヤ人殺害が終わったのか、それともこの車は自分たちのような人間に対する国中の殺意が爆発しているただなかに入っていこうとしているのかもわからないことが何より怖かったとサンディは言った。

　兄を怖がらせなかったどうやら唯一のエピソードは、診療所の前で父をあれほど怯えさせた出来事だった。ウェストヴァージニアの山奥に住む娘の容貌に魅せられたサンディが彼女の絵を描いた一件である。実のところその娘は、まさにあの「少女女工（ザ・リトル・ファクトリー・ガール）」と国中で呼ばれた、およそ三十年前にアトランタで、彼女の監督者であり二十九歳の妻帯者だったユダヤ人リオ・フランクに殺されたとされる女の子とまったく同い歳だった。一九一三年のある日、給料を貰いにフランクの執務室へ行ったあと、鉛筆工場の地下室の床で、縄で絞め殺された死体が発見されたメアリ・フェーガンをめぐる痛ましい事件は、当時北部でも南部でも新聞の一面を賑わした。そのころ私の父は多感な十二歳の少年で、家計を助けるため学校を出てイーストオレンジの帽子工場で働きはじめたばかりであり、キリストを磔（はりつけ）にした者たちと父とを否応なしに結びつけるありきたりの中傷に関して一級の教育を受けているさなかだった。全面的には信頼しがたい、今日ではほとんど否定されている状況証拠に基づいてフランクが有罪になったのち、囚人仲間の一人が彼の喉をかき切って殺しかけたことで州一帯の英雄となった。一か月後、まっとうな市民たちから成るリンチ集団がその作業を完遂することになる。フランクを牢獄から誘拐し、私の父の工場での仕事仲間たちを大いに満足させたことに、「変態野郎」をメアリ・フェーガンの故郷ジョージア州マリエッタの木から首吊りにし、ほかの「ユダヤ人色魔ども」への、南部に近寄るな、南部の女に手を出すなという警告としたのである。

むろんリオ・フランクの一件は、一九四二年十月十五日の午後にウェストヴァージニアの田舎で父が感じた危険の元となった歴史のほんの一環にすぎない。すべてはもっと以前まで遡るのだ。

こうしてセルドンは私たちの家で暮らすようになった。ケンタッキーからニューアークに三人無事に帰ってきたあと、サンディは表側のサンルームに移り、セルドンはアルヴィンとエヴリン叔母のあとを継いだ。すなわち、リンドバーグのアメリカのもたらす悪意に満ちた屈辱に打ちのめされた、私の隣のツインベッドで眠る人物、という地位を引き継いだのである。今回、私が世話すべき「切株」はなかった。セルドン自身が切株だったのだ。そして十か月後に、ブルックリンに住む、母親の既婚の妹の家にセルドンが引き取られるまで、私が義足だったのである。

資料

読者へ

『プロット・アゲンスト・アメリカ』はフィクションである。ここに挙げるのは、どこで歴史的事実が終わって歴史的空想が始まるかに関心のある読者のための情報である。提示された事実は以下の文献に基づいている。ジョン・トマス・アンダーソン『上院議員バートン・K・ウィーラーと合衆国の外交関係』(ヴァージニア大学大学院提出博士論文、一九八二)、ニール・ボールドウィン『ヘンリー・フォードとユダヤ人　憎悪の大量生産』(二〇〇一)、A・スコット・バーグ『リンドバーグ　空から来た男』(一九九八〔広瀬順弘訳、角川文庫〕)、伝記資料センター『ニューアーク・イブニングニューズ』『ニューアーク・スター＝レッジャー』、アレン・ボドナー『ボクシングがユダヤ人のスポーツだったころ』(一九九七)、ウィリアム・ブリッジウォーター、シーモア・カーツ編『コロンビア百科事典』(一九六三)、ジェームズ・マクレガー・バーンズ『ローズヴェルト　自由の戦士』(一九七〇)、『ローズヴェルト　獅子と狐』(一九八四)、ウェイン・S・コール『アメリカ優先　介入に抗う戦い一九四〇―四一』(一九五三)、サンダー・A・ダイアモンド『合衆国のナチ活動一九二四―一九四一』(一九七四)、ジョン・ドレクセル編『ファクツ・オン・ファイル　二十世紀百科事典』(一九九一)、ヘンリー・フォード『国際ユダヤ人　世界最重要問題』第三巻『アメリカの日常におけるユダヤの影響』(一九二二)、ニール・ゲイブラー『ウィンチェル　ゴシップ、権力、セレブリティ文化』(一九九四)、ゲイル・グループ・パブリッシング『現代作家事典』第一八二巻（二〇〇〇）、ジョン・A・ギャラティ、マーク・C・カーンズ編『アメリカ人名事典』（一九九九）、スーザン・ハートグ『アン・モロー・リンドバーグ彼女の人生』（一九九九）、リチャード・ホフスタッター、ビアトリス・K・ホフスタッター編『アメリカ史重要争点』第三巻『再建から今日まで一八六四―一九八二』（一九八二）、ジョゼフ・G・E・ホプキンズ編『アメリカ伝記事典』補遺三―九（一九七四―九四）、ジョゼフ・K・ハワード「バートン・K・ウィーラー衰亡記」（『ハーパーズ・マガジン』一九四七年三月号）、ハロルド・L・イッキス『ハロルド・L・イッキス秘密日記 一九三九―四二』（一九五四）、トマス・ケスナー『フィオレロ・H・ラガーディアと現代ニューヨークの誕生』（一九八九）、ハーマン・クラーフェルド『ウィンチェルその生涯と時代』（一九七六）、アン・モロー・リンドバーグ『未来の波　アメリカの反省』（一九四〇〔山屋三郎訳、丸岡出版社〕）、アルバート・S・リンデマン『ユダヤ人告発　三つの反ユダヤ事件（ドレフュス、ベイリス、フランク）一八九四―一九一五』（一九九一）、アーサー・マン『ラガーディア時代に抗った男 一八八二―一九三三』（一九五九）、サミュエル・エリオット・モリソン、ヘンリー・スティール・コマジャー『アメリカ共和国の発展』第二巻（一九六二）、チャールズ・モリッツ編『現代人名録年鑑 一九八八』（一九八八）、ジョン・モリソン、キャサリン・ライト・モリソン『一匹狼モンタナの伝説的政治家たちの生涯と闘争』（一九九七）、『ランダムハウス英語辞典』（一九八三）、アーサー・M・シュレジンガー・ジュニア『ニューディール登場 一九三三―一九三五』（一九五八〔佐々木専三郎訳、論争社〕）・『大変動期の政治 一九三五―一九三六』（一九六〇〔岩野一郎他訳、論争社〕）（＝以上二冊は『ローズヴェルトの時代』第二・三巻）、ピーター・ティード『二十世紀歴史事典 一九一四―九〇』（一九九二）、ウォルター・ヤスト編『ブリタニカ年鑑 一九三七―一九四二』、『ブリタニカ年鑑 一九四三』、ベン・D・ゼヴィン編『何ものも怖れず　フランクリン・D・ローズヴェルト演説集一九三二―一九四五』（一九六一）。

主要人物の真の年譜

フランクリン・デラノ・ローズヴェルト　FRANKLIN DELANO ROOSEVELT（一八八二―一九四五）

一九二〇年十一月　ウィルソン大統領の下で海軍次官補を務めたのち、民主党からオハイオ州知事ジェームズ・M・コックスと組んで副大統領に立候補するも、ハーディングを擁立した共和党に大敗。

一九二一年八月　ポリオを発症、以後下半身がほぼ不随に。

一九二八年十一月　大統領候補に指名されたアルフレッド・E・スミスに代わり民主党候補として出馬したニューヨーク州知事選に当選、二期四年にわたった知事職の第一期に入る（スミスは共和党のハーバート・フーヴァーに敗れる）。知事として進歩的リベラルの立場を強く打ち出し、失業保険をはじめ、大恐慌犠牲者に対する救済策を推進するとともに、禁酒法には反対の立場を取る。一九三〇年、大差で知事に再選され、民主党大統領候補最有力となる。

一九三二年七月　民主党大会で大統領候補に選出される。

一九三二年十一月　五七・四パーセントの得票率で現職フーヴァーを破り大統領に。民主党は上院選・下院選にも勝利。

一九三三年三月　四日、大統領に就任。就任演説で、大恐慌により国家が麻痺状態に陥ったいま、「私たちが唯一恐れるべきは恐れることそれ自体です」と訴える。ただちにニューディール政策を提唱、農業・工業・労働界・実業界の回復を図り、ローン負債者や失業者の救済策を提案。閣僚にはハロルド・L・イッキス（内務長官）、ヘンリー・A・ウォレス（農務長官）、フランセス・パーキンズ（アメリカ初の女性閣僚、労働長官）、ヘンリー・モーゲンソー・ジュニア（アメリカ二人目のユダヤ人閣僚、病のウィリアム・ウッディンに代わり一九三四年一月一日より財務長官）等。ホワイトハウスから全米に向けて短いラジオ放送を開始し、これが「炉辺談話」として親しまれる。また、記者会見を活用して新聞記者たちを取り込んだ。

一九三三年十一月—三四年十二月　ソビエト連邦を承認し、程なく、極東での日本の活動に対抗する意図もあり海軍再建に着手。三四年に入るころには、社会的に恵まれない人々を救う政策が評価され、黒人有権者の支持も「リンカーンの共和党」から「ローズヴェルトの民主党」へ移っていた。

一九三五年　「第二次ニューディール」として改革を推し進め、社会保障法、全国労働関係法を制定、またＷＰＡ（雇用促進局）を設立して月に二百万人の労働者を雇用。ヨーロッパの情勢不安に対し一連の中立策を採りはじめる。

一九三六年十一月　共和党大統領候補のカンザス州知事アルフレッド・Ｍ・ランドンをメイン、ヴァーモント以外の全州で破って再選され、議会選でも民主党の優勢はさらに強まる。就任演説で「ここに、わが国の民主主義に対する挑戦があります。（……）国民の三分の一は住居、衣服、栄養の不十分な状態に置かれているのです」と述べる。一九三七年には経済復興も軌道に乗るが、その後、経済危機が生じ、雇用不安も加わって、三八年上院選は共和党に敗北。

一九三八年九月—十一月　ヨーロッパにおけるヒトラーの意図を危惧し、チェコスロバキアの領土問題に関し交渉による決着に応じるようヒトラーに訴える。九月三十日のミュンヘン会談で、英仏はチェコのズデーテン地方割譲を求めるドイツの要求に屈し、チェコスロバキア解体にも同意。ヒトラー率いるドイツ軍が十月チェコに進駐（五か月後、チェコ全土を征服し、ドイツを後ろ盾とするファシスト国家スロバキア共和国の独立を承認）。十一月、ローズヴェルトは戦闘機生産量の大幅増加を指示。

一九三九年四月　ヒトラーとムッソリーニに対し、今後十年、ヨーロッパの弱小国家を攻撃せぬよう要請。ヒトラーは国会演説でローズヴェルトを嘲笑し、ドイツの軍事力を誇示。

一九三九年八月―九月　ヒトラーに電報を打ち、領土問題に関しポーランドと交渉を行なうよう要請。ヒトラーはこれに応えて九月一日ポーランドに侵攻。英仏はヒトラーに宣戦布告、第二次世界大戦が始まる。

一九三九年九月　ヨーロッパの戦況に鑑みて中立法を再考し、英仏がアメリカから武器供与を受けられるよう計らう。一九四〇年前半、ヒトラーはデンマーク、ノルウェー、ベルギー、オランダ、ルクセンブルク、フランスに侵入。ローズヴェルトはアメリカの武器生産量を大幅に増加させる。

一九四〇年五月　全米防衛審議会を、次いで生産管理局を設立し、参戦の可能性を見据えて産業界・軍を準備態勢に入らせる。

一九四〇年九月　日本、ベルリンにおいて日独伊三国同盟に調印。当時日本は中国と交戦中で、仏領インドシナにも侵入していた（すでに一九一〇年には韓国を併合、三一年に満州を占領）。ローズヴェルトの強い要請を受け、米連邦議会はアメリカ史上初の平時徴兵法案を可決。これにより二十一歳から三十五歳までの男子全員が徴兵登録を義務づけられ、八十万人の徴兵態勢が整う。

一九四〇年十一月　共和党右派から「戦争屋」と糾弾されるも、ヒトラーとファシズムに断固対抗しヨーロッパでの戦争にアメリカを引き込まぬよう全力を尽くす、と公約して大統領選を展開。国防、アメリカと戦争との関係が選挙戦の主たる争点となる。空前の三選を果たし、選挙人獲得数は四四九人。共和党候補ウェンデル・L・ウィルキーはメイン、ヴァーモント、孤立主義を唱える中西部諸州で勝利したのみで選挙人獲得数は八十二人。

一九四一年一月—三月　一月二十日に就任式。三月、議会はローズヴェルト提唱の武器貸与法案を可決し、これにより、その国を護ることがアメリカを護る上で肝要と大統領が見なした国への武器、食糧、協力の「売却、譲渡、貸与、賃貸」が可能に。

一九四一年四月—六月　ヒトラー、ドイツ軍をユーゴスラヴィアに、次いでギリシャに侵入させたのち、不可侵条約を破棄しソ連に侵入。四月、アメリカがグリーンランドを保護下に置く。六月、ローズヴェルトは米軍のアイスランド上陸を許可し、武器貸与法の対象をソ連にも拡張。

一九四一年八月　ローズヴェルトとチャーチル、海上で会談し、八項目の和平構想から成る大西洋憲章を調印。

一九四一年九月　米領海に侵入し国防を脅かしたすべての独伊の潜水艦を破壊するよう海軍に命じたと発表。中国・インドシナからの軍事撤退を日本に要請するが、陸軍大臣東条英機はこれを拒否。

一九四一年十月　米国商船が武装して戦闘領域に入ることが可能になるよう、議会に中立法修正を要請。

一九四一年四月—十一月　「和平交渉」と称して日本から特命全権大使が送られ、軍事・経済問題に関し表面的には交渉が継続されるが、その陰で日本の大規模な攻撃部隊がひそかに太平洋に結集。

一九四一年十二月　日本、太平洋上の米国領土とイギリスの極東領土を奇襲攻撃。大統領の緊急演説を受けて、翌日、日本への宣戦布告を議会がほぼ満場一致で可決（上院は反対票なし、下院は一票）。十二月十一日、独伊がアメリカに宣戦布告。米議会もこれに応じて独伊に宣戦布告（真珠湾攻撃による米海軍、陸軍、海兵隊、一般市民の死者は二四〇三名、負傷者は一一七八名）。

一九四二年　戦争の指揮に大統領のほぼ全精力が注がれる一年となる。議会に向けた年一度の演説でも戦時生産を強調し、「私たちの目標は明らかです。奴隷化された諸国民に好戦的軍指導者たちが強要する軍国主義を粉砕することです」。戦時出費を捻出すべく前代未聞の五八九億二七〇〇万ドルの予算を計上。チャーチルとともに東南アジアでの統一兵力形成を宣言。六月にチャーチルと戦略会談を行ない、これを受けて十一月、ドワイト・D・アイゼンハワー将軍指揮下の連合軍部隊が仏領北アフリカに侵入、七か月後にドイツ軍をアフリカから駆逐。ローズヴェルトはフランス、ポルトガル、スペインに対し、連合軍が侵略の意志を持たないことを保証。六月、枢軸国と同盟したルーマニア、ブルガリア、ハンガリーのファシスト政権とアメリカが戦争状態にあることの認識を米議会に求める。七月、敵国潜水艦からアメリカ本土に上陸し連邦捜査官に逮捕されたナチス破壊活動家八名の裁判を行なうため委員会を設置。秘密裁判により二人が投獄され、六人がワシントンにおいて処刑される。九月、大統領特使ウェンデル・ウィルキーがモスクワに赴きスターリンと面会、西ヨーロッパにおける第二の軍事前線を強調。十月、ローズヴェルトは二週間にわたり戦時生産施設を視察、目標が達成されつつあると宣言。徴兵対象を十八、十九歳にも拡張するよう議会に要請。

一九四三年一月―四五年八月　ヨーロッパでの戦争（およびそれと並行したヒトラーによるヨーロッパのユダヤ人大量虐殺と財産没収）は一九四五年まで続く。四五年四月、イタリアのパルチザンたちによりムッソリーニが処刑され、イタリア降伏。ドイツ、五月七日、ヒトラーがベルリンの地下壕で自殺したおよそ一週間後――また、大統領第四期の一年目にあったローズヴェルトが脳卒中で急死し後継者ハリー・S・トルーマン副大統領が大統領に就任してから一か月足らずで――無条件降伏。八月十四日、日本が無条件降伏し、極東での戦争が終わる。第二次大戦終結。

チャールズ・A・リンドバーグ　CHARLES A. LINDBERGH（一九〇二―七四）

一九二七年五月　二十五歳、ミネソタ出身の曲芸飛行士、航空便パイロットのチャールズ・A・リンドバーグ、単葉機〈スピリット・オブ・セントルイス〉号でニューヨーク＝パリ間を三十三時間三十分で横断。この史上初の大西洋単独無着陸飛行により一躍世界の有名人に。クーリッジ大統領から空軍殊勲十字章を与えられ、米国陸軍航空隊予備役大佐に任命される。

一九二九年五月　在メキシコ米大使の娘、二十二歳のアン・モローと結婚。

一九三〇年六月　ニュージャージーでチャールズ・A・リンドバーグ・ジュニア誕生。

一九三二年三月―五月　チャールズ・ジュニア、ニュージャージー州ホープウェルの敷地面積四三五エイカーに及ぶ人里離れた新居から誘拐される。およそ十週間後、腐敗しかけた赤ん坊の遺体が近隣の森で偶然発見される。

一九三四年九月―三五年二月　貧しいドイツ系移民の大工で前科者ブルーノ・R・ハウプトマン、ニューヨーク州ブロンクスでリンドバーグ家子息誘拐殺人の廉で逮捕される。ニュージャージー州フレミントンで六週間にわたり裁判が行なわれ、メディアに「世紀の裁判」と呼ばれる。ハウプトマンは有罪判決を受け、一九三六年四月、電気椅子により処刑。

一九三五年八月　アン・モロー・リンドバーグ、一九三一年にリンドバーグと行なった空の冒険を綴った最初の著書『翼よ、北に』を出版。ベストセラーとなり、全米書店賞、年間最優秀ノンフィクション部門を受賞。

一九三五年十二月―三六年十二月　夫妻はプライバシーを求めて幼い子供二人を連れてアメリカを去り、三九年春に帰国するまで主にイギリス、ケント州の小さな村に住む。リンドバーグ、米軍の勧めに応じてナチス航空機の最新動向を調査するためドイツを訪れる。以後三年間、この目的のためにくり返しドイツを訪問することになる。ヒトラーも出席していた一九三六年ベルリン・オリンピックに出席し、のち友人宛の手紙でヒトラーについて「疑いなく偉大な人物であり、ドイツ国民のために多くを成し遂げたと信じる」と書いている。妻アン・モロー・リンドバーグもドイツ訪問に同行し、のちに「アメリカ本国での、独裁制は必然的に間違っていて悪であり不安定でありいかなる善も生じえないという、きわめて狭量な考え方」を批判。「またアメリカでは、ヒトラーを道化師と決めつける新聞漫画的見方がまかり通り、これにユダヤ系の所有になる新聞紙上での、きわめて強力な（当然ながら）親ユダヤ・プロパガンダが加わっている」

一九三八年十月　ドイツ鷲功労十字章（四つの小さな鉤十字がついた、帝国に貢献した外国人に与えられる金メダル）が、「総統の命により」リンドバーグに、在ベルリン米大使館の晩餐会においてドイツ空軍元帥ヘルマン・ゲーリングから贈られる。アン・モロー・リンドバーグは空の冒険を綴ったノンフィクション第二作『聞け！　風が』を出版、アメリカではファシズム反対派のあいだで夫の不人気が高まり本を置くことを拒否するユダヤ系の書店も出るものの、ふたたびベストセラーに。

一九三九年四月　ヒトラーがチェコスロバキアに侵入したのち、リンドバーグは日記に「ドイツが為した多くのことを私は是認しないが、近年ヨーロッパにおいてドイツは唯一一貫した政策を採ってきたと信じる」と書いている。陸軍航空隊指導者〈ハップ〉・アーノルド将軍の依頼を受けて、リンドバーグを嫌い信頼もしていなかったローズヴェルト大統領も承認の上、米陸軍航空隊大佐として積極的活動を開始。

一九三九年九月　九月一日、ドイツのポーランド侵攻後の日記において、「外国の軍隊による攻撃と外国の民族による血の薄まり」および「劣等な血の浸透」に対し「警戒する必要」を記している。飛行とは「黄、黒、茶の迫りくる海にあって白色人種がかりそめにも生きていくことを可能にしてくれる貴い財産のひとつ」と書く。同年、これに先立って、共和党全国委員会の重要人物で保守派新聞人フルトン・ルイス・ジュニアとの個人的会話に触れて、「新聞雑誌、ラジオ、映画におけるユダヤの影響を我々は危惧する。（……）残念なことである。少数のまっとうなユダヤ人の存在は、どの国にとっても資産なのだから」と記す。一九三九年四月の日記には以下のように書く（この項は一九七〇年刊の『戦時日記』からは省かれている）――「ニューヨークのような場所ではすでにユダヤ人が多すぎる。少数のユダヤ人は国家に活力と気骨を付加するが、多すぎると混沌を生む。そしてわが国の場合は多すぎる」。一九四〇年四月、CBSのラジオ放送を通じて、「わが国がこの戦争に巻き込まれる危険が生じている唯一の理由は、参戦を望む強力な分子がアメリカ国内に存在することです。彼らはアメリカ国民のごく一部の少数派であるにすぎませんが、影響・宣伝を司る機構の大半を支配しています。彼らはあらゆる機会を捉えて、私たちを崖っぷちへ押しやろうとしているのです」と語る。アイダホ選出共和党上院議員ウィリアム・E・ボーラに大統領選出馬を勧められると、政治には一市民としてかかわりたいと答える。

一九四〇年十月　春、イエール大学ロースクールにおいて、FDRの介入政策に反対しアメリカの孤立主義を推進すべくアメリカ優先委員会が設立される。十月、リンドバーグはイエールで三千人の観衆を前に、「ヨーロッパの新勢力」をアメリカが認知する必要を説く。アン・モロー・リンドバーグは第三作となる、介入主義に反対する、「信仰告白」と副題を付したパンフレット『未来の波』を刊行（邦訳副題は「アメリカの反省」）。大論争が生じ、内務長官ハロルド・イッキスにより「アメリカのナチス全員のバイブル」と非難されるもたちまちノンフィクション部門ベストセラーに。

一九四一年四月―八月　シカゴのアメリカ優先委員会の集会で一万人の聴衆を前に――さらにニューヨ

ークの集会でも同じく一万人を前に――演説し、天敵イッキス内務長官をして「合衆国最大のナチス同調者」と呼ばしめる。イッキスの批判、とりわけドイツから勲章を受けとったことに関する批判に不満を抱いたリンドバーグがローズヴェルトに抗議の手紙を送ると、イッキスはそれに応えて「ドイツの鷲の騎士、と正しく呼ばれてリンドバーグ氏がたじろぐのであれば、恥ずべき勲章など送り返して綺麗さっぱり片を付ければいいではないか？」と書いている（これ以前にリンドバーグは、ナチス指導層への「不必要な侮辱」になるという理由で勲章の返上を拒んでいる）。ローズヴェルトもリンドバーグの忠誠に公然と疑義を呈し、その結果リンドバーグは陸軍大佐の職を辞することを陸軍長官に願い出る。米陸軍軍人としての任はあっさり放棄する一方でナチスドイツから受けた勲章は頑なに返さずにいる、とイッキスが指摘。五月、マディソンスクエア・ガーデンでのアメリカ優先委員会集会で、アン・モロー・リンドバーグと並んで壇上に座ったモンタナ選出上院議員バートン・K・ウィーラーとともに二万五千人の聴衆に向かって演説。その登場は聴衆から「次期大統領！」の歓声で迎えられ、演説が終わると総立ちの喝采が四分間続く。春から夏にかけ、全国各地の大観衆を前にヨーロッパでの戦争へのアメリカ介入に反対する演説を行なう。

一九四一年九月―十二月　九月十一日、デモインでのアメリカ優先委員会集会でラジオ演説「戦争煽動者は誰か？」を行なう。「アメリカとは無縁の理由ゆえに」合衆国を戦争介入の方向へ押しやっているもっとも強力で効率的な組織のひとつとして「ユダヤ民族」を名指すと、八千人の聴衆から喝采が上がる。「ユダヤ人が己の利に適うと信じるものを護ろうとするのを咎めることはできません。しかし、私たちもまた自分たちの利益を護らねばなりません。他民族のありのままの情念と偏見がわが国を破滅に導くのを許すわけには行きません」。翌日、民主党・共和党両方から非難が寄せられるが、ノースダコタ選出共和党上院議員でアメリカ優先強硬派ジェラルド・P・ナイはリンドバーグを擁護し、他の支持者と同様にユダヤ人批判をくり返す。十二月十日、ボストンでのアメリカ優先委員会集会で演説が予定されていたが、日本軍による真珠湾攻撃、日独伊に対するアメリカの宣戦布告を受け本人の意思により中止。アメリカ優先委員会は指導部により活動を停止され、組織は解散。

一九四二年一月―十二月　ワシントンに赴き陸軍航空隊への復職を企てるが、政権の主要閣僚は強硬に反対、新聞も大半は同じ論調で、結局ローズヴェルトは要請を拒否。航空産業に職を得ようと何度か試みるも不調に終わる（かつて二〇年代後半から三〇年代前半にかけては、トランスコンチネンタル航空――別名「リンドバーグ線」――と関係を結んで高給を得ていたし、パンアメリカン航空コンサルタントとしても高額の報酬を支払われていた）。春に至ってようやく職が見つかり、政府の承認も得て、デトロイト近郊のウィローランでのフォード社爆撃機開発計画の顧問となり、一家でデトロイト郊外に移る（九月某日午後、戦時生産計画の視察にローズヴェルト大統領がウィローランを訪れた際は意図的に町を離れている）。メイヨー・クリニックの航空医学実験所で高高度飛行の肉体的危険を減じるための実験に参加、のちにも高高度での酸素供給装置の実験にテストパイロットとして協力。

一九四二年十二月―四三年七月　自らも開発に協力した、コネチカットのユナイテッド航空機製作の海軍／海兵隊戦闘機コルセアのためのパイロット訓練に積極的に参加。

一九四四年一月―九月　フロリダにおいて、ボーイングの新爆撃機Ｂ29をはじめ種々の軍用機のテストに携わったのち、コルセアを実地で調査するため南太平洋に赴く許可を政府から受ける。現地に着くと、日本の領土を標的とするニューギニア基地からの戦闘機・爆撃機の出撃に、当初は傍観者として加わるも、程なく大きな成果を挙げ、熱心な当事者となる。燃料を節約し戦闘航続距離をのばす技術をパイロットたちに伝授。五十回の飛行任務を終え、日本軍の戦闘機を一機撃墜した末に、九月アメリカに戻り、ユナイテッド航空機の戦闘機開発計画にふたたび携わり、一家はミシガンからコネチカット州ウェストポートに移る。

一九四四年三月　いまや四児の母となったアン・モロー・リンドバーグ、危険な空の冒険をめぐる中篇小説『急上昇』を刊行。戦前にリンドバーグ一家が示した政治観に対し書評者、読者とも敵意を示したのが主因となって、彼女の本としては初めて商業的に失敗。

フィオレロ・H・ラガーディア　FIORELLO H. LA GUARDIA（一八八二―一九四七）

一九二二年十一月　第一次大戦直前、および直後にマンハッタンのロウアー・イーストサイドの声を代弁する下院議員を務めた。終戦後、下院に復帰すると、イーストハーレムのイタリア系・ユダヤ系選挙民を代表する共和党議員を五期連続で務める。下院におけるハーディング大統領批判の先頭に立ち、大統領提唱の売上税に反対し、大恐慌による生活苦を解消できずにいる現状を糾弾。禁酒法にも反対。

一九二四年十一月　大統領選において共和党現職候補クーリッジではなく進歩党候補ロバート・M・ラフォレットを公然と支持。

一九三一年一月　ニューヨーク州知事フランクリン・D・ローズヴェルト、大恐慌の失業問題に対処すべく知事会議を招集。ラガーディアは以前、労働・失業に関する法律の再検討をフーヴァー大統領に迫って不首尾に終わっていたが、ローズヴェルトがこれに成功したことを高く評価。

一九三二年　一匹狼の共和党員として――かつ、落選した「レームダック」の下院議員として――一九三二年選挙での民主党の大勝後、新大統領に選ばれたローズヴェルトから、レームダックの第七十二議会においてニューディール政策を導入する役目を任ぜられる。

一九三三年十一月　共和党と「連合」（のち、さらにアメリカ労働党）の擁立する反タマニー派候補としてニューヨーク市長に当選、三期に及んだ市長職の第一期に入る。活動派の市長として大恐慌下のニューヨーク経済の回復を図り公共事業計画を推進、公益事業を設立・増強。ファシズムとアメリカのナチスを糾弾、ナチスから「ニューヨークのユダヤ市長」とのレッテルを貼られると、「ユダヤと威張れるほど血管にユダヤの血が流れてるとは思わなかった」とかわす。

一九三八年九月　ヒトラーによるチェコスロバキア分割ののち、共和党の孤立主義を非難し、介入論争が高まるなかでFDRを支持。

一九四〇年九月　ウェンデル・ウィルキーが副大統領候補にラガーディアを検討中との風評が立つが、一九二四年の大統領選と同様にまたも共和党に背を向け、上院議員ジョージ・ノリスとともに無党派を形成してローズヴェルトを支持し、その三選の実現めざして公然と活動。

一九四〇年八月―十一月　第二次大戦参戦が迫るなか、ローズヴェルトはラガーディアの陸軍長官任命に傾くが、結局共和党のヘンリー・スティムソンを指名し、ラガーディアはアメリカ＝カナダ防衛委員会のアメリカ側議長に。

一九四一年四月　ニューヨーク市長の座を保持したまま、FDRに乞われて市民防衛局局長（無給）に就任。

一九四三年二月―四月　陸軍准将の任務への積極的復帰をローズヴェルトに申し出るが、ラガーディアをあまりに挑発的と見る側近たちの忠告を受けてローズヴェルトはこれを断る。結局ローズヴェルトはラガーディアに閣僚の地位を与えることにも失敗し、副大統領候補として検討することも叶わなかった。失望したラガーディアは、市長としての「道路清掃人の制服」に戻る。

一九四三年八月　それまでボーモント、モビール、ロサンゼルス、デトロイトで起きていた戦時人種間反目（デトロイトでは六月二十一日の暴動で死者三十四名）がニューヨークのハーレムにも飛び火。ほぼ三日にわたり破壊、略奪、流血が続き、死者六名、負傷者一八五名、物的損害は五百万ドルに及ぶが、ラガーディアはその強力で市民思いのリーダーシップを発揮し黒人指導者層からも称賛される。

一九四五年五月　ＦＤＲの死後一か月、市長四選に不出馬を表明。退任前、新聞ストライキの期間、ラジオ局から新聞漫画をニューヨークの子供たちに読み聞かせて話題に。引退後、乞われてＵＮＲＲＡ（連合国救済復興機関）事務総長に就任。

ウォルター・ウィンチェル　WALTER WINCHELL（**一八九七—一九七二**）

一九二四年　元寄席芸人のウォルター・ウィンチェル、『ニューヨーク・イブニング・グラフィック』紙に雇われ、まもなくブロードウェイのレポーター、コラムニストとして人気を得る。

一九二九年六月　ウィリアム・ランドルフ・ハーストに雇われ『ニューヨーク・デイリー・ミラー』のコラムニストとなり、この職を三十年以上維持。ハースト経営のシンジケート〈キング・フィーチャーズ〉がコラムを全米に配信、やがて二千以上の新聞に掲載される。現代風ゴシップ欄の発明者として、ニューヨークの有名人が集うナイトスポット〈ストーク・クラブ〉の常連に。

一九三〇年五月　ブロードウェイのゴシップ・ニュースキャスターとしてラジオ・デビュー。『ラッキーストライク・ダンスアワー』に出演して大好評を博し、一九三二年十二月からは、日曜午後九時、ＮＢＣブルー・ネットワークのジャーゲンズ・ローション提供の番組に出演。毎週十五分、そのインサイダー・ゴシップとニュース報道の番組はじきラジオ最大の聴取者数を誇るに至り、オープニングの一言「こんばんは、ミスタ・アンド・ミセス・アメリカ、そして海上のすべての船舶。さっそくニュースを！」は全米に広まる。

一九三二年三月　リンドバーグ愛児誘拐事件を、ＦＢＩ長官Ｊ・エドガー・フーヴァーからの情報に助けられつつ報道。一九三四年のブルーノ・ハウプトマン逮捕、三五年の裁判の際も報道を続ける。

一九三三年二月　世に知られたコメンテーターではほぼ唯一、かつ著名ユダヤ人としてもほぼ唯一、ヒトラーを公に批判しはじめ、ドイツ系アメリカ人協会会長フリッツ・クーンらアメリカのナチスにも批判の声を上げる。ラジオ、コラムでの攻撃を第二次大戦勃発時まで続け、「ラチス」（「鼠」〈ラット〉とナチスとの合成語）、「スワスティンカーズ」（「鉤十字」〈スワスティカ〉と「下司野郎ども」〈スティンカーズ〉の合成語）といった新語を作ってナチスを揶揄。

一九三五年一月—三月　ハウプトマン裁判の報道に関しＪ・エドガー・フーヴァーから賛辞を受ける。この後フーヴァーとウィンチェルはアメリカのナチスに関して内部情報を交換し、その内容がいずれウィンチェルのコラムに登場することになる。

一九三七年　コラムでローズヴェルトおよびニューディールを支持した結果、五月ホワイトハウスに招かれ、大統領とも定期的に連絡を取りはじめる。ＦＤＲを公に支持したことをめぐってハーストとのあいだに不和が生じる。ニューヨークの隣人でギャングのフランク・コステロと親しい仲に。

一九四〇年　コラム、ラジオの読者・聴取者の総数、五千万人——アメリカ全人口の三分の一以上——と目される。年収は八十万ドル、アメリカ有数の高給取りとなる。親ナチス活動に対する攻撃をさらに強め、コラムで「ウィンチェル・コラム対第五列（敵の内部に潜み、破壊工作や諜報活動などに携わる者たちの意）」といった特集を組む。前例なき三選を目指すＦＤＲを強力に支持。『デイリー・ミラー』での共和党大統領候補ウィルキー批判をハーストに検閲されると、『ＰＭ』紙上の匿名コラムでウィルキーを攻撃。

一九四一年四月─五月　リンドバーグの孤立主義・親独発言を批判。ドイツ外相フォン・リッベントロップに対し、アメリカは戦う意志があると警告、上院議員バートン・K・ウィーラーから「舌戦でアメリカ国民をこの戦争に巻き込んでいる」と批判される。

一九四一年九月　ユダヤ人がアメリカを戦争へ押しやっている、と説いたリンドバーグのデモインでの演説を受けて、「リンドバーグの後光はいまや彼の首を締める輪になった」と書き、リンドバーグ、ウィーラー、ナイ、ランキン等、親ナチスと見なした議員らを再三批判。

一九四一年十二月─七二年二月　アメリカの第二次大戦参戦以降、ウィンチェルのニュース、コラムも基本的に戦争報道に転じる。海軍予備役少佐として、任務を与えてほしいとFDRに迫り、一九四二年十一月、実戦に招集される。終戦とともに極右翼に転じ、ソビエト連邦に激しく敵対、反共の立場から上院議員ジョゼフ・マッカーシーを支持。五〇年代なかばにはほとんど忘れ去られ、七二年の葬儀には娘一人以外誰も来なかった。

バートン・K・ウィーラー　BURTON K. WHEELER（一八八二─一九七五）

一九二〇年十一月─二二年十一月　モンタナ州議会議員として、モンタナの巨大な産銅会社アナコンダ・コッパーに挑み、大戦後の〈赤の恐怖〉において犯された人権侵害に反対したのち、一九二〇年にモンタナ州知事に立候補して大敗するも、二二年には民主党員として上院議員に当選、農民層と労働者層の強い支持を得て四期を務める。モンタナ州政府を徐々に、二大政党提携の〈ウィーラー・マシン）に変えていく。

一九二四年二月―十一月　ティーポットドーム・スキャンダル（ワイオミング州の米海軍石油保留地の開発権が内務長官によって秘密裡に付与された汚職事件）上院調査委員長に選ばれ、クーリッジ大統領政権の司法長官ハリー・M・ドアティを辞任に追い込み、クーリッジ政権下の司法省に屈辱を与える結果に。民主党を離党し、副大統領候補者としてジョン・W・デイヴィス大統領候補と組むチャンスも捨て、ウィスコンシン選出上院議員ロバート・M・ラフォレット進歩党大統領候補と組んで副大統領に立候補。クーリッジが民主党・進歩党双方を大差で破るも進歩党は全米で六百万票を獲得し、モンタナでは四十パーセント近い得票率を得る。

一九三二年―三七年　一九三二年の民主党大会に先立ち、十六州を回ってローズヴェルト指名を促進。民主党候補を支持した最初の全国的有名人であり、ニューディールの社会改革にもおおむね好意的であったが、三七年、ローズヴェルトが最高裁を拡大してニューディール支持者の「囲い込み」を狙った法案には真っ向から反対。ウィーラーの指導力により法案は否決されて論議を呼び、大統領との個人的確執が深まる。

一九三八年　モンタナのウィーラー・マシンを駆使してライバルの民主党下院議員ジェリー・オコネルに打撃を与え、共和党右派ジェイコブ・ソーケルソンの上院選当選に尽力。ソーケルソンはウォルター・ウィンチェルに「下院のナチス活動代弁者」とのレッテルを貼られた人物で、逆にソーケルソンはウィンチェルを「ユダヤの中傷屋」と呼び、ウィンチェルの『リバティ』誌連載記事で「いなくていいアメリカ人」の一人として名を挙げられるとウィンチェルを相手どって訴訟を起こした。オコネルは民主党ウィーラー派の選挙運動を論評するなかで、ウィーラーを「己の党に対するベネディクト・アーノルド（独立戦争時、イギリス軍に内通したアメリカ人）、大統領に対する謀反人」と評す。

一九四〇年—四一年　有力民主党員たちがモンタナで〈ウィーラーを大統領に〉クラブを結成。モンタナのみならず他州でも民主党大統領候補指名の強力な人材と目されるが、ローズヴェルトの三選出馬表明でその可能性も潰える。上院でのウィーラーは共和党員と南部民主党員（保守的なことで知られる）との協力関係を強化し、民主党内のローズヴェルト＝リベラル派との対立を深めていく。ヨーロッパでの戦争へのアメリカ介入に強硬に反対。四〇年六月、もし民主党が「戦争党になるのなら」離党も辞さないと威嚇。同月、「戦争煽動・プロパガンダに対抗する」計画を練るため、チャールズ・A・リンドバーグ、および孤立主義を唱える上院議員グループと会談。上院議会でもリンドバーグを親ナチスとの非難から擁護し、数か月後、ローズヴェルトが公の場でリンドバーグを南北戦争の「コッパーヘッド」（南部シンパの北部人）になぞらえると、これを「正しくものを考えるアメリカ人すべてにショックを与え愕然とさせる発言」と非難。NBCラジオネットワークで、ヒトラーと交渉するための八項目の和平提案を行ない、リンドバーグから称賛の電報を送られる。アメリカ優先委員会組織を計画中のイエール大学生たちと会談し、非公式顧問の任を引き受ける。リンドバーグと並んでアメリカ優先委員会集会でのもっとも人気の高い演説者となる。徴兵に反対し、ローズヴェルトの平時徴兵法案を「全体主義への一歩」と非難。上院で武器貸与法案反対を唱え、「もし米国の国民が独裁制を望むなら——もし彼らが全体主義政体を望み戦争を望むなら——この法案はローズヴェルト大統領のいつものやり口どおり下院を強行突破させるべきである」と揶揄。武器貸与法案が通過すれば「アメリカの若者の四人に一人が破滅の道に追いやられることになる」と主張し、これをローズヴェルトは「私の世代において公の場でなされた、もっとも真実から遠い（……）もっとも卑劣、もっとも非愛国的な発言」と断じる。アメリカがアイスランドに軍を派遣する計画を時期尚早に暴露し、英米国民の生命を脅かしたとしてホワイトハウスおよびチャーチル首相から非難される。四一年十一月にも、合衆国の戦時戦略を明かす陸軍省機密文書を孤立主義の『シカゴ・トリビューン』紙にリークし、軍の機密を危険に陥れているとの批判を招く。

一九四一年十二月—四六年十二月　日本軍による真珠湾攻撃後は戦争遂行を支持するが、ソ連邦との同盟には共産主義政府の存続を助けることになるとして反対。四四年、「ＭＶＡ（ミズーリ川流域開発公社）の陰には共産主義者がいる」と発言、リベラル派に対抗してモンタナ電力会社とアナコンダ・コッパーに協力し、ＴＶＡ（テネシー川流域開発公社）ミズーリ版の実現を阻止。これによりモンタナ民主党内でわずかに残っていた支持も失い、四六年、上院予備選でモンタナの若きリベラル派リーフ・エリクソンに敗れる。

一九五〇年代　ワシントンＤＣで弁護士として活動。イデオロギー的にも政治的にも上院議員ジョゼフ・マッカーシーを支持。

ヘンリー・フォード　HENRY FORD（一八六三—一九四七）

一九〇三年—〇五年　一九〇三年、フォード社産の自動車第一号、〈A型フォード〉が登場。二気筒八馬力、ヘンリー・フォード設計、株式会社となったばかりのフォード・モーター・カンパニー製造、価格は八五〇ドル。その後数年のあいだに、より高価なモデルを次々発売。

一九〇八年　田舎に住むアメリカ人向けに設計された〈T型フォード〉が発売され、一九二七年までフォード社が生産する唯一の車種でありつづける。これによりフォードはアメリカ随一の自動車製造者となり、「大衆のための自動車造り」を実現していく。

一九一〇年―一六年 従業員たちと共同で、逐次生産、分業のプロセスを開発。これが進化して、産業革命到来以降最大の工業的進歩と評される、一瞬も停止しない流れ作業製造ラインが生まれ、T型フォードの大量生産が可能となる。一九一四年、八時間労働で五ドルの基本給を提示。実はこれはフォード社全従業員の一部に適用されたにすぎないが、「一日五ドル」を提唱した進歩的ビジネスマンとして賛辞を浴び名声も高まる。が、進歩的思想家とは行かず、「本は嫌いだ。読むと頭が混乱する」と発言。「歴史なんてあらかた嘘っぱちだ」

一九一六年―一九年 一九一六年、共和党全国大会で大統領候補者指名に際し名が挙がり、第一回投票で三十二票を得る。フォード社の全事業に絶対的権力を行使するに至る。同年、社は一日二千台の車を生産し、T型フォードの全生産台数は百万台に。第一次世界大戦が勃発すると平和主義を唱えて戦争に反対し、戦争に乗じて利得を企てる行為を批判。フォード社幹部の会合で「誰が戦争を起こしたか私にはわかる。ドイツ＝ユダヤの銀行家たちだ。ここに証拠がある。事実だ。ドイツ＝ユダヤの銀行家連中が戦争を起こしたんだ」と発言。アメリカが参戦すると、政府から発注された事業は「一セントの利益も上げずに」請け負うと確約するが、実際にはそうしていない。ウィルソン大統領に求められ、それまで共和党支持と見られていたにもかかわらず民主党から上院選に出馬し惜敗。本人は敗因をウォール街の「財界」と「ユダヤ人」とに帰す。

一九二〇年 五月、一九一八年に買収した地元週刊紙『ディアボーン・インディペンデント』紙上で、「国際ユダヤ人――世界の問題」を世に明かすと称した詳細な記事九十一本の一本目を掲載。偽書『シオン賢者の議定書』連載を開始し、この文書が真正であり、ここから知れるユダヤ人の世界支配計画も実在すると主張。二年目には発行部数三十万近くまで増加（フォードのディーラーには会社の製品ということで購読を強制）。著しく反ユダヤ的な一連の記事は四巻本『国際ユダヤ人　世界最重要問題』に収められる。

一九二〇年代　一九二一年、五百万台目のフォード車を生産。アメリカで売られた自動車の半数以上はT型フォードに。ディアボーンに巨大なリヴァールージュ工場と工業都市を建設。自動車製造原料の確保を図って森林、鉄鉱山、炭鉱を購入。フォード車の品種を多様化。二二年刊の自伝『わが人生と仕事』はノンフィクション部門のベストセラーとなり、フォードの名前と伝説が世界中に広がる。世論調査によれば人気はハーディング大統領を上回り、共和党大統領候補と取り沙汰される。二二年秋、大統領選出馬を検討。アドルフ・ヒトラーは二三年のインタビューで「我々はハインリヒ・フォードをアメリカに広がりつつあるファシスト運動の指導者と仰ぐ」と述べた。二〇年代なかば、シカゴのユダヤ人弁護士から名誉毀損で訴えられ、示談により解決。二七年、ユダヤ人批判を撤回し、反ユダヤ刊行物の出版中止に同意、それまでに五百万ドルの赤字を出していた『ディアボーン・インディペンデント』も廃刊に。二七年八月、〈スピリット・オブ・セントルイス〉号でデトロイトを訪れたリンドバーグにフォード空港で会い、この有名機に乗せられ初飛行を体験。リンドバーグに誘われ航空機製造にも興味を抱く。その後両者は何度も会い、四〇年、デトロイトでのインタビューでフォードは「チャールズがここに来ると、私たちはもっぱらユダヤ人の話ばかりしている」と述べている。

一九三一年—三七年　フォードV8エンジンを開発するも、ライバル企業シボレー、プリマスの進出に大恐慌の影響も加わって社は巨額の赤字を出す。能率促進、雇用不安定、スパイ行為などによりリヴァールージュでの労使関係も悪化。全米自動車労働組合は、ゼネラルモーターズ、クライスラーに加えてフォード社への運動を企てるがフォードによる暴力・恫喝に遭う。デトロイトの自警団がリヴァールージュで労組オルガナイザーに暴行。全米労働関係委員会はフォード社の労働対策を不適と判断し、自動車業界で最低と評価。

一九三八年　七月、七十五歳の誕生日に、有力市民一五〇〇人を迎えたデトロイトでの誕生日ディナーでナチス政府からドイツ鷲功労十字章を授与される。十月にドイツでリンドバーグも同じ勲章を与えられ、内務長官イッキスは十二月のクリーヴランド・シオニスト協会の会合で「この勲章の授与者が、人類に対し何ら新しい犯罪を為さずに終わった日を無駄な一日と数える時期にあって、ヘンリー・フォードとチャールズ・A・リンドバーグはこの自由の国の自由な市民としてただ二人、その唾棄すべき栄誉のしるしを卑屈にも受けとったのです」と発言。二度に及んだ卒中の第一回に襲われる。

一九三九年—四〇年　第二次世界大戦勃発とともに、友人リンドバーグと協同して孤立主義とアメリカ優先委員会を支持。フォードが委員会の執行委員に任命されて間もなく、その反ユダヤ主義者としての世評に抗議してシアーズ・ローバック社重鎮のユダヤ人レッシング・J・ローゼンワルドが委員を辞任。このころ一時期フォードは、反ユダヤ主義者のラジオ司祭コグリン神父と定期的に会い、ローズヴェルトとイッキスからもコグリンの活動を援助しているものと見られていた。また反ユダヤ・デマゴーグのジェラルド・L・K・スミス牧師の毎週のラジオ番組を支援し、生活費も補助した（数年後スミスはフォードの『国際ユダヤ人』を復刊し、一九六〇年代に至ってなお、「ユダヤ人に関する意見をフォードは最後まで変えなかった」と主張）。

一九四一年—四七年　一九四一年、二度目の卒中。アメリカの参戦が近づくにつれ、フォード社は防衛生産に転換。戦時中はウィローランの巨大工場で、リンドバーグを顧問に起用しB24爆撃機を生産。病気のため会社の経営も思うに任せず、四五年に引退。四七年四月に死去、弔問者は十万人。所持していた莫大な額の株式は主にフォード財団が引き継ぎ、財団は程なく世界でもっとも裕福な私立財団となる。

作中に登場するその他の歴史上の人物

バーナード・バルーク（Bernard Baruch **一八七〇―一九六五**）金融家、政府顧問。ウィルソン政権下で戦時産業局長官を務め、第一次世界大戦に際し産業界を戦時体制に導く。ローズヴェルト政権期にもホワイトハウス側近。一九四六年、トルーマンにより国連原子力委員会のアメリカ代表に任命される。

ルッジェロ・〈リッチー・ザ・ブート〉・ボイアルド（Ruggiero "Ritchie the Boot" Boiardo **一八九〇―一九八四**）ニューアークの顔役ギャングで、ロンギー・ズウィルマンの地元ライバル。ニューアーク市のイタリア人街第一区で人気レストランを経営し、影響力もこの地区で一番強かった。

ルイス・D・ブランダイス（Louis D. Brandeis **一八五六―一九四一**）ケンタッキー州ルイヴィルで、プラハ出身の教養あるユダヤ系移民の家庭に生まれる。ボストンで公益・労働問題を扱う弁護士となる。アメリカのシオニスト運動をいち早く組織。ウィルソン大統領により最高裁陪席判事に任命されるが、任命に至るには上院司法委員会での、そして国中での、四か月にわたる激しい議論を要した。ブランダイスはこれを、自分が最高裁判事候補としては初のユダヤ人だったためだとしている。一九三九年まで、二十三年にわたりこの職を務める。

チャールズ・E・コグリン（Charles E. Coughlin **一八九一―一九七九**）ローマ・カトリック教聖職者、ミシガン州ロイヤルオーク〈小さな花聖堂〉主任司祭。ローズヴェルトを共産主義者と見なし、リンドバーグを熱烈に信奉。一九三〇年代、毎週の全国ラジオ放送と、自らの雑誌『社会正義』において強硬な反ユダヤ思想を広める。『社会正義』は戦時中にスパイ法違反で合衆国郵便から拒否され、四二年に廃刊。

アミリア・エアハート（Amelia Earhart　**一八九七—一九三七**）一九三二年、ニューファンドランドからアイルランドまで、十四時間五十六分の大西洋横断記録を樹立。女性として初めて大西洋単独横断、またホノルルからカリフォルニアまでの太平洋単独横断を遂行。三七年、航法士フレデリック・J・ヌーナンとともに赤道上世界一周飛行を試み、太平洋上空で行方不明に。

マイアー・エレンスタイン（Meyer Ellenstein　**一八八六—一九六七**）歯科医療、弁護士業に携わったのち、一九三三年、ニューアーク市理事仲間からニューアーク市長に推される。ニューアーク最初にして唯一のユダヤ系市長として、三三年から四一年まで二期を務める。

エドワード・フラナガン（Edward Flanagan　**一八八六—一九四八**）一九〇四年、アイルランドからアメリカに移住し、司祭職を目指して学び、一二年に聖職位を授かる。一七年、すべての人種・宗教の家なき子たちに福祉を提供する〈フラナガン神父の少年の家〉をオマハに設立。三八年、フラナガン神父役にスペンサー・トレイシーを配した映画『少年の町』が評判となり、本人も全国的に有名に。

リオ・フランク（Leo Frank　**一八八四—一九一五**）アトランタの鉛筆工場の監督者であったが、一九一三年四月二十六日に十三歳の工場従業員メアリ・フェーガンを殺害した廉で有罪判決を受ける。収監中にナイフで襲われ、のち一五年八月、地元市民に牢獄から引きずり出され、リンチを受け死亡。疑問の多い判決には反ユダヤ感情が大きな役割を果たしたと考えられている。

フィリックス・フランクファーター（Felix Frankfurter　**一八八二—一九六五**）ローズヴェルトに任命された合衆国最高裁陪席判事（一九三九—六二）。

ヨーゼフ・ゲッベルス（Joseph Goebbels　**一八九七—一九四五**）ナチス初期からのメンバー。一九三三年、ヒトラーの下で宣伝大臣となり、文化面での帝王的存在として、新聞、ラジオ、映画、演劇界を牛耳り、パレード、大衆集会などの公共スペクタクルを企画。ヒトラー側近のなかでもとりわけ献身的かつ残忍な一人。四五年四月にドイツが崩壊し、ソ連軍がベルリンに入ってくると、妻とともに幼いわが子六人を殺し夫婦で自殺。

ヘルマン・ゲーリング（Hermann Göring　**一八九三—一九四六**）ゲシュタポ（秘密警察）の創設者。ドイツ空軍設立にも携わる。一九三九年、ヒトラーによって後継者に指名されるが、終戦間際に解任される。ニュルンベルク裁判で戦争犯罪者として死刑判決を受ける。刑執行の二時間前に自殺。

ヘンリー・（ハンク・）グリーンバーグ（Henry [Hank] Greenberg　**一九一一—八六**）一九三〇～四〇年代、デトロイト・タイガーズの強打者一塁手。一九三八年、ベーブ・ルースのホームラン記録にあと二本まで迫る。ユダヤ系野球ファンの英雄であり、野球殿堂入りを最初に果たしたユダヤ系プレーヤー二人のうちの一人。

ウィリアム・ランドルフ・ハースト（William Randolph Hearst　**一八六三—一九五一**）アメリカ人出版業者。大衆に向けた、煽情主義と対外強硬論に貫かれた「イエロー・ジャーナリズム」の主要推進者と目される。その新聞王国は一九三〇年代まで繁栄を保った。元々は民主党ポピュリスト派と連帯していたが、次第に右傾化し、ＦＤＲに真っ向から敵対。

ハインリヒ・ヒムラー（Heinrich Himmler　**一九〇〇—四五**）ナチス幹部。強制収容所を管理するＳＳ（親衛隊）を指揮し、ゲシュタポ長官も務める。人種「浄化」計画を担当、ヒトラーに次ぐ第二の権力者。一九四五年五月、イギリス軍に逮捕されて服毒自殺。

Ｊ（ジョン）・エドガー・フーヴァー（J[ohn] Edgar Hoover　**一八九五—一九七二**）連邦捜査局（ＦＢＩ）

の前身である司法省捜査局（ＢＯＩ）長官（一九二四─三五）、のち連邦捜査局長官（一九三五─七二)。

ハロルド・L・イッキス（Harold L. Ickes　**一八七四―一九五二**）進歩派の共和党員であったが民主党員に転身、ほぼ十三年にわたりローズヴェルト政権の内務長官を務める。これはローズヴェルト政権全閣僚のなかでも二番目に長い。環境保護にも熱心。ファシズムに強く反対した。

フリッツ・クーン（Fritz Kuhn　**一八九六―一九五一**）ドイツに生まれ、第一次世界大戦で戦い、一九二八年アメリカに移住。アメリカで最強にしてもっとも活動的、かつもっとも豊かな、二万五千人の会員を擁するナチス集団〈ドイツ系アメリカ人協会〉を設立し、三八年には「アメリカの総統」を自任するに至っていた。三九年、窃盗罪に問われ、四三年に市民権を剝奪され四五年ドイツへ送還される。四八年、ドイツ非ナチ化裁判において、ナチズムを合衆国に移植しようと試みヒトラーと密接につながっていた罪で有罪判決を下され、強制労働十年間の刑を科される。

ハーバート・H・リーマン（Herbert H. Lehman　**一八七八―一九六三**）一族によって創業された銀行〈リーマン・ブラザーズ〉の共同経営者。ローズヴェルト知事の下、ニューヨーク州副知事。ローズヴェルトの後を継いで知事に（一九三三―四二）。ニューディールを支持し、世界大戦参戦を積極的に推進。ニューヨーク選出民主党上院議員（一九五〇―五七）として、上院議員ジョゼフ・マッカーシーに早くから敵対。

ジョン・L・ルイス（John L. Lewis　**一八八〇―一九六九**）アメリカの労働運動指導者。一九三五年、合同炭鉱労働者組合長としてAFL（アメリカ労働総同盟）と決裂し、産業別組織委員会を新たに結成、これがのち三八年にCIO（産業別組織会議）に発展。当初ローズヴェルトを支持したが、四〇年大統領選では共和党のウィルキーを支援し、ウィルキー敗北を機にCIO議長を辞任。戦時中の合同炭鉱労働者組合ストライキにより、政権との関係はさらに悪化した。

アン・スペンサー・モロー・リンドバーグ（Anne Spencer Morrow Lindbergh　**一九〇六―二〇〇一**）アメリカの著述家、飛行家。ニュージャージー州エングルウッドの裕福で特権的な家庭に生まれる。父ドワイト・モローはJ・P・モルガン社の共同経営者で、クーリッジ政権期は在メキシコ大使、のちニュージャージー選出共和党上院議員。母エリザベス・リーヴ・カッター・モローは著述家、教育者、一時期はスミス大学臨時学長。娘アン・モローは同大で一九二八年に文学士の学位を取得。その前年、メキシコシティの大使邸に両親を訪ねた際にチャールズ・リンドバーグに引き合わされる。この出会いのあとの生涯については、「主要人物の真の年譜　チャールズ・A・リンドバーグ」を参照のこと。

ヘンリー・モーゲンソー・ジュニア（Henry Morgenthau, Jr.　**一八九一―一九六七**）ローズヴェルトに任命された財務長官（一九三四―四五）。

ヴィンセント・マーフィ（Vincent Murphy　**一八九三―一九七六**）マイアー・エレンスタインを引き継いだニューアーク市長（一九四一―四九）。四三年、民主党に指名されニュージャージー州知事選に立候補。三三年に州労働総同盟の書記会計長に選出されて以来、三十五年にわたりニュージャージー労働界の中心に。

ジェラルド・P・ナイ（Gerald P. Nye　**一八九二―一九七一**）ノースダコタ選出共和党上院議員（一九二五―四五）、強硬な孤立論者。

ウェストブルック・ペグラー（Westbrook Pegler　**一八九四―一九六九**）コラム「ペグラーは見る」がハースト系の新聞に一九四四年から六二年まで掲載された右翼ジャーナリスト。四一年、労組の恐喝行為を暴きピュリツァー賞受賞。ローズヴェルト夫妻を激しく批判し、ニューディール政策も共産主義の息がかかっていると攻撃、ユダヤ人にも公然と敵対。上院議員ジョゼフ・マッカーシーの熱心な支持者にして友人で、マッカーシー主導の調査委員会の顧問を務める。

ジョアキム・プリンツ（Joachim Prinz　**一九〇二—八八**）ラビ（ユダヤ教指導者）、著述家、公民権活動家、ニューアークのブネイ・エイブラハム寺院ラビ（一九三九—七七）。

ヨアヒム・フォン・リッベントロップ（Joachim von Ribbentrop　**一八九三—一九四六**）一九三三年、ヒトラーの主要な外交政策アドバイザーとなり、三八年から四五年まで外務大臣。一九三九年、ソ連邦外相モロトフとともに、ポーランド分割密約を含む不可侵条約に署名。この条約が第二次世界大戦への道を開いた。ニュルンベルク裁判で戦争犯罪者として有罪判決を受け、四六年十月十六日、ナチスとして初めて絞首刑に。

エレノア・ローズヴェルト（Eleanor Roosevelt　**一八八四—一九六二**）シオドア・ローズヴェルトの姪、遠縁のいとこFDRの妻、娘一人と息子五人の母。ファースト・レディとして積極的に演説しリベラルな社会運動を推進。マイノリティ、恵まれない人々、女性の地位などについて講演し、ファシズム反対を公言して、六十紙に配信されるコラムを毎日書き、第二次世界大戦中は市民防衛局の共同議長を務めた。トルーマン大統領により国連代表に任命され、ユダヤ人国家設立を支持。一九五二年、五六年には大統領選でアドレイ・スティーヴンソンを支持。ケネディ大統領のピッグズ湾侵入を批判したが、ケネディにも国連代表に任命されている。

レヴェレット・ソルトンストール（Leverett Saltonstall　**一八九二—一九七九**）一六三〇年にアメリカに着いたマサチューセッツ湾会社創立者の一人サー・リチャード・ソルトンストールの子孫。共和党マサチューセッツ州知事（一九三九—四五）、共和党上院議員（一九四五—六七）。

ジェラルド・L・K・スミス（Gerald L. K. Smith　**一八九八—一九七六**）牧師、著名な演説家。ヒューイ・ロングと同盟したのち、コグリン神父、ヘンリー・フォードと結託、その激しいユダヤ人憎悪を両者から支持される。自ら刊行する反ユダヤ雑誌『十字架と旗』で大恐慌と第二次世界大戦の責任はユダヤ人にあると訴えた。一九四二年、ミシガン選出共和党上院議員候補として十万票を集める。ローズヴェルトはユダヤ人であり『シオン賢者の議定書』は真正の文書であると主張、戦後にはホロコーストは起こらなかったと唱えた。

アリー・ストルツ（Allie Stolz　**一九一八―二〇〇〇**）ニューアークのユダヤ人街育ちのライト級ボクサー。八十五戦七十三勝。一九四〇年代、タイトル戦に二度敗れたが、一度目はチャンピオンのサミー・アンゴットとの、議論を呼んだ十五ラウンド判定負け。二度目はチャンピオンのボブ・モンゴメリーとの十三ラウンドKO負けで、これを最後に四六年に引退。

ドロシー・トンプソン（Dorothy Thompson　**一八九三―一九六一**）ジャーナリスト、政治活動家、一九三〇年代には一七〇紙に配信されたコラムニスト。早くからナチズムとヒトラーに敵対し、リンドバーグの政治観を激しく批判。二八年、小説家シンクレア・ルイスと結婚、四二年に離婚。四〇～五〇年代はシオニズムに反対しパレスチナ居住アラブ人を支持。

デイヴィッド・T・ウィレンツ（David T. Wilentz　**一八九四―一九八八**）ニュージャージー州司法長官（一九三四―四四）。リンドバーグ子息誘拐事件の検察側として、ブルーノ・ハウプトマンの有罪判決と処刑を主導。のち、ニュージャージー民主党組織の重鎮として三人の民主党州知事の顧問を務める。

アブナー・〈ロンギー〉・ズウィルマン（Abner "Longy" Zwillman　**一九〇四―五九**）ニューアーク生まれ、禁酒法時代の酒密造者で、一九二〇年代から四〇年代、ニュージャージー最強のギャング。ラッキー・ルチアーノ、マイヤー・ランスキー、フランク・コステロらとともに、東海岸有力ギャングの集まり「ビッグ・シックス」の一員。五一年、テレビ放映された上院犯罪委員会の聴聞会で広範な犯罪行為を暴かれる。八年後に自殺。

その他の資料

一九四一年九月十一日、デモインで開かれたアメリカ優先委員会集会でチャールズ・リンドバーグが行なった演説「戦争煽動者は誰か？」。本文は www.pbs.org/wgbh/amex/lindbergh/filmmore/reference/primary/desmoinesspeech.html より。

ヨーロッパでの最新の戦争が始まって二年が経ちます。一九三九年九月のあの日以来、現在に至るまで、合衆国を争いに巻き込もうとする企ては勢いを増す一方です。

その企ては外国勢力と、わが国民のごく一部の少数派によって為されていますが、これまで大きな成功を収めていて、その結果、今日わが国は戦争の瀬戸際に立たされています。

戦争が三度目の冬に入ろうとしているいま、私たちを現在の立場に至らしめた状況をふり返ってみるのも無駄ではないでしょう。私たちはなぜ戦争の瀬戸際に立たされているのでしょう？　私たちがかくも深入りする必要はあったのでしょうか？　わが国の方針を、中立と独立から、ヨーロッパでの問題への関与に変えたのは誰なのでしょう？

介入に反対する論拠として、この戦争の原因と経緯を吟味するに若くはないと私は考えます。これまでにも私はしばしば、真の事実と論点がアメリカ国民に提示されたなら、参戦の危惧は霧散するはずだと述べてきました。

ここで、外国での戦争を唱道する集団と、アメリカ独自の運命を信じる者たちとの根本的な違いを皆さんに指摘しておきたいと思います。

記録をふり返れば、私たち介入に反対する者は、つねに事実と論点を明らかにしようと努めてきた一方、介入論者は事実を隠蔽し、論争を曖昧にしようとしてきたことがわかるはずです。

私たちが先月、昨年、さらには戦争前に言ったことをお読みいただきたい。私たちの記録は公開されていて明瞭であり、私たちはそのことを誇りに思っています。

私たちは二枚舌やプロパガンダによって皆さんを誤った方向に導いたりしません。アメリカ国民を、彼らが望まない場へ連れていくために手段を選ばない、などということもありません。

選挙前に言ったことを、私たちは何度でも何度でも言います。そして今日もまた言います。明日になったら、あれは単なる選挙運動の方便でしたなどと言ったりはしません。介入論者が、あるいはイギリスの政府職員が、あるいはワシントンの政権の一員が、開戦以来の自分たちの発言の記録に戻ってみてほしい、などと言うのを皆さんはお聞きになったことがあるでしょうか？　民主主義の擁護者を自任する彼らは、戦争という問題を国民の投票に託す気があるでしょうか？　これら十字軍を気取る者たちが、外国における言論の自由や、わが国の検閲廃止を唱えたりするのを皆さんはご覧になったことがあるでしょうか？

この国にはびこる二枚舌やプロパガンダはどこを見ても明らかです。今夜私は、その一部の実態に踏み込み、その下にひそむ赤裸々な事実を明かしたいと思います。

この戦争がヨーロッパで始まったとき、アメリカ国民が参戦に断固反対していることは明白でした。

当然ではありませんか。わが国は世界で最良の防衛態勢を擁していました。ヨーロッパからの独立という伝統も有していました。そして一度だけわが国がヨーロッパの戦争に参加したとき、ヨーロッパの問題は未解決に終わり、アメリカが施した恩義も報われぬままでした。

全国世論調査によれば、一九三九年、英仏がドイツに宣戦布告した際、アメリカも同様の道を採ることに賛成した国民は十パーセントに満たなかったのです。

しかし、この国にも外国にも、その利害関係と信条ゆえに、合衆国を戦争に巻き込まずにおれないさまざまな集団が存在しました。今夜、これらの集団のいくつかを指摘し、彼らの採る方法を概観したいと思います。これを為すにあたって、私はいっさい包み隠すことなく語らねばなりません。その企てを挫くには、彼らが何者であるか、皆さんにはっきり知っていただかねばならないからです。

この国を戦争へと押しやってきた三つの最重要集団は、イギリス、ユダヤ人、そしてローズヴェルト政権です。

これらの集団の陰に、重要性としては劣る、資本家、親英派、そして人類の未来が大英帝国の支配にかかっていると信じる知識人の集団が存在します。これに、数週間前までは介入に反対していた共産主義諸集団を加えれば、この国の主たる戦争煽動者を一通り挙げたことになるでしょう。

いま語っているのは戦争煽動者のみであって、誤った情報に混乱させられプロパガンダによって恐怖に陥れられたため戦争煽動者に追随してしまっている、誠実な、しかし過てる人々のことは問題にしていません。

すでに述べたとおり、これら戦争煽動者はわが国民のうちごく一部の少数派を成しているにすぎません。ですが彼らは、途方もない影響力を行使しています。戦争にかかわるまいとするアメリカ国民の志を挫こうと、プロパガンダと、金と、利益供与の力を彼らは駆使しているのです。

これらの集団を、一つひとつ検討してみましょう。

まず、イギリス。大英帝国が合衆国を戦争の味方に引き入れたいと思うのは自明であり、およそ無理からぬことです。イギリスはいま大変な状況にあります。ドイツに対し宣戦布告はしたものの、人口も軍隊の強さも足りないために、ヨーロッパ大陸に侵入して戦争に勝つのは不可能だからです。

地理的位置から見ても、わが国が飛行機を何機送ろうと、航空戦だけではイギリスが戦争に勝つことはできません。かりにアメリカが参戦したとしても、連合国軍がヨーロッパに侵入して枢軸国戦力を圧倒しうるとは思えません。しかし、ひとつ確かなことがあります。もしこの国を戦争に引き入れることができたなら、イギリスは戦争遂行の責任、そしてその出費を負う責任の大きな部分を、わが国に負わせることができるのです。

皆さんもご承知のとおり、私たちは前回のヨーロッパでの戦争で施した恩義の代価を得ずに終わりました。今後もっと用心しないと、貸したものはまたしても戻ってこないでしょう。財政的にも軍事的にも戦争に対する責任をわが国にも負わせるという望みがなかったなら、イギリスはもう何か月も前にヨーロッパで和平交渉に入ったでしょうし、それによって現在もっとましな境遇に在ることでしょう。

アメリカを戦争に巻き込もうと、イギリスはあらゆる手を尽くしてきましたし、これからもそうしてくるでしょう。前回の戦争で私たちを巻き込むために、イギリスがこの国において巨額の資金を注ぎ込んだことを私たちは知っています。そのやり方の巧妙さをめぐって、何人ものイギリス人が本を書いているからです。

今回の戦争でも、イギリスがアメリカ国内でのプロパガンダに巨額の資金を注ぎ込んでいることを私たちは知っています。もし私たちがイギリス人だったら、きっと同じことをするでしょう。しかし私たちの利害はまずアメリカとともにあります。そしてアメリカ人として、イギリスがアメリカを戦争に引き入れるために為している努力の実態を、私たちはぜひとも把握せねばなりません。

私の挙げた第二の主要な集団は、ユダヤ人です。

ユダヤの人々が、なぜナチスドイツの転覆を望むのか、理解するのは難しくありません。彼らがドイツで被ったたぐいの迫害を受ければ、どんな民族でも激しい憎しみを抱くようになろうというものです。人類の尊厳の感覚を持っている人なら、ドイツにおけるユダヤ民族への迫害を誰も容赦することはできません。しかし、誠意と見識を備えている人間であれば、今日この国で彼らがくり広げている好戦論に目を向けるなら、そうした政策が私たちにとって、そして彼らにとってもいかなる危険を孕んでいるか見てとれるはずです。この国のユダヤ人集団は、戦争に向けて煽動する代わりに、あらゆる面から戦争に反対しているべきなのです。参戦から生じる影響を真っ先に被るにちがいない集団のひとつが、ほかならぬ彼らなのですから。

寛容は平和と強さに依存する美徳です。戦争と荒廃にあって寛容が生き残りえないことは歴史が証しています。ユダヤ人でも一部の先見の明ある人々はこの事実を認識しており、介入反対の立場を採っています。ですが大多数にはいまだそれが見えていません。

わが国に対するユダヤ人の最大の脅威は、彼らがこの国の映画産業、新聞、ラジオ、政府を大部分占有し、影響力を行使していることです。

ユダヤ人、イギリス人、私はそのどちらも攻撃しているのではありません。どちらの民族にも私は敬服しています。しかし、イギリス人、ユダヤ人両方の指導者たちが、彼らの視点から見ればもっともな、私たちの視点から見れば望ましくない理由ゆえ、アメリカとは無縁の理由ゆえに私たちを戦争に巻き込みたがっているということは、ここではっきり申し上げたいと思います。

ユダヤ人が己の利に適うと信じるものを護ろうとするのを咎めることはできません。しかし、私たちもまた自分たちの利益を護らねばなりません。他民族のありのままの情念と偏見がわが国を破滅に導くのを許すわけには行きません。

この国を戦争へと導いてきた第三の強力な集団は、ローズヴェルト政権です。その構成員たちは、戦時の非常事態という名目を利用して、アメリカ史上初めて政権三期目を勝ちとりました。彼らは戦争を口実に、すでに未曾有の高額に達していた負債にさらに何十億ドルもの額を加えてきました。そしてつい最近も、戦争を口実に、議会の力を制限すること、大統領と大統領が指名した人々が独裁的権力を持つことを正当化したのです。

ローズヴェルト政権の力は、戦時の緊急事態を持続させることにかかっています。英仏だけで容易に戦争に勝つものと大半の人々が考えた時点で、ローズヴェルトは政権の未来を大英帝国に賭けたのであり、大英帝国が敗北すれば政権の威信も失われます。ローズヴェルト政権の危険性はその二枚舌にあります。その構成員たちは、私たちに平和を約束しておきながら、選挙公約を無視して私たちを戦争へ向けて導いてきたのです。

これら三つの主要な戦争煽動者集団を選ぶにあたって、主戦派にとってその支持が欠かせない集団のみを私は選びました。イギリス、ユダヤ人、ローズヴェルト政権、もしこれらの集団のひとつでも煽動をやめたなら、わが国が戦争に巻き込まれる危険はほぼ消え去ると私は考えます。

これらのうちどの二集団だけでも、第三の集団の支持なしにこの国を戦争に導く力はないと思います。そしてこれら三集団に較べれば、すでに申し上げたとおり、ほかの戦争集団の重要性は二義的なものにすぎません。

一九三九年、ヨーロッパで武力衝突が生じたとき、これらの集団は、アメリカ国民に参戦の意図がないことを理解しました。当時、私たちに宣戦布告を求めることはまったく無益であることを彼らは承知していました。しかしまた彼らは、前回の戦争に私たちが引き込まれたのとほぼ同じやり方で、今回もこの国を引き込みうると信じたのです。

彼らはまず、アメリカの国防という建前の下に、外国での戦争に加わる態勢を合衆国に整えさせることを計画しました。第二に、私たちに悟られることなく、一歩一歩私たちを戦争に引き寄せることを計画しました。第三に、私たちを実際の戦闘に押しやるべく一連の出来事を捏造することを彼らは計画しました。もちろんこれらの計画は、彼らの持てるプロパガンダの力を全面的に駆使することで隠蔽され支援されました。

まもなくわが国の劇場は、戦争の栄光を謳い上げた芝居で一杯になりました。ニュース映画からは客観性のかけらもなくなりました。反戦の記事を載せる新聞雑誌は次第に広告が取れなくなりました。介入に反対する個人には組織的な中傷が降りかかりました。「第五列員」「裏切者」「ナチス」「反ユダヤ」といった言葉が、戦争に参入することはかならずしも合衆国のためにならないと一言でも言った人に容赦なく浴びせられました。戦争反対を明言した人は職を失いました。ほかの多くの人はもはや口を開きませんでした。

やがて、戦争煽動者には開かれている講堂などが、反対論者には閉ざされるようになりました。恐怖を煽る作戦が展開されました。航空機の脅威ゆえにイギリス艦隊はヨーロッパ大陸に進出できずにいますが、同じく航空機のせいでアメリカは以前にも増してこれまで以上に侵略を受けやすくなっていると私たちは聞かされました。プロパガンダが全面的に広がっていました。

アメリカ国防という偽装の下に数十億ドルの軍事費を得るのは造作もないことでした。わが国民は防衛という綱領の下に団結しました。議会は銃器、飛行機、戦艦に必要な予算案を次々通過させ、国民の大多数の承認を得ました。これらの予算の相当な部分がヨーロッパのための兵器製造に使われることは、あとになるまで私たちは知らされませんでした。それが次の一歩でした。

具体例を挙げましょう。一九三九年、私たちは陸軍航空隊を総勢五千機に拡大すべきだと言われました。議会はしかるべき法案を通過させました。数か月後、政権は私たちに、国家の安全のために合衆国には最低五万の飛行機が必要だと告げました。ところが、戦闘機がわが国の工場で生産されるや、わが国の陸軍航空隊が新たな装備を切実に必要としているにもかかわらず、それらはすぐさま外国に送られました。かくして、開戦から二年経った今日、アメリカ陸軍には、きわめて近代的な爆撃機・戦闘機が数百機あるのみです。ドイツが一か月で生産できる量にも満たない数です。

発端からずっと一貫して、わが国の軍備計画は、アメリカのために十分な防衛を築くことより、ヨーロッパでの戦争継続という目的のために進められてきたのです。

そして次は、外国での戦争に向けて私たちの態勢を整えていくのと同時に、すでに申し上げたとおり、私たち自身を戦争に巻き込む時期でした。これが、いまや有名となったフレーズ「戦争の手前でとどまる手段」の下に成し遂げられたのです。

アメリカが兵器禁輸を解除し軍需品を売りさえすれば英仏は勝つ、と私たちは言われました。それから、聞き慣れたリフレインが始まりました。何か月ものあいだ、私たちが戦争へ一歩近づくたびに聞かされたリフレインです――「アメリカを護り、戦争に加わらない最良の方法は、連合国を援助することだ」。

まず私たちは、ヨーロッパに兵器を売ることに同意しました。次に、ヨーロッパに兵器を貸与することに同意しました。それから、ヨーロッパのために海を巡視することに同意しました。そして、ヨーロッパの交戦地帯内の島を占領しました。そしていま、私たちは戦争の瀬戸際に達したのです。

好戦派は戦争に至る三つの大きなステップのうち二つを達成しました。わが国の歴史に類を見ない大きな軍備計画が進行しています。

実際の銃撃戦に加わること以外、ほとんどすべての点から見て私たちは戦争にかかわっています。あとは十分な「出来事」の捏造が残るのみです。これらの最初のひとつがすでに計画どおり起きつつあることを皆さんはご覧になっています。それはアメリカ国民が是認を求められた覚えのない計画です。

アイオワの皆さん。今日この国を戦争から遠ざけるものはただひとつ、それは次第に高まりつつある、参戦に反対するアメリカ国民の声です。私たちの民主主義、代議制政体が、今日かつてない試練を受けているのです。混沌と屈辱が唯一の勝者である戦争の一歩手前まで、私たちは来ているのです。

私たちは、私たちがまだ準備のできていない、実行可能な勝利のプランを誰一人示していない戦争の瀬戸際に立たされています。その戦争に勝利するには、わが国の兵士たちを海の向こうに送り出し、私たちより強力な軍を有する敵の待つ地に上陸を強行させる以外に手はないのです。

戦争の瀬戸際まで来てはいるものの、踏みとどまろうとするなら、まだ手遅れではありません。いかに巨額の資金も、どれだけ大きなプロパガンダも利益供与も、自由で独立した人民をその意に反して戦争に引き込めはしないと示すのにまだ手遅れではありません。私たちの祖先がこの新世界で打ちたてたアメリカ独自の運命を取り戻し、維持するのに、まだ手遅れではないのです。

未来が丸ごと、私たちの肩にかかっています。未来は私たちの行動、勇気、知性に依存しています。皆さんが戦争介入に反対なら、今こそ声を上げる時です。

こうした集会の組織にご協力ください。ワシントンにいる州代表の議員に手紙を書いてください。我らの下院、上院こそこの国の民主主義と代議制政体の最後の砦である、そう申し上げたいと思います。議会において、私たちはまだ、自分たちの意志を伝えることができます。そしてもし私たちアメリカ国民がそうするなら、独立と自由が私たちとともに生きつづけ、外国での戦争は跡形もなく消え去るでしょう。

A・スコット・バーグ『リンドバーグ　空から来た男』（一九九八）より

平和が存在しうるのは、「私たちが団結し、あのもっとも貴重な財産たる、ヨーロッパの血の遺産を護る限りにおいてのみ、外国の軍隊による攻撃と外国の民族による血の薄まりに対し自らを護る限りにおいてのみ」であるとリンドバーグは考えていた。彼は飛行というものを、「すでに時代の指導者である西洋諸国家への天からの贈り物」と見ていた。「西洋人の手に合わせて作られた道具、他民族はおよそ凡庸に模倣するにすぎない科学技術、アジアに群がる有象無象とギリシャまで遡るヨーロッパの遺産とを隔てるもうひとつの障壁」と見ていた。それこそが「黄、黒、茶の迫りくる海にあって白色人種がかりそめにも生きていくことを可能にしてくれる貴い財産のひとつ」なのだった。

ソビエト連邦は地上でもっとも邪悪な帝国になったのであり、ソ連を撃退しその国境の彼方に存在するアジア勢力（モンゴル、ペルシャ、ムーア）を撃退することに文明の存続がかかっているとリンドバーグは信じた。そしてまた、「私たちの結集した力」にもその存続はかかっていると彼は説いた。「そのあまりの強力さゆえに、外国の軍も挑もうとはしない力。チンギス・ハンも寄せつけず、劣等な血の浸透も寄せつけない、人種と武器から成る西洋の壁……」

訳者あとがき

英米の小説では、扉の前で一ページを割き、Also by … または Books by … というふうに著者のそれまでの著作を列挙するのが常である。そしてフィリップ・ロスの場合、ただ列挙するのではなく、いくつかの「ジャンル」に著作を分類して並べるのが恒例になっている。最新刊『復讐の女神』（二〇一〇）での分類は、〈ザッカーマン本〉、〈ロス本〉、〈ケペシュ本〉、〈ネメシスたち　短い長篇〉、〈雑文集〉、〈その他〉。このうち〈ザッカーマン本〉、〈ケペシュ本〉は、それぞれネイサン・ザッカーマン、デイヴィッド・ケペシュという、作者ロスの分身的存在を主人公にした小説であり、〈ロス本〉は文字どおりフィリップ・ロスなる人物が登場する作品である。七歳から九歳までのフィリップ・ロス少年を視点人物とするこの『プロット・アゲンスト・アメリカ』も、ひとまず〈ロス本〉として分類されている。

フィリップ・ロスが出てくるのだから、自伝的な作品かというと、ここが一筋縄では行かないのがフィリップ・ロスである。長いキャリアを通して――特に、一連の〈ザッカーマン本〉を通して――ロスは生きられた生と想像された生、書かれた世界と書かれていない世界との錯綜した関係を追究してきた。フィリップ・ロスが出てくるから自伝、という簡単な話では済まない。

たとえば〈ロス本〉のひとつ『オペレーション・シャイロック』（一九九三）では二人のフィリップ・ロスが出てきて、作家ロスはもう一人の、見かけも服装もそっくりなロスが自分の名（といってもそれはそのもう一人の名でもあるわけだが）を騙って講演などをしていることを知る（しかもこの作品は「小説」ではなく「告白」と銘打たれている）。『事実』（一九八八）もその名のとおり小説家の半生をおおむね事実どおりに綴っているように見えるが、最後の章には〈ザッカーマン本〉の作中人物ネイサン・ザッカーマンからの手紙が引用され、この本でのロスの語りの信憑性に（それなりに説得力のある）疑義が呈される。

『父の遺産』（一九九一）はおそらくもっとも率直に自伝的な作品であり、八十六歳の父親ハーマン・ロスを世話する五十代の息子フィリップの感慨がストレートに伝わってきて、病、老い、死、親子の情愛といったテーマを直球で語るまっすぐさが読み手の胸を打つ。

そして本書『プロット・アゲンスト・アメリカ』も五冊ある〈ロス本〉の一冊であり、その設定はひとまず明快である。まず、一九四〇年、作家の七歳当時の家族とその環境を――ほかの作品内外での発言・記述から判断する限りおおよそ忠実に――再現する。ただし、その「環境」にはひとつ大きなひねりが加えられる。すなわち、史実では民主党の現職フランクリン・D・ローズヴェルトが三選を果たした一九四〇年アメリカ大統領選において、初の大西洋単独横断飛行を成し遂げた空の英雄チャールズ・A・リンドバーグが共和党から出馬してローズヴェルトを破るのである。この〈もうひとつのアメリカ〉の大統領となったリンドバーグは、ヒトラーと結託し、アメリカのユダヤ人の尊厳を破壊しコミュニティを瓦解させるための政策を次々展開する。これによって、それまではアメリカ人であることにほとんど何の疑問も持たずに済んでいたロス一家も、父が職を失い、地元の共同体もばらばらになっていくなか、どんどん追いつめられていく……。

ロスは以前にも、カフカが病で早世せずアメリカに渡って平凡なヘブライ語教師として生涯を終える（そしてもちろん一連の名作を発表しないまま終わる）という事態を思い描いた文章を書いたことがあり（「『みんなから断食をほめられたいとそればかり考えていたんです』または　カフカを見つめて」飛田茂雄訳、「海」一九七四年十一月号掲載）、現在我々がカフカを読めるということがどれほどの奇跡かをあらためて実感させる見事な物語をつくり上げていたが、今回のように、長篇一冊を通して歴史の改変を試みたのは初めてである。

さて、リンドバーグが大統領に選ばれてユダヤ人を迫害するというのは、決して荒唐無稽な設定ではない。現実のリンドバーグが反ユダヤ思想の持ち主だったことはつとに知られているし、ほかにも、自動車王ヘンリー・フォード、人気の「ラジオ司祭」コグリン神父など、この小説にも登場するような反ユダヤ主義著名人は何人も存在し、ユダヤ系の人々はその脅威を感じていた。当時アメリカでは自動車といえばまずはフォードだったわけだが、ロスが少年時代を過ごしたニュージャージー州ニューアークのユダヤ人街では誰一人フォードに乗っていなかったという。

リンドバーグに関しても、歴史家アーサー・シュレジンジャーは、一九四〇年、一部の共和党政治家たちがまさに彼を大統領選に担ぎ出すことを検討していたという事実を指摘している。実はロスも、二〇〇〇年十二月、シュレジンジャーのそうした指摘に行きあたって、「もし本当にそうなっていたら？」と考え、この本の執筆を思いついたと語っている。

また、一九三〇年代においてすでにアメリカで反ユダヤ思想やファシズムがそれなりの脅威だったことを示す傍証として、一九三五年刊のシンクレア・ルイスの小説『イット・キャント・ハプン・ヒア』（ここではそんなことは起こりえない）を挙げることができる。これは、一九三六年大統領選という、刊行時から見てすぐ先の未来に、バーゼリアス・〈バズ〉・ウィンドリップなる煽動的政治家が勝利を収め、全体主義的、反ユダヤ的政策を推し進めるという設定の小説である（一九三五年に暗殺された元ルイジアナ州知事ヒューイ・ロングがウィンドリップのモデルといわれる）。政治を正面から扱った小説の代表例として、今日でも時おり引合いに出されるし、またフィリップ・ロスの父親ハーマンの愛読書でもあった。ロス自身の小説『アメリカン・パストラル』（一九九七）でも、登場人物がこの本に言及している。

とはいえ、当時そのように反ユダヤ主義や全体主義の脅威が現実にあったという事実が、この『プロット・アゲンスト・アメリカ』の作品としての質を保証するわけではないことは言うまでもない。史実に適合していようがいまいが、じわじわ迫害され丸腰にされていくロス一家の恐怖感を我々がどこまで生々しく共有できるかがこの本の鍵であり、それが実に見事なストーリーテリングとも相まって、本書を非常に読み応えのある一冊にしている。

特に、まだ幼いフィリップ少年が、言語・意識のレベルではファシズムやヒトラーの脅威がいかなるものなのかいまひとつ理解していないにもかかわらず（彼にとってはヒトラーの動向より自分の切手コレクションの方がはるかに大事なのだ）、家庭が徐々に崩壊していくなか、彼が頭より肌で感じている心細さ、寄るべなさがひしひしと伝わってくる点が、この本の一番大きな魅力であり愛すべき点だと個人的には思う。先達の『イット・キャント・ハプン・ヒア』との違いもそこにある。大人の安定した視点から語られるせいでどうしても戯画的な感じがしてしまう『イット・キャント……』とは異なり、『プロット……』は子供のナイーブな感情と大人の語りの効率性がきわめて巧みにブレンドされていて、読む者を終始惹きつける。『プロット……』を書評したJ・M・クッツェーも、「子供だった自分への成人男性の愛情というものを語りうるとすれば、幼いフィリップに対する作家の情愛と敬意こそこの本のもっとも魅力的な側面のひとつである」と述べている。

フィリップのみではない。階下に住む、フィリップに付きまとって彼を辟易させる（そういう子供同士の感情が後半では物語を大きく動かすことになる）セルドンや、フィリップの兄サンディ、いとこのアルヴィン等々、この小説に出てくる子供や若者は、みなそれぞれ劇的な形で、ファシズムの擡頭によってその生を損なわれていく。一九四〇年のアメリカという舞台は個別的でも、そのように傷つけられていく若い生の痛みは普遍的である。だから、二十一世紀の日本に生きる我々の胸にも訴えるものをこの本は持っている。

語りの効率性ということに触れたが、これについては、訳していて何度もつくづく見事だと思った。一部をさりげなく象徴的に語って全体を感じさせるとか、書き連ねていくうちに曖昧さがますます増殖していくとかいった技巧ではない。むしろ、(現代文学の常識からすればそんなことが可能なのかと思いたくもなるのだが)作品世界を過不足なく思い描き、描写すべき事物や心理をきっちり描写していく、serviceable(実用的な)と呼びたいたぐいの見事さである。この作品に限らず、近年のロスの文章で一番光っているのもこの点だと思う。イギリスの作家アダム・マーズ＝ジョーンズは、同じ長いセンテンスでもヘンリー・ジェームズは意味を宙吊りにしつづけるのに対しロスは逆に執拗に厚みを重ねていくと述べているが、まさにそのとおりである。

『プロット・アゲンスト・アメリカ』は、二〇一三年に刊行された本格的なロス伝『ロス・アンバウンド』(著者はクローディア・ロス・ピアポント、血縁にあらず)によれば、ロスがシュレジンジャーの指摘に出会った二〇〇〇年十二月が終わらぬうちに早くも書きはじめられた。タイトルは、一九四六年に発行された、本書でもある章で大きな役割を演じる政治家バートン・K・ウィーラーを攻撃した政治パンフレットの題名を借用したという。そのパンフレットでは文字どおり「反米陰謀」という意味だったわけだが、この小説でもそういう反米陰謀としての「ファシズムの脅威」の意を基調にしつつ、そこに小説の「筋書き」の意味も重ねられているし、また、反ユダヤ主義者がでっち上げた「ユダヤ人による反米陰謀」も念頭に置いていているだろう。

『プロット・アゲンスト・アメリカ』が刊行された二〇〇四年といえば、9／11以降のブッシュ政権によるアメリカの理想を踏みにじるふるまいに激しい非難の声が上がった時期であり、この小説で述べられるヒトラー、リンドバーグへの脅威をジョージ・W・ブッシュとその側近の横暴に重ねあわせた読者も多かった（白状すれば、僕も初読時はそうだった）。だがロス本人は、この本は二十一世紀のアメリカを寓話的に語ったものではなく、あくまで一九四〇年代初頭のアメリカ自体に対する純粋な興味に導かれて書いたものだと主張している（もっとも、文学作品の「意味」が社会的文脈によってさまざまに読み換えられていくという事実はロスも認めているが）。いずれにせよ、ブッシュの横暴自体は――それが残した傷跡はともかく――ひとまず過去のものとなったいまも、この作品の持つ衝撃力がいささかも失われていないことは、校正刷りを読み進めるなかで十分確認できた。

＊

一九三三年に生まれ、五九年に『さようなら　コロンバス』で本格デビューして以来、半世紀以上に及ぶキャリアを通して旺盛な創作活動を続けてきた作家ロスは、アメリカでもっとも権威ある文学叢書シリーズ〈ライブラリー・オブ・アメリカ〉に存命中に作品が収録された三人目の作家となった。いまやまさしくアメリカ文壇の大御所的存在である。そのキャリアの最盛期を強いて挙げるなら、『アメリカン・パストラル』（一九九七）、『ヒューマン・ステイン』（二〇〇〇）などの非常に濃密な本格長篇を立て続けに四冊発表した一九九五年から二〇〇〇年あたりということにおそらくなるだろうが、この『プロット・アゲンスト・アメリカ』もその最盛期にひけをとらない力強さを持つ一冊だと思う。

ほかの〈ロス本〉との関係でいえば、『父の遺産』で語られたフィリップの両親ハーマン、エリザベスの人生のいわば「前日談」（の改変）としてもこの本は読める。『父の遺産』においては長い人生を逞しく生きてきたことを讃えられる父ハーマンが、この前日談では、まさに男盛りの時期であるにもかかわらず、ファシズムの浸透によってじわじわその威厳を剝ぎとられていく。そうした展開は、『父の遺産』を念頭におくといっそう切実さを増す。二冊の〈ロス本〉をあわせてお読みいただければと思う。

以下、アメリカでの分類に従って、ロスの著作リストを挙げておく。邦訳のあるものは邦題も付す。

〈ザッカーマン本〉

The Ghost Writer（1979）『ゴースト・ライター』

Zuckerman Unbound（1981）『解き放たれたザッカーマン』

The Anatomy Lesson（1983）『解剖学講義』

The Prague Orgy（1985）

The Counterlife（1986）『背信の日々』

American Pastoral（1997）

I Married a Communist（1998）
The Human Stain（2000）『ヒューマン・ステイン』

Exit Ghost（2007）

〈ロス本〉
The Facts: A Novelist's Autobiography（1988）
Deception（1990）『いつわり』
Patrimony: A True Story（1991）『父の遺産』
Operation Shylock: A Confession（1993）
The Plot Against America（2004）『プロット・アゲンスト・アメリカ』

〈ケペシュ本〉
The Breast（1972）『乳房になった男』
The Professor of Desire（1977）『欲望学教授』
The Dying Animal（2001）『ダイング・アニマル』

〈ネメシスたち　短い長篇〉

Everyman（2006）

Indignation（2008）

The Humbling（2009）

Nemesis（2010）

〈雑文集〉

Reading Myself and Others（1975）『素晴らしいアメリカ作家』

Shop Talk（2001）

〈その他〉

Goodbye, Columbus（1959）『さようなら　コロンバス』

Letting Go（1962）

When She Was Good（1967）『ルーシィの哀しみ』

Portnoy's Complaint（1969）『ポートノイの不満』

Our Gang（1971）『われらのギャング』

The Great American Novel（1973）『素晴らしいアメリカ野球』

My Life as a Man（1974）『男としての我が人生』

Sabbath's Theater（1995）

この翻訳は、巻末の資料を除いて「すばる」二〇一一年七月号から一二年十一月号に連載し、今回単行本化にあたって加筆した。連載時は「すばる」編集部の川﨑千恵子さんに編集を担当していただいた。単行本化に際しては金関ふき子さんのお世話になった。そもそもロスの専門家でもない僕をこの名著の訳者に抜擢してくださり、完璧にサポートしてくださったお二人に心からお礼を申し上げる。また、きわめて綿密な校正作業で訳文の質を大いに高めてくださった集英社クリエイティブ校閲室の山田千恵さんにも感謝します。

多くの方が、起きたかもしれないもうひとつの一九四〇年を、フィリップ少年とともに生きてくださいますように。

二〇一四年七月

柴田元幸

文庫版あとがき

二〇一四年にこの邦訳が単行本で刊行された以降に起きた、『プロット・アゲンスト・アメリカ』に関連する主な出来事は以下のとおりである。

（1）二〇一六年十一月、ドナルド・トランプが大統領に当選し、多くの評者が、トランプとこの本で描かれたチャールズ・リンドバーグとの相似、さらにはトランプ政権下で生じた事態とこの本のリンドバーグ政権下で生じる事態との相似を指摘することとなった。

（2）二〇一八年五月二十二日、本書の作者フィリップ・ロス他界。享年八十五。

（3）二〇二〇年三―四月、ＨＢＯのミニシリーズドラマ『プロット・アゲンスト・アメリカ』が放映された。

以下、この三点について簡単に記す。

（1）現実のアメリカの二〇一六年（とその前後）と、『プロット・アゲンスト・アメリカ』の一九四〇年（とその前後）

単行本訳者あとがきでも述べたとおり、そもそも二〇〇四年にアメリカで本書が刊行された際、ロスの描いたリンドバーグ政権に当時のジョージ・W・ブッシュ政権の影を見た人は多かったわけだが（いま思い起こしても、本書と、ジョージ・ソーンダーズ『短くて恐ろしいフィルの時代』〔二〇〇五〕はブッシュ政権の脅威に対する文学の反応としてとりわけ目立っていたように思う）、トランプ政権誕生に至り、ブッシュ政権以上に大きな相似を見る評者は多かった。政治的には名家の出であるブッシュとは違い、ロス描くリンドバーグも現実のトランプも、何ら政治的バックグラウンドのない境遇から出てきて大統領候補となり、当初は嘲笑されまともに扱われなかったのが、あれよあれよと有権者の支持を獲得し、まさかの勝利を遂げ、他者を排斥する傾向の強い政策を推進する……。

だがフィリップ・ロス本人は、両者の類似よりも相違をまずは強調した（以下この段落は、「ザ・ニューヨーカー」二〇一七年一月三十日号に掲載された、ジュディス・サーマンを聞き手とするeメール・インタビューに基づく）。リンドバーグはイデオロギー的にはともかく英雄飛行士ではあったのに対し、トランプはただのいかさま師（a con artist）だ。トランプともっとも深くつながるアメリカ文学はメルヴィルの深くシニカルな『信用詐欺師』（一八五七）ではないか。「架空の大統領チャールズ・リンドバーグの選出の方が、現実の大統領ドナルド・トランプ選出よりまだしも理解しやすい」

事実は虚構以上に奇想天外だというわけであり、ここで思い出されるのが、ロスがまだ新進作家だった一九六一年に書いたエッセイ「アメリカの小説を書く」（"Writing American Fiction"）である。アメリカの現実のあまりの荒唐無稽さに作家の想像力がどう追いつけるのか、と若きロスはなかば途方に暮れているが、その後の半世紀以上、アメリカの現実は現実らしさを取り戻すどころか、むしろますます作家を愕然とさせるような無茶苦茶さを帯びてきている。そのなかで『プロット・アゲンスト・アメリカ』は、常軌を逸していくアメリカの現実の一側面をあたかも予知したような作品として——文学が現実を予知していたように思えることにどれだけ意味があるのかはよくわからないが——見ることができるだろう。

(2) フィリップ・ロス(一九三三—二〇一八)歿

亡くなる十年以上前から、ロスの作家としての衰えは隠しようがなかった。二〇〇七年に刊行された『幽霊退場』(未訳)からすでに「退場」の気配は見えていて、それまではとにかく量感・質感の両方で圧倒していた作品が目に見えて薄く、淡く、細くなっていった。とはいえ——そこに至るまでに、作家としてどれだけ多くをロスは成し遂げたことか! 屈折したみずみずしさを具えた青春小説『さようなら コロンバス』で一九五九年にデビューし、性的不満を抱えた男の独白がえんえん続く怪著『ポートノイの不満』(一九六九)が爆発的成功を収め、カフカの『変身』をもじった『乳房になった男』(一九七二)や超弱小球団をめぐる爆笑劇『素晴らしいアメリカ野球』(一九七三)などでいわば「文学的悪ふざけ」に浸ったのち、作家ネイサン・ザッカーマンを主人公とする何とも生々しい、生臭いロス版私小説サーガを展開し、さらには『事実』(一九八八)、『父の遺産』(一九九一)で自伝的作風も試した末、二十世紀末に至り『アメリカン・パストラル』(一九九七)、『ヒューマン・ステイン』（二〇〇〇）など、アメリカの戦後史、現代史と正面から向きあうような重厚な長篇を次々発表した（おそらくこの時期をロス最盛期と見る評者は多いだろう）。驚異的というほかない。その中で『プロット・アゲンスト・アメリカ』は、衰退期に入る前の、最後の力作として強烈な光を放っている。

（3）『プロット・アゲンスト・アメリカ』ミニシリーズドラマ化

二〇二〇年三―四月に放映されたＨＢＯミニシリーズは、非常に充実した出来である。脚本はおおむね原作に沿って大変丁寧に書かれているし、出演者一人ひとりの演技も見事である。

この小説をドラマ化するにあたって中心的な役割を果たした脚本家・プロデューサーのデイヴィッド・サイモンは、以前から原作を読み、ブッシュ政権を彷彿（ほうふつ）とさせる要素も見てとってはいたが、それ以上の、あえてドラマ化したくなるほどの現代性は感じていなかったという。それがドナルド・トランプの出現により、作品は一気に現代的な物語になったというのだ。

とはいえ、すでに述べたように、ロス本人は、自作が図らずも現実の鏡となったという意識はそれほど強くなかった。「間違ってもトランプをリンドバーグと混同してはならない」とサイモンにも釘（くぎ）を刺したという。もちろん、作品の中に現実と呼応するものを見るか見ないかは読者や観客の自由である。まずは二十世紀後半アメリカ最大の作家の一人が遺（のこ）した、渾身の力作の世界に浸っていただければと思う。

文庫化にあたっては集英社クリエイティブの村岡郁子さんに全面的にお世話になった。この場を借りてお礼を申し上げます。

二〇二四年一月

柴田元幸

本書は、二〇一四年八月、集英社より刊行された『プロット・アゲンスト・アメリカ　もしもアメリカが…』を文庫化にあたり、『プロット・アゲンスト・アメリカ』と改題したものです。

初出「すばる」二〇一一年七月号、九月号〜二〇一二年十一月号

フィリップ・ロス

Philip Roth

1933年3月19日、ニュージャージー州ニューアーク生まれ。両親ハーマンとベスは第二世代の（すなわち、移民の子供世代の）アメリカ人で、フィリップはその次男。人口の大半がユダヤ人であるウィークエイック地区に育ち、作品でもその時代と場所にくり返し戻っていくことになる。1950年にウィークエイック高校を卒業後、ペンシルヴェニアのバックネル大学で学び、奨学金を得てシカゴ大学で英文学の修士号を取得。

1959年、短篇集に中篇が一作加わった『さようなら コロンバス』でデビューし、全米図書賞を受賞。10年後、第4長篇『ポートノイの不満』が高い評価を得てベストセラーにもなり、アメリカ最良の若手作家として揺るぎない地位を築いた。生涯で31冊の著作を刊行し、うち数作において長年にわたり作家ネイサン・ザッカーマンの人生をたどり、また何作かではフィリップ・ロスという名の架空の人物を語り手として登場させている。これらの作品を通して、20世紀、21世紀のアメリカに生きることの複雑さを掘り下げ、その経験に声を与えた。文学に対する永続的な貢献を早くから国内外で広く認識され、受賞歴としてはピュリツァー賞、ブッカー国際賞、全米批評家協会賞（2回受賞）、全米図書賞などがあり、クリントン大統領に米国芸術勲章を、オバマ大統領に米国人文科学勲章を授与されている。執筆活動から退いて6年後の2018年5月22日、85歳で歿。

集英社文庫

プロット・アゲンスト・アメリカ

2024年4月25日　第1刷　　定価はカバーに表示してあります。

著　者　フィリップ・ロス
訳　者　柴田元幸（しばた もとゆき）
編　集　株式会社 集英社クリエイティブ
東京都千代田区神田神保町2-23-1　〒101-0051
電話　03-3239-3811
発行者　樋口尚也
発行所　株式会社 集英社
東京都千代田区一ツ橋2-5-10　〒101-8050
電話　【編集部】03-3230-6095
【読者係】03-3230-6080
【販売部】03-3230-6393（書店専用）
印　刷　大日本印刷株式会社
製　本　大日本印刷株式会社

フォーマットデザイン　アリヤマデザインストア　　マークデザイン　居山浩二

ISBN978-4-08-760790-1 C0197